»Eine Blume fragt nicht danach, ob sie leben oder sterben soll. Nur die Hoffnungslosen werden in den welken Blättern der Vergangenheit nach einer Antwort für die Schönheit der Gegenwart suchen.«

Schapur (Kapitel 16)

Marty Karbassion

Letzte Spur Berlin

Hoffnung - Sehnsucht - Wahrheit

tredition®
www.tredition.de

Umschlag, Illustration: Stuart Ludwig
Lektorat, Korrektorat: Karin Mölbert
Übersetzung: Sepideh Safiaryan
Fotos: Jakub Tryniszewski

Verlag & Druck: tredition GmbH, Halenreie 42, 22359 Hamburg

ISBN
Paperback 978-3-7482-9555-6
Hardcover 978-3-7482-9556-3

Inhaltsverzeichnis

Inhaltsverzeichnis

Wer hat bloß dieses ganze Leid und den Schmerz erschaffen? Warum verteilt ein Gott die Gerechtigkeit auf dieser Welt so ungleich, während andere Menschen unendlich viele Qualen, Torturen und psychische Folter über sich ergehen lassen müssen. Ich betrachte den gestrigen Tag als einen der bittersten Momente in meinem Leben. Denn ich habe unmittelbar zu spüren bekommen, was es bedeutet ein zerbrochenes Herz mit sich herumzutragen. Mit einem Mal bemerkte ich, dass das, was in meiner Brust schlägt, nur noch ein kaltes, nutzloses »Ding« war, welches die Aufgabe besaß, dieses abscheuliche Gefühl in meinem Körper zu verbreiten. Ich bin nicht mehr im Stande etwas zu fühlen, da mein ganzes Wesen in dem Augenblick zerbrach, als ich mich von meiner Mutter verabschiedet habe und sie mir weinend sagte, dass sie mich nie wiedersehen werde. Ich spucke auf euch und auf dieses Leben. Verdammt sollt ihr sein, ihr Verantwortlichen. Nur wegen euch und eurer kranken Ideologien muss die Jugend das Land verlassen und all ihre geliebten Menschen für immer zurücklassen. Wenn ich mich an die Atmosphäre meiner Heimat erinnere, an meine Familie, meine warmherzigen Landsleute und an all jene, die die Sprache der Güte und Freundschaft kannten, dann brenne ich innerlich. Warum müssen wir wegen Verfolgung, Armut und tausend anderer Probleme das Land verlassen? Ein Zustand, der mittlerweile ein Dauerzustand geworden ist. Fernab von Freundlichkeit und unseren Träumen. Fern von all denen, die wir lieben. Dann kommen wir irgendwo hin, wo alles fremd ist und für immer fremd bleibt. Dorthin, wo wir für immer Fremde sein werden.

Auf der Flucht, Türkei 1959, Mehdi Karbassion

Vorwort

Oft habe ich mich gefragt, warum ich dieses Buch schreiben sollte. Ich hatte für mich selbst immer nur die gleiche Antwort. Ich kann die Erinnerungen an meinen Papa einfach nicht loslassen. Als kleiner Junge fing ich mich an zu fragen, warum mein Vater auf einmal nicht mehr bei mir sein kann, oder warum wir nicht mehr zusammen meinen Geburtstag feiern konnten. Plötzlich war er nicht mehr da, um mich auf den Arm zu nehmen, damit ich mich gemütlich bei ihm einkuscheln konnte. Ich wollte einfach wieder dieses Gefühl von Sicherheit und Geborgenheit spüren. Ein Gefühl, das mit meiner Erinnerung jedes Mal in mir hochkommt, wenn ich mir alte Bilder von ihm anschaue. Als ich damals meine Mutter fragte, wo mein Papa ist, bekam ich von ihr immer wieder die gleiche schulterzuckende Antwort zu hören. Das brach mir als Kind das Herz, weil ich mir vor dem Schlafengehen nichts sehnlicher gewünscht habe, als dass er wiederkommt.

Meine Mutter wurde von ihm in vielerlei Hinsicht allein gelassen. Sie war damals gerade 27 Jahre alt und hatte bei seinem Verschwinden 3 kleine Kinder, die sie von heute auf morgen ganz alleine großziehen und versorgen musste. Die Wut über den Umstand war eine Zeitlang so gewaltig, dass das Thema Vatersehnsüchte vollkommen unerwünscht war. Es hieß dann immer: »Marty, dein Papa war ein Versager und hat dich, mich und deine Brüder im Stich gelassen.« Das »Dich« betonte sie dann immer auf ihre ganz besondere Art und Weise. Ob ihr Sohn sich aber für seinen Vater interessierte, oder dass er ihn gar vermissen könnte, das blendete meine Mutter in ihrem verletzten

Stolz vollkommen aus. Schließlich war sie die verlassene und betrogene Ehefrau und das alleine stand über den Vatersehnsüchten ihres Sohnes. Sie dachte, sie könnte ihn einfach so ersetzen, da er ja in ihren Augen sowieso ein Feigling und ein Taugenichts war. Jemand, der einfach abgehauen ist, um sich vor der Verantwortung zu drücken. Doch die Hintergründe und Motive über das Verschwinden von ihm kannte sie nur zu einem gewissen Teil. Er sagte ihr damals:

»Wenn ich wieder aus dem Gefängnis komme muss ich mir etwas überlegen, denn ich werde wahrscheinlich nie wieder finanziell Fuß fassen können.« Seine Angst war durchaus nicht unbegründet. Was einen Neuanfang aber zusätzlich erschwerte, war, dass meine Mutter ihm seine vielen Seitensprünge einfach nicht verzeihen konnte.

Aus Rache revanchierte sie sich, indem sie, während mein Vater im Gefängnis saß, ein Verhältnis mit seinem Freund Ali anfing. Er spürte zu dieser Zeit sehr genau, dass jemand anderes seinen Platz eingenommen hatte, doch dass es sein bester Freund war, der ihn hinterging, wusste er nicht. Der Druck, der zum Ende hin auf ihm lastete, war enorm und er hätte es sehr schwer gehabt als ehemaliger Schwerverbrecher mit 55 Jahren einen Job zu finden. Während der Untersuchungshaft verriet mein Vater zwei seiner ehemaligen Komplizen an die Polizei, um Haftverkürzung zu erhalten. Da zu diesem Zeitpunkt die Hauptschuld noch immer nicht abschließend geklärt war und die Beweisaufnahme sich langsam dem Ende näherte, traf mein Vater aus Angst, ewig hinter Gittern schmoren zu müssen, Aussagen über seine ehemaligen Partner, die schlichtweg nicht stimmten. Er schrieb in seinen Tagebüchern von Perspektivlosigkeit und von der Tatsache, dass er sich alt und hilflos fühlte. Die große Frage, die er sich immer wieder am Ende seiner Tagebücher stellte war ‚Wie kann ich meine Familie ernähren, wenn ich wieder aus dem Gefängnis raus bin?' Er sprach von Selbstmord und hatte höllische Angst davor, dass er seinen Kindern in Zukunft kein guter Vater sein könnte. Die Liebe von einst war längst erloschen und war nur noch in seiner Erinnerung und auf alten Bildern existent, was ihm zusätzlich zu schaffen machte.

Unter drei Brüdern war ich der einzige, der sich für das Verschwinden seines Vaters interessierte. Was zur Folge hatte, dass ich mir von meiner Mutter andauernd anhören musste, was für ein schlechter Mensch er gewesen ist und wie oft er sie betrogen hatte. Dann kam immer ihr Lieblingsspruch: »Charakter hatte dein Vater nicht.« Das ging natürlich nicht spurlos an mir vorbei. Ich geriet mit der Zeit ins Zweifeln und fragte mich, ob es sich überhaupt lohnen würde, einem charakterlosen Mistkerl wie ihm hinterherzulaufen. Meine Oma goss nach ein paar Gläsern Sekt auch noch Öl ins Feuer und ließ ihrer Lästerei freien Lauf. Alles prasselte auf mich ein. Einmal die verlassene Ehefrau, die mich mit ihrem nicht verarbeiteten Hass während meiner Jugend therapierte, und dann noch die Schwiegermutter, die den verschwundenen und untreuen Ehemann ihrer Tochter am liebsten in der Luft zerrissen hätte. Aber ich wollte das nie akzeptieren, trat immer für meinen Vater ein und verteidigte ihn mit meiner ganzen Kraft. Ich fragte mich ununterbrochen warum sie so schrecklich gemein zu ihm waren, obwohl sie die Wahrheit über das Verschwinden nicht kannten. Jeder macht doch Fehler im Leben, muss er deswegen auch gleich ein schlechter Vater oder Mensch gewesen sein? Vielleicht musste er gehen und wollte uns eigentlich gar nicht verlassen, dachte ich damals. Ich schien bei diesem Thema völlig allein zu sein und konnte mit niemandem in meiner Familie über die Leere in meinem Herzen sprechen. Wenn das Vaterthema durch Zufall dann doch mal erwähnt wurde, endete es meistens mit schlechten Erinnerungen und anschließenden Wutausbrüchen. Dann riss meine Mutter laut fluchend die Hände in die Luft und zählte das Kindergeld, welches er uns noch schuldete. Irgendwann schaltete ich auf Durchzug und erschuf mir meine eigene Welt. Eine Welt, in der mein Papa und ich die besten Freunde waren.

Als andere Jungs mit 15 Jahren abends das erste Mal in die Disko gingen, blieb ich zuhause und schaute mir alte Dias an, bei denen ich mich jedes Mal fragte, wie er denn wohl war, mein Vater. Ich stellte mir mein eigenes Fotobuch zusammen und hängte mir die schönsten Bilder eingerahmt in meinem Zimmer an die Wand. Das war eine schwere Zeit für mich, da ich auf den Rückseiten der Fotos und in alten Notizen nach Hinweisen suchte, die er mir eventuell hinterlassen hatte, damit ich ihn finden konnte. Ich kannte mit der Zeit jeden einzelnen Schnappschuss, jede Falte und jedes Lachen von ihm. Aber ich kannte den Menschen hinter den Bildern nicht. Meine Erinnerungen verblassten immer mehr und ich wollte nichts sehnlicher, als den Mann wiedersehen, der mich damals voller Freude auf den Arm genommen und geküsst hatte.

Ich muss rückblickend zugeben, dass er mir sehr gefehlt hat. Auch heute vergeht kaum ein Tag, an dem ich nicht an ihn denke oder von ihm träume.

Einmal ist er in einem meiner Träume mit einem Safarihut auf dem Kopf in ein Flugzeug gestiegen. Ich war ebenfalls an Bord und rannte kurz darauf wie von Sinnen aus dem Flieger, weil ich unbedingt sehen wollte in welcher

Airline wir saßen. Doch genau in dem Augenblick wo ich den Namen der Fluglinie erkennen konnte, hob die Maschine vom Rollfeld ab und ich wachte schweißgebadet auf. In einem anderen Traum lag er bei uns gemütlich Zuhause auf dem Bett. Ich schaute ganz genau hin und war erstaunt darüber, dass er exakt so aussah wie ich ihn in Erinnerung hatte. Einen Moment später kam meine Mutter ins Zimmer und brachte ihm etwas zum Anziehen. Sie schrie ihn plötzlich aus voller Kehle an und machte ihm dabei nicht enden wollende Vorwürfe. Ich sprang sofort dazwischen und verteidigte ihn mit all meiner Kraft, denn ich wollte um jeden Preis verhindern, dass irgendjemand mein Wiedersehen mit seinem vergangenen Hass kaputtmacht.

Ich vermisse die Zeit, die wir nie gemeinsam miteinander verbringen konnten. All das, was für viele Kinder und Heranwachsende normal war, war für mich nur auf Bildern und in meiner Vorstellung existent. Das hat mich in meiner Kindheit und Jugend emotional komplett aus der Bahn geworfen und fühlte sich an wie ein nicht enden wollender Alptraum. In meiner Welt war mein Vater noch am Leben und in der Welt meiner Familie war er schon lange tot und nicht mehr existent. Das konnte und wollte ich in meinem Herzen einfach nicht akzeptieren.

Damals, als mein Papa im Gefängnis saß, schrieb er mir immer Postkarten, die er mir dann, als er im offenen Vollzug saß, immer heimlich vorbeibrachte. An diesem einen Tag bemerkte ich durch Zufall, wie er die Tür aufschloss und leise in die Wohnung kam. Ich rannte wie ein Verrückter auf ihn zu und klammerte mich vor Freude an sein Bein. Durch meine kleine Brille schaute ich zu ihm auf. Dann nahm er mich auf seinen Arm und gab mir einen Kuss. Es war ein wunderschöner Moment. Ein Moment, in dem ich als Kind fühlte, dass er ein Teil von mir war und ich zu ihm gehörte. Ich erwartete nicht, dass er mir etwas mitbrachte, sondern klammerte mich an ihn, weil ich ihn so sehr vermisst und so sehr geliebt hatte.

Von seiner ganzen Verzweiflung über die er immer wieder in seinen Tagebüchern schrieb, bekam ich als Kind zwar nichts mit, aber man spürte, dass er an manchen Tagen versuchte zu lachen, obwohl er innerlich todtraurig war.

Kurz vor seinem spurlosen Verschwinden schrieb er eine letzte Postkarte an mich. Auch heute bekomme ich beim Lesen noch jedes Mal Gänsehaut, da ihm während des Schreibens mit aller Wahrscheinlichkeit bewusst war, dass es eine gemeinsame Zukunft mit seinem Sohn niemals geben würde. Ich habe absichtlich nichts am Ausdruck verändert, damit das Gefühl, welches er in seinen Worten vermitteln wollte, nicht verfälscht wird.

Mein lieber Junge Marty,
ich habe mich sehr gefreut, dass ich gestern bei Dir war. Aber Du warst sehr traurig und hast Du sehr lange Zeit geweint. Mein kleiner ich habe Dich sehr lieb und möchte auch sehr gerne immer bei Dir bleiben, aber es geht jetzt nicht und ich hoffe das es bald so weit ist, dass ich immer bei Dir sein kann. Bleibe gesund und denke daran, dass Du einen Vater hast, dass er alles Gute für Dich wünscht und machen will. Habe bisschen Geduld, wir werden sehr viele gute Zeiten miteinander erleben

1000 Küsse von mir, dein Papi

In meiner Jugend musste ich bei Unterhaltungen mit meinem besten Freund immer höllisch aufpassen, dass ich meinen Vater nicht allzu sehr in den Himmel lobe. Denn sobald meine Mutter etwas hörte was ihr nicht gefiel, riss sie mit ihrem Hass alles nieder, was meinen Vater nur ansatzweise in einem positiven Licht erscheinen ließ. Diese Momente der Ablehnung machten mich von Mal zu Mal stärker und zeigten mir, dass ich die Wahrheit über sein spurloses Verschwinden unbedingt aufklären musste.

Dass die Wahrheit aber in Wirklichkeit irgendwo da draußen war, und nicht so einfach zu finden war wie ein Blatt im Wind, davon hatte ich nicht den Hauch einer Ahnung. Erst als ich durch seinen besten Freund erfuhr, dass mein Vater mit einem falschen Pass über die DDR (Grenzübergang Bornholmer Straße) ausgereist war.
Ab diesem Zeitpunkt war mir klar, dass die Suche nach ihm wahrscheinlich eine Suche nach diesem einen Sandkorn sein wird, welches irgendwo verstreut in der Wüste herumliegt. Ich musste mich neu sortieren, sammeln und einen allerletzten Anlauf wagen. Doch wo sollte ich nur anfangen zu suchen? Alles was es gab, waren Fotos, Dias, alte Dokumente (aus den 50er, 60er, 70er und 80er Jahren) und seinen alten »neuen« Pass, den er sich 6 Monate vor seinem plötzlichen Verschwinden extra neu ausstellen ließ. Alles war unsortiert, unvollständig und es gab keinerlei Hinweise oder Spuren, an die ich mich hätte heften können.

Ich stellte jede Theorie auf, die mir einfiel, und las alles über den DDR-Geheimdienst. Irgendwann suchte ich mir Hilfe in Internetforen und kontaktierte Leute, die sich mit der Stasi-Materie besser auskannten als ich. Am 9. November 2014, am 25. Jahrestag des Mauerfalls, verteilte ich am ehemaligen Grenzübergang Bornholmer Straße Flugblätter, auf denen ich meinen Vater suchte, weil ich hoffte irgendjemanden zu finden, der ihn damals eventuell gesehen haben könnte. Ich spürte seinen Freund Ralf auf, den er im Gefängnis kennengelernt und dem er kurz vor seinem Verschwinden seine Tagebücher anvertraut hatte. Als ich die Bücher 10 Jahre später in den Händen hielt, war die Enttäuschung, dass ich nicht einen Satz lesen konnte, gewaltig. Denn sie waren alle in der Muttersprache (Farsi) meines Vaters geschrieben.

Da meine Mama aus der DDR kam und durch diverse eigenartige Aktionen schon immer einen gewissen Verdacht hegte, dass ihr Ehemann etwas mit der Stasi zu tun haben könnte, schrieb ich auf gut Glück die BSTU (Behörde des Bundesbeauftragten für die Stasi-Unterlagen) an. Ich verlangte in einem langen Brief nach Einsichtnahme in die Akten meines Vaters. Doch all die schriftlichen Begründungen und Dokumente, die ich vorlegte, um Akteneinsicht zu bekommen, waren nicht genug und wurden immer wieder abgelehnt. Sie raubten mir meine Kraft und vor allen Dingen kosteten sie mich wertvolle Zeit. Das wurde zur jahrzehntelangen Tortur und bis heute wird mir die Einsicht in die kompletten Unterlagen verweigert. Mittlerweile bin ich der festen Überzeugung, dass ein anderer Geheimdienst seine Finger ebenfalls mit im Spiel hat und unbedingt verhindern will, dass wertvolle Details ans Tageslicht gelangen. Den angeblich letzten Teil der Akten durfte ich einsehen, doch diese geben keinerlei Hinweise auf seinen Verbleib und enden 7 Monate vor seinem plötzlichen Verschwinden.

Mit sechzehn Jahren fasste ich einen Entschluss und flog kurz nach meinem achtzehnten Geburtstag alleine in den

Iran, weil ich vermutete, dass mein Vater sich eventuell bei seiner Familie aufhalten würde. Doch auch dort verlief meine Suche im Sande.

Ich gab nicht auf und schlug einen neuen Weg ein, um an wichtige Informationen zu gelangen. Nach langem Überlegen über mögliche Racheakte von alten Weggefährten, fasste ich mir ein Herz und ging zu meinem Anwalt. Dieser beantragte, ohne mit der Wimper zu zucken, die alten Gerichtsakten aus dem Archiv.

Zwei Wochen später hielt ich den verstaubten Aktenstapel endlich in den Händen und suchte anhand der Geburtsdaten und Namen seine ehemaligen Komplizen mit Hilfe der Behörden auf. Ich wusste, dass Alex, einer seiner alten Partner, wegen der Falschaussage meines Vaters volle acht Jahre im Gefängnis absitzen musste und keinerlei Haftverkürzung bekommen hatte.

Als ich die Adresse von ihm in den Händen hielt und ein paar Tage später vor seiner Haustür stand, schlotterten meine Knie und mein Herz schlug vor Aufregung so stark, dass ich es bei jedem einzelnen Schritt hören konnte.

Sein bester Freund Ali, den ich ebenfalls aufsuchte, erzählte mir, wie er meinen Vater kennenlernte und welche spannenden Abenteuer sie zusammen erlebt haben. An einem Sonntag im August fuhr er ihn mit seinen angeblichen Familienmitgliedern und seiner neuen Partnerin zum Grenzübergang an der Bornholmer Straße. Dort verabschiedete er sich von ihm, ohne zu wissen, dass es ein Abschied ohne Wiedersehen werden würde. Die Frage, die ich mir immer und immer wieder gestellt habe war, warum musste er Berlin im August 1988 so schnell und plötzlich verlassen? Obwohl seine Haftzeit 4 Monate später, im Dezember 1988, ohnehin vorbei gewesen wäre.

Anhand seiner Tagebücher und der zurückgelassenen Unterlagen rekonstruiere ich die Lebensgeschichte meines Vaters, der seine Heimat vor über 55 Jahren als junger Mann fluchtartig verlassen musste.

Andere Länder, andere Bräuche

Mein Vater *Mehdi Karbassion* kommt aus dem Iran und wurde laut seinem Pass am 24.02.1934 in der Stadt Isfahan geboren.
Auf einem übersetzten und beglaubigten Dokument steht, dass er am 29.11.1312 (iranischer Kalender) geboren wurde. Das wäre der 18.02.1934. Doch es ist mit dem Jahr 1933 datiert.
Er selbst erzählte meiner Mutter, dass er eigentlich 1937 geboren sei und dass sein Vorname und das Geburtsdatum von seinem verstorbenen Bruder übernommen wurde. Welches Datum nun stimmt, das ist schwierig zu sagen. Aber irgendwo zwischen 1933 und 1937 ist mein Papa wohl geboren worden. Wenn alles stimmt, dann wäre er heute zwischen 81 und 84 Jahren alt.
Es war 1934 als Persien in den Iran umbenannt wurde. Das ganze Land befand sich in einem mächtigen Umbruch und sollte durch politische Annäherung mehr an den Westen angebunden werden. Zu diesem Zeitpunkt wurde der gesamte Iran von Armut und großen Hungersnöten heimgesucht, in welche mein Vater hineingeboren wurde. Er wuchs zusammen mit seinen drei Geschwistern auf, mit denen er in einem kleinen Haus am Rande der Stadt Isfahan lebte. Dort hatte zwar der Vater das Sagen, aber da er durch die Arbeit sehr lange von Zuhause wegblieb, wurde die Mutter zur heimlichen Herrscherin im Haus. Der kleine Mehdi schlich während des Kochens ununterbrochen um seine Mama herum, weil er immer die Hoffnung hatte, dass er ein Stück Brot oder eine Süßigkeit ergattern würde. Mamanjun gab natürlich oft genug nach und liebte es,

wenn er sich bei ihr geborgen und wohl fühlte. Als er den ersten Tag in die Schule ging, war er nicht sonderlich glücklich, denn sein älterer Bruder hatte ihm mehrmals die Geschichte von dem bösen alten Lehrer erzählt. Diesen erkannte man daran, dass er immer eine frische Rute von einem Granatapfelbaum auf dem Tisch liegen hatte. Wenn eines der Kinder nicht gehorchte, dann bekam es so lange Schläge auf die Außenfläche der Hände, bis es vor Schmerzen zusammenbrach.

Glücklicherweise war der böse alte Lehrer aber an diesem Tag krank und ein ordentlicher junger Mann hatte die Vertretung übernommen. Keiner der Schüler sollte vor dem Neuen, wie sie ihn vorsichtig nannten, Angst haben, denn dieser setzte Respekt und Autorität anstelle einer Rute ein. Als der erste Schultag zu Ende ging und die Sonne langsam das Ende des Tages einleitete, liefen die meisten Kinder alleine nach Hause. Der kleine Mehdi spielte verträumt mit seinen Freunden auf den sandigen Straßen herum, als sie plötzlich an einem Friedhof vorbeikamen. Einer der Jungen blieb stehen, drehte sich um und riss aufgeregt seine Augen auf.

»Habt ihr schon einmal einen Totenkopf mit Haaren gesehen?« Die anderen Kinder zuckten sofort zusammen und bekamen beim bloßen Gedanken schon Gänsehaut. Doch ihre Neugier war in diesem Moment größer als ihre Angst, weswegen sie auch vorsichtig nachfragten, wo er denn so etwas schreckliches gesehen hätte. Gemeinsam schlichen sie um die Ecke zum Friedhof, hinter der der Junge eine dicke Metallplatte nach oben klappte und ihnen der grässliche Totenkopf entgegenstarrte. Alle Kinder erschauderten und wandten sich sofort ab, doch der kleine Mehdi blieb wie versteinert stehen und konnte seinen Blick einfach nicht abwenden. Immer wieder schaute er zwischen seinen kleinen Fingern hindurch und sah, wie der Totenschädel ihn furchterregend und leblos anstarrte. Währenddessen erzählte einer der Jungen, dass seine Mutter ihm erklärt habe, dass Menschen, die im Leben schwere Sünden begangen hatten, einfach lebendig begraben werden und unter der Erde auf ihren Tod warten müssten. Ein anderes Kind, welches danebenstand, quasselte einfach dazwischen.

»Mein Onkel schläft jeden Abend in einem Sarg, der auf dem Vierzehn-Mädchen-Friedhof steht. Dort bereitet er sich auf seinen Tod vor, damit er vor dem Engel, der ihn in der ersten Nacht besuchen würde, keine Furcht hat.« Die Kinder waren nun so verängstigt, dass sie immer näher zusammenrückten und gespannt der Geschichte lauschten.

»Dieser Friedhof erhielt seinen Namen durch eine schreckliche Begebenheit. Eines Tages wurden vierzehn Mädchen von blutrünstigen Räubern verfolgt. In ihrer Angst suchten sie Zuflucht und beteten inbrünstig zu Gott, er möge Ihnen doch Schutz und Hilfe gewähren. Doch seitdem wurden die Mädchen nie wieder gesehen. An manchen Tagen, wenn der Vollmond über den Gräbern wacht, kann man in der Stille noch ein ganz leises und verängstigtes Wimmern wahrnehmen.« Mit ihren funkelnden braunen Augen sahen sie sich vorsichtig um und nahmen sich dabei gegenseitig an die Hand. Die Sonne fiel nun immer tiefer und bevor es dunkel wurde, schlichen sie ganz leise vom Friedhof, um nicht den Zorn der Toten zu wecken. Hinter dem Gelände befand sich in der Ferne eine alte Karawanserei, vor der der kleine Mehdi mit seinen Freunden schon des Öfteren gespielt hatte. Aber aus Angst vor den vielen Tierschädeln, die überall vor dem Eingang herumlagen, trauten sie sich nie wirklich hinein.

Die zweite Schulwoche war zu Ende, als der kleine Mehdi Zuhause saß und mitbekam, wie seine Mama ein freundliches Gespräch mit einer fremden Frau führte. Mamanjun war dabei Stoffe zu kaufen und verhandelte wie eine Besessene, weil sie die geforderten Preise einfach nicht bezahlen konnte. Die Verkäuferin argumentierte immer wieder laut dagegen, da sie von der exzellenten Qualität ihrer Ware absolut überzeugt war.

»Ich habe die besten Stücke im ganzen Orient und fühle mich persönlich beleidigt, wenn mich jemand so sehr herunterhandeln will. Entweder Sie kaufen die Stoffe oder aber ich gehe!« Mamanjun knickte schließlich ein und zeigte sich mit der geforderten Summe einverstanden. Anschließend begleitete sie die Verkäuferin freundlich und zuvorkommend nach draußen. Als sie die Tür schloss, stand der kleine Mehdi sofort im Raum und erkundigte sich ungeduldig nach der fremden Dame, die gerade eben gegangen war. Seine Mutter antwortete so erzürnt und böse wie er sie selten gesehen hatte

»Diese Frau, mein Junge, war eine Stoffverkäuferin, eine schmutzige Jüdin, die halsabschneiderische Preise für ihre Ware verlangt. Ich habe sie für deine Schwester gekauft, denn sie wird bald heiraten und ich muss langsam versuchen für sie die Aussteuer zu besorgen.«

In der nächsten Woche sah er, dass sich immer mehr neue Sachen im Zimmer ansammelten. Darunter waren Petroleumlampen, ein Samowar, neue Decken, Bettwäsche, ein kleiner Gebetsteppich, einige Porzellanteller, Bestecke und andere wichtige Dinge des Alltags. Doch ein Gegenstand hatte es ihm ganz besonders angetan. Es war eine kleine handgefertigte Holzschachtel, die verschlossen und verdeckt zwischen all den anderen Sachen stand. Er nahm sie in die Hand und schüttelte sie vorsichtig, um zu hören ob sich etwas im Innern befinden würde. Gleich danach versuchte er die Box mit seiner ganzen Kraft zu öffnen und scheiterte letztendlich am kleinen, aber starken Verschluss. Neugierig schlich er im Raum herum und begab sich auf die Suche nach dem dazugehörigen Schlüssel. Dabei guckte er in jede Schublade und suchte jeden Winkel ab, doch irgendwie schien er einfach nicht auffindbar zu sein. Erst als er die Schatulle unachtsam wieder zurückstellte und diese plötzlich umfiel, entdeckte er, dass der Schlüssel auf der Unterseite angeklebt war. Erwartungsvoll schloss er die Holzschachtel auf und starrte enttäuscht auf die vielen beschriebenen Zettel, die sich im Inneren befanden. Aufgeregt stiefelte er hinüber in die Küche, in der er seiner Mama die Schachtel mit den Notizen vor die Nase hielt.

»Ach Mehdi, ich habe dir doch schon ein Dutzend Mal gesagt, dass du nicht in den Sachen von deiner Schwester herumkramen sollst.« Ihr Sohn fing verlegen an zu lächeln und ließ sich erwartungsvoll auf dem Fußboden nieder. Bei den akkurat gefalteten Zetteln handelte es sich um Glückwünsche von den Verwandten, die der Braut nach der Hochzeit feierlich überreicht werden sollten.

»Nun gut, einen werde ich dir vorlesen, danach hilfst du mir aber ein wenig im Haushalt ist das klar?« Mehdi nickte zufrieden und hörte gespannt zu.

»Dieser hier ist von Babajan und dort steht: ‚Meine liebe Tochter, ich wünsche dir alles Glück der Welt. Ich hoffe, dass du einen Mann heiraten wirst, der immer für dich und deine Kinder sorgen kann.'«

Mehdi klatschte aufgeregt in seine kleinen Hände und fing an zu betteln.

»Bitte noch einen, bitte Mamanjun.«

»Ja, ist ja gut, du gibst ja eh keine Ruhe.« Mit geschlossenen Augen kramte sie noch ein Papier hervor, welches sie aber am liebsten wieder zurückgesteckt hätte, weil es von ihrer kürzlich verstorbenen Mutter stammte.

»Dieser Glückwünsch ist von deiner Oma. ‚Meine liebe Enkelin, ich habe in meinem Leben so viel Schmerz und Leid erfahren und hoffe, dass du es einmal besser haben wirst. Ehre Allah und deinen Mann und dir wird nur Gutes widerfahren. In ewiger Liebe.'«

Mehdi fragte neugierig nach, weil er den Inhalt nicht wirklich verstand.

»Mama was ist Leid und Schmerz eigentlich?«

»Deine Oma hatte kein einfaches Leben mein Junge, sie hat soviel durchlebt. Das wirst du eventuell verstehen, wenn du älter bist.« Mamanjun holte tief Luft und kämpfte dabei sichtlich mit den Tränen.

»So jetzt ist aber genug. Es bringt außerdem Unglück, wenn man den Inhalt schon vorher kennt. Die Glückwünsche werden dann nämlich nicht in Erfüllung gehen.« Dabei zeigte sie mit dem Finger drohend in den Himmel um ihren Sohn daran zu erinnern, dass Allah allgegenwärtig war.

Vier Tage vor der Hochzeit ließ Mamanjun den kleinen Mehdi nicht mehr zur Schule gehen, da er ihr bei den alltäglichen Dingen unter die Arme greifen musste. Völlig genervt lief sie im Haus umher und schimpfte herum, weil sie bemerkte, dass ihr Kind lieber spielen wollte.

»Mehdi, dein Vater und deine Geschwister arbeiten von morgens bis abends, also musst du heute für uns einkaufen gehen. Ich kann nicht ständig an zwei Fronten kämpfen, das schaffe ich einfach nicht. Außerdem muss ich heute noch zwei Teppiche für die Feier ausleihen. Gehe also bitte sofort los, damit wir später gleich weiterkönnen.«

Zu ihrer Verwunderung machte sich ihr Sohn ohne ein Widerwort auf den Weg und besorgte in weniger als einer halben Stunde alles, was auf seiner Einkaufsliste stand. Völlig erschöpft ließ er sich anschließend auf dem Fußboden nieder und stöhnte herum. Doch seine Mama hatte in diesem Moment überhaupt kein Verständnis für seine Faulenzerei und scheuchte ihn hoch.

»Komm beweg dich, du kannst dich jetzt nicht ausruhen. Wir müssen los.«

»Mamanjun, es ist so schrecklich heiß draußen, das kann doch kein normaler Mensch aushalten.« Die Mutter stand gerade vor dem Spiegel und schaute amüsiert zu ihm hinüber.

»Wenn ich die Hitze mit meinem Kopftuch ertragen kann, dann kannst du es ja wohl erst recht.«

Nach langem Hin und Her machten sie sich endlich auf den Weg und besorgten in der glühenden Mittagshitze all die Dinge, die sie für die Hochzeit noch brauchten.

Drei Tage vor der Vermählung kam eine junge Dame zu ihnen nach Hause. Ihr Name war Liah und sie war schon des Öfteren zu Besuch gewesen. Der kleine Mehdi kannte sie so gut, dass er ihr hinter vorgehaltener Hand den Spitznamen »Foltermeisterin« gegeben hatte. Nach einer herzlichen Begrüßung ließ sie sich mit seiner Schwester und ein paar anderen Frauen aus der Familie im Schlafzimmer nieder und begann mit einem Faden unerwünschte Haare vom Körper zu entfernen. Mehdi stand währenddessen im Türrahmen und beobachte mit schmerzverzerrtem Gesicht, wie die Foltermeisterin hochkonzentriert ihrer Arbeit nachging. Dabei schrie und weinte seine Schwester fürchterlich, was seine innere Abneigung gegenüber der jungen Frau nur noch verstärkte. Als die Prozedur endlich zu Ende war, kamen die anderen Damen an die Reihe und die Jammerei ging wieder von vorne los.

Am späten Abend stand eine uralte Frau vor ihrer Tür, die einen altertümlichen Tanz aufführte. Mehdi, der die unheimliche Dame noch nie zuvor gesehen hatte, schaute verängstigt hinüber zu Mamanjun und hoffte inständig, dass sie das gruselige Wesen ganz schnell fortschicken würde. Doch als er sah, wie sie plötzlich hineintrat und ihn mit ihrem durchdringenden Blick fixierte, bekam er furchtbare Angst. In der linken Hand hielt sie eine Ledertasche, in der sich ihr Werkzeug befand, und über der Schulter trug sie einen hellbraunen Schafspelz, auf dem sie sich mitten im Raum niederließ. Während das alte Weib ihre Arbeitsutensilien ausbreitete, fragte sie mit einem undurchschaubaren Gesichtsausdruck, wer denn als erstes drankommen sollte. Mehdi ging sofort in Deckung und war heilfroh, als Mamanjun seine Schwester vorschickte. Hochkonzentriert ritze sie den freigelegten Rücken an mehreren kleinen Stellen mit einer Rasierklinge ein und ließ anschließend das Blut aus den Wunden in ein Horn tröpfeln. Als sie mit dem traditionellen Brauch fertig war, suchte sie sich ein neues Opfer, wobei ihr düsterer Blick unweigerlich auf Mehdi fiel, der sichtbar geschockt neben ihr stand und verzweifelt überlegte, wohin er jetzt fliehen sollte. Mamanjun erzählte ihr leise, dass ihr Sohn des Öfteren krank und schwach sei und deshalb unbedingt geschröpft werden müsse. Die steinalte Dame nahm ihn daraufhin unsanft an die Hand und forderte ihn in einem strengen Ton zum Sitzen auf. In Nullkommanichts befreite er sich aus den Fängen der knöchrigen Hexe und rannte hinüber zur Wohnungstür, die er verzweifelt zu öffnen versuchte. Seine Schwester nahm umgehend die Verfolgung auf und wurde kurz darauf von ihrem kleinen Bruder in den Arm gebissen. Mehdi rannte wie von Sinnen auf die andere Seite des Zimmers und verschanzte sich blitzschnell hinter einem Tisch, den er in Panik umgeworfen hatte. Mamanjun redete mit Engelszungen auf ihn ein, um ihn doch noch von der Schröpfung zu überzeugen. Völlig verängstigt nahm er einen Stein in die Hand, um allen Anwesenden zu demonstrieren, dass er bereit war, sich mit allen erdenklichen Mitteln zu verteidigen. Denn er wollte auf keinen Fall das nächste Opfer dieses abscheulichen Brauchs werden. Nachdem die anderen Frauen ebenfalls behandelt worden waren, hockte der kleine Mehdi noch immer hinter seiner Verschanzung und wartete solange ab, bis die schreckliche alte Dame das Haus für immer verlassen hatte.

Am nächsten Morgen kam der zukünftige Schwager zu Besuch. Er war ein kleiner dicker Mann mit braunen Haaren, der mit seinem baldigen Schwiegervater besprach, wo das Hochzeitszeremoniell stattfinden sollte. Nach langer Verhandlung entschied man sich gegen die Sitte, die Hochzeit zu Hause zu feiern, da das Elternhaus der Braut weitaus geräumiger war. Mamanjun war heilfroh über diese Nachricht, denn das Wenige, was sie an Geschenken aufbringen konnte, musste nun auch nicht mehr vor den neugierigen Blicken der Nachbarn herausgetragen werden, was sie sehr beruhigte.

Zwei Tage vor der Eheschließung lagen alle verpackten Präsente geordnet auf einem feierlich dekorierten Tisch. Dazwischen standen Kerzen, kandierte Früchte, sowie traditionelle persische Süßigkeiten. Mamanjun kontrollierte zwischendurch immer wieder die Anzahl der Leckereien, weil sie Angst hatte, dass ihr Sohn sich in einer unachtsamen Sekunde an den teuren Süßspeisen bedienen würde. Wie es bei diesem überlieferten Brauch üblich war, kam noch am selben Tag ein Schuhmacher vorbei, der für die Braut und dessen Mutter neue Schuhe anfertigte. Mamanjun borgte sich von ihrer Schwester ein wenig Geld und kaufte zusätzlich noch einen gebrauchten Spiegel sowie einen in Samt gebundenen Koran, welchen sie am Abend in das Haus des Bräutigams brachte.

Am Tag der Heirat wurde die Braut von Frauen der Familie zum Baden begleitet. Anschließend wurden ihre Hände und Füße mit Henna eingefärbt, welche am Ende der Trocknung wunderschöne Muster aufwiesen. Während Mehdis große Schwester geschminkt und eingekleidet wurde, kam ein paar Stunden vor dem Fest ein Koch mit seinem pummeligen Helfer vorbei. Diese schichteten auf dem Hof mehrere Holzstöße aufeinander, die sie kurz darauf anzündeten. In den großen Töpfen kochten sie Reis und in den kleineren Auberginen und anderes Gemüse. Der Hauptteil des Hofes war mit geliehenen Teppichen ausgelegt, auf denen jeweils ein prächtiger Samowar und eine Petroleumlampe standen. Bevor es dunkel wurde, versammelten sich alle Gäste im geschmückten Innenhof, in dem sie sich bei einem Glas Tee und einem freundlichen Gespräch nach und nach auf dem Boden niederließen.

Der kleine Mehdi lief aufgeregt umher und schaute neugierig in die Gesichter der fremden Leute, denn er hatte noch nie so viele lange Bärte gesehen. Sein Vater hatte zur Feier des Tages ein paar Musikanten beauftragt, was den Eltern des Bräutigams aber missfiel, da sie der Ansicht waren, dass die Art der Musik gegen die Gesetzte der Religion verstoßen würde. Sogar das Klatschen in die Hände wollten sie verbieten, womit sie beim anderen Teil der Familie auf heftigen Widerstand stießen. Trotz der kleinen Meinungsverschiedenheit verlief die restliche Hochzeitsfeier sehr ruhig und harmonisch ab. Man unterhielt sich über die alltäglichen Dinge des Lebens und über die Sorgen des Volkes. Dabei war das Hauptthema natürlich der Zweite Weltkrieg, der sich immer weiter ausbreitete.

Im Laufe des Abends bildete sich eine Traube von Menschen um das Brautpaar herum. Vor der Vermählung musste der Verlobte seinen rechten Fuß auf den linken Fuß seiner zukünftigen Frau stellen, denn das sollte demonstrieren, wer zuhause das Sagen hatte. Nachdem die Trauung von einem Imam vollzogen war, standen die beiden schüchtern und zurückhaltend vor den Gästen, die laut applaudierten. Kurz nach Mitternacht verabschiedete sich der größte Teil der Besucher und nur die engsten Familienangehörigen blieben, um die frisch angetrauten Eheleute hinüber zum Brautgemach zu begleiten.

Persisches Neujahr

Der Sommer leitete die zweite Hälfte des Jahres ein. Es sollte ein gutes Jahr für die Familie werden, denn die Geschäfte des Vaters vom kleinen Mehdi liefen nun immer besser. Durch die kontinuierlichen Einnahmen gab es wieder regelmäßig etwas zu essen und er konnte endlich die restlichen Schulgebühren für seinen Sohn bezahlen, was ihm eine Menge Last von den Schultern nahm. Der Zweite Weltkrieg hatte sich mittlerweile weit über die Grenzen Europas ausgebreitet und drohte den Iran zu erreichen.

Jeden Abend versammelten sich deshalb ganze Menschenmassen aus den unterschiedlichsten Bezirken Isfahans in einem alten Fabrikgebäude und hörten sich im einzigen Radio der Umgebung die neuesten Nachrichten über das Kriegsgeschehen an. Als allererstes lauschten sie gespannt dem Deutschen Sender, weil dieser laut den Übersetzungen, die danach auf einem anderen Kanal folgten, besonders informativ waren. Der kleine Mehdi lag zu dieser Zeit schon längst im Bett und hörte aus der Ferne immer wieder die krächzende Ansage aus den Lautsprechern dröhnen. »Berlin, hier ist Berlin.« Zwar verstand er nicht genau was damit gemeint war, aber sobald die Durchsage ertönte, machten sich sein großer Bruder und sein Vater auf den Weg zum Fabrikgelände.

Der Eigentümer machte während der Radiosendungen das Geschäft seines Lebens und versorgte die Menschen mit Tee und selbstgedrehten Zigaretten. Zwischendurch verschwand er immer wieder in seinem kleinen Büro und entleerte seine Taschen, da er das viele Geld einfach nicht mehr mit sich herumtragen konnte. Obwohl die Diskussionen auf dem Fabrikgelände teilweise sehr hart und bis spät in die Nacht miteinander geführt wurden, war die Ablehnung gegenüber dem Krieg bei allen Anwesenden deutlich spürbar. Dabei spielte die Angst über die ungewisse Zukunft eine zentrale Rolle, denn der Weltkrieg hatte viele importierte Waren unbezahlbar gemacht.

Am Ende des Jahres hatte der Vater des kleinen Mehdi so viel Geld zusammengespart, dass er einige Schulden, die durch die Aussteuer seiner Tochter angefallen waren, begleichen konnte. Das Neujahrsfest (Norus) stand vor der Tür und er konnte es sich endlich erlauben, für die Familie neue Schuhe und Stoffe zu kaufen, die sie einer alten Dame gaben, die hinter ihrem Haus eine kleine Näherei besaß. Sobald die Kleidungsstücke fertig waren, holte sie Mamanjun ab und trug sie unbemerkt ins Haus, in dem sie bis zum Neujahrsfest in einer großen alten Truhe verschlossen blieben. Die Kostüme für den kleinen Mehdi wurden absichtlich etwas größer angefertigt, da er die Sachen ja auch noch in ein paar Jahren tragen sollte. Die Schuhe kaufte die Mutter auf dem Basar von einem Schuhmacher, der in engem Kontakt mit dem Vater stand. Er war ein glatzköpfiger, rotbärtiger und krank aussehender Mann, der die Frauen unüblicherweise direkt ansprach. Mamanjun schämte sich sehr, mit fremden Männern zu sprechen, weshalb sie die Schuhe auch in Windeseile aussuchte. Als der erste Regen kam, konnte der kleine Mehdi nur schwer in den neuen Schuhen laufen, da er beim Gehen immer wieder hinausschlappte. Irgendwann war er so genervt, dass er die riesigen Treter einfach in die Hand nahm und nur noch barfuß durch die Gegend lief. Zu diesem Zeitpunkt wusste er aber noch nicht, dass es für viele Jahre sein einziges Paar sein würde.

Wenige Tage vor Beginn des neuen Kalenderjahres hatte ein Hilfsarbeiter des Vaters trockenes Brot, Gaz (Weißer Nougat), Reis, Gemüse und geräucherten Fisch zu ihnen nach Hause geliefert. Diesen Luxus konnte sich die Familie in diesem Jahr noch ein allerletztes Mal leisten und sollte zum persischen Neujahrfest verzehrt werden. Einen Abend vor der Feier konnte der kleine Mehdi vor Aufregung nicht einschlafen, da Mamanjun seine Handflächen und die Nägel mit Henna gefärbt hatte. Verkrampft lag er im Bett und streckte die Finger auseinander, damit die Farbe optimal einziehen konnte. Mit unbeschreiblicher Vorfreude dachte er daran, wie er am morgigen Tag den anderen seine prächtig gefärbten Hände zeigen und im Gegenzug dafür Geschenke erhalten würde. Am frühen Morgen schaute er erwartungsvoll aus dem Fenster, weil er unbedingt die ersten Sonnenstrahlen erhaschen wollte, die den Beginn des Tages ankündigten. Anschließend blickte er erwartungsvoll hinunter auf seine Hände und schien über das Resultat alles andere als begeistert zu sein.

Durch seinen unruhigen Schlaf waren die Muster so sehr verwischt, dass er trotz des schlechten Ergebnisses hoffte, noch genügend Präsente zu bekommen. Enttäuscht ging Mehdi nach unten ins Wohnzimmer, in dem er auf seine Schwester Amira traf, die ihm freudestrahlend ihre perfekten Hennafärbungen zeigte. Bei genauerer Betrachtung konnte man sogar noch ein paar kleine rote Krümel erkennen, die sich über den gesamten Handrücken erstreckten. Leise und vorsichtig schlichen sie hinüber in das Nebenzimmer, in welchem sie ihre neuen Kleidungsstücke aus der Truhe nahmen um sie anzuprobieren. Nachdem die beiden ihre Kostüme ausgiebig im Spiegel bestaunt hatten, begaben sie sich auf den Hof, um ihre Gesichter zu waschen. Dort begegneten sie ihrem Vater, der gerade einer seiner rituellen Waschungen vornahm. Vorsichtig sprachen sie ihn mit Babajan (lieber Vater) an und wünschten ihm freudestrahlend alles Gute für das neue Jahr. Der Papa nahm sie liebevoll in den Arm und drückte sie so fest er nur konnte an sich. Anschließend forderte er sie in einem ernsten, aber freundlichen Ton zum Beten auf, doch beide lehnten ab, weil sie erst noch ihrer Mama zum Neujahr gratulieren wollten. Als sie zurück ins Haus kamen, war Mamanjun schon wach und wirbelte wie eine Verrückte im Haus herum. Mehdi und seine Schwester rannten voller Freude auf sie zu und küssten nach einer kleinen Verbeugung die Außenfläche ihrer Hände. Sie war überglücklich und gab ihnen zum Dank einen liebevollen Kuss auf die Stirn. Kurz darauf beteten sie gemeinsam auf dem Hof, bevor sie sich zusammen im Haus niederließen. Mehdi saß ungeduldig auf seinem Platz und wartete sehnsüchtig auf seinen großen Bruder Hussein. Doch der liebte es an Feiertagen bis vormittags zu schlafen und sorgte mit seiner morgendlichen Abwesenheit für lange Gesichter. Im Kreise der Familie fehlte noch der letzte Bruder Reza, der es durch den Einzug in die Armee meistens nicht schaffte, bei seiner Familie zu sein. Am späten Nachmittag klopfte es an der Tür und die Freude über seinen spontanen Besuch war riesengroß. An jenem Tag erhielten der kleine Mehdi und seine Geschwister von ihrer Tante jeweils ein rotgefärbtes gekochtes Ei und von ihrem Onkel bekamen sie ein paar Dah Shahi (persische Cent) worüber sie sich sehr freuten. Den ganzen Abend blieb die Familie zusammen und feierte miteinander, während die Kinder auf den sandigen Straßen vor dem Haus spielten. Wegen der Feiertage hatten alle Schüler dreizehn Tage schulfrei, was dem kleinen Mehdi besonders gut gefiel, denn so konnte er die ganze Zeit mit seiner Mama zusammen sein und ihr ein wenig bei der Hausarbeit helfen.

Am darauffolgenden Tag hörte er in den frühen Morgenstunden einen sich immer wiederholenden dumpfen Schlag. Mit verschlafenen Augen stand er am Fenster und schaute hinunter auf den Hof. Dort hatte sein Vater den ganzen Morgen Holz gehackt, welches er Scheit für Scheit aufeinander gestapelt hatte. Babajan sah seinen Sohn erstaunt am Fenster stehen und rief ihm zu:

»Mehdi komm ruhig zu mir, dann zeige ich dir wie man diese Tätigkeit richtig ausführt.« Begeistert rannte er die Treppen hinunter und stand kurz darauf völlig außer Atem vor seinem Papa, der ihm lachend auf die Schulter klopfte.

»Beruhige dich erstmal, denn wenn du beim Holzhacken unkonzentriert bist, kann es sehr schnell gefährlich werden. Du musst bei dieser Arbeit ruhig und vorsichtig sein. Hast du verstanden?« Mehdi stellte sich ängstlich neben seinen Vater, der schwungvoll ausholte und gezielt auf den Holzklotz einschlug. Doch die Axt war so alt und wackelig, dass beinahe die Klinge wegflog. Er ging sicherheitshalber mehrere Schritte zurück, weil ihm das Ganze zu unsicher erschien. Aber Babajan machte ihm so viel Mut, dass er kurzerhand all seine Bedenken über Bord warf und es schließlich ausprobierte. Er hob die Axt hoch über seinen Kopf und flog dabei fast hintenüber. Kurz darauf sauste die Schneide hinab und traf das Holzstück exakt in der Mitte, woraufhin es in zwei Hälften zerbrach. Der Papa machte große Augen und lobte ihn daraufhin in den höchsten Tönen.

»Das hast du wirklich toll gemacht mein Junge. In Zukunft kannst du die kräftezehrende Arbeit ja gerne für mich übernehmen, denn lange halte ich das nicht mehr aus.« Mehdi umarmte ihn begeistert und düste danach völlig euphorisch im Hof herum.

Der Arzt der armen Leute

Es war März und die Wärme des bevorstehenden Frühlings war noch immer nicht spürbar. Trotzdem ließ es sich die Familie nicht nehmen und verbrachte den kalten sonnigen Morgen gemeinsam auf dem Hof. Der Vater war gerade mit dem Holzhacken fertig und ließ sich schweißgebadet und völlig außer Atem auf dem Teppich nieder. Alle Anwesenden waren so sehr in ihre Gespräche vertieft, dass sie überhaupt nicht bemerkten, als der Papa plötzlich zur Seite kippte und nicht mehr hochkam. Mehdi eilte ihm panisch zur Hilfe und sah ihm erschrocken entgegen.

»Babajan ist alles in Ordnung mit dir?« Der Vater versuchte ihn zu beruhigen und streichelte ihm sanft über sein Gesicht.

»Mach dir keine Sorgen, dein alter Herr muss sich einfach nur ein bisschen ausruhen, das ist alles.«

Nach zehn Minuten hatte er sich mit Hilfe der anderen Familienmitglieder wieder aufgerichtet und ging auf wackeligen Beinen zurück nach drinnen. Mehdi lief neben ihm her und nahm ihn zur Sicherheit an die Hand, weil er schreckliche Angst davor hatte, dass er erneut zusammenbrechen würde.

»Mein Junge, mach dich bitte nicht verrückt, ich ziehe mich nur schnell um und komme dann gleich wieder zu euch.« Mit einem mulmigen Gefühl ging Mehdi wieder hinaus zu den anderen. Doch dort wartete er vergeblich auf ihn.

Am nächsten Morgen trommelte die Mutter alle Familienmitglieder zusammen, um sie über den schlechten Gesundheitszustand ihres Mannes zu informieren. Im Anschluss ging der kleine Mehdi sofort hinauf und versuchte durch den Spalt der Schlafzimmertür einen Blick auf seinen Papa zu erhaschen, doch dieser lag unter einer dicken Decke und war tief und fest am Schlafen. Mamanjun ertappte ihn auf frischer Tat und gab ihm in einem strengen Tonfall zu verstehen, dass keiner außer ihr das Zimmer betreten dürfe. Voller Verzweiflung schaute er auf, während ihm eine Träne die Wange hinunterkullerte.

»Warum darf ich Babajan nicht sehen, was ist denn mit ihm?«

»Dein Vater ist sehr krank. Er war die ganze Zeit am phantasieren. Hinzu kommt noch, dass er sehr hohes Fieber hat. Du musst mir unbedingt einen Gefallen tun und Dr. Hakim Bescheid geben. Er soll so schnell wie möglich zu uns kommen.« Mehdi schlüpfte in Windeseile in seine Schuhe und machte sich umgehend auf den Weg.

Dr. Hakim nannte man auch den Arzt der armen Leute, da er von seinen Patienten immer nur das bekam, was sie ihm geben konnten. Manchmal waren das ein paar Lebensmittel oder ein wenig Geld. Doch ganz häufig ging er auch mit leeren Händen nach Hause, denn die Armut war durch den andauernden Krieg in allen Lebensbereichen drastisch angestiegen. Als er bei der Praxis eintraf, war er völlig außer Atem. Seine Schuhe hielt er wie immer in den Händen, da er in ihnen weder richtig laufen, geschweige denn rennen konnte. Ohne Punkt und Komma erzählte er dem Arzt vom Gesundheitszustand seines Vaters, während dieser in Eile ein paar wichtige Medikamente einpackte. Kurze Zeit später rasten sie auf einem kleinen Motorroller über die staubigen Straßen, wobei Mehdi sich krampfhaft bei seinem Vordermann festhielt, da er bei dem holprigen Untergrund befürchtete hinunterzufallen.

Beim Elternhaus angekommen, wartete seine Mama ungeduldig vor derTür und schaute beschämt auf seine Füße, die mal wieder völlig verdreckt waren. Sie begrüßte den Doktor mit dem nötigen Respekt und bat ihn höflich zu sich hinein.

»Bitte kommen sie hier entlang. Mein Mann befindet sich im Schlafzimmer, sie dürfen gerne zu ihm nach oben gehen.« Anschließend drehte sich Mamanjun erbost um und sprach ihn mit zitternder Stimme an.

»Ich will von euch allen kein einziges Wort hören solange der Arzt bei uns im Haus ist. Hast du verstanden?« Dann stellte sie ihrem Sohn das Essen vor die Nase, welches nur aus fettigem Wasser und alten aufgequollenen Brotstücken bestand.

»So, ich gehe jetzt beten. Gib mir Bescheid, wenn der Doktor wieder hinunterkommt.« Mehdi nickte traurig und starrte dabei regungslos auf seinen Teller.

Sein größerer Bruder Hussein kam gerade von draußen hinein und sah ihn schluchzend am Boden sitzen.

»Du brauchst nicht weinen. Babajan wird wieder gesund und wir werden schon bald alle wieder gemeinsam draußen sitzen und miteinander lachen.« Mehdi atmete erleichtert auf und schaute verheult in die Augen von Dr. Hakim, der gerade von oben heruntergekommen war und seinen Bruder zu sich heranwinkte. Mehdi sprang sofort auf und lauschte neugierig dem Gespräch, dass direkt vor der Haustür geführt wurde. Der Arzt schien sichtlich besorgt zu sein, denn er zögerte eine ganze Weile, bevor er Hussein die Wahrheit sagte.

»Ihr Papa ist sehr krank. Er hat Gelbsucht und seine Leber sowie seine Galle sind befallen. Ich kann ihn nicht weiter behandeln. Man muss ihn umgehend in ein Krankenhaus bringen, sonst sieht es äußerst schlecht für ihn aus. Man kann die Symptome zwar weiterhin mit starken Medikamenten abmildern, aber ich weiß nicht wie lange sein Körper das noch aushalten wird.«

Hussein war wie vor den Kopf gestoßen und bekam bei der Verabschiedung des Doktors kein einziges Wort heraus. Während der Krankheit des Vaters hatte er absichtlich weniger gearbeitet, um im Falle eines Notfalls immer für ihn da sein zu können. Was allerdings zur Folge hatte, dass die Ersparnisse der Familie rapide zur Neige gingen.

Zehn Tage waren mittlerweile vergangen und Maman-jun ließ noch immer nicht zu, dass ihre Kinder das schwerkranke Familienoberhaupt sehen durften. An diesem Freitagnachmittag saß Mehdi in der Sonne vor dem Haus und starrte trostlos vor sich hin, als plötzlich ein kleiner Junge vorbeikam, welcher ihn fragte ob er nicht Lust hätte mit ihm zu spielen. Er winkte unglücklich ab und rührte sich keinen Zentimeter, was den fremden Knaben besonders neugierig machte.

»Entschuldige, aber ich habe in meinem ganzen Leben noch nie so ein bemitleidenswertes Geschöpf wie dich gesehen.« Mehdi schaute interessiert nach oben und versuchte ihm seine Situation zu erklären.

»Es tut mir furchtbar leid, aber mein Papa ist todkrank und das macht mir sehr zu schaffen.« Der fremde Bub redete ihm gut zu, aber man konnte auf Anhieb erkennen, dass es ihm arg schwer fiel mit solch einer schwierigen Situation umzugehen. Irgendwann waren die Sorgen aber für einen Moment vergessen und beide jagten sich frohen Mutes durch die staubigen Straßen und vergaßen dabei komplett die Zeit. Auf dem Rückweg traf Mehdi auf den Doktor, den er ohne jede Begrüßung sofort nach der körperlichen Verfassung seines Vaters befragte. Doch der Arzt wich seinen Fragen immer wieder aus und versuchte ihn mit seiner besonnenen Art zu beruhigen.

»Mehdi, mit deinem Papa ist soweit alles in Ordnung. Gehe ruhig zu ihm, er erwartet dich sehnsüchtig.«

Nach einem kurzen »Dankeschön«, rannte er freudestrahlend nach Hause und stürmte völlig euphorisch zur Tür hinein. Mamanjun war über die Ausgelassenheit ihres Sohnes ein wenig verwundert und fragte interessiert nach.

»Sag mal, was ist denn bloß los mit dir? Du hast nicht zufällig Dr. Hakim getroffen oder?« Mehdi lächelte und lief aufgeregt im Flur herum.

»Ja, das habe ich, und er hat mir alles erzählt. Darf ich ihn jetzt endlich sehen?«

»Babajan geht es sehr schlecht, gehe dich erst einmal waschen danach kannst du zu ihm. Vergiss aber nicht, seine Hände zu küssen, wenn du ihn begrüßt.«

Mehdi winkte genervt ab und rannte nach seinem Waschgang unmittelbar hinauf. Vorsichtig öffnete er die Schlafzimmertür und schaute durch den Spalt auf einen blassen alten Mann mit Vollbart, der erschreckenderweise überhaupt nicht mehr so aussah, wie er ihn in Erinnerung hatte. Er war vom Anblick so schockiert und wollte die Tür gerade wieder schließen, als er plötzlich mit gedämpfter Stimme angesprochen wurde.

»Willst du deinen alten Herrn nicht begrüßen?« Verängstigt ging er hinüber zum Bett, an das er verunsichert herantrat und seinen Kopf wimmernd auf die Schulter seines Vaters legte.

»Bitte schaue mich an und weine nicht, mein Sohn.« Die glasigen Augen des kleinen Mehdi blickten besorgt in das tief eingefallene Gesicht.

»Mein Junge, ich muss bald von euch gehen. Ein Leben lang habe ich hart gearbeitet und habe es zu nichts gebracht. Versprich mir, dass du in Zukunft niemals arm werden wirst und versuche immer ehrlich zu dir selbst und zu deinen Mitmenschen zu sein.« Mehdi drückte ihn so fest er nur konnte an sich, doch genau in dem Moment als er antworten wollte, war seine Kehle auf einmal wie zugeschnürt.

»Geh nur, und sage deiner Mama Bescheid, dass sie zu mir kommen soll.«

Um sich von der schwierigen Situation abzulenken, schaute Mamanjun noch am selben Abend bei ihrer Schwester vorbei. Dort versammelten sich alle Familienmitglieder in einem kleinen Raum und beteten andächtig für den kranken Vater.

Wegen der weltweiten Konflikte und dem ausbleibenden Handel mit den Nachbarländern wurden viele Dinge über Nacht plötzlich doppelt so teuer, während es manche Sachen überhaupt nicht mehr zu kaufen gab. Die einfachsten Grundnahrungsmittel wurden auf einmal zu Wucherpreisen gehandelt, was dramatische Auswirkungen auf die Bevölkerung hatte, da jeder erbittert ums Überleben kämpfte. In der Mitte des Monats verlangte Mehdi nach seinen Schulgebühren, die er dringend bezahlen musste, weil sie ihn sonst von der Schule geworfen hätten. Mamanjun, die kein eigenes Geld verdiente, schlich auf leisen Sohlen ins Schlafzimmer und fragte vorsichtig bei ihrem kranken Ehemann nach. Dieser zeigte mit einer kraftlosen Geste auf seine Hose, die auf einem Stuhl lag. Mit fürchterlichen Gewissenbissen entnahm sie die letzten Ersparnisse, wovon sie zehn Rial ihrem Sohn übergab und acht zum Einkaufen einbehielt. Trotz der schwierigen Umstände war Mehdi heilfroh, dass er nun einen weiteren Monat zur Schule gehen konnte und sich nicht mehr vor seinem Lehrer rechtfertigen musste.

Mittlerweile waren zwei weitere Monate vergangen und das Problem mit den Schulgebühren hatte sich zugespitzt, da er mit der Zahlung erneut in Rückstand geraten war. Die Ausreden, die er sich jedes Mal aufs Neue zusammenschusterte, waren irgendwann so abstrus, weshalb er zwischenzeitlich die Schule schwänzte, da er fürchterliche Angst vor den bevorstehenden Konsequenzen hatte. An diesem einen Tag war der Lehrer von seinen Ausflüchten aber so genervt, dass er ihn kurzerhand zum Direktor schickte. Auf dem Weg zum Büro dachte er noch daran wegzulaufen. Doch als er sich umdrehte und bemerkte, wie sein Klassenlehrer sich auf dem Gang dicht an seine Fersen heftete, verwarf er den Gedanken schnell wieder. Im Büro angekommen, hagelte es Vorwürfe ohne Ende, die schlussendlich dazu führten, dass Mehdi der Schule verwiesen wurde. Auf dem Weg nach Hause schlenderte er über den Basar, an dem er zufällig seinem Bruder in die Arme lief, der gerade Lebensmittel einkaufte.

»Ich glaube ich träume, was machst du denn hier?« Mehdi versuchte sich auf die Schnelle eine Notlüge aus dem Ärmel zu zaubern, aber ihm wollte partout nichts einfallen.

»Es tut mir schrecklich leid, aber ich wurde von der Schule geworfen, weil ich zum wiederholten Male die Gebühren nicht bezahlen konnte.« Zu seiner Verwunderung reagierte Hussein überaus verständnisvoll, was ihn sehr wunderte, da seinem Bruder auch gerne mal die Hand ausrutschte.

»Du gehst jetzt sofort zurück und sagst ihnen, dass du die Schulden morgen begleichen wirst, habe ich mich klar und deutlich ausgedrückt, oder soll ich dir mit einer Backpfeife auf die Sprünge helfen? Los hau schon ab, bevor ich ungemütlich werde.« Mehdi nickte bejahend und verschwand blitzschnell um die Ecke. Dort überlegte er fieberhaft, was er jetzt tun sollte, doch als er in Gedanken die herablassenden Blicke seiner Mitschüler sah, schämte er sich so sehr, dass er sich dafür entschied, der Schule an diesem Tag fernzubleiben. Die Zeit bis zum offiziellen Unterrichtsschluss verbrachte er an seinem Lieblingsort, der hinter dem Friedhof lag. Dort setzte er sich unter einen großen Baum und dachte ununterbrochen über seine ausweglose Situation nach.

Als er am frühen Abend zuhause eintraf, warf Mamanjun ihm sofort einen strengen Blick zu. Da er ein extrem schlechter Lügner war und vermutete, dass sein Bruder ohnehin schon alles ausgeplaudert hatte, entschied er sich dafür, die Wahrheit zu sagen. Die Mama war schockiert und machte ihm ohne Umschweife klar, dass er sich das Geld für seine Schulgebühren in Zukunft selber verdienen müsse.

»Du brauchst mich gar nicht so komisch angucken. Ich habe vorhin mit Dr. Hakim gesprochen, er hat eine Arbeit für dich. Du sollst ruhig mal zuhause bei ihm vorbeischauen.« Mehdi fiel ein Stein vom Herzen und obwohl er innerlich vollkommen unsicher war, freute er sich auf die neue Herausforderung.

Am nächsten Morgen begab er sich auf direktem Wege zum Haus des Arztes, welches am anderen Ende des Bezirks lag. Als er sich nach über zwei Stunden durch die glühende Hitze der Innenstadt hindurchgekämpft hatte und am Tor anklopfte, war er völlig erledigt. Kurze Zeit später öffnete ihm eine verschleierte Frau, die sein verschwitztes Äußeres skeptisch beäugte.

»Wie kann ich Ihnen helfen, junger Mann?« Mehdi schmunzelte über die förmliche Anrede und war beim Sprechen spürbar nervös.

»Ich komme auf Empfehlung von Dr. Hakim. Er sagte meiner Mutter, dass er eine Arbeit für mich hätte.« Die fremde Frau wusste scheinbar genau Bescheid und bat ihn freundlich hinein. Bevor er sich im Innenhof niederließ, überreichte sie ihm ein Glas Wasser, welches er in einem Zug austrank.

»Wann ist es denn möglich mit dem Doktor zu sprechen, es ist wirklich sehr dringend.« Die Dame fing an zu grinsen und schenkte nochmal nach, weil sie bemerkte, dass er ununterbrochen auf den Wasserkrug starrte.

»Da musst du dich wohl noch ein wenig gedulden, er befindet sich nämlich gerade auf einem Außentermin. Aber er ist schon etwas länger fort und müsste jederzeit zurückkommen.« Um ihrem Gast die Wartezeit so angenehm wie möglich zu gestalten, brachte sie ihm frisch gebackenes Fladenbrot, welches er aber der Höflichkeit halber ablehnte. Doch als sie wieder ins Innere verschwand, vergaß er plötzlich all seine guten Manieren und stopfte sich das knusprige Brot ausgehungert in den Mund. Noch bevor er zu Ende gekaut hatte, kam Dr. Hakim hinein, woraufhin er die teigige Masse blitzschnell wieder ausspuckte und mit einem Ruck hinüber auf das Grundstück des Nachbarn warf. Glücklicherweise schaute dieser beim Öffnen der Tür gerade in die andere Richtung, weshalb er von der kuriosen Aktion nicht das Geringste mitbekam.

»Mehdi, schön, dass du hier bist. Leider habe ich nicht viel Zeit für dich. Ich brauche einen klugen zuverlässigen Burschen, der für einige meiner Patienten einkaufen geht. Würdest du das hinkriegen? Als Gegenleistung erhältst du von mir einen kleinen Lohn und zusätzlich bezahle ich dir deine Schulgebühren, na, was sagst du dazu?« Mehdi verschlug es vor Freude die Sprache und er strahlte über das ganze Gesicht.

Bevor der Doktor abermals aufbrach, überreichte er ihm etwas Geld und eine Einkaufliste, auf der draufstand was er einholen sollte und welche Kundin er an diesem Tag zu beliefern hatte. Im Anschluss brach Mehdi umgehend auf zum Basar, der nur ein paar Straßenzüge entfernt lag. Als er vor Ort eintraf, wurde er unweigerlich vom Trubel mitgerissen, der sich urplötzlich vor ihm auftat. Überall standen die Verkäufer herum und priesen lautstark ihre Waren an, dabei roch es nach frischen Kräutern, Orangen, Zimt und nach süßem Gebäck, welches es an fast jedem Stand zu kaufen gab. Irgendwann bekam er Panik, da er im dichten Gedränge der quirligen Menschenmenge die Orientierung verlor. In Windeseile schlängelte er sich wieder heraus und suchte sich eine Erhöhung, von wo aus er sich einen Überblick über das gut funktionierende Chaos verschaffte. Als er nach oben auf den wackeligen Holzkarren geklettert war, konnte er in der Ferne einen weißbärtigen Mann mit Augenklappe sehen, der auf einem kleinen Podest stand und von einer interessiert dreinblickenden Menschentraube umringt war. Mehdi wurde mit einem Mal so neugierig, dass er sich bis ganz nach vorne heranschlängelte, um das bizarre Schauspiel aus nächster Nähe mitzuverfolgen.

Dort lief der Greis langsam umher und machte ein paar mystische Bewegungen, bevor er den ersten Freiwilligen aus der Menge herauspickte, um ihm die Zukunft vorauszusagen. Der verunsicherte kleine Mann setzte sich auf eine marode Holzkiste und streckte dem Alten sichtlich aufgeregt seine Hand entgegen. Nach ein paar zweifelhaften Beschwörungen, die der Wahrsager hinauf in den Himmel schickte, widmete er sich hochkonzentriert dessen Handinnenfläche, die er sich mit weit aufgerissenem Auge ansah. Die Zuschauer kamen bei jedem Geräusch, das er von sich gab, näher, weil sie dachten, dass er Dinge sehen würde, die ihnen aus der Ferne verborgen blieben. Mit großer Spannung erwarteten sie die Antwort, die durch den kräftigen Duft des entzündeten Weihrauchs beinahe ekstatische Züge annahm. Ein erstauntes Raunen zog sich durch die Reihen, als der Hellseher dem fremden Herrn eine aussichtsreiche Zukunft voraussagte. Nach Zahlung eines geringfügigen Betrags verließ er zufrieden das Podest, während die Leute überfallartig nach vorne drängten. Bei dem kurzen Gerangel verlor Mehdi das Gleichgewicht und stolperte dem Seher direkt vor die Füße. Dieser zog ihn entschlossen zu sich heran und versuchte sich mit seinem lauten Organ bei der unruhigen Menge Gehör zu verschaffen.

»Bitte bewahren sie Ruhe. Wir haben einen neuen Freiwilligen.« Mehdi wusste überhaupt nicht wie ihm geschieht und wollte sich losreißen, weil ihm der faule Zauber nicht ganz geheuer vorkam. Wie hypnotisiert blickte er in das vom Alter gezeichnete Gesicht und ließ die Prozedur, genau wie sein Vorgänger, wortlos über sich ergehen. Die energiereiche Stimme des Wahrsagers wurde von Wort zu Wort lauter und drang dabei bis in die hinterste Ecke des Basars vor.

»Ich sehe eine Zukunft, die sehr schmerzvoll für dich sein wird. Dein Leben wird ein ständiges Auf und Ab, dessen Ende aber noch völlig offen zu sein scheint.« Bevor er weiterreden konnte, schoben und drückten die Menschen von allen Seiten, da sie ebenfalls an die Reihe kommen wollten. Mehdi war heilfroh, dass das unheimliche Spektakel vorzeitig endete und hielt dem alten Greis beim Aufstehen eine Münze entgegen.

»Lass nur, du kannst das Geld mit Sicherheit besser gebrauchen als ich, denn ich habe noch nie so eine grauenhafte Zukunft wie die deine gesehen.«

Mit Unbehagen verließ Mehdi den Marktplatz und machte sich auf den Weg zu seiner ersten Kundin, wobei er ununterbrochen über die unheilvollen Prophezeiungen nachdachte, die er sich logisch zu erklären versuchte. Nachdem er die Lebensmittel bei der kranken Dame abgeliefert hatte, ging langsam die Sonne unter. Auf dem Weg zurück nach Hause stachen ihm sofort die vielen Schilder ins Auge, die vereinzelt an den Laternen hingen. Darauf war zu lesen: ‚Wir sind das Sprachrohr des Volkes! Die Tudeh-Partei.'

An einer Straßenecke stand ein Zeitungsjunge, der aufgeregt mit der neuesten Tagesausgabe herumwedelte und aus voller Kehle schrie:

»Attentat auf Schah Mohammad Reza Pahlavi! Was passiert mit dem Iran? Kaufen Sie hier die neuste Ausgabe!« Mehdi war erschüttert über die Nachricht, denn eigentlich genoss der Schah bei der Bevölkerung ein hohes Ansehen. Gedankenversunken lief er durch eine finstere Gasse, in der er von einem zwielichtigen Typen angesprochen wurde.

»Hallo junger Knabe. Bist du auch für den Kommunismus?« Mehdi blieb stehen und guckte den Herrn fragend an, weil er überhaupt nicht verstand, was dieser von ihm wollte. Der Fremde sah das passive Verhalten seines Gegenübers als willkommene Einladung und leierte in einem Atemzug seine kommunistischen Floskeln herunter. Als er Zuhause ankam, befragte er seine Mama völlig unbedarft nach der Tudeh-Partei, da ihm die vorangegangene Begegnung einfach nicht mehr aus dem Kopf gehen wollte. Mamanjun schaute ihn entsetzt an und befürchtete das Schlimmste, weil sie ganz genau wusste, dass die Partei eigentlich streng verboten war.

»Sag schon, was hast du angestellt?« Mehdi zog ahnungslos die Schultern hoch und schien sich keiner Schuld bewusst zu sein.

»Ich wurde auf dem Rückweg von einem fremden Kerl angesprochen, der meinte, dass er von der Partei sei und ob ich nicht Lust hätte, mich ihrer Sache anzuschließen. Nur weiß ich überhaupt nicht, was er damit gemeint hatte.« Seine Mutter hastete in die Küche und holte die aktuelle Zeitungsausgabe hervor, die sie ihm merklich beunruhigt vor die Nase hielt.

»Mein Junge, man hat versucht den Schah zu ermorden und es wird stark vermutet, dass die Anhänger der Tudeh-Partei dahinterstecken. Du wirst tunlichst die Finger von diesen Leuten lassen. Falls du auf dumme Gedanken kommen solltest und nicht auf mich hörst, werde ich dich hochkant aus dem Haus werfen. Haben wir uns verstanden?« Mehdi zuckte erschrocken zusammen und gab Mamanjun mit einem Nicken zu verstehen, dass sie ihm vertrauen könne. Das ausgesprochene Verbot machte ihn mit einem Mal jedoch so neugierig, weshalb er sich anschließend den kompletten Artikel der Hauptschlagzeile durchlas, da er die verworrenen Zusammenhänge unbedingt verstehen wollte. Beim Weglegen der Zeitung fiel ihm plötzlich auf, wie schnell er aus dem Kindesalter herausgewachsen war und er wünschte sich in diesem Moment nichts sehnlicher, als dass sein Papa wieder gesund werden würde. In ein paar Monaten standen die abschließenden Schulprüfungen an, die er unbedingt bestehen musste. Denn allein der Gedanke, in Zukunft keine Arbeit zu haben und seine Familie nicht unterstützen zu können, machte ihm solche Angst, weswegen er noch am selben Abend wie ein Besessener zu lernen begann.

Der Tod von Babajan

Am Tag der Abschlussprüfungen klopfte es an der Tür, es war ein Junge aus der Nachbarschaft, mit dem Mehdi früher des Öfteren gespielt hatte. Aber Mamanjun hatte ihm irgendwann den Umgang mit dem rebellischen Raufbold, wie sie ihn einst nannte, verboten, weil er in ihren Augen einen schlechten Einfluss auf ihren Sohn ausübte. Amin hielt all diese Behauptungen natürlich für vollkommenen Unsinn und probierte deshalb auch nochmal Kontakt mit seinem alten Freund aufzunehmen. Äußerlich wirkte er durch seine kräftige Körperstatur und seine Größe zwar angsteinflößend. Doch er besaß eine zarte jungfräuliche Stimme, die so gar nicht zu seinem Aussehen passen wollte und wofür er sich oft schämte. Mehdi war äußerst erfreut über das Wiedersehen und gab ihm zur Begrüßung einen kräftigen Handschlag. Amin sprach absichtlich nicht über die Vergangenheit, weil er hoffte, dass sein Gegenüber das damals ausgesprochene Verbot seiner Mutter längst wieder vergessen hatte.

»Grüß dich. Hast du eventuell Lust mit nach draußen zu kommen? Denn ich habe da etwas sehr Interessantes für dich, von dem ich dir unbedingt erzählen muss.« Mehdi war vom nächtlichen Lernen völlig gerädert und lehnte dankend ab.

»Ich weiß nicht ob das so eine gute Idee ist, denn ich muss gleich zur Schule.« Amin setzte seinen ganzen Charme ein, weil er spürte, dass sein alter Kumpel gar nicht so abgeneigt war.

»Los, wir gehen zusammen zur Veranstaltung der Tudeh-Partei im Stadion, das ist aufregend und sehr interessant. Lernen kannst du noch dein ganzes Leben.« Bei Mehdi schalteten sich sofort alle Alarmglocken ein, denn das Verbot, welches die Partei anbetraf, war noch so frisch, dass er sofort Gänsehaut am ganzen Körper bekam. Er versuchte Amin schleunigst loszuwerden und gab ihm in einem eindringlichen Tonfall zu verstehen, dass er heute keine Zeit hätte.

»Vergiss es! Wenn ich meine Schulprüfungen verhaue, dann wird mich meine Mutter hochkant aus dem Haus werfen, verstehst du?«

»Ach komm schon, sei doch nicht so ein Spielverderber. Bei der Veranstaltung werden auch Mädchen anwesend sein.« Mehdi grinste verlegen und war kurz davor seine Entscheidung rückgängig zu machen. Doch glücklicherweise kam er gleich wieder zur Besinnung, als er an das wütende Gesicht von Mamanjun dachte.

»Mädchen? Die werden doch bestimmt auch noch beim nächsten Mal dabei sein, oder etwa nicht?« Amin ließ die Frage absichtlich unkommentiert und nahm sie sofort als Einladung.

»Na gut, dann bist du also bei der nächsten Veranstaltung mit von der Partie. Ich zähle auf dich.«

Mehdi verabschiedete sich blitzschnell und donnerte ihm die Tür vor der Nase zu. Beim flüchtigen Blick auf die Uhr geriet er in Panik, denn durch den unangemeldeten Besuch war er viel zu spät dran. In Windeseile packte er seine Schulunterlagen zusammen und schnappte sich sein Fahrrad, welches er mal geschenkt bekommen hatte. Eigentlich fuhr er nie damit, da er den Drahtesel furchtbar hässlich und unbequem fand. Babajan hatte nämlich aus der Not heraus die löchrigen Reifen irgendwann mit Blei ausgefüllt, damit sein Sohn wenigstens ein halbwegs funktionierendes Fortbewegungsmittel hatte. Zu allem Überfluss fehlte auch noch der Sattel, der das Fahren über die holprigen und sandigen Straßen zur absoluten Tortur werden ließ.

Eine halbe Stunde später kam er völlig verschwitzt an seiner Schule an und betrat vorsichtig das Klassenzimmer. Mit gesenktem Kopf lief er an seinem Lehrer vorbei, der ihn aus voller Kehle anschrie. Bei dem lauten Gebrüll linste Mehdi unauffällig an ihm vorbei und war heilfroh, als er bemerkte, dass dieser seine Rute nicht dabei hatte. Erfreulicherweise beruhigte sich der Pauker schnell wieder und, genau wie seine Mitschüler, durfte auch er nun endlich mit den Abschlussprüfungen beginnen. Der Lehrer staunte nicht schlecht, als er nach knapp vierzig Minuten als einer der ersten nach vorne kam und die fertig ausgefüllten Unterlagen auf den Schreibtisch legte. Im Anschluss verließ Mehdi erhobenen Hauptes den Raum und hoffte inständig, dass ihn sein gutes Bauchgefühl nicht im Stich lassen würde.

Am darauffolgenden Tag wurde jeder einzelne Schüler in das Büro des Direktors gerufen. Nägel kauend saß er im Flur und wartete sehnsüchtig, bis er endlich an der Reihe war. Kurz darauf öffnete sich die Tür und einer der Klassenbesten kam völlig niedergeschlagen heraus. Mehdi starrte erschrocken hinterher und kam sofort ins Grübeln. Doch die autoritäre Stimme des Rektors riss ihn direkt wieder aus seinen Gedanken.

»Herr Karbassion, sie sind der nächste.« Mit reichlich Herzklopfen folgte er dem grauhaarigen Mann ins Innere wobei er an dessen Tonfall zu erkennen versuchte, ob er bestanden hatte oder nicht. Fast schon gelangweilt ging dieser daraufhin die Liste mit den Prüfungsergebnissen durch, als Mehdi auf einmal eine gehörige Panikattacke bekam, da er den verwunderten Gesichtsausdruck des Schulleiters als nicht sonderlich vielversprechend empfand.

»Gratulation! Sie haben tatsächlich ihren Abschluss geschafft und können nun auf einer weiterführenden Schule ihr Abitur machen. Für ihren zukünftigen Lebensweg wünsche ich Ihnen alles Gute.« Mehdi bedankte sich erleichtert und begab sich anschließend auf direktem Wege nach Hause.

Vor Ort angekommen, rannte er mit überschwänglicher Freude ins Wohnzimmer, wo er seine Mutter weinend auf dem Fußboden sitzen sah. Er war mit der Situation vollkommen überfordert und obwohl er die Antwort eigentlich längst kannte, stellte er die Frage trotzdem.

»Was ist passiert Mamanjun, bitte rede mit mir.« Seine Mama zögerte einen Augenblick, da sie die traurigen Augen ihres Sohnes einfach nicht ertragen konnte.

»Babajan ist eingeschlafen. Ich wollte ihn wecken, aber er ist nicht mehr aufgestanden.« Mit einem verzweifelten Schrei rannte Mehdi nach oben ins Schlafzimmer, in dem er seinen Papa regungslos in seinem Bett vorfand. Zitternd griff er nach seiner kalten Hand, woraufhin es unvermittelt an der Haustür klopfte. Es war Dr. Hakim, der sich bei seinem täglichen Rundgang über den Gesundheitszustand seines Patienten informieren wollte. Als er in das verheulte Gesicht von Mamanjun blickte, wusste er sofort, was geschehen war. Ohne zu zögern ging er hinauf und untersuchte den leblosen Körper, während Mehdi tief bestürzt danebenstand und der gefühllosen Prozedur regungslos beiwohnte. Doch der Doktor konnte nichts weiter tun, außer den Tod seines geliebten Vaters festzustellen. Abschließend bedeckte er die Leiche mit einem Tuch und sprach gemäß der Tradition ein kurzes Gebet. Mit weinerlicher Stimme bat die Mama den Arzt darum, ihren Mann bis zum morgigen Tag bei ihr zu belassen, da sie so lange wie möglich in seiner Nähe sein wollte. Dr. Hakim respektierte ihren Wunsch und machte sich gleich auf zu seinem nächsten Patienten. Mamanjun riss sich krampfhaft zusammen und schob ihre Trauer für ein paar Sekunden zur Seite.

»Höre mir zu, mein Sohn. Du musst dich umgehend auf den Weg machen und allen Bescheid geben, dass morgen die Beisetzung von Babajan stattfindet.«

Mehdi war noch immer nicht zum Sprechen zumute und ging mit gesenktem Kopf nach draußen. Dort rannte er mit tiefer Verzweiflung durch die staubigen Straßen, um Nachbarn und Familienangehörige über das morgige Begräbnis zu informieren. Als er vor dem Haus seiner Tante Yarah ankam, wischte er sich die Tränen aus dem Gesicht, denn er wollte um jeden Preis vermeiden, dass sie bemerkte, dass er ein kleines zerbrochenes Herz mit sich herumtrug. Die Anteilnahme war riesengroß und alle sagten der Beerdigung ohne Umschweife zu.

Am Abend versammelte sie die gesamte Familie, um über die schwierige finanzielle Lage zu sprechen. Mamanjun lief minutenlang nervös auf und ab, bevor sie endlich das Wort ergriff.

»Es tut mir so schrecklich leid, aber wir werden das Haus verkaufen müssen.«

Alle Anwesenden waren geschockt über die Nachricht und starrten beschämt zu Boden. Hussein der Langschläfer, war außer sich und suchte die Schuld bei seinem kleinen Bruder, dem er wütend die Faust entgegenstreckte.

»Mehdi ist ein fauler Esel. Als ich in seinem Alter war, da habe ich schon so viel verdient, dass ich meine Eltern problemlos unterstützen konnte.« Mehdi dachte, er hätte sich verhört und wollte gerade zum verbalen Gegenschlag ausholen, als ihn seine Mutter mit einem eindeutigen Handzeichen aufforderte, den Mund zu halten.

»Hussein du bist auf der Stelle ruhig, denn jeder kehrt vor seiner eigenen Tür. Unter meinem Dach sind meine Kinder alle gleich und ich dulde keine Anschuldigungen.« Amira redete einfach dazwischen und versuchte die aufgeheizte Stimmung mit ihrer besonnenen Art zu entschärfen.

»Bitte, behaltet einen klaren Kopf und lasst euch nicht von eurer Angst beeinflussen. Wir müssen unbedingt zusammenhalten und daran denken, was wir Babajan alles zu verdanken haben. Schließlich hat er dieses Haus mit seinen eigenen Händen aufgebaut. Jetzt liegt es an uns, dieses Erbe zu erhalten. Koste es was es wolle.« Reza unterbrach das Gespräch und fiel seiner Schwester aufgeregt ins Wort:

»Ich werde von der Armee höchstwahrscheinlich hierher versetzt und bekomme mehr Sold. Das könnte für den Anfang ausreichen, um den Verkauf noch einmal abzuwenden.« Doch Mamanjun schien von den Lösungsvorschlägen nicht wirklich überzeugt und jammerte ohne Unterbrechung herum.

»Ach, das macht doch eh keinen Sinn mehr. In weniger als zwei Monaten müssen wir das Haus verkaufen, dann ist unsere Familie endgültig getrennt und alles ist vorbei.« Hussein verlor auf einmal die Fassung und brüllte herum.

»Wenn sich in diesem beschissenen Land nichts ändert, dann werden wir alle bei lebendigem Leib verhungern.« Mehdi regte sich über die Aussage fürchterlich auf und presste ihm die Hand auf den Mund.

»Halt doch einfach mal deine große Klappe, sonst bekommst du noch einen verdammten Herzinfarkt.«

Kurz vor Mitternacht hatten sich die Gemüter wieder einigermaßen beruhigt. Alle rückten näher zusammen und beteten andächtig für ihren verstorbenen Vater, der gesäubert im Schlafzimmerbett lag.

Am nächsten Morgen war die Stimmung untereinander so bedrückend, dass jeder nur das Nötigste sagte. Dr. Hakim war schon frühzeitig vor Ort und hüllte das Familienoberhaupt kurz vor dessen Beerdigung in ein schlichtes weißes Laken, welches oberhalb des Kopfes und unterhalb der Füße mit einem Knoten zusammengebunden war. Im Anschluss hoben sie den leblosen Körper auf eine Bahre, die von den Männern der Familie zur Ruhestätte getragen wurde. Beim Friedhof stellten sie die hölzerne Trage behutsam auf dem Boden ab. Der älteste Bruder Reza kletterte barfuß in das ausgehobene Loch und nahm den Leichnam vorsichtig entgegen. Bevor das Grab geschlossen wurde, warf jeder Trauernde eine Handvoll Erde hinein, während Mamanjun ein Zitat aus dem Koran vortrug.

»*Aus ihr haben wir euch erschaffen und in sie lassen wir euch zurückkehren und aus ihr lassen wir euch erstehen ein andermal.*« Mehdi schaute hoffnungsvoll in den Himmel und erinnerte sich plötzlich an den Onkel seines Schulfreundes, der immer in einem Sarg schlief, damit er nach dem Tod keine Angst vor dem Engel hatte, der ihn in der ersten Nacht besuchen würde. Mit Tränen in den Augen legte er den schlichten Grabstein nieder, wobei ihm schlagartig bewusst wurde, dass sein Papa für immer von ihm gegangen war. Auf dem Heimweg wurde Mamanjun von ihren Söhnen gestützt, die sie unmittelbar danach ins Bett brachten, weil sie unterwegs einen Schwächeanfall erlitt. Anschließend versammelten sich die Geschwister im Hof, in dem sie fieberhaft nach einer Lösung suchten, damit sie von diesem wunderschönen Ort, der immer ihr Zuhause gewesen war, nicht wegziehen mussten.

Die erste Kundgebung der Tudeh-Partei

Nachdem die dreitätige Trauerzeit vorüber war und so langsam wieder der Alltag in die Familie einkehrte, klopfte es an der Haustür. Mamanjun, die gerade im Koran las, stand genervt auf und öffnete. Doch von dem spontanen Besucher, dem sie kurz darauf ins Gesicht blickte, schien sie alles andere begeistert zu sein, denn sie wusste, dass Amin ihren Sohn mit seinem chaotischen Wesen nur in Schwierigkeiten bringen würde. Trotz der offensichtlichen Abneigung gegenüber seiner Person grinste er der Mutter freundlich entgegen und begrüßte sie mit dem nötigen Respekt. Mehdi kam in Windeseile aus dem Hintergrund herangeschossen und versuchte sie mit einem simplen Vorwand vom Eingang wegzulocken. Glücklicherweise ging Mamanjun direkt drauf ein, doch bevor sie verschwand, trat sie bedrohlich nah an Amin heran und flüsterte ihm leise zu.

»Sei auf der Hut, denn ich beobachte dich auf Schritt und Tritt, du rebellischer Raufbold.« Mehdi wartete einige Sekunden und drehte sich prüfend nach hinten um, da er unbedingt sicherstellen wollte, dass die Luft auch wirklich rein war.

»Was willst du denn schon wieder hier?« Amin, der die Geheimniskrämerei einfach nur lächerlich fand, fing an zu provozieren und redete mit Absicht lauter.

»Warum flüsterst du eigentlich so? Soll deine Mama etwa nichts von unserem Gespräch mitbekommen?« Mehdi befürchtete das Schlimmste und gab Amin in einer unachtsamen Sekunde einen krachenden Fausthieb auf den Oberarm.

»Du verdammter Esel. Selbstverständlich soll sie nichts mitkriegen, sie ist nämlich noch nicht über den Tod von Babajan hinweg, deswegen muss ich ganz vorsichtig sein.« Amin zeigte sofort Verständnis für die Ausnahmesituation und entschuldigte sich.

»Das tut mir schrecklich leid für euch, das wusste ich nicht. Aber eine Sache musst du mir trotzdem mal erklären, du Genie. Warum unterhalten wir uns eigentlich noch immer an der Tür? Wir könnten doch genauso gut eine Runde ums Haus drehen oder etwa nicht?« Mehdi lachte über den spontanen Einfall und verschwand blitzschnell nach draußen. Innerlich hoffte er, dass sein Freund die Sache mit der Partei wieder vergessen hatte, denn die Drohung seiner Mutter war noch immer allgegenwärtig. Als sie sich ein paar Meter vom Wohnhaus entfernt hatten wurde jedoch sofort klar, dass sein Kumpel aber nur aus diesem einen Grund vorbeigekommen war.

»Du hattest mir doch versprochen bei der nächsten Kundgebung der Tudeh-Partei dabei zu sein, oder?«

»Ach ja, die Kundgebung. Das hatte ich gar nicht mehr auf dem Schirm. Wann steigt denn die nächste Veranstaltung?« Amin grinste ihm schelmisch entgegen, weil er ganz genau wusste, dass sein Freund sich eigentlich davor drücken wollte.

»Du hast Glück. Die nächste Kundgebung ist heute um neunzehn Uhr im Stadion. Ich hoffe, dass du dieses Mal dabei sein wirst.« Mehdi sagte ohne Umschweife zu. Denn das Verbot und die Geheimniskrämerei rund um die Partei machten ihn zusehends neugieriger. Amin klopfte ihm freudig auf die Schulter.

»Ich wusste, dass du dein Wort hältst. Wir treffen uns also pünktlich um sieben Uhr auf dem Vorplatz am Stadion und kneifen gilt nicht.« Mehdi lief im Eiltempo zurück und verabschiedete sich aus der Ferne.

»Ich bin rechtzeitig da, das lasse ich mir doch nicht entgehen.« Als er wenig später die Wohnungstür aufschloss, stand seine Mama wartend im Flur und beäugte ihn skeptisch.

»Sag mal, was wollte denn eigentlich die dicke Jungfer von dir?« Mehdi ließ sich rasch eine Ausrede einfallen und betete, dass sie nicht weiter nachhaken würde.

»Mamanjun, kannst du ihn bitte in Ruhe lassen. Amin kann für seine Stimme doch nichts. Er ist nur vorbeigekommen um mir Bescheid zu geben, dass seine Schwester bald heiraten wird, das ist alles.«

»Oh, das ist ja schön und wann ist es soweit?« Er kam mit seinen Ausreden sichtbar ins Straucheln und log unverhohlen weiter.

»Das wird er mir heute Abend mitteilen, wenn wir zusammen ein Geschenk kaufen gehen.« Die Mutter war bekannt für ihren Scharfsinn und hob drohend die Hand.

»Ich warne dich! Mir ist nicht wohl, wenn du mit dem dicken am Abend auf den dunklen Straßen herumläufst. Bitte halte dich von jeglichem Ärger fern, hast du verstanden?« Mehdi atmete erleichtert auf und gab ihr anschließend einen Kuss auf die Stirn.

»Es wird schon nichts passieren und außerdem würdest du mir einen Riesengefallen tun, wenn du mehr Vertrauen in mich hättest.«

Als er sich am frühen Abend auf den Weg zum Treffpunkt machte, spürte er, dass irgendetwas im Gange war. Viele Geschäfte hatten frühzeitig geschlossen und auf den Straßen herrschte eine gespenstische Ruhe. Ein paar hundert Meter vor dem Stadion lief er an einem Gesetzeshüter vorbei, der vor der Polizeistation Wache schob und ihn aggressiv ansprach.

»Ich weiß ganz genau wo du hingehen willst junger Mann, und es ist verboten!« Mehdi drehte sich ein paar Sekunden später um und rief dem Beamten von Weitem zu.

»Das ist ja wohl mehr als lächerlich. Ich bin ein freier Bürger dieser Stadt und kann tun wonach mir der Sinn steht, du Esel.« Der Polizist regte sich über die freche Aussage fürchterlich auf und zeigte mit dem Schlagstock drohend in seine Richtung.

»Pass auf, dass ich dich wegen deiner frechen Schnauze nicht gleich festnehme, du Hund. Weißt du was, geh nur. Du bist doch eh nichts weiter als das arme Gehör für diejenigen, die nach der Macht im Land gieren. Das sind übrigens alles Verbrecher und die bekommen noch ihre gerechte Strafe, du wirst schon sehen.« Mehdi bekam es auf einmal mit der Angst zu tun und rannte panisch davon, denn bei dem Ausnahmezustand, der sich gerade anbahnte, konnte er froh sein, nicht gleich verhaftet worden zu sein. Aus der schmalen und verstaubten Gasse, in der er stand, konnte er sehen, wie ganze Menschenmassen über die Hauptstraße in Richtung Stadion strömten. Als er heraustrat, um auf die andere Straßenseite zu gelangen, wurde er unweigerlich von der wütenden Menge mitgerissen, die erst kurz vor dem Stadion wieder zum Stillstand kam. Der große Platz wurde von ein paar grimmig dreinschauenden Soldaten bewacht, die mit ihren schweren Waffen bei den Kundgebungsteilnehmern für Abschreckung sorgen sollten. Mehdi suchte in der tobenden Menschenmenge fieberhaft nach seinem Freund, der irgendwie nicht ausfindig zu machen war, denn überall liefen Leute herum, die ihre geballten Fäuste in die Luft streckten und einen Schlachtruf nach dem anderen herausbrüllten. Amin stand die ganze Zeit hinter ihm und verpasste seinem alten Kumpel zur Begrüßung eine kräftige Nackenschelle. Mehdi sackte vor Schmerzen in sich zusammen und rieb sich jammernd seinen roten Hals.

»Du Idiot, wolltest du mich etwa umbringen? Deine Schläge sind so hart, damit könntest du glatt Löcher in Wände schlagen.«

»Danke für das Kompliment, ich fühle mich geehrt. Eigentlich bin ich ja nicht so rabiat. Aber deine Aktion von letztens habe ich mir gemerkt. Das war nur die Revanche, also krieg dich wieder ein du kleines Muttersöhnchen.«

»Moment mal, hattest du mir nicht versprochen, dass hier auch Mädchen sein werden?« Amin fing laut an zu lachen.

»Du meine Güte! Du bist wirklich noch grün hinter den Ohren. Erstens wollte ich dich damit nur hierherlocken und in welchem Teil der Geschichte waren jemals Frauen an irgendwelchen Umbrüchen oder Revolutionen beteiligt? Die sind doch höchstens dafür geschaffen, um Kinder in die Welt zu setzten. Merkst du nicht, dass hier etwas Großes im Gange ist.« Amin streckte die Nase gen Himmel und kam aus dem Schwärmen nicht mehr heraus.

»Ich kann den Neuanfang und den Wandel schon förmlich riechen.« Mehdi schüttelte genervt den Kopf und schien etwas beleidigt zu sein.

»Alles was ich rieche sind deine stinkenden Lügen, mehr nicht.«

»Komm, gib's doch zu. Du wusstest doch, dass hier keine Frauen sein werden. Der wahre Grund warum du hier bist ist der, dass du einfach verdammt neugierig auf die Kundgebung bist, mehr nicht.«

»Ja, du hast ja recht. Ich konnte schon die ganze Nacht kein Auge zudrücken, weil ich so verflucht aufgeregt war. Aber das ändert trotzdem nichts daran, dass du ein dreckiger Lügner bist.« Amin grinste frech und ließ die Wut seines Gegenübers unbeeindruckt an sich abperlen.

»Ich wusste es. Na also, wenigstens gibst du es zu.«

Als beide bemerkt hatten, dass der Zugang zum Stadion wegen dem Andrang der Menschenmassen verschlossen war, machten sie sich in Windeseile auf die Suche nach einer höhergelegenen Stelle, damit sie einen freien Blick auf das Podium im Stadion erhaschen konnten. Mit ihrer ganzen Kraft drängelten sie sich an den Kundgebungsteilnehmern vorbei und kletterten auf eine Mauer, auf der sie sich erschöpft niederließen. Vor und im Stadion wurde es auf einmal mucksmäuschenstill, als plötzlich die Stimme des Redners wie ein Donnerschlag durch die Lautsprecher dröhnte.

»Wollt ihr sterben wie Hunde? Oder wollt ihr leben wie freie Männer? Schließt euch uns an und wir werden in diesem Staat alle gleich sein. Die Wohlhabenden genauso wie die Armen.« Mehdi schaute mit Gänsehaut in die Ferne und ließ sich vom ekstatischen Jubel mitreißen. In der Folge sprach der Redner von Freiheit, Gleichheit und verwendete keinerlei komplizierten Floskeln, was den einfachen Menschen besonders gut gefiel. Er war fasziniert davon, mit welcher Intensität der Redner zu den Massen sprach und wie dieser aus einfachen Zuschauern begeisterte Anhänger machen konnte. Nachdenklich stupste er seinen Freund an, der gerade nervös auf seinen Fingernägeln herumkaute.

»Was glaubst du was mit uns geschehen wird, wenn sich in diesem Land nichts ändert? Werden wir jemals genug Arbeit haben, um uns und unsere Familien zu ernähren? Oder werden wir bis zum Ende unseres Lebens einfach dahinvegetieren?«

»Also, wenn ich die Lösung des Problems kennen würde, dann wäre ich mit Sicherheit nicht hier, oder?« Mehdi winkte genervt ab und brüllte seine Wut heraus.

»Diese Regierung muss endlich aufwachen, sonst werden wir noch vor die Hunde gehen.« Amin blickte erschrocken zur Seite und versuchte seinen Freund in seinem Übereifer zu bremsen.

»Meine Güte, der Wortführer scheint ja ein richtiges Feuer in dir entfacht zu haben. Lass uns mal lieber umgehend von hier verschwinden, denn du kleiner Revolutionszwerg machst mir irgendwie Angst.«

Auf dem Heimweg kam Mehdi erneut an der Polizeistation vorbei, an der er ein paar Stunden zuvor beinahe mit dem Gesetzeshüter aneinandergeraten wäre. Vorsichtig schlich er sich vorbei, als hinter ihm auf einmal eine tiefe Stimme erklang.

»Bleib sofort stehen, junger Mann.« Mehdi stoppte abrupt und dachte im selben Moment noch daran wegzurennen, doch der Beamte hatte ihn blitzschnell in eine dunkle Ecke gedrängt. Mit einem widerlichen Grinsen kam er auf ihn zu und nahm ihn ins Kreuzverhör.

»So wie ich das sehe steckst du in sehr großen Schwierigkeiten, denn du warst mit Sicherheit bei der Kundgebung, nicht wahr? Ich habe dir doch gesagt, dass du dich nicht auf diese dreckige Verräterbande einlassen sollst.« Mehdis Gesichtszüge entgleisten schlagartig und ließen sofort erahnen, dass er beim Stadion gewesen war.

»Du brauchst nichts zu sagen, denn schließlich bist du nicht der erste, dem ich heute hier begegnet bin. Von was für Lügen haben sie euch denn dieses Mal erzählt? Eventuell davon, dass dieses System die Menschen regelrecht verhungern lässt und es bald zu einem Neuanfang kommen wird?«

»Bitte lassen Sie mich gehen, denn ich weiß wirklich nicht wovon Sie sprechen.« Ohne Vorwarnung holte der Polizist aus und schlug seinem Gegenüber mit voller Wucht ins Gesicht. Mehdi fiel benommen zu Boden und sah plötzlich alles um sich herum verschwommen. Der Beamte trat mehrmals auf ihn ein und ließ erst von seinem Opfer ab, als er vor Schmerzen laut zu jammern begann.

»Das geschieht dir ganz recht, du dreckiger Hundesohn. Wenn ich dich noch einmal hier sehe, werde ich dich verhaften und in ein Loch sperren lassen. Lauf nach Hause und sage allen Bescheid, dass ich keinen von euch verschonen werde.« Mehdi richtete sich schmerzverzerrt auf und taumelte benebelt durch die Dunkelheit davon. Dabei drehte er sich immer wieder nach hinten um, weil er panische Angst davor hatte, dass sich der Polizist auf dem Heimweg an seine Fersen heften würde.

Als er am nächsten Morgen aufwachte, hatte er schreckliche Schmerzen. Etwas zögerlich trat er vor den Spiegel um sich die Blessuren von letzter Nacht anzuschauen. Unglücklicherweise kam im selben Moment Mamanjun ins Zimmer und verpasste ihm ohne Vorwarnung eine schallende Ohrfeige. Mehdi wusste überhaupt nicht wie ihm geschieht, doch als er die blutigen Abschürfungen in seinem Gesicht sah, war ihm klar, dass es für eine Ausrede längst zu spät war.

»Ich habe mir solche Sorgen gemacht, wo warst du gestern Nacht? Es sind den ganzen Abend Armee und Polizeifahrzeuge in unserer Straße vorbeigefahren. Was weißt du darüber, und wehe du lügst mich an.« Mehdi hielt sich noch immer seine feuerrote Wange und versuchte sich bedeckt zu halten.

»Woher soll ich das denn wissen?« Mamanjun war erzürnt und glaubte ihm kein einziges Wort.

»Komm, erzähle doch keinen Unsinn. Immer wenn du mit diesem fetten Schwein unterwegs bist, gerätst du in Schwierigkeiten. Das kann doch kein Zufall sein. Und wieso hast du eigentlich so viele blaue Flecke auf dem Rücken?«

»Na gut, ich war gestern bei einer Veranstaltung der Tudeh-Partei am Stadion. Aber wir haben nur geschaut, nichts weiter. Das war alles ganz harmlos.« Sie wirkte äußerlich gefasst und zeigte ihm an, dass er näher an sie herantreten solle. Mehdi befürchtete, dass er sich noch eine Ohrfeige einfangen würde und hielt sich zur Sicherheit beide Hände vor sein Gesicht.

»Ich bin zutiefst enttäuscht von dir. Du weißt, dass ich dich über alles liebe und mir nur das Beste für dich wünsche.« Beschämt blickte er zu Boden und war dabei den Tränen nah.

»Es tut mir so schrecklich leid, das wollte ich nicht. Aber ich kann dir das mit meinen Blessuren erklären, dafür kann ich nämlich nichts, das war ein Polizist.«

»Mehdi, ich will kein Aber hören. Sei einfach nur ein anständiger Junge, der sich in Zukunft aus allem Ärger raushält. Denn wärst du gestern zuhause geblieben, dann wäre das alles nicht passiert.«

Teufelspakt

Ein paar Wochen später waren die äußerlichen Blessuren fast verschwunden und Mehdi konnte ohne seinen großen Strohhut wieder auf die Straße gehen. Gerade als er zur Tür hinausging, stand sein Bruder Reza in Militäruniform vor ihm. Die Begrüßung zwischen den beiden wirkte anfangs eher zögerlich und zurückhaltend. Aber dann überwog die Freude und beide lagen sich strahlend in den Armen. Als sie gemeinsam zurück ins Haus gingen, putzte Mamanjun gerade auf allen vieren die Küche und bekam dabei nicht mit, dass ihr größerer Sohn hinter ihr stand und sie beobachte. Erst als sie sich wieder aufrichtete um nach dem Essen zu schauen, bemerkte sie ihn und fiel ihm überglücklich um den Hals. Die Freude über das Wiedersehen war so groß, dass Mehdi sofort den alten Teppich auf dem Hof ausrollte, worauf sich alle Familienmitglieder niederließen. Sie erzählten sich die wichtigsten Dinge der vergangenen Monate, als Reza plötzlich die Gespräche mit besorgter Stimme unterbrach. Alle Anwesenden schauten erschrocken zu ihm hinüber, weil sie anhand seines harten Tonfalls spürten, dass er irgendetwas Wichtiges zu sagen hatte.

»Hört mir jetzt ganz genau zu. Ich bin ich schon etwas früher von Abadan hierher versetzt worden. Die Regierung hat Angst vor Unruhen innerhalb der Bevölkerung und lässt daher die Armee vermehrt in Krisenregionen stationieren, um so den eventuellen Umsturz des Präsidenten zu verhindern. Jeder einzelne, der sich den Kommunisten anschließt, wird von diesem Staat als Feind eingestuft. In manchen Teilen des Landes wurde das Militär sogar dazu aufgefordert, alle Unruhestifter gefangen zu nehmen oder gar zu erschießen. Seid also bitte sehr vorsichtig und passt auf in welcher Ecke der Stadt ihr euch auf aufhaltet.« Mehdi blieb vor Schreck fast das Herz stehen und sein Gesichtsausdruck wirkte auf einmal wie versteinert. Er dachte sofort daran, was der Redner gesagt hatte und fragte sich gleichzeitig, ob der versprochene Neuanfang jetzt überhaupt noch verwirklicht werde könnte. Er stellte seinem großen Bruder ein paar gezielte Fragen, denn er wollte um jeden Preis verhindern, ihm bei einem seiner nächsten Einsätze zu begegnen.

»Wo wird eigentlich die nächste Kundgebung der Tudeh-Partei stattfinden und wirst du auch vor Ort sein, um das Ganze zu bewachen?« Reza zog ratlos die Mundwinkel nach unten und schien über die neugierige Fragerei nicht sonderlich verwundert.

»Ehrlich gesagt weiß ich das gar nicht. Das wird uns alles erst kurz vor unserem Einsatz mitgeteilt. Dann werden wir dorthin gebracht, wo die Unruhen am größten sind. Entweder beim Stadion oder woanders in der Stadt.« Mehdi nickte interessiert, obwohl er sich von seiner Frage weitaus mehr Informationen erhofft hatte. Mit einer fadenscheinigen Ausrede schlich er sich davon und machte sich auf den Weg zu seinem Freund Amin. Dort öffnete ihm eine alte Frau die Haustür, die ihn mit erhobenem Zeigefinger anmeckerte.

»Was willst du hier, fremder junger Mann. Wir haben nichts und geben auch nichts. Denn nur die Ungläubigen klopfen zu so einer Zeit an die Türen fremder Leute.« Mehdi wollte sich gerade erklären, als Amin von hinten angeflogen kam und seine Oma vorsichtig zur Seite schob.

»Es tut mir schrecklich leid mein Freund, aber sie ist sehr alt und weiß manchmal nicht wohin mit ihrem Frust.«

Mehdi winkte grinsend ab und kam sofort auf seinen Bruder zu sprechen.

»Sperr deine Lauscher auf! Reza ist gerade aus dem Süden hierher versetzt worden. Der Armee wurde von der Regierung aufgetragen, Unruhen in der Bevölkerung zu verhindern, da sie Angst davor haben, dass der Präsident von den Kommunisten gestürzt werden könnte. Er meinte zum Schluss, dass sie im Falle einer Eskalation gar die Befugnis hätten, Leute zu verhaften und zu erschießen. Im Anschluss fragte ich ihn nach seinem nächsten Einsatzort, doch auch darauf konnte er mir keine konkrete Antwort geben.« Amin kam sichtlich ins Grübeln während Mehdi seinen Gedanken zu Ende führte.

»Du weißt, was das für uns bedeutet? Wir müssen bei der nächsten Veranstaltung extrem vorsichtig sein und am besten machen wir uns beide gleich unsichtbar, denn ich will auf keinen Fall im Gefängnis landen oder erschossen werden.« Amin markierte den starken Mann und spielte die brenzlige Situation herunter.

»Mehdi mein Freund, du machst dir Gedanken und Sorgen über Dinge, die noch nicht einmal eingetreten sind. Lass uns doch einfach sehen, was das Schicksal und die Zukunft für uns bereithält. Denn ich glaube fest an einen Neuanfang und mir ist vollkommen egal was dein Bruder oder irgendeine Regierung sagt. Am Ende wird das Gute immer über das Böse triumphieren, auch wenn wir wahrscheinlich einige Opfer dafür bringen müssen.« Mehdi fing an zu lachen, weil er die Ansprache seines Freundes irgendwie amüsant fand.

»Bei der nächsten Kundgebung sollten sie dich auf das Podium stellen, denn du scheinst der geborene Redner zu sein. Ach übrigens, bevor ich es vergesse. Mein Bruder weiß nicht, dass wir bei der letzten Veranstaltung dabei waren. Wenn du ihm also durch Zufall begegnen solltest, versuche dich bedeckt zu halten und vermeide jede politische Diskussion, das würde für uns beide nämlich nicht gut ausgehen.« Amin formte seine Hand zu einem Mikrofon und tat so, als würde er zu einem Publikum sprechen.

»Jawohl Herr Karbassion, ich werde mich in der Nähe ihres Bruders zu diesem Thema nicht äußern.« Mehdi schüttelte grinsend den Kopf und verabschiedete sich daraufhin.

Als er zuhause eintraf, lief Mamanjun mit Freudentränen im Hof herum, weil sie etwas Wichtiges zu verkünden hatte. Reza schlug währenddessen beschämt die Hände vor sein Gesicht und versuchte sie im letzten Moment noch davon abzuhalten.

»Mama ich dachte, dass du die ganze Sache erstmal für dich behältst?«

»Lass nur mein Junge. Für gute Nachrichten gibt es keinen bestimmten Zeitpunkt. Die kann man jederzeit mit seinen Liebsten teilen. Mein Sohn ist ab jetzt für den Schutz unseres Landes zuständig und bekommt jeden Monat zu seinem normalen Lohn eine extra Vergütung. Wisst ihr was das für uns bedeutet?« Alle Anwesenden starrten sie erwartungsvoll an und warteten sehnsüchtig auf eine Antwort.

»Das heißt, wir können erstmal hier wohnen bleiben!« Ein lauter Jubelschrei erklang, der von überschwänglicher Freude begleitet wurde. Sie lagen sich glücklich in den Armen, doch Mehdi wollte das Ganze nicht so recht wahrhaben und fragte bei seinem Bruder nochmal genauer nach.

»Also doch kein Verkauf? Wieviel zahlen die dir denn bei der Armee, das ist ja wirklich unglaublich.« Reza war von der frühzeitigen Ankündigung ohnehin schon genervt und verpasste ihm einen Klaps auf den Hinterkopf.

»Du hast schon richtig gehört, wir müssen das Haus jetzt nicht mehr verkaufen und was ich womit verdiene, das geht dich überhaupt nichts an.« Mehdi ließ sich letztendlich von der Euphorie mitreißen und führte zu Feier des Tages ein kleines Freudentänzchen auf. Die Familie klatschte dabei rhythmisch in die Hände und animierte ihn so lange zum Tanzen, bis er irgendwann völlig erschöpft zu Boden sank.

Als er auf dem Teppich lag und sich alle wieder ihren Gesprächen widmeten, schaute er in den Himmel und fragte sich, wie hoch der Preis wohl sein würde, den sein Bruder für sein extra Gehalt bezahlen müsse. Er schloss für einen Moment die Augen und war so müde, dass er kurz darauf einschlief.

Nach einer halben Stunde wurde er urplötzlich aus dem Schlaf gerissen, weil seine Mutter und Reza im Inneren des Hauses ein heftiges Streitgespräch miteinander führten. Vorsichtig trat er heran, um die Unterhaltung der beiden zu belauschen. Mamanjun war außer sich vor Wut und machte ihrem Sohn nicht enden wollende Vorwürfe. Dabei schrie sie so laut, dass man es noch in der nächsten Nachbarschaft hören konnte. Reza redete sich indes um Kopf und Kragen und versuchte verzweifelt seinen Standpunkt deutlich zu machen.

»Bitte, du musst mich unbedingt verstehen, ich kann nicht anders. Wenn ich meine Pflicht gegenüber der Armee und unserem Präsidenten nicht erfülle, dann werde ich selber im Gefängnis landen. Sage mir also, was soll ich deiner Meinung nach tun?« Mamanjun war zutiefst erschüttert und zeigte keinerlei Verständnis.

»Selbst verhaftet zu werden, ist immerhin ehrenvoller, als unschuldige Menschen hinter Gitter zu bringen. Du kannst dir aussuchen, ob du weiterhin mein Sohn bist oder ob du zum Handlanger des Teufels werden willst? Denn im Moment sehe ich vor mir nur noch einen Feigling, der für ein bisschen Geld seine Seele verkauft hat. Geh mir aus den Augen, sonst sage ich eventuell noch Dinge, die ich später einmal bereuen werde.«

»Aber Mama …«

»Ich will dich hier nicht mehr sehen. Hau sofort ab, bevor ich mich vergesse.«

Mit einer Riesenwut im Bauch verließ Reza das Haus, während Mehdi sich unauffällig hineinschlich. Seine Mutter hatte ihn jedoch sofort bemerkt und winkte ihn mit einer kraftlosen Geste zu sich heran.

»Was ist los Mamanjun, warum weinst du und wo ist Reza?«

»Dein Bruder hat einen Pakt mit dem Teufel geschlossen und ist wegen des Geldes scheinbar bereit, unschuldige Bürger ins Gefängnis zu stecken. Ich will, dass du mit ihm redest und versprich mir, dass du dich in Zukunft von diesen Veranstaltungen fernhältst, denn ich will nicht noch einen Sohn verlieren.«

Die Tochter des Bürgermeisters

Am nächsten Tag weckte Mamanjun ihren Sohn bei Sonnenaufgang. Laut und bestimmend sprach sie durch den offenen Türspalt, wodurch Mehdi unmittelbar aus dem Tiefschlaf gerissen wurde. Mühsam erhob er sich aus dem Bett und torkelte völlig übermüdet hinunter in den Hof. Dort holte er sich einen großen Eimer eiskalten Wassers aus dem Brunnen, welchen er sich in einem Rutsch über den Kopf goss. Laut fluchend wusch er seinen Körper und ließ sich anschließend zähneklappernd auf dem Teppich neben dem alten Steinofen nieder, in dem seine Mutter traditionelles Fladenbrot backte. Sie war von dem Schauspiel ihres Sohnes sichtlich amüsiert und wuschelte ihm durch die nassen Haare.

»Hier, iss etwas, bevor du noch verhungerst. Babajan hat sich beim Waschen übrigens nie so angestellt wie du. Ich glaube ich habe es mit meiner Liebe und Fürsorge bei dir ein wenig übertrieben.« Mehdi verdrehte genervt die Augen und trank einen Schluck Tee, mit dem er den ersten Bissen des trockenen Brots herunterspülte.

»Naja, ich glaube du hast alles richtig gemacht. Schau mich doch an, ich bin gesund und habe noch mein ganzes Leben vor mir.« Mamanjun war kurz in ihre Gedanken vertieft und starrte nachdenklich hinaus in die trostlose Landschaft.

»Ich muss dir ein Geständnis machen mein Junge. Als dein Vater starb, habe ich unmittelbar gespürt, wie der wichtigste Teil von uns verloren ging, denn er war derjenige, der unsere Familie getragen und geführt hat. Jetzt wo er nicht mehr da ist, fühle ich mich so leer und hilflos.

Manchmal überkommt mich ein Gefühl der Ohnmacht, dem ich mich gerne ergeben würde.« Mehdi sah sie erschrocken an und nahm sie tröstend in den Arm.

»Bitte Mamanjun, du darfst jetzt nicht aufgeben. Du hast Reza, Hussein, Amira und mich, wir werden immer für dich da sein, egal was passiert oder kommen mag.« Innerlich plagte ihn plötzlich das Gefühl von völliger Machtlosigkeit, weil er selbst nicht wusste, wie es in Zukunft weitergehen sollte. Die Unruhen im Land hatten spürbar zugenommen und ein Putsch des Präsidenten schien nur noch eine Frage der Zeit zu sein. Er sehnte sich nach Veränderungen und setzte all seine Hoffnungen auf die Kundgebungen der Tudeh-Partei, zu denen er trotz des Verbotes schon bald wieder hingehen wollte.

Am späten Nachmittag machten sie sich auf den Weg zu seiner Tante Yarah, die zu einer Feier geladen hatte und ganz in der Nähe wohnte. Beim Haus angekommen, klopfte Mehdi mehrmals an die Tür, als Mamanjun ihn auf einmal ruckartig zu sich heranzog.

»Bitte, erwähne zu keinem Zeitpunkt, warum wir das Haus nicht mehr verkaufen müssen. Ich will nämlich unter allen Umständen vermeiden, dass jemand weiß, dass mein Sohn ein Handlanger des Teufels ist. Sprich mit niemandem darüber, hast du mich verstanden?« Mehdi nickte und wurde im selben Augenblick von seiner Tante begrüßt, die die beiden freudestrahlend hineinbat.

»Toll, dass ihr da seid, geht schon mal nach draußen, ich komme gleich nach.« Mehdi und seine Mama gingen nichtsahnend hinaus auf den beleuchteten Innenhof und schauten erstaunt auf die pompös dekorierte Tafel, die mit allen erdenklichen Leckereien bestückt war, welche es nur noch gegen sehr viel Geld zu kaufen gab. Darunter waren Kaviar, in Safran geröstete Pistazien, importierte Südfrüchte sowie getrocknete Datteln und Feigen.

Ein paar Minuten später waren alle Freunde und Familienmitglieder in Ihre Gespräche vertieft, was Mehdi sofort zum Anlass nahm, um sich unbemerkt an den Tisch mit den Köstlichkeiten heranzuschleichen. Ein letzter prüfender Blick in die Runde sollte das Startzeichen für seinen kleinen Diebstahl sein. Doch genau in dem Moment, als er zulangen wollte, kam Mamanjun herangeeilt und gab ihm durch die Zähne zu verstehen, dass sie ihm bei einer falschen Bewegung die Hände abhacken würde. Enttäuscht ging er zurück zu den Gästen, wobei ihn plötzlich eine weibliche Stimme ansprach.

»Du musst dich noch einen kurzen Augenblick gedulden, das Buffet wird gleich eröffnet.« Mehdi drehte sich verwundert zur Seite und blickte in die großen braunen Augen eines wunderschönen Mädchens, das ihm frech entgegenlächelte.

»Hey, was starrst du mich so komisch an? Hast du noch nie eine Frau gesehen?« Mehdi grinste verlegen und fing an zu flüstern.

»Entschuldigung, meinten Sie mich?«

»Ja, natürlich meinte ich dich, wen denn sonst? Oder siehst du neben mir noch eine andere junge Dame?«

Er wurde sichtlich nervös und versuchte das Kennenlernen ein wenig zu beschleunigen, da sich ein dicker Mann mit Glatze unmittelbar vor dem Buffet in Position gebracht hatte.

»Wie heißen Sie denn?«

»Mein Name ist Leila und wie heißt du?«

»Ich heiße Mehdi«, antwortete er und schielte dabei unauffällig hinüber zu Mamanjun, die unter keinen Umständen etwas von seiner Unterhaltung mitbekommen dürfte.

»Freut mich sehr, Sie kennenzulernen.« Leila war von seinen Höflichkeitsfloskeln ein bisschen irritiert und kicherte vor sich hin.

»Warum sagst du eigentlich immer Sie zu mir. Sehe ich denn etwa schon so alt aus?«

»Nein, aber das mache ich immer so bei Menschen, die ich nicht kenne, weil ich einfach gut erzogen bin.«

»Na gut, dann kennen wir uns halt ab jetzt und das Sie kannst du gerne mit meinem Namen ersetzen.« Doch gerade als er antworten wollte, eröffnete der Unbekannte feierlich das Buffet, wofür er klatschenden Beifall erhielt. Nach und nach kamen die ersten Gäste nach vorne und belegten ihre Teller, was Mehdi so sehr das Wasser im Mund zusammenlaufen ließ, dass er ebenfalls hinüberging. In seinem Tunnelblick bemerkte er allerdings nicht, dass sich seine neue Bekanntschaft dicht an seine Fersen geheftet hatte und ihn auf Schritt und Tritt verfolgte. Gierig und mit weit aufgerissenen Augen griff er nach den süßen Teilchen, als Leila ihn auf einmal von hinten erschreckte.

»Na, da hat ja wohl jemand schon lange nichts mehr zu essen bekommen.« Mehdi zuckte erschrocken zusammen und balancierte seinen Teller so gekonnt aus, dass ihm nichts herunterfiel.

»Was meinst du? Ich habe einfach nur einen gesunden Appetit, das ist alles, also sieh zu, dass du verschwindest.«

»Das glaube ich dir nicht. So dünn und eingefallen wie du aussiehst, das kann niemals ein normaler Hunger sein. Du bekommst einfach nicht genügend zu essen, das ist alles.« Mehdi ignorierte die unverschämte Bemerkung und stellte sich abseits von den Besuchern hin, die den ärmlichen Jungen irgendwie eigenartig anschauten. Gerade als er in eine Dattel beißen wollte, kam sie erneut angedüst und schien von seiner Eigenwilligkeit, fern ab von den Gästen zu essen, alles andere als begeistert zu sein.

»Du sprichst die Personen, die du kennenlernst zwar ganz höflich mit einem Sie an, aber wenn es ums Essen geht, denkt jeder mal wieder nur an sich. Hättest du mir vorher einen guten Appetit gewünscht, dann wäre ich mit Sicherheit nicht so beleidigt.« Mehdi lachte genervt und schüttelte den Kopf.

»Na, dann wünsche ich dir halt jetzt einen guten Appetit, du Nervensäge.« Leila zwinkerte ihm grinsend zu und mischte sich kurz darauf wieder unter die Leute. Während Mehdi die Leckereien gierig verschlang, drehte er sich prüfend nach hinten um, nur um ganz sicher zu gehen, dass ihn seine neue Bekanntschaft nicht ein weiteres Mal vom Essen abhalten würde. Mamanjun hatte die Fressorgie und das Gespräch mit Leila aus der Ferne beobachtet und winkte ihren Sohn unauffällig zu sich heran.

»Was fällt dir eigentlich ein.« Mehdi, gab sich absichtlich ahnungslos und tat so, als würde er überhaupt nicht wissen wovon sie sprach.

»Warum regst du dich so auf, ich habe doch nur etwas gegessen.« Seine Mama war außer sich und konnte ihre Wut nur schwer im Zaum halten.

»Nur etwas gegessen? Weißt du eigentlich wer dieses Mädchen ist, mit dem du die ganze Zeit gesprochen hast?« Er fühlte sich ertappt und nannte stolz ihren Namen.

»Ja, sie heißt Leila und wir haben uns nur ein bisschen miteinander unterhalten, weiter nichts.«

»Dieses Mädchen, mein Junge, ist die Tochter des Bürgermeisters und ich will, dass du dich von ihr fernhältst, denn sie ist einfach zu wohlhabend für unsere Familie. Haben wir uns verstanden?«

»Aber Mamanjun...«

»Hör auf mit deinem Aber und höre ein einziges Mal auf deine Mutter. Ich weiß schon was gut für dich ist.« Bei Mehdi machte es schließlich klick und nun wusste er auch, dass es sich bei dem dicken Mann, der zuvor das Buffet eröffnet hatte, um den Bürgermeister handelte, der mit seiner Tante Yarah befreundet war.

Am späten Abend verabschiedete sich der Großteil der Gäste, unter denen auch Leila war. Bevor sie mit ihrem Vater nach draußen ging, stupste sie Mehdi unauffällig von der Seite an und drückte ihm wortlos einen Zettel in die Hand. Daraufhin verschwand er geschwind im Inneren des Hauses und las sich gespannt den Inhalt durch.

»Ich würde dich gerne wiedersehen, deshalb würde ich vorschlagen, dass wir uns in 3 Tagen kurz vor Sonnenuntergang bei der Karawanserei treffen.« Unbewusst stieß er einen kleinen Freudenschrei aus und zog unweigerlich den neugierigen Blick seiner Tante auf sich.

»Was ist denn mit dir los? So euphorisch habe ich dich ja schon lange nicht mehr erlebt.«

»Ach Yarah, das Leben ist einfach schön und das Essen war köstlich. Wahrscheinlich ist das der Grund, warum ich so gute Laune habe.«

»Das freut mich. Übrigens, wenn du noch etwas haben möchtest, dann solltest du dich beeilen, denn allzu viel ist nicht mehr übrig.« Mehdi ging sofort hinaus und kam zwei Sekunden später enttäuscht wieder zurück, weil die komplette Tafel gerade von zwei Helfern abgebaut wurde. Seine Tante grinste verdächtig und holte im selben Moment einen Beutel mit den Resten der getrockneten Früchte hervor, die sie ihm lächelnd überreichte. Mehdi bedankte sich und begab sich anschließend wieder hinaus zu Mamanjun, die gerade in ein intensives Gespräch mit einer Freundin vertieft war. Um sie nicht zu stören, ließ er sich ein paar Meter entfernt auf einem Teppich nieder und schaute glücklich hinauf in den sternenklaren Himmel. Dabei griff er immer wieder aufgeregt in seine Hosentasche um zu fühlen, ob der Zettel von Leila tatsächlich noch da war. In einer unbeachteten Sekunde holte er die Notiz hervor und las sich im Licht der Petroleumlampe noch einmal alles ganz genau durch. Innerlich war er so aufgeregt und fragte sich, wie er die Tage bis Sonntag nur überstehen sollte?

Auf dem Weg nach Hause peitschte der Wind auf einmal so stark, dass alles um sie herum hinter einer dichten Nebelwand aus Sand verschwand. Mehdi bastelte sich aus seiner dünnen Jacke blitzschnell einen Gesichtsschutz, den er Mamanjun in Windeseile über den Kopf stülpte. Mit einer mörderischen Geschwindigkeit fegte der Sandsturm über die Straßen und wirbelte alles auf, was sich ihm in den Weg stellte. Dabei konnte man hören, wie Scheiben zu Bruch gingen und im Licht der schwankenden Laternen sehen, wie einzelne Gegenstände durch die Luft flogen. Beide liefen völlig orientierungslos umher und hofften durch einen Zufall einen Eingang zu finden, hinter dem sie sich in Sicherheit bringen konnten. Dabei drückte Mehdi seine Mutter so fest er nur konnte an sich, da er höllische Angst davor hatte, dass der Wind sie fortreißen könnte. Kurz darauf tastete er sich vorsichtig an eine Mauer heran und zog seine Mama mit seiner ganzen Kraft in eine schmale Gasse. Dort gingen sie hinter einem parkenden Auto in Deckung und harrten solange aus, bis der Sturm vorübergezogen war.

Als sie eine halbe Stunde später endlich am Wohnhaus ankamen, waren beide von oben bis unten mit Sand bedeckt. Mamanjun stand noch immer ein wenig unter Schock und schloss mit zitternden Händen die Tür auf.

»Mein Junge, es ist erschreckend wie schnell du erwachsen geworden bist. Erst gestern habe ich dich noch beschützt und heute hast du meinen Platz eingenommen. Ich bin sehr stolz auf dich.« Mehdi lächelte zufrieden und träumte ununterbrochen vom ersten Treffen mit Leila, was seine Mutter anhand seines verliebten Dauergrinsens natürlich sofort bemerkte.

»Du denkst an dieses Mädchen, nicht wahr?« Mehdi sah sie verschämt an und versuchte sich irgendwie herauszureden.

»Quatsch, die habe ich schon längst vergessen. Ich bin nur etwas müde, das ist alles.«

»Rede keinen Unsinn, ich sehe doch an deiner langen Nase, dass du lügst. Tue mir in Gottes Namen den Gefallen und vergiss sie. Sie ist zu wohlhabend und einflussreich für unsere Familie und das bringt nur Probleme mit sich. Außerdem will ich nicht, dass du der nächste Bürgermeister von Isfahan wirst. Das passt einfach nicht zu dir.«

»Aber das wäre doch immerhin besser als ein armer Niemand zu sein, oder?«

»Los, mach dich auf ins Bett und denke nochmal über das nach, was ich dir gerade gesagt habe.« Mehdi verabschiedete sich und imitierte dabei mit einer lustigen Geste den dicken Vater von Leila, welcher zuvor das Buffet eröffnet hatte.

Über beide Ohren verliebt

Als er im Morgengrauen aufstand, war er völlig gerädert, da er vor Aufregung die ganze Nacht fast kein Auge zugedrückt hatte. Verschlafen taumelte er hinüber zu seiner Hose und holte den Zettel von Leila hervor, den er sich freudig durchlas und gleich danach zwischen ein paar Büchern versteckte. Beim Anziehen blickte er flüchtig in den Spiegel, wobei er vor Schreck beinahe einen Herzinfarkt bekam, da seine Augen stark angeschwollen und blutunterlaufen waren. In Windeseile rannte er hinunter in den Hof, wo er panisch seine Augen auswusch, weil er hoffte, dass dadurch die Schwellung wieder weggehen würde. Seine Mama beobachtete ihn skeptisch und sah sich das eigenartige Schauspiel schließlich aus der Nähe an.

»Kannst du mir mal erklären, was du da machst?« Mehdi jammerte herum und dachte mit Unbehagen an das bevorstehende Treffen mit Leila.

»Ich habe von diesem dämlichen Sandsturm wahrscheinlich etwas ins Auge bekommen, kannst du mal nachsehen?« Seine Mutter schaute mit einem gezielten Blick hinein und gab grinsend Entwarnung.

»Es sieht schlimmer aus als es ist, du hast wahrscheinlich nur eine Bindehautentzündung. In ein paar Tagen sehen deine braunen Murmelaugen wieder ganz normal aus, also hör auf rumzureiben, denn damit machst du es nur noch schlimmer.« Gerade als er antworten wollte, klopfte es lautstark an der Haustür. Mamanjun eilte im schnellen Schritt nach vorne und winkte ihren Sohn sicherheitshalber zu sich heran. Dort blickten sie einem großen Mann in Militäruniform entgegen, der ihnen einen Umschlag von der iranischen Armee überreichte und nach einem strammen Salut wieder verschwand. Mit zitternden Händen und einer bösen Vorahnung holte die Mama den Brief hervor, den sie sich in einem Atemzug durchlas.

»Mit sofortiger Wirkung ist Mehdi Karbassion, geboren am 18.02.1934, und ohne Widerruf bis zum 25. Lebensjahr wehrpflichtig. Die Dauer des Wehrdienstes beträgt 24 Monate und muss bis zum 25. Lebensjahr abgeleistet werden.«

Anschließend hielt sie für einen Moment inne und dachte dabei mit Schrecken an Reza, der sich mit Hilfe falscher Versprechen für 10 Jahre bei der Armee verpflichten ließ. Mit besorgter Miene drehte sie sich zu ihrem Sohn um und zerknüllte das Dokument, welches sie achtlos in die Ecke warf.

»Hör mir zu, du gehst auf keinen Fall zur Armee, ist das klar?«

»Aber Mama, ich habe doch gar keine andere Wahl, außerdem sind es doch nur zwei Jahre, die sind ganz schnell wieder rum.«

»Hallo, ich glaube du willst es nicht verstehen. Die werden dich in dieser Zeit so sehr unter Druck setzen, bis du dich genau wie dein Bruder für mehrere Jahre verpflichten lässt. Ich will dich auf keinen Fall an diese ehrenlosen Teufel verlieren, lieber sterbe ich!« Mehdi wollte gerade zum Gegenargument ausholen, aber er ließ es schließlich bleiben, weil er tief im Innersten wusste, dass Mamanjun recht hatte.

Am späten Vormittag kam Amin vorbei, dem es beim Anblick seines Freundes glatt die Sprache verschlug.

»Grundgütiger, was ist denn mit dir passiert? Du siehst ja so aus, als hättest du mit einer Horde Bienen um dein

Leben gekämpft.« Mehdi war zum Heulen zumute und guckte niedergeschlagen zu Boden.

»Du bist ja lustig. Denkst du etwa ich habe mir das absichtlich zugefügt? Mein Aussehen habe ich diesem beschissenen Sandsturm von gestern Nacht zu verdanken.« Amin bekam einen herzlichen Lachanfall und erfand im Affekt einen Spitznamen.

»Es tut mir schrecklich leid, aber bei mir heißt du ab heute "Bienenkönigin von Isfahan".« Beide amüsierten sich köstlich und Mehdi setzte noch einen drauf und kam kurz darauf mit dem Beutel getrockneter Früchte zurück, den ihm seine Tante einen Abend zuvor mitgegeben hatte.

»Ehrwürdiger Untertan der Bienenkönigin von Isfahan, darf ich Ihnen eine zuckersüße Delikatesse aus unserer eigenen Herstellung anbieten, summ, summ?« Amin griff gierig zu, biss leidenschaftlich in eine Dattel hinein und kam aus dem Schwärmen nicht mehr heraus.

»Die schmecken ja himmlisch, in welchem Teil der Erde hast du denn diese seltene Köstlichkeit auftreiben können?«

»Die sind von der Feier meiner Tante.«

»Das ist ja großartig, wenn du das nächste Mal dorthin gehst, dann sollest du mich unbedingt mitnehmen, denn solche Leckereien bekommt man nicht alle Tage vor die Nase gesetzt.«

»Ja, das wird sich schon irgendwie einrichten lassen. Übrigens, ich habe bei der gestrigen Feier ein Mädchen kennengelernt. Ihr Name ist Leila.« Amin verschluckte sich vor Schreck und starrte seinen Freund so an, als käme dieser geradeswegs von einem anderen Planeten.

»Wie, Mädchen? Meinst du etwa diese eigenartigen Wesen, die beim Vorbeilaufen immer so herrlich duften?«

»Ja, genau die meine ich. Eigentlich wollte ich mich mit ihr am Sonntag bei der Karawanserei treffen, aber wenn meine Augen bis dahin noch immer so angeschwollen sind, kann ich das getrost vergessen.« Amin ging nicht weiter auf das Gejammer ein und stellte eine Frage nach der anderen.

»Wer ist sie? Woher kommt sie? Wie sieht sie aus? Rede mit mir, mein Freund, und spann mich bitte nicht so lange auf die Folter.« Mehdi sah die Neugier in seinen Augen aufblitzen und rückte sofort mit der Wahrheit raus.

»Die Geschichte hat aber einen entscheidenden Haken, denn Leila ist die Tochter des Bürgermeisters.« Amin dachte er hätte sich verhört und schüttelte ungläubig mit dem Kopf.

»Wie, Bürgermeister?«

»Du hast schon richtig verstanden, und könntest du bei deiner nächsten Frage eventuell noch etwas lauter reden, denn ich glaube Mamanjun hat von unserer Unterhaltung noch nichts mitbekommen.«

»Entschuldige,« flüsterte sein Kumpel leise. »Aber glaubst du überhaupt, dass sie erscheinen wird? Schließlich kommt ihr aus zwei völlig unterschiedlichen Welten.« Mehdi zog ratlos die Mundwinkel nach unten und nahm das Ganze mit Humor.

»Na, das hoffe ich doch. Immerhin bin ich die Bienenkönigin von Isfahan, und die lässt man nicht so ohne weiteres im Regen stehen. Weißt du, sie ist wunderschön und hat bezaubernde, glänzende, dunkelbraune Augen. Sie bewegt sich, wie nur eine Prinzessin sich bewegen kann. Leicht, sanft, als würde sie über die Erde schweben.« Amin war von der Träumerei vollkommen genervt und holte ihn blitzschnell zurück auf den Boden der Tatsachen.

»Aufwachen! Komm mal wieder runter von deiner rosaroten Wolke. Also, im Moment sehe ich dich noch nicht beim Treffen vor der Karawanserei. Denn du bist nicht gerade vorzeigbar mit deinen komischen Monsteraugen und dieser schrecklich ungepflegten Frisur.«

»Hör auf, auf mir rumzuhacken, mir ist gerade wirklich nicht zum Lachen zumute. Denkst du, ich wollte meine Haare nicht schon längst schneiden lassen? Du weißt doch ganz genau, dass wir für solche Dinge kein Geld haben.« Amin zwinkerte ihm grinsend zu.

»Halt die Klappe und höre auf, dich selbst zu bemitleiden, du Muttersöhnchen, dieses Gejaule will sich ohnehin niemand anhören. Außerdem gibt es immer Mittel und Wege, deswegen schlage ich vor, dass ich dir die Haare schneide.« Mehdi schaute ihn verdutzt an und griff sich ängstlich in seine wilde schwarze Mähne.

»Habe ich irgendwas verpasst? Seit wann bist du denn bitte Friseur?« Amin ging schnurstracks zur Haustür und winkte entschlossen ab.

»Lass mich nur machen, du Träumer. Ich gehe nur schnell mein Werkzeug holen und bin gleich wieder zurück.« Zehn Minuten später stand er Gewehr bei Fuß und breitete mit einem entschlossenen Lächeln seine Utensilien auf dem Tisch aus. Mehdi ließ sich währenddessen mit einem mulmigen Gefühl auf einem kleinen Hocker nieder und war sichtlich am Zweifeln.

»Bist du dir auch ganz sicher, was du da tust?« Amin war von dem entgegenbrachten Zweifel vollkommen genervt und fuchtelte bewusst ungeschickt mit der Schere herum.

»Eigentlich nicht, aber ich werde mein Glück mal versuchen. Hast du einen besonderen Wunsch? Ansonsten würde ich vorschlagen, dass du dich einfach überraschen lässt.« Mehdi ließ sich schließlich auf das Angebot ein und blickte mit Wehmut hinunter auf seine abgeschnittenen Locken, die nacheinander zu Boden fielen.

»Übrigens du hast mir meine Frage von zuvor noch immer nicht beantwortet. Seit wann zum Teufel kannst du Haare schneiden?«

»Na gut, ich erzähle es dir. Aber halt gefälligst still, sonst schneide ich dir noch ein Ohr ab. Mein Vater war leidenschaftlicher Barbier und hat mir jede Fertigkeit dieses Handwerks Stück für Stück beigebracht. Irgendwann waren seine Hände aber so zittrig, dass ich seine Arbeit übernehmen musste. Ich kann mich noch gut daran erinnern, dass ich bei meinem ersten Kunden völlig unsicher war. Babajan saß mit einem entspannten Lächeln daneben und gab mir beim Schneiden leise Anweisungen, damit ich keinen Fehler machte. Zwei Tage vor seinem Tod habe ich ihm ein letztes Mal die Haare geschnitten. Er war an diesem Tag sehr stolz auf mich, auch wenn er es aufgrund seiner Krankheit leider nicht mehr zeigen konnte.«

Mehdi war von der Geschichte todtraurig und klopfte seinem Freund aufmunterungsvoll auf die Schulter.

»Das tut mir schrecklich leid. Aber warum in Gottes Namen hast du das nie erwähnt? Dann hätte ich deine Dienste nämlich schon viel früher in Anspruch genommen.

»Dienste? Diese unqualifizierte Antwort konnte ja nur von einem Grünschnabel wie dir kommen.«

»Rede nicht so viel und konzentriere dich lieber, denn ich werde irgendwie das Gefühl nicht los, dass du mich komplett verunstaltest.«

»Jawohl Genosse!«

Zwanzig Minuten später war Amin fertig und erntete von seinem Freund, der erwartungsvoll in den Spiegel blickte, ein anerkennendes Kopfnicken.

»Das sieht ja fantastisch aus, fast wie bei einem echten Barbier.« Amin lachte und räumte stolz sein Werkzeug zusammen.

»Es freut mich sehr, dass es dir gefällt. Übrigens wollte ich dir vorhin schon sagen, dass es bald eine erneute Kundgebung geben wird, aber du hattest ja nur deine Prinzessin im Kopf.« Mehdi kam aufgeregt auf ihn zu und stolperte dabei beinahe über seine eigenen Füße.

»Wann und wo?«

»Wahrscheinlich nächste Woche im Stadion. Genaueres erfahre ich die Tage. Ich schätze mal, dass du auch wieder anwesend sein wirst, oder?«

»Im Moment denke ich zwar nur noch an das Treffen mit Leila, aber ich werde mit hundertprozentiger Sicherheit dabei sein, mein Freund, das wäre doch gelacht, wenn du da ganz alleine hingehen müsstest. Außerdem will ich, dass sich etwas ändert in diesem Land und das kann man nur erreichen, wenn man gemeinsam am selben Strang zieht.« Amin atmete erleichtert auf und begab sich anschließend zur Haustür.

»Gut, da bin ich ja beruhigt. Tue mir den Gefallen und verplappere dich bloß nicht, sonst sind wir geliefert. Ich hoffe, dass sich deine Augen bis zu deinem Treffen mit Leila wieder erholt haben. Bis dann.« Mehdi blickte ihm hoffnungsvoll entgegen und verabschiedete ihn mit einem kräftigen Handschlag.

Der fliegende Skorpion

Es war spät am Abend und die drückende Hitze des Tages war noch immer deutlich spürbar. Mehdi trottete schweißgebadet hinunter in den dunklen Hof und holte sich zur Erfrischung einen großen Eimer Wasser aus dem Brunnen, in den er erleichtert seinen Kopf hineintauchte. Anschließend machte er es sich auf dem alten Teppich im Hof gemütlich, während Hussein und Reza es ebenfalls nach draußen an die Wasserquelle trieb. Als sie sich erfrischten, sahen sie erschrocken zu ihrem Bruder hinüber, der seelenruhig am Boden lag und kurz vor dem Einnicken war.

»Du willst aber nicht zufälligerweise heute Nacht hier draußen schlafen, oder?« Mehdi richtete sich erschrocken auf und schaute ungläubig zu den beiden hinüber.

»Warum denn nicht? Im Haus ist es jedenfalls nicht auszuhalten.« Reza schien das Thema sehr ernst zu nehmen und war von der unbekümmerten Herangehensweise seines kleinen Bruders überhaupt nicht begeistert.

»Bist du eigentlich vollkommen lebensmüde? Willst du heute Nacht etwa von einem fliegenden Skorpion gestochen werden?« Mehdi zog das Ganze ins Lächerliche, weil sein großer Bruder in seiner Fantasie immer mal wieder Tiere erfand, die es überhaupt nicht gab.

»Du bist ja lustig, fliegender Skorpion, von so einer Bestie habe ich ja komischerweise noch nie gehört. Ist das etwa wieder eine von deinen neuen Spezies, die du spontan erfunden hast?« Reza fuhr sich aufgeregt durch die Haare und schaute ihn mit großen Augen an.

»Hör mir zu verdammt, das ist kein Spaß! Vor geraumer Zeit waren wir mit meiner Kompanie wegen einer Übung für ein paar Tage in der Wüste. Dort haben wir alle im Freien auf Feldbetten geschlafen. Am nächsten Morgen ist einer von meinen Kameraden nicht mehr aufgewacht. Erst dachten wir noch er macht Scherze, aber als wir die Einstiche an seinem Hals und seinem Unterarm sahen, wussten wir, dass er von einem fliegenden Skorpion gestochen wurde.« Mehdi schien trotz der plausiblen Geschichte skeptisch zu sein und hakte nochmal nach.

»Woher wusstet ihr denn, dass es ein fliegender Skorpion war. Es hätte doch genauso gut auch ein ganz normaler sein können oder etwa nicht?«

»Denkst du etwa, dass wir bei der Armee komplett bescheuert sind? Die Füße unserer Feldbetten stehen über Nacht in kleinen Benzineimern, damit die Viecher nicht hochkrabbeln können.« Mehdi realisierte auf einmal, wie leichtsinnig er all die Jahre gewesen war, und war drauf und dran, nach drinnen zu verschwinden.

»Dann schlage ich mich lieber mit der Hitze im Haus herum, bevor ich hier draußen an dem Stich eines mutierten Skorpions elendig zu Grunde gehe.« Reza fing über die Angst seines kleinen Bruders ein wenig an zu schmunzeln und verschwand wortlos im Abstellraum des Hauses.

Ein paar Minuten später kam er vollbepackt wieder heraus und fing entschlossen an, das Nachtlager aufzubauen. Mehdi staunte nicht schlecht als er sah, wie er nacheinander die Feldbetten auseinanderklappte und die Füße in kleine Kupferschalen stellte, in die er vorsichtig Benzin hineingoss. Hussein legte sich schon mal probeweise hin, während Reza die weißen Laken als Schutz vor den fliegenden Skorpionen über den Betten befestigte. Mehdi lief aufgeregt umher und fluchte herum, weil er den beißenden Geruch des Benzins einfach nicht ertragen konnte.

»Das stinkt ja bestialisch. Hast du dir das auch ganz genau überlegt? Denn falls mich heute Nacht kein Skorpion tötet, dann wird es mit Sicherheit dieser bestialische Gestank erledigen.« Das darauffolgende Gelächter war so laut, dass Mamanjun hinauskam, um nach dem Rechten zu sehen. Dabei entging ihr natürlich nicht die eigenartige Konstruktion, die inmitten des Hofs stand.

»Sagt mal, was soll das werden, wenn es fertig ist? Leben wir bald wie die Beduinen in der Wüste oder warum betreibt ihr hier so einen Aufwand?« Mehdi schaute aufgeregt unter dem Laken hervor.

»Nein Mamanjun, Reza zeigt uns nur, wie man sich in der Nacht vor einem fliegenden Skorpion schützt.« Die Mama fing laut an zu lachen.

»Fliegender Skorpion? Denkst du etwa, das sind die einzigen Feinde hier draußen? Da gibt es noch ein anderes Ungetüm, das man aber nur ganz selten zu Gesicht bekommt. Man nennt ihn auch einen Karakal, den Puma der Wüste. Babajan stand ihm einst gegenüber und hat ihn todesmutig mit einer brennenden Fackel von unserem Grundstück verscheucht. Seitdem muss man höllisch aufpassen, denn dieses Tier ist hochintelligent und für den Menschen äußerst gefährlich.« Mehdi verschlug es vor Aufregung die Sprache, während sich Reza und Hussein über die fantasievolle Geschichte amüsierten. Kurz bevor sie ging, stellte sie ihrem Sohn noch eine Petroleumlampe ans Bett und gab ihm einen wichtigen Rat.

»Pass ja auf, dass das Licht in der Nacht nicht ausgeht, denn sonst holt dich das wilde Raubtier.«

»Na toll, jetzt muss ich mir auch noch Gedanken über einen gemeingefährlichen Wüstenpuma machen. Das kann ja nur eine kurze Nacht werden.« Mamanjun zwinkerte ihm liebevoll zu und verschwand anschließend wieder im Haus. Mehdi war innerlich nun so beunruhigt, dass er noch einmal aufstand und seine Liege ganz nah an die Feldbetten seiner Brüder heranschob. Bevor sie einschliefen, redeten sie über ihre Wünsche und Träume für die Zukunft, wobei Reza ab und an auf politische Dinge zu sprechen kam. Doch Mehdi lenkte ihn jedes mal gekonnt ab und versuchte seine persönliche Meinung zu diesem Thema nicht nach außen durchscheinen zu lassen. Die Stimmung untereinander war so ausgelassen, dass sogar Hussein, der Morgenmuffel, zu Scherzen aufgelegt war.

»Ich hoffe, dass ich mal eine Arbeit haben werde, die nicht so sehr auf die Knochen geht, denn lange halte ich die Strapazen auf dem Reisfeld nicht mehr aus.« Dabei knackte er absichtlich so laut mit seinem kaputten Knie und seinem Ellenbogen, dass Reza und Mehdi vor Ekel zusammenzuckten.

»Damit wollte ich euch nur mal demonstrieren, wer von uns in der Familie am härtesten arbeitet. Denn bei euch zwei Pistazienköpfen höre ich nämlich noch überhaupt nichts knirschen.« Seine größeren Brüder blödelten kurz darauf miteinander herum und zogen Mehdi ein wenig auf, da sie ihn noch nie zusammen mit einer Frau gesehen hatten.

»Sag mal, hast du eigentlich eine Freundin? Oder versteckst du die schönen Mädchen heimlich vor uns?« Mehdi überlegte einen Augenblick lang, ob er ihnen etwas von Leila erzählen sollte, aber er entschied sich letztendlich dagegen, weil er wusste, dass die beiden die größten Plappermäuler in der gesamten Familie waren. Er gab sich absichtlich ahnungslos und führte sie mit seiner Antwort aufs Glatteis.

»Mädchen? Ihr seid ja lustig. Wo soll man die denn bitteschön hier kennenlernen?« Hussein ließ sofort den allwissenden Macho raushängen und tat dabei so, als hätte er das Rezept zum Frauenaufreißen erfunden.

»Tja, das würdest du wohl gerne wissen. Aber das Geheimnis kann ich dir leider nicht verraten, das erfordert nämlich ganz viel Erfahrung und Fingerspitzengefühl.« Reza fing schallend an zu lachen und klopfte ihm mitleidig auf die Schulter.

»Du bist so ein verdammter Angeber. Dein Geheimnis zum Frauenaufreißen würde ich übrigens gerne mal hören. Aber es scheint ja so mysteriös zu sein, dass du die Inschrift selbst noch nicht entziffert hast. Denn rätselhafterweise habe ich an deiner Seite in all den Jahren noch nicht ein einziges Wesen mit langen Haaren gesehen.« Hussein drehte sich verschämt weg und verschwand stillschweigend unter seinem Laken, hinter dem er beleidigt vor sich hin schmollte. Reza quittierte das Ganze mit einem genervten Stöhnen und zerrte ihn nach ein paar Sekunden jedoch wieder hervor, da er etwas Wichtiges zu verkünden hatte.

»Kannst du deine Eingeschnapptheit mal für einen kurzen Moment vergessen und mir zuhören, du verhältst dich ja schlimmer als ein Kind. Ich habe während meiner Stationierung in Abadan für Mamanjun ein wunderschönes Geburtstagsgeschenk in Auftrag gegeben. Es handelt sich um eine Goldkette und einen Anhänger, der die Inschrift "Für ewig" trägt. Allerdings gibt es ein klitzekleines Problem, ich werde nämlich nicht dorthin reisen können, um sie abzuholen.« Alle Blicke richteten sich unweigerlich auf Mehdi, der verträumt ins Leere starrte und laut zu schwärmen begann.

»Die Kette und der Anhänger sind bestimmt wunderschön, oder?«

»Ja natürlich sind sie wunderschön, sonst hätte ich sie doch nicht bestellt. Na was sagst du kleiner Bruder? Kann man dir solch eine ehrenvolle Aufgabe anvertrauen und dich mit einem Batzen Geld hinunter in den Süden schicken? Ich würde auch selbst fahren, aber ich muss hier in Isfahan bleiben und dauerhaft in Bereitschaft sein. Denn man weiß nie, wann die Stimmung in der Bevölkerung kippt und die Armee mich für einen Einsatz heranziehen wird.« Mehdi kaute nervös an seinen Fingernägeln herum und schaute gleichzeitig in die erwartungsvollen Gesichter seiner Brüder.

»Na gut, ich mache es, aber nur unter der Voraussetzung, dass du die Fahrtkosten und die Übernachtung übernimmst. Für Mamanjun würde ich übrigens bis ans andere Ende der Welt reisen.«

»Mach dir wegen des Geldes keine Sorgen. Ich gebe dir so viel mit, damit würdest problemlos bis nach Europa kommen.« Innerlich war Mehdi beunruhigt, denn er hoffte, dass sich das Treffen mit Leila, die Kundgebungen und die Reise nicht miteinander überschneiden würden.

»Wann soll ich denn in den Süden aufbrechen, hast du dir da schon einen bestimmten Tag ausgesucht?«

»Ach, das dauert noch ein wenig. Ich gebe dir früh genug Bescheid, denn ich bekomme meinen Sold erst in ein paar Wochen.« Mehdi nickte erleichtert, während Hussein den beiden mit einem lauten Gähnen zu verstehen gab, dass es Zeit war sich schlafen zu legen.

»Haltet endlich die Klappe und legt euch hin, denn ich muss morgen mal wieder als Erster aufstehen und bei meiner körperlich anstrengenden Arbeit benötige ich jede Minute meiner kostbaren Nachtruhe.« Nach der deutlichen Ansage verschwanden die Quasselstrippen ohne ein Widerwort unter ihren Laken und schliefen langsam ein.

Spät in der Nacht wurde Mehdi durch ein aufdringliches Summen für den Bruchteil einer Sekunde aus dem Schlaf gerissen. Todmüde starrte er im flackernden Licht der Petroleumlampe auf die Innenseite seines weißen Lakens, wobei er auf einmal die Flügel und den Stachel der fliegenden Skorpione sah. Vorsichtig kroch er unter seinem Tuch hervor und schaute sich die exotischen Geschöpfe neugierig aus der Nähe an. Daraufhin schlich er auf leisen Sohlen hinüber zu Reza, den er aufgeregt zu wecken versuchte.

»Los, wach schon auf. Du hattest recht, die Viecher existieren ja tatsächlich.« Reza drehte sich völlig übermüdet von ihm weg und murmelte wütend in sich hinein.

»Dachtest du etwa ich lüge dich an? Natürlich existieren die. Jetzt hau schon ab und lass mich weiterschlafen, denn die Nacht ist mal wieder viel zu kurz.« Mehdi dachte jedoch gar nicht daran seinen Schlaf fortzusetzen und redete angsterfüllt auf ihn ein.

»Spinnst du? Ich kann mich doch jetzt nicht so ohne weiteres hinlegen. Außer aber du willst, dass ich morgen früh genau wie dein Kamerad tot in meinem Feldbett liege.« Diese Aussage ließ ihn so sehr aufschrecken, dass er ohne Widerworte hinüber zu der Liege seines kleinen Bruders ging, um die Skorpione zu verjagen. Doch als er sich umschaute, war weit und breit nichts mehr von den Kreaturen zu sehen.

»Leg dich wieder hin, hier ist nichts. Die Biester haben wahrscheinlich nur einen kleinen Zwischenstopp eingelegt und sind weitergeflogen.« Mehdi gab sich mit der oberflächlichen Antwort natürlich nicht zufrieden und rüttelte so hektisch an seinem Laken herum, dass Hussein wach wurde. Reza wusste, dass mit dem verschlafenen Wesen seines großen Bruders nicht zu scherzen war und ging blitzschnell unter seinem Tuch in Deckung, von wo aus er beobachtete, wie dieser sich zerknirscht aus seinem Bett erhob und anfing herumzubrüllen.

»Was bist du bloß für ein elender Schlappschwanz. Entweder du gehst jetzt wieder ins Bett und akzeptierst, dass die Dinger weg sind, oder aber du findest diese fliegenden Drecks-Skorpione auf der Stelle, damit ich endlich weiterschlafen kann.« Mehdi zuckte erschrocken zusammen und suchte in Windeseile jeden Winkel seines Bettes ab. Hussein stand ungehalten daneben und drohte erneut zu explodieren.

»Willst du nicht mal unter deinem Kopfkissen nachschauen, bevor du den ganzen Hof umgräbst?« Doch Mehdi war so sehr auf die Suche konzentriert, dass er seinen Bruder einfach nicht hörte. Kurz darauf bekam er einen beherzten Tritt in den Hintern, woraufhin Hussein mit Genugtuung auf die drei Skorpione zeigte, die es sich unterhalb des Kopfkissens sichtlich gemütlich gemacht hatten. Mehdi schaute gespannt auf und sah zu, wie er die Kreaturen unterhalb des Stachels anpackte und ihnen ohne mit der Wimper zu zucken die Köpfe abbiss.

»So macht man das, ihr verdammten Feiglinge, und jetzt gute Nacht.« Reza fiel vor Schreck die Kinnlade runter, weil sogar der gefährlichste Mann in seiner Kompanie zu so einer Tat nicht fähig war. Mehdi schlich schockiert hinüber und flüsterte ihm leise zu.

»Hast du das gerade gesehen, der muss ja schon lange keine Frau mehr geküsst haben, so wie der drauf ist.«

»Ja, er ist ein bisschen frustriert. Aber dafür hat er dir ja mit seiner Kurzschlussreaktion das Leben gerettet. Leg dich jetzt hin, bevor er erneut unter seinem Tuch hervorkommt und uns vor Wut irgendein anderes Körperteil abbeißt.« Mehdi umarmte ihn erleichtert und verschwand kurz darauf unter der selbstgebastelten Konstruktion.

Am Morgen wurde er durch die aufgehende Sonne, die mit ihrer ganzen Energie auf sein Laken strahlte, schon früh geweckt. Ungeduldig kroch er unter seinem Betttuch hervor und sah, dass seine Brüder schon zur Arbeit gegangen waren. Mamanjun kniete gerade am Boden und verrichtete andachtsvoll ihr Morgengebet. Noch einmal streckte er alle Viere von sich, bevor er energiegeladen aus dem Bett sprang und hinüber zum Spiegel ging, an dem er feststellte, dass die Schwellung seiner Augen beinahe komplett abgeklungen war. Voller Freude schenkte er sich einen Tee aus dem Samowar ein und schaute dabei hinaus in das weite, trockene Land, das sich vor ihm auftat. Am strahlend blauen Himmel war eine winzig kleine Wolke zu sehen, die sich kein bisschen bewegte und so aussah, als wäre sie einzig und allein für die Schönheit dieses einen Morgens von einem Maler dort hingesetzt worden. Er war völlig in seine Gedanken vertieft, als seine Mutter ihn plötzlich von der Seite ansprach.

»Guten Morgen mein Junge. Deine dicken Augen sind ja fast verschwunden und haben sich wieder in diese kleinen braunen Murmeln verwandelt, die ich so sehr liebe.« Mehdi grinste ihr glücklich entgegen und erzählte ihr aufgeregt von der letzten Nacht.

»Mamanjun, wusstest du eigentlich, dass Hussein eine wilde Bestie ist?«

»Du redest doch nicht etwa von deinem Bruder, also meinem Sohn, oder kennst du noch jemanden, der so heißt?«

»Natürlich meine ich unseren Hussein, wen denn sonst. Kannst du dir vorstellen, dass er gestern Nacht drei fliegenden Skorpionen den Kopf abgebissen hat.« Die Mama schaute ihn ungläubig an und legte prüfend die Hand auf seine Stirn.

»Hast du Fieber oder warum erzählst du solche Märchen. Dein Bruder, der Langschläfer, kann ja noch nicht mal einer Fliege was zu leide tun und jetzt soll er auf einmal Skorpionen den Kopf abbeißen? Entweder hast du eine blühende Fantasie oder du hast einfach nur schlecht geträumt. Hilf mir mal lieber beim Saubermachen, eventuell kommst du ja dabei wieder zur Besinnung.« Mehdi verdrehte genervt die Augen und winkte beleidigt ab.

»Ach, du glaubst mir aber auch gar nichts. Frag doch Reza, der kann es bezeugen, der hat es nämlich auch gesehen.«

»Von diesem Teufel will ich erstmal überhaupt nichts hören, denn wir beide sind im Moment nicht gerade die allerbesten Freunde.« Mehdi hatte zum Ende hin schon abgeschaltet und überlegte fieberhaft, was er zu seiner ersten Verabredung nur anziehen sollte. Innerlich setzte er sich so sehr unter Druck, weil er nicht wusste, wie er das Mädchen aus gutem Hause beeindrucken konnte. Er legte sich einen Plan zurecht, schnappte sich seinen Strohhut und sein letztes bisschen Geld und wollte gerade nach draußen verschwinden, als seine Mama ihn plötzlich zurückpfiff.

»Warte mal, wo willst du denn schon wieder hin? Ich dachte du hilfst mir ein wenig bei der Hausarbeit?«

»Vielleicht später! Ich muss unbedingt noch einmal in die Stadt.« Sie hob drohend die Hand, um ihn daran zu erinnern, dass er ihr keinen Ärger mit nach Hause bringen sollte. Doch Mehdi war blitzschnell nach draußen verschwunden und träumte vom ersten Treffen mit Leila.

Der philosophische Dieb

In Eile begab sich Mehdi auf den Weg zur Hauptstraße, um von dort aus auf einen Lastwagen zu steigen, welcher ihn gegen eine kleine Gebühr bis ins Stadtzentrum bringen sollte. Er stand verträumt am Straßenrand herum, wartete und schnippte immer wieder seine Silbermünze in die Luft, die er anschließend gekonnt auffing. Dabei teilte er sich in Gedanken genau ein, wofür er sein letztes Geld ausgeben wollte und fing an, wie ein Verrückter herumzurechnen.

Amin war ihm die ganze Zeit unauffällig gefolgt und schlich sich auf leisen Sohlen an ihn heran. Genau in dem Moment, als Mehdi die Münze erneut in die Luft warf, stürzte sich sein Freund von hinten auf ihn drauf und erschreckte ihn so sehr, dass er sein Geldstück für den Bruchteil einer Sekunde aus den Augen verlor. Fluchend ging er auf alle viere und suchte den dichten Sandboden vergeblich nach seinem Hab und Gut ab.

»Amin, du Idiot! Sag mal, bist du vollkommen bescheuert. Das war das einzige Geld was ich noch besaß. Wie soll ich denn jetzt in die Stadt kommen und Leila ein Geschenk kaufen?« Sein Kumpel knabberte nervös an seinen Fingern herum, da ihm die ganze Situation sichtlich unangenehm war.

»Es tut mir schrecklich leid, das wollte ich nicht. Aber ich kann dich beruhigen, denn ich habe noch genau einen Rial, der uns mit Sicherheit bis in die Innenstadt bringen wird.« Mehdi stand auf und klopfte sich genervt den Sand von seiner Hose ab.

»Du bist so ein Trottel. Und was dann? Soll ich mir die Sachen in den Geschäften etwa nur ansehen. Ich brauche unbedingt etwas für die erste Verabredung, sonst sieht es ganz, ganz düster aus.«

»Du musst dir überhaupt nichts anschauen. Denn heute zeige ich dir wie man sich gewisse Dinge beschafft, ohne dabei unnötig aufzufallen.« Mehdi überkam plötzlich ein ganz ungutes Gefühl da er spürte, dass sein Freund irgendetwas im Schilde führte. Beunruhigt schaute er zu ihm hinüber, weil ihm bei dem bloßen Gedanken, gegen das Gesetz zu verstoßen, der Hintern gehörig auf Grundeis ging.

»Amin, hör auf mit mir irgendwelche Spielchen zu spielen. Du weißt schon was mit Leuten passiert, die in diesem Land klauen, oder?«

»Aber natürlich mein Freund, ich bin ja nicht komplett bescheuert. Beim ersten Mal werden einem vier Finger abgeschnitten. Beim zweiten Mal wird einem der linke Fuß abgesäbelt und beim dritten Mal kommt man ein Leben lang hinter Gitter. Und wenn man im Gefängnis stiehlt, dann erhält man zur Feier des Tages auch noch die Todesstrafe. Aber was machst du dir überhaupt so viele Gedanken. Nur die Dummen und Gierigen werden erwischt.« Mehdi fuhr sich aufgeregt durch die Haare und wurde immer lauter.

»Ach ja, und was soll bitte bei dir anders sein. Klaust du etwa besser als andere oder bist du neuerdings Magier, der Dinge einfach so verschwinden lässt?« Amin fing herzlich an zu lachen.

»Mach dich nicht lächerlich. Wenn ich zaubern könnte, dann wäre ich mit Sicherheit nicht so ein armer Schlucker. Ich habe mit der Zeit einfach die ganze Grundstruktur eines Diebstahls analysiert und bin zu dem Schluss gekommen, dass es zu neunundneunzig Prozent immer das Motiv eines Menschen ist, das das Stehlen gefährlich macht. Ein Diebstahl sollte immer aus der Not heraus geschehen, denn dann ist man weitaus vorsichtiger. Sobald eine gewisse Routine einkehrt, schläft der Geist ein und man wird automatisch unvorsichtig. Das Ende vom Lied kennst du ja.« Mehdi schüttelte ungläubig den Kopf, weil er das alles für einen schlechten Scherz hielt.

»Moment mal, habe ich irgendetwas verpasst? Erst bist du Friseur und jetzt sollst du auf einmal ein philosophischer Dieb sein. Ich glaube dir kein Wort.« Amin kam auf eine Handlänge an ihn heran, wobei sich seine Augenbrauen vor Wut so eng zusammenschoben, dass sie einen komplett schwarzen Balken ergaben, der ihn noch furchteinflößender erscheinen ließ.

»Hör zu! Das meine ich jetzt todernst. Diebstahl ist kein Spaß, ist das da oben in deinem Kleinhirn angekommen?« Mehdi war durch das äußere Erscheinungsbild seines Freundes auf einmal so eingeschüchtert, dass er alles herunterratterte, was dieser ihm gerade zuvor gesagt hatte.

»Abgesäbelt, Routine, todernst, ich habe dich klar und deutlich verstanden!«

»Ist ja schon gut, du Hosenscheißer, mach dir bloß nicht ins Hemd. Es ist doch noch überhaupt nichts passiert. Außerdem, was soll eigentlich dieser dämliche Strohhut auf deinem Kopf, der sticht mir schon seit vorhin negativ ins Auge. Wenn wir nachher in der Stadt sind, dann setzt du dieses hässliche Ding auf jeden Fall ab, denn ich will nicht als Zielscheibe neben dir umherlaufen.«

Mehdi drehte sich wortlos um und rannte blitzschnell einem vorbeifahrenden Lastwagen hinterher, den er mit einem Handzeichen zum Anhalten aufforderte. Nachdem der Fahrer die Geschwindigkeit gedrosselt hatte, schwang er sich in einem Satz auf die Ladefläche, wobei Amin zurückblieb und völlig verdutzt der Staubwolke hinterherschaute. Einige Sekunden später sprintete er ebenfalls los und nahm wild schreiend die Verfolgung auf.

»Hey, verflucht, warte auf mich, ich muss auch noch mit.«

Während der Transporter knatternd über die holprige Piste fuhr, tastete sich Mehdi vorsichtig an den Rand heran und streckte seinem Freund entschlossen die Hand entgegen.

»Los Dickerchen, lauf! Du hast es gleich geschafft.« Mit einem kräftigen Ruck zog er Amin hinauf, der wie ein nasser Sack auf die Ladefläche klatschte und erstmal regungslos liegen blieb. Nach kurzer Zeit richtete er sich langsam wieder auf und zeigte angeberisch in die Ferne.

»Hast du das gerade gesehen? Ich habe einen mörderischen Sprint hingelegt. Du kannst mich ab heute auch Amin die Lokomotive nennen.« Mehdi klopfte ihm anerkennend auf die Schulter und verdeckte mit seinem Körper absichtlich den Fahrradfahrer, der die beiden im selben Moment von der Seite überholte.

»Jetzt setz dich erstmal hin, bevor dir noch der Dampf ausgeht, du fällst ja gleich in Ohnmacht.« Völlig außer Atem und mit dicken Schweißperlen auf der Stirn ließ sich Amin zu Boden gleiten und plapperte aufgeregt drauf los.

»Sowas Verrücktes habe ich schon lange nicht mehr gemacht. Es gibt nichts Schöneres als seinen erschöpften Körper zu spüren, da bemerkt man erstmal, dass man noch am Leben ist.« Mehdi lächelte zufrieden und dachte dabei an das bevorstehende Treffen mit Leila. Amin rang noch immer wie wild nach Luft und sah anhand des verträumten Gesichtsausdrucks, dass sein Freund mit seinen Gedanken gerade vollkommen woanders war. Er entschied sich dafür, ihn in Ruhe zu lassen und schaute meditativ der aufgewirbelten Staubwolke nach, die der Transporter hinter sich herzog. Doch schon nach kurzer Zeit machte ihn die einseitige Monotonie so müde, dass er einfach einschlief.

Nach über einer Stunde kam der Lastwagen im quirligen Trubel der Innenstadt endlich zum Stehen. Mehdi stieß seinen Kumpel mit dem Ellenbogen von der Seite an und kletterte aufgeregt von der Ladefläche herunter.

»Hey du Langschläfer, wir sind da, wach auf.« Amin öffnete verschlafen die Augen, wischte sich den Sabber vom Mund und bezahlte in Eile den Fahrer, der gerade ausgestiegen war. Beide gingen sofort im dichten Gewühl der Menschenmassen unter, als Amin seinem Freund mit merklich schlechter Laune eine erneute Ansage erteilte.

»Ich wiederhole mich wirklich nur ungern, aber willst du etwa, dass ich dir diesen hässlichen Hut vom Kopf haue? Wir dürfen auf keinen Fall auffallen. Außer aber du bist stinkreich, dann kannst von mir aus auch mit einem beschissenen Blumenkranz auf deinem Haupt durch die Stadt spazieren.« Mehdi nahm widerwillig seine Kopfbedeckung ab und meckerte herum.

»Ist ja schon gut, du machst aber auch immer ein Drama aus belanglosen Dingen, du könntest glatt eine Frau sein.« Amin rächte sich umgehend für die freche Aussage und verpasste ihm eine saftige Nackenschelle.

»Rede nicht so viel über Dinge, die du nicht verstehst. Außerdem habe ich einen Mordshunger und in diesem Zustand sollte mir niemand in die Quere kommen, da werde ich nämlich zum Tier. So, auf was hast du denn Lust?« Mehdi unterdrückte absichtlich seinen Schmerz und geriet nach einer kurzen Überlegung gnadenlos ins Schwärmen.

»Oh, da gibt es vieles, ich will endlich mal diese Cola trinken von der alle sprechen und dazu würde ich gerne einen großen saftigen Hamburger vertilgen.« Amin kratzte sich überlegend am Kinn und verpasste seiner Schwärmerei einen herben Dämpfer.

»Immer mit der Ruhe, du Träumer. Einen Hamburger würde ich auch gerne mal essen, aber das kannst du dir getrost abschminken, denn sowas gibt es nur drüben im fernen Amerika. Das mit der Cola lässt sich allerdings arrangieren, denn die habe ich schon mehrmals getrunken und die war so lecker, dass man es nur schwer in Worte fassen kann.« Mehdi lief förmlich das Wasser im Mund zusammen, was durch die vollmundigen Versprechungen seines Freundes zusätzlich verstärkt wurde.

»Jetzt musst du mir unbedingt noch verraten warum diese Cola so gut schmeckt, denn sonst kann ich die ganze Nacht kein Auge zudrücken.« Amins Antwort ließ kurz auf sich warten, da er in den Straßen fieberhaft nach dem richtigen Restaurant suchte.

»Das ist schwierig zu erklären, da Cola seinen ganz eigenen charakteristischen Geschmack hat.« Mehdi fasste sich entnervt an die Stirn und schien langsam die Geduld zu verlieren.

»Du Maulheld, kannst du vielleicht mal ein bisschen konkreter werden, denn ich komme mir irgendwie verarscht vor.«

»Beruhige dich du Hitzkopf, das mit dem Geschmack kann man wirklich erst verstehen, wenn man es selbst probiert hat. Mach dir nicht so viele Gedanken, du wirst heute noch in den Genuss kommen und dann kannst du endlich mitreden.«

Anschließend zeigte Amin freudestrahlend auf das Restaurant auf der anderen Straßenseite und weihte seinen Kumpel Stück für Stück in seinen Plan ein.

»Sperr jetzt die Lauscher auf, denn bevor wir uns auf die Suche nach dem braunen Zuckerwasser begeben, werden wir uns dort drüben erstmal das zarteste und leckerste Lammfleisch der gesamten Stadt einverleiben. Wenn wir gleich die Straßenseite wechseln, dann tue einfach so als wären deine Taschen voller Geld, denn das strahlt Selbstbewusstsein aus und schreckt die Leute ab.« Mehdi schien von dem Plan nicht sonderlich überzeugt zu sein und schüttelte ungläubig den Kopf.

»Das ändert aber nichts an der Tatsache, dass meine Taschen dann immer noch leer sind.«

»Du Grünschnabel, kannst du nicht einmal das machen was von dir verlangt wird, ohne jedes Mal dagegen zu argumentieren. Mit deiner schlaffen Körperhaltung sieht man dir doch auf hundert Metern Entfernung an, dass du kein Geld in der Tasche hast um das Essen zu bezahlen. Da ich hier nicht ewig rumstehen wollte, würde ich vorschlagen, dass du ab jetzt einfach die Klappe hältst und meine Bewegungen nachahmst.«

Mehdi stellte sich etwas widerwillig neben seinen Freund und imitierte jede Bewegung, die dieser ihm vormachte. Währenddessen erklärte ihm Amin im Eilverfahren, wie er gleich vorgehen wollte, denn er musste um jeden Preis verhindern, dass die beiden bei ihrer bevorstehenden Aktion erwischt werden.

»Wir gehen jetzt gemeinsam rüber und bestellen uns etwas zu essen. Nachdem wir göttlich gespeist haben, werden wir uns wie zwei ganz gewöhnliche Kunden in der Bezahlschlange anstellen und sobald der Kassierer nach unten schaut um der Person vor uns das Wechselgeld herauszugeben, machen wir uns unauffällig aus dem Staub. Hast du das soweit kapiert oder muss ich mich nochmal wiederholen?« Mehdi nickte ihm bejahend zu und war vollkommen in seine Rolle vertieft, als Amin ihm mit einem verschmitzten Augenzwinkern das Startsignal gab.

Beide stolzierten mit breiter Brust hinüber und zogen mit ihrer extravaganten Art zu laufen sofort alle Blicke auf sich. Anschließend reihten sie sich in der Schlange ein, in der sie geschlagene zehn Minuten in der prallen Sonne warten mussten, bis sie endlich drankamen. Mehdi vergaß bei den betörenden Essensdüften auf einmal alles um sich herum und bestellte sich eine riesengroße Grillplatte, welche eigentlich für drei Personen vorgesehen war. Amin war wegen des Größenwahns seines Freundes völlig schockiert und flüsterte ihm unauffällig zu.

»Du verrückter Irrer, was habe ich dir vorhin über die Gier gesagt?« Doch Mehdi ignorierte ihn absichtlich und balancierte das riesige Tablett vorbei an seinem erstaunten Gesicht hinüber zum Tisch. Dort schob er sich mit einem breiten Grinsen den ersten Bissen des zarten Fleisches in den Mund und versuchte seinen Aussetzer zu entschuldigen.

»Ich weiß was du denkst, aber wir müssen das Essen ja eh nicht bezahlen, weshalb ich mich auch kurzerhand dazu entschlossen habe die große Grillplatte zu bestellen.« Amin rückte seinem Freund ganz dicht auf die Pelle und kniff ihm kräftig in den Oberschenkel.

»Schau dich mal um, du Genie. Siehst du hier irgendjemanden um uns herum, der sich eine große Portion bestellt hat?« Mehdi zuckte schmerzverzerrt zusammen und drehte seinen Kopf unauffällig von links nach rechts.

»Also ich sehe niemanden außer uns.«

»Na siehst du! Das bedeutet also, dass wir schon mal unnötig auffallen und das wollte ich eigentlich vermeiden.«

»Ja es tut mir leid, aber der Hunger hat aus mir gesprochen, da konnte ich einfach nicht widerstehen.«

Amin zog die Grillplatte mit großen Augen zu sich heran und tunkte das Fladenbrot gierig in den Fleischsaft.

»Sag das mal dem Henker, der dir deine kleinen Schmierfinger abschlägt. ‚Entschuldigen sie, aber der Hunger war stärker als mein Verstand, da konnte ich einfach nicht anders'. Für diese dumme Aussage müsste ich dir eigentlich gleich hier vor Ort deine Pfoten absäbeln. Beim nächsten Mal hörst du gefälligst auf mich, denn ich scheine definitiv der clevere von uns beiden zu sein.« Mehdi lenkte sofort ein und entschuldigte sich erneut, da er sah, wie sein Freund vor Wut beinahe zu explodieren drohte.

»Du hast ja Recht. Aber kannst du auch mal langsam wieder runterkommen? Ich habe meinen Fehler doch eingesehen.«

»Na gut, aber nur weil du es bist. Jetzt lass uns mal schnell hinüber zur Kasse gehen und bei der Schlange anstellen, denn die Leute gucken schon alle und das ist kein sonderlich gutes Zeichen.« Beide warteten auf den perfekten Moment und beäugten ununterbrochen den Kassierer, der beim Herausgeben des Wechselgeldes immer mal wieder zwei bis drei Sekunden nach unten blickte. Amin gab ihm kurz darauf unauffällig ein Zeichen, was Mehdi sofort zum Anlass nahm, um aus der Schlange herauszutreten. Langsam liefen sie davon und taten dabei so, als würden sie sich über irgendetwas Wichtiges unterhalten. Mehdi packte mit einem Mal die Neugier und wollte sich gerade nach hinten umdrehen, was sein Kumpel mit einem beherzten Griff in dessen Nacken aber gekonnt zu verhindern wusste.

»Denke nicht mal dran und lauf weiter, du lebensmüder Vollidiot.«

Ein paar Straßen weiter bogen sie um die Ecke, hinter der sich Mehdi völlig abgekämpft auf eine Stufe setzte und seiner Anspannung Luft machte.

»Wie hältst du das nur aus? Dieses ganze Theater ist einfach zu viel für mich, da gehe ich lieber mit leerem Magen ins Bett, glaub mir.« Amin reckte angeberisch seinen Kopf in die Luft und ließ dabei ein wenig den Neunmalklugen raushängen.

»Tja, da kommt einfach noch der Anfänger in dir durch. Je öfter du das Ganze machst, umso besser kannst du deine innere Aufgeregtheit kontrollieren. Auch ich bin immer noch sehr angespannt, wenn ich so etwas abziehe, denn wie du ja weißt, lässt Routine den Geist einschlafen und macht unvorsichtig. Das will ich um jeden Preis vermeiden. So, und bevor wir jetzt ewig rumdiskutieren, müssen wir uns schleunigst überlegen, wo wir das Geschenk für deine Leila herbekommen, denn allzu viele Möglichkeiten haben wir ja nicht.«

Mehdi strahlte plötzlich über das ganze Gesicht, und die vorangegangene Aufregung schien auf einmal wie weggeblasen zu sein.

»Du bist ja echt der geborene Schauspieler, sobald ich deine Prinzessin erwähne, schießen deine Mundwinkel schlagartig nach oben und die Welt um dich herum scheint wieder vollkommen in Ordnung zu sein.«

»An irgendetwas Schönem muss man sich doch im Leben erfreuen können. Bei mir sind es die Frauen, und bei dir ist es halt irgendetwas anderes. So hat jeder seine Vorlieben.« Amin kniff genervt die Augen zusammen, weil ihm klar war, dass ihn sein Kumpel mit der kleinen Stichelei indirekt auf seine Homosexualität ansprechen wollte. Doch er ging nicht weiter auf die Anspielungen ein, da er höllische Angst davor hatte, dass er Mehdi als Freund verlieren könnte.

»Du quatschst aber auch viel Mist, wenn der Tag lang ist. Meine Frau wird sich irgendwann schon zu erkennen geben. Dann tanzen wir beide auf meiner Hochzeit, du wirst schon sehen.«

»Es tut mir leid, ich wollte dich nicht verunsichern, aber es macht einfach totalen Spaß, dich aus der Reserve zu locken. Besonders deshalb, weil du immer so schnell entflammbar bist. Es würde mich sehr freuen, wenn wir in Zukunft einmal auf einer von unseren Hochzeiten gemeinsam tanzen würden. Das wäre großartig.« Amin marschierte los und wischte sich in Windeseile eine kleine Träne aus dem Gesicht.

»Lass uns jetzt bitte nicht sentimental werden und erstmal hinüber zu dem Delikatessenladen gehen, denn da lernst du gleich wieder was fürs Leben.«

Als sie kurze Zeit später vor dem Geschäft standen, drückte Mehdi seinen Kopf so dicht an die Scheibe, dass er beinahe am anderen Ende wieder herauskam. Denn in den Regalen unmittelbar vor ihm reihten sich die feinsten Köstlichkeiten aus dem fernen Ausland aneinander. Darunter befanden sich diverse Süßigkeiten, Kaffee aus Südamerika und das Cola-Getränk, welches sein Kumpel angepriesen hatte, als wäre es der heilige Gral des guten Geschmacks. Während Amin in Rekordtempo seine Klaustrategie zum Besten gab, blickte Mehdi sehnsüchtig auf die gut bestückte Auslage und bemerkte dabei nicht, wie sein Freund, mit seinem Strohhut unter dem Arm, klammheimlich im Laden verschwand. Völlig entgeistert starrte er durch die Fensterfront ins Innere, wo er sah, wie Amin den grauhaarigen Besitzer in ein oberflächliches Gespräch verwickelte und sich hinter dessen Rücken blitzschnell am Warenregal bediente. Noch bevor der Eigentümer etwas bemerkte, machte er sich mit dem prallgefüllten Strohhut unbehelligt aus dem Staub, woraufhin sich Mehdi mit einer gehörigen Portion Angst im Nacken dicht an seine Fersen heftete.

In einem Park, der ganz in der Nähe war, ließ sich Amin erschöpft unter einem Baum nieder und schob sich gierig ein Stück seiner geklauten Schokolade in den Mund, was sein Freund neidvoll zur Kenntnis nahm.

»Hey, du dämlicher Egoist, hättest du nicht mal zwei Sekunden auf mich warten können?« Amin zuckte erschrocken zusammen und grinste ihm sichtlich erleichtert entgegen.

»Ach du bist es. Nein, warum sollte ich? Schließlich habe ich die Hauptarbeit geleistet und deswegen darf ich mich auch als erster belohnen.«

Mehdi winkte genervt ab, griff lechzend nach der Schokolade und schaute dabei neugierig hinunter auf den Strohhut, in dem er neben den zwei Kaviardosen plötzlich die Cola hervorblitzen sah.

»Du meine Güte, das schmeckt ja himmlisch. Warum können wir eigentlich nicht dauerhaft solche Köstlichkeiten genießen? Das ist sowas von ungerecht.« Amin hatte natürlich sofort die passende Antwort parat und schob alles auf die verlogene Politik im Land.

»Das kann ich dir sagen, mein Freund. Wären die Menschen, die an der Macht sind, nicht so gierig und würden alles an sich reißen, dann gäbe es mehr für uns alle, glaub mir.« Mehdi schaute ihn mit großen Augen an und schmatzte genüsslich vor sich hin.

»Du bist echt der geborene Redner. Ich wollte mich eigentlich nur kurz beklagen, und du suchst gleich nach der Ursache des Problems. Mich hättest du mit deiner plausiblen Erklärung jedenfalls sofort auf deine Seite gezogen, so viel ist sicher. Jetzt spann mich bitte nicht so lange auf die Folter und reich mir endlich das angepriesene Zaubergetränk rüber. Denn ich werde langsam ungeduldig.«

Amin holte breitgrinsend die Colaflasche hervor, die er seinem Kumpel überreichte, als wäre diese eine wertvolle Trophäe. Mehdi öffnete den Kronkorken blitzschnell mit den Zähnen und ließ die braune Brause Schluck für Schluck in sich hineinlaufen, während sein Freund gespannt an seinen Lippen hing und auf eine Antwort wartete.

»Ganz ehrlich, das Zeug schmeckt ziemlich eigenartig und ist mir eindeutig zu süß.« Amin war fassungslos über die Aussage und nahm ihm das Getränk wütend aus der Hand.

»Du bist doch echt von einem anderen Stern. Sowas unqualifiziertes habe ich ja noch von niemandem gehört.«

»Diese extreme Süße ist vollkommen unnatürlich, und der Grund, warum mir dieses komische Zeug überhaupt nicht zusagt. Was soll das auch für einen Sinn haben, wenn man danach noch durstiger ist als vorher?«

»Halt doch einfach die Klappe, du Heulsuse! Lass uns lieber den Kaviar verspeisen, dann redest du wenigstens nicht mehr so viel Stuss, denn dein ständiges Gejammer ist einfach nicht zu ertragen. Wenn ich großzügig bin, dann darfst du übrigens die andere Dose zu deinem Treffen mit Leila mitnehmen.« Mehdi riss den Kaviar sofort an sich, weil er Angst hatte, dass sein Kumpel es sich im letzten

Augenblick noch einmal anders überlegen könnte. Ohne zu zögern tauchten sie ihre Fingerspitzen hinein und aßen den kompletten Inhalt der zweiten Büchse in ein paar Sekunden auf. Im Anschluss leckte sich Amin freudig die Finger ab und philosophierte herum.

»So speisen nur die oberen Zehntausend, mein Freund. Alle anderen dürfen zusehen und warten, bis sie den Abfall vor die Füße geworfen bekommen.«

»Du hast vollkommen Recht. Warum müssen wir eigentlich darauf warten, bis wir uns wie Hunde auf die Reste stürzen dürfen. Es wäre doch nur fair, wenn jeder in diesem Land ein Stück vom Kuchen abbekommen würde, oder nicht?« Amin stand mit breiter Brust vor ihm und reichte ihm das letzte Stück Schokolade herüber.

»Mach dir nicht so viele Gedanken über Dinge, die du nicht ändern kannst. Sondern versuche die Dinge in dir selbst zu ändern, um eine Änderung in der Welt hervorzurufen.« Mehdi stimmte ihm begeistert zu und schaute dabei zufällig auf einen Mann, der gerade sein Gebet verrichtete.

»Sag mal Amin, wie spät ist es überhaupt, und wie kommen wir ohne Geld wieder nach Hause?« Sein Kumpel winkte selbstsicher ab und schien in keinster Weise beunruhigt zu sein.

»Entweder sind wir heute gut zu Fuß oder du bist ein ausgefuchster Gauner. Ansonsten warten wir halt auf die passende Gelegenheit, denn manchmal muss man einfach nur Geduld haben, du verdammter Amateur. «

Mehdi schüttelte den Kopf und schien von der planlosen Herangehensweise alles andere als begeistert zu sein.

»Ich bin weder gut zu Fuß, noch ein gewiefter Gauner. Außerdem habe ich keine Lust erst in zwei Tagen Zuhause anzukommen, also was machen wir?« Amin war über den verzweifelten Blick seines Freundes sichtlich amüsiert und zog ihn ein wenig auf.

»Du bist so ein Muttersöhnchen. Denkst du etwa, deine kleine Mama wird gleich zur Polizei rennen, nur weil du mal zwei Stunden später nach Hause kommst?« Mehdi kochte innerlich vor Wut und gab seinem Kumpel einen krachenden Fausthieb auf den Oberarm, um wieder für klare Verhältnisse zu sorgen.

»Rede nicht so über Mamanjun, du weißt doch, dass ich das auf den Tod nicht ausstehen kann. Außerdem solltest du dir mal langsam etwas einfallen lassen, denn schließlich trägst du die Hauptschuld an diesem ganzen Schlamassel.« Amin rieb sich schmerzverzerrt über seinen Arm und jammerte herum.

»Du kannst aber auch brutal sein. Hättest du mich nicht vorher einmal kurz warnen können, dann hätte ich mich besser auf den Nachschmerz vorbereitet.« Mehdi fing laut an zu lachen, weil ihm das kurzzeitige Gefühl der Macht irgendwie gefiel.

»Wer ist denn jetzt das Muttersöhnchen. Du oder ich?« Amin drehte sich wortlos um und stiefelte beleidigt der untergehenden Sonne in Richtung Hauptstraße entgegen. Dort hielt er einen Transporter an, während sein Freund ihm verträumt hinterhertrottete und mit seiner Kaviardose in der Hand herumspielte.

»Kannst du dich mal ein bisschen beeilen du lahmer Esel, der Mann nimmt uns mit zurück nach Hause und hat nicht ewig Zeit.« Breit grinsend kletterten die beiden hinauf auf die Ladefläche, während der Lastwagen losfuhr und sich langsam vom Trubel der Stadt entfernte. Mehdi ließ den erlebnisreichen Tag noch einmal Revue passieren und geriet ein wenig ins Schwärmen.

»Das war ein richtig aufregender und spannender Ausflug heute. Ich hoffe wir werden noch oft solche wunderbaren und gemeinsamen Momente miteinander erleben.« Amin nickte und wirkte dabei nicht sonderlich glücklich.

»Weißt du, dass solch ein Leben mit so viel Aufregung für niemanden von uns beiden wirklich gut ist. Jetzt wo wir jung sind, macht das alles vielleicht noch Spaß und ist ein großes Abenteuer, weil wir das ganze Leben noch vor uns haben. Aber willst du mit fünfzig noch stehlen, um zu überleben?« Mehdi runzelte sichtbar die Stirn und schaute nachdenklich in die Ferne.

»Auf keinen Fall. Da will ich nämlich ein Haus und Familie haben.«

»Das habe ich mir fast gedacht. Aber hier in diesem Land werden Leute wie wir diesen Wohlstand wahrscheinlich nie erreichen. Schau dich doch mal um, überall sind wir von Armut umgeben, die es uns einfach unmöglich macht, von hier fort zu gehen. Der Großteil der Menschen hat Angst sich gegen dieses System zu erheben, weil sie fürchten, dass es ihnen danach noch schlechter gehen wird als jetzt. Ich hoffe, dass wir es eines Tages schaffen werden, diesem Teufelskreis zu entfliehen. Denn auch ich habe Wünsche und Träume, die ich mir gerne erfüllen würde, ohne jedes Mal darüber nachzudenken, ob ich am nächsten Tag etwas zu essen habe oder nicht. Was wäre, wenn wir morgen einfach sterben würden? Wer würde sich schon an die zwei kleinen Sandkörner aus der Wüste der Hoffnungslosigkeit erinnern? Wahrscheinlich niemand, oder?« Mehdi war nach der emotionalen Ansprache den Tränen nah und versuchte der Aussichtlosigkeit trotzdem etwas Positives zu entnehmen.

»Bitte schau mich an, Amin. Andere Menschen besitzen vielleicht mehr und leben ein Leben im materiellen Überfluss. Aber uns verbindet eine wunderbare Freundschaft und das bedeutet mir mehr als alles andere auf der Welt.« Mehdi lächelte ermutigend und streckte seinem Kumpel voller Stolz die Hand entgegen.« Auf unsere Freundschaft.«

»Und die Armut«, fügte Amin hinzu und schlug ein. Beide schauten daraufhin in den sternenklaren Himmel und schöpften neue Kraft für die Zukunft, die noch vor ihnen lag.

Kurze Zeit später kam der Transporter urplötzlich in einer Staubwolke zum Stehen, weil der Fahrer die Gebühr von einem Rial abkassieren wollte.

»So ihr zwei windigen Gestalten, die Fahrt geht erst weiter, wenn ihr mich bezahlt habt.« Amin und Mehdi starrten sich völlig entgeistert an und überlegten fieberhaft, was sie dem Fremden als Ausrede auftischen sollten. Doch außer einem verlegenen Grinsen wollte ihnen partout nichts einfallen. Der Mann wurde nun immer lauter und schaute flüchtig hinunter auf Mehdis Hand, in der er zufällig die Kaviardose erblickte.

»Was hast du denn da Schönes, zeig mal her du Hund?« Mit einem Ruck riss ihm der Fahrer die Büchse aus der Hand und fing überheblich an zu lachen.

»Ihr beiden ahnungslosen Trottel. Dachtet ihr etwa, ihr könnt einen alten Herrn wie mich übers Ohr hauen? Ihr seid doch mit Sicherheit zwei dreckige Diebe, oder habt ihr die Fischeier etwa gekauft? Entweder ihr überlasst mir den Kaviar als Bezahlung, oder aber ich bringe euch direkt zur Polizei wo ihr eure kleinen Dreckspfoten gestutzt bekommt.« Mehdi schrie vor Schreck auf.

»Nicht die Hände!«, und rannte blitzschnell davon. Amin nahm vor Angst ebenfalls die Beine in die Hand und sah, wie sein Freund in Rekordtempo eine Sanddüne hinaufdüste und sich hinter dem Gipfel in Sicherheit brachte.

Ein paar Minuten später hatte er es ebenfalls bis ganz nach oben geschafft und ließ sich völlig außer Atem in den Sand fallen.

»Was sollte das denn gerade? Nicht die Hände? Du bist so ein elender Feigling! Der Alte hätte doch sowieso nichts machen können. Aber du Memme bist selbst schuld und zur Strafe darfst du morgen mit leeren Händen zu deiner Verabredung gehen.« Mehdi fluchte über seine eigene Dummheit und schlug wie ein Verrückter auf den losen Sand ein, wobei sie beinahe den Fahrer verpassten, der ihnen aus der Ferne zuhupte, um sich für seine außerordentlich gute Bezahlung zu bedanken. Amin bekam daraufhin einen herzlichen Lachanfall und versuchte im selben Atemzug seinen Kumpel zu beruhigen.

»Komm wieder runter oder willst du etwa wegen so einer Belanglosigkeit einen Herzinfarkt kriegen? Der Kaviar ist weg, aber du bist auch selbst schuld an deinem Dilemma, denn du hast dich von seiner Autorität einschüchtern lassen. Mach dir keine Sorgen. Leila wird morgen mit Sicherheit zu eurem Treffen erscheinen und sie wird dich als Mensch so akzeptieren müssen, wie du bist.« Mehdi schaute wütend zu ihm hinüber, weil er hinter dem frechen Grinsen seines Freundes den verbalen Gnadenstoß vermutete.

»Halt dich bloß nicht zurück Amin. Was bin ich denn deiner Meinung nach?«

»Du bist zwar arm, aber gutaussehend. Das kann nicht jeder von sich behaupten.« Mehdi schien durch das oberflächliche Kompliment wieder einigermaßen besänftigt zu sein und fuhr sich mit der Hand erleichtert durch seine Haare.

»Danke, du bist echt ein wahrer Freund.«

»Und dein einziger«, fügte dieser mit einem Augenzwinkern hinzu.

»Jetzt lass uns endlich von hier abhauen, denn ich will nämlich nicht, dass meine Oma sich unnötig Sorgen macht.« Beide rutschen den steilen Sandhügel hinunter und liefen anschließend durch die Dunkelheit wieder nach Hause.

Eine Stunde später kamen sie völlig entkräftet vor Amins Haustür an und verabschiedeten sich voneinander. Mehdi hatte sich schon ein paar Meter entfernt, als ihm sein Freund noch einmal laut zurief.

»Ich will alles über dein Treffen mit deiner Prinzessin wissen. Also lass dich gefälligst bei mir blicken, wenn du wieder zurück bist.«

»Musst du immer so laut schreien? Ja, ich melde mich schon bei dir. Gute Nacht du Esel«, murmelte er leise in sich hinein und verschwand. Als er bei sich am Wohnhaus ankam, waren alle schon tief und fest am Schlafen. Auf leisen Sohlen schlich er über den Hof hinein und ging in sein Zimmer. Dort ließ er sich vollkommen erledigt auf dem Boden nieder und versuchte krampfhaft einzuschlafen. Doch der bloße Gedanke, am nächsten Tag mit leeren Händen zum Treffen zu erscheinen, ließ ihn einfach nicht zur Ruhe kommen. Immer wieder versuchte er sein Gewissen zu beruhigen, indem er an das dachte, was ihm Amin zuvor gesagt hatte. Doch auch das half nur für einen Moment, bis ihn das Gefühl der Ohnmacht erneut einholte.

Vor seinem geistigen Auge erschien plötzlich Leila, die nach einer abfälligen Geste schnell wieder das Weite suchte. Völlig deprimiert schaute er hinüber auf seine Büchersammlung und schien auf einmal die rettende Idee zu haben. Sein Gewissen war nun so beruhigt, dass er sich erleichtert umdrehte und kurz darauf einschlief.

Die erste Verabredung bei der Karawanserei

Kurz nach Sonnenaufgang kramte Mehdi aufgeregt ein Buch mit persischen Gedichten hervor. Wissbegierig las er sich eines nach dem anderen durch und war irgendwann so enttäuscht über den unbrauchbaren Inhalt, dass er seine eigenen Gedanken zu Papier brachte.

Manchmal geschehen derart unerwartete Dinge im Leben, die sich so anfühlen, als wären sie nicht real. Als ich dich das erste Mal sah, dachte ich, ich wäre in einem Traum. Ein wunderschöner Traum, aus dem man nie wieder erwachen will.

Er strahlte und war überglücklich, als er zum Schluss seinen Namen unten drunter schrieb. Mit äußerster Präzision faltete er den kleinen Zettel zusammen und schob ihn vorsichtig zwischen seine Bücher, um ihn vor neugierigen Blicken zu schützen. Im Anschluss begab er sich mit vollem Elan nach unten auf den Hof, in dem Mamanjun, Tante Yarah und seine Schwester Amira zusammensaßen und sich miteinander unterhielten. Mit überschwänglicher Freude umarmte er jedes einzelne Familienmitglied und gab ihnen zur Begrüßung einen dicken Kuss auf die Stirn. Seine Mama beäugte ihn skeptisch, weil sie ihren Sohn schon lange nicht mehr so ausgelassen erlebt hatte.

»Mein Junge, ist alles in Ordnung mit dir? Wenn ja, dann würde ich gerne, dass du den Hof fegst und anschließend die Teppiche ausklopfst.« Alle Anwesenden fingen daraufhin miteinander an zu tuscheln, weil sie eigentlich damit rechneten, dass Mehdi die Arbeit wie immer verweigern würde. Doch zu ihrer Verwunderung schnappte er sich sofort den Besen und fing an wie ein Verrückter herumzuwirbeln. Mamanjun war der Tatendrang ihres Sohnes überhaupt nicht geheuer und erkundigte sich erstaunt bei ihrer Familie.

»Sagt mal, wisst ihr eventuell mehr als ich? Schaut euch mal den Faulpelz an, der ist ja auf einmal wie ausgewechselt.« Tante Yarah stupste im selben Moment Amira unauffällig von der Seite an und flüsterte ihr zu. Mamanjun schwante nichts Gutes, als sie die beiden aus dem Augenwinkel beobachtete und hakte noch einmal interessiert nach.

»Jetzt sagt schon, warum ist mein Sohn so schrecklich gut gelaunt, da stimmt doch was nicht.« Beide zuckten ahnungslos mit den Schultern und hüllten sich gekonnt in Schweigen, weil sie Mehdi nicht in Schwierigkeiten bringen wollten.

Als er die erste Aufgabe erledigt hatte und sich neben seiner Familie niederließ um zu frühstücken, richteten sich sofort alle Blicke auf ihn. Mit einem verlegenen Lächeln biss er ins Fladenbrot und schaute verunsichert in die Gesichter, die ihn erwartungsvoll anstarrten. Innerlich fragte er sich, ob irgendjemand etwas von seinem kleinen Diebstahl am gestrigen Tag mitbekommen hatte. Doch als er das mit einem Lächeln untermalte Zwinkern von seiner Tante sah, wusste er gleich, dass es nur was mit Leila zu tun haben konnte. Yarah bemerkte, dass ihm die ganze Situation sichtlich unangenehm war und verwickelte Mamanjun blitzschnell in ein oberflächliches Gespräch, um sie abzulenken. In Eile trank er seinen Tee aus und widmete sich der nächsten Aufgabe, um sich vor den eventuell aufkommenden Fragen zu drücken. Während er ins Haus ging und einen Teppich nach dem anderen hinaus auf den Hof brachte, konnte er sehen, wie sich seine Mama von Yarah und ihrer Tochter Amira verabschiedete. Seine Tante winkte ihn mit einer eiligen Geste zu sich heran, umarmte ihn und flüsterte ihm dabei leise ins Ohr.

»Ich weiß alles über deine Verabredung mit Leila. Also sieh zu, dass deine Mutter nichts mitbekommt, denn wie du ja weißt, ist sie sehr, sehr neugierig.« Mehdi stockte für den Bruchteil einer Sekunde der Atem und er war merklich erleichtert, als seine Tante zusammen mit seiner Schwester das Haus wieder verließen. Glücklicherweise bekam Mamanjun von all dem nichts mit und kümmerte sich gleich wieder um den Haushalt. Mehdi hievte unterdessen einen uralten Perserteppich über die wackelige Metallkonstruktion und holte mit einem Teppichklopfer zum ersten Schlag aus. Ein dumpfes Geräusch folgte, das von einer grauen Staubwolke begleitet wurde, die hinaus in die offene Wüstenlandschaft flog. Seine Schläge wurden jedoch von Mal zu Mal schwächer, weil er die ganze Zeit vom ersten Treffen mit Leila träumte. Mamanjun schaute zufällig aus dem Fenster und rief ihm mehrmals zu, bevor sie genervt hinüberging, um ihn auf seine fehlende Arbeitsmoral anzusprechen.

»Hallo, was ist eigentlich los mit dir? Eben warst du noch voller Elan und jetzt muss ich dich schon wieder scheuchen damit du überhaupt etwas tust?« Mehdi ließ sich rasch eine plausible Ausrede einfallen, da er unbedingt verhindern wollte, dass sie etwas von seiner bevorstehenden Verabredung mitbekam. Doch gerade als er Luft holte um zu antworten, hielt sie ihm mit einem bösen Blick sein selbst geschriebenes Gedicht vor die Nase, was ihn vollkommen aus dem Konzept brachte. Merklich verunsichert griff er nach dem Stück Papier, wohlwissend darüber, dass ihn seine mit Schweiß bedeckte Stirn wahrscheinlich schon längst verraten hatte.

»Ich schreibe meine eigenen Gedichte. Das nennt man auch Poesie.« Mamanjun sah anhand seines verunsicherten Gesichtsausdrucks sofort, dass ihr Sohn sie anlog und nahm ihn gehörig in die Mangel.

»Hör auf, mir Märchen zu erzählen. Du hältst mich wohl für komplett bescheuert! Sage mir auf der Stelle für wen du diese romantischen Zeilen geschrieben hast? Oder muss ich extra zu Tante Yarah gehen und sie ausquetschen?« Bei Mehdi läuteten sofort alle Alarmglocken, weil er wusste, dass seine Tante unter Druck vermutlich alles ausplauderte. Um seinen Hals aus der Schlinge zu ziehen, entschied er sich dafür, ihr vorerst nur die halbe Wahrheit zu erzählen, in der Hoffnung, dass sie danach keine weiteren Fragen mehr stellen würde.

»Also gut, das kleine Gedicht, welches ich geschrieben habe, ist für ein Mädchen.« Mamanjun fing schlagartig an zu grinsen und schaute dankend hinauf in den Himmel.

»Zum Glück, ich dachte schon das wird nie was mit dir und den Frauen. Du weißt, dass ich dich über alles liebe, aber es ist langsam an der Zeit, dass du etwas aus deinem Leben machst und irgendwann mal eine Familie gründest. Denn so kann es mit dir einfach nicht weitergehen.«

»Ich werde mein Bestes geben, aber du weißt ja selbst, dass wir jungen Menschen es in diesem Land im Moment nicht ganz so einfach haben.« Seine Mama legte verständnisvoll die Hand auf seine Schulter und blickte ihm hoffnungsvoll in die Augen.

»Ich glaube an dich und weiß tief in mir drin, dass dein Herz und dein Verstand groß genug sind, um alle noch kommenden Hindernisse überwinden zu können.« Mit einem beruhigten Lächeln nahm er seine Mutter in den Arm, als es plötzlich an der Haustür klopfte. Mit einer bösen Vorahnung verschwand er nach drinnen, wo er kurz darauf verwundert Amin entgegenblickte, der ihn aufgeregt ansprach.

Mehdi fing sofort an zu flüstern und zeigte unauffällig auf Mamanjun, die im Hintergrund umherschlich und die beiden neugierig beobachtete. Anfangs schien er ein wenig genervt zu sein, doch das änderte sich schnell wieder, als sein Kumpel freudestrahlend von der nächsten Veranstaltung der Partei erzählte.

»Ich habe fantastische Neuigkeiten, mein Freund, die ich unbedingt mit dir teilen wollte. Laut meiner Kontaktperson finden in kürzester Zeit gleich zwei Kundgebungen hintereinander statt. Die eine ist nächsten Samstag und die andere gleich darauf am Sonntag. Nun sag schon, bist du dabei oder was?« Mehdi konnte seine Freude nur schwer zurückhalten und trat blitzschnell hinaus vor die Tür, vor der er ohne Umschweife zusagte.

»Ja, du kannst auf mich zählen. Dieses furiose Spektakel werde ich mir doch nicht entgehen lassen.« Amin umarmte ihn begeistert und war vollkommen aus dem Häuschen.

»Das ist großartig, dann sehen wir uns also die Tage und grüße nachher deine Prinzessin von mir, denn ich bin sehr gespannt wie euer Rendezvous verlaufen wird.«

»Warte mal kurz du neugieriger Vogel. Du musst mir unbedingt einen Gefallen tun. Ich werde nächste Woche wahrscheinlich nach Abadan reisen, um für Mamanjun ein Geschenk abzuholen. Ich brauche dringend Unterstützung und wollte dich fragen, ob du mich eventuell dorthin begleiten würdest.« Sein Kumpel strotze nur so vor Tatendrang und willigte ohne zu zögern ein.

»Was für eine dumme Frage, natürlich komme ich mit. Um was für ein Geschenk geht es denn genau?« Mehdi schaute sich aufmerksam um und murmelte ihm leise zu.

»Es handelt sich um eine Goldkette mit einem Anhänger.« Amin riss erstaunt die Augen auf und ließ seiner Begeisterung freien Lauf.

»Das ist ja der absolute Wahnsinn! Habt ihr auf eurem Grundstück etwa eine Ölquelle entdeckt, oder woher nehmt ihr das ganze Geld?« Mehdi presste ihm panisch die Hand auf den Mund, weil er Angst hatte, dass seine Mama etwas von seinem aufgeregten Geplapper mitbekam.

»Schrei doch noch lauter du Trottel, dann kann ich das mit der Überraschung gleich sein lassen.« Erfreulicherweise bekam sich sein Freund schnell wieder ein und stieß genervt die Hand von seinem Mund weg.

»Ist ja schon gut, ich habe verstanden. Eventuell war ich ja für einen Moment zu euphorisch. So, ich verschwinde jetzt, und bitte melde dich bei mir, wenn du wieder von deinem Treffen zurück bist.«

»Ja verdammt, wie oft willst du mir das denn eigentlich noch sagen. Jetzt hau schon ab, ich werde dich schon nicht vergessen, bis dann.« Amin machte sich unmittelbar auf den Weg und winkte ihm noch einmal schelmisch zu, bevor er auf der anderen Straßenseite hinter einer Bäckerei endgültig aus seinem Sichtfeld verschwand. Mehdi ging daraufhin kopfschüttelnd zurück ins Haus wobei er das Gefühl nicht los wurde, dass sein Freund irgendetwas im Schilde führte. Mamanjun, die bei fremden Gesprächen sonst immer mit einem Ohr in der Nähe war, schien von der Unterhaltung der beiden nicht das Geringste mitbekommen zu haben und klopfte in aller Seelenruhe die Teppiche aus. Mehdi ließ sich derweil im Schatten nieder und überlegte fieberhaft mit welcher Ausrede er sich später von dannen schleichen sollte. Nachdem die Mutter ihre Arbeit erledigt hatte, setzte sie sich zu ihm, wobei ihr der in Gedanken versunkene Blick ihres Sohnes direkt ins Auge stach.

»Ist alles in Ordnung mit dir? Denn irgendwie siehst du so schrecklich nachdenklich aus?« Mehdi holte tief Luft und lächelte betrübt.

»Ich habe mir über das, was du vorhin gesagt hattest, viele Gedanken gemacht und ich bin zu dem Schluss gekommen, dass es eigentlich an der Zeit wäre, mein eigenes selbständiges Leben zu führen. Aber wie du sehen kannst, bin ich immer noch hier bei dir und genieße jede Stunde mit meiner Familie, da ihr mir mehr bedeutet als alles andere auf der Welt.« Mamanjun spürte, dass ihr Sohn in diesen schwierigen Zeiten ihre Unterstützung benötigte und gab überraschend Einblick in ihre Gedankenwelt.

»Mehdi mein Junge, ich hoffe, dass du bald deinen eigenen Weg gehen wirst, denn ich weiß nicht wie lange ich noch da sein werde um unsere Familie zusammenzuhalten. Manchmal fühle ich mich sehr schwach und würde am liebsten liegenbleiben, weil ich einfach keinen Sinn mehr darin sehe, weiterzumachen. Die Zukunft in diesem Land sieht düster aus und tief in mir drin habe ich die Befürchtung, dass wir uns niemals aus den Klauen der Armut befreien werden können.« Mehdi war vollkommen geschockt und starrte beschämt hinunter auf den Boden.

»Bitte schau mich an und höre mir gut zu. Immer, wenn ich dein Lachen höre und deine menschliche Wärme spüre, ergreift mich urplötzlich ein Gefühl von Hoffnung, welches mir sagt, dass du Erfolg haben wirst. Versprich mir, dass du, wenn du eines Tages von hier fortgehen solltest, als angesehener Mann in deine Heimat zurückkehren wirst. Versprich es mir!«

»Ich weiß zwar nicht was das Leben für mich bereithält? Aber ich versichere dir, dass ich alles dafür tun werde um erfolgreich zu sein.« Mit einem erleichterten Seufzer lehnte sie sich zurück und sah sehnsüchtig hinaus in die Ferne, während jeder für sich von einer besseren Zukunft träumte. Sie saßen noch eine ganze Weile zusammen und unterhielten sich miteinander, bevor Mehdi zufällig hinüber auf die Uhr guckte und plötzlich panikentbrannt aufsprang. In Windeseile lief er hinüber zum Brunnen, wusch seine Haare und stand ein paar Minuten später frisch eingekleidet im Flur, in dem er sich hektisch die Schuhe anzog. Mamanjun war über sein absonderliches Verhalten vollkommen verwundert und rief ihm von weitem zu.

»Wo willst du denn schon wieder so schnell hin, ich dachte wir essen gleich zusammen?« Mehdi schaute für den Bruchteil einer Sekunde auf den Bilderrahmen, der an der Wand hing, und hatte sofort die passende Ausrede parat.

»Ich muss schleunigst los, denn ich wollte vor Sonnenuntergang unbedingt noch das Grab von Babajan besuchen.« Seine Mutter kam lächelnd auf ihn zu und gab ihm noch ein paar Grüße mit auf den Weg.

»Das trifft sich aber gut! Dann sage ihm bitte, dass ich ihn sehr vermisse und über alles liebe.«

»Ja, das werde ich, bis später.« Während die Mama die Haustür schloss, begab sich Mehdi im Eiltempo zum Friedhof, der gleich um die Ecke lag. Als er an der Grabstätte des Vaters ankam, verbeugte er sich ehrfürchtig und überbrachte zuallererst die Nachricht von Mamanjun, ehe er aufgeregt drauf los plapperte.

»Auch ich vermisse dich und hoffe, dass es dir gut geht, dort wo du bist. Ich habe gleich eine Verabredung mit einem wunderschönen Mädchen und wünsche mir eigentlich nichts sehnlicher, als dass du mir genügend Kraft schenkst. Denn ich bin so schrecklich nervös und weiß überhaupt nicht, wie ich das ohne deine Hilfe überstehen soll.« Abschließend hielt er für einen Moment inne und schloss die Augen, bevor er sich voller Zuversicht auf den Weg zum Treffpunkt machte.

In der Ferne konnte man die imposante Karawanserei sehen, welche majestätisch in der kargen Wüstenlandschaft thronte und durch das Hitzeflimmern beinahe so aussah wie eine Fata Morgana. Als er nach einer gefühlten Ewigkeit endlich vor den alten, maroden Holztoren ankam, trat er ohne zu zögern hinein und kam aus dem Staunen nicht mehr heraus, denn vieles wirkte auf den ersten Blick wie unberührt.

In der Mitte des Innenhofs befanden sich die Überreste eines großen, ausgedörrten Brunnens, der damals als Trinkstätte für die Kamele diente. Ringsherum konnte man die in sich zusammengefallenen Mauern der einzelnen Räumlichkeiten erkennen, die einst von den nomadischen Händlern als Schlafstätten genutzt wurden. Behutsam lief er umher und begutachtete die antiken Überbleibsel, die teilweise vereinzelt unter dem dichten Sandboden herumlagen. Nachdem er sich ausgiebig umgeschaut hatte, trieb ihn seine innere Unruhe hinauf auf das Dach, wobei ihm sofort das schwarze Fahrzeug ins Auge fiel, das geradewegs auf die Karawanserei zufuhr. Ein wenig versteckt hockte er hinter einem Mauervorsprung, hinter dem er solange wartete, bis das Auto unmittelbar vor dem Eingang zum Stehen kam. Vorsichtig linste er hinunter und beobachtete neugierig den glatzköpfigen Fahrer, der kurz darauf die Beifahrertür öffnete. Mehdi bekam vor Freude beinahe einen Herzinfarkt, denn es war tatsächlich Leila, die ausstieg. In Eile begab er sich nach unten, während der Chauffeur zum Kofferraum ging und ihr einen prallgefüllten Korb zusammen mit einer Decke überreichte. Dieser zeigte daraufhin noch einmal eindringlich auf seine Armbanduhr, bevor er wieder in seinen Wagen stieg und davonfuhr.

Mehdi hatte sich derweil lässig auf die Umrandung des alten Brunnens gesetzt und schaute beschämt auf seine kaputten Schuhe, als er plötzlich seinen Namen hörte. Vollkommen verunsichert blickte er Leila in die Augen und stotterte ihr zur Begrüßung ein verlegenes

»Du siehst wunderschön aus« entgegen. Sie nahm das Kompliment dankend an und versuchte die Stimmung etwas aufzulockern, indem sie ihm den Korb mit den Leckereien überreichte.

»Dieser Ort ist einfach zauberhaft. Ich habe ihn zwar nur zufällig für unser Treffen ausgewählt, aber ich hätte niemals gedacht, dass es hier so romantisch ist.« Mehdi erzählte ihr davon, dass er die Karawanserei aus Angst vor den vielen herumliegenden Tierschädeln am Eingang immer gemieden hatte, da er sie seit Kindesbeinen an schrecklich unheimlich fand. Leila war von der spannenden Art und Weise, wie er die Geschichte vortrug so verängstigt, dass sie sich kurzerhand bei ihm einhakte. Anschließend gingen beide hinauf auf das Dach, auf dem sie sich gemütlich auf der Decke niederließen und gemeinsam den Inhalt des Korbes auspackten. Mehdi bekam beim Anblick der seltenen Köstlichkeiten schlagartig Schnappatmung und stibitzte sich in einer unachtsamen Sekunde eine von den getrockneten Datteln, in die er herzhaft hineinbiss. Leila rügte seine schlechten Manieren mit einem Lächeln, was ihm so unangenehm war, dass er das letzte Stück hastig hinunterschluckte.

»Es tut mir schrecklich leid, aber mein Appetit war gerade größer als mein Verstand.«

»Mach dir keine Sorgen, ich bin dir nicht böse, denn ich weiß, dass ihr im Moment sehr schwere Zeiten durchmacht.« Mehdi dachte, er hätte sich verhört, und schaute sie entsetzt an.

»Ich war so schrecklich neugierig und habe mich vor unserem Treffen bei deiner Tante über dich erkundigt. Sie meinte, dass du ein ganz feiner Kerl bist, und dass der plötzliche Tod eures Vaters euch finanziell völlig aus der Bahn geworfen hat.« Leila wurde sichtbar unsicher, weil sich ihr Gegenüber beleidigt von ihr abgewandt hatte und traurig hinaus in die Ferne starrte.

»Bitte entschuldige, ich wollte dir keineswegs zu nahe treten und dich fragen, ob du mir meine Taktlosigkeit vielleicht verzeihen könntest?« Mehdi ging kurz in sich und überlegte fieberhaft, wie er am besten anfangen sollte.

»Weißt du, ein paar Tage bevor Babajan starb, holte er mich an sein Bett. Ich hielt seine Hand, schaute ihm in seine müden Augen und sollte ihm versprechen, dass ich in meinem Leben niemals arm werden würde. Aber ich bekam in diesem Augenblick kein einziges Wort heraus, weil ich tief in mir drin das Gefühl hatte, dass ich der Armut wahrscheinlich niemals entfliehen könnte. Ich nehme dir deine Schnüffelei nicht übel, dennoch fühlt es sich irgendwie komisch an, wenn man hinterrücks ausspioniert wird.« Leila sah, dass er zum Ende hin beinahe zu weinen begann und versuchte ihn mit ihrer positiven Art aufzumuntern.

»Ich glaube dein Vater sieht gerade von oben auf uns beide herab und freut sich, dass es seinem Sohn gut geht. Denn das ist es doch worauf es wirklich ankommt oder?« Mehdi drehte sich zur Seite und wischte sich unbemerkt eine kleine Träne aus dem Gesicht.

»Ich hoffe sehr, dass er nach mir schaut, denn ich war vor unserem Treffen dort drüben beim Friedhof und habe ihm Grüße von Mamanjun überbracht.« Leila sah ihn mit einem Mal ganz anders an, wobei man auf Anhieb das einzigartige Funkeln in ihren tiefbraunen Augen erkennen konnte.

»Hat dir schon mal jemand gesagt, dass du ein wunderbares und ehrliches Lachen hast, Mehdi?« Bevor er antwortete, wich er ihren eigenartigen Blicken immer wieder verschämt aus, weil er mit der Situation überhaupt nicht umgehen konnte.

»Eigentlich nicht, aber ich ziehe es vor, so oft zu lachen wie es nur geht. Denn was ist ein Leben ohne ein ehrliches Lachen schon wert?« Leila fügte ungeduldig hinzu:

»Ein Leben ohne ein echtes Lachen ist kein Leben, sondern eine Qual.« Mehdi nickte verblüfft, da er mit so viel spontaner Intelligenz nicht gerechnet hatte. Innerlich fühlte er sich ihr sofort verbunden was sich darin äußerte, dass er begeistert von der Partei und über den eventuell bevorstehenden Neuanfang sprach. Leila lehnte sich spontan an seine Schulter und hörte aufmerksam zu, als sie ihm auf einmal überraschend ins Wort fiel.

»Pass bitte auf, denn es ist äußerst gefährlich, sich mit dem Staat anzulegen. Ich belausche manchmal die Gespräche meines Vaters, die er mit Generälen führt. Dabei ist immer wieder von einem Putsch des Präsidenten die Rede. Jeder, der sich aus dem Volk gegen ihn auflehnt, soll umgehend verhaftet werden und ohne jeden Prozess im Gefängnis landen.« Doch Mehdi schien von der Nachricht in keiner Weise beunruhigt zu sein und griff entschlossen nach ihrer Hand.

»Lieber erhebe ich mich für eine bessere Zukunft, als aus Angst ein Leben lang zu gehorchen, um dann als armer Feigling zu sterben.«

»Du bist so unerschrocken gegenüber deinem eigenen Schicksal. Etwas, das ich niemals sein kann. Weil ich viel zu viel Angst davor habe alles zu verlieren.« Ihm gefiel die Rolle des Rebellen, doch er ruderte schnell ein wenig zurück, weil er spürte, dass Leila von seiner aufbegehrenden Einstellung beunruhigt war.

»Eigentlich will ich gar nicht so sein. Aber bei diesen lebensfeindlichen Umständen, in denen wir uns gerade befinden, bleibt mir einfach nichts anderes übrig, als gegen dieses ungerechte System zu rebellieren. Mach dir keine Sorgen, denn ich bin der festen Überzeugung, dass all die Bestrebungen nach Veränderung auch ohne mein Mitwirken eines Tages von Erfolg gekrönt sein werden.« Leila war erstaunt über all die Ehrlichkeit, die sie beim ersten Treffen entgegengebracht bekam und pflichtete ihm aus Sympathie bei, auch wenn sie dabei kein sonderlich gutes Gefühl hatte.

»Ich kann dich durchaus verstehen, aber wenn du noch mehr über politische Dinge sprichst, dann weißt du am Ende unseres Treffens gar nichts über mich.« Mehdi entschuldigte sich vielmals und holte in Eile den zusammengefalteten Zettel aus seiner Hosentasche hervor, den er ihr freudig überreichte. Leila las sich gespannt den Inhalt durch und fiel ihm im Anschluss überglücklich um den Hals.

»So etwas Schönes hat noch nie jemand für mich geschrieben. Du scheinst ein echtes Naturtalent zu sein.« Sichtlich erleichtert löste er sich aus der Umarmung und lächelte ihr stolz entgegen.

»Es freut mich sehr, dass es dir gefällt. Manche Dinge scheinen mir halt einfach gut zu liegen.« Leila fühlte sich von der frechen und selbstbewussten Art angezogen und man konnte unmittelbar spüren, dass sie sich ein wenig in diesen armen Angeber verguckt hatte.

Einen Moment später stand Mehdi kurz auf, um sich zu strecken. Dabei stachen ihm in der Ferne sofort die zwei unscheinbaren Lastwagen ins Auge, die geradewegs auf die Karawanserei zusteuerten. Er ging unmittelbar in Deckung und riss Leila, die noch am Boden saß, mit hinunter.

»Was ist los?«, schrie sie vollkommen überrascht. Flach auf dem Boden kauernd, versuchte er ihr die Situation zu erklären, wobei er immer wieder vorsichtig seinen Kopf anhob, um zu sehen wie weit die Fahrzeuge noch entfernt waren.

»Ich habe zwei Transporter gesehen, die direkt auf uns zukommen.«

»Na und, eventuell wollen sich die Fremden ja nur diesen wunderschönen Ort anschauen, genau wie wir.«

»Hör mir zu und sei bitte nicht so naiv, denn wir haben nicht viel Zeit. Das sind keine gewöhnlichen Fahrzeuge. Sie sind von der Armee und werden primär dazu eingesetzt, um junge Männer, die auf den Straßen herumlungern, zu entführen. Anschließend werden die armen Kerle dann ohne jeglichen Grund ins Gefängnis gesteckt und kommen erst wieder frei, wenn sie sich für die Armee verpflichten.«

Leila schaute ihn ungläubig an und belächelte ihn dabei ein wenig.

»Ich glaube dir kein Wort. Wer hat dir denn bitte so einen Unsinn erzählt? Mein Vater ist der Bürgermeister dieser Stadt und der würde so eine Ungerechtigkeit niemals zulassen.« Mehdis Gesichtsausdruck wurde von Sekunde zu Sekunde panischer und man konnte klar und deutlich die dicken Schweißtropfen erkennen, die im Eiltempo seine Stirn hinunterrannen.

»Das haben mir die Anhänger von der Partei erzählt. Also bleib verflucht nochmal auf dem Boden liegen und bewege dich kein Stück, hast du verstanden?« Leila begriff schlagartig, dass die Lage ernst war und machte genau das, was Mehdi von ihr verlangte. Prüfend schaute er hinunter in den Innenhof, wobei ihm sofort die vielen Fußabdrücke auffielen, die er und Leila im dichten Sandboden hinterlassen hatten. Diese führten vom Eingang hinüber zum Brunnen und von dort direkt zur Steintreppe, die mit dem Dach verbunden war. Mehdi verlor keine Zeit und haspelte alles in einem Atemzug herunter.

»Ich muss schleunigst nochmal nach unten und die Fußspuren beseitigen. Du musst jetzt ganz genau aufpassen und mir Bescheid geben, wie weit die Lastwagen noch entfernt sind, damit ich mich rechtzeitig aus dem Staub machen kann.«

Noch bevor sie antwortete, war er nach unten verschwunden und rannte wie von Sinnen die schmalen und teilweise fehlenden Stufen hinunter. Leila behielt währenddessen alles genauestens im Blick und schrie auf einmal aus voller Kehle zu ihm herab.

»Beeile dich, verdammt nochmal! Sie sind nur noch ein kleines Stück entfernt.« Mehdi kroch unterdessen auf allen vieren durch den Innenhof und lockerte in rasender Geschwindigkeit die Spuren im Sand mit den Händen auf, wobei man das immer näherkommende Motorengeräusch hören konnte, welches kurz darauf verstummte. Als er plötzlich den Transporter sah, der vor dem Eingang zum Stehen kam, verschwand er blitzschnell in einer dunklen Ecke, in der er wie versteinert stehen blieb.

Leila beobachtete das ganze aus sicherer Entfernung und bewegte sich dabei keinen Millimeter. Im selben Augenblick betraten vier düster dreinblickende Männer mit ihren mit einem Bajonett ausgestatteten Maschinengewehren im Anschlag die Karawanserei und schauten sich vorsichtig um. Einer von ihnen nahm seine Waffe herunter, setzte sich auf den Rand des alten Brunnens und zündete sich in aller Seelenruhe eine Zigarette an. Diese Taktik benutzten sie häufiger und sie nannten sie die Lockvogel-Taktik. Dabei spielte der Offizier die Hauptrolle und tat so, als wäre dies ein ganz gewöhnlicher Kontrollbesuch. Durch seine Lässigkeit suggerierte er den Menschen, die ihn aus ihren Verstecken beobachteten, dass sie sich vor nichts fürchten müssten, und ermutigte sie so hervorzukommen. Die anderen Soldaten standen mit ihren entsicherten Gewehren drum herum, scherzten miteinander und erweckten den Anschein, dass alles vollkommen normal sei. Doch als sich nach ein paar Minuten noch immer nichts getan hatte, wurde der Offizier sichtbar ungeduldig. Laut rufend lief er am Brunnen entlang, lachte zynisch und schien nicht mehr ganz Herr seiner Sinne zu sein.

»Hallooo, ich weiß, dass hier jemand ist. Ein kleiner Bastard, der in die Hölle kommen wird. Mach es dir doch nicht so schwer, denn wir haben die Fußspuren vor dem Eingang schon längst entdeckt.« Mehdi verharrte wie angewurzelt in seinem Versteck und es war für einen Moment so ruhig, dass man die Schweißperlen hören konnte, die von seinem Gesicht hinunter auf den staubtrockenen Sandboden tropften. Verängstigt schaute er durch einen kleinen Spalt hindurch und sah, dass die Soldaten sich blitzschnell aufteilten und jeden Winkel genauestens unter die Lupe nahmen. Der Offizier gab ihnen zwischendrin immer wieder eindeutige Anweisungen, während sich seine Schergen hochkonzentriert heranschlichen und mit ihren Gewehrspitzen in alle dunklen Ecken hineinstießen, hinter denen sie Menschen vermuteten.

Draußen vor dem Eingang konnte man plötzlich hören, wie eine Glasscheibe zu Bruch ging. Die Männer rannten in Windeseile hinaus, wobei ihnen unmittelbar auffiel, dass jemand die Frontscheibe von ihrem Lastwagen eingeschlagen hatte. Sie schauten sich behutsam um und konnten in der Ferne die Silhouette eines dicken jungen Mannes erkennen, der wie ein Besessener um sein Leben rannte. Die Soldaten legten ohne zu zögern ihre entsicherten Gewehre an und warteten ungeduldig auf den Schießbefehl. Doch zu ihrer großen Verwunderung erhielten sie von ihrem Offizier keine Freigabe.

» Lasst diesen armen Hundesohn ruhig laufen! Er wird uns mit Sicherheit beim nächsten Mal von selbst in die Hände fallen «

Merklich enttäuscht schmissen sie ihre Waffen auf die Ladefläche und fuhren anschließend wieder davon.

Mehdi schlich sich derweil unbehelligt zurück aufs Dach, auf dem er Leila sichtlich erleichtert umarmte. Mit überschwänglicher Begeisterung zeigte sie hinüber zum Friedhof, dort lehnte der fremde Retter erschöpft an einer Mauer und winkte ihnen völlig außer Atem zu. Mehdi war vollkommen verblüfft als er sah, dass dieser Unbekannte sein Freund Amin war und erwiderte seine Geste. Leila schaute ihn fragend an, weil sie unbedingt wissen wollte, wem er da gerade zugewunken hatte.

»Los, jetzt sag schon, kennst du den Dicken da drüben etwa?« Der Schock über die Beinahe-Verhaftung schien schnell wieder vergessen zu sein und Mehdis Mundwinkel gingen langsam wieder nach oben.

»Na klar kenne ich den. Das ist mein bester Kumpel A-min«, gab er stolz zu verstehen. Leila begriff erst jetzt, wie ernst die Lage wirklich gewesen war und winkte ihm ebenfalls dankend zu.

»Du hast einen großartigen Freund. Bitte verzeih mir, dass ich so dumm und naiv war. Ich hatte ja keine Ahnung, dass so etwas Abscheuliches in diesem Land tatsächlich existiert.« Mehdi versuchte sie zu trösten, da sie überraschend zu weinen begann.

»Du brauchst dich nicht entschuldigen. Du kannst doch nichts dafür. Ich habe es ja auch nicht geglaubt, bis ich es zum ersten Mal selbst miterlebt habe. Amin ist uns übrigens nur hierher gefolgt, weil er so schrecklich neugierig war und wissen wollte, wie unser erstes Treffen verlaufen würde.« Leila schluchzte noch immer und blickte verheult zu ihm auf.

»Wirklich, und was wirst du ihm sagen?«

»Naja bis jetzt war es doch gar nicht so schlecht. Es war spannend, traurig und aufregend zu gleich. Mehr kann man von seiner ersten Verabredung nun wirklich nicht erwarten oder?« Leila fing erleichtert an zu lachen und wischte sich die Tränen aus dem Gesicht.

»Ich dachte schon, dass du mich nie wiedersehen willst. Denn schließlich hat dich meine Naivität beinahe deine

Freiheit gekostet.« Mehdi spielte die Gefahr absichtlich herunter, weil ihm die Rolle des unerschrockenen Helden irgendwie gefiel.

»Naja, zum Glück höre ich nur auf mich selbst. Deswegen nehme ich dir das Ganze auch nicht übel.«

Die Sonne war mittlerweile komplett untergangen und am Horizont war nur noch ein schmaler orangefarbener Schleier zu sehen.

»Da bin ich ja beruhigt. Ich werde übrigens gleich abgeholt, aber eigentlich würde ich noch gerne den ganzen Abend zusammen mit dir verbringen. Denn wir haben uns ja noch gar nicht richtig kennenglernt.« Mehdi überspielte seine Enttäuschung und scherzte ein wenig herum.

»Ich glaube wir haben uns sogar sehr gut kennengelernt. Denn wer wird bei seinem ersten Rendezvous schon so sehr auf die Probe gestellt?«

»Das stimmt allerdings. Nebenbei wollte ich dir noch sagen, dass ich unser erstes Treffen wunderschön fand und sehr froh darüber bin, dass wir beide es unversehrt überstanden haben.«

Mit einem erleichterten Seufzer griff Leila nach seiner Hand und ging vorsichtig mit ihm nach unten. Dort übergab sie ihm die übriggebliebenen Köstlichkeiten, welche sie vor Aufregung vollkommen vergessen hatten.

»Es ist wahrscheinlich besser, wenn du nicht mit hinauskommst, wenn ich gleich abgeholt werde. Denn sonst bekomme ich viel Ärger und das will ich mir ehrlich gesagt ersparen. Unser Fahrer ist zwar mir gegenüber sehr loyal und behält die Geheimnisse meist für sich. Aber auch er ist auf das Geld meines Vaters angewiesen und würde, wenn es um seine Arbeit geht, vermutlich alles ausplaudern.« Mehdi fühlte sich wie vor den Kopf gestoßen und war merklich am Grübeln. Ihm war zwar bewusst, dass die beiden aus zwei völlig unterschiedlichen Welten stammten, doch er fragte sich, ob man diese ungleichen Leben nicht irgendwie miteinander vereinen könnte, ohne sich jedes Mal verstecken zu müssen.

In der Ferne war das herannahende Motorengeräusch zu hören, was Leila unmittelbar aufschrecken ließ.

»Hallooo, sag mal hast du mir eben überhaupt zugehört?« Mehdi zuckte erschrocken zusammen und redete sich blitzschnell heraus, da er sich vor ihr auf keinen Fall die Blöße geben wollte.

»Na klar habe ich dir zugehört. Ich habe mich nur gefragt was passiert wäre, wenn Amin mir heute nicht das Leben gerettet hätte, das ist alles.« Leila eilte kopfschüttelnd zum Ausgang und beobachtete ungeduldig den immer größer werdenden Lichtkegel, der sich durch die Dunkelheit auf die Karawanserei zubewegte. Anschließend rannte sie pfeilschnell zurück und gab Mehdi unter freiem Sternenhimmel einen leidenschaftlichen Kuss auf den Mund. Doch die Romantik währte nur kurz, als das hektische Hupen von draußen, plötzlich hinein in den Innenhof drang. Noch ehe er etwas sagen konnte, war Leila verschwunden, wobei sie ihm unauffällig einen kleinen Zettel zugesteckt hatte, wovon er aber nicht das Geringste mitbekam.

Er war von seinen Gefühlen vollkommen überwältigt und genoss noch für einige Minuten die Stille, bevor er sich auf den Weg nach Hause machte. Zwischendurch drehte er sich immer wieder ungläubig nach hinten um, weil es ihm unbegreiflich war, wie sein Freund den mörderischen Sprint in der glühenden Hitze unbeschadet überstanden hatte.

Als er verträumt über den Friedhof lief, stand Amin lässig unter einer Laterne und pfiff ihm leise zu. Mehdi blickte entgeistert hinüber und fiel ihm zur Begrüßung enthusiastisch um den Hals.

»Meine Güte, was ist denn mit dir los, wir haben uns doch gerade erst heute Vormittag gesehen.«

»Ach, tu doch bitte nicht so bescheiden, du weißt ganz genau, was Sache ist. Du furchtloser Lebensretter.« Amin zuckte nüchtern mit den Schultern und schielte gierig hinunter auf den Beutel mit den getrockneten Früchten, den sein Kumpel in der Hand hielt.

»Beruhige dich! Ich bin dein bester Freund. Natürlich helfe ich dir, wenn du in der Klemme steckst, das ist doch selbstverständlich.« Mehdi sah die lechzenden Blicke und überreichte ihm zum Dank die Leckereien, die Amin jedoch mit einem listigen Augenzwinkern ablehnte.

»Das kann ich nicht annehmen. Die Sachen sind von deiner Prinzessin und es wäre nicht fair, wenn ich alles allein verputzen würde. Was hältst du davon, wenn wir den Inhalt zwischen uns aufteilen? Ich glaube, dann wäre mein Gewissen einigermaßen beruhigt.«

Während Mehdi überlegte, fischte sich sein Kumpel unbemerkt eine Nascherei aus der Tüte und erkundigte sich neugierig nach dem Verlauf des Treffens.

»Als ob du das nicht wüsstest, du Spion. Schließlich hast du uns doch die ganze Zeit verfolgt.« Amin grinste ertappt.

»Ja schon, aber alles was ich gesehen habe, waren eure Köpfe und deine komischen Hände, mit denen du beim Reden andauernd in der Luft herumgefuchtelt hast. So wie ich dich kenne, hast du dich mal wieder über irgendetwas fürchterlich aufgeregt. Ach ja, und nebenbei musste ich dir ja noch das Leben retten, weswegen ich den interessanten

Teil eurer Verabredung wahrscheinlich auch verpasst habe.«

»Ich bin dir unendlich dankbar. Denn ohne dich säße ich jetzt vermutlich im Gefängnis. Hattest du eigentlich keine Angst, dass die Soldaten dich über den Haufen schießen?« Amin zeigte postwendend auf seinen nassen Schritt und fing dabei schallend an zu lachen.

»Machst du Witze? Hast du nicht gesehen wie ich gerannt bin? Ich habe mir vor Panik mehrmals in die Hose gemacht. Aber das konnte zum Glück keiner von euch sehen, weil ich schon viel zu weit weg war.« Mehdi atmete erleichtert auf und war heilfroh, dass sein Freund die selbstmörderische Aktion fast unbeschadet überstanden hatte.

»Das, was du heute für mich getan hast, würde ich jederzeit auch für dich tun. Egal was passiert, du kannst immer auf mich zählen.« Sein Kumpel schüttelte verwundert den Kopf und schmatzte genüsslich vor sich hin.

»Mann, du bist ja heute sentimental. Die Seite von dir kannte ich zwar noch nicht. Aber irgendwie gefällt sie mir ganz gut.«

»Vielleicht werde ich ja auch einfach ein bisschen älter, das würde dann auch meine Feinfühligkeit erklären. Um deine Spionageaktivitäten noch auf den neuesten Stand zu bringen wollte ich dir sagen, dass ich Leila kurz bevor sie abgeholt wurde noch geküsst habe.« Amin riss erschrocken die Augen auf und kreischte vor Freude wie ein kleines Mädchen.

»Du bist ein verfluchter Frauenheld. Das habe ich schon immer gewusst. Ich sag doch, du bist arm, aber gutaussehend, lass dir von niemanden etwas Anderes erzählen.«

Mehdi lachte und schwelgte dabei ein wenig in Erinnerung.

»Es war wunderschön. Aber leider viel zu kurz. Ich durfte sie noch nicht einmal nach draußen begleiten und musste in der Karawanserei warten, damit der Fahrer mich nicht sieht. Das tat verdammt weh, weil ich mir dabei vorkam wie ein Mensch zweiter Klasse.« Amin war plötzlich wieder ganz der alte und holte ihn blitzschnell zurück auf den Boden der Realität.

»Hallooo, aufwachen! Wir sind Menschen zweiter Klasse oder hast du das etwa schon vergessen? Vielleicht nicht in Leilas Augen aber schau uns beide doch mal an. Wir sind zwei arme Träumer auf dem Weg ins Nirgendwo. Bitte tue mir den Gefallen und hör auf nachzudenken, denn wenn sie dich nicht gewollt hätte, dann wäre sie mit Sicherheit nicht zu eurer Verabredung erschienen, oder?«

»Ja, du hast vermutlich recht. Aber trotzdem fühlt es sich irgendwie nicht richtig an. Sei bitte nicht böse mein Freund, ich werde mich jetzt langsam aus dem Staub machen, denn ich bin todmüde und weiß nicht mehr wo mir der Kopf steht.« Mehdi umarmte seinen Lebensretter noch einmal zum Abschied und bekam einen Augenblick später eine getrocknete Feige an den Kopf gedonnert. Er drehte sich genervt um, zeigte Amin einen Vogel und ließ die Frucht in seiner Hosentasche verschwinden, wobei er auf einmal den Zettel von Leila erstastete. Voller Neugier rannte er hinüber zur nächstgelegenen Laterne und las sich gespannt den Inhalt durch.

Lieber Mehdi,
heute ist wahrscheinlich der Tag, an dem unser erstes Treffen stattgefunden hat. Obwohl ich dich bis jetzt noch

nicht getroffen habe, sagt mir mein Bauchgefühl, dass es mit Dir wunderschön werden wird. Denn tief in mir drin weiß ich, dass du ein wundervoller Mensch bist.

Leila

Mehdi schien überglücklich zu sein, doch das änderte sich schnell wieder, als er sich auf der Rückseite neben Leilas Adresse die kleine Notiz durchlas. »**Wenn du mich Zuhause besuchen willst, sei bitte vorsichtig! Versuche unsichtbar zu bleiben, denn es darf dich niemand zu Gesicht bekommen.**« Der letzte Satz war zwar nicht unbedingt das, was er sich erhofft hatte, doch er ließ sich seine gute Laune in keiner Weise verderben und trabte durch die Dunkelheit beschwingt nach Hause.

Zu Besuch bei reichen Leuten

Am nächsten Tag war die Aufregung über die gestrige Beinahe-Verhaftung fast schon wieder vergessen. Während des Mittagessens kam Reza mit einem breiten Grinsen auf seinen kleinen Bruder zugestürmt und ließ sich mit einem freudigen Gesichtsausdruck neben ihm nieder.

»Ich habe großartige Neuigkeiten, du kannst bereits morgen früh nach Abadan aufbrechen, denn ich habe meinen Sold schon etwas eher ausbezahlt bekommen.« Mehdi blieb fast das Brot im Halse stecken, weil er ihm im selben Moment einen dicken Batzen Geld unter die Nase hielt. Mit großen Augen riss er die Scheine an sich und zählte mit flinken Fingern nach.

»Ich bin zwar etwas erstaunt darüber, dass alles so schnell geht, aber du kannst auf mich zählen.« Reza schaute ihn skeptisch an und war sich plötzlich überhaupt nicht mehr sicher ob er ihm wirklich hundertprozentig vertrauen konnte.

»Ich hoffe du kommst auch mit der Kette wieder zurück und gibst mein hartverdientes Geld unterwegs nicht für irgendwelche Frivolitäten aus.« Mehdi regte sich über die Aussage fürchterlich auf und gestikulierte dabei wild mit den Händen.

»Wie kannst du nur so etwas von mir denken. Ich würde dich und Mamanjun niemals enttäuschen. Eher würde ich mir eine Hand abhacken.«

»Ist ja gut, beruhige dich und hör mir jetzt genau zu. Der Zug in Richtung Abadan verlässt den Bahnhof morgen früh um acht Uhr. Trage das Geld während der Reise immer bei dir. Denn wenn du es aus irgendeinem Grund verlieren solltest, werde ich dir höchstpersönlich den Hals umdrehen. Haben wir uns verstanden?«

»Musst du mir eigentlich immer drohen? Denk doch mal positiv, denn mit deiner ständigen Schwarzmalerei machst du dir das Leben nur unnötig schwer. Du kannst ganz unbesorgt sein, es wird alles gut gehen, versprochen.« Reza stand schweratmend auf und verschwand anschließend mit einem unguten Bauchgefühl nach draußen.

Mehdi nutzte die Gelegenheit und stattete seinem besten Freund wenig später einen Besuch ab. Als er vor Ort ankam, saß Amin im Schatten vor dem Haus und hielt ein kleines Nickerchen. Auf leisen Sohlen schlich er sich an ihn heran, klatschte laut in die Hände und wedelte ihm zur Begrüßung mit dem dicken Geldbündel entgegen. Amin fiel vor Schreck fast vom Stuhl und griff reflexartig nach den bunten Scheinen, welche er gleich darauf wie ein gerissener Teppichhändler zu zählen begann.

»Ich weiß zwar gerade überhaupt nicht was hier vor sich geht, aber an diesen wunderschönen Anblick könnte ich mich gewöhnen.« Mehdi lachte und nahm ihm das Geld blitzschnell wieder ab.

»Was ist denn bitteschön los mit dir? Vor einem Tag warst du noch der Vorzeige-Kommunist und jetzt lässt du dir von ein paar Scheinchen den Verstand vernebeln? Muss ich mir um deine Einstellung etwa Sorgen machen?«

»Ach, rede doch keinen Unsinn. Ich bin noch immer die gleiche Person wie zuvor. Mich interessiert viel mehr, warum du meine geliebte Mittagsruhe störst und woher du auf einmal den ganzen Schotter hast?«

»Woher wohl? Das sind die Ersparnisse von meinem Bruder Reza und ich bin nur vorbeigekommen, weil ich dich fragen wollte, ob du mich morgen früh nach Abadan begleiten würdest?«

»Wie, schon morgen? Mmhh, ich weiß nicht so recht ob ich darauf Lust habe, denn dank dir habe ich fürs erste genug von Abenteuern.«

»Komm schon Dickerchen, du kannst mich doch jetzt nicht im Stich lassen. Du musst dir auch um nichts Gedanken machen, denn wie du ja sehen kannst, habe ich genügend Geld dabei.« Amin ließ ihn einen Moment zappeln, wobei ihm ein sehnsuchtsvolles Lächeln über die Wangen huschte.

»Ich komme mit, aber nur unter einer Bedingung.«

»Ja, und die wäre?«

»Bevor du verschwindest, würde ich gerne nochmal an dem Geldbatzen schnuppern.«

»Na gut, aber nur ganz kurz, denn dein hingebungsvoller Blick verheißt nichts Gutes.« Mit einem immer breiter werdenden Grinsen atmete Amin ein und ließ seiner Träumerei freien Lauf.

»Mann, tut das gut, das ist der Geruch von Freiheit, mein Freund. Stell dir mal vor was wäre, wenn wir mit der Kohle einfach durchbrennen würden. Wir könnten alles machen, wonach uns der Sinn stünde und diesem Elend für immer entfliehen. Wäre das nicht wunderbar?« Mehdi schien von der abstrusen Idee irgendwie angetan, doch glücklicherweise kam er gleich wieder zur Vernunft.

»Hör bitte auf mir irgendwelche Flausen in den Kopf zu setzen, denn ich will bei meiner Familie nicht in Ungnade fallen.« Amin beruhigte ihn und legte locker die Hand auf seine Schulter.

»Ist ja schon gut, ich kann dich durchaus verstehen, aber man wird ja wohl noch träumen dürfen. Wann soll unsere kleine Reise in den Süden denn eigentlich losgehen?«

»Also, der Zug verlässt den Bahnhof um acht Uhr, das heißt ich werde dich morgen früh gegen sieben abholen.«

»Waaas? Das soll wohl ein schlechter Scherz sein? Na dann mach dich mal langsam aus dem Staub, denn ich muss mich ab jetzt seelisch auf die Nachtruhe vorbereiten.« Mehdi verabschiedete sich amüsiert und drehte sich kurz darauf noch einmal um.

»Sei gefälligst pünktlich, du Esel, ansonsten verpasst du wahrscheinlich das größte Abenteuer deines Lebens.« Amin gab ihm im Anschluss mit einer eindeutigen Geste zu verstehen, dass er sein freches Mundwerk nicht so weit aufreißen sollte und verschwand daraufhin wortlos im Haus.

Am frühen Abend saß Mehdi alleine in seinem Zimmer. Sehnsüchtig blickte er hinunter auf den Zettel, den er am Vortag von Leila bekommen hatte und fragte sich gleichzeitig, was sie jetzt wohl gerade machen würde. Innerlich war er hin und hergerissen, bis er irgendwann all seine Bedenken über Bord warf und sich dafür entschied bei der angegebenen Adresse vorbeizufahren.

Als er nach über einer Stunde in dem noblen Bezirk ankam, traute er seinen Augen kaum, denn alles um ihn herum sah aus wie neu und schien künstlich angelegt worden zu sein. Völlig verblüfft stieg er vom Fahrrad und ging hinüber zum Fluss, an dem mehrere riesige Palmen standen. Im Licht der Laterne kämpften eine Handvoll Insekten um den besten Platz für die Nacht und summten dabei munter vor sich hin, während das Gras im Mondlicht saftig grün schimmerte. Mehdi schaute sich aufmerksam um, wobei ihm auf der anderen Straßenseite sofort Leilas Hausnummer ins Auge fiel. Mit Bedacht schlich er sich an den scheinbar unüberwindbaren Zaun heran und schob neugierig seinen Kopf hindurch. In der Ferne konnte er das prachtvolle Haus sehen, welches von zwei Männern bewacht wurde, die mit ihren eingeschalteten Taschenlampen in aller Seelenruhe vor dem Eingang umherliefen. Verärgert schlug er gegen die Gitterstäbe und überlegte fieberhaft, wie er unbehelligt auf das gut überwachte Gelände gelangen konnte, ohne dabei erwischt zu werden. Er stieg erneut auf sein Fahrrad und fuhr solange um das Grundstück herum, bis er am Hintereingang angekommen war.

Dort kletterte er nach einer erneuten Sichtkontrolle wagemutig auf den Zaun und bemerkte erst ganz oben, dass dieser mit vielen kleinen Metallspitzen bestückt war. Behutsam tastete er sich heran und hangelte sich gekonnt auf der anderen Seite wieder herunter. Erst als er über das Anwesen rannte und sich von hinten an das Haus heranschlich, bemerkte er, dass er ein faustgroßes Loch in seiner Hose hatte. Fluchend versteckte er sich hinter einem Baum, wo er aufmerksam den ersten Stock in Augenschein nahm, in dem noch Licht brannte. Mit einem Satz sprang er an den an dicksten Ast, den er finden konnte, und zog sich mit seiner ganzen Kraft hinauf. Dort verharrte er für einen Moment und warf einen gezielten Blick ins Innere, um zu sehen in welchem Teil des Hauses Leila ihr Zimmer hatte. Nachdem er niemanden entdecken konnte, griff er in seine Hosentasche und holte ein paar Pistazienschalen hervor, die er auf gut Glück gegen eines der Fenster warf. Gespannt wartete er, ob etwas geschehen würde, als er plötzlich den nervös zuckenden Lichtkegel der Taschenlampe auf sich zukommen sah. Panisch kletterte er weiter nach oben, wobei er beinahe das Gleichgewicht verlor. Die zwei Wachmänner leuchteten neugierig hinauf in das dichte Geäst, während im selben Moment eines der Fenster aufsprang. Mehdi fiel ein Stein vom Herzen als er Leila sah, die genervt nach unten blickte und die Angestellten ihres Vaters gehörig zur Schnecke machte. Erstaunlicherweise gehorchten diese aufs Wort und begaben sich anschließend wieder auf ihren Kontrollgang.

Mehdi ließ sich einen Augenblick Zeit und beobachtete die nähere Umgebung, bevor er sich mit einem leisen Flüstern zu erkennen gab.

»Hallo ich bin hier oben, kannst du mich sehen?« Leila schaute unmittelbar auf seine weiße Hose, die durch die Baumkrone schimmerte, und kicherte amüsiert.

»Natürlich kann ich dich sehen du Verrückter, denn deine Hose leuchtet ja heller als der Mond.« Mehdi zögerte keine Sekunde und hopste in einem Satz auf den angrenzenden Balkon, auf dem sie sich zur Begrüßung einen liebevollen Kuss gaben.

»Ich musste dich einfach wiedersehen und wollte nicht schon wieder so lange warten, denn ich fahre morgen früh nach Abadan.« Leila presste ihm erschrocken die Hand auf den Mund und forderte ihn auf ruhig zu sein.

»Mein Vater wird gleich gehen, dann können wir uns ungestört auf dem Gelände bewegen. Warte hier und setze dich auf den Boden, ich bin gleich wieder zurück.«

Im Hintergrund konnte man hören, wie der Bürgermeister eine laute Unterhaltung führte, die aus dem Inneren des Hauses nach außen drang. Mehdi ging näher heran und versuchte das Gespräch zu belauschen, als Leila plötzlich zurückkam.

»Sag mal, was ist denn da drin los, das hört sich ja so an als würde dein Vater gleich jemanden zerfleischen.«

»Also, da geschieht nichts Spezielles. Er will sich nur mal wieder vor allen anderen wichtigtun und seine Macht demonstrieren, das ist alles. Was hattest du vorhin gesagt? Du fährst nach Abadan, da soll es aber wegen der Unruhen im Moment sehr gefährlich sein.« Mehdi nahm sie in den Arm, weil er anhand ihres Blickes sofort bemerkte, dass sie sich um ihn Sorgen machte.

»Ich bin mir ziemlich sicher, dass nichts geschehen wird, denn Amin wird mich auf meiner Reise begleiten. Außerdem werde ich nur die Kette von Mamanjun abholen und am nächsten Morgen schon wieder zurückfahren.«

»Also, wenn dein Lebensretter dabei ist, dann bin ich eigentlich schon beruhigt. Nur frage ich mich ob du auch so schnell rennen kannst wie er, wenn es drauf ankommt.« Mehdi zog fragend die Mundwinkel nach unten, während Leila erleichtert auf das Fahrzeug zeigte, das kurz darauf vom Grundstück fuhr.

Noch bevor sie etwas sagen konnte, hangelte er sich im Nullkommanichts vom drei Meter hohen Baum herunter und rannte in Windeseile hinüber zu den Büschen, hinter denen er sich erleichterte. Leila traute ihren Augen kaum und ging schnurstracks hinunter, wo sie ihn erstaunt ansprach.

»Was war das denn gerade? Bist du neuerdings im Zirkus oder turnst du einfach von Natur aus gern auf Bäumen herum?« Mehdi grinste verlegen, weil ihm die ganze Aktion sichtlich unangenehm war.

»Es tut mir schrecklich leid, aber ich habe es einfach nicht mehr ausgehalten.«

»Du bist ja lustig! Als ob das nach unserem Treffen noch etwas Besonderes wäre.«

»Stimmt! Nach unserer ersten Verabredung braucht mir eigentlich überhaupt nichts mehr peinlich zu sein. Übrigens hoffe ich, dass wir beide noch viel mehr von solchen gemeinsamen Momenten erleben dürfen. Mit ein bisschen weniger Aufregung und Versteckspiel wäre das doch gar nicht so schlecht oder?« Leila schaute sich nervös um, griff panisch nach seiner Hand und ging mit ihm hinüber zum Terrasseneingang.

»Ach Mehdi, du bist ein hoffnungsloser Romantiker. Leider muss ich dich schon wieder nach Hause schicken, denn ich glaube, mein Papa wird gleich in Begleitung seines Besuchs zurückkehren und ich habe schreckliche Angst davor, dass sie uns beide entdecken könnten. Warte hier, ich hole schnell die Schlüssel für das Tor, dann brauchst du nicht ein erneutes Mal wie ein Zirkusakrobat über unseren Zaun klettern.« Mehdi zuckte gleichgültig mit den Schultern und versuchte sich seine Enttäuschung nicht anmerken zu lassen.

»Ich muss morgen sowieso sehr früh raus, deswegen macht es mir überhaupt nichts aus, wenn ich jetzt schon nach Hause gehen muss.«

Leila verschwand wortlos in einer der oberen Etagen, während er einen interessierten Blick ins Innere des Wohnzimmers warf. Neugierig schlich er sich an die vielen goldenen Bilderrahmen heran, die an der Wand hingen und bestaunte die Fotos, auf denen ihr Vater mit einigen wichtigen Persönlichkeiten zu sehen war. Er murmelte leise in sich hinein und klang dabei fast schon ein bisschen verärgert.

»So sieht also das Leben von reichen Leuten aus. Einfach nur lachen und Spaß haben.« Im selben Augenblick kam Leila um die Ecke gehastet und schaute ihn fragend an.

»Hast du gerade etwas gesagt? Denn ich glaube ich habe deine Stimme gehört.« Mehdi drehte sich erschrocken um und redete sich gekonnt raus.

»Nein da musst du dich irren. Ich habe nur eure eindrucksvolle Bildersammlung bestaunt, das ist alles.« Glücklicherweise fragte sie nicht mehr genauer nach und eilte im schnellen Schritt zum Hintereingang des Anwesens. Auf dem Weg durch die Dunkelheit kamen sie am Gästehaus vorbei, vor dem ein schwarzer Mercedes stand, mit dem sie zu ihrer ersten gemeinsamen Verabredung gefahren wurde. Mehdi blieb unmittelbar stehen und kam aus dem Staunen nicht mehr heraus.

»Meine Güte, schau dir nur diese Formen und diese chromverzierten Stoßstangen an. Dieser Wagen ist etwas ganz Besonderes.« Leila, für die Wohlstand und Reichtum völlig normal waren, konnte seine Begeisterung nicht wirklich nachvollziehen.

»Das ist doch nur ein Auto. Ein toter Gegenstand, nichts weiter.« Mehdi kaute aufgeregt auf seiner Unterlippe herum und starrte wie besessen in das Innere des Fahrzeugs, während er Leila in einem bettelnden Ton darum bat, sich einmal hinter das Steuer setzen zu dürfen. »Die Tür ist offen«, antwortete sie ganz beiläufig und hörte sich dabei fast schon ein bisschen gelangweilt an. Er stieg ohne zu zögern hinein und umklammerte sehnsüchtig das weiße Lenkrad. Mit großen Augen schaute er sich das Armaturenbrett an und kurbelte anschließend das Fenster herunter. Freudestrahlend warf er Leila einen angeberischen Blick zu und sah dabei ein wenig so aus, als wäre er ein junger Mann, der aus einer gut betuchten Familie stammte. Sie lächelte ihm verliebt entgegen und öffnete die Fahrertür.

»Der Wagen steht dir ausgezeichnet. Aber ich befürchte, dass du dich langsam davon verabschieden musst.« Mehdi stand auf und streichelte noch einmal leidenschaftlich über das Lenkrademblem, wobei urplötzlich die Hupe ertönte. Beide zuckten erschrocken zusammen und rannten blitzschnell hinüber zu den Mülltonnen, hinter denen sie sich versteckten. Mehdi guckte sich fragend um und verstand die ganze Aufregung nicht so richtig.

Doch die Antwort folgte prompt, als der Chauffeur völlig verschlafen aus dem Gästehaus getorkelt kam und verdutzt auf die offenstehende Tür des Wagens starrte. Mit einem verwunderten Gesichtsausdruck sah er sich um und verschwand kurz darauf wieder im Inneren. Nachdem das Licht in dem kleinen Häuschen ausgegangen war, kamen beide vorsichtig aus ihrem Versteck hervor und spurteten Hand in Hand hinüber zum Hinterausgang. Dort öffnete Leila behutsam das Tor und trat wachsam hinaus auf die Straße, auf der sie die nähere Umgebung genauestens beobachtete und ihn anschließend hektisch zu sich heranwinkte. Mehdi huschte auf Zehenspitzen hinüber und schnappte sich sein Fahrrad, was bei ihr für sichtliche Verwunderung sorgte.

»Warum läufst du eigentlich wie ein Balletttänzer über die Straße? Du kannst doch auch ganz normal gehen.«

»Ja, ich weiß, aber du machst mich mit deiner Übervorsichtigkeit vollkommen wahnsinnig, da weiß ich einfach nicht mehr wie ich mich verhalten soll.« Leila griff wortlos nach seiner Hand und blickte traurig zu ihm auf.

»Sei bitte nicht wütend und höre mir kurz zu. Ich führe seit Jahren ein Leben im goldenen Käfig und dieser Zustand macht mich innerlich so unglücklich. Manchmal denke ich sogar daran mein Dasein frühzeitig zu beenden, weil ich einfach nicht weiß, wie ich sonst dieser erdrückenden Situation entfliehen kann. Ich dachte immer, ich bräuchte Geld und Besitz um glücklich zu sein. Aber eigentlich hat dieser ganze oberflächliche Kram nur meine innere Leere gefüllt, die immer wieder in mir hochkommt, wenn ich alleine auf meinem Bett sitze und an die Wand starre. Du gibst meinem Leben wieder einen Sinn, weil die gemeinsamen Momente, die wir miteinander verbringen, das sind, worauf es wirklich ankommt.« Mehdi zog sie zu sich heran und gab ihr dabei einen sanften Kuss auf die Stirn.

»Sei bitte nicht so negativ. Andere Menschen haben es viel schwerer als wir und die würden auch niemals daran denken aufzugeben. Wir haben uns beide und das ist doch etwas Wunderschönes oder nicht? Gemeinsam können wir alle Probleme meistern und das mit dem Versteckspiel nehme ich gerne in Kauf.«

In der Ferne konnte man plötzlich die Scheinwerfer einer Wagenkolonne sehen, die sich langsam dem Hintereingang näherte. Leila schreckte weinend auf, gab ihm einen Abschiedskuss und verschwand daraufhin wieder in ihrem goldenen Käfig. Wie ein Häufchen Elend stand sie hinter dem scheinbar unüberwindbaren Zaun und winkte ihm zu, bevor er auf sein Fahrrad stieg und sich schweren Herzens auf den Weg machte.

Kurz vor der nächsten Kreuzung passierten ihn die drei langsam fahrenden Fahrzeuge. Bei dem ersten konnte man vorne auf der Mototorhaube die kleine aufgesteckte Staatsflagge der Sowjetunion erkennen. Im zweiten Wagen saß ein dicker bärtiger Mann, der bei offenem Fenster genüsslich seine Zigarre rauchte und ihn beim Vorbeifahren herablassend ansah. Mehdi stoppte abrupt ab und schaute beunruhigt den Autos hinterher. Er knabberte nervös an seinen Fingernägeln herum und hoffte inständig, dass der Vater von Leila ihn nicht wiedererkannt hatte. Vollkommen in seine Gedanken vertieft fuhr er anschließend über die Straße, wobei er den Transporter übersah, der mit einer Vollbremsung nur knapp neben ihm zum Stehen kam. Entgeistert starrte er hinunter auf die verstaubten Schweinwerfer und merkte nicht, dass der Mann, der hinter dem Steuer saß, wie verrückt hupte, damit er endlich weiterfahren konnte. Wütend über den Beinahe-Zusammenstoß, legte dieser den Rückwärtsgang ein und brüllte ihn beim Losfahren noch einmal aus voller Kehle an. Nach kurzer Zeit hatte Mehdi den Schock langsam verdaut und radelte in der Dunkelheit behutsam und vorsichtig zurück nach Hause.

Die Goldkette

Die Sonne war noch nicht aufgegangen und alles war noch in der Stille der Dunkelheit verhüllt, als Reza plötzlich an die Tür klopfte und seinen kleinen Bruder unmittelbar aus dem Schlaf riss. Mehdi wälzte sich von links nach rechts und jammerte wie ein kleines Kind, weil er einfach nicht wahrhaben wollte, dass er schon aufstehen musste. Ungeduldig stand Reza im Raum und schaute sich den verzweifelten Kampf gegen die Müdigkeit einen Augenblick mit an, ehe er zu seiner altbewährten Weckmethode überging und ihm mit der flachen Hand auf die Stirn haute. Ein lautes Klatschen folgte, welches Mehdi vor Schmerzen so sehr zusammenzucken ließ, dass er seitlich von seiner Matratze fiel. Mit merklich schlechter Laune erhob er sich vom Boden und taumelte anschließend nach unten auf den Hof, wobei Reza einen herzlichen Lachanfall bekam.

»Wärst du schneller aufgestanden, dann hätte ich dir wahrscheinlich nur einen ganz sanften Klaps gegeben. Aber du und deine Faulheit, ihr lasst es halt immer drauf ankommen.« Mehdi visierte ihn wütend an und revanchierte sich, indem er ihm in einem unachtsamen Moment eine krachendende Nackenschelle verpasste. Mit schmerzverzerrten Gesichtern jagten sie sich über den Hof und mussten dabei höllisch aufpassen, dass Mamanjun nicht wach wurde.

Nachdem sich die Gemüter wieder einigermaßen beruhigt hatten, setzten sie sich vor der bevorstehenden Abreise noch einmal zusammen, wobei Reza ihm ununterbrochen ins Gewissen redete, da er höllische Angst davor hatte, dass er mit dem Geld irgendeinen Blödsinn anstellen würde.

Zum Ende hin übergab er ihm die Adresse des Juweliers, sowie den Abholschein, womit er die in Auftrag gegebene Goldkette gegen den Restbetrag auslösen konnte. Zweifelnd schaute er seinem kleinen Bruder hinterher, der gerade hinüber zur Haustür ging und sich in aller Seelenruhe seinen kleinen Lederbeutel quer über die Schulter hängte. Mehdi hatte den skeptischen Gesichtsausdruck aus dem Augenwinkel beobachtet und versuchte ihn in seinem Misstrauen zu besänftigen.

»Kannst du mal bitte aufhören mich so komisch anzuschauen. Es wird schon alles gut gehen, außerdem bin ich morgen Abend wieder zurück. Du kannst also ganz unbesorgt sein.« Reza atmete tief durch und verabschiedete ihn mit einer festen Umarmung.

»Na gut, das will ich auch hoffen. Ansonsten haben wir beide ein Riesenproblem. Pass auf dich auf, du Verrückter, bis dann.«

Mehdi winkte ihm aus der Ferne noch ein allerletztes Mal zu und machte sich daraufhin im Eiltempo auf den Weg, um seinen Freund abzuholen. Als er vor dessen Haus ankam, brannte nirgendwo Licht, was ihn sofort vermuten ließ, dass Amin ihn im Stich lassen würde. Doch noch bevor er seinen Gedanken zu Ende führen konnte, tippte ihm jemand von hinten auf die Schulter. Erschrocken drehte er sich um und sah hinauf zu seinem Kumpel, der breit grinsend vor ihm stand und freudig sein Fladenbrot in sich hineinstopfte.

»Guten Morgen du Träumer. Hast du gut geschlafen? Denn irgendwie siehst du nicht danach aus.« Mehdi war sichtlich verwundert über dessen Pünktlichkeit und hakte neugierig nach.

»Ach, ich bin immer müde, das weißt du doch. Viel interessanter finde ich es ja, dass du es geschafft hast um diese Uhrzeit aufzustehen.« Amin fing lautstark an zu lachen und kratzte sich an seinem Drei-Tage-Bart.

»Aufstehen? Das ist nur etwas für hart arbeitende Kapitalisten. Ich bin überhaupt nicht schlafen gegangen, denn das habe ich mir für unsere Reise in der ersten Klasse aufgehoben.« Bei Mehdi schellten sofort alle Alarmglocken, die aber schnell wieder verklangen, weil er von dem Gedanken in einem Luxusabteil zu reisen gar nicht so abgeneigt schien.

»Erste Klasse? Wie willst du das denn wieder anstellen?« Amin grinste verschmitzt und zwinkerte ihm zu.

»Ich lass mich einfach von meiner Intuition und meinem Ideenreichtum leiten. Oder denkst du etwa, dass ich fünfzehn Stunden gemeinsam mit dem Fußvolk eingepfercht in einem kleinen Waggon bis nach Abadan reise?« Mehdi schaute ihn völlig verblüfft an und war von dem Selbstvertrauen seines Freundes so sehr beeindruckt, dass es ihm kurzzeitig die Sprache verschlug.

Beide begaben sich anschließend im schnellen Schritt zum Bahnhof, der in dreißig Minuten Fußmarsch relativ schnell zu erreichen war. Als sie vor Ort eintrafen war der Trubel so groß, dass Mehdi vollkommen die Orientierung verlor. Wie angewurzelt blieb er auf einmal in der riesigen Bahnhofshalle stehen und bestaunte die Reisenden, die ihre wuchtigen Gepäckstücke geschickt durch das Gewühl hindurchmanövrierten. Amin ließ sich ebenfalls von dem bunten Treiben ablenken, als plötzlich eine scheppernde Ansage durch die Lautsprecher dröhnte, die ihn aufhorchen ließ.

Ohne zu zögern begab er sich auf die Suche nach dem richtigen Fahrkartenschalter, wobei er seinen orientierungslosen Freund genervt vor sich herschob.

»Hallo verflucht, kannst du mal langsam wieder zu dir kommen, das war eben gerade die Durchsage für unseren Zug. Wir haben bis zur Abfahrt nur noch zehn Minuten Zeit.« Mehdi wurde im selben Moment hart von der Seite angerempelt und war auf einmal wieder voll da. Er drehte sich wütend nach dem Übeltäter um und schaute durch Zufall auf die endlos lange Schlange von Menschen, die vor der Fahrkartenausgabe wartete. Amin war blitzschnell um die Ecke verschwunden und pfiff ihn leise zu sich heran.

»Gib mir mal das Geld für unsere Fahrkarten, dann kannst du gleich wieder was dazulernen.« Mehdi zögerte keine Sekunde und sah ungeduldig seinem Kumpel hinterher, der überraschend einen Gehbehinderten imitierte und auf direktem Wege zum Schalter schlurfte. Mit Hochspannung wartete er auf die Reaktion der Leute, die ihn kommentarlos bis zum Anfang der Warteschlange passieren ließen. Einen Augenblick später kam Amin wie ein besessener Schauspieler auf ihn zugehumpelt und hielt ihm breit grinsend die Fahrkarten unter die Nase.

»So, die erste Szene ist im Kasten, aber mein Auftritt ist noch nicht vorbei.« Mehdi drehte sich gespannt um und gab gleich darauf Entwarnung.

»Du kannst auch ganz normal laufen, es guckt uns nämlich niemand mehr hinterher.« Doch Amin schien völlig in seiner Rolle aufzugehen und steuerte mit großen Augen auf den Erste-Klasse-Waggon zu.

»Du ahnungsloser Dummkopf, wolltest du etwa in der Holzklasse nach Abadan reisen? Wenn nicht, dann halte einfach die Klappe und lass mich nur machen.«

Gerade als sie den Zug bestiegen, wurden sie von einem Bahnangestellten angesprochen, der ihre Fahrkarten sehen wollte. Dieser kontrollierte mit einem prüfenden Blick die Tickets und wurde sofort in seinem Verdacht bestätigt, weshalb er den beiden den Zugang verwehrte.

»Meine Herren, euer Abteil ist ganz am Ende des Zuges. Hier dürft ihr jedenfalls nicht hinein.« Dabei schielte der Schaffner immer wieder mitleidig hinüber zu Amin, der seine Rolle sehr überzeugend spielte und unverhofft zu sabbern begann. Mehdi wischte seinem Kumpel den Speichel aus dem Gesicht und spielte das Spiel, um jeden Preis Mitleid zu erwecken, nun gänzlich mit.

»Ich kann dir deinen Wunsch leider nicht erfüllen. Wir dürfen hier nicht mitfahren, denn dieses Abteil ist nur für die besser Betuchten. Komm, lass uns gehen.«

Amin hakte sich hinkend ein, als auf einmal die verunsicherte Stimme des Fahrkartenkontrolleurs erklang.

»Wartet mal ihr beiden! Eventuell kann ich ja doch etwas Gutes für dich und deinen bekloppten Freund tun.« Mehdi wollte gerade zum verbalen Gegenschlag ausholen, als Amin ihm unauffällig auf den Fuß trat. Der Bahnangestellte ging mit den zweien schnurstracks hinauf in den Erste-Klasse-Waggon und schloss ihnen ohne weitere Fragen zu stellen eine Kabine auf.

»Also, hier könnt ihr bis zum Ende eurer Reise bleiben, denn dieses Abteil wird nicht genutzt. Sieh zu, dass dein Krüppelfreund während der langen Fahrt nicht aus dem Fenster fällt, denn sonst bekomme ich tierischen Ärger.« Mit einem breiten Grinsen überreichte er Mehdi den Schlüssel und verschwand anschließend im hinteren Teil des Waggons. Beide trauten ihren Augen kaum, als sie sich auf den weich gepolsterten Sesseln niederließen und verblüfft an die mit dunklem Holz verkleidete Wand starrten. Amin sprang kurz darauf euphorisch vom Sitz und drehte sich wie ein Verrückter im Kreis.

»Ich habe es schon immer gewusst, als Behinderter lebt es sich einfach besser in diesem Land. Außerdem bin ich der geborene Schauspieler. Wer weiß, vielleicht werde ich ja mal von irgendjemandem entdeckt?« Mehdi lobte die Schauspielkünste seines Freundes in den höchsten Tönen, als die Lokomotive plötzlich langsam anfuhr und den Bahnhof verließ. Aufgeregt schaute er aus dem großen Fenster und sah von Weitem einen jungen Mann in Armeeuniform, der in letzter Sekunde auf den fahrenden Zug aufsprang. Dieser blieb wehmütig an der offenen Waggontür stehen und winkte seiner Freundin zu, die allein auf dem Bahnsteig zurückblieb und hemmungslos weinte. Der herzzerreißende Abschied erinnerte Mehdi unweigerlich an Leila und er fragte sich gleichzeitig ob es ihr wohl gut gehen würde?

Amin hatte es sich derweil gemütlich gemacht und war unmittelbar danach eingeschlafen. Mehdi ließ ihn in Ruhe und schaute noch eine ganze Weile nach draußen, bevor ihn das monoton klingende Geräusch des Zuges, der über die Schienen ratterte, so müde machte, dass er ebenfalls einschlief.

Als er nach ein paar Stunden wieder aufwachte, musste er dringend auf die Toilette. In Eile zog er sich seine Schuhe an und schaute dabei durch Zufall auf einen kleinen Spalt, hinter dem das Sonnenlicht hindurchschimmerte. Vorsichtig schob er die in die Wand eingelassene Tür zur Seite und sah auf einmal eine Toilette und ein Waschbecken vor sich. Freudig verrichtete er seine Notdurft und kam anschließend wieder erleichtert heraus. Amin war durch das laute

Geräusch der Spülung aufgewacht und blickte panisch zu ihm hinüber.

»Wie lange habe ich geschlafen, verdammt? Habe ich etwa schon Chorramabad verpasst?« Mehdi beruhigte ihn und schien gleichzeitig etwas verwundert über die Frage zu sein.

»Nein hast du nicht! Aber warum zum Henker willst du ausgerechnet dort hin? Gibt es da eventuell etwas Besonderes zu klauen?« Amin stand auf und guckte aufgeregt aus dem Fenster.

»Ach rede doch keinen Unsinn, du Esel. Mein Opa hat in seiner Jungend dort gearbeitet und hat mir immer von seinen spannenden Erlebnissen erzählt. Die alte Zitadelle nennt man nämlich auch ‚den Himmel der Himmel' und dort hat er seine erste große Liebe getroffen, deshalb darf ich ihren Anblick auf keinen Fall verpassen.« Mehdi entschuldigte sich für seine Aussage und hörte gespannt zu, weil sein Kumpel plötzlich eine Geschichte nach der anderen zum Besten gab.

Beide hatten schon gar nicht mehr damit gerechnet, als der Zug langsam einen steilen Hang hinunterfuhr und kurze Zeit später im Bahnhof von Chorramabad zum Stehen kam. In der Ferne konnte man die Zitadelle sehen, welche auf einer Anhöhe vor einem Bergmassiv stand und sich bei strahlendem Sonnenschein von ihrer schönsten Seite zeigte. Amin kam aus dem Staunen nicht mehr heraus und nutzte diesen Moment der Stille, um ganz für sich allein zu sein, als plötzlich jemand von außen gegen das Fenster ihres Abteils hämmerte. Es waren mehrere Händler, die aufgescheucht umherliefen und ihre Souvenirs und ihr Essen an Reisende verkaufen wollten. Amin streckte neugierig seinen Kopf hinaus und verfolgte den Duft des Fleisches, der ihm einfach nicht mehr aus der Nase gehen wollte. Den beiden lief förmlich das Wasser im Mund zusammen, als sie sahen wie jemand aus dem Nachbarwaggon seinen Fleischspieß im Fladenbrot entgegennahm und herzhaft hineinbiss. Mit einer energischen Geste winkte Mehdi den Verkäufer zu sich heran und bestellte sich ebenfalls zwei von den leckeren Spießen, die mitten auf dem Bahnsteig auf offener Flamme gegrillt wurden. Völlig ausgehungert stopften sie anschließend das Essen in sich hinein und sahen sich dabei an, als würden sie einen Wettstreit austragen.

Ein paar Minuten später verließ der Zug den Bahnhof wieder, wobei Amin wehmütig der Zitadelle hinterherschaute, von der sie sich immer weiter entfernten. Mehdi war das überraschende Stimmungstief seines Freundes natürlich nicht entgangen, weshalb er auch neugierig nachfragte.

»Was ist denn plötzlich los mit dir? Eben warst du noch gut drauf und jetzt siehst du schon wieder überall graue Wolken, hat dir unsere kleine Zwischenmahlzeit etwa nicht ausgereicht?«

Amin, der nur schwer seine Gefühle zeigen konnte, schüttelte verständnislos den Kopf und tat dabei so, als würde sein Kumpel mit seiner Einschätzung komplett danebenliegen.

»Mir geht es bestens! Ich weiß gar nicht, was du schon wieder anhand meiner Mimik gesehen haben willst.« Mehdi gab ihm einen leichten Klaps auf den Hinterkopf, weil er hinter dem freudlosen Gesichtsausdruck schon wieder ein hoffnungsvolles Schmunzeln hervorblitzen sah.

»Du kannst mir einfach nichts vormachen. Jetzt sag schon, was bedrückt dich?«

»Weißt du, mein Opa wollte vor seinem Tod noch einmal mit mir an diesen eindrucksvollen Ort zurückkehren und der Anblick der Zitadelle hat mich einfach an die gemeinsame Zeit mit ihm erinnert. Ich vermisse ihn sehr, denn er war das Beste, was ich im Leben hatte.« Mehdi schien etwas überrascht und wusste nicht so recht wie er mit dem plötzlichen Gefühlsausbruch umgehen sollte.

»Sei doch froh, dass wir heute dieses wunderschöne Monument zusammen bestaunen durften. Ich glaube dein Opa ist sehr stolz auf dich und schenkt uns Kraft für unsere Reise.« Amin hob seinen Kopf und strahlte auf einmal über das ganze Gesicht.

»Meinst du wirklich? Denn dasselbe habe ich nämlich auch eben gedacht.«

»Ich meine es so wie ich es gesagt habe und irgendwann wirst du ihn wiedersehen, da bin ich mir ganz sicher.«

Er versuchte seinen Freund schnell wieder auf andere Gedanken zu bringen und ging hinüber zur versteckten Toilettentür, die er mit einem Ruck aufschob. Amin sprang begeistert auf und inspizierte alles haargenau, bevor er sich mit einem breiten Grinsen in der Toilette einriegelte, um sein Geschäft zu verrichten. Kurz darauf kam er verwundert hinausgestolpert und wedelte seinem Freund fragend mit der Klobürste entgegen.

»Kannst du mir mal bitte erklären, was dieses stachelige Etwas sein soll?« Mehdi musste sich mit aller Macht sein Lachen verkneifen und führte ihn absichtlich an der Nase herum.

»Das Ding ist dafür da, um sich den Rücken zu kratzen, während man auf der Toilette sitzt. Das benutzen die drüben in Europa schon seit geraumer Zeit. Hier im Iran ist sowas natürlich nur in der ersten Klasse zu haben, das ist wahrscheinlich auch der Grund, warum dir so ein Teil noch nie unter die Augen gekommen ist.« Für Amin klang die Antwort durchaus plausibel, weshalb er seinem Freund auch jedes einzelne Wort abkaufte. Mit einem erfreuten Lächeln hob er die Klobürste über seinen Kopf und wollte gerade zum Rückenkratzen ansetzen, als Mehdi schlagartig aufsprang und ihm das schwarze Teil in allerletzter Sekunde aus der Hand riss. Entgeistert schaute er hinunter auf seinen Kumpel, der spürbar erleichtert an der Wand lehnte und ihm hinterlistig entgegengrinste.

»Dieses komische Etwas ist für die Toilette, du Trottel. Damit schrubbt man die Reste aus dem Klo.« Amin holte tief Luft und schnappte sich blitzschnell die Klobürste, mit der er seinen Freund erbost durch das Abteil jagte.

»Du dreckiger Lügner, was wäre denn passiert, wenn ich mir damit tatsächlich den Rücken gekratzt hätte.« Mehdi zuckte ratlos mit den Schultern und brach in heiteres Gelächter aus.

»Keine Ahnung, aber es hätte wahrscheinlich ziemlich lustig ausgesehen.« Amin warf die Bürste mit einem enttäuschten Gesichtsausdruck in die Ecke, weil er einen köstlichen Essensduft außerhalb ihrer Kabine wahrgenommen hatte.

Neugierig öffnete er die Tür und folgte zielsicher dem feinen Geruch, der in der Luft herumschwirrte. Mehdi zog sich in Windeseile die Schuhe an und nahm umgehend die Verfolgung auf. Doch er hatte sichtliche Mühe mit der Geschwindigkeit seines Freundes Schritt zu halten, denn dieser sauste wie ein Besessener durch jeden einzelnen Waggon hindurch, bis er endlich an seinem Ziel, dem Speisewagen, angekommen war. Genervt schlängelte sich Mehdi an seinen Freund heran, der eingekeilt zwischen den hungrigen Menschenmassen stand und gerade dabei war, seine Bestellung aufzugeben.

»Hallo, hättest du nicht mal eine Minute auf mich warten können.« Amin fühlte sich ertappt und orderte das geschmorte Lamm daraufhin gleich zweimal.

»Ja, hätte ich. Aber zu meiner Verteidigung muss ich allerdings sagen, dass ich mein Leibgericht gerochen habe und deshalb nicht mehr ganz Herr meiner Sinne war. Komm schon, sowas kann doch jedem mal passieren oder? Außerdem hätte ich dir mit hoher Wahrscheinlichkeit ein paar Essenreste mitgebracht, die hättest du ja dann mit deinem komischen Rückenkratzer aufpieken können.« Mehdi murmelte wütend in sich hinein, als sie plötzlich von einer vertrauten Stimme angesprochen wurden.

Die zwei drehten sich erschrocken um und starrten mit großen Augen in das Gesicht des Bahnangestellten, der erregt mit dem Finger auf sie zeigte.

»Sieh einer an, wenn das nicht der Krüppel ist. So behindert sieht dein Freund ja auf einmal nicht mehr aus.« Mehdi wusste nicht so recht was er sagen sollte und ging unmittelbar in Angriffstellung über, wobei Amin sich mutig vor ihn stellte.

»Übrigens ich bin weder ein Krüppel noch behindert. Ich bin einfach nur ein verdammt guter Schauspieler.« Mehdi begriff sofort, dass die Lage ernst war und rannte wie von einer Tarantel gestochen zurück, da er vor lauter Hektik vergessen hatte, das Abteil abzuschließen. Zwischendurch dachte er immer wieder an das Geld, welches er achtlos auf dem Sessel liegen gelassen hatte, was ihm zusätzliche Schweißperlen auf die Stirn trieb.

Währenddessen wedelte der Schaffner aufgebracht mit den Handschellen vor Amins Gesicht herum und redete sich in Rage.

»Ihr seid elende Betrüger. Irgendwie habe ich es schon geahnt, wollte es aber scheinbar nicht wahrhaben. Ich hoffe dir ist klar, dass ihr beiden elenden Hurensöhne dafür in die Hölle kommt.« Blitzartig versuchte er Amin festzuhalten, der plötzlich verzweifelt um sich schlug und dem Bahnangestellten eine laut schallende Ohrfeige verpasste. Völlig benommen lag dieser auf einmal am Boden und pustete wie verrückt in seine Trillerpfeife, um auf sich aufmerksam zu machen. Alle Anwesenden im Raum drehten sich schlagartig nach dem großen jungen Mann um, der mit zitternden Händen an der Waggontür stand und diese ganz vorsichtig aufschob. Dabei war sein Blick stets auf die sich ihm nähernde Meute gerichtet, die langsam auf ihn zukam. Im Hintergrund konnte man sehen, wie sich der Fahrkartenkontrolleur langsam wieder aufrappelte und sich anschließend mit einem zornigen Blick in seine Richtung begab.

Amin drehte sich daraufhin mit einem Satz um und ergriff panisch die Flucht. Auf dem Weg zurück rammte er mit seinem wuchtigen Körper alles zur Seite was ihm in die Quere kam. Der aufgebrachte Mob, der vom Bahnangestellten mit der Trillerpfeife angeführt wurde, kam schnell näher, was seinen Adrenalinspiegel förmlich durch die Decke schießen ließ. Völlig außer Atem kam er kurze Zeit später beim Abteil an und hämmerte wie ein Verrückter gegen die Tür. Mehdi zog ihn mit einem kräftigen Ruck hinein und verriegelte geistesgegenwärtig das Schloss. Beide liefen nervös umher und suchten fieberhaft nach einer schnellen Lösung ihres Problems. Energisch zeigte Mehdi auf das offene Fenster und stieg wagemutig nach draußen. Dort hielt er sich am äußeren Rahmen des Fensters fest, bevor er mit Hilfe seines Freundes hinauf auf das Dach des Zuges kletterte. Oben angekommen verlor er beinahe das Gleichgewicht und legte sich sofort flach auf den Boden. Vor ihrem Abteil war inzwischen die erboste Horde angekommen, die blindwütig auf die geschlossene Kabinentür einschlug. Überall knackte es und es schien nur noch eine Frage von wenigen Sekunden zu sein, bis das Schloss aus seiner Verankerung herausbrechen würde. Amin streckte stürmisch seinen Kopf aus dem Fenster und fing hysterisch an zu schreien.

»Hol mich endlich hoch du Idiot, oder willst du, dass mich die Verrückten in Stücke reißen.« Mehdi tastete sich vorsichtig an den Rand des Daches heran und hielt seinem Freund entschlossen die Hand entgegen. Amin machte sich so lang er konnte, doch es fehlten ihm noch immer ein paar Zentimeter. In rasender Geschwindigkeit holte er die Klobürste hervor, die er erlösend nach oben hielt. Mehdi griff beherzt nach dem Stiel und zog seinen Kumpel mit aller Kraft hinauf.

Unter ihnen konnte man plötzlich lautes Geschrei hören, welches das Aufbersten der Tür vollkommen übertönt hatte. Sie änderten abrupt die Richtung und liefen vorsichtig ans hintere Ende des Zuges. Dabei schaukelte es so heftig hin und her, dass sie zur Sicherheit noch immer die Hand an der Klobürste hielten um nicht hinunterzufallen. Als sie endlich am letzten Waggon angekommen waren, ließen sie sich abgekämpft zu Boden gleiten und beobachteten mit Argusaugen den vorderen Teil des Zuges, weil sie höllische Angst davor hatten, dass sich einer ihrer Verfolger doch noch an ihre Fersen heften würde.

Die Anspannung fiel schlagartig von ihnen ab, als die Lokomotive sich durch die Dämmerung hindurch an einem Bergmassiv vorbeischlängelte und langsam auf die Lichter der Stadt zufuhr. Aufgeregt blickten sie in die Ferne, wobei Amin völlig euphorisch auf die dunklen Rauchschwaden zeigte, die aus den Schornsteinen der Erdölraffinerien nach oben in den Himmel stiegen. Mehdi ließ sich von der guten Laune direkt anstecken und wollte gerade aufspringen, was Amin mit einem gekonnten Griff aber sofort unterband.

»Bleib schön hier sitzen, du armer Irrer oder wolltest du etwa in der nächsten Kurve vom Zug fallen?«

»Du Witzbold, das hatte ich mit Sicherheit nicht vor. Mich wundert viel mehr, warum du schon wieder so ernst dreinblickst? Wir sind doch gleich in Abadan.«

»Du bist echt der geborene Träumer, ich weiß sehr wohl, dass wir gleich da sind. Aber hast du dir eventuell schon mal Gedanken darüber gemacht, wie wir von diesem rollenden Ungetüm herunterkommen, ohne dass uns die wilde Meute am Bahnhof in Stücke reißt?« Mehdi zuckte mit den Schultern und schien mit seiner Ratlosigkeit keine besonders große Hilfe zu sein. Amin schaute nach unten auf den sandigen Boden und hatte plötzlich die rettende Idee.

»Da von dir ja kein Vorschlag zur Lösung unseres Problems kommt, muss der Dicke mal wieder das Kommando übernehmen. Also hör genau zu, bevor du wieder unnötige Fragen stellst. Der Zug wird vor dem Einfahren in den Bahnhof seine Geschwindigkeit drosseln. Wir werden dann einfach den perfekten Moment abwarten und vom Dach hinunterspringen. Alles klar soweit?« Mehdi blickte verängstigt hinab in die Tiefe und begriff unmittelbar, dass ihnen wahrscheinlich gar nichts anderes übrig blieb. Vor seinem inneren Auge blitzten jedoch immer wieder Bilder davon auf, wie er und Amin in einem Ganzkörpergips durch die Gänge eines Krankenhauses geschoben wurden. Kurz darauf verlangsamte die Lokomotive ihre Fahrt und gab das Signal zum Einfahren in den Bahnhof, wobei er urplötzlich aus seinen Gedanken gerissen wurde.

Er schaute entgeistert auf, während Amin sich behutsam an den Rand des Daches herantastete und auf den richtigen Augenblick zum Absprung wartete. Dabei konnte man in der Dunkelheit deutlich sein weißes Leinenhemd erkennen, das durch den Fahrtwind wild umherflatterte. Mehdi ging vorsichtig auf ihn zu, packte ihn am Arm und fing laut an zu jammern.

»Ich kann das einfach nicht, ich sehe ja gar nicht wo ich hinspringe.« Doch Amin ging nicht weiter auf ihn ein und zählte blitzschnell von drei herunter. Dann gab er seinem Kumpel einen beherzten Schubs von der Seite und sprang gleich hinterher. Die beiden landeten hart auf einem Sandhügel und überschlugen sich mehrmals, bevor sie neben den Bahngleisen regungslos liegen blieben. Nach kurzer Zeit richtete Mehdi sich stöhnend auf und starrte erschrocken hinüber zu seinem Freund, der ein paar Meter entfernt lag und geschockt drauflosplapperte.

»Grundgütiger, was war das denn gerade? Mein ganzer Körper fühlt sich so an, als hätte mich ein Lastwagen überrollt. Sind meine Beine noch dran?« Mehdi humpelte wütend auf ihn zu und machte seinem Ärger über den beinahe schiefgegangen Fluchtversuch Luft.

»Ja du dämlicher Esel, deine Stelzen sind noch dran. Kannst du mir in Gottes Namen mal erklären was die ganze Scheiße eben sollte und warum du mich heruntergeschubst hast? Ich wäre nämlich auch von selbst gesprungen.« Amin erhob sich schmerzverzerrt vom Boden und klopfte sich den Sand ab.

»So wie du da oben geflennt hast, das glaube ich dir niemals. Du wärst höchstens in die Arme des Fahrkartenkontrolleurs gesprungen, wenn der Zug in den Bahnhof eingefahren wäre.« Mehdi wollte um jeden Preis sein Gesicht wahren und versuchte seine innere Mutlosigkeit klein zu reden.

»Du musst mir glauben, ich wäre gesprungen, eventuell etwas später, aber ich hätte mich hundertprozentig irgendwann getraut.« Kurz darauf fing er lauthals an zu lachen, weil er von dem was er sagte selbst nicht überzeugt war.

»Ach, verdammt, wem soll ich hier was vormachen? Ich habe mir da oben beinahe in die Hosen gemacht. Eigentlich müsste ich dir ja dankbar sein, aber mein innerer Stolz steht mir gerade irgendwie im Weg.« Amin winkte locker ab und legte den Arm auf seine Schulter.

»Glücklicherweise ist ja alles gut gegangen. Außerdem brauchst du dich nicht vor mir zu rechtfertigen. Deine Zeit wird schon noch kommen! Dann kannst du mir ja beweisen, wie mutig du wirklich bist.« Mehdi lächelte stolz und war heilfroh, dass sein Freund so viel Vertrauen in ihn hatte.

Sichtlich gezeichnet von ihrer halsbrecherischen Aktion, begaben sie sich daraufhin zum Schmuckhändler, der sich in der Innenstadt befand.

Auf dem Weg dorthin verloren sie mehrmals die Orientierung, weil die Schrift auf den uralten Straßenschildern teilweise nicht mehr lesbar war. Als sie nach mehr als einer Stunde endlich beim Juwelier mit der Aufschrift »Behi« (Glück) ankamen, hatte das Geschäft schon geschlossen.

Begeistert beäugten sie die goldfunkelnde Auslage und kamen aus dem Staunen nicht mehr heraus. Amin schien schon nach kurzer Zeit vollkommen hypnotisiert zu sein und fing an, wirre Selbstgespräche zu führen. Mehdi beobachtete ihn aus dem Augenwinkel und hatte wegen des morgigen Tages sofort ein ungutes Gefühl im Bauch. Er packte ihn blitzschnell am Arm und zog ihn mit seiner ganzen Kraft vom Schaufenster weg. Dann ging er schnurstracks auf ein altes schäbiges Hotel auf der anderen Straßenseite zu, welches mit seiner heruntergekommenen Fassade vergebens versuchte, Reisende auf sich aufmerksam zu machen. Vor dem Gebäude lungerten mehrere Obdachlose herum, die sich für die beiden Fremden, die dreckiger aussahen als sie selbst, nicht sonderlich interessierten. Mit einer ordentlichen Portion Skepsis betraten sie das kleine verqualmte Foyer, in dem mehrere Angestellte hinter dem Empfang standen und genüsslich ihre Zigaretten schmökten.

Mehdi wurde höflich begrüßt und erkundigte sich nach einem freien Zimmer, während Amin gelangweilt danebenstand und ein paar abfällige Bemerkungen über die Einrichtung des Hotels machte. Dies fand der Rezeptionist jedoch so beleidigend, dass er sein Reservierungsbuch einfach wieder zuklappte und die zwei kurzerhand abwies. Mehdi blickte fuchsteufelswild hinüber zu seinem Kumpel, der sich verängstigt zurückzog und zusah, wie sein Freund gegen die Zahlung eines üppigen Schmiergeldes schließlich doch noch einen Schlüssel für ein Doppelzimmer überreicht bekam. Amin war sichtlich erstaunt über die eigenartige Herangehensweise und lobte dessen Gerissenheit in den höchsten Tönen.

»Du magst vielleicht ein bisschen feige sein, aber das scheinst du mit deiner cleveren Art, Menschen mit Geld zu manipulieren, wieder wett zu machen.« Die Freude über das Lob währte allerdings nur kurz, denn als Mehdi den Raum aufschloss und beide an die grün-schimmelige Wand starrten, verschlug es ihnen glatt die Sprache. Amin schaute sich erschrocken um und bekam einen heftigen Tobsuchtsanfall.

»Schau dir nur dieses elende Drecksloch an. Das hat dieser verfluchte Hundesohn hundertprozentig mit Absicht gemacht. Denn der hat uns nämlich anhand unseres Akzents schon nicht ausstehen können.« Mehdi hatte sich gerade vor den gesprungenen Ganzkörperspiegel gestellt und betrachtete mit Schrecken seine völlig zerfetzte Kleidung.

»Was regst du dich denn eigentlich so auf? Hättest du dein Schandmaul gehalten, dann wären wir mit Sicherheit nicht in so einer Ruine gelandet. Schau dich mal lieber im Spiegel an, da können wir froh sein, dass wir überhaupt noch ein Zimmer bekommen haben.« Amin stieß seinen Freund unsanft zur Seite und begutachtete sein geschundenes Äußeres.

»Du übertreibst mal wieder maßlos. Bis auf ein paar Kratzer und die dreckige Kleidung sehe ich doch noch wunderbar aus.« Mehdi hatte sich inzwischen auf die versiffte Matratze gelegt und beobachtete seinen Kumpel, der beim Anblick seiner blutigen Schürfwunden beinahe einen Heulkrampf bekam.

»Mal eine Frage, warum reibst du eigentlich die ganze Zeit wie ein Irrer in deinem Gesicht herum? Das sind doch nur ein paar Schrammen, die werden irgendwann schon verheilen. Eventuell bleiben ein paar kleine Narben zurück, aber das sollte ja nun wirklich kein Problem sein, oder?«

Amin dachte er hätte sich verhört und schrie ihn panisch an.

»Ein paar Narben? Mein Aussehen ist mein Kapital und außerdem wollte ich in diesem Leben auch nochmal einen Mann kennenlernen.« Mehdi sah mit großen Augen hinüber, aber er schien irgendwie nicht sonderlich erstaunt über die Aussage zu sein. Amin war das Ganze so unangenehm, dass er beschämt zu Boden sank und sein Gesicht hinter seinen Händen versteckte. Für einen Moment war es totenstill, bevor er vorsichtig aufschaute um seinen Kumpel auf die eigenartige Situation anzusprechen.

»Ich wollte es dir eigentlich schon die ganze Zeit sagen, aber ich wusste nicht wie du darauf reagierst. Deshalb hoffe ich, dass meine Neigung unserer Freundschaft nicht im Weg steht.« Mehdi drehte sich zur Seite und lächelte ihm aufmunternd entgegen.

»Spinnst du jetzt total? Warum sollte so eine Belanglosigkeit unserer Freundschaft im Wege stehen? Jeder kann doch unter dem blauen Himmel machen wonach ihm der Sinn steht. Schließlich gehört die Welt nicht nur den Reichen, sondern auch den Armen oder hast du das etwa schon wieder vergessen?« Amin rannen sofort ein paar Freudentränen die Wange hinunter und es schien so, als wäre plötzlich eine tonnenschwere Last von ihm abgefallen.

»Ich danke dir, das bedeutet mir mehr als alles Andere auf der Welt.«

»Kannst du mir mal einen Gefallen tun und aufhören dich für irgendetwas zu bedanken, ich komme mir dabei nämlich äußerst merkwürdig vor, da ich überhaupt nicht weiß, wofür oder warum du dich eigentlich bedankst. Außerdem wird es langsam Zeit, dass wir uns schlafen legen, denn ich kann meine Augen vor Müdigkeit kaum noch offenhalten.« Amin setzte sich nachdenklich ans Fenster und blickte erleichtert hinaus in die Ferne.

»Du musst ja auch nicht alles verstehen. Hauptsache, du bleibst mein Freund, das ist das Allerwichtigste für mich.« Mehdi murmelte ihm noch einmal leise zu und schlief kurz darauf ein.

Am nächsten Morgen wurden sie schlagartig aus dem Schlaf gerissen, weil ein fürchterlich lautes Geschrei von der Straße nach oben in ihr Zimmer drang. Erschrocken rannten sie hinüber zum Fenster und beobachteten, wie mehrere Polizisten mit Knüppeln auf die Obdachlosen einschlugen, die vor ihrem Hotel genächtigt hatten. Amin war über den feigen Angriff völlig schockiert und wollte gerade herunterschreien, als Mehdi ihm reflexartig die Hand auf den Mund presste. Er schlug die Pfoten seines Freundes aggressiv zur Seite und machte seiner Verzweiflung Luft.

»Was soll das? Wir können doch nicht zulassen, dass diese wilden Bestien vor unseren Augen unschuldige Menschen misshandeln, das ist einfach nicht fair.« Mehdi lief nervös auf und ab und schaute dabei beunruhigt nach unten auf die Straße.

»Auch wenn es dir schwerfällt, versuche bitte über diese Grausamkeit hinwegzusehen, denn ich habe keine Lust in irgendwelche Schwierigkeiten zu geraten.« Amin beruhigte sich zwar schnell wieder, doch es schien so, als würde er seinen Freund plötzlich mit ganz anderen Augen sehen. Bestürzt standen sie am Fenster und mussten mit Schrecken ansehen, wie die blutverschmierten Männer grundlos verhaftet und anschließend in einem Polizeifahrzeug abtransportiert wurden.

Mit einem mulmigen Gefühl traten sie wenig später hinaus auf die Straße und gingen hinüber zum Juwelier. Dort stand ein grimmig dreinblickender Typ vor dem Eingang, der sie erst hineinließ, nachdem er einen prüfenden Blick auf den Abholschein geworfen hatte. Der Besitzer empfing sie mit offenen Armen und verschwand nach einem Begrüßungsgespräch im hinteren Teil des Ladens. Amin schlich unterdessen in aller Seelenruhe im Verkaufsraum herum und schaute sich sehnsüchtig die prallgefüllten Goldauslagen an. Mehdi schwante nichts Gutes, weshalb er seinen Kumpel auch nicht mehr aus den Augen ließ. Erst als der Inhaber mit der Kette zurückkam, wandte er sich für einen kurzen Augenblick ab und sah sich voller Begeisterung den goldenen Anhänger an, der die Inschrift »Für ewig« trug. Amin kam ein paar Sekunden später herangeeilt und streichelte behutsam über die fein eingearbeitete Gravur, während Mehdi den offenen Restbetrag bezahlte. Nachdem das Geschäft abgewickelt war, holte der Eigentümer Tee und Süßigkeiten hervor, die er gemäß der Tradition zusammen mit seinen Kunden verzehrte. Dabei musste Mehdi ununterbrochen an die drohenden Worte seines Bruders denken, weshalb er sich die Kette beim Verlassen des Juweliers auch sicherheitshalber um den Hals hängte.

Auf dem Weg zurück zum Bahnhof bettelte Amin so lange herum, bis sein Freund endlich klein beigab und das Schmuckstück noch einmal unter seinem Hemd hervorholte. Im selben Moment schossen drei junge Männer hinter einem Müllcontainer hervor und umzingelten die beiden. Der Anführer hatte ein Messer in der Hand und kam langsam auf Mehdi zugelaufen. Dieser schlug ihm daraufhin mit voller Wucht ins Gesicht und nahm ihm ohne mit der Wimper zu zucken die Goldkette ab. Während der Anführer seinen Komplizen voller Stolz die Beute präsentierte, eilte Amin hinüber zu seinem Kumpel, der jammernd am Boden saß und sich mit dem Handrücken das Blut von seiner gebrochenen Nase wischte. Dann stürzte sich die Bande blitzschnell auf Amin und durchsuchte ihn von oben bis unten. Doch nachdem sie nichts weiter finden konnten, wendeten sie sich kurzerhand Mehdi zu und tasteten ihn ebenfalls ab. Amin nutzte die kurze Unachtsamkeit gekonnt aus und nahm den Anführer von hinten in den Schwitzkasten. Er drückte mit seiner ganzen Kraft zu und schnürte ihm solange die Luft ab, bis dieser das Messer und die Kette schlagartig fallen ließ. Seine Komplizen schauten ihn völlig perplex an und wussten auf einmal nicht mehr so richtig, was sie jetzt tun sollten. Mehdi ging voller Hass auf den Schläger zu, spuckte ihm das Blut ins Gesicht und nahm sich das zurück, was rechtmäßig ihm gehörte. Einer von den Handlangern bekam es dabei mit der Angst zu tun und brüllte verzweifelt.

»Lass ihn los, oder willst du ihn etwa umbringen?« Doch Amin dachte gar nicht daran von seinem Opfer abzulassen und würgte ihn so stark, bis dieser leblos in sich zusammensackte.

Alle Beteiligen starrten hilflos hinunter auf ihren Freund, der regungslos am Boden lag und sich nicht bewegte. Dann ergriffen sie nacheinander panisch die Flucht, da sie höllische Angst davor hatten, von der Polizei erwischt zu werden. Nach kurzer Zeit kam der Anführer langsam wieder zu sich und blickte völlig entgeistert ins Leere, wo er Ausschau nach seinen Komplizen hielt. Mehdi konnte seine Wut nur schwer im Zaum halten und schrie ihn aus voller Kehle an.

»Du elender Bastard! Deine Kameraden sind abgehauen, weil sie sich einen Dreck um dich scheren. Am liebsten würde ich dich ja windelweich prügeln, aber ich will mir an so einem ehrenlosen Hurensohn wie dir nicht die Hände schmutzig machen.« Amin dauerte das Ganze eindeutig zu lange, weswegen er seinen Freund auch mehrmals dazu animierte, endlich Rache zu nehmen.

»Los hau schon zu, oder möchtest du, dass dieses Schwein ungestraft davonkommt? Wenn du willst halte ich ihn für dich fest, dann können wir sicher sein, dass dein Schlag sein Ziel auch nicht verfehlt.« Mehdi überlegte, ballte immer wieder seine Faust und entschied sich im letzten Moment dagegen.

»Komm, lass uns von hier verschwinden und das Ganze einfach vergessen.« Amin dachte, er hätte sich verhört und bat bettelnd um dessen Erlaubnis.

»Bitte, darf ich das eventuell für dich übernehmen? Denn ich habe gerade so richtig Lust jemanden zu vermöbeln. Das wäre doch nur fair nach dem, was er dir angetan hat.«

Mehdi lief kopfschüttelnd davon, während sein Kumpel mit einem verdutzten Gesichtsausdruck zurückblieb. Der Angreifer wiegte sich in Sicherheit und amüsierte sich köstlich über die Meinungsverschiedenheit der beiden, woraufhin er eine krachendende Kopfnuss verpasst bekam. Blutüberströmt und völlig benommen schaute er Amin hinterher, der sich blitzschnell an die Fersen seines Freundes heftete.

»Hey du Wüstenfuchs, kannst du mal auf mich warten? Oder wolltest du allein zurück nach Hause fahren?« Mehdi drehte sich um und schaute erschrocken auf die vielen

Blutspritzer, die auf dem Hemd seines Kumpels zu sehen waren.

»Hörst du mir eigentlich zu, wenn ich mit dir rede? Ich habe dir doch ausdrücklich gesagt, dass du keine Rache nehmen sollst.« Amin hatte sofort die passende Antwort parat und versuchte seinen kleinen Aussetzer ins rechte Licht zu rücken.

»Ich musste mich einfach für diese feige Aktion revanchieren, denn mir ist mal etwas Ähnliches passiert. Nur damals konnte ich es dem Typen nicht heimzahlen, weil er sich zuvor aus dem Staub gemacht hat. Außerdem kann ich doch nicht zulassen, dass dieser menschliche Abschaum ungestraft davonkommt, das wäre nun wirklich ein bisschen zu viel verlangt, findest du nicht?« Mehdi fing an zu lachen und fasste sich jammernd an seine gebrochene Nase.

»Na gut, du hast ja recht. Aber ich war innerlich so schockiert, dass ich einfach kein Blut mehr sehen konnte. Übrigens sollten wir uns mal schleunigst auf den Weg machen, denn allzu viel Zeit bleibt uns nicht mehr.«

Beide nahmen unverzüglich die Beine in die Hand und kamen genau in dem Augenblick auf dem Bahnsteig an, als der Zug das Signal zum Abfahren gab. Mit äußerster Vorsicht schlichen sie sich am Erste-Klasse Waggon vorbei und hofften dabei inständig, dass der zornige Fahrkartenkontrolleur von gestern keinen Dienst hatte. Ein paar Waggons vor dem Speisewagen stiegen sie ein und mischten sich blitzschnell unter die Reisenden, da sie befürchteten, dass sie eventuell jemand wiedererkennen würde.

Kurz darauf rollte die Lokomotive langsam los und schleppte sich kraftlos hinauf auf eine Anhöhe, von der man einen letzten Blick auf die Stadt erhaschen konnte. Entspannt schauten die beiden nach draußen und waren sichtlich erleichtert darüber, dass es nun endlich wieder nach Hause ging.

Amin war schnell vom Anblick der kargen Wüstenlandschaft gelangweilt und sah sich die Menschen um sich herum an. Dabei fiel ihm ein Mann ganz besonders auf, denn dieser trug an seinem Hemd eine kleine Anstecknadel der Sowjetunion, was eigentlich streng verboten war. Auf der Hauptschlagzeile der Zeitung, die er las, stand folgendes geschrieben: *Teheran in den Fängen der roten Spione*. Daraufhin stupste er seinen Freund unbemerkt mit dem Ellenbogen an und flüsterte ihm leise zu.

»Hey, siehst du den Herrn da drüben?« Mehdi neigte seinen Kopf zur Seite und blickte unauffällig zwischen den Leuten hindurch.

»Ja ich sehe ihn, aber was soll an dem jetzt besonders sein?« Amin fasste sich genervt an die Stirn.

»Sag mal, bist du vollkommen blind? Der Typ trägt an seinem Hemd eine Anstecknadel der Sowjetunion und irgendwie passt die Schlagzeile der Zeitung, die er liest, ganz gut dazu, findest du nicht? Eventuell ist er ja sogar wirklich ein russischer Spion?« Mehdi schaute ihn ungläubig an.

»Ich denke einfach, dass du eine extrem blühende Phantasie hast. Ein Spion würde doch niemals in einem gewöhnlichen Zug durch die Gegend fahren und eine Anstecknadel der Sowjetunion tragen. Das wäre zwar die perfekte Tarnung, aber auch blanker Selbstmord.« Amin nickte bestätigend, weil er die Argumente seines Freundes für äußerst plausibel hielt.

»Wahrscheinlich hast du recht. Eventuell sympathisiert er ja nur mit dem Kommunismus, genau wie wir beide.« Mehdi zog fragend die Mundwinkel nach unten und lehnte völlig übermüdet an der Fensterscheibe.

»Nur mit dem Unterschied, dass wir beide niemals so lebensmüde wären und das Emblem der UdSSR direkt an unserer Kleidung tragen würden.« Amin sah sich daraufhin noch einmal neugierig nach dem vermeintlichen Spion um. Doch dieser war plötzlich, wie von Geisterhand, aus ihrem Waggon verschwunden.

Während Mehdi ein wenig vor sich hinschlummerte, mischte sich sein Kumpel unter die Mitreisenden, wo er einen älteren Herrn fand, der ihn einlud, mit ihm Backgammon zu spielen. Die beiden verstanden sich auf Anhieb, tranken Tee und sprachen dabei stundenlang über Politik und die angespannte Lage in ihrem Land. Zwischendurch schaute Amin immer mal wieder prüfend hinüber zu seinem Freund, da er eine Heidenangst davor hatte, dass ihm jemand in einem unachtsamen Moment seine Goldkette stehlen würde.

In der Abenddämmerung kam der Zug plötzlich mit einer harten Vollbremsung zum Stehen und riss Mehdi aus dem Schlaf. Völlig übermüdet blickte er auf den Platz neben sich und war verwundert darüber, dass Amin nicht in seiner Nähe war. Verängstigt schaute er aus dem Fenster, vor dem sich mehrere Soldaten blitzschnell in Stellung brachten und die Ausgänge versperrten. Einen Moment später kam sein Freund angerannt und zerrte ihn aufgeregt hinüber in ein anderes Abteil, von wo aus sie die eigenartigen Geschehnisse besser mitverfolgen konnten.

»Kannst du dich noch an den Mann von vorhin erinnern?« Mehdi linste vorsichtig hinter einem Vorhang hervor und beobachtete, wie mehrere Leute aus den einzelnen Waggons zusammengetrieben wurden.

»Natürlich kann ich mich an den erinnern. Aber warum fragst du mich das?« Die Antwort folgte unmittelbar, als mehrere Personen sich in einer Reihe aufstellen mussten und auf einmal die rote Anstecknadel im Scheinwerferlicht hervorblitzte. Amin war wie versteinert und versuchte sich irgendeinen Reim auf das Ganze zu machen.

»Eventuell ist er ja doch ein Spion? Das würde zumindest erklären warum sie ihn mitgenommen haben.« Mehdi schaute gebannt hinaus und hatte eine böse Vorahnung.

»Auf keinen Fall. Da draußen stehen zwanzig Leute, die können doch nicht alle Spione sein. Wenn du mich fragst, sieht das Ganze nach einem Schauprozess aus. Die wollen die Bevölkerung abschrecken und mit allen Mitteln ihre Macht demonstrieren.« Amin schüttelte fassungslos den Kopf.

»Jetzt wird mir einiges klar. Aber bei mir beißen sie damit auf Granit! Denn ich bekomme bei so viel Feigheit nur noch mehr Hass auf dieses abscheuliche System.«

Mittlerweile hatten sich die Soldaten hinter den Männern aufgestellt und luden nacheinander ihre Gewehre durch. Einer von ihnen war aber so nervös, dass er versehentlich abdrückte und die Person vor ihm nur knapp verfehlte. Im gesamten Abteil wurde es schlagartig ruhig und nur die mutigsten schauten noch durch die Fenster nach draußen. Aus anfänglicher Angst wurde auf einmal pure Verzweiflung, die sich darin ausdrückte, dass mehrere Männer jämmerlich um ihr Leben flehten und sich dabei in die Hosen machten. Ein paar Minuten später nahm die Lokomotive langsam wieder Fahrt auf und entfernte sich vom Schauplatz des Geschehens. Mehdi und Amin eilten hektisch zur Tür. Dort streckten sie neugierig ihre Köpfe nach draußen und sahen wie die Soldaten mehrmals in die Luft schossen und die angeblichen Spione anschließend verhafteten. Beide waren mit den Nerven vollkommen am Ende und setzten sich stillschweigend hin, als es plötzlich wütend aus Amin herausbrach.

»Diese feigen Hundesöhne! Mein Hass ist so groß, am liebsten würde ich zurückfahren und jeden einzelnen Soldaten mit den bloßen Händen erwürgen, denn diese jämmerlichen Kreaturen haben es einfach nicht anders verdient. Schließlich haben sie mit ihren geladenen Waffen auf ihre eigenen Landsleute gezielt. Allein diese menschenverachtende Geste zeigt mir, dass diese Personen im Inneren eiskalte Bestien sind.« Mehdi war mit der Situation völlig überfordert und versuchte seinen Kumpel zu beruhigen.

»Spare dir deine Energie. Am Samstag gehen wir doch zur Kundgebung im Stadion. Da können wir dann unsere ganze Wut und unseren Frust über dieses unmenschliche System herausschreien.«

»Was soll das noch bringen? Ich habe den Glauben an die Menschen schon lange verloren, daran wird die Kundgebung auch nichts mehr ändern können.«

»Bitte nimm dir das alles nicht so sehr zu Herzen, du kannst doch nichts dafür. Außerdem kann es doch durchaus möglich sein, dass die Veranstaltung den erwünschten Wandel in unserem Land hervorbringen wird. Schließlich bist du nur ein philosophischer Dieb und kein Hellseher.« Amin schöpfte plötzlich wieder neuen Mut und lächelte seinem Kumpel aufmunterungsvoll entgegen. Nachdenklich schauten sie hinaus und ließen die Dunkelheit an sich vorüberziehen, als der Zug mit über einer Stunde Verspätung endlich in den Bahnhof von Isfahan einfuhr.

Auf dem Heimweg war Amin wieder ganz der alte und küsste mehrmals den Fußboden, was sein Freund mit großer Erleichterung zur Kenntnis nahm. An der letzten Straßenkreuzung vor ihrem Zuhause verabschiedeten sie sich mit einer dicken Umarmung voneinander. Mehdi lief in Windeseile los und rief ihm noch einmal aufgeregt zu. Doch Amin hörte ihn nicht und war kurz darauf um die Ecke verschwunden.

Als er daheim ankam, sah er sich verwundert auf dem Hof um, in dem er außer den hellerleuchtenden Petroleumlampen niemanden entdecken konnte. Enttäuscht ging er ins Haus, als seine Geschwister ihn auf einmal von hinten erschreckten. Mit überschwänglicher Freude begrüßten sie ihn und waren heilfroh darüber, dass ihr kleiner Bruder fast unbeschadet von seiner Reise zurückgekehrt war. Freudestrahlend holte Mehdi die Kette unter seinem Hemd hervor und zeigte sie herum, was mit einem staunenden Seufzer quittiert wurde. Reza ließ sich von der guten Stimmung anstecken und schien eine überraschende Idee zu haben.

»Was haltet ihr davon, wenn wir unserer Mama die Kette schon heute Abend überreichen? Denn man weiß ja nie, wann wir als Familie wieder zusammenkommen.« Alle Anwesenden waren mit dem Vorschlag sofort einverstanden und begannen sich aufgeregt miteinander zu unterhalten.

Doch als Mamanjun urplötzlich die Bildfläche betrat, war es mit einem Mal mucksmäuschenstill. Reza ging vor ihr auf die Knie und küsste ihre Hände, was sie jedoch nicht sonderlich verwunderte, da sie dies als ganz alltägliche Begrüßung wahrnahm. Daraufhin umarmte er sie liebevoll und überreichte ihr die Goldkette, die sie völlig ungläubig in den Händen hielt. Mit Tränen in den Augen las sie die Inschrift des Anhängers und bedankte sich verlegen bei ihren Kindern, die ihr leise applaudierten. Mehdi nutzte die Gelegenheit und erzählte aufgeregt von seiner Reise in den Süden. Im Schatten des flackernden Lichts gab er die abenteuerliche Geschichte von seiner gebrochenen Nase zum Besten und ließ den Abend entspannt im Kreise der Familie ausklingen.

Mord an seinem besten Freund

Mit bleiernen Kopfschmerzen stand Mehdi am Brunnen auf dem Hof und schüttete sich einen riesigen Eimer eiskalten Wassers über den Nacken, in der Hoffnung, dass dadurch seine Migräne weggehen würde. Währenddessen schlich sich Amin unauffällig von hinten an ihn heran und erschreckte ihn so sehr, dass er über die Waschutensilien stolperte, die vor ihm auf dem Boden lagen.

»Du verdammter Idiot! Du bringst mich irgendwann noch um.« Amin schaute ihn lachend an und wedelte aufgeregt mit der neuesten Zeitungsausgabe vor seinem Gesicht herum.

»Reiß dich mal zusammen du Jammerlappen, ich bin nämlich nicht vorbeigekommen um mir dein Gejaule anzuhören.« Mit merklich schlechter Laune riss Mehdi ihm das Blatt aus der Hand und las sich genervt das Kleingedruckte unter der Hauptschlagzeile durch. *'Der Schah ist ab heute wieder im Amt. Die Tudeh-Partei bleibt weiterhin verboten und wird mit allen Mitteln, die dem Staat zur Verfügung stehen, verfolgt.'* Spürbar verunsichert schaute er seinem Freund entgegen, der gespannt auf eine Antwort wartete.

»Glaubst du es wäre nicht besser, wenn wir heute einfach zuhause bleiben würden? Denn der Inhalt macht mir irgendwie Angst.« Amin spielte die Gefahr herunter und erinnerte seinen Kumpel sofort an das Versprechen, welches er ihm gegeben hatte.

»Du elender Feigling, was soll denn schon passieren? Außerdem hast du mir fest zugesichert, dass ich meine ganze Wut über dieses System bei der Kundgebung herausschreien kann.« Mehdi kaute nervös auf seinen Fingernägeln herum und starrte beunruhigt hinunter auf die Zeitung, die vor ihm lag.

»Aber nur, wenn ich bis dahin meine Kopfschmerzen losgeworden bin. Ansonsten müssen wir halt bis zur nächsten Veranstaltung warten, das wirst du doch wohl verkraften oder?« Amin spürte sofort, dass er einen Rückzieher machen wollte und redete ihm ins Gewissen.

»Ich habe dir jetzt schon mehrmals dein Leben gerettet. Dann wirst du es doch wohl schaffen, einmal über deinen Schatten hinwegzuspringen und mitzukommen. Schließlich will ich ganz vorne mit dabei sein, wenn der Wandel in unserem Land Wirklichkeit wird.« Mehdi lächelte verkrampft und schob seinen Kumpel blitzschnell zur Tür um ihn loszuwerden.

»Hör auf mir ein schlechtes Gewissen zu machen. Ich weiß sehr wohl was du für mich getan hast und ich werde mich bei Gelegenheit bei dir revanchieren, versprochen.« Doch Amin ließ nicht locker und schob seinen Kopf noch einmal durch den Türspalt.

»Wir können dieses Spiel noch ewig so weiterspielen, aber ich gehe erst, wenn du mir sagst, dass du mitkommst.« Mehdi fühlte sich mit einem Mal so sehr unter Druck gesetzt, dass er schließlich doch zusagte.

»Ja, verdammt noch mal, ich bin dabei. Aber sei nicht zu früh da, denn eventuell halte ich ja vorher noch ein kleines Nickerchen.«

»Perfekt, das wird ein Riesenspaß. Ich hole dich nachher pünktlich ab und die Ausrede bezüglich deiner komischen Kopfschmerzen lasse ich auf keinen Fall gelten. Also bis später.«

Nachdem er Amin verabschiedetet hatte, rannte Mehdi sofort zurück auf den Hof, wo er sich in einem Rutsch den gesamten Zeitungsartikel der Hauptschlagzeile durchlas. Die Informationen des Inhalts bestätigten ihn in seinem Gefühl, dass es wahrscheinlich besser wäre von der Veranstaltung fern zu bleiben. Doch er hatte wegen der Rettungsaktion bei der Karawanserei noch fürchterliche Schuldgefühle, weshalb er über all seine Bedenken hinwegsah und kurzerhand beschloss, ein allerletztes Mal an der Kundgebung teilzunehmen.

Mamanjun war inzwischen wieder nach Hause gekommen und sah ihren Sohn gedankenversunken auf dem Fußboden sitzen.

»Na mein Junge, ist irgendetwas Schlimmes passiert? Denn du siehst so schrecklich betrübt aus.« Mehdi stand auf, faltete blitzschnell die Zeitung zusammen und überlegte einen kurzen Augenblick, ob er ihr nicht einfach die Wahrheit sagen sollte, doch er entschied sich im letzten Moment dagegen.

»Bei mir ist alles wunderbar, aber meine gebrochene Nase tut noch schrecklich weh. Das ist wahrscheinlich auch der Grund, warum ich so traurig aussehe.«

»Tja, da kann ich dir leider auch nicht helfen. Schließlich bist du selbst schuld, wenn du dich mit jemanden wie Amin rumtreibst.« Mehdi schaute nachdenklich zu ihr auf und vermied es, ihr zu widersprechen.

»Du brauchst mich mit deinen großen Kulleraugen gar nicht so ansehen, du weißt ganz genau wie ich das meine. Außerdem kannst du dich gleich auf den Weg machen, denn wir brauchen noch Reis und Gemüse.«

Mehdi verschwand wortlos nach draußen und entsorgte als erstes die Zeitung, die er noch immer in der Hand hielt. Als er sich ein paar Straßen von Zuhause entfernt hatte, kam ihm ein Pulk von Soldaten entgegen. Die Männer grüßten ihn im Vorbeigehen, doch ihre Aussprache hörte sich irgendwie eigenartig an. Er lief weiter und grübelte fieberhaft, wo er diesen Akzent schon einmal gehört hatte. Plötzlich schossen ihm die Stimmen von den Händlern aus Chorramabad ins Gedächtnis, die auf dem Bahnhof ihre Waren an die Reisenden verkauft hatten. Mit einer bösen Vorahnung änderte er die Richtung und heftete sich unauffällig an die Fersen der jungen Soldaten, die sich nach einem längeren Fußmarsch alle an einem abgeschiedenen Ort versammelten.

Mehdi versteckte sich unbemerkt hinter einem Felsen und sah auf einmal Hunderte von Soldaten vor sich, die von einem General auf absoluten Gehorsam eingeschworen wurden. Nach seiner Ansprache schienen sie vollkommen indoktriniert zu sein und wiederholten ununterbrochen seine Parolen. *‚Die Macht gehört uns. Die Macht gehört uns. Die Macht gehört uns.‘* Mehdi bekam es sofort mit der Angst zu tun, weil die Aggression, die sie in jedes einzelne Wort legten, nicht gerade nach Deeskalation klang. Bevor die Soldaten von dannen zogen, bekamen sie Flugblätter ausgehändigt, die sich jeder einzelne aufmerksam durchlas und daraufhin einsteckte.

Mehdi wartete ab, bis alle wieder verschwunden waren und kam anschließend vorsichtig aus seinem Versteck hervor. Mit einem mulmigen Gefühl lief er über den Platz, wobei er durch Zufall über eines der Flugblätter stolperte, welches ein wenig mit Sand bedeckt war. Neugierig nahm er den Zettel in die Hand und las sich Zeile für Zeile die dickgedruckten Anweisungen durch. *‚Jeder, der sich der Macht des Staates widersetzt, ist sofort festzunehmen. Festnahmen werden geldlich entlohnt, sofern der Verräter vom Soldaten persönlich verhaftet oder identifiziert wird! Alle Soldaten sind*

Eigentum des Landes und werden solange eingesetzt, bis die gesellschaftliche Ordnung wiederhergestellt ist.'

Bei Mehdi schrillten sofort alle Alarmglocken. Hastig faltete er das Papier zusammen und wollte es gerade in seiner Hosentasche verschwinden lassen, als plötzlich ein junger Soldat vor ihm stand. Beide blickten sich schüchtern und zurückhaltend in die Augen, während Mehdi ihm mit zitternden Händen dessen vergessenes Flugblatt überreichte.

»Wirst du heute auch bei der Kundgebung am Stadion sein?« Der junge Mann schaute sich unruhig um und flüsterte ihm leise zu.

»Das darf ich dir nicht verraten! Aber es ist besser, wenn du heute nicht in die Innenstadt gehst, denn dort ist es viel zu gefährlich.« Gerade als er versuchte dem Soldaten mehr Information zu entlocken, wurde dieser sichtlich nervös und rannte davon. Mehdi zögerte keine Sekunde und machte sich in Windeseile auf den Weg zum Haus seines Freundes.

Als er eine halbe Stunde später vor Ort eintraf, klopfte er wie ein Verrückter gegen die Tür, doch es machte ihm niemand auf. Beunruhigt ging er die Straße auf und ab und hielt sehnsüchtig Ausschau nach seinem Kumpel, der sich erst am Mittag wieder Zuhause blicken ließ. Mehdi rannte aufgeregt auf ihn zu und verschluckte beim Sprechen beinahe jedes Wort.

»Wo zum Teufel hast du gesteckt? Ich habe dich überall gesucht.« Amin verkniff sich seine Antwort, weil er sah, dass sein Freund vor Aufregung beinahe zu explodieren drohte.

»Ich bin vorhin einer Gruppe von Soldaten gefolgt, die sich alle auf einem verlassenen Platz eingefunden haben.

Dort wurden sie von einem General mit einer Ansprache auf ihren Einsatz vorbereitet. Anschließend haben sie untereinander Flugblätter verteilt, auf denen draufstand, dass sie für Festnahmen Geld bekommen würden. Ein junger Soldat, den ich getroffen habe, sagte mir, dass ich heute auf keinen Fall in die Innenstadt gehen sollte, da es dort viel zu gefährlich sei.« Amin winkte gelassen ab und versuchte ihn zu beruhigen.

»Das ist ja komisch, denn ich habe mich gerade auf dem Heimweg mit ein paar netten Soldaten unterhalten und die sagten mir, dass es keinerlei Grund zur Beunruhigung gibt. Außerdem würde ich zu gerne mal einen Blick auf den Zettel mit den komischen Anweisungen werfen.« Mehdi fasste sich entsetzt an die Stirn.

»Du glaubst also ein paar Fremden mehr als deinem eigenen Freund? Sei doch bitte nicht so verdammt naiv, dass grenzt ja schon an Dummheit. Denk doch mal nach, die wollen uns mit ihren Lügen doch nur oberflächlich beruhigen, damit unter der Bevölkerung keine Panik ausbricht. Leider habe ich das Flugblatt nicht mehr, weil ich es dem Soldaten zurückgeben musste.« Amin vermied es eine unnötige Diskussion zu beginnen und lenkte ein.

»Es ist ja auch egal, wer von uns beiden jetzt Recht hat oder nicht. Das Stadion ist jedenfalls nicht in der Innenstadt, deswegen mache ich mir auch keine besonders großen Sorgen, dass irgendetwas passieren könnte. Ich hoffe einfach nur, dass du mich zur Kundgebung begleiten wirst, das ist alles.« Mehdi schien wegen der Aussage ein wenig beruhigt zu sein und verdrängte seine Befürchtungen.

»Ich halte mein Versprechen! Du kannst auf mich zählen. Aber es wäre schön, wenn wir uns aus jeglichem Ärger heraushalten würden.«

»Mach dich doch nicht verrückt, es ist doch noch überhaupt nichts passiert. Außerdem kann ich mich beim besten Willen nicht daran erinnern, dass wir beide jemals in irgendeinen Ärger verstrickt waren. Du hast mich mit deinem spontanen Besuch übrigens vollkommen aus dem Konzept gebracht, denn ich muss vor unserem Treffen unbedingt noch das Abendessen zubereiten. Also hau schon ab, wir sehen uns ja gleich wieder.«

»Ist ja schon gut, ich gehe. Aber du solltest dich beeilen Dickerchen, denn all zu viel Zeit bleibt dir nicht mehr.« Amin schaute panisch auf die Uhr und knallte ihm daraufhin blitzschnell die Tür vor der Nase zu.

Zuhause angekommen, ging Mehdi sofort hinauf in sein Zimmer und versuchte sich mit dem Lesen von persischen Gedichten abzulenken. Doch auch das half nur für einen kurzen Moment, bis seine innere Angst erneut aufflackerte. Er fuhr sich nervös durch die Haare und starrte eine ganze Weile hinaus aus dem Fenster, wobei er auf die absurde Idee kam sich einfach in die Tiefe zu stürzen, damit er seinen Freund zur Kundgebung nicht begleiten musste. Doch nach einem herzlichen Lachanfall über seine eigene Feigheit fasste er sich ein Herz und begab sich langsam wieder nach unten. Innerlich hoffte er, dass sein Kumpel ihn einfach vergessen hatte, als es plötzlich leise an der Tür klopfte. Es war Amin, der mit einem breiten Grinsen vor ihm stand und ihn zur Begrüßung umarmte.

»Ich habe nochmal über das, was du vorhin gesagt hattest, ausgiebig nachgedacht.« Mehdi fiel ein Stein vom Herzen, weil er hoffte, dass sein Freund im letzten Augenblick doch noch zur Vernunft gekommen war.

»Wenn heute kein Wandel in unserem Land stattfindet, dann wird das vermutlich die allerletzte Veranstaltung sein, an der ich teilnehme. Denn ich habe das dumpfe Gefühl, dass die Tudeh-Partei niemals im Stande sein wird den Iran zu regieren, da sie zu sehr unter dem Einfluss von Moskau steht.« Mehdi war merklich enttäuscht, da er eigentlich mit einer ganz anderen Aussage gerechnet hatte.

»Überlege es dir doch nochmal! Eventuell ist es besser, wenn wir beide einfach hierbleiben und aus der Ferne beobachten was passiert. Denn falls die Veränderung wirklich eintritt, dann werden wir doch die ersten sein, die es mitbekommen, oder etwa nicht?« Amin haderte einen Augenblick mit sich selbst, bevor er schließlich in Richtung Stadion aufbrach. Mehdi heftete sich blitzschnell an seine Fersen, weil er hoffte, dass er ihn auf dem Weg dorthin doch noch umstimmen konnte.

»Eigentlich hast du ja recht. Aber ich bin so schrecklich wütend und verärgert über diese Zweiklassengesellschaft, dass ich auf keinen Fall darauf verzichten will. Ich weiß, dass du dir Sorgen machst, aber was soll denn schon passieren außer, dass sie versuchen werden die Versammlung aufzulösen?« Mehdi unterdrückte seinen Zorn, obwohl ihn die Leichtgläubigkeit seines Freundes an den Rand des Wahnsinns trieb.

»Du kannst das Risiko doch gar nicht abschätzen. Für die Soldaten ist ein Menschenleben einen Dreck wert, die sperren dich ohne mit der Wimper zu zucken ins Gefängnis ein. Schließlich werden sie ja auch dafür bezahlt.« Amin schaute aufgeregt den brüllenden Demonstranten hinterher, die gerade in Scharen in Richtung Innenstadt zogen.

»Ja das sagtest du bereits! Aber das mit der Prämie für Verhaftete halte ich trotzdem für kompletten Unfug, auch wenn du eventuell anderer Meinung bist. Übrigens, wenn wir gleich beim Stadion angekommen sind, dann will ich auch hinein. Ich will unbedingt dem Redner ins Gesicht schauen, wenn er die ersten Worte in sein Mikrofon spricht. Diesem Spektakel fiebere ich nämlich schon die ganze Woche entgegen.« Mehdi verlor auf einmal die Fassung und packte seinen Freund wutentbrannt am Arm.

»Entweder ignorierest du die Gefahr absichtlich oder du bist dumm, denn anders kann ich mir dein naives Verhalten einfach nicht erklären.« Amin riss sich beleidigt los und zeigte ihm daraufhin die kalte Schulter.

Kurz vor dem Stadion wurden die Menschenansammlungen so dicht, dass Mehdi seinen Kumpel aus den Augen verlor. Vor dem Eingang liefen sie sich durch Zufall über den Weg und schlüpften blitzschnell hinter das Tor, welches wegen des enormen Andrangs von mehreren Aufpassern gerade geschlossen wurde. Beide lächelten sich an als wäre nichts geschehen und schlängelten sich geschickt an den Leuten vorbei, bis sie einen geeigneten Stehplatz auf einem der Ränge gefunden hatten. Der Redner stand hochkonzentriert hinter seinem Pult und sprach mit voller Entschlossenheit ins Mikrofon.

»Gleichheit für die Armen!«

Das gesamte Publikum applaudierte ihm und rief die Parole mehrmals zurück. Während der anschließenden Rede spürte man ganz deutlich, wie der Wortführer die Zuschauer für seine Zwecke manipulierte und die letzten Zweifler zu treuen Anhängern machte.

Irgendwann wurde Mehdi von einer größeren Person in seiner Sicht behindert, weshalb er ein paar Ränge weiter hinauf ging. Dort schaute er flüchtig nach draußen auf das Stadion, das von einer Heerschar von bewaffneten Soldaten und Polizisten umstellt war. Er zögerte keine Sekunde und hastete in Windeseile hinunter zu seinem Kumpel, der sich nur widerwillig mit nach oben nehmen ließ. Dort angekommen zeigte Mehdi panisch auf die Soldaten, die gerade die Aufpasser am Eingang niederknüppelten um sich Zutritt ins Innere zu verschaffen.

»Wir müssen sofort hier raus! Hast du verstanden!« Amin begriff schlagartig, dass die Lage ernst war und rannte mit seinem Freund wie von Sinnen nach unten, während eine Handvoll Polizisten ins Stadion drängten. Einer von ihnen bemächtigte sich des Mikrofons und wurde daraufhin vom Publikum ausgebuht und als Verräter bezeichnet. Mit einer schier unglaublichen Arroganz ergriff er das Wort und erklärte die Kundgebung kurzerhand für beendet. Dann trat er siegessicher von der Bühne und wartete darauf, dass etwas passieren würde. Ein leises, aufgeregtes Flüstern wanderte durch die Reihen, während der Redner zurück an sein Pult ging und zu seinen verunsicherten Anhängern sprach. Mehdi und Amin standen inzwischen vor dem Eingang, der von außen durch die Soldaten versperrt war und horchten der Durchsage aufmerksam zu.

»*Werte Genossen, bitte bewahren sie Ruhe und verlassen Sie gemeinsam dieses Stadion. Es ist nicht ratsam alleine zu gehen, da die Polizisten den Einzelnen besser verfolgen und anschließend verhaften können.*« Die Zuhörerschaft machte sich umgehend auf den Weg und drängte in Scharen zum Hauptausgang, welcher von außen verschlossen war. Der Polizist sah seine Chance gekommen und versuchte die beunruhigten Kundgebungsteilnehmer in eine Falle zu locken.

»*Bitte, verlassen sie dieses Stadion durch die kleinen Nebenausgänge und gehen sie nach Hause. Es wird ihnen nichts geschehen, das verspreche ich.*« Doch nicht eine Person hörte auf seine Anweisungen, weil sie das scheinheilige Spiel längst durchschaut hatten. Mit ihrer ganzen Kraft drückten die

Menschen gegen das Tor, welches dem enormen Druck plötzlich nicht mehr standhalten konnte und aus seiner Verankerung brach. Mit einer unglaublichen Energie ergoss sich der Strom der Massen auf die Straße und rannte anschließend panisch davon. Mehdi und Amin wurden unweigerlich mitgerissen und standen auf einmal vor mehreren Soldaten, die mit ihren mit Bajonetten ausgerüsteten Maschinengewehren langsam näherkamen.

Ein Offizier, der genau neben ihnen stand, befahl seinen Untergebenen auf die Kundgebungsteilnehmer, die in Scharen davonrannten, zu schießen. Doch es rührte sich keine einzige Hand, um seinen Befehl auszuführen. Daraufhin lud er wutentbrannt seine Pistole durch und erschoss ohne mit der Wimper zu zucken einen Soldaten, der sich vor Furcht abgewendet hatte. Blutverschmiert schaute er in die jungen Gesichter und forderte sie erneut auf ihre Waffen einzusetzen. Doch alles was er erntete, waren leere und völlig verstörte Blicke.

Mehdi und Amin waren leichenblass und rissen vor Schreck die Hände in die Luft, weil sie befürchteten, dass man sie im nächsten Augenblick einfach über den Haufen schießen würde. Die Männer in ihren Uniformen zitterten am ganzen Körper und hatten schreckliche Angst davor, der Anordnung ihres Offiziers Folge zu leisten. Er wartete ein paar Sekunden, bevor er erneut zu seiner Waffe griff und die nächsten zwei Soldaten hinrichtete. Nachdem die todbringenden Schüsse gefallen waren, schlossen sich Mehdi und Amin blitzschnell mit ein paar anderen Personen zusammen und fingen an zu flüstern.

»Wir müssen die Opfer unbedingt dem Zugriff der Soldaten entziehen, damit wir sie den Bürgern unserer Stadt zeigen können.« Einer von ihnen stürmte mit einer tiefen

Wut und Verzweiflung voran und wurde durch einen gezielten Stich mitten ins Herz getötet.

Untereinander brach auf einmal Chaos aus. Mehdi und Amin fassten sich verängstigt bei der Hand und versuchten in der Menge unterzutauchen. Doch nun fürchtete jeder einzelne um sein Leben und die Menschen rannten in alle möglichen Richtungen davon. Wegen des plötzlichen Durcheinanders brach zwischen den Soldaten eine kleine Lücke auf, durch die Mehdi in Windeseile hindurchrannte. Angsterfüllt drehte er sich um und wunderte sich darüber, dass Amin nicht mehr an seiner Seite war. Dieser hatte einfach zu lange gezögert und wurde gerade von mehreren Soldaten eingekreist. Er fasste sich ein Herz und eilte umgehend zurück, um seinem Freund zu helfen. Doch genau in diesem Moment stach einer der Soldaten von hinten auf ihn ein. Amin sackte leblos in sich zusammen und schlug hart mit dem Kopf auf. Mit einem lauten Angstschrei sprang Mehdi einem herumstehenden Soldaten in die Seite und prügelte hasserfüllt auf ihn ein. Gekonnt warf dieser ihn über die Schulter und wollte ihn gerade abstechen, als er ihn plötzlich wiedererkannte. Es war derselbe junge Mann, dem er zuvor auf dem Platz begegnet war und dem er sein Flugblatt wiedergegeben hatte. Mit einem kräftigen Ruck half er ihm wieder auf die Beine und schubste ihn blitzschnell aus der Gefahrenzone, bevor er mit dem Bajonett im Anschlag seinem nächsten Opfer hinterherjagte. Mehdi rannte wie in Trance hinüber zu Amin, der in einer riesigen Blutlache am Boden lag. Panisch schreiend nahm er seinen Kopf in die Hand und legte ihn vorsichtig auf seinen Schoß. Ununterbrochen redete er auf ihn ein und streichelte ihm über das Gesicht, weil er hoffte, dass er dadurch wieder aufwachen würde. Er tastete hektisch nach seinem Puls, lauschte vergeblich nach einem Herzschlag und realisierte mit einem Mal, das Amin für immer von ihm gegangen war. Während sich die Menschen vor erneuten Angriffen in Sicherheit zu bringen versuchten, saß Mehdi inmitten des Chaos und starrte völlig paralysiert hinunter auf den blutverschmierten Leichnam seines Freundes. Dabei fiel sein Blick unweigerlich auf einen Jungen, der ihn hilflos anschaute und vor unerträglichen Schmerzen laut schrie. Die Soldaten hatten ihm mit dem Bajonett den kompletten Rücken aufgeschlitzt und es war nur noch eine Frage von wenigen Minuten, bis auch er sterben würde. Die furchtsamen Kundgebungsteilnehmer flüchteten nach und nach alle in Richtung Stadtmitte und wurden auf dem Weg dorthin von den hasserfüllten Soldaten verfolgt.

Der Platz vor dem Stadion war plötzlich menschenleer und die erdrückende Stille wurde nur von dem leisen und verzweifelten Wimmern der Verwundeten unterbrochen. Als Mehdi aufstand und die vielen Leichen um sich herum sah, musste er sich vor Schock übergeben. Mit Entsetzen blickte er auf das viele Blut, welches durch die Wärme der Sonne langsam auf dem Asphalt zu trocknen begann. Einigen beherzten Männern war es tatsächlich gelungen, eine Handvoll Opfer wegzutragen und in den Hauseingängen und auf den Dächern zu verstecken, da sie befürchteten, dass die Regierung dieses grausame Massaker um jeden Preis verschleiern wollte. Den Leichnam von Amin brachten sie zu einer nahegelegenen Unterführung, wo sie ihn behutsam in einer dunklen Ecke niederlegten. Mehdi wich ihm keine Sekunde von der Seite und schüttelte verzweifelt den Kopf, da er das Ganze für einen Albtraum hielt, aus dem er hoffte bald wieder aufzuwachen. Schluchzend kauerte er neben seinem toten Freund, wobei er unter dem blutgetränkten Hemd plötzlich eine Lederkette erblickte. Er schaute sich das Halsband genauer an und sah auf einmal einen kleinen, goldenen Ring hervorblitzen, auf dem auf der Innenseite das Wort »Behi« (Glück) eingraviert stand. Vorsichtig nahm er ihm die Kette ab und fragte sich gleichzeitig wie es Amin gelungen war, das Schmuckstück beim Juwelier unbemerkt zu entwenden.

Viele Stunden vergingen, als mitten in der Nacht die Männer von zuvor wiederkamen und ihn leise ansprachen.

»Wir müssen die Leiche so schnell wie möglich von hier fortbringen, denn wir dürfen nicht zulassen, dass die Schergen von der Regierung ihn hier finden.« Mehdi war mit der Situation restlos überfordert und starrte trostlos hinunter auf den leblosen Körper. Mit Tränen in den Augen umarmte er seinen Freund und flüsterte ihm mit gedämpfter Stimme zu.

»Eines Tages werden wir uns im Himmel wiedersehen, bis dahin werde ich mich immer an das kleine Sandkorn aus der Wüste der Hoffnungslosigkeit zurückerinnern. Ich liebe dich.« Einen Augenblick später hoben die Männer den Leichnam vorsichtig an und trugen ihn durch die Dunkelheit fort.

Mehdi versuchte nicht in Panik zu geraten und atmete mehrmals tief durch, aber sein Hals fühlte sich in diesem Moment so an, als hätte ihm jemand die Luft abgeschnürt. Völlig neben sich stehend machte er sich auf den Weg in die Innenstadt, weil er sehen wollte, welchen Verlauf die schrecklichen Ereignisse genommen hatten. Auf den Straßen war es gespenstisch ruhig und man spürte ganz deutlich, dass keiner der Bürger sich mehr vor die Tür traute. Irgendwann kam er an einer Einheit von Soldaten vorbei, die ihn hasserfüllt anstarrten. Einige von ihnen rauchten Opium, da sie die schrecklichen Bilder, die sich in ihren Köpfen festgefressen hatten, unbedingt verdrängen mussten. Doch Mehdi spürte im Vorbeigehen weder Abscheu noch Angst gegenüber den jungen Männern, da sein Geist vollkommen leer war.

Als er das Stadtzentrum erreicht hatte, konnte man sehen, mit welch einer Präzision die Soldaten vorgegangen waren. Überall auf den Straßen sah man Leichen herumliegen, die völlig unnötig ihr Leben lassen mussten. Auf einem Platz schrieb ein junger Mann das Wort »Freiheit« (Azadi) mit dem Blut der Toten an eine Mauer. Er versuchte das grausame Bild zu verdrängen und blickte dabei durch Zufall auf einen ermordeten Polizisten, der mit aufgeschlitzter Kehle in sich zusammengesackt an einer grell leuchtenden Laterne lehnte. Bevor er sich auf den Heimweg begab, schaute er sich paranoid um, weil er die ganze Zeit das Gefühl hatte, dass ihn jemand verfolgen würde. Unterwegs durch die menschenleeren Straßen, sah er in Gedanken auf einmal Mamanjun vor sich, die ihn immer wieder vor den Kundgebungen und dem schlechten Einfluss seines besten Freundes gewarnt hatte. Ein paar Querstraßen vor seinem Haus kam ihm Reza entgegen, der gerade von seinem Einsatz zurückkehrte. Verängstigt rannte er auf ihn zu und fing hysterisch an zu weinen, wobei sein großer Bruder mit einer bösen Vorahnung auf seine blutverschmierte Kleidung blickte.

»Beruhige dich und sage mir auf der Stelle was passiert ist?« Mehdi zitterte am ganzen Körper und rang stoßweise nach Luft.

»Alles um uns herum ist außer Kontrolle geraten und dabei haben sie Amin getötet!«

»Rede mit mir, zum Teufel. Wer sind sie?«

»Die Soldaten. Sie haben ihn mit ihren Bajonetten kaltblütig von hinten ermordet.« Reza wurde schlagartig leichenblass und redete mit Bedacht auf ihn ein.

»Hör mir jetzt ganz genau zu. Du wirst Mamanjun kein Sterbenswort von dem erzählen, was heute geschehen ist. Haben wir uns verstanden?« Mehdi nickte bejahend, obwohl er wusste, dass er die Trauer über den Verlust seines Freundes wahrscheinlich niemals für sich behalten konnte.

»So, bevor wir heimgehen, müssen wir schleunigst deine blutigen Klamotten loswerden. Also zieh dich sofort aus.« Während Mehdi sich stillschweigend entkleidete, grub Reza neben der Straße ein kleines Loch, in dem er die Sachen blitzschnell verschwinden ließ.

Als sie Zuhause ankamen, schlich Mehdi sich unauffällig auf den Hof, in dem er mit einem Gefühl des Ekels das getrocknete Blut von seinem Körper wusch. Nachdem er fertig war, stand er wie ein Häufchen Elend vor seinem großen Bruder, der ihn liebevoll umarmte.

»Wir reden morgen nochmal miteinander. Versuche dich jetzt hinzulegen und mache dich bitte nicht verrückt, denn du kannst das Geschehene nicht mehr rückgängig machen.« Wortlos ging Mehdi hinauf in sein Zimmer. Dort sank er völlig kraftlos zu Boden, schloss seine Augen und schlief einfach ein.

Festgenommen

Am frühen Morgen begab sich Mehdi sofort zum nächstgelegenen Zeitungsstand, weil er noch immer nach einer Antwort für das gestrige Massaker suchte. Als er an dem kleinen Häuschen ankam, stürzte er sich sofort auf die neueste Ausgabe der Tageszeitung, die er in Windeseile nach den schrecklichen Ereignissen des letzten Tages durchsuchte. Aber eigenartigerweise war kein einziger Artikel darüber auffindbar. Fluchend schmiss er die Zeitung in die Ecke, wobei ihm schlagartig bewusst wurde, dass die Regierung diese abscheuliche Gräueltat unter allen Umständen vor der iranischen Bevölkerung verschleiern wollte.

Mit einer Mordswut im Bauch machte er sich auf den Weg zum Stadion, um zu sehen, ob es tatsächlich möglich war, die Ermordung von so vielen unschuldigen Menschen komplett geheim zu halten. Doch als er auf dem Vorplatz ankam, erinnerte nichts mehr an das, was am Tag zuvor geschehen war. Alles schien auf den ersten Blick aufgeräumt und sauber zu sein. Sogar das Tor zum Stadion, welches gestern nur noch in Fetzen an den Türbolzen hing, war in der Nacht ausgetauscht und erneuert worden. Mehdi durchkämmte fieberhaft das gesamte Areal, da er hoffte, dass jemand bei der Spurenbeseitigung etwas Entscheidendes übersehen haben könnte. Eine Weile später ließ er sich entmutigt auf einer alten Bank nieder, weil kein einziges Überbleibsel auffindbar war. Mit Tränen in den Augen starrte er hinüber auf den Teil des Platzes, auf dem die Soldaten vor weniger als zehn Stunden seinen Freund umgebracht hatten. Wie in Zeitlupe lief die Szene vor seinem inneren Auge ab und er fragte sich ununterbrochen, ob er den Mord an Amin nicht irgendwie hätte verhindern können. Viele Menschen liefen umher, unterhielten sich miteinander und versuchten sich dabei nicht das Geringste anmerken zu lassen. Doch anhand ihrer Gestik und Mimik konnte man sofort erkennen, dass die Angst nun ein ständiger Begleiter ihres Alltags geworden war.

Gerade als er gehen wollte, setzte sich ein alter Mann mit Krückstock zu ihm, der ihn leise ansprach.

»Ich weiß warum du hier bist, du suchst nach Antworten, nicht wahr. Du brauchst nichts sagen mein Junge, denn ich weiß ganz genau, was gestern hier auf diesem Platz geschehen ist.« Der Greis hob schwerfällig seinen Arm und zeigte hinüber auf das Fenster eines uralten Gebäudes, welches so aussah, als würde es gleich in sich zusammenfallen. Mehdi wischte sich die Tränen aus dem Gesicht und ließ seiner Verzweiflung freien Lauf.

»Diese verdammten Bastarde haben meinen besten Freund getötet. Am liebsten würde ich jeden einzelnen von ihnen umbringen, denn ich trage einen unendlichen Hass in mir.« Der ältere Herr rutschte näher an ihn heran und redete ihm ins Gewissen.

»Was willst du jetzt tun? Zur Polizei gehen? Die werden dich sofort ins Gefängnis stecken, denn die Regierung will um jeden Preis verhindern, dass irgendeine Information oder ein Beweis über dieses Massaker an die Öffentlichkeit gelangt. Dabei ist ihnen jedes Mittel recht. Ich gebe dir einen gut gemeinten Rat, den du unbedingt beherzigen solltest. Du wirst mit dem, was geschehen ist, leben müssen. Auch wenn die Wahrheit sich wie ein dunkler Pfahl ein Leben lang durch dein Herz bohren wird.« Mehdi war von seinen Gefühlen hin- und hergerissen und konnte sich noch immer nicht beruhigen.

»Das ist leicht gesagt. Sie haben das ganze ja aus sicherer Entfernung von ihrem Fenster aus verfolgt. Aber mein Freund ist in meinen Armen gestorben, deswegen habe ich jeglichen Respekt vor diesem heuchlerischen Regime verloren und es ist mir vollkommen egal ob man mich ins Gefängnis sperrt, denn ich bin absolut unschuldig.« Der alte Mann zeigte Verständnis für die Ausnahmesituation und kramte mit seinen knöchrigen Fingern einen kleinen Zettel aus seiner Hosentasche hervor. Dieser war völlig vergilbt und man brauchte sehr viel Geduld, um die schlecht leserliche Handschrift entziffern zu können.

»Falls dir irgendetwas zustoßen sollte, dann melde dich bei dieser Adresse, dort wird man sich deiner annehmen. Sag ihnen, dass du von Dschahangir geschickt wurdest, das ist sehr wichtig, hast du verstanden?« Mehdi hörte nur oberflächlich zu und blickte trostlos hinunter auf das Stück Papier, das auf seinem Schoß lag.

»Mir helfen? Warum sollte ich Hilfe brauchen? Es ist doch eh schon alles zu spät.« Mit schmerzverzerrtem Gesicht erhob sich der Alte und guckte ihm dabei tief in die Augen.

»Auch wenn du dich so fühlst, als hätten sie dich lebendig begraben, so bist du trotzdem noch am Leben. Du alleine entscheidest darüber, ob du mit dem, was geschehen ist leben kannst oder nicht.« Mehdi nickte verzweifelt, als auf einmal ein kurzer Windstoß vorüberzog, der den Zettel zu Boden gleiten ließ. Gerade als er sich nach unten beugte, um ihn wieder aufzuheben, sah er, dass mehrere blutige Haare an der Unterseite der Bank klebten. Er richtete sich panisch auf, um dem Greis die Haare zu zeigen, aber dieser war plötzlich wie vom Erdboden verschwunden. Mehdi ließ die dramatischen Ereignisse noch einmal Revue passieren, ehe er sich schwermütig auf den Weg nach Hause machte.

Im Wohnzimmer traf er auf Mamanjun und Reza, die sich lebhaft miteinander unterhielten. Seine Mutter merkte sofort, dass mit ihrem Sohn irgendetwas nicht stimmte und fragte neugierig nach.

»Um Himmels Willen, du siehst ja furchtbar aus. Ist etwa jemand gestorben?« Bevor Mehdi antwortete, linste er unauffällig hinüber zu seinem großen Bruder, der ihm mit einem eindeutigen Handzeichen zu verstehen gab, dass er sich bedeckt halten sollte.

»Es ist alles in Ordnung, ich habe nur fürchterliche Kopfschmerzen von der drückenden Hitze, deswegen werde ich mich mal lieber hinlegen.« Reza atmete erleichtert auf und war heilfroh, als sein kleiner Bruder wieder von der Bildfläche verschwunden war. Um sich nicht in seinen negativen Gedanken zu verlieren, holte Mehdi in seinem Zimmer den Zettel von Leila hervor, den er sich sehnsüchtig durchlas. Er überlegte einen Augenblick lang, ob er nicht einfach zu ihr fahren sollte. Aber als er an die gefährliche Lage dachte, die mit aller Wahrscheinlichkeit im Stadtzentrum herrschte, verwarf er diesen Gedanken schnell wieder. Innerlich plagten ihn schreckliche Schuldgefühle, weshalb er sich noch einmal auf den Weg zum Haus seines besten Freundes machte.

Vor Ort, schlich er sich unbemerkt ums Gebäude herum, wo er Amins Oma sah, die gerade auf dem Hof saß und andachtsvoll ihr Gebet verrichtete. Eigentlich war er fest entschlossen, ihr die Nachricht vom Tod ihres Enkels zu überbringen, doch als er die kleine zierliche Frau beobachtete, war er mit einem Mal so verunsichert, dass er sich schlussendlich dagegen entschied. Mit einem mulmigen

Gefühl ging er zurück zum Eingang, an dem er mehrmals anklopfte und anschließend den goldenen Ring unter dem Türspalt hindurchschob. Aus sicherer Entfernung verfolgte er, wie kurz darauf die Tür aufging und die alte Dame irritiert nach draußen starrte. Gerade als sie wieder hineingehen wollte, entdeckte sie plötzlich den Ring, den sie neugierig aufhob. Beim Anblick schreckte sie freudig zusammen, schaute dankend hinauf zum Himmel und verschwand daraufhin im Inneren.

Am nächsten Morgen klopfte es laut an der Tür. Mamanjun, die gerade aufgestanden war, eilte sofort herbei und guckte erschrocken in die Gesichter mehrerer Männer, die sie rücksichtlos zur Seite stießen. Verängstigt schrie sie den Eindringlingen hinterher, die mit ihren entsicherten Maschinengewehren das Haus durchsuchten. Mehdi wurde vom lauten Gebrüll unmittelbar aus dem Schlaf gerissen und rief verunsichert nach seiner Mutter. Doch als er keine Antwort erhielt, wusste er, dass irgendetwas nicht stimmte. Panisch schnappte er sich den Notfallzettel von Dschahangir, den er im Bruchteil einer Sekunde in seiner Unterhose verschwinden ließ. Im selben Augenblick stürmten die Fremden in sein Zimmer und warfen ihn blitzschnell zu Boden. Mehdi wusste überhaupt nicht wie ihm geschieht und wurde unter den Augen seiner Familie nach unten in den Wohnraum geführt. Vor dem Haus hatten sich inzwischen die neugierig dreinblickenden Nachbarn versammelt, die durch das laute Geschrei von Mamanjun auf das Geschehen aufmerksam gemacht wurden. Einer der Polzisten hielt ihm auf einmal seine blutige und völlig verdreckte Kleidung vor die Nase, die ihm beim Anblick erschaudern ließ. Während der Beamte mit der Befragung begann, wohnte Mamanjun den Vorkommnissen regungslos bei, da sie urplötzlich in eine Art Schockstarre verfallen war.

»Ist das deine Kleidung?« Mehdi spürte, dass sein Schicksal längst besiegelt war und versuchte sich aus der scheinbar ausweglosen Situation herauszuwinden.

»Nein, ich habe diese Sachen nie zuvor gesehen.« Der in Zivil gekleidete Polizist trat ganz nah an ihn heran und befragte ihn erneut.

»Bist du dir ganz sicher?« Er verneinte abermals und schaute kurz darauf in die Augen des jungen Soldaten, der ihn am Vortag beim Stadion beinahe niedergestochen hatte. Ein verzweifelter Angstschrei füllte den Raum, der von unerschütterlichem Hass begleitet wurde.

»Warum tust du mir das an? Ich habe dir doch überhaupt nichts getan.« Der Denunziant zeigte keinerlei Regung und flüsterte dem Beamten etwas ins Ohr, bevor er wieder unbehelligt nach draußen verschwand. Im Anschluss wurde im Eilverfahren ein Protokoll aufgesetzt, welches dem Beschuldigten hinterher vorgelesen wurde. *»Mehdi Karbassion wird vorgeworfen einen treuen Gesetzeshüter ermordet zu haben. Der Zeuge wurde soeben befragt und konnte den Mörder nach einer Gegenüberstellung zweifelsfrei identifizieren.«* Mehdi war völlig paralysiert und schob das Papier angewidert von sich weg, woraufhin ihm der Polizist mehrmals ins Gesicht schlug. Mamanjun bekam im selben Augenblick eine hysterische Panikattacke und wurde kurzerhand nach draußen geführt.

»Bitte, hören sie mir zu, ich habe doch überhaupt nichts getan. Das alles ist ein großes Missverständnis.« Der Beamte versuchte ihn absichtlich ihn eine Falle zu locken und zeigte mit einem hinterhältigen Grinsen auf den Bericht.

»Im Moment kann ich leider nichts für dich tun. Aber wenn du unterschreibst, dann sorge ich höchstpersönlich dafür, dass man dir einen absolut fairen Prozess zukommen lässt, versprochen.« Mehdi weinte ohne Unterlass und probierte seinen Kopf aus der Schlinge zu ziehen, obwohl er wusste, dass es dafür wahrscheinlich längst zu spät war.

»Und was ist, wenn ich diesen Wisch nicht unterschreibe?« Der Polizist zeigte gelassen auf seine Pistole, die er unter seiner Jacke trug.

»Wenn du nicht unterzeichnest, dann können wir das Ganze auch hier vor Ort beenden, indem ich dich bei einem inszenierten Fluchtversuch einfach über den Haufen schieße.« Er bekam plötzlich Todesangst und blendete alles andere um sich herum aus. Mit zitternden Händen setzte er seine Unterschrift unter das Protokoll, welches sein Schicksal für immer besiegeln sollte. Im Anschluss wurde er in Handschellen abgeführt und nach draußen vor die Haustür gebracht, wobei unter den Anwohnern ein ungläubiges Raunen durch die Reihen ging. Mamanjun fiel ihrem Sohn verzweifelt um den Hals, während er ihr unauffällig zuflüsterte.

»Geh sofort zum Bürgermeister und sage ihm, dass ich unschuldig bin. Ich liebe dich.« Einige Sekunden später wurden die beiden voneinander losgerissen. Mit einer Haube über dem Kopf wurde Mehdi in den Transporter gesperrt und anschließend weggefahren.

Beziehungen sind alles

Nach stundenlanger Autofahrt waren sie endlich an ihrem Ziel angekommen. Als die Beamten am Kontrollpunkt ihre Ausweise vorzeigten und sich begrüßten, hörte Mehdi ganz genau hin, wobei ihm sofort auffiel, dass die Wachposten den gleichen Akzent wie in Isfahan sprachen. War das nur ein Zufall, dachte er sich. Oder war er tatsächlich noch in der Nähe seines Zuhauses.

Nachdem sie das Tor passiert hatten, fuhren sie immer tiefer hinein in ein schier unendlich großes Areal, auf dem sie irgendwann vor den hohen Mauern eines Gefängnisses zum Stehen kamen. Ohne jedes Mitgefühl zerrten sie ihn aus dem Fahrzeug und warfen ihn anschließend in eine winzig kleine Zelle ohne Tageslicht, während einer der Wärter ihm verächtlich hinterherrief.

»Willkommen Zuhause, du kleiner Bastard.« Mehdi zog sich beklommen die Haube vom Kopf und begutachtete das dunkle Loch, in dem er jetzt festsaß. Das einzige Licht, welches zu sehen war, kam vom Türspalt, an dem er vergeblich nach fremden Stimmen lauschte. Einen Augenblick später ließ er sich völlig niedergeschlagen zu Boden gleiten, da ihm die ausweglose Situation schwer zu schaffen machte.

Nach einer Weile ging in dem kleinen Raum plötzlich das Licht an und die Essensklappe der Tür öffnete sich. Wortlos schob ihm einer der Aufseher ein Tablett durch den Spalt, auf dem eine undefinierbare graue Suppe und ein Stück Brot lagen. Mehdi stellte die stinkende Brühe sofort zur Seite und blickte erschrocken an die Wand des kleines Raumes, an dem mehrere Häftlinge ihre Namen und ihr Geburtsdatum ins Mauerwerk geritzt hatten. Er las sich jeden von ihnen sorgfältig durch und fragte sich gleichzeitig, ob irgend jemand von ihnen überhaupt jemals wieder nach Hause zurückgekehrt sei. Allein dieser Gedanke beunruhigte ihn so sehr, dass er abrupt aufsprang und wie ein Verrückter gegen die Tür hämmerte, weil er befürchtete, dass auch er bald an der kalten Mauer der Erinnerungen verewigt sein würde. Einer der Wärter wurde auf ihn aufmerksam und sah mit Verachtung durch die kleine Zellenluke hindurch. Mehdi nahm all seinen Mut zusammen, doch er sprach vor Furcht so leise, dass man ihn kaum verstehen konnte.

»Ich gehöre nicht hierher, ich komme aus Isfahan und habe nichts getan.« Der Aufseher stöhnte genervt und lachte ihn aus.

»Alles klar, und ich bin der Schah von Persien.« Dann knallte er die Luke wieder zu und begab sich anschließend auf seinen Kontrollgang.

Nach einigen Stunden öffnete sich auf einmal die Zellentür. Mehdi starrte verunsichert in die Gesichter zweier Gefängniswärter, die ihn am Ende des Flures zu einem kargen Raum führten, in dem sie ihn an einen Stuhl fixierten. Kurz darauf kam ein Polizist hinein, der ihm kommentarlos sein unterschriebenes Protokoll vor die Nase legte und auf eine Reaktion wartete. Mehdi zitterte am ganzen Körper und wusste vor Angst nicht was er sagen sollte.

»Bitte, hören sie mich an. Das alles ist ein großes Missverständnis, ich bin absolut unschuldig, das müssen sie mir unbedingt glauben.« Der Beamte schien nicht sonderlich überzeugt und rückte sich in aller Seelenruhe seine Brille zurecht.

»Überlegen sie nochmal genau, denn das haben auch schon ganz andere gesagt und auch ‚die' waren natürlich alle unschuldig.« Gelangweilt las er sich den Inhalt des Dokuments durch und stellte ihm ein paar oberflächliche Fragen.

»Was haben Sie eigentlich bei der Kundgebung der verbotenen Tudeh-Partei zu suchen gehabt?« Nach kurzem Überlegen folgte eine vorsichtige Antwort.

»Ich wollte nur mal sehen, was dort passiert, weil ich so schrecklich neugierig war.« Der Beamte konnte seine Wut nur schwer im Zaum halten und klatschte laut in die Hände.

»Ich verstehe, und aus schierer Neugier wurde dann blinder Hass, bei dem sie einen unserer treuen Gesetzeshüter massakriert haben.« Mehdi schlug kopfschüttelnd die Hände vor sein Gesicht und atmete tief durch.

»Verdammt nochmal, wie oft soll ich das denn noch sagen, ich habe niemanden getötet. Mein Freund Amin wurde von einem ihrer Soldaten hinterlistig ermordet.« Der Polizist war von den Anschuldigungen so empört, dass er im selben Moment eine Peitsche hervorholte, mit der er wie von Sinnen auf die Oberschenkel des Gefangenen einschlug. Mehdi schrie vor Qual und flehte dabei jämmerlich um sein Leben, was den aggressiven Polizisten nur noch mehr aus der Haut fahren ließ.

»Du kleiner dreckiger Kommunist, ich werde dir das Lügen schon noch austreiben.« Nach ein paar Minuten kam der Beamte langsam wieder runter und fügte mit zitternden Händen die zuvor getätigte Aussage dem Protokoll hinzu, während Mehdi sich weinend zu erklären versuchte.

»Man hat mir versprochen, dass ich einen fairen Prozess bekomme, wenn ich diesen Wisch unterschreibe.« Der Polizist blickte verwundert hinüber und zeigte mit dem Finger hinauf zum Himmel.

»Prozess? Dort wo du hinkommst, mein Junge, gibt es keinen Prozess.« Dann stand er auf und rief nach einem der Wärter, der den Raum aufschloss und Mehdi zurück in seine Zelle zerrte. Obwohl er unter schrecklichen Schmerzen litt und blutete, war der Schock über das, was der Mann zuvor gesagt hatte, weitaus größer. Er grübelte ununterbrochen und knabberte nervös an seinen Fingernägeln herum, als ihm schlagartig bewusst wurde, dass sie ihn wahrscheinlich hinrichten würden. Ein eiskalter Schauer lief ihm den Rücken hinunter und er betete inständig, dass Mamanjun beim Bürgermeister Gehör finden würde. Mit der Zeit war sein Adrenalinspiegel so sehr abgesackt, dass er vor Schmerzen nicht mehr stehen konnte. Alles brannte und die Peitschenhiebe hatten tiefe Schnittwunden in seinen Oberschenkeln hinterlassen. Zusammengekauert saß er auf dem Fußboden und lauschte benommen dem Wärter, der während seines Rundgangs immer wieder mit seinem Knüppel gegen seine Zellentür schlug.

Viele Stunden vergingen, doch irgendwann war er so entkräftet und müde, dass er das dumpfe Geräusch überhaupt nicht mehr wahrnahm und eindöste.

Am frühen Morgen wurde er aus seiner Gefängniszelle gezerrt und erneut in einen Raum geführt, in dem die Aufseher ihn mit einem abscheulichen Grinsen auf eine Liege legten. Nachdem sie wieder verschwunden waren, schaute Mehdi erschrocken hinunter auf seine blutverschmierten Beine und fragte sich, welche grausamen Foltermethoden sie wohl heute an ihm ausüben würden. Plötzlich öffnete sich hinter ihm die Tür. Ihm stockte für einen Moment der

Atem und sein wild schlagendes Herz pumpte das Blut in rasender Geschwindigkeit durch seine Adern. Er schloss die Augen, bereitete sich auf das Schlimmste vor und schreckte verwundert zusammen, als ihn von hinten eine vertraute Stimme ansprach.

»Mehdi, mein Junge ist alles in Ordnung mit dir?« Ungläubig drehte er sich um und sah auf einmal den Bürgermeister vor sich stehen. Dieser blickte angewidert hinab auf seine blutenden Oberschenkelwunden und schlug wütend mit der Faust auf den Tisch.

»Hör zu, wir haben nicht viel Zeit. Ich habe viel Geld bezahlt und einen der obersten Polizeichefs geschmiert, um dich hier lebend rauszubekommen. Denn schon heute Abend hätten sie dich ohne jeden Prozess gehängt.« Mehdi atmete erleichtert auf.

»Aber ich bin doch jetzt bei Ihnen in Sicherheit oder?«

»Nur so lange sie dich nicht ein erneutes Mal finden und verhaften. Denn in ihren Augen bist du noch immer ein Mörder, vergiss das nicht.« Verzweifelt beteuerte er mehrmals seine Unschuld.

»Du brauchst dich nicht vor mir zu rechtfertigen, ich kenne dieses System sehr genau und weiß mit welch skrupellosen Methoden sie arbeiten. Spare dir deine Kraft, diese wirst du nämlich noch brauchen. Los, komm, es wird Zeit, dass wir diesen trostlosen Ort verlassen.« Mehdi richtete sich mit schmerzverzerrtem Gesicht auf, doch seine Beine knickten immer wieder zur Seite weg. Der Bürgermeister rief lautstark nach einem der Wärter, der daraufhin mit einem Rollstuhl ankam und ihn nach unten zum Auto schob. Auf der Rücksitzbank wartete Mehdi ungeduldig auf seinen Retter, wobei er überraschend von dem Beamten angesprochen wurde, der ihn gestern ausgepeitscht hatte.

»Ich weiß zwar nicht wie du das geschafft hast, du kleiner dreckiger Kommunist, aber wir werden dich überall finden und dann werden wir das zu Ende bringen, was wir heute versäumt haben.« Mehdi war vor Angst leichenblass und zeigte keinerlei Regung, als im Hintergrund der Bürgermeister in Begleitung einiger Polzisten aus dem Gebäude kam. Diese stiegen nach einer kurzen Anweisung schnurstracks in ihre Fahrzeuge und geleiteten die Limousine bis zum Ausgang. Nachdem sie das große Tor passiert hatten, ballte Mehdi triumphierend die Faust und wurde im selben Moment wieder auf den Boden der Tatsachen zurückgeholt.

»Freu dich nicht zu früh. Denn wir müssen uns jetzt schleunigst überlegen, was wir mit dir machen? Du kannst auf keinen Fall zurück nach Hause, da sie dort als allererstes nach dir suchen werden.« Mehdi verstand die Welt nicht mehr, weil er eigentlich damit gerechnet hatte, dass er wieder in sein altes Leben zurückkehren könnte.

»Aber was wird aus Mamanjun und meinen Geschwistern, ich kann sie doch nicht einfach alleine lassen.« Der Bürgermeister kratzte sich nervös an der Stirn und war krampfhaft am überlegen.

»Ich werde sie sofort informieren, sobald wir eine Lösung gefunden haben.« Mehdi hatte die rettende Idee und holte in Windeseile den Zettel von Dschahangir aus seiner Unterhose hervor.

»Ich habe diese Anschrift von einem alten Mann bekommen und er sagte mir, dass ich mich bei Problemen direkt an diese Adresse wenden sollte.« Der Bürgermeister schaute skeptisch auf das völlig versiffte Papier und zuckte ratlos mit den Schultern.

»Ein Versuch wäre es allemal wert, denn mir fällt im Augenblick auch nichts Besseres ein.« Der Fahrer änderte sofort die Richtung, wobei Mehdi urplötzlich auffiel, dass er sich noch immer in der Nähe von Isfahan befand und der lange Transport auf dem Hinweg zum Gefängnis einzig und allein der Verunsicherung dienen sollte.

Eine Stunde später waren sie endlich am Zielort angekommen. Das Haus, vor dem sie parkten, stand weit außerhalb der Stadt und man konnte von außen nicht erahnen, was sich im Inneren abspielen würde. Der Bürgermeister stieg als erstes aus und musterte das Gebäude ganz genau, bevor er sich ein letztes Mal Mehdi zuwandte.

»So, von hier an bist du auf dich allein gestellt, ich werde Mamanjun Bescheid geben, damit sie weiß, wo sie dich finden kann.« Mit seiner ganzen Kraft zog er sich aus dem Wagen und schaute seinem Retter ehrfürchtig in die Augen, während dieser die Beifahrertür öffnete.

»Ich danke Ihnen von Herzen, sie haben mir das Leben gerettet.« Der Bürgermeister nahm die kleine Ansprache mit einem freudigen Lächeln entgegen und drückte ihm bei der Verabschiedung noch etwas Geld in die Hand.

»Mach dich bitte nicht verrückt. Das habe ich gerne getan. Schließlich war ich deiner Tante Yarah noch etwas schuldig.« Daraufhin flüsterte er seinem Chauffeur leise etwas zu, der auf einmal wie von einer Tarantel gestochen aufs Gaspedal trat und davon rauschte.

Mehdi blickte erschrocken der Staubwolke nach und humpelte unter schrecklichen Schmerzen hinüber zum Haus, welches ihm in seinem tristen Grau irgendwie unheimlich vorkam. Mit allerletzter Kraft klopfte er an die Tür, woraufhin mehrere Hunde sofort Alarm schlugen und den Fremden neugierig schnüffelnd unter die Lupe nahmen. Nachdem sie sich wieder einigermaßen beruhigt hatten, öffnete ihm ein alter knöcherner Herr das Tor und beäugte ihn misstrauisch.

»Wie kann ich dir helfen, junger Mann?« Mehdi zitterte am ganzen Körper und überreichte ihm schwer atmend das Stück Papier.

»Ich komme von Dschahangir und sollte mich im Notfall an diese Adresse wenden.« Der Greis nahm den Zettel kommentarlos an sich und erschien kurz darauf in Begleitung eines schnauzbärtigen Mannes, der Mehdi mit einem wuchtigen Maschinengewehr über der Schulter hineinhalf.

»Mein Name ist Schapur, bitte entschuldige die Unannehmlichkeiten, aber wir müssen in diesen schwierigen Zeiten auf alles vorbereitet sein.« Als er sah, dass Mehdi an den Beinen stark blutete, holte er eilig ein paar Leute zur Hilfe, die ihn blitzschnell hineintrugen. Dort kümmerten sie sich sorgfältig um seine Verletzungen und wickelten seine Oberschenkel in einen dicken Verband ein. Nach der schmerzhaften Prozedur hinkte er auf Krücken hinaus auf den Hof, in dem er verunsichert in die Gesichter etlicher Männer blickte, die ihn erwartungsvoll anstarrten. Viele von ihnen waren selber verwundet oder gefoltert worden, und die Freude, dass nun wieder jemand zu ihnen gekommen war, den das gleiche Schicksal ereilt hatte, war unübersehbar. Mehdi erkundigte sich neugierig nach dem Herrn, der sich vorhin bei ihm als Schapur vorgestellt hatte. Ein junger Bursche lächelte ihm zu und zeigte mit dem Finger auf die dunkle Tür, neben der er stand. Hinter dieser befand sich die Zentrale, von der aus Schapur Freilassungen von Gefangenen organisierte und Fluchtpläne für seine Schützlinge ausarbeitete. Nachdem dieser seine Arbeit erledigt hatte, widmete er sich sofort seinem Neuankömmling, den er ausgiebig befragte. Mehdi hatte während des Gesprächs sichtlich mit den Tränen zu kämpfen und schaute verängstigt in Schapurs Gesicht, das von einigen tiefen Narben gezeichnet war.

»Es tut mir schrecklich leid was dir widerfahren ist. Jeder von uns hat seine ganz eigene Geschichte hierher mitgebracht und es würde mich sehr freuen, wenn du den anderen ein bisschen von dir erzählen würdest.« Alle rückten näher zusammen und bildeten einen Kreis um Mehdi herum. Niedergeschlagen sprach er von den Geschehnissen, die sich in den letzten Tagen zugetragen hatten. Dabei weinte er jämmerlich und schien nicht mehr derselbe fröhliche junge Mann zu sein, der er einst gewesen war. Als einer seiner Leidensgenossen ihn abermals auf den Mord seines besten Freundes ansprach, brach Schapur die Unterhaltungen kurzerhand ab, da er fühlte, dass Mehdi noch längst nicht über den schrecklichen Verlust hinweg war. Die Burschen klopften ihm aufmunterungsvoll auf die Schulter und zeigten ihm zur Ablenkung die grausamen Verletzungen, die sie von den Foltermethoden davongetragen hatten.

Unter ihnen befand sich ein Jugendlicher, der im Rollstuhl saß. Er erzählte mit weinerlicher Stimme davon, wie man ihn bei voller Fahrt von der Laderampe eines Lastwagens geworfen hatte, und dass die daraus resultierenden Rückenverletzungen so gravierend waren, dass er anschließend nicht mehr laufen konnte. Die Anteilnahme war riesengroß, als sich nach kurzer Zeit ein junger Mann namens Sami vorstellte. Dieser setzte sich direkt neben Mehdi und wuschelte ihm zur Begrüßung durch seine dicken Haare.

»Hallo, mein Name ist Sami. Viele von euch kennen mich noch nicht, weshalb ich meine Erlebnisse gerne mit euch teilen würde. Ich komme aus dem Norden und stamme aus einer sehr wohlhabenden Familie. In meiner Neugier habe ich ein wenig mit der dort ansässigen Kommunistischen Partei sympathisiert, aber wirklich aktiv war ich nie gewesen. Eines Abends wurde ich bei einer Demonstration von zwei Soldaten aufgegriffen und diese haben mich ohne einen nennenswerten Grund ins Gefängnis gesperrt. Dort wurde ich über mehrere Monate gefangen gehalten und auf bestialische Art und Weise gefoltert. Das eine Auge haben mir die Schergen gleich zu Beginn meiner Inhaftierung mit Säure weggeätzt. Als sie bemerkten, dass ich mich noch immer kämpferisch und bei bester Gesundheit zeigte, wollten sie meinen Willen endgültig brechen und übergossen meinen Kopf mit einer schwer ätzenden Lösung. Einen Tag darauf ließen sie mich wieder frei, weil sie der Meinung waren, dass ich mit meiner Erscheinung schon genug bestraft sei. Davor war ich ein echt hübscher Kerl, aber wie ihr ja unschwer erkennen könnt, sehe ich jetzt aus, als hätte man mich bei lebendigem Leib angezündet.« Mehdi musste die furchtbare Geschichte erst einmal sacken lassen. Er fühlte sich den Männern unmittelbar verbunden und obwohl jeder der Anwesenden ein schweres Schicksal zu beklagen hatte, spürte man, dass keiner von ihnen die Aussicht auf ein besseres Leben aufgegeben hatte.

Einen Augenblick später stellte sich Schapur in die Mitte und trug eines seiner Gedichte vor, mit dem er der traurigen Stimmung etwas Zuversicht verlieh. »*Eine Blume fragt nicht danach, ob sie leben oder sterben soll. Nur die Hoffnungslosen werden in den welken Blättern der Vergangenheit nach einer Antwort für die Schönheit der Gegenwart suchen.*« Alle hörten gespannt zu und waren von dem, was er sagte, völlig hin und her gerissen. Die jungen Männer fragten ihn, was er genau damit meinte. Doch er ließ seine Schützlinge, die plötzlich wie wild miteinander diskutierten, mit der Suche nach der Antwort alleine und wandte sich noch einmal seinem Neuankömmling zu.

»Mir wird jetzt erst so richtig bewusst, wieviel Glück du eigentlich gehabt hast. Du kannst froh sein, dass der Bürgermeister dich aus dieser aussichtslosen Situation befreit hat. Denn ohne ihn wärst du heute nicht hier.« Mehdi holte tief Luft und wischte sich den Schweiß von der Stirn.

»Das Komische daran ist, dass all das Geschehene mir so unwirklich vorkommt und ich nicht weiß, ob ich gerade in einem Albtraum gefangen bin oder in der Realität lebe.« Schapur schaute ungläubig hinüber und drückte ihm daraufhin solange die Faust auf die Wunde, bis Mehdi vor Schmerzen laut schrie.

»Verdammt nochmal, warum hast du das nur getan?«

»Ach, ich wollte dir nur beweisen, dass du dich nicht in einem Albtraum befindest und Mitgefühl gibt es übrigens weder in einem Traum noch in der Realität. Also willkommen in der Wirklichkeit!« Nachdem sich Mehdi wieder einigermaßen gefangen hatte, fragte er nach, wie sein Leben weiterverlaufen würde. Schapur gab klar zu verstehen, dass er kein Auffanglager für Verwundete sei, und dass die komplizierten Schleusungen in andere Länder sich nur durch großzügige Spendengelder finanzieren ließen. Mehdi bekam sofort ein schlechtes Gewissen und übergab ihm ohne zu zögern das Geld, welches er zuvor vom Bürgermeister erhalten hatte. Anfangs lehnte dieser zwar ab, doch als er ihm die Scheine energisch in die Hand drückte, nahm er sie dankend entgegen.

Schapur tastete sich vorsichtig heran, weil er prüfen wollte ob sein Schützling überhaupt schon bereit für einen Neuanfang war.

»Sag mal, könntest du dir eigentlich vorstellen, auf einem anderen Teil der Erde zu leben?« Mehdi überhörte die Frage absichtlich und erzählte euphorisch von seiner Familie, und dass er sich nichts sehnlicher wünschte als seine Mutter wiederzusehen.

»Das wird auf keinen Fall möglich sein. Euer Haus wird mit hundertprozentiger Sicherheit von der Polizei observiert. Sobald du dich näherst, werden sie dich erneut verhaften und noch am selben Tag hinrichten. Denn in ihren Augen bist du noch immer ein Mörder, auch wenn das vielleicht nicht der Wahrheit entspricht. Von nun an musst du auf alles vorbereitet sein. Denn hinter jedem vertrauenswürdigen Lachen kann ab jetzt auch immer der Tod lauern. Folge mir, ich muss dir unbedingt was Wichtiges zeigen.« Schapur nahm ihn wortlos mit in sein Büro, in dem sein Blick unweigerlich auf eine große Landkarte fiel, die an der Wand hing. Auf dieser hatte er mit Hilfe von Stecknadeln verschiedenfarbige Schnüre gezogen, die die einzelnen Fluchtrouten markierten. Mehdi schaute sich alles genauestens an und war verwundert darüber, dass es nur gelbe und rote Linien gab.

»Wofür stehen eigentlich diese Farben und warum ist grün nicht dabei? Außerdem frage ich mich, wieso keiner der Wege durch einen der Ostblockstaaten verläuft, kannst du mir diesen Umstand mal näher erklären?«

»Du bist aber aufmerksam, das gefällt mir! Also, die Schnüre auf der Weltkarte zeigen den Schwierigkeitsgrad der jeweiligen Fluchtroute an. Rot bedeutet gefährlich und gelb steht hierbei für unsicher. Grün ist nur deshalb nicht vorhanden, weil es in meinen Augen keine einfache Flucht gibt. Nun zu deiner zweiten Frage. Die Kommunisten regieren ihre Staaten mit harter Hand. Die würden jeden Flüchtling, den sie hinter der Grenze erwischen, ohne mit der Wimper zu zucken für immer in ein Arbeitslager sperren. Das ist auch der Grund dafür, weshalb ich diese Länder von meiner Liste gestrichen habe.« Anschließend kramte Schapur aus einer Schublade hunderte von Passbildern hervor, die er auf dem Schreibtisch ausbreitete. Mehdi ging näher heran und blickte nachdenklich hinunter auf die vielen jungen Gesichter.

»All diese Männer saßen genau wie du einst in meinem Büro. Voller Zuversicht machten sie sich von hier aus auf den Weg, doch nur die wenigsten von ihnen haben ihren Bestimmungsort wie geplant erreicht.«

»Warum erzählst du mir das und was ist mit den Menschen passiert, die es nicht geschafft haben?« Schapurs Gesichtsausdruck wurde schlagartig düster und seine Körpersprache verriet, dass er die Frage eigentlich gar nicht beantworten wollte.

»Die Macht der Gedanken ist weitaus größer, als du im Moment zu begreifen vermagst. Deswegen rate ich dir, dich in dieser Phase deines Lebens nicht mit negativen Dingen auseinanderzusetzen.« Mehdi ging kurz in sich und stellte mit Schrecken fest, dass ihm wahrscheinlich gar keine andere Möglichkeit blieb, als seine Heimat zu verlassen.

»Was kostet mich denn so eine Schleusung?« Schapur zeigte ihm noch einmal die Routen auf der Landkarte.

»Wenn du den gelben Weg nimmst, durch den Irak, Syrien, Libanon, Zypern und nach Italien, dann kostet dich das weitaus mehr. Diese Routen sind zwar auch äußerst riskant, aber die Henkersknechte können dich nicht bis in die anderen Länder verfolgen, da sie spätestens im Irak auffliegen würden. Doch wenn du den roten Weg wählst, welcher durch die Türkei und Anatolien führt, dann können sie sich mühelos an deine Fersen heften, da die Grenzen im Hinterland sehr schlecht gesichert sind. Bevor du jetzt ewig herumgrübelst, sage ich dir lieber gleich die Wahrheit. Nur drei von zehn Personen schaffen es über diesen gefährlichen Weg.« Mehdi war spürbar verunsichert und knabberte nervös an seinen Fingernägeln herum.

»Das bedeutet also im Klartext, dass man mit der roten Fluchtroute auch gleichzeitig sein Todesurteil unterschreibt, hab ich recht?«

»Naja, nicht ganz. Eventuell besitzt ja jemand aus deiner Familie das nötige Kleingeld, damit du dir diese lebensgefährliche Tortur nicht antun musst.«

»Geld? Wir sind bitterarm und haben eigentlich gar nichts.« Schapur setzte ihn absichtlich unter Druck, weil er wusste, dass nicht mehr viel Zeit blieb.

»Wir werden schon eine Lösung für dein Problem finden, ansonsten werden die Konsequenzen, die daraus resultieren, sehr tragisch für dich sein.« Mehdi war sprachlos vor Angst und humpelte blitzschnell hinaus auf den Hof, wo er sah, dass viele von seinen Leidensbrüdern sich mittlerweile schon schlafen gelegt hatten. Sami, der Junge, der ihm vorhin mit den Händen durch die Haare gefahren war, rief ihm leise zu und winkte ihn zu sich heran.

»Aus irgendeinem Grund kann ich nicht einschlafen.«

»Das wundert mich nicht, bei dieser trostlosen Umgebung.«

»Darf ich dir mal ein Geheimnis verraten?«

»Aber selbstverständlich.«

»Manchmal liege ich nächtelang wach und dabei werde ich von meinen furchtbaren Erinnerungen eingeholt. Immer wieder frage ich mich, warum die Schergen mich nicht einfach getötet haben, denn dann müsste ich mir dieses Elend, was andere Leben nennen, nicht mehr antun. Ich habe jeden Tag schreckliche Schmerzen und weiß nicht wie lange ich das noch aushalte.« Mehdi nahm ihn in den Arm und tröstete ihn so gut er konnte.

»Bitte sei nicht traurig, du hast doch noch so schöne Momente vor dir, die es wert sind gelebt zu werden. Vielleicht kommst du ja bald nach Europa, dort kannst du dann in Frieden leben und eine Familie gründen. Da soll es sogar Frauen geben, die unbekleidet am Strand herumliegen.« Sami schöpfte plötzlich neuen Mut und machte makabre Scherze über sein Äußeres.

»Das trifft sich gut, denn in der Sonne kann ich ohnehin nicht mehr verbrennen, so viel steht fest.« Mehdi streichelte ihm lachend über den Kopf und ging anschließend hinüber zu seinem Schlafdomizil. Dort blickte er erschrocken hinunter auf seine Liege, auf der es sich die Wachhunde sichtlich gemütlich gemacht hatten. Langsam und mit äußerster Vorsicht näherte er sich und schob die leise knurrenden Tiere behutsam zur Seite. Die Dobermänner schauten ihn verwundert an und zogen daraufhin beleidigt von dannen. Doch ein Hund ließ sich nicht aus der Ruhe bringen und kuschelte sich immer wieder an seine Seite. Es war ein Schäferhund, der sichtbare Freude an dem Kontakt mit ihm hatte. Mehdi versuchte seinen Schlafplatz verzweifelt zurückzuerobern und gab irgendwann entnervt auf, weil er merkte, dass es in dieser Nacht wahrscheinlich nur einen Sieger geben würde. Unmittelbar nach dem kleinen Gerangel schliefen sie ein und dabei sah es so aus, als wären sie unzertrennliche Freunde.

Am frühen Morgen klopfte es zaghaft und zurückhaltend an der Tür. Sein tierischer Beschützer begab sich sofort auf den Weg und traf am Eingang auf die anderen Hunde, die unruhig umherliefen und die fremde Person neugierig durch den Türspalt beschnupperten. Die Dobermänner konnten mit dem Geruch jedoch überhaupt nichts anfangen und machten sich direkt danach aus dem Staub. Der Schäferhund ließ sich keineswegs beirren und lief schnurstracks zurück zu seinem Gefährten, welchen er ausgiebig beschnüffelte. Nachdem er den gleichen Duft wahrgenommen hatte, wedelte er wie verrückt mit dem Schwanz und schleckte ihm solange das Gesicht ab, bis dieser schließlich aufstand. Im Hintergrund erklang auf einmal die Stimme von Mamanjun, die sich aufgebracht mit dem alten Mann unterhielt. Mehdi schnappte sich blitzschnell seine Gehhilfe und humpelte in Windeseile hinüber zum Tor, an dem sich die beiden weinend in die Arme fielen. Dabei drückte sie ihn so fest an sich, als würde sie ihn nie wieder loslassen wollen. Überglücklich nahm er seine Mutter an die Hand und stellte sie Schapur vor, der gerade in seinem Büro saß. Dieser begrüßte sie mit dem nötigen Respekt und versuchte ihr in einem ruhigen Ton die verzwickte Situation zu erklären. Während die zwei sich miteinander unterhielten, hinkte Mehdi nach draußen zu Sami, den er immer wieder aufgeregt mit seiner Krücke anstupste, um ihn wach zu bekommen. Doch der dachte gar nicht daran aufzustehen und drehte sich wütend murmelnd von ihm weg.

Im Laufe des Gesprächs wurde Mamanjun allmählich bewusst, dass ihr Sohn einer erneuten Verhaftung nur entgehen konnte, indem er das Land durch eine Flucht verlassen würde.

Nach über einer Stunde kam sie endlich wieder hinaus und sagte ihm ohne Umschweife die Wahrheit, weil sie die Besorgnis in seinen Augen einfach nicht ertragen konnte.

»Du wirst zwar nicht begeistert sein, aber ich habe etwas von mir veräußert.« Mehdi wusste sofort was sie meinte und starrte geschockt auf ihren nackten Hals.

»Warum hast du das nur getan? Du hast diese Kette doch so sehr geliebt.« Sie schaute sich kurz um und zog ihn daraufhin mit einem kräftigen Ruck zu sich heran.

»Vergiss diesen glänzenden Schrott, das war nichts weiter als ein toter Gegenstand, etwas, dem wir viel zu viel Aufmerksamkeit widmen.« Mehdi regte sich fürchterlich auf und vergaß in diesem Moment vollkommen, dass seine Mutter ihm mit ihrer Goldkette soeben seine Flucht finanziert hatte. Zur Ablenkung holte sie aus einem Beutel ein paar Mitbringsel hervor, die sie ihm freudestrahlend überreichte. Darunter waren Pistazien, Datteln und ein hellblaues Notizbuch, welches er nachdenklich in den Händen hielt.

»Wenn du von uns fortgehst, dann will ich, dass du jeden deiner Gedanken niederschreibst, damit du dich nicht so allein und einsam fühlst.« Mehdi blätterte schwer atmend durch die leeren Seiten, und wollte sich nicht so recht mit dem Gedanken anfreunden, schon bald von seiner Familie getrennt zu sein.

Einige Minuten später eilte Schapur herbei und unterbrach plötzlich die Unterhaltung.

»Es ist zu gefährlich, wenn deine Mama noch länger bei uns bleibt, bitte verabschiedet euch umgehend voneinander.« Mehdi vermied es ihm zu widersprechen und brachte seine Mutter sichtlich geknickt zum Ausgang.

»Hör auf mich so traurig anzuschauen, wir sehen uns doch bald wieder. Bitte vergiss nicht alle von mir zu grüßen, wenn du nach Hause kommst und sage ihnen, dass ich sie über alles liebe.« Nach einer innigen Umarmung ging Mamanjun schweren Herzens fort und drehte sich am Ende der Straße noch einmal nach ihm um.

Mehdi machte der Abschied schwer zu schaffen, weshalb er sich unmittelbar danach in eine einsame Ecke zurückzog, in der er über seine prekäre Lage nachdachte. Schapur hatte den Anblick des Selbstzweifels schon einige hundert Male miterlebt und setzte sich kurz darauf zu ihm. Obwohl Mehdi überhaupt nicht nach Reden zumute war und sein Gesicht hinter seinen Händen versteckte, so konnte man doch spüren, dass er mit seiner ganzen Aufmerksamkeit zuhörte.

»Ich habe schon viele junge Männer in deinem Alter getroffen, darunter waren kleine und große, starke und schwache. Weißt du, was alle miteinander gemeinsam hatten? Jeder einzelne von ihnen hatte einen unbändigen Willen, sein Ziel zu erreichen, obwohl es ihren eigenen Tod bedeuten könnte. Sie alle liebten ihre Heimat, ihre Familie, ihre Freunde und verzweifelten anfangs an dieser schier unlösbaren Aufgabe. Doch irgendwann kamen sie an einen Punkt in ihrem Leben, wo sie sich entscheiden mussten. In diesem Augenblick darfst du nicht zulassen, dass deine inneren Selbstzweifel dein Handeln bestimmen. Denn Selbstzweifel ist kein Zeichen von Schwäche, er erinnert uns nur daran, dass wir immer wieder über uns selbst hinauswachsen müssen, um Großes zu erreichen.« Während Schapur mit einem aufmunterungsvollen Lächeln verschwand, ging Mehdi hinüber zu den anderen Flüchtlingen, die gerade miteinander tanzten und volkstümliche Lieder sangen.

Eine ganze Weile lauschte er andächtig dem Gesang, wobei er krampfhaft versuchte, die immer wieder aufkeimenden Zweifel zur Seite zu schieben, als Sami ihm plötzlich von hinten auf die Schulter tippte.

»Hey, ich habe großartige Neuigkeiten. Morgen früh werde ich von einem Fahrer abgeholt und mit ihm in Richtung Teheran aufbrechen.« Mehdi sah ihm erschrocken entgegen.

»Das ging jetzt aber ziemlich schnell. Welche Route wirst du nehmen, um nach Europa zu gelangen?« Sami strahlte über das ganze Gesicht und schien keinerlei Zweifel am Erfolg seiner gefährlichen Reise zu haben.

»Mein Weg verläuft über das Kaspische Meer nach Aserbaidschan. Alle Informationen, die ich benötige, werde ich während der Überfahrt bekommen, denn Schapur meinte, je weniger ich weiß, umso besser für mich.«

»Ja wahrscheinlich«, antwortete Mehdi gedankenversunken und fragte sich gleichzeitig, ob es noch mehr Fluchtrouten gab, von denen er nichts wusste. Er machte sich sofort auf ins Büro und ließ Sami mit einem verdutzten Gesichtsausdruck zurück. Ohne zu klopfen stolperte er in den grellbeleuchteten Raum und quasselte aufgeregt drauf los.

»Kannst du mir bitte mal erklären, was es mit der Route von Sami auf sich hat?« Schapur forderte ihn mit einem Handzeichen zum Schweigen auf, denn er blickte gerade hochkonzentriert durch eine Lupe und bereitete einen Reisepass für einen seiner Flüchtlinge vor. Mehdi setzte sich stillschweigend daneben und schaute ihm währenddessen gespannt über die Schulter. Nach mehr als zwei Stunden war dieser schließlich fertig und überreichte ihm mit einem Augenzwinkern einen gefälschten afghanischen Pass mit Diplomatenvisum. Mehdi begutachtete das Ausweisdokument ganz genau und war von der Qualität der Arbeit merklich beeindruckt.

»Aber warum gerade Afghanistan?« Schapur schüttelte voller Unverständnis den Kopf und atmete tief durch.

»Denk doch mal nach! Was für Sprachen sprichst du?«

»Das ist aber eine komische Frage, na Farsi natürlich.«

»In Afghanistan sprechen die Menschen als erste Amtssprache Dari, das ist genau dasselbe wie Farsi mit ein paar kleinen, aber feinen Unterschieden, die ich dir noch beibringen werde, damit nichts schiefgehen kann. Falls du an der Grenze befragt wirst, dann ist es zwingend erforderlich, dass du die Sprache, die auf deinem Ausweis steht, auch beherrschst. Ansonsten kannst du dich nämlich gleich in der Wüste eingraben und auf den Tod warten. Denn die Geheimpolizei ist mit allen Wassern gewaschen und auf solche Spielchen bestens vorbereitet, glaub mir.« Mehdi ließ die Informationsflut erst einmal sacken bevor er antwortete.

»Dann bin ich bei meiner Flucht also ebenfalls afghanischer Staatsbürger, richtig? Aber was passiert mit meiner wahren Identität und meinem Ausweis?«

»Das stimmt! Auch du wirst deine Reise als Afghane antreten. Deinen Namen werden wir ändern und deinen originalen Pass wirst du selbstverständlich zurücklassen müssen, da jeder der Ausreisenden genauestens kontrolliert wird.«

»Das hört sich alles so schrecklich einfach an, da kann ja überhaupt nichts schiefgehen.«

»Stell dir das Ganze nicht so einfach vor, denn die Geheimpolizei wird nicht umsonst auch das Unsichtbare Auge genannt. Nun gut, ich glaube das reicht fürs erste. Tue mir bitte den Gefallen und hole Sami zu mir, da ich ihn unbedingt noch auf morgen vorbereiten muss.« Mehdi begab sich grübelnd nach draußen und hatte vor Aufregung glatt seine eigentliche Frage vergessen. Auf dem Hof blickte er aufmerksam hinüber zu seinem Freund, der sich gerade mit Schattenboxen Mut für seine morgige Reise machte. Dabei tänzelte er leichtfüßig hin und her und teilte seine Schläge mit so viel Präzision aus, dass die anderen ihm applaudierten. Nachdem er mit seiner Vorführung fertig war, schickte ihn Mehdi auf direktem Wege in Schapurs kleine Kommandozentrale, aus der er erst nach drei endlos langen Stunden wieder herauskam. Freudestrahlend steuerte er auf seinen Leidensbruder zu, dem er überglücklich seinen afghanischen Pass, sowie seine Afghani vor die Nase hielt. Neugierig sah sich Mehdi die fremde Währung an und erkundigte sich beunruhigt nach Samis Ziel.

»Wohin wirst du gehen, sobald du Europa erreicht hast?«

»Ich werde mich von Italien schnellstmöglich nach England zur Queen absetzten, dort hat Schapur einige Mittelsmänner, bei denen ich eine Zeitlang unterkommen kann, bis mein Status als Flüchtling anerkannt wird.« Bei dem Wort ‚Queen' dachte Mehdi sofort an eine diktatorische Monarchie, welche genau wie im Iran nur eine eingeschränkte Meinungsfreiheit zuließ. Der bloße Gedanke daran, sich erneut in seiner Freiheit beschneiden zu lassen, trieb ihm den blanken Angstschweiß auf die Stirn. Sami war voller Tatendrang und packte hektisch seine Sachen zusammen. Mehdi ließ sich neben ihm nieder und versuchte der plötzlichen Unruhe irgendetwas Positives abzugewinnen. Doch als sein Freund nach über einer Stunde noch immer nicht fertig war, wurde er so ungeduldig, dass er genervt aufstand und alles aussortierte, was dieser bei seiner Flucht nicht gebrauchen konnte. Darunter waren diverse Hosen, mehrere Oberteile und Fotos von seiner Familie, die Sami ihm blitzschnell aus der Hand riss.

»Hör zu, du kannst dir die Bilder in ein paar Monaten zuschicken lassen, aber dafür musst du erst einmal ankommen. Es ist viel zu gefährlich, wenn du damit das Land verlässt, da jeder Reisende an der Grenze akribisch kontrolliert wird.« Doch Sami zeigte keinerlei Einsicht und umklammerte die Fotos nur noch fester.

»Das ist mir vollkommen egal, denn ohne meine Familie gehe ich nirgendwo hin.« Mehdi überlegte einen kurzen Moment und hatte die rettende Idee. Mit einem verschmitzten Lächeln kramte er die Naschereien unter seinem Bett hervor und versuchte ihn zu bestechen. Sami wusste genau, was er vorhatte und wandte sich geschwind von ihm ab, um nicht schwach zu werden. Erfreulicherweise konnte er der Versuchung aber nur solange widerstehen, bis Mehdi sich genüsslich die erste Pistazie in den Mund schob. Mit einem tiefen Seufzer übergab er ihm schließlich seine geliebten Erinnerungsstücke und griff daraufhin gierig zu.

An diesem Abend war er so aufgeregt, dass er seinem neuen Freund keine Sekunde mehr von der Seite wich. Die zwei blieben die ganze Nacht wach und unterhielten sich über ihre Wünsche und Träume und vergaßen dabei komplett die Zeit. Im Morgengrauen sammelte Sami in Eile seine Sachen zusammen und begab sich umgehend zum Ausgang, an dem er seinem Kumpel bei der Verabschiedung noch einmal durch die Haare wuschelte. Mehdi ließ die Prozedur wortlos über sich ergehen und erwiderte sein fröhliches und hoffnungsvolles Lachen. Einen Augenblick später brachte ihn Schapur vorsichtig die Straße hinunter, wo er winkend in einen schwarzen Transporter stieg und davonfuhr. Mehdis Herz begann auf einmal wie verrückt zu schlagen, weil er schlagartig realisierte, dass auch seine Reise in Ungewisse bald beginnen würde.

Die Flucht in ein fremdes Land

Zwei Wochen waren mittlerweile vergangen, als Mehdi endlich den Verband von seinen Beinen entfernt bekam. Über den ehemals tiefen Schnittwunden hatte sich eine dicke Schicht Schorf gebildet. Zwar konnte er jetzt wieder ohne seine Krücken umherlaufen, doch die Schmerzen, die er beim Gehen hatte, waren unübersehbar. Schapur war an diesem Tag schon vor Sonnenaufgang aufgestanden und hatte alles bis ins kleinste Detail geplant. Ein allerletztes Mal nahm er seinen Schützling mit in sein Büro, in dem er ihn akribisch auf seine Flucht am nächsten Morgen vorbereitete und ihn gleich zu Anfang mit seinem neuen Pass ausstattete. Mehdi griff mit zitternden Händen nach seinem Ausweis und bekam plötzlich ein ganz ungutes Gefühl, als er das goldene Wappen der Islamischen Republik von Afghanistan sah. Neugierig blätterte er durch die Seiten, wobei ihm neben dem gefälschten Diplomatenvisum sofort sein abgeänderter Name ins Auge fiel.

»Karim Massoud, das klingt echt lustig. Irgendwie hört sich das nach einem Freiheitskämpfer an, findest du nicht?« Schapur machte dessen lockere Herangehensweise fuchsteufelswild, und verpasste ihm einen kräftigen Schlag auf den Hinterkopf.

»Verdammt, wir haben jetzt keine Zeit rumzualbern. Du musst dich von nun an voll und ganz auf deine Rolle konzentrieren, denn der Name Karim Massoud wird ab heute auch deine neue Identität sein.« Schapur ging daraufhin genervt hinüber zur Landkarte und zeigte ihm die Wege, die er mit Hilfe seiner Komplizen ausgearbeitet hatte. Dabei konnte man sofort die blutroten Linien erkennen, die sich durch den Iran, die Türkei, bis nach Europa zogen und im Süden Deutschlands endeten.

»Warum schickst du mich ausgerechnet dorthin? Ist das nicht viel zu gefährlich für jemanden wie mich?«

»Ich glaube im Moment ist nichts gefährlicher als deine eigene Heimat. Deutschland habe ich deshalb ausgewählt, weil dort jeder Asyl bekommt, der politisch verfolgt wird. Außerdem brauchst du dir keinerlei Sorgen zu machen, denn der zweite Weltkrieg ist schon lange vorbei.« Mehdi versank ins Grübeln und wurde kurz darauf von Schapurs lauter Stimme wieder aus seinen Gedanken gerissen.

»Kannst du dich zur Abwechslung mal konzentrieren und mir zuhören? Du wirst nämlich noch genügend Gelegenheit dazu haben um über deine Situation nachzudenken.« Mehdi entschuldigte sich erschrocken, während Schapur mit seiner Instruktion fortfuhr.

»Deine Reise wird von Isfahan in den Westen nach Kermanshah gehen, diese Stadt solltest du in der Abenddämmerung erreichen. Vor Ort wird dich ein Herr namens Mahmoud in Empfang nehmen, bei dem du mit ein paar anderen Flüchtlingen zusammen die Nacht verbringen wirst. Weitere Informationen zu deiner Flucht erhältst du im Zuge deines Aufenthalts. Alles klar soweit?« Mehdi nickte und prüfte stillschweigend die Route, wobei er mit Unbehagen feststellte, dass er bis zur türkischen Grenze knapp 1700 Kilometer zurücklegen musste. Schapur ging in einem längeren Gespräch auf all seine Bedenken ein und händigte ihm im Anschluss ein paar Afghani aus, die die Echtheit seiner Herkunft zusätzlich untermauern sollten. Zu guter Letzt erhielt er eine präzise Einweisung in die afghanische Amtssprache (Dari), in welcher Schapur penibelst darauf achtete, dass sein Schützling keinen einzigen

Fehler machte. Nachdem alles erledigt war, klopfte er ihm aufmunterungsvoll auf die Schulter, während Mehdi ihn eindringlich darum bat noch einmal bei seiner Familie vorbeischauen zu dürfen. Schapur lehnte die Bitte strikt ab, mit der Begründung, dass es auf den Straßen viel zu gefährlich für ihn sei.

In Wahrheit hatte er seine Mutter aber im Vorfeld schon längst informiert und sie darum gebeten vorbeizukommen, um sich von ihrem Sohn zu verabschieden. Mehdi schien von dem ausgesprochenen Verbot nicht sonderlich begeistert zu sein und dachte kurz daran, sich einfach aus dem Staub zu machen, als er plötzlich seine Mama vor sich stehen sah. Die beiden fielen sich überglücklich in die Arme und versuchten, diesen einen letzten Moment irgendwie festzuhalten. Mamanjun war mit ihren Nerven jedoch völlig am Ende und weinte ununterbrochen. Mehdi tröstete sie, so gut er konnte, aber der Trennungsschmerz saß so tief, dass sie sich einfach nicht beruhigen ließ. Schon nach kurzer Zeit war sie so entkräftet, dass er sie vorsichtig auf einen Stuhl setzten musste, da er befürchtete, dass sie im nächsten Augenblick einen Schwächeanfall erleiden würde. Schapur redete mit Bedacht auf sie ein und versuchte ihr die Angst zu nehmen, indem er die Gefahr der bevorstehenden Flucht einfach herunterspielte. Doch als sie zum Ende hin hörte, dass die neue Heimat ihres Kindes Deutschland sei, fiel sie vor Schreck beinahe in Ohnmacht.

»In Gottes Namen, ich flehe dich an, bitte gehe nicht dorthin. Diese Verrückten haben Millionen von unschuldigen Menschen auf dem Gewissen oder hast du das etwa schon vergessen?« Mehdi schaute völlig irritiert hinüber zu Schapur, der energisch das Wort ergriff.

»Wenn Ihr Sohn weiterhin im Iran bleibt, dann wird man ihn früher oder später hinrichten. Deswegen ist es von äußerster Dringlichkeit, dass er dieses Land so schnell wie möglich verlässt. Übrigens brauchen sie sich keinerlei Sorgen machen, denn Europa ist mittlerweile einer der friedlichsten Orte auf diesem Planeten.«

Mamanjun zeigte schlussendlich Einsicht, auch wenn ihr verzweifelter Gesichtsausdruck etwas gänzlich anderes verriet. Mit einer kraftlosen Geste holte sie anschließend ein kleines Geldbündel hervor, welches sie ihrem Kind entschlossen in die Hand drückte.

»Möge Allah dich auf deinem langen und gefahrvollen Weg beschützen.« Mehdi bekam sofort ein schlechtes Gewissen, weil er wusste, dass seine Mutter sich wegen ihm hoch verschuldet hatte. Schapur blickte zwischendurch immer wieder ungeduldig auf seine Armbanduhr und machte ihm mit einem Kopfnicken schließlich deutlich, dass es langsam an der Zeit war sich zu verabschieden. Obwohl er nach außen hin kühl und abgeklärt wirkte, so konnte man dennoch fühlen, dass all die schmerzlichen Trennungen, die er in letzten Jahren schon miterlebt hatte, nicht spurlos an ihm vorübergegangen waren. Mehdi wollte den Abschied so lange wie möglich hinauszögern und fragte ihn kleinlaut, ob er seine Mama auf dem Heimweg noch ein wenig begleiten durfte. Zu seiner Verwunderung willigte Schapur ohne zu zögern ein, auch wenn er dabei kein sonderlich gutes Gefühl hatte. Mehdi nahm sicherheitshalber den Schäferhund mit, der ihm unterwegs als treuer Beschützer zur Seite stehen sollte. Als sie gemeinsam vor das Haus traten, ging langsam die Sonne unter. Die Leere auf den Straßen wirkte erdrückend und es war unverkennbar, dass er höllische Angst davor hatte, verhaftet zu werden. Spürbar beunruhigt lief Mehdi umher, und blickte argwöhnisch in jedes Auto und jeden Hauseingang, als seine Mutter auf einmal völlig unerwartet die Reißleine zog.

»Meine Güte, das ist ja nicht auszuhalten mit dir! Ich glaube es ist an der Zeit, dass ich dich gehen lasse, mein Junge.« Mehdi dachte er hätte sich verhört und fiel ihr weinend um den Hals.

»Es tut mir schrecklich leid, aber ich verspreche dir, dass ich alles dafür tun werde, um so schnell wie möglich zurückzukommen.«

»Ertränke dein Herz nicht in Trauer. Manchmal ist es einfach besser, nicht zu wissen was die Zukunft für einen bereithält. Wenn Allah will, dann werden wir uns wiedersehen.« Einige Sekunden später holte sie einen Briefumschlag hervor, auf dem sein Name geschrieben stand.

»Hier, das soll ich dir geben, es ist von Leila.« Doch Mehdi war in diesem Moment so sehr mit sich selbst und seinen Emotionen beschäftigt, dass er nicht wirklich mitbekam, was er da gerade entgegengenommen hatte. Durch seine verheulten Augen konnte er in der Ferne die Umrisse von Schapur erkennen, der ihm mit einem eindeutigem Handzeichen zu verstehen gab, dass er schleunigst wieder zurückkommen sollte. Mamanjun griff sichtlich verunsichert nach seiner Hand und schaute besorgt zu ihm auf.

»Irgendwie habe ich die Befürchtung, dass ich dich nie wiedersehen werde.« Mehdi machte ihr Mut und versuchte seinen eigenen Selbstzweifel nicht nach außen durchscheinen zu lassen.

»Bitte denke nicht so, denn wir werden uns schon sehr bald wiedersehen, ich liebe dich.« Bevor er ging, streichelte sie ihm sanft über sein Gesicht und gab ihm einen Kuss auf die Stirn.

»Jetzt geh schon zurück und mache es mit deinen Versprechungen nicht noch schlimmer, dass hält ja niemand aus.« Die letzte Berührung und ein letztes hoffnungsvolles Seufzen sollte er auf seiner langen Reise für immer in seiner Erinnerung behalten.

Auf dem Rückweg war das plötzlich auftretende Gefühl der Einsamkeit so stark, dass er immer wieder daran dachte die Flucht am morgigen Tag abzublasen. Mamanjun wartete unterdessen geduldig am Straßenrand und begab sich erst auf den Heimweg, als er sicher vor dem Haus angekommen war und ihr zuwinkte. Vollkommen niedergeschlagen schleppte sich Mehdi hinein und sackte kurz darauf wie ein Häufchen Elend in sich zusammen.

Seine Leidensbrüder waren sofort zur Stelle und nahmen sich seiner an. Doch jeder Versuch ihn wieder aufzumuntern schlug gänzlich fehl. Stundenlang saß er in einer dunklen Ecke und starrte apathisch ins Leere, als er auf einmal das Briefkuvert in seiner Hosentasche bemerkte. Voller Neugier zog er den gefalteten Zettel aus dem Briefumschlag, auf dem Leila in Eile etwas draufgeschrieben hatte.

»Lieber Mehdi, ich denke jeden Tag an Dich und an unsere erste Verabredung und wünsche mir nichts sehnlicher, als dass wir uns eines Tages wiedersehen. Ich hoffe, dass es Dir dort wo Du hingehst, besser gehen wird als in Deiner Heimat. Bitte vergiss mich nicht.«

In ewiger Liebe, Leila

Schwer atmend sah er hinauf zum Himmel, wobei er ununterbrochen an das dachte, was Schapur über die Hoffnungslosen gesagt hatte. Er versuchte nicht in den Blättern der Vergangenheit zu wühlen und schob seine Befindlichkeiten kurzerhand beiseite. Daraufhin probierte er krampfhaft einzuschlafen, doch immer wieder flackerten vor seinem geistigen Auge Bilder vom Abschied mit Mamanjun auf, die ihn einfach nicht zur Ruhe kommen ließen. Erst kurz bevor er aufstehen musste fiel er in einen tiefen Schlaf, der durch die kräftige Stimme von Schapur aber sofort wieder unterbrochen wurde.

»Los, hoch mit dir! Es ist soweit! Ab heute beginnt dein neues Leben.« Mehdi richtete sich erschrocken auf, verdrängte die Müdigkeit und machte sich in Windeseile fertig. Beim letzten gemeinsamen Frühstück mit den anderen Flüchtlingen verschlang er von allem die doppelte Portion, weil er befürchtete, dass er auf seiner langen Reise nichts mehr zu essen bekommen würde. Nachdem der Fahrer eingetroffen war, reichte ihm Schapur stolz die Hand und machte dabei nicht den Anschein, als würde er sich von einem gewöhnlichen Flüchtling verabschieden. Er gab ihm vielmehr das Gefühl, ein Teil von etwas Großem zu sein, da in seiner Welt, Mut und Hoffnung mehr bedeuteten als Angst und Rückzug. Mehdi war von der Geste vollkommen überwältigt und stieg mit Gänsehaut in den Wagen ein.

Als das Fahrzeug langsam die Straße hinauffuhr und das Haus im Hintergrund immer kleiner und kleiner wurde, fiel die Anspannung langsam von ihm ab. Er schloss schnell Vertrauen zu seinem Fahrer, mit dem er locker ins Gespräch kam. Im Laufe der Unterhaltung wurde er jedoch so müde, dass ihm irgendwann die Augen zufielen und er einfach einschlief.

Am späten Nachmittag erhob er sich völlig verschlafen von der Rücksitzbank und erkundigte sich sofort, wie weit sie noch von Kermanshah entfernt seien. Der Fahrer blickte grinsend in den Rückspiegel und beruhigte ihn.

»Mach dir keine Sorgen, wir sind in ungefähr drei Stunden dort.« Mehdi schien erleichtert und drehte sich immer wieder misstrauisch nach hinten um, weil er ständig das Gefühl hatte, dass ihn jemand verfolgen würde. Um sich ein wenig abzulenken, holte er sein Tagebuch hervor, in welches er nach kurzer Überlegung seinen ersten Eintrag machte.

Müde, verzweifelt und traurig. Mein freudloses Leben hat mich in seinen Fängen. Wenn ich mich recht erinnere, dann habe ich nur ein paar freudige Momente in meinem Leben gehabt. Dafür aber tausende, schmerzliche Erinnerungen von Trennungen und Pein. Ich habe das Alles alleine ertragen und spüre die schwere Last, die ich mit mir herumtrage auf meinen Schultern. Diese Last hat mein Herz zertrümmert. Was soll ich schon in Erinnerung rufen? Ich sinke jeden Augenblick tiefer hinein, in dieses schreckliche Leben, das nur aus Trauer und Leid besteht. Die Menschen, die auf der Flucht sind und alles zurückgelassen haben, kennen diese Schmerzen, die von ständiger Angst begleitet werden. Angst vor einer unsicheren Zukunft. Angst vor der Vergangenheit und Angst davor niemanden zu finden, der diesen Schmerz jemals mit einem teilen kann.

Nachdem er mit seiner Notiz fertig war, ging langsam die Sonne unter. Zu seiner Verwunderung wurde es immer grüner und die prächtigen Moscheen an denen sie vorbeifuhren, wurden in Scharen von ihrer gläubigen Anhängerschaft besucht. Wenig später schnipste der Fahrer mit dem Finger und zeigte entschlossen in die Ferne.

»Schau nur, wir haben es bald geschafft! Dort vorne liegt Kermanshah.« Mehdi fiel ein Stein vom Herzen, als er die Umrisse der Großstadt sah und erkundigte sich ungeduldig nach seinem ersten Zwischenstopp.

»Wer ist eigentlich dieser Mahmoud, bei dem ich heute die Nacht verbringen soll?«

»Du kannst ganz unbesorgt sein. Mahmoud ist der Bruder von Schapur, beide kämpfen gemeinsam für die Freiheit, er ist ein feiner Kerl, du wirst ihn mit Sicherheit mögen.«

Vor den Toren der Stadt kam der Verkehr urplötzlich zum Erliegen. Der Fahrer war nach der langen Fahrt spürbar genervt und wich im Eiltempo auf die Gegenfahrbahn aus, um an dem Stau vorbeizufahren. Dabei setzte er die Hupe und das Scheinwerferlicht als Warnsignal ein, damit ihn die entgegenkommenden Fahrzeuge früh genug hören und sehen konnten. Mehdi standen bei dem waghalsigen Manöver die Schweißperlen auf der Stirn. Verzweifelt umklammerte er den Vordersitz und schaute mit Schrecken den ausweichenden Autos hinterher, die reihenweise im Straßengraben landeten. Zwanzig Minuten später kam der Wagen unbeschadet in einer Staubwolke zum Stehen. Nachdem sich der Dunst verzogen hatte, konnte man erkennen, dass sie unmittelbar vor einer Moschee haltgemacht hatten.

Mehdi stieg aus, schaute sich skeptisch um und wurde im selben Moment von einem vollbärtigen Mann begrüßt, der ihm lächelnd die Hand entgegenstreckte.

»Hallo, mein Name ist Mahmoud, es freut mich sehr dich kennenzulernen.« Mehdi stellte sich ebenfalls vor und folgte dem Fremden wortlos ins Innere des Gebäudes. Dort wurde er in einen kahlen Nebenraum geführt, in dem zehn andere Flüchtlinge saßen und sich miteinander unterhielten. Sie schienen zwar nicht sonderlich interessiert an der Ankunft des Neuen zu sein, trotzdem rückten sie näher zusammen und teilten das wenige Essen miteinander. Mehdi blickte nachdenklich in die vielen jungen Gesichter und wurde die Befürchtung nicht los, dass er einer derjenigen war, die es nicht bis nach Europa schaffen würden. Kurz darauf riss ihn Mahmoud aus seinen Gedanken und bat ihn leise darum, ihm in den Gebetsraum der Moschee zu folgen. Dort musste er sich einer ausgiebigen Befragung unterziehen und bekam im Anschluss voller Stolz die Waffenkammer präsentiert, in welcher sich Maschinengewehre, Panzerfäuste, Handgranaten sowie Armeekleidung befanden. Mehdi machte große Augen, als er die vielen Gewehre sah und fragte ihn gleichzeitig, was diese mit seiner Flucht zu tun hätten. Mahmoud schaute sich prüfend um, und wirkte bei seiner Antwort fast schon ein bisschen paranoid.

»Das sind die Waffen der Freiheit, wer auch immer sich uns in den Weg stellt, der muss sterben.«

»Entschuldige, aber deine Aussage macht mir irgendwie Angst. Kannst du mir bitte mal erklären, wie meine Reise zur türkischen Grenze nun weiterverlaufen wird?«

»Tut mir leid, das war nicht meine Absicht. Morgen wirst du mit deinen Brüdern in einem Armeetransporter nach Tabriz gefahren.«

»Wie, Armeetransporter?«

»Ja, ihr werdet euch als Soldaten verkleiden und zu eurem nächsten Zwischenstopp gebracht.«

»Ach so, deswegen die ganzen Waffen und die Uniformen.«

»Genau, das hast du sehr gut erkannt. Du brauchst dir übrigens keinerlei Sorgen zu machen, niemand wird jemals bemerken, dass ihr keine echten Soldaten seid. Denn wir bringen der Armee das Geld und im Gegenzug helfen sie uns ein kleines bisschen. Ein ganz normales Geschäft also.« Mehdi nickte zuversichtlich und bekam von Mahmoud, bevor dieser wieder verschwand, noch seine Schlafstätte gezeigt, die sich in einer unscheinbaren Ecke des Gebetsraums befand. Völlig erschöpft sank er anschließend zu Boden, wobei er sich vor dem Einschlafen noch ausgiebig die wunderschönen Mosaikverzierungen anschaute, welche überall an den Wänden zu sehen waren.

Nach geraumer Zeit kamen die anderen Flüchtlinge ebenfalls hinzu und legten sich nieder. Einige von ihnen unterhielten sich noch leise miteinander. Dann wurde es auf einmal schlagartig ruhig und die Lichter in der Moschee gingen aus. Am nächsten Morgen wurde er früh durch Mahmoud geweckt. Denn dieser stand unmittelbar neben ihm, pfiff seine Lieblingsmelodie und teilte in aller Seelenruhe die Uniformen sowie die Maschinengewehre an seine Schützlinge aus.

»Komm, mach dich fertig, heute wird es ein sehr langer Tag für dich werden.« Mehdi stand ohne Widerworte auf und begab sich schnurstracks zum Waschraum. Als er wieder hinauskam, hatten sich einige der Flüchtlinge schon umgezogen. Auf den ersten Blick sahen sie tatsächlich so aus wie waschechte Soldaten, nur ihr unsicherer Blick ließ vermuten, dass irgendetwas nicht stimmte. Während des gemeinsamen Frühstücks verschwand Mahmoud stillschweigend nach draußen auf den Hof, wo er Stück für

Stück eine schwarze Abdeckplane wegzog, unter der sich ein großer Armeetransporter befand. Kurz vor der Weiterfahrt hielt er noch eine kleine Ansprache, mit der er versuchte, jeden Gedanken des Zweifels aus dem Weg zu räumen.

»Meine lieben Brüder, es ist nicht mehr weit, dann werdet ihr die Grenzen nach Europa erreichen. Bis dahin dürft ihr auf keinen Fall zulassen, dass euch eure innere Hoffnungslosigkeit auffrisst. Aber badet euch nicht zu früh in Sicherheit, denn der Arm des Teufels ist weitaus länger, als euer Verstand jemals zu begreifen vermag.« Nachdem Mahmoud mit seinem Vortrag fertig war, rollte er mit einem Ruck das Verdeck herunter und gab dem Fahrer das Zeichen zum Losfahren.

Der Transporter fuhr holpernd vom Gelände und nahm langsam Fahrt in Richtung Norden auf. Doch durch das laute Motorengeräusch und das schummrige Licht im Inneren war es fast unmöglich, ein Gespräch zu den anderen Flüchtlingen aufzubauen. Überall klapperte es und der heiße und sandige Fahrtwind wehte unablässig durch sämtliche Öffnungen, was die Kontaktaufnahme zusätzlich erschwerte. Im Laufe der Fahrt stieg einer der jungen Männer wagemutig hinauf auf die wackelige Dachkonstruktion. Dort zog er mit seiner ganzen Kraft die Abdeckung nach oben, die er mit viel Geschick an einer Metallstrebe befestigte. Beim Herunterklettern wurde er begeistert bejubelt, da alle Anwesenden nun endlich wieder frei durchatmen konnten. Mit Hochspannung schauten sie nach draußen, denn dort hatte sich eine lange Schlange von Autos gebildet, die dem Armeetransporter geduldig hinterherfuhr, während dieser sich im Schritttempo an tiefen Schluchten vorbeischlängelte. Als sie nach einer gefühlten Ewigkeit endlich die Hauptstraße erreicht hatten, wurde jedes Überholmanöver von einem genervten Hupkonzert begleitet. Im selben Moment zog ein kräftiger Windstoß vorüber, der den beißenden Geruch von verbranntem Gummi mit sich trug. In der Ferne konnte man eine Handvoll Straßenkinder sehen, die ein paar alte Traktorreifen in Brand gesteckt hatten und alles in die lodernden Flammen hineinwarfen, was sie an Schutt finden konnten. Als diese jedoch das herannahende Armeefahrzeug erblickten, versteckten sie sich blitzschnell hinter einem Felsen und warteten solange ab, bis die Luft rein war. Eine der Jungen linste neugierig hervor und winkte den vermeintlichen Soldaten begeistert zu. Mehdi erwiderte seine freundliche Geste und wurde daraufhin lachend von einem Mitreisenden angesprochen.

»Der Bursche hat uns doch glatt für echte Soldaten gehalten.«

»Ja, das ist irgendwie schon witzig. Ich bin sehr gespannt wer uns auf dieser Fahrt noch alles grüßen wird.« Um seine fingierte Identität auszutesten, begrüßte Mehdi sein Gegenüber mit dem Namen Karim. Doch dummerweise wurde dieser sofort stutzig und fühlte ihm auf den Zahn.

»Karim, das klingt aber so gar nicht nach einem persischen Namen, klingt eher nach einem verfluchten Araber.« Mehdi dachte sich blitzschnell eine Ausrede aus und versuchte seine wahre Identität unter allen Umständen geheim zu halten.

»Mein Vater hat mich nach Abdelkarim benannt, dem Freiheitskämpfer.«

»Von dem habe ich zwar noch nie etwas gehört, aber nach deinem Akzent zu urteilen, stammst du mit aller Wahrscheinlichkeit aus Isfahan, stimmt's?«

»Ja genau! Hört man das denn so sehr heraus?«

»Aber natürlich, diese feine Aussprache ist im Iran einmalig. Dort wo ich herkomme genießen die Leute aus dieser Region hohes Ansehen, da sie meist sehr intelligent und gutaussehend sind.« Mehdi war sichtlich geschmeichelt und fuhr sich locker durchs Haar.

»Also ich kann mich über mein Äußeres nicht beklagen. Allerdings kann ich dir nicht genau sagen ob die Menschen, die aus meiner Stadt kommen intelligent sind, da ich nicht jeden einzelnen von ihnen kenne.«

»An Selbstbewusstsein scheint es euch Isfahanis sicherlich nicht zu mangeln, so viel steht fest. Übrigens, mein Name ist Navid, es freut mich sehr, deine Bekanntschaft zu machen.«

»Die Freude ist ganz auf meiner Seite. Darf ich dich eventuell fragen wohin du gehen wirst, sobald du Europa erreicht hast?« Navid schaute sich nervös um und flüsterte ihm leise zu.

»Ehrlich gesagt darf ich mit niemandem darüber sprechen, denn schließlich kannst du ja auch ein Spion sein und mich aushorchen.« Mehdi gab sich mit der Antwort zufrieden und hakte nicht weiter nach, da er ja selbst nichts über seine wahre Identität preisgab.

Irgendwann fuhren sie an einer kleinen Bergkette vorbei, die so aussah, als würde sie aus verschiedenfarbigen Gewürzen bestehen. Viele von ihnen schimmerten vulkanrot und wurden von einem Flüchtling prompt auf den Namen »Safranhügel« getauft. Mehdi lief sofort das Wasser im Mund zusammen und er dachte dabei unweigerlich an seinen besten Freund Amin, mit dem er des Öfteren den köstlichen Safranreis mit den Lammspießen verspeist hatte. Als er sich umschaute, konnte er genau sehen, dass die anderen ebenfalls in ihren Erinnerungen gruben und sich in diesem Augenblick einen riesigen Teller voller leckerem Essen herbeisehnten. Am frühen Abend kam der Transporter auf einmal schlagartig zum Stehen, da der Fahrer, wegen eines sich anbahnenden Sandsturms kurzzeitig die Orientierung verloren hatte. Genervt stieg er aus dem Fahrzeug und suchte die Dunkelheit fieberhaft nach einer ihm bekannten Lichtquelle ab. Als er auf einer weit entfernten Anhöhe endlich die zwei lodernden Fackeln erspähte, atmete er erleichtert auf, weil er wusste, dass sie nicht mehr allzu weit von ihrem Ziel-ort entfernt waren.

Im Anschluss quälte sich der Armeetransporter stundenlang durch unwegsames Gelände hindurch, bis er schließlich mit seiner wertvollen Fracht an einem abgelegenen Reisfeld zum Stehen kam. Mit fürchterlichen Rückenschmerzen kletterten Mehdi und die anderen Flüchtlinge nacheinander von der Ladefläche herunter und gingen hinüber ins Haus. Dort kniete die Frau des Bauern vor einem kleinen Lehmofen und backte frisches Fladenbrot, während oberhalb mehrere Kochtöpfe herrlich duftend vor sich hin köchelten. Völlig ausgehungert ließen sie sich anschließend auf dem Boden nieder, wobei sie so lange einatmeten, bis ihnen vom betörenden Essensduft schwindelig wurde. Während der Fahrer dem Reisbauern ein dickes Geldbündel überreichte, fing die alte Dame an, das Essen an ihre hungrigen Gäste auszuteilen. Mit einem riesen Appetit verschlangen diese alles was man ihnen auftischte. Dabei aßen sie in einer derartigen Geschwindigkeit, dass die Gastgeberin mit dem Servieren fast nicht mehr hinterherkam. Schon nach kurzer Zeit fingen die ersten an zu stöhnen, weil sie vor Gier so viel in sich hineingestopft hatten, dass ihnen die Reiskörner aus den Mundwinkeln quollen. Ein junger Mann lehnte sich entspannt zurück und schrie laut in die Runde.

»Holt die Frauen herein, sie sollen für uns tanzen«, erschöpftes Gelächter ging durch den Raum, bevor mehrere von ihnen abgekämpft einschliefen.

Am nächsten Morgen wurde Mehdi von seinem eigenen Husten geweckt. Als er aufstand und hinausging, blickte er durch eine blaue Dunstwolke hindurch, an dessen Ende der Reisbauer saß und genüsslich seine Opiumpfeife paffte. Vor dem Haus hatten sich eine Handvoll Flüchtlinge versammelt und warteten ungeduldig auf den Fahrer, der sie zur türkischen Grenze bringen sollte. Während der zermürbenden Warterei heizten sich die Gemüter untereinander jedoch so sehr auf, dass keiner dem anderen mehr wirklich über den Weg traute, da sie in den eigenen Reihen Spione vermuteten. Navid, den Mehdi erst gestern kennengelernt hatte, wandte sich ohne ersichtlichen Grund von ihm ab und würdigte ihn fortan keines Blickes mehr. Mit einer Riesenwut im Bauch ging er zurück ins Haus, in dem er sich frustriert neben dem zugedröhnten Reisbauern niederließ, der völlig belangloses Zeug redete und apathisch ins Leere starrte. Mehdi war so aufgebracht über die vorangegangene Situation, dass er dem Greis kurzerhand dessen Pfeife entriss und diese im hohen Bogen in die lodernden Flammen des Ofens warf. Glücklicherweise waren die Reflexe des alten Mannes wegen des Rauschzustandes aber so verzögert, dass dieser nicht wirklich begriff, was gerade eben geschehen war.

Irgendwann trudelte das lang erwartete Fahrzeug dann doch ein, welches sich mit zwei jungen Männern gleich wieder auf den Weg zur dreihundert Kilometer entfernten Grenze machte. Mehdi wurde innerlich immer unruhiger und versuchte sich während der stundenlangen Wartezeit irgendwie abzulenken. Er schnappte sich sein Tagebuch und setzte sich etwas abseits auf eine Anhöhe, von der aus er einen wunderschönen Blick über die grünen Reisfelder hatte, die sich in ihrer ganzen Pracht vor ihm auftaten.

Das verdammte Wetter ist heute total grau und wolkig. Ich muss mindestens bis heute Abend oder morgen früh warten. Was für eine Warterei, ermüdend und lang. Wenn ich diesen Ort nicht bald verlasse, dann werde ich vor Leid und Traurigkeit noch umkommen. Hätte ich jemals gewusst, dass ich mir diese ewige Warterei antun muss, dann hätte ich meine geliebte Mama niemals so früh verlassen. Aber was hatte ich schon für eine Wahl? Nach so vielen Qualen und Entbehrungen muss ich mich immer noch in Geduld üben und hoffen. Wer weiß, ob es sich überhaupt lohnt zu warten! Gott weiß was in diesem fremden Land auf mich zukommt. Ob ich da jemals Erfolg haben werde? Als ich losgefahren bin, habe ich mir gesagt, dass ich es bestimmt schaffe, mehr als fünf Jahre lang dort zu bleiben. Aber in diesem Augenblick bin ich innerlich so betrübt, dass ich es in Deutschland wahrscheinlich nicht mal länger als drei Monate aushalten werde. Es sei denn, ich werde von irgendjemandem dazu gezwungen.

Als er das Buch zuklappte, sah man in seinem Gesicht keinerlei Hoffnung mehr. All die Ungewissheit und die Frage ob er es überhaupt bis nach Deutschland schaffen würde, nagten spürbar an seinem Selbstvertrauen. Mit knurrendem Magen kletterte er von der Anhöhe hinunter und ging zurück ins Haus, wo er mit Ernüchterung feststellte, dass die anderen Flüchtlinge ihm fast nichts vom Essen übriggelassen hatten.

Teilnahmslos standen die jungen Männer im Raum herum und grinsten ihm frech ins Gesicht, während Mehdi krampfhaft versuchte, seine aufkommende Aggression im Zaum zu halten. Doch als sich auf einmal einer von ihnen hinterrücks das letzte Stück Fladenbrot schnappte, tickte er endgültig aus und schlug ihm das Brot wütend aus der Hand.

»Was seid ihr alle bloß für unehrenhafte und egoistische Bastarde!« Navid fühlte sich von der Aussage so sehr beleidigt, dass er blitzschnell aufsprang und Mehdi aggressiv am Kragen packte.

»Nimm das sofort zurück, du kleiner dreckiger Isfahani, bevor ich mich vergesse.« Mehdi dachte jedoch gar nicht daran, klein beizugeben und verpasste seinem Angreifer einen krachenden Faustschlag ins Gesicht. Mehrere junge Männer eilten dem Opfer, das jammernd am Boden lag, sofort zur Hilfe, als plötzlich der alte Mann im Türrahmen auftauchte und mit seiner Pistole auf die aufgebrachte Gruppe zielte.

»Ihr elenden Hundesöhne, unter meinem Dach wird sich nicht geprügelt! Außerdem hat einer von euch hinterlistigen Schlitzohren meine Opiumpfeife geklaut.« Mehdis Gesichtszüge entgleisten schlagartig, doch zu seiner Verwunderung zeigte der Reisbauer unmittelbar auf Navid, der sich inzwischen wieder aufgerichtet hatte.

»Du dreckiger kleiner Dieb, mit dir habe ich noch ein Hühnchen zu rupfen. Die anderen verlassen jetzt auf der Stelle mein Haus, bevor ich irgendetwas anstelle, was ich später eventuell bereuen könnte.«

In Windeseile verschwanden sie gemeinsam nach draußen, wobei sie ihren verängstigt dreinblickenden Kameraden zurückließen, der überhaupt nicht wusste wie ihm geschah. Nachdem es im Inneren mehrmals laut klatschte, kam der vermeintliche Opiumpfeifendieb in Begleitung des alten Herrn wieder hinaus.

»Bedankt euch bei eurem tollen Freund, dem Langfinger, denn wegen ihm dürft ihr heute in der alten Scheune übernachten.« Die Stimmung war komplett am Boden und alle hackten gleichzeitig auf Navid herum, der sich seine rote Wange hielt und immer wieder seine Unschuld beteuerte. Mehdi hatte schreckliche Gewissensbisse und versuchte mit dem erbosten Bauern zu verhandeln, während die anderen die Situation aus sicherer Entfernung beobachteten.

»Na gut, ich gebe dir und deiner Truppe noch eine allerletzte Chance. Aber zur Strafe müsst ihr den gesamten Schutt auf dem Gelände zusammenräumen.« Mehdi willigte ohne zu zögern ein und winkte seine Kameraden aufgeregt zu sich heran. Doch als diese hörten, was die an sie gestellte Bedingung war, blickten sie wütend hinüber zu Navid, bevor sie sich schließlich mit merklich schlechter Laune an die Arbeit begaben.

Als der alte Mann ein paar Stunden später von seinem Mittagsschlaf erwachte und im Anschluss hinauskam, traute er seinen Augen kaum, denn der gesamte Schrott lag feinsäuberlich sortiert direkt vor seiner Nase. Zu ihrer Verwunderung lud er daraufhin alle freundlich lächelnd in sein Haus ein und belohnte die harte Arbeit mit gutem Essen, wobei die Stimmung untereinander nun so ausgelassen war, dass die Flüchtlinge ihre Mahlzeiten sogar miteinander teilten.

Kurz nach Mitternacht kam der Fahrer wieder zurück von der Grenze. Völlig aufgelöst erzählte er davon, dass sie einen der jungen Männer wegen seiner gefälschten Ausweisdokumente verhaftet hatten. Der andere von ihnen war zwar unbehelligt durch die Kontrolle gekommen, doch nachdem er vor Angst losrannte, schöpften die Polizisten Verdacht und streckten ihn mit zwei gezielten Schüssen nieder. Allen Anwesenden stockte der Atem. Mehdi holte sofort seinen Pass hervor und suchte ihn feinsäuberlich nach möglichen Schwachstellen ab. Obwohl er nichts Auffälliges entdecken konnte, war er innerlich so beunruhigt, dass er in jeder Sekunde daran dachte, die Flucht abzusagen und zu seiner Familie zurückzukehren. Doch die Angst davor, dass die Polizei ihn erneut verhaften würde, war so groß, dass er den Gedanken ganz schnell wieder zur Seite schob. Der Fahrer blickte in die völlig verängstigten Gesichter und schien sich nicht sicher zu sein, ob er auf seine folgende Frage überhaupt eine Antwort erhalten würde.

»Wer von euch will sein Schicksal in die Hände Gottes legen und bei Sonnenaufgang mit mir zur türkischen Grenze fahren?« Jeder einzelne schaute verängstigt zu Boden, als Mehdi auf einmal seine Hand hob.

»Hier, ich werde mitkommen.« Ein angstvolles Raunen erfüllte den Raum und Navid fragte ihn prompt ob er denn lebensmüde sei. Er ging absichtlich nicht weiter auf dessen Aussage ein, doch die Unruhe, die diese Nachricht in den eigenen Reihen hervorgerufen hatte, sollte noch eine ganze Weile anhalten.

Im Morgengrauen war Mehdi mit den Nerven so sehr am Ende, dass er sich mehrmals übergeben musste. Erschrocken standen die anderen Flüchtlinge drum herum und starrten ihn mitleidig an, weil sie eigentlich damit rechneten, dass er die Fahrt zur türkischen Grenze nicht antreten würde. Doch als der Fahrer wild gestikulierend zur Eile drängte und ihn in den Wagen zerrte, wussten sie, dass es für ihn kein Zurück mehr gab.

Vor der Abfahrt kamen die jungen Männer noch einmal ans geöffnete Fenster der Beifahrertür und sprachen ihm unaufhörlich Mut zu, obwohl sie ihn hinter vorgehaltener Hand schon längst für todgeweiht erklärt hatten. Im Anschluss trat der Fahrer mit voller Wucht aufs Gaspedal und sauste in rasender Geschwindigkeit vom Gelände. Dabei riss er das Lenkrad immer wieder aufgeschreckt von links nach rechts um den plötzlich auftauchenden Schlaglöchern auszuweichen, die in der Morgendämmerung nur schwer zu erkennen waren.

Nach zwei Stunden erreichten sie sichtlich erleichtert die Hauptstraße und die Fahrt in Richtung Grenze konnte ungehindert weitergehen. Doch je näher sie ihrem Ziel kamen, umso nervöser wurde der Fahrer, der fast im Sekundentakt an seinen Fingernägeln herumknabberte. Mehdi sah mit Unbehagen hinüber und versuchte sich krampfhaft auf das zurückzubesinnen, was ihm Schapur beigebracht hatte. Aber jedes Mal flackerten vor seinem geistigen Auge Bilder von einer völlig schiefgegangenen Flucht auf, die es ihm einfach unmöglich machten sich zu konzentrieren. Wenig später fuhren sie auf einen kilometerlangen Stau zu, welcher sich in Schlangenlinien bis hinunter ins Tal zog. Während der Fahrer sich fluchend hinter der stehenden Blechlawine einreihte, plapperte Mehdi aufgeregt drauf los, da er insgeheim spürte, dass die Freiheit in greifbarer Nähe war.

»Entschuldigung, wie weit sind wir eigentlich noch von der Türkei entfernt?«

»Naja, eigentlich sind wir ganz nah dran. Siehst du den Berg dort hinten?«

»Ja, na klar!«

»Unmittelbar dahinter befindet sich die Türkei.« Mehdi stieß einen erleichterten Jubelschrei aus und wurde im gleichen Moment wieder auf den Boden der Tatsachen zurückgeholt.

»Freu dich bloß nicht zu früh, denn der gefährlichste Teil deiner Reise liegt noch vor dir. Allerdings würde ich vorschlagen, dass du die letzten Kilometer zur Grenze zu Fuß zurücklegst, denn so wie es aussieht, wird das mit dem Stau noch ewig dauern. Übrigens, falls du es tatsächlich bis in die Türkei schaffen solltest, musst du eigenständig zu einem Dorf namens Büvetli gelangen, das ein paar Kilometer hinter der Grenze in Richtung Westen liegt. Dort wirst du einen kleinen Platz mit einem Café vorfinden, in dem ein Mann namens Bülent arbeitet. Dieser wird sich um alles Weitere kümmern und deine Reise nach Deutschland in die Wege leiten.« Mehdi war merklich verunsichert und hakte nochmal genauer nach.

»Ja, aber was ist, wenn ich dieses eigenartig klingende Dorf namens Büvetli und den Typen namens Bülent nicht finde?« Der Fahrer schien aus irgendeinem Grund zu wissen, dass er ihm genau diese Frage stellen würde, und hatte sofort die passende Antwort parat.

»Also, erst einmal musst du es unbeschadet hinüber auf die andere Seite schaffen, danach kannst du dir über dein weiteres Vorankommen gerne Gedanken machen. Du kannst jedoch ganz unbesorgt sein, denn du wirst alles genau so vorfinden, wie ich es dir beschrieben habe.« Nach reichlicher Überlegung verabschiedete Mehdi sich schließlich und schloss sich kurzerhand dem Tross aus Reisenden an, der in Richtung Grenze zog.

Unterwegs kam er an mehreren Lastwagenfahrern vorbei, die sich mit anderen Wartenden zusammengetan hatten und in aller Seelenruhe gegeneinander Backgammon spielten. Beim flüchtigen Blick über die Schulter erblickte er ein weinendes Kind, welches alleine unter einem Sattelschlepper saß und verängstigt nach seiner Mutter schrie, die aber nirgends zu sehen war. Mehdi schaute sich verunsichert um und versuchte den Jungen zu beruhigen. Anfangs zeigte der Kleine allerdings überhaupt kein Interesse an dem völlig Fremden. Doch als er sah, dass dieser auf einmal ein paar Grimassen schnitt, fing er an zu lachen und vertraute sich ihm an. Über eine Stunde suchten sie gemeinsam die nähere Umgebung ab, wobei sie aber niemanden entdecken konnten. Mehdi wurde innerlich so unruhig, dass er sich kurzerhand dazu entschloss, den Knirps mit zur Grenze zu nehmen, in der Hoffnung, eventuell dort fündig zu werden. Unterwegs durchlöcherte der Knabe ihn unaufhörlich mit Fragen, auf die er mit sehr viel Fantasie einging, um ihn ein wenig von der Situation abzulenken.

»Wie heißt du eigentlich?«

»Mein Name ist Mehdi und wie heißt du kleiner Mann?«

»Ich heiße Amin.«

»Das ist ein sehr schöner Name, mein bester Freund hieß auch Amin, aber jetzt ist er leider nicht mehr da.«

»Wie, nicht mehr da? Ist dein Amin etwa vor dir weggelaufen?« Mehdi lachte:

»Ja, so kann man das auch sehen, er ist nach oben in den Himmel gelaufen und hat vergessen die Leiter mitzunehmen, um wieder von den Wolken herunter zu kommen.«

»Wenn dein Amin also dort oben ist und seine Leiter vergessen hat, dann muss die Leiter aber ganz schön lang gewesen sein«, gab er aufgeweckt zu verstehen. Amin war von der Fantasie des Fremden hellauf begeistert und stellte ihm nach kurzer Überlegung gleich die nächste Frage.

»Sag mal, wie hoch ist eigentlich dieser Berg dort drüben?« Mehdi versuchte dem Kind das Ausmaß der Höhe irgendwie bergreiflich zu machen und zeigte mit großen Augen auf den nicht enden wollenden Stau.

»Das Gebirge ist genauso hoch wie alle Autos und Lastwagen hier zusammen.« Der Kleine schaute ihn erstaunt an und begann freudvoll, jedes einzelne Fahrzeug zu zählen, an dem sie vorbeigingen. Zweihundert Meter vor der Grenze wurden die Menschenansammlungen mit einem Mal so gewaltig, dass er den Knirps auf seine Schultern setzte, damit er das quirlige Durcheinander besser überblicken konnte.

»Gib mir bitte Bescheid sobald du deine Mamanjun siehst, hast du verstanden?« Amin bejahte und schlug kurz darauf Alarm. Mehdi drehte sich aufgeschreckt von links nach rechts und folgte schließlich den Anweisungen des Jungen, der laut schreiend auf einen Pulk von Wartenden zeigte, in dem eine dunkelhaarige Frau mit zwei Kindern stand, die sich verzweifelt umschaute. In Windeseile rutschte der Bub vom Rücken hinunter und rannte mit überschwänglicher Freude auf seine Mama zu, während Mehdi sich mit einem mulmigen Gefühl in die Warteschlange einreihte.

Dabei spulte er in Gedanken noch einmal alles ab, was ihm Schapur beigebrachte hatte, als er plötzlich von hinten angesprochen wurde.

»Junger Mann, ich danke Ihnen vielmals für dieses Wunder, denn irgendwie hatte ich die Hoffnung schon aufgebeben.« Mehdi lächelte der Mutter wortlos entgegen und richtete seinen Blick gleich wieder nach vorn, da er tierische Angst davor hatte, beim bevorstehenden Grenzübertritt einen Fehler zu machen.

Mit lautem Herzklopfen lief er eine Stunde später auf den Grenzbeamten zu, der in einem schroffen Tonfall nach seinem Ausweis verlangte. Mehdi schob seinen Pass mit zitternden Fingern hinüber und wurde daraufhin skeptisch angesprochen, was seinen Adrenalinpegel steil nach oben schnellen ließ.

»Komisch, ihr Afghanen seht uns Persern zum Verwechseln ähnlich. Wenn ich deinen Ausweis nicht vor mir liegen hätte, würde ich glatt behaupten, dass du ein Iraner bist.« Mehdi wischte sich unauffällig den Schweiß von der Stirn und antworte langsam und bedacht.

»Ja, das wurde mir schon öfters gesagt.«

»Naja, es reicht ja eigentlich schon, dass ihr uns die Sprache geklaut habt. Nicht, dass ihr Verrückten auch noch unser Land einnehmt, denn schließlich sind wir als direkte Nachbarn ja sowas wie Brüder.«

Mit einem verlegenen Lächeln ließ er die anschließende Durchsuchung über sich ergehen, wobei er vor Schreck beinahe einen Nervenzusammenbruch erlitt, da der kleine Amin aus dem Hintergrund mehrmals seinen echten Namen rief. Doch glücklicherweise entdeckte der Beamte im selben Moment ein paar Afghani, weshalb er nicht weiter auf die lauten Rufe einging.

»Die Geldscheine nehme ich mal zur Sicherheit an mich, denn diese Räuberwährung wirst du da drüben ohnehin nicht los, glaub mir.« Nachdem der Polizist den Ausreisestempel gesetzt hatte, passierte Mehdi schnurstracks das Tor und war spürbar erleichtert, als er unter dem blauen Himmel die türkische Staatsflagge erblickte.

In sicherer Entfernung ließ er sich erschöpft auf einem Stein nieder und überlegte fieberhaft, wie er am schnellsten zu dem Dorf namens Büvetli gelangen konnte. Überall am Straßenrand standen Reisende herum, die per Anhalter nach einer Mitfahrgelegenheit suchten. Mehdi schaute genauer hin und war verwundert darüber, dass so viele Transporter anhielten und fast jeden mitnahmen, der gerade aus dem Iran ausgereist war. Nach ein paar Minuten fuhren ein und dieselben Fahrzeuge inklusive der zuvor eingestiegenen Insassen wieder zurück zur Grenze. Jedoch zeigten diese keinerlei Regung und starrten völlig paralysiert nach draußen. Einer von ihnen schlug plötzlich mit voller Wucht gegen die Scheibe der Beifahrertür und probierte zu entkommen. Doch sein verzweifelter Fluchtversuch wurde mit mehreren Schlägen auf den Hinterkopf sofort unterbunden. Mehdi versteckte sich blitzschnell hinter einem Felsen und wurde die Befürchtung nicht los, dass er noch lange nicht außer Gefahr war. Er entfernte sich rasch vom Ort des Geschehens und begriff nun allmählich, was Mahmoud mit dem langen Arm des Teufels gemeint hatte. Ein Weilchen später knatterte ein kleiner Traktor an ihm vorbei, den er winkend zum Anhalten aufforderte. Mit Händen und Füßen erklärte er dem älteren, skeptisch dreinblickenden Herrn, dass er unbedingt nach Büvetli müsse. Dieser deutete lachend in die Ferne und lud ihn mit einer freundlichen Geste ein, sich auf seinen Anhänger zu setzen. Mehdi schwang sich in einem Satz auf die Ladefläche und war überglücklich, als der Trecker langsam losrollte.

Nach mehr als drei Stunden Fahrt durch die karge anatolische Landschaft kamen sie schließlich am Eingang des Dorfes an. Dort zeigte der grauhaarige Mann peinlich berührt auf das verrostete Ortsschild, welches kopfüber an einer hölzernen Straßenlaterne hing. Mehdi verabschiedete sich geschwind und lief auf direktem Wege hinüber zu dem kleinen Platz, auf dem ihm unmittelbar das Café ins Auge stach, von dem zuvor der Fahrer gesprochen hatte. Vor dem Geschäft saß ein dunkelhaariger Typ, der ihn zuerst auf Türkisch und danach vorsichtig in Farsi ansprach.

»Junger Mann, kann ich dir irgendwie helfen?« Mehdi fiel ein Stein vom Herzen als er den Satz hörte und war heilfroh darüber, dass er es unbeschadet bis an sein Ziel geschafft hatte.

»Hallo, mein Name ist Karim, ich bin ein paar Stunden zuvor aus meiner Heimat dem Iran geflohen und man sagte mir, dass sie sich meiner Probleme annehmen würden.« Bülent wusste sofort wovon er sprach und stellte ihm zur Begrüßung Obst und ein wenig Gebäck vor die Nase, welches er bei einem ausführlichen Gespräch hungrig in sich hineinschaufelte.

»Du kannst von Glück reden, dass du es bis hierher geschafft hast. Erst vor ein paar Tagen haben Schergen der iranischen Geheimpolizei mitten in der Nacht eine Gruppe von jungen Flüchtlingen erschossen, als diese versucht haben zu fliehen. Meine Leute haben sie wenige Kilometer entfernt von hier tot aufgefunden und würdevoll dort drüben begraben. Ihre Familien denken wahrscheinlich noch immer, dass sie sich auf dem Weg nach Europa befinden.« Mehdi blieb vor Schreck das Essen im Halse stecken und rannte panisch hinüber zu dem Ort, an dem auch er hätte liegen können. Während ein leichter Windsstoß vorüberzog, blickte er mit Tränen in den Augen hinunter auf die grauen Gräber und das Einzige was ringsherum noch lebendig erschien, waren die kleinen gelben Blumen, die sich oberhalb der Ruhestätten tanzend dem blauen Himmel entgegenstreckten. Nachdem er eine Weile innegehalten hatte, trottete er niedergeschlagen zurück zum Café, wo er sich seine Sorgen von der Seele schrieb.

Wer hat bloß dieses ganze Leid und den Schmerz erschaffen? Warum verteilt ein Gott die Gerechtigkeit auf dieser Welt so ungleich, während andere Menschen unendlich viele Qualen, Torturen und psychische Folter über sich ergehen lassen müssen. Ich betrachte den gestrigen Tag als einen der bittersten Momente in meinem Leben. Denn ich habe unmittelbar zu spüren bekommen, was es bedeutet ein zerbrochenes Herz mit sich herumzutragen. Mit einem Mal bemerkte ich, dass das, was in meiner Brust schlägt, nur noch ein kaltes, nutzloses »Ding« war, welches die Aufgabe besaß, dieses abscheuliche Gefühl in meinem Körper zu verbreiten. Ich bin nicht mehr im Stande etwas zu fühlen, da mein ganzes Wesen in dem Augenblick zerbrach, als ich mich von meiner Mutter verabschiedet habe und sie mir weinend sagte, dass sie mich nie wiedersehen werde. Ich spucke auf euch und auf dieses Leben. Verdammt sollt ihr sein, ihr Verantwortlichen. Nur wegen euch und eurer kranken Ideologien muss die Jugend das Land verlassen und all ihre geliebten Menschen für immer zurücklassen. Wenn ich mich an die Atmosphäre meiner Heimat erinnere, an meine Familie, meine warmherzigen Landsleute und an all jene, die die Sprache der Güte und Freundschaft kannten, dann brenne ich innerlich. Warum müssen wir wegen Verfolgung, Armut und tausend anderer Probleme das Land verlassen?

Ein Zustand, der mittlerweile ein Dauerzustand geworden ist. Fernab von Freundlichkeit und unseren Träumen. Fern von all denen, die wir lieben. Dann kommen wir irgendwo hin, wo alles fremd ist und für immer fremd bleibt. Dorthin, wo wir für immer Fremde sein werden.

Als er mit seinem Eintrag fertig war, überreichte ihm Bülent einen frisch gestempelten Busfahrschein, auf dem in Druckbuchstaben Türkiye – Almanya draufstand.

»Wie, was? Ich bin ein wenig verwirrt, wo hast du denn den so schnell aufgetrieben?«

»Das ist jetzt vollkommen unwichtig, wir haben nämlich nicht viel Zeit. In wenigen Stunden hält vorne an der Hauptstraße ein Bus, mit welchem du und ein paar Gastarbeiter ins Wirtschaftswunderland befördert wirst. Im Übrigen brauchst du dir keinerlei Sorgen zu machen, denn wenn du deinen Bestimmungsort im Süden Deutschlands erreicht hast, wirst du mit aller Wahrscheinlichkeit erstmal in eine Flüchtlingsunterkunft kommen, wo man sich um dich kümmern wird. Hier bei mir kannst du jedenfalls nicht lange bleiben, so viel steht fest.« Mehdi nickte schwer atmend und erkundigte sich neugierig, wie seine zukünftige Heimat denn eigentlich sei? Doch Bülents Gesichtsausdruck wirkte nicht sonderlich begeistert, als er über das weit entfernte, fremde Land sprach.

»Viele der Arbeiter, die aus der Türkei nach Deutschland kommen erzählen mir, dass die Deutschen sehr eigenartige Bräuche hätten. Am Ende eines Jahres zelebrieren sie ein Fest, das sie Weihnachten nennen, dabei entzünden sie einen Baum, singen eigenartige Lieder und essen so viel bis sie platzen. Eine andere Feier widmen sie traditionsgemäß nur dem Alkohol, dort wird so hemmungslos getrunken, bis die Menschen ohnmächtig von den Tischen fallen. Das Gebräu, das diesen verrückten Rauschzustand auslöst, wird im Volksmund übrigens Bier genannt.« Mehdis Augen wurden vor Schreck immer größer. In seinen Gedanken sah er eine Horde Wilder vor sich, die zähnefletschend rohes Fleisch von den Knochen nagten, um einen brennenden Baum tanzten und anschließend sturzbetrunken zu Boden fielen.

»Entschuldige, aber leider gibt es von deiner zukünftigen Heimat nicht allzu viel Positives zu berichten. Erst letztens erhielt ich einen Brief von einem der Arbeiter, der sich darüber beklagt, dass er nach dreimaligem Zuspätkommen aus der Fabrik, in der er gearbeitet hatte, entlassen wurde. Ebenso stand in dem Schreiben, dass die Gastarbeiter es außerhalb ihrer Arbeit extrem schwer haben, mit den Einheimischen in Kontakt zu kommen, da sie das Gefühl haben, dass die Deutschen sie eigentlich gar nicht wollen und sie nur akzeptiert werden, damit das Wirtschaftswunder weiter vorangetrieben werden kann.« Mehdi kratzte sich fragend am Kopf und verdrängte gerade den Rest von den Horrorvorstellungen, die noch in seinen Gedanken umherschwirrten.

»Das kann ich mir gar nicht vorstellen, jeder Mensch ist doch nicht gleich, dort gibt es doch bestimmt auch ganz nette Leute.« Doch Bülent winkte genervt ab und wollte nichts mehr von den Deutschen hören.

Am Abend hielt der Anatolien-Express mit der Aufschrift Türkiye - Almanya an der Hauptstraße von Büvetli. Obwohl der Bus mehr als eine Stunde Verspätung hatte, hielt es den Fahrer nicht davon ab mit Bülent ein längeres Gespräch zu führen. Mehdi nutzte die Zwangspause und schaute sich vorsichtig im Inneren des Busses um. Überall hatten es sich die Reisenden gemütlich gemacht und gähnten dem Fremden verschlafen entgegen, während dieser sich verunsichert nach einem freien Platz umschaute. Als er endlich fündig wurde, setzte er sich blitzschnell hin und wartete ungeduldig darauf, bis es endlich losgehen würde. Nach zwanzig Minuten fuhr der Bus langsam an und ließ das anatolische Dorf hinter sich. Aufgeregt blickte Mehdi hinaus aus dem Fenster, bevor ihn die Monotonie der dunklen Landschaften so müde machte, dass er einfach einschlief.

Ankunft in einer fremden Welt

Als sie die letzte Ausweiskontrolle von Österreich nach Deutschland ohne jegliche Probleme passiert hatten, fing der größte Teil der Insassen ausgelassen an zu applaudieren, denn sie freuten sich auf den Neufanfang, der vor ihnen lag. Der einzige, der nicht wirklich begeistert schien von diesem fremden neuen Land, war Mehdi.
Wie hypnotisiert starrte er aus dem Fenster und suchte in den vorüberziehenden Landschaften irgendeine Ähnlichkeit zu seiner Heimat, damit er sich nicht mehr so allein und einsam fühlte. Alles wirkte vollkommen fremd und er spürte auf Anhieb, dass er sich in Deutschland niemals so wohl fühlen würde wie in den Armen seiner geliebten Familie.

Als der Bus an seinem Zielort in der Nähe von Rosenheim haltmachte, war das Wetter mehr als bescheiden. Es regnete wie aus Eimern und alle Reisenden wurden beim Aussteigen von einem mürrisch dreinblickenden Helfer begrüßt, der sie mit hektischen Handbewegungen unter ein kleines Vordach scheuchte. Dort trat ein dicker Herr mit Brille vor die verunsicherten Gastarbeiter, welche er ausführlich in deutscher Sprache begrüßte. Doch diese verstanden absolut nichts von dem, was gerade eben gesagt wurde und schauten sich schulterzuckend an. Mehdi lief plötzlich ein eiskalter Schauer den Rücken hinunter, als er sah, wie eine Gruppe von jungen Männern stehenblieb, ihre Bierflaschen ansetzten und zu trinken begannen. Hinter vorgehaltener Hand riefen sie Parolen, die er zwar nicht verstehen konnte, doch anhand ihres aggressiven Gesichtsausdrucks wusste er sofort, dass er nicht willkommen war.

Er fühlte sich sofort in dem bestätigt, was Bülent gesagt hatte und wäre mit dem nächsten Bus am liebsten wieder zurück nach Hause gefahren. Kurz darauf wurden die Neuankömmlinge von Angestellten ihres Arbeitgebers abgeholt und zu den Sammelunterkünften in der Nähe der Fabriken gefahren. Mehdi blieb als Einziger übrig und wartete vergeblich darauf, dass auch ihn jemand abholen würde.

Ein paar Stunden später fuhr ein blonder Mann in seinem Auto vor, welcher ihm mit Händen und Füßen zu erklären versuchte, dass er sich um ihn kümmern würde. Obwohl Mehdi kein einziges Wort verstand, folgte er schließlich dem Wildfremden, der ihm mit einer freundlichen Geste die Beifahrertür öffnete. Im Büro angekommen, stellte sich mit Hilfe eines Dolmetschers heraus, dass der Herr für die Ausländerbehörde arbeitete und vor Ort auf Menschen wartete, die mit falschen Papieren aus ihren Heimatländern geflohen waren. Im Laufe der Befragung erzählte Mehdi detailliert die Geschichte seiner Flucht, die der Übersetzer Stück für Stück ins Deutsche übersetzte. Der Mitarbeiter schüttelte beim Zuhören immer wieder fassungslos den Kopf und hämmerte währenddessen wie ein Verrückter auf die Tasten seiner Schreibmaschine ein. Nachdem dieser fertig war, musste Mehdi einen Haufen Papiere unterschreiben, auf denen er jedes Mal aufs Neue versicherte, dass all seine Angaben, die er gemacht hatte, der Wahrheit entsprachen. Zu guter Letzt bekam er noch einen provisorischen Reiseausweis überreicht, mit dem er sich zu Fuß auf den Weg zu seiner Sammelunterkunft machte, die ganz in der Nähe war.

Vor Ort angekommen, traute er seinen Augen kaum, denn das alte heruntergekommene Hotel mit dem Namen

„Rosenklause", wirkte von außen nicht sonderlich einladend. Überall an den Fenstern standen Gastarbeiter herum, die niedergeschlagen hinüber auf den angrenzenden Wald blickten. Mehdi spürte unmittelbar, dass jeder von ihnen an seine Liebsten daheim dachte und auch er sollte bald zu diesem traurigen Gesamtbild gehören. Als er ins Foyer hineintrat, roch es modrig, die Wände zeigten dunkle Flecken und waren zum Teil stark verschimmelt. Auf den Fluren saßen mehrere Flüchtlinge herum, die sich gegenseitig spannende Geschichten aus ihrer Heimat erzählten. Mit einem mulmigen Gefühl öffnete er wenig später die Tür zu seinem Mehrbettzimmer, in dem er sich vorsichtig umschaute und feststellte, dass er ganz allein war. Gedankenversunken ging er hinüber zum Fenster, an dem er den dicht bewachsenen Wald sah, der ihn irgendwie nachdenklich stimmte.

Es wäre nicht schlecht ein paar Worte zu schreiben, weil ich jetzt hier in Deutschland angekommen bin. Dieses Deutschland, von dem ich früher dachte, dass es eine wunderschöne Traumwelt sei. Es gibt ein Sprichwort das sagt: „Egal wo du hingehst, der Himmel wird immer die gleiche Farbe haben." Wieviel Wahrheit dieser Spruch in sich trägt, habe ich erst jetzt wirklich begriffen. Wie schön wäre es, wenn diese Tage schneller vergehen und endlich der letzte Tag des Lebens kommt. Der Tag, an dem uns all das Leiden verlässt und der Mensch keine Hoffnungslosigkeit mehr mit sich herumtragen muss. Ich bin traurig, dass ich hier bin und kann mir auch keinen anderen Ort auf der Welt vorstellen, an dem ich jetzt sein möchte. Ich bin einsamer denn je, einsam wie immer und das Schlimme daran ist, dass ich

hier noch nicht mal jemanden habe, der meine Sprache spricht.

Überall war es grau und kalt und die meisten Menschen hatten sich in ihre Wohnungen und Häuser zurückgezogen. Mit der Zeit wurde Mehdi so langweilig, dass er sich ein bisschen in dem alten Gebäude umsah. Auf den Gängen suchte er verzweifelt nach jemandem, mit dem er sich unterhalten konnte. Doch auch nach mehreren Anläufen, mit den anderen in Kontakt zu treten, fand er nur türkisch sprechende Personen, die sich überhaupt nicht für ihn interessierten.

Im Erdgeschoss gab es einen kleinen Empfang, an dem ein älterer Herr mit dem Namen Hans arbeitete. Dieser vermittelte bei Problemen unter den Bewohnern und war der erste Ansprechpartner, wenn es darum ging, Liebesbriefe für die ersten Freundinnen zu verfassen. Irgendwann fing Mehdis Magen so laut an zu knurren, dass er dem Strom der hungrigen Gastarbeiter folgte, der in die Kantine des Hauses führte. Beim Anblick der Essenauslage verging ihm jedoch schnell der Appetit, denn das Obst war gammelig und die Mahlzeit die sie angeboten bekamen, war eine undefinierbare braune Soße aus Fleisch und Kartoffeln, in der die Fettaugen um den besten Platz auf dem Teller kämpften. Während der Nahrungsaufnahme schaute er immer mal wieder hinüber zu den anderen, die die eigenartige Kost irgendwie hinunterwürgten, um nicht zu verhungern. Im Anschluss begab er sich wieder in sein Zimmer, wo er auf seine Mitbewohner traf, die ihn herzlich auf Türkisch begrüßten. Doch als sie bemerkten, dass er nicht ihre Sprache sprechen konnte, wendeten sie sich ganz schnell wieder von ihm ab. Vor dem Einschlafen grub er in seiner

Erinnerung, wobei er an Mamanjun, seinen besten Freund Amin und an Leila dachte, damit er sich nicht mehr so allein und einsam fühlte.

Als er am nächsten Tag aufwachte, war er der einzige, der noch in seinem Bett lag. Alle anderen waren auswärts und gingen zum Teil ihrer täglichen Arbeit in den Fabriken nach. Bevor er sich auf den Weg nach unten machte, um zu frühstücken, schrieb er seine Gedanken nieder, die ihn die ganze Nacht beschäftigten.

Ich bin immer ruhig geblieben, trotz all dem, was ich in meinem Leben erleiden musste. Ich habe immer versucht die Fassade zu bewahren und die Traurigkeit in meinem Herzen zu verstecken. So ist mein Leben, immer in der Hoffnung auf eine bessere Zukunft. Das ganze Leid und den Schmerz zu ertragen hindert mich daran, dem Leben etwas Positives zu entnehmen. Wie lange kann ein Herz das alles ertragen und nicht aufhören zu schlagen? Wie kann eine so empfindliche Seele, die immer Schreckliches ertragen musste, standhalten und nicht verrückt werden? Wie kann ein Mensch, der immer auf etwas Besseres gehofft hat und es wahrscheinlich nie erfahren wird, noch am Ball bleiben? Wie kann man mit dem Dämon der Armut und des Hungers überhaupt noch die Fähigkeit besitzen über etwas nachzudenken. Über freudige Momente, die man nie erleben wird oder über eine Zukunft, die noch dunkler sein wird als die Vergangenheit.

Ihr selbst erschaffenen Götter des Goldes und Silbers. Ihr, die auf jedem Wege eure Rücklagen erschaffen habt. Ihr, die nicht mal wisst, was Gefühle und Menschlichkeit sind, ihr müsstet euch schämen, ihr Gewissenlosen. Für all das, was die Menschen in eurer Gegenwart fühlen, aber nie

ausgesprochen haben. Für all das Ungerechte, was ihr ihnen angetan habt, nur damit ihr mehr von eurem schmutzigen Geld anhäufen könnt. Ihr müsstet euch schämen für all die hungernden Mütter und all die Frauen, die sehnsüchtig auf ihre arbeitenden Männer warten. Ihr müsstet euch schämen, für die unschuldigen und hungrigen Blicke der Kinder, die sehnsüchtig auf ein Stück Brot warten. Schämt euch für das ganze Leid, was die Mittellosen wegen euch ertragen mussten. Habt Angst vor dem Tag, an dem die unmelodischen Klagen harmonisch werden und die Unterdrückten alles von euch zurückholen, was ihr ihnen entrissen habt. An diesem Tag kann euch keiner mehr helfen und niemand wird eurem Gewinsel um Gnade Gehör schenken. Dann wird euch die Flut unserer vergossenen Tränen wie eine riesige Lawine überrollen und für immer von diesem Erdboden entfernen.

Berlin - Frühling 1980

Die wundervolle und fröhliche Welt, die ich mir einst auf die Flügel meiner Träume gesetzt hatte und deren Erinnerung für mich Genuss war, ist längst vergangen und an ihre Stelle ist eine dunkle und düstere Welt getreten. Je mehr ich über die Vergangenheit und all die Mühe, die ich mir mit anderen gegeben habe, nachdenke, umso mehr begreife ich, wie sehr meine Träume immerzu unerfüllte Wünsche geblieben sind. Manchmal werde ich so traurig, nicht, weil mich das Leben unterdrückt, sondern weil ich fühle, dass die Welt um mich herum arg verlogen ist. Alles um mich herum ist Schmach und Pein. Das, was ich wirklich anstrebe, ist in weite Ferne gerückt und bleibt mir verwehrt, dabei versinke ich immer tiefer im Moor der Lügen. Die ganze Sache ist mir schon lange aus den Händen entglitten und dabei habe ich die Kontrolle verloren. Jeder lügt jedem ins Gesicht und dieses ganze gesellschaftliche System hat sich wie ein schwarzer Schleier auf meinem Leben niedergelassen. Die Wahrheit wurde durch Unwahrheit ersetzt und die Schönheit und Ehrlichkeit haben ihre wahre Bedeutung verloren. Ich verabscheue mein hinterhältiges Leben und all die Rollen, die ich in dieser Zeit spielen musste. Warum schaffe ich es nicht ein anderer Mensch zu sein, als der, der ich im Laufe der Zeit geworden bin. Warum lässt mich das Leben nicht genau so wie in meiner Vorstellung wahrhaftig und rein sein? Warum lässt es nicht zu, dass ich meinen Gedanken treu bleibe? Warum zwingt es mich ein Lump, ein Lügner und arglistig zu sein? Mir tut es weh zu sehen, dass die Menschen, die mit mir ehrlich und wahrhaftig umgegangen sind, von mir nichts außer Heuchelei und Un-

wahrhaftigkeit gesehen haben. Es ist eine lange Zeit her, als ich noch die Fähigkeit besaß mir in den traurigsten und dunkelsten Momenten meines Lebens die Zukunft als schön und traumhaft vorzustellen.
Der Frühling, der Sommer und das Fallen der Blätter im Herbst, keines dieser schönen Bilder kann mir die Hoffnung und Zuversicht geben und mich noch am Leben halten. Fall herunter, du wundervoller Schnee, fall auf all die Finsternis und Düsterheit, die mein »Leben« umgibt und bring mir mit deinem Glanz und deiner Reinheit den Frieden zurück.

Mittlerweile waren seit seiner Ankunft in Deutschland einundzwanzig Jahre vergangen und alles, was von der Hoffnung auf ein besseres Leben geblieben war, musste Stück für Stück der harten Realität des Alltags weichen. Nach acht langen Jahren ohne Arbeitserlaubnis und mehreren schicksalshaften Rückschlägen sah er keinen anderen Ausweg mehr und suchte nach Einnahmequellen, um sich, seine Familie im Iran, und seine Träume weiterhin am Leben halten zu können.

Schwitzend stand Mehdi an diesem Tag über dem Motor eines geklauten Autos und versuchte krampfhaft, die Fahrgestellnummer aus dem unteren Teil des Motorblocks zu schleifen. Nach mehreren gescheiterten Versuchen warf er das Werkzeug fluchend in die Ecke, als es plötzlich an der Werkstatttür klopfte. Vorsichtig schaute er durch den Spion und sah vor sich einen kleinen dünnen Mann mit schwarzem Vollbart, der sich nervös am Kopf kratzte und immerzu mit den Augen zwinkerte. Nachdem er die Tür geöffnet hatte, stellte sich der Fremde mit dem Namen Ali vor und erzählte ihm, dass er seine Adresse von einem nahestehenden Freund bekommen hatte. Mehdi ließ ihn hinein und düste sofort zum Telefon, um sich bei seinem Bekannten zu vergewissern, ob er dem Fremden überhaupt über den Weg trauen konnte. In der Zwischenzeit lief Ali um das Fahrzeug herum und amüsierte sich köstlich über dessen grobmotorische Fertigkeiten. Mehdi beobachtete das Ganze von seinem Büro aus und stachelte ihn an, es doch auch einmal zu probieren, anstatt einfach nur nutzlos in der Gegend herumzustehen. Ali zögerte keine Sekunde und holte aus seiner Hosentasche zwei Chirurgenhandschuhe hervor, die er sich in aller Seelenruhe über die Hände stülpte, bevor mit einem Satz auf den Motorblock des Wagens sprang. Gewandt wie eine Katze und auf engstem Raum steckte er seine Finger zwischen die schmalen Öffnungen und schliff feinsäuberlich alle Nummern heraus, die auf die Herkunft des Autos schließen lassen konnten. Nach knapp zwanzig Minuten war er fertig und kletterte mit einem schelmischen Grinsen auf seinen Lippen wieder herunter. Mehdi schaute sich die erledigte Arbeit sorgfältig an und staunte nicht schlecht, als er auf seine Armbanduhr blickte und sah, dass Ali erheblich schneller und effizienter arbeitete wie er selbst.

»Kurze Frage, was will eine Person mit so viel Talent und Geschick eigentlich von mir? Du würdest doch viel besser alleine zurechtkommen.«

»Ich habe gehört, dass du mit dem Diebstahl und dem Umfrisieren von Pkws in den letzten Jahren sehr viel Geld verdient hast. Alleine könnte ich das alles niemals bewerkstelligen, deswegen würde ich gerne deine Kontakte nutzen und mit dir zusammenarbeiten.« Mehdi überlegte einen Augenblick und testete ihn erneut, weil er unbedingt herausfinden wollte, ob das gerade eben nur ein Zufall war, oder ob er tatsächlich über die richtigen Fähigkeiten verfügte, nach denen er schon so lange gesucht hatte. Doch Ali lächelte selbstsicher vor sich hin und wusste, dass keine der an ihn gestellten Aufgaben ein Hindernis für ihn sein würden. Mehdi schloss kurzerhand das Auto ab und gab ihm die Aufgabe, den Wagen ohne Schlüssel in kürzester Zeit zu öffnen und kurzzuschließen. Dabei schaute er genau auf die Uhr und stoppte die Zeit, doch Ali rührte sich kein Stück und zeigte entsetzt auf den ‚Baby an Bord' Sticker, der an der unteren Ecke der Heckscheibe klebte.

»Was hast du denn auf einmal? Da ist doch nur ein Aufkleber, nichts weiter.«

»Nur ein Aufkleber? In diesem Pkw fährt ein Säugling mit und ich klaue keine Autos, in dem Kinder mitfahren.« Mehdi flüsterte in seiner Muttersprache leise vor sich hin und fasste sich kopfschüttelnd an die Stirn.

»Nicht schon wieder so ein verrückter Spinner.« Doch Ali verstand genau was er sagte und zeigte ihm postwendend einen Vogel.

»Du flüsterst ja so laut, dass jeder es hören kann. Übrigens ich bin kein verrückter Spinner, nur jemand, der seine Prinzipien hat, das ist alles.« Mehdi riss erschrocken die Augen auf und plapperte aufgeregt drauf los.

»Kommst du auch aus dem Iran? Seit wann bist du in Deutschland? Es tut mir leid, dass ich dich beleidigt habe, aber manchmal brennen bei mir die Sicherungen durch, weil ich den ganzen Stress einfach nicht mehr vertrage.« Ali winkte gelassen ab und erzählte davon, dass seine Familie zu einer religiösen Minderheit gehörte, die man Baha'i nannte. Wegen der Verfolgung und Unterdrückung mussten er und seine gesamte Familie den Iran fluchtartig verlassen.

Beide tauschten sofort alte Geschichten aus ihrer Heimat miteinander aus und man konnte unmittelbar spüren, dass zwischen ihnen eine tiefere Bindung bestand. Ali war zwar vierzehn Jahre jünger, doch er schaute ein wenig zu Mehdi auf, was dieser natürlich bemerkte und äußerst schmeichelhaft fand. Inzwischen hatte Mehdi den Aufkleber von der Heckscheibe entfernt und bat ihn höflich darum, es noch einmal zu probieren. In einem Mordstempo legte Ali los und hatte den Wagen im Nullkommanichts geöffnet und kurzgeschlossen. Spürbar selbstbewusst blickte er im Anschluss hinter dem Steuer hervor und fragte nach seiner Zeit. Mehdi wurde vor Aufregung so schwindelig, dass er sich sicherheitshalber am Fahrzeug abstützte, weil er einfach nicht fassen konnte, was er da gerade gesehen hatte.

»Du hast exakt zwei Minuten gebraucht.«

»Bin ich jetzt dabei oder wolltest du mir noch eine deiner komischen Aufgaben stellen?« Mehdi wollte gerade zusagen, als Ali abermals das Wort ergriff.

»Wenn du mit mir zusammenarbeiten willst, dann solltest du dein Geschäft, das du ab und an mit dem grünen Kraut machst, aufgeben, denn für mich steht extrem viel auf dem Spiel.«

»Ich bin erstaunt, dass du so gut über mich Bescheid weißt. Aber ich kann dir versichern, dass, wenn wir uns zusammentun, ich in Zukunft die Finger von solchen Geschäften lasse.« Ali nickte und war sich seiner Fähigkeiten durchaus bewusst, weswegen er auch ein ordentliches Stück vom Kuchen abhaben wollte.

»Ich will pro geklautem Auto zweitausend D-Mark. Was du schlussendlich daran verdienst oder wem du es verkaufst, ist mir völlig egal. Jedenfalls will ich nicht mit den Arabern und den Leuten, mit denen du zu tun hast, in Verbindung gebracht werden, ist das klar?« Mehdi akzeptierte seine Forderungen und besiegelte die Partnerschaft mit einem kräftigen Handschlag. Obwohl er mal wieder unter schrecklicher Geldnot litt, war die Freude über das neue Mitglied so groß, dass er sofort seine anderen zwei Komplizen anrief und sie am Abend zu seinem Lieblingsjugoslawen am Kurfürstendamm einlud. Ali hielt das Ganze für keine besonders gute Idee und wollte eigentlich absagen, doch als Mehdi von den großen und unwiderstehlichen Fleischplatten schwärmte, überlegte er es sich schnell nochmal anders.

Als sie am Abend vor dem Lokal eintrafen, saßen Micha und Alex schon auf ihren Plätzen. Mehdi winkte ihnen von draußen zu, wobei ihn sein neuer Partner unauffällig von der Seite ansprach.

»Ich habe kein sonderlich gutes Gefühl dabei, wenn wir in aller Öffentlichkeit miteinander gesehen werden.« Doch Mehdi hörte nicht wirklich hin und war ohne zu zögern ins Innere des Restaurants gelaufen. Ali schaute verdutzt hinterher und beobachtete minutenlang die nähere Umgebung, bevor er ebenfalls nach drinnen verschwand. Beim Hinsetzen schnappte er sich blitzschnell die Speisekarte, welche er so nah vor sein Gesicht hielt, dass keiner der anderen Gäste ihn sehen konnte. Micha und Alex schienen von dem eigenartigen Versteckspiel jedoch nicht sonderlich begeistert und schlugen ihm die Karte mit einem Ruck aus der Hand. Mehdi befürchtete, dass die Situation gleich eskalieren könnte und dachte sich in Windeseile eine Frage aus.

»Ali, hast du dir denn schon etwas ausgesucht? Ich kann dir die Potpourri Platte empfehlen.« Doch sein Partner empfand die kleine Showeinlage alles andere als lustig und schnappte sich kurzerhand die Speisekarten von Micha und Alex, die er aggressiv auseinanderriss und anschließend in eine unbelebte Ecke des Restaurants pfefferte.

»Ja, ich glaube das ist eine gute Wahl, denn auf was Anderes habe ich eh keine Lust mehr.« Die beiden waren von der wilden Entschlossenheit des Neuen so beeindruckt, dass sie keinen einzigen Ton mehr von sich gaben und den direkten Augenkontakt vermieden. Doch Dank des steigenden Alkoholkonsums wurde die Stimmung im Laufe des Abends wieder besser, was sich darin äußerte, dass sich alle ausgelassen miteinander unterhielten und gemeinsam nach einem Spitznamen für den Wunderknaben suchten. Alex startete einen ersten Versuch und lallte betrunken vor sich hin.

»Du erinnerst mich irgendwie an eine bärtige Mutter mit schwarzen Haaren.« Mehdi amüsierte sich köstlich über die Dummheit seines Komplizen, während Micha ihm volltrunken ins Wort fiel.

»Er sieht irgendwie aus wie ein Wolfskind aus dem Zirkus, nur noch hässlicher.« Ali grinste verhalten und sprach seinen Partner in dessen Heimatsprache an.

»Mit was für minderbemittelten Schwachköpfen arbeitest du eigentlich zusammen?«

»Ach, die sind nicht immer so, eigentlich sind die beiden ganz in Ordnung und leisten gute Arbeit. Doch wenn sie trinken kommt halt immer ihr wahrer Charakter zum Vorschein.«

»Ich hoffe, dass das nur ein Ausrutscher war, ansonsten bin ich schneller weg, als du mit deinen beiden Augen zwinkern kannst.« Nachdem Mehdi die Rechnung bezahlt hatte und alle nach draußen vor die Tür gegangen waren, fing er plötzlich verzweifelt an, in seinen Hosentaschen nach Geld zu suchen. Vor dem Lokal hatten sich mehrere asiatische Touristen versammelt, die nach ihrem Restaurantbesuch ein paar Fotos von der Lokalität machten und die vier mit ihrem Blitzlicht so sehr blendeten, dass Alex und Micha wutentbrannt auf die Gruppe zustürmten. Mehdi fing daraufhin laut an zu lachen und nutzte den Moment gekonnt aus.

»Hey mein Freund, eigentlich wollte ich gar nicht fragen, aber kannst du mir mal zwanzig Mark leihen? Denn ich bin vollkommen blank.« Ali kramte seinen letzten Schein hervor und runzelte dabei sichtbar die Stirn.

»Du bist ja lustig, dann hätte ich mein Essen auch alleine bezahlen können.« Sein Gegenüber nahm den Zwanziger sichtlich verlegen entgegen und rührte schon mal die Werbetrommel für ihren ersten gemeinsamen Beutezug.

»Du bekommst es schon bald wieder zurück. Außerdem wird es langsam Zeit, dass wir fischen gehen, denn ich habe mir da ein paar interessante Fahrzeuge ausgesucht, die ich unbedingt haben muss, damit mal wieder etwas Kohle in die leeren Kassen kommt.« Ali war sofort Feuer und Flamme und rieb sich aufgeregt die Hände.

»Was auch immer auf mich zukommt, ich meistere jede Hürde.« Alle vier verabredeten sich für den nächsten Abend, um zu prüfen, ob der vermeintliche Wunderknabe tatsächlich dazu im Stande war, in Extremsituationen seinen Mann zu stehen.

Fischen gehen

Pünktlich um zweiundzwanzig Uhr stand Ali bei seinem neuen Partner vor der Wohnung und klopfte zurückhaltend an die Tür. Einen Moment später öffnete ihm eine junge Frau, die im selben Augenblick hastig nach draußen verschwand.

Ali schaute verdutzt hinterher und trat anschließend hinein in die riesengroße Altbauwohnung, die irgendwie heruntergekommen aussah. Auf dem Boden im Wohnzimmer lag ein alter Perserteppich, der seine beste Zeit schon lange hinter sich hatte und von den Motten vollkommen zerfressen war. Die Regale an den Wänden waren völlig schräg angebracht worden und die darauf stehenden Bücher, eine Brockhaus Enzyklopädie von 1966 mit ihrer schimmernden Goldumrandung, sah irgendwie so aus, als hätte sie sich in der Wohnung geirrt. Als Mehdi aus der Dusche kam, begrüßten sich die zwei freundlich in ihrer Muttersprache. Ali wollte ihn eigentlich auf die ärmlichen Lebensumstände ansprechen, doch er entschied sich letztendlich dagegen.

»Sag mal, hast du eigentlich Kinder?«

»Noch nicht, aber meine Freundin, die drüben bei ihrer Mutter in Ostberlin lebt, hat mir gesagt, dass sie schwanger sei, deshalb wird sie auch nach der Geburt des Kindes zu mir hinüber in den Westen ziehen. Genügend Platz habe ich ja, wie du siehst.«

»Das freut mich sehr für dich. Was wird es denn, ein Mädchen oder ein Junge?«

»Keine Ahnung, ich hatte noch nicht wirklich Zeit, um mich mit dieser Frage auseinanderzusetzen, da ich in letzter Zeit so schrecklich viel um die Ohren hatte. «
Ali hakte nicht weiter nach und beide begaben sich kurz darauf zum vereinbarten Treffpunkt.

Der etwas abseits gelegene Parkplatz war sehr gut einsehbar und wurde schon seit einigen Stunden von Micha und Alex aus ihrem Pkw heraus observiert, die ihnen bei der Ankunft mit der Lichthupe signalisierten, dass die Luft rein war. Ohne zu zögern übergab Mehdi seinem neuen Partner die falschen Nummernschilder und sagte ihm, dass er nach dem Diebstahl des Fahrzeugs direkt zur Werkstatt kommen sollte. Ali stellte keine weiteren Fragen und entschwand nach einem letzten prüfenden Blick hinaus in die Nacht. Mit seinen flugs übergestülpten Chirurgenhandschuhen schlich er sich vorsichtig an den roten Mercedes heran, den er im Handumdrehen geöffnet und kurzgeschlossen hatte. Doch nachdem der Motor einmal laut aufheulte, ging der Wagen einfach wieder aus. Ali dachte, er hätte irgendwas falsch gemacht und überprüfte noch mal alles ganz genau. Dabei schaute er flüchtig auf die Kraftstoffanzeige wobei er mit Schrecken feststellte, dass das Auto keinen einzigen Tropfen Benzin im Tank hatte. Blitzschnell rannte er zurück zu seinem Kollegen, den er rasch vom kleinen Zwischenfall erzählte. Mehdi sprang panisch auf und holte aus seinem Kofferraum einen Benzinkanister hervor, mit welchem er im schnellen Schritt hinüber zum Parkplatz hastete. Dort kippte er den Sprit mit einem Ruck hinein in den leeren Tank und war heilfroh, als er hörte wie der Wagen schließlich ansprang. Mit dem frisch erbeuteten Diebesgut fuhr Ali schnurstracks zur Werkstatt, in der er von den anderen schon sehnsüchtig erwartet wurde. Mehdi kam als letzter hinzu und freute sich wie ein kleines Kind über den schnittigen Mercedes, den er am liebsten sofort gegen seine alte Rostlaube eingetauscht hätte. Nachdem die Anspannung allmählich verflogen war, stellte Ali eine Frage nach der anderen, da er die einzelnen Arbeitsabläufe unbedingt besser verstehen wollte.

»Was passiert eigentlich nach dem Umfrisieren und wo und wem verkauft ihr das Fahrzeug, Ihr habt doch überhaupt keinen Schlüssel.« Micha ergriff gleich das Wort und versuchte ihm die verzwickte Situation zu erklären.

»Ja, das mit dem Schlüssel ist tatsächlich ein Problem mit dem wir uns schon länger beschäftigen. Die meisten Käufer wollen ihn unbedingt haben, deswegen verkaufen wir ihnen die geklauten Autos auch meist vierzig Prozent günstiger. Das ist für unser Geschäft natürlich extrem schlecht, da wir die Kohle meistens noch durch drei teilen müssen.« Mehdi fuhr fort, wobei man anhand von Alis Denkfalten sofort erkennen konnte, dass dieser wie ein Verrückter zu grübeln begann.

»Micha und Alex werden den Wagen in der Nacht umfrisieren, damit er morgen früh mit neuen Papieren über Ost-Berlin nach Danzig ausgefahren werden kann. Den letzteren Aufgabenbereich haben wir klar zwischen uns aufgeteilt, um die Gefahr an den einzelnen Grenzübergangstellen so gering wie möglich zu halten. Aber wir zwei müssen jetzt nochmal los, denn ich bin mit der heutigen Ausbeute noch nicht ganz zufrieden. Schließlich zahlt sich das Kinderzimmer für mein erstes Kind nicht von allein.«

Unterwegs zu ihrem nächsten Ziel unterhielten sich Mehdi und Ali erneut über das Geschäft, während ihre Kollegen in der Werkstatt zurückblieben.

»Mir ist gerade was eingefallen. Warum lasst ihr die Schlüssel für die geklauten Autos eigentlich nicht bei einem Schlüsseldienst nachmachen, das wäre doch ganz schnell erledigt.« Mehdi schmunzelte, weil er sich dieselbe Frage schon ein Dutzend Mal gestellt hatte.

»Zu allererst bräuchten wir den Abdruck vom Original und auch dann ist es nicht so einfach, da sie mit speziellen Rohlingen und Schlüsselmaschinen angefertigt werden, die nur offizielle Mercedeswerkstätten besitzen.«

»Wieviel von diesen Maschinen gibt es denn ungefähr in Berlin?«

»Wenn man alle Betriebe zusammenzählt, dann müssten das so in etwa neun Stück sein.« In Alis Gedanken reifte langsam ein Plan heran und er war sich ganz sicher, dass sie so ein Ding unbedingt haben müssten, damit sie ihren Profit beim Verkauf maximieren konnten.

Als sie an einer roten Ampel haltmachten, drehte er sich noch einmal zu seinem Partner um, weil er noch eine dringende Frage hatte.

»Was willst du eigentlich mit Micha und Alex? Die bescheißen dich doch beim Verkauf der Fahrzeuge, das rieche doch aus einer Meile Entfernung.« Mehdi fing laut an zu lachen.

»Selbstverständlich bescheißen die mich, aber ich mache das ja genauso, also was soll's. Die Furcht, irgendwann von der Polizei erwischt zu werden, frisst mich innerlich auf, deswegen habe ich auch nichts dagegen, wenn die beiden sich ab und an mal ein paar hundert Mark mehr in die Tasche stecken. So wird das Risiko zwischen uns allen ein bisschen aufgeteilt und das ist doch nur fair.«

»Dann sei doch in Zukunft einfach vorsichtiger und trag Handschuhe so wie ich, dann brauchst du auch keine Angst mehr haben.«

»Glaubst du etwa das würde einen Unterschied machen? Wenn die Bullen mich drankriegen wollen und Beweise benötigen, dann schaffen sie das auch ohne meine Fingerabdrücke, glaub mir.«

»Sei doch bitte nicht so naiv, so können sie dir aber nichts nachweisen, sofern dich keiner verpfeift.« Mehdi atmete tief durch und man konnte spüren, dass er dem Thema irgendwie ausweichen wollte.

»Wahrscheinlich hast du recht, aber lass uns die Sache ein anderes Mal besprechen, denn wir müssen uns jetzt auf unsere Arbeit konzentrieren.«

Anschließend stiegen die beiden aus dem Wagen und machten sich zu Fuß auf den Weg zur fünfzig Meter entfernten Tiefgarage, in der der seltene Mercedes stand, welchen Mehdi schon seit längerer Zeit auf seinem Wunschzettel hatte. Im Schutze der Dunkelheit schlichen sie sich an die Einfahrt heran, an der sie nach einem kurzen Kontrollblick unauffällig im Inneren verschwanden.

In einer schummrigen Ecke stand die luxuriöse Limousine, auf die Mehdi wie ein Besessener zustürmte. Ali war von der überschwänglichen Euphorie seines Partners überhaupt nicht begeistert, weil dieser das Fahrzeug mit den blanken Händen anfasste und er mit dem Wegwischen der Fingerabdrücke fast nicht mehr hinterherkam.

»Für dieses Schmuckstück, inklusive der ganzen Extras, bekommen wir bestimmt dreißigtausend Mark.«

»Wenn du überall deine dämlichen Spuren hinterlässt, bekommen wir überhaupt nichts, also sieh zu, dass du deine Griffel bei dir behältst.« Im Hintergrund konnte man plötzlich Schritte hören, die Mehdis Träume schlagartig wieder zerplatzen ließen. Mehrere Arabisch sprechende Personen kamen langsam die Einfahrt hinunter und liefen geradewegs auf die schicke Nobelkarosse zu, an welcher sie scheinbar ebenfalls interessiert waren. Ali drehte sich hilfesuchend um, doch alles was er von seinem Partner zu sehen bekam, war dessen dunkle Silhouette, die pfeilschnell in Richtung Notausgang türmte. Fluchend hockte er hinter dem Wagen und überlegte fieberhaft, wie er aus dieser heiklen Lage wieder herauskommen sollte. Während die anderen Schmiere standen, näherte sich ein kleiner Mann mit schwarzem, lockigem Haar, was Ali sofort dazu veranlasste, unter den Wagen zu kriechen. In Windeseile robbte er sich von einem Pkw zum anderen, bis er schließlich den rettenden Hinterausgang erreicht hatte. Unmittelbar davor wartete Mehdi in seinem Auto und war leichenblass, als Ali wutentbrannt zur Beifahrertür einstieg.

»Du Idiot, was war das denn gerade? Wolltest du, dass die mich da unten massakrieren?«

»Es tut mir schrecklich leid, aber jedes Mal, wenn ich zu einem Auftrag hinausfahre, habe ich panische Angst davor, dass ich festgenommen werden könnte.« Ali spürte, dass sein Partner ihm irgendetwas verheimlichte und schob seinen Ärger kurzerhand beiseite.

»Beim nächsten Mal hältst du dich gefälligst im Hintergrund, du bist ja eine Gefahr für uns beide.« Mehdi lächelte verkrampft und kramte dabei nervös im Handschuhfach herum.

»Manchmal bin ich wirklich nicht ganz einfach, aber dafür habe ich andere Qualitäten.« Hinter einem Berg aus Pistazienschalen und polnischen Bonbonpapieren fand er dann endlich das, wonach er so sehnsüchtig gesucht hatte.

Mit zitternden Händen warf er sich zwei Pillen Valium in den Rachen und wartete mit einem tiefen Seufzer darauf, dass ihre angstlösende Wirkung einsetzte. Ali ließ nicht ganz ohne Hintergedanken ein paar von den Bonbonpapieren in seiner Jackentasche verschwinden und begriff nun immer mehr, dass der Preis, den man für eine kriminelle Karriere zahlen musste, ziemlich hoch war.

Wortlos fuhren sie davon, bis sie ihr nächstes Ziel in einem gut bürgerlichen Bezirk von Westberlin erreicht hatten. Ihre Kollegen waren erst gestern vor Ort gewesen, um sich zu vergewissern, ob der Porsche, den sie schon seit längerer Zeit stehlen wollten, noch immer zum Verkauf stand. Ali schaute mit Unbehagen hinüber auf das umzäunte Anwesen und hatte plötzlich ein ganz ungutes Gefühl.

»Ich weiß zwar nicht was du vorhast, aber mein Instinkt sagt mir, dass wir lieber die Finger davon lassen sollten.« Mehdi war mit der Antwort jedoch überhaupt nicht zufrieden und fing an herumzunörgeln.

»Ich brauche dieses Auto auf alle Fälle. Ich habe eine Bestellung von einem jordanischen Händler, der den Wagen bis zur übernächsten Woche unbedingt haben muss. Wenn ich ihn nicht beliefere, dann wird er mich mit hoher Wahrscheinlichkeit fallen lassen, was für meine Existenz absolut fatal wäre.«

»Ja, ich kann dich voll und ganz verstehen, aber wenn wir beide bei der Aktion verhaftet werden bringt uns das gar nichts. Also lass uns heute Nacht nach einer Lösung suchen, denn ohne einen richtigen Plan ist das viel zu gefährlich.« Mehdi schien seinem neuen Partner blind zu vertrauen und fuhr ohne jede Gegenargumentation zurück zur Werkstatt.

Beim Eintreffen hatten Micha und Alex schon die wichtigsten Arbeiten an dem Mercedes erledigt. Mehdi klemmte sich sofort hinter die Schreibmaschine, in welche er einen originalen Blanko-Fahrzeugbrief einspannte auf den er millimetergenau die abgeänderten Daten des geklauten Wagens eintippte. Nachdem er fertig war, bekam Ali den Schein mit einem freudigen Lächeln überreicht. Doch der hatte sofort etwas auszusetzen und schüttelte genervt den Kopf.

»Du hast zwei ganz entscheidende Fehler gemacht. Die Karre ist knapp fünf Jahre alt? Zeige mir bitte einen Besitzer, dessen Fahrzeugbrief nach so langer Zeit noch so neu aussieht? Das stinkt doch förmlich nach Betrug. Übrigens ist mir noch was aufgefallen. Du trägst beim Tippen auf der Schreibmaschine überhaupt keine Handschuhe? Willst du etwa, dass die Polizei dich wegen so einer Fahrlässigkeit drankriegt? Das grenzt ja schon beinahe an Dummheit.« Mehdi stand noch immer unter der Wirkung der Beruhigungstabletten, weswegen er sich kein bisschen über die freche Aussage aufregte und entspannt vor sich hin grinste.

»Na gut, wenn du mir die Schlüsselmaschine von Mercedes besorgst, dann werde ich mir in Zukunft auch diese komischen Gummidinger überstülpen.« Ali war von dem Angebot hellauf begeistert und wollte gerade nach draußen verschwinden, als ihn sein Partner auf einmal zurückpfiff.

»Kannst du mir bitte mal erklären, wo du so schnell hinwillst? Bei uns machen wir das hier ein wenig anders, mit Ruhe und Gelassenheit, sonst bekommen wir nämlich noch alle einen Herzinfarkt.«

»Du bist ja lustig, eigentlich wollte ich gleich mit dem Geldverdienen beginnen und nicht erst bis zum Rentenalter warten.«

»Schlaf doch erstmal noch eine Nacht drüber, bevor du mit dem Kopf durch die Wand rennst. Schließlich weißt du doch überhaupt nicht, wo genau du die Schlüsselmaschine herbekommst.« Alex nickte und pflichtete Mehdi bei.

»So ein Teil zu organisieren, das schafft niemand. Auch du kleiner Wunderknabe wirst dir an diesem Unterfangen mit Sicherheit die Zähne ausbeißen.« Der entgegengebrachte Zweifel stachelte Ali so sehr an, dass er es allen Anwesenden unbedingt beweisen wollte, weshalb er sich kommentarlos aus dem Staub machte.

Als Mehdi am nächsten Abend die Tür zur Werkstatt aufschloss und zum Lichtschalter ging, stolperte er über ein sperriges Objekt, das mitten im Raum stand und unter einer dunklen Abdeckplane versteckt war. Fluchend schaute er hinunter und bekam beinahe einen Herzinfarkt als er sah, dass es sich um die Mercedes- Schlüsselmaschine handelte. Ali stand direkt hinter ihm und klimperte mit den dazugehörigen Schlüsselrohlingen herum, was ihn erschrocken zusammenzucken ließ.

»Du verfluchter Teufelskerl, wie hast du das nur gemacht? Ach weißt du was, ich will es gar nicht wissen.«

»Ich hätte es dir ohnehin nicht gesagt, denn manchmal muss man Geheimnisse auch einfach für sich behalten können, schließlich erhöht das den Spannungseffekt. Übrigens habe ich gewonnen, ab jetzt musst du mit Handschuhen arbeiten.« Mehdi schaute beschämt zu Boden und antwortete ganz kleinlaut.

»Ich glaube ich bin dir etwas schuldig. Wir haben nämlich intern gegen dich gewettet, denn wir hätten niemals gedacht, dass du es tatsächlich schaffen würdest. Aber anscheinend haben wir uns alle geirrt.« Ali blickte triumphierend auf und fuhr sich dabei durch den Bart.

»Naja, ich bin kein Mensch, der viel redet. Ich lasse viel lieber Taten für mich sprechen und erfreue mich dann an den erstaunten Gesichtern.« Mehdi war ein wenig abgelenkt und fummelte interessiert an den Knöpfen der Schlüsselmaschine herum.

»Hey du Angeber, hast du eigentlich eine Ahnung wie so ein Ding funktioniert?«

»Du bist ja witzig. Woher soll ich das wissen, ich war viel zu beschäftigt damit das Monster zu klauen. Deshalb hatte ich noch nicht das Vergnügen, mich damit auseinanderzusetzen.« Beide hievten die Maschine hinauf auf den Tisch, woraufhin sich Ali alles genauestens ansah, denn er wollte so schnell wie möglich herausfinden wie das ganze System funktionierte. Nach zwanzig Minuten versuchte er von seinem eigenen Autoschlüssel eine Kopie anzufertigen. Doch der erste Rohling brach direkt am oberen Ende ab und flog in einer mörderischen Geschwindigkeit ganz knapp an Mehdis Gesicht vorbei. Er ließ sich von dem kleinen Zwischenfall jedoch nicht aus der Ruhe bringen und probierte es immer und immer wieder, bis er nach ein paar Stunden plötzlich einen erlösenden Freudenschrei von sich gab. Mehdi war kurz eingenickt und hatte für heute eigentlich schon abgeschlossen, doch als sein Partner ihn euphorisch am Arm packte und hinaus zu seinem Auto zerrte, war er wieder hellwach. Mit Hochspannung schob Ali den Schlüssel ins Schloss und atmete tief durch, während Mehdi genervt zur Eile drängte.

»Kannst du mal endlich loslegen, denn du machst mich mit deiner Geheimniskrämerei ganz nervös.« Beide kniffen die Augen zusammen und nahmen sich bei der Hand. Nach einem leisen Knacken sprang tatsächlich der Verriegelungsknopf nach oben, was anfangs für ungläubige Gesichter sorgte, weil sie eigentlich damit gerechnet hatten, dass es nicht funktionieren würde. Mehdi führte sofort ein Freudentänzchen auf und wurde im selben Moment wieder zurück auf den Boden der Tatsachen geholt.

»Beruhige dich, denn bis jetzt haben wir noch überhaupt nichts geleistet.« Im Hintergrund kamen Micha und Alex angefahren, die mit Argwohn die ausgelassene Stimmung vor der Werkstatt beobachteten. Kurze Zeit später zeigte Mehdi ihnen seine neue Errungenschaft und erzählte mit überschwänglicher Freude davon, dass es dem Wunderknaben gelungen sei, eine exakte Kopie seines eigenen Autoschlüssels anzufertigen. Die beiden schienen auf den ersten Blick erfreut, doch hinter ihrem Lächeln konnte man erkennen, dass sie Angst davor hatten, bald nicht mehr gebraucht zu werden.

Der freundliche Zuhälter

Am Vormittag setzten sich alle zusammen, um zu besprechen wie sie den schicken Porsche entwenden sollten, der noch immer auf dem Privatgelände des prächtigen Anwesens stand. Ali hatte sich in der Nacht einen Plan zurechtgelegt und sprühte nur so vor Energie.

»Also, hört zu. Mehdi, du wirst dich bei dem Besitzer telefonisch melden und vorgeben, dass du Interesse an seinem Fahrzeug hast. Während der Probefahrt wirst du kurz anhalten, einen Abdruck vom Schlüssel machen und anschließend wieder von der Bildfläche verschwinden. Um alles Weitere werde ich mich dann kümmern. Alles klar soweit?«

»Aber warum muss ich zur Probefahrt antreten und mein Gesicht zeigen, das kannst du doch genauso so gut erledigen?« Alle im Raum fingen laut an zu lachen.

»Bist du von allen guten Geistern verlassen? Schau mich doch mal an, ich habe einen schwarzen Vollbart, schwarze Haare und sehe aus wie ein verkappter Terrorist und du willst, dass ich derjenige bin, der zur Probefahrt erscheint? Willst du etwa, dass sie mich gleich am Eingang verhaften oder warum redest so einen Stuss?«

»Ja, du hast ja recht, die würden sofort merken, dass da was faul ist, aber ich bin es einfach leid, ewig die gleiche Rolle spielen zu müssen und den Leuten etwas vorzugaukeln, das ist alles.« Genervt zog Mehdi das Telefon zu sich heran und wählte die Nummer des Verkäufers, welcher nach mehrmaligem Tuten am anderen Ende der Leitung den Hörer abnahm. Ohne Umschweife kam er auf den zu verkaufenden Porsche zu sprechen und wollte in den nächsten Tagen einen Besichtigungstermin vereinbaren. Doch der Herr namens Frank schien nur heute Zeit zu haben und bettelte den vermeintlichen Interessenten förmlich an, damit dieser am Nachmittag vorbeikommen würde. Mehdi sagte schließlich zu und blickte beim Beenden des Gesprächs in die erstaunten Gesichter seiner Kollegen. Micha und Alex wandten sich kopfschüttelnd ab, während Ali seinen Partner noch einmal über den Ablauf instruierte.

»Wenn du bei dem Typen aufschlägst, dann will ich, dass du dich kurz hältst, lass dich unter keinen Umständen in irgendwelche Gespräche verwickeln und fasse außerhalb des Autos bloß nichts an, denn jeden Fingerabdruck, den du hinterlässt, muss ich hinterher wieder wegwischen.« Mehdi schien von der Übervorsichtigkeit sichtlich genervt zu sein und gähnte gelangweilt vor sich hin.

»Du denkst aber auch, dass ich total bescheuert bin, oder? Ich mache das Ganze ja nicht zum ersten Mal, du kannst also ganz beruhigt sein, denn die Sorgenfalten in deinem Gesicht lassen dich irgendwie älter aussehen.«

Drei Stunden später machten sich die beiden auf den Weg zum Verkäufer. In der Innentasche seiner braunen Lederjacke hatte Mehdi eine Streichholzschachtel mit einer speziellen Knetmasse, auf der er einen exakten Abdruck des Schlüssels machen konnte. Als sie in der Nähe der Adresse anhielten, drehte sich Ali besorgt zu seinem Partner um, weil er noch immer dessen Totalversagen aus der Tiefgarage im Hinterkopf hatte.

»Denk an das was ich dir vorhin gesagt habe und versuche dich so bedeckt wie möglich zu halten. Achte bitte darauf, ob es irgendwo eine Alarmanlage oder Bewegungssensoren gibt, denn das macht den Diebstahl um einiges leichter. Ich werde hier auf dich warten, also beeil dich.«

»Übrigens, dein ganzes Gelaber macht mich furchtbar nervös, bis gleich.«

Vor dem Tor des Anwesens wartete der Verkäufer, der ihm nach der Begrüßung voller Stolz den fast nagelneuen Porsche präsentierte und ihm im gleichem Atemzug erklärte, dass er das zu kleine Fahrzeug wegen der bevorstehenden Entbindung seiner Frau dringend verkaufen müsse. Mehdi vergaß natürlich alles, was ihm sein Kumpel zuvor gesagt hatte und erzählte mit überschwänglicher Freude davon, dass seine Lebensgefährtin ebenfalls ein Kind erwarte. Sein Gegenüber war von dessen sympathischer Art so angetan, dass er ihm ohne weiteres den Fahrzeugschlüssel aushändigte.

»Tu dir keinen Zwang an. Du kannst ruhig eine Probefahrt machen. Aber nicht, dass du mit meiner Karre noch abhaust.“ Mehdi stieg lächelnd ein, fuhr einmal um den Block und kam drei Minuten später schon wieder zurück.

»Meine Güte, das ging aber schnell. Darf ich dich mal fragen was du beruflich machst? Schließlich bezahlt man solch einen Sportwagen nicht mal so eben aus der Portokasse.« Beim Aussteigen starrte Mehdi hilfesuchend gen Himmel und ließ sich im Bruchteil einer Sekunde eine Ausrede einfallen.

»Ich handle mit orientalischen Teppichen.« Der Verkäufer machte große Augen, legte die Hand auf seine Schulter und nahm ihn kurzerhand mit in sein Haus.

»Was für ein lustiger Zufall, denn ich sammle Teppiche. Es würde mich sehr freuen, wenn du dir das ein oder andere Stück mal ansehen könntest, denn ich werde das Gefühl nicht los, dass ich beim Kauf gnadenlos über den Tisch gezogen werde.« Im Innern begab sich Mehdi gezwungenermaßen auf alle viere und warf kleinlaut mit ein paar zweifelhaften Fachbegriffen um sich. Glücklicherweise klingelte im selben Augenblick das Telefon, woraufhin ihn der Verkäufer hastig zur Tür brachte und ihm bei der Verabschiedung breit grinsend seine Visitenkarte überreichte.

„Du scheinst echt in Ordnung zu sein. Wenn du mal in einem meiner Etablissements Spaß haben willst, kannst du gerne vorbeikommen. Ich bin übrigens Lude von Beruf. Gib mir doch bitte Bescheid, sobald du eine Entscheidung zwecks des Wagens getroffen hast. Bis dann." Spürbar erleichtert verließ Mehdi das Grundstück und lief zurück zum Wagen, wo er beim Einsteigen die Streichholzschachtel mit merklich schlechter Laune aufs Armaturenbrett pfefferte.

»Warum hat das bloß so lange gedauert?«

»Ich bin hier und habe meinen Teil des Auftrags erledigt. Lass uns jetzt bitte nicht über Einzelheiten sprechen und uns um das Nachmachen dieses dämlichen Schlüssels und des Fahrzeugbriefs kümmern.« Ali startete den Motor und schaute unterwegs immer wieder fragend hinüber, da ihm der nachdenkliche Blick seines Kumpels einfach keine Ruhe ließ.

»Sag schon, was bedrückt dich?«

»Ach weißt du, ich habe dieses ganze verlogene Leben sowas von satt. Der Typ eben hat mich so herzlich empfangen, der bloße Gedanke daran, ihn seiner Habseligkeiten zu berauben, macht mich komplett fertig, da er wirklich ein ganz feiner Kerl ist. Ich würde den Menschen, die ich in Zukunft kennenlerne, einfach gerne den wahren Mehdi zeigen und mich mit ihnen über das Leben unterhalten.«

»Ich kann dich durchaus verstehen, aber du kannst doch auch mit mir plaudern. Denk dran, du bist jetzt knapp fünfzig Jahre alt und wirst bald Vater, das ist eine große Verantwortung, für diese Aufgabe brauchst du viel Geduld und vor allen Dingen ganz viel Geld. Konzentriere dich jetzt einfach mal auf deinen Job und vergiss diese ganzen Nebengeräusche in deinem Kopf. Wir müssen das Beste aus der jetzigen Situation machen und mit der Schlüsselmaschine im Gepäck haben wir doch ein unschlagbares Team auf die Beine gestellt. Du wirst deine Chance schon noch bekommen, dann kannst du dich ganz entspannt zurücklehnen und jedem Menschen um dich herum dein wahres Ich zeigen.«

Als sie an der Werkstatt ankamen, machten sie sich unverzüglich an die Arbeit, bei der Mehdi seinem Partner zum Ende hin seine Bedenken offenbarte.

»Du musst äußerst vorsichtig sein! Der Mann ist Zuhälter, die verstehen absolut keinen Spaß und haben immer eine Knarre oder irgendeine andere Waffe im Haus.« Ali, der sich seiner Sache sonst immer ziemlich sicher war, fing plötzlich an zu zweifeln und sah sich in Gedanken schon in einer Blutlache auf dem frisch gemähten Rasen des Grundstücks liegen.

»Bevor ich es vergesse, hast du vorhin eigentlich eine Alarmanlage oder irgendwelche Bewegungsmelder gesehen?« Mehdi faltete gerade den nachgemachten Fahrzeugbrief zusammen und log seinem Partner unverblümt ins Gesicht, da er nicht zugeben wollte, dass er das mit dem Checken der Sicherheitssysteme völlig verplant hatte.

»Also, mir ist nicht das Geringste aufgefallen.« Ali hakte nicht weiter nach und warf noch einmal einen prüfenden Blick auf den frisch angefertigten Schlüssel, bevor sie sich schließlich auf ihren abendlichen Beutezug begaben.

In der Nähe der Anschrift schnappte er sich in Eile seinen Rucksack und wollte gerade nach draußen verschwinden, als Mehdi ihn auf einmal beherzt am Arm packte.

»Warte mal, nicht so schnell, du weißt doch überhaupt nicht wo du danach hin sollst, also hör zu. Sobald du das Fahrzeug gestohlen hast, fährst du zum Grenzübergang Bornholmer Straße, an dem ich in meinem Wagen auf dich warten werde. Von dort aus geht es dann weiter nach Danzig.« Ali nickte bejahend, stülpte sich seine Gummihandschuhe über und verschwand wortlos nach draußen.

Im Eiltempo sprintete er die lange Straße hinunter, an der er sich hinter einem Gebüsch in Stellung brachte und das Anwesen beobachtete. Zwei Minuten später kletterte er wagemutig über den hohen Zaun und schlich sich auf leisen Sohlen über den Rasen an den Porsche heran, als plötzlich völlig unerwartet die grelle Beleuchtung eines Bewegungsmelders ansprang. Panisch huschte er hinüber zu den Mülltonnen hinter denen er sich leise fluchend versteckte. Kurz darauf kam der Besitzer mit einem Baseballschläger hinausgestürmt und schaute wild schnaufend auf die Rasenfläche, auf der mehrere Hasen herumhoppelten und in aller Seelenruhe am saftig grünem Gras knabberten. Als der Mann wieder im Inneren verschwunden und das Licht erloschen war, näherte Ali sich im toten Winkel dem Bewegungsmelder, bei welchem er kurzerhand das Stromkabel rausrupfte. In geduckter Haltung sauste er zum Sportwagen, den er ruckzuck mit dem nachgemachten Schlüssel entriegelte. Um eine falsche Fährte zu legen, schmiss er neben das Auto ein paar von den polnischen Bonbonpapieren, wobei ihm auffiel, dass er vergessen hatte das Tor zu öffnen. Blitzschnell rannte er nach vorne und machte sich am Schloss zu schaffen. Dabei drehte er sich immer wieder nach hinten um, weil er das Gefühl hatte, dass sich jemand von hinten an ihn heranschleichen würde. Nach mehreren gescheiterten Versuchen entdeckte er im schummrigen Licht plötzlich einen kleinen roten Schalter, der, nachdem er ihn betätigt hatte, die Einfahrt fast geräuschlos aufgehen ließ. Mit dicken Schweißperlen auf der Stirn flitzte er zurück, startete den Motor und wurde im selben Moment vom Besitzer überrascht, der zwei Meter entfernt stand und mit seiner Waffe entschlossen auf die Windschutzscheibe zielte.

Geistesgegenwärtig legte Ali den ersten Gang ein, drückte aufs Gaspedal und bretterte mit quietschenden Reifen davon. An der Hauptstraße tauschte er in Windeseile die Nummernschilder aus und fuhr zum vereinbarten Treffpunkt, den er knapp zwanzig Minuten später ohne jeden Zwischenfall erreichte.

Dort stand sein Kumpel unter dem hellen Licht einer Straßenlaterne und führte ein munteres Gespräch mit einem Westberliner Ordnungshüter, der vor der Wache seinen Nachtdienst verrichtete. Ali traute seinen Augen kaum und rollte ganz langsam an den zweien vorbei, bevor er wie von einer Tarantel gestochen auf die Hupe einhämmerte um sich bemerkbar zu machen. Mehdi drehte sich entgeistert um, sprang in sein Auto und folgte seinem Freund, der sich hundert Meter weiter am Grenzübergang dem stehenden Tross anschloss, an dem er fuchsteufelswild aus dem Wagen sprang und seinem Ärger Luft machte.

»Du scheiß Arschloch, erst wäre ich bei deinem ach so netten Zuhälter fast hingerichtet worden, weil du Idiot den Bewegungsmelder nicht gesehen hast und jetzt quatschst du auch noch ganz gemütlich mit den Bullen. Was stimmt bitte nicht mit dir? Hast du etwa eine Überdosis von deinen beschissenen Valiumtabletten geschluckt? Denn anders kann ich mir deine Dummheit einfach nicht erklären.«

»Ja, ich bin schuld, es tut mir schrecklich leid. Aber kannst du jetzt mal langsam wieder runterkommen, denn wir werden gerade von drüben beobachtet.« Ein DDR-Grenzpolizist hatte das Streitgespräch aus der Ferne mitbekommen und winkte sie vorbei an der Warteschlange hinaus auf den Kontrollparkplatz, wo Mehdi wegen seiner häufigen Ein-und Ausreisen sofort wiedererkannt und locker angesprochen wurde.

»Schön' juten Tach Meister, was haben wir denn heute für eine interessante Lieferung?«

»Na Autos, so wie immer.« Ali sah anhand des Blickes, dass sich die beiden schon des Öfteren begegnet waren und sich kein bisschen ausstehen konnten. Der Uniformierte verlangte in einem schroffen Ton nach den Fahrzeugpapieren und trat dabei bedrohlich nah an Mehdi heran.

»Ich weiß genau, was du hier treibst. Mir macht es ja Spaß zu sehen, dass du den Klassenfeind ausraubst, aber denke ja nicht, wir hätten dich nicht schon längst auf dem Schirm. Wenn ich Lust habe, dann könnte ich euch mit einem Fingerschnips direkt in den Knast befördern. Aber es gibt anscheinend Leute über mir, die eine schützende Hand über dir halten. Fragt sich nur, wie lange noch.« Mit einem abfälligen Grinsen ließ er die beiden zurück und zog anschließend seine Kollegen hinzu, welche mit ihren Spürhunden und ihren Unterbodenspiegeln jeden noch so kleinen Winkel der Fahrzeuge auf Drogen, Sprengstoff und andere Schmuggelware durchsuchten. Mehdi schaute der Prozedur frustriert zu und fing an in seiner Heimatsprache herumzufluchen.

»Ihr elenden Penner, das ist doch mal wieder nur reine Schikane.« Ali war unterdessen wie erstarrt, weil er Angst davor hatte, dass irgendjemand das Gemeckere seines Partners eventuell verstehen könnte. Nachdem diese nichts gefunden hatten, wurde die Schranke geöffnet und beide durften die Grenze in Richtung Ost-Berlin passieren. Doch dreihundert Meter dahinter hielt Mehdi urplötzlich an und parkte seinen Wagen ein, woraufhin Ali verwundert ausstieg und an die Fahrerscheibe klopfte.

»Kurze Frage, warum bleiben wir stehen? Hast du irgendwas vergessen?«

»Siehst du das Fenster dort drüben, im Erdgeschoss?«

»Da wo noch Licht brennt und das Schild ‚Friseur' dransteht?«

»Ja, genau. Dort wohnt übrigens meine Freundin Simone und ihre Mama.«

»Ach du meine Güte, wie alt ist sie denn?«

»Sie ist zwanzig.«

»Stimmt, das hattest du bereits erwähnt. Hat das Mädchen etwa einen Vaterkomplex oder warum fährt die auf dich ab?«

»Hör schon auf, so einen Mist zu erzählen, du bist doch nur neidisch. Wir lieben uns halt und außerdem hält sie mich mit ihrem jugendlichen Charme jung und das tut mir echt gut.« Ali zeigte ihm einen Vogel und parkte ebenfalls ein, während Mehdi aus seinem Kofferraum eine große Tüte Süßigkeiten und ein paar goldene Ohrringe hervorholte. An der Wohnungstür wurden sie von der Mutter seiner Freundin herzlich in Empfang genommen, die daraufhin sofort ins hintere Zimmer düste um ihre schwangere Tochter zu holen. Nach zehn Minuten betrat Simone schließlich den Raum und fiel ihrem Freund überglücklich um den Hals. Mehdi streichelte begeistert über ihren dicken Bauch, machte ein paar lockere Scherze und überreichte ihr die Ohrringe, woraufhin er als Dank einen liebevollen Kuss auf den Mund bekam. Ali beobachtete das Ganze aus dem Augenwinkel und wurde im selben Moment von der Mama gefragt, warum sie denn so spät und unangemeldet aufgetaucht seien. Hilfesuchend drehte er sich nach rechts und versuchte verzweifelt Blickkontakt zu seinem abgelenkten Kumpel aufzunehmen, da er nicht wusste ob er die Wahrheit sagen oder sich eine Notlüge einfallen lassen sollte.

»Wir fahren heute Nacht nach Polen, dort will ich meinen Wagen verkaufen.« Doch alles was er erntete war ein gelangweiltes Kopfnicken, was ihn sofort erkennen ließ, dass die Mutter keinerlei Interesse an einer Unterhaltung mit ihm hatte. Im Anschluss holte sie aus ihrem Vorratsschränkchen eine Packung Westpralinen hervor, die sie schmunzelnd herumreichte. Nachdem sich alle bedient hatten, schob sie sich ebenfalls ein Stück in den Mund und kam aus dem Schwärmen nicht mehr heraus.

»Mmh, das ist ja der pure Genuss, ich würde zu gerne mal wissen, was diese Halunken bei uns in der DDR ins Konfekt mischen, Schokolade ist da mit Sicherheit nicht drin, so viel steht fest.« Ein heiteres Gelächter ging um, welches Ali sofort dazu nutzte um seinem Freund zu signalisieren, dass es langsam an der Zeit war sich auf den Weg zu machen.

Bei der Verabschiedung umarmte Simone den zukünftigen Vater ihres Kindes noch einmal und flüsterte ihm dabei leise ins Ohr.

»Sag mal, dein komischer Begleiter, der ist ja sowas von hässlich, wo hast du den denn bitte aufgegabelt? Der sieht ja aus wie ein Schwerverbrecher mit seinem schwarzen Vollbart und seinen dunklen durchdringenden Augen.« Mehdi ließ die abfälligen Äußerungen absichtlich unkommentiert und verschwand kommentarlos nach draußen, in der Hoffnung, dass sein Partner nichts von der Lästerei mitbekommen hatte.

»Ich weiß ganz genau, was sie dir zugeflüstert hat. Sie hat dich verführen wollen, hab ich recht?« Er atmete erleichtert auf, fing an zu lachen und freute sich darüber, dass sein Kumpel mit seiner Vermutung komplett danebenlag.

»Na klar wollte sie mich verführen, was denkst du denn?« Ali, der eher wenig bis gar keine Chancen beim weiblichen Geschlecht hatte, nickte und zwinkerte ihm stolz zu.

»Hab ich es doch gewusst, ich bin halt der geborene Hellseher.«

»Ja, das bist du tatsächlich.« Beide stiegen kurz darauf wieder in ihre Autos ein und machten sich auf in die polnische Hafenstadt Danzig.

Die Verpflichtung für das MFS

Als sie nach mehreren Stunden Autofahrt in der Hafenstadt ankamen, war es früh am Morgen. Die Straßen waren menschenleer und die Geschäfte hatten noch alle geschlossen. Mit ihren knurrenden Mägen schlichen sie umher und suchten verzweifelt nach einer Gaststätte, die schon geöffnet hatte.

Irgendwann fanden sie dann endlich ein uriges Lokal, in dem eine blonde Kellnerin den ausgehungerten Gästen frischen Kaffee, Brötchen und andere Leckereien servierte. Mehdi war sofort hin und weg von der bildhübschen Bedienung und setzte blitzschnell seine Brille ab, um der jungen Dame schöne Augen zu machen. Doch durch seine starke Sehschwäche konnte er genau so weit sehen wie ein Goldfisch im Wasserglas, was Ali amüsiert mitverfolgte.

»Kannst du mir mal erklären, was das werden soll, wenn es fertig ist? Du hast doch schon eine Freundin.« Mehdi setzte seine Sehhilfe genervt wieder auf und blickte verträumt hinüber zu dem elfenartigen Wesen, das gerade hinter den Tresen gegangen war und ihn verlegen anschaute.

»Du scheinst ja ein echter Blitzmerker zu sein. Natürlich habe ich eine Partnerin, aber man will ja auch mal ein bisschen Abwechslung in seiner Ernährung oder isst du etwa jeden Tag das gleiche?« Ali hatte natürlich nur Augen für seine eigene Ehefrau und ließ deshalb auch ein wenig den Moralapostel raushängen.

»Wenn ich will, dann kann ich fünfzig Jahre lang das gleiche essen, das macht mir überhaupt nichts aus. Mit deiner Einstellung fährst du den Karren nämlich direkt gegen die Wand. Irgendwann wird dich dein lockerer Lebensstil einholen und dann mein Lieber, wird es zu spät sein.«

»Du magst zwar ein guter Verbrecher sein, aber wenn es um Frauenangelegenheiten geht, bist du eindeutig der falsche Unterhaltungspartner für mich.«

»Du alter Aufschneider, gib dich doch einfach mal mit dem zufrieden, was du hast, glaub mir, das kann sehr erfüllend sein.«

»Zufrieden? Erfüllend? Ich bin so unglücklich mit dem Verlauf und der Entwicklung meines Lebens, dass ich noch nicht mal im Entferntesten an Zufriedenheit denken kann. Das Schäkern mit den Mädels macht mir einfach Spaß und es ist das Einzige was mir in dieser trostlosen Welt noch geblieben ist.« Ali vermied es eine unnötige Diskussion zu beginnen, weil er ganz schnell bemerkte, dass sein Freund ein absoluter Sturkopf war und sich von niemandem in sein Leben reinreden ließ.

Nachdem sie ausgiebig gefrühstückt hatten, begaben sie sich auf direktem Wege zur Firma Walther, die am Hafen von Danzig Fahrzeuge hinaus in die ganze Welt verschiffte. Am Eingang des Geländes war ein Pförtnerhäuschen, an dem Mehdi ein paar Scheine Westgeld hinüberschieben musste, bevor sie weiterfahren durften. Unten an der Kaimauer trafen sie auf einen dicken kurzgewachsenen Mann mit Glatze und Schnurrbart, der vor einer kleinen, beschilderten Holzbaracke stand und genüsslich seine Zigarette rauchte. Mehdi ging schnurstracks auf ihn zu und sprach ihn locker an, wobei sich seine grimmige Miene schlagartig in ein hinterhältiges Lächeln verwandelte.

»Na Dicker, wie geht's dir?« Walther fing an zu husten und schnippte Ali den Zigarettenstummel mit einem Blick der Verachtung direkt vor die Füße.

»Dank Berufsverbrechern wie dir ziemlich gut. Erzähl mal, wann kommt der Nachwuchs? Ich habe nämlich schon seit einer gefühlten Ewigkeit nichts mehr von dir gehört.«

»Du stellst ja Fragen. Das dauert noch ein bisschen, ich glaube irgendwann im Spätsommer. Der Typ neben mir ist übrigens mein neuer Geschäftspartner, nur damit du Bescheid weißt. Ist eigentlich schon das Geld von meinem jordanischen Autohändler angekommen?« Walther verschwand wortlos in seinem düsteren Büro und kam zwei Minuten später mit einem braunen Umschlag in der Hand wieder heraus. Mehdi nahm das Kuvert aufgeregt entgegen und fischte blitzschnell die vielen Dollarnoten hervor, die er flink nachzählte.

»Halt, hier stimmt doch was nicht. Ich glaube dieser ehrenlose arabische Blutsauger hat mir zu wenig bezahlt?« Ali schaute nochmal prüfend hinein und fand im Innern eine auf Englisch verfasste Notiz.

„Mein Lieber, ich hoffe, dass der Betrag, den ich dir bezahlt habe, dich nicht verschreckt hat. Vor zwei Wochen kam eine frische Lieferung von den Italienern. Darunter war exakt das gleiche Modell des Porsches, welchen ich bei dir bestellt hatte. Du bist zwar noch in der Zeit, aber jetzt habe ich zwei Fahrzeuge, wodurch der Ankaufspreis deines Wagens natürlich erheblich geringer ausfällt. Vielleicht bist du ja nächstes Mal schneller, dann bekommst du auch wieder die vereinbarte Summe von mir. Grüße, Hamoudi“ Mehdi schlug verzweifelt die Hände vor sein Gesicht und fluchte unablässig vor sich hin, während sein Freund versuchte Licht ins Dunkel zu bringen.

»Beruhige dich, was hattest du denn überhaupt für einen Preis mit ihm vereinbart?«

»Eigentlich hätte ich für die Karre zwanzigtausend Dollar bekommen sollen. Aber diese hinterhältige Ratte hat uns nur achttausend bezahlt. Wenn wir dein Honorar abziehen und ich Micha und Alex noch mit einberechne, dann bleibt fast nichts mehr übrig. Das ist der ganze Stress und Aufwand einfach nicht wert.«

»Na dann lass uns doch in Zukunft die Autos direkt in den Nahen Osten fahren und dort verkaufen. Dann hast du auch nicht das Problem, dass dich dieser dämliche Zwischenhändler über den Tisch zieht. Oder sende ihm die Kohle zurück und wir verhökern den Porsche woanders.«

»Du bist ja lustig, wo soll ich denn jetzt auf die Schnelle einen Abnehmer für einen geklauten Sportwagen auftreiben, die stehen schließlich nicht an jeder Straßenecke herum.« Walther hatte das Gespräch der beiden unauffällig belauscht und witterte die Chance seines Lebens.

»Na ihr Banditen, ich habe gehört, dass euch die schmierigen Itaker zuvorgekommen sind. Die komische Idee von deinem Kumpel, die würde ich schön sein lassen. Denn das ist wegen der verschärften Kontrollen an den Grenzübergängen viel zu gefährlich. Warum verkauft ihr mir nicht zukünftig eure gestohlenen Fahrzeuge, das wäre doch die Lösung für all eure Probleme. Zwar muss ich auch etwas verdienen, aber ich zahle weitaus mehr als die auf dem Teppich umherschwebenden Aladdins aus dem Orient.« Mehdi schaute erstaunt auf und seine schlechte Laune schien auf einmal wie weggeblasen.

»Seit wann hast du denn etwas mit dem Ankauf von gestohlenen Pkws zu tun, mein Dicker, ich dachte immer du bist nur für die Verschiffung und das Hin- und Herschieben von Geldern zuständig?«

»Hör zu, ich mache diesen Mist jetzt schon länger als fünfzehn Jahre und habe dabei immer zugesehen, wie die Ganoven mit ihren chromverzierten Karossen vorgefahren sind und dieses Hafengelände mit ihren prall gefüllten Umschlägen wieder verlassen haben. Es ist einfach an der Zeit, dass ich auch mal ein dickes Stück vom Kuchen abbekomme.« Mehdi kratzte sich verwundert am Kopf, denn sein Gegenüber hatte in den vergangenen Jahren immer wieder behauptet, dass er von der Hand in den Mund leben würde.

»Ich kann dich durchaus verstehen, aber woher hast du denn den ganzen Schotter, um in dieses Geschäft einzusteigen?«

»Warum stellst du eigentlich so dumme Fragen? Bist du neuerdings bei den Bullen, oder was?«

»Sachte, Dickerchen ich will dir ja nichts Böses. Was hältst du davon, wenn ich dich heute Abend ins Restaurant einlade, dann können wir alles Weitere in Ruhe besprechen?« Doch der Mann mit Schnäuzer schüttelte wiederwillig den Kopf und zeigte erbost auf den Namen des Firmenschildes, welches an dem kleinen Häuschen prangte.

»Du Hampelmann, mein Unternehmen heißt Walther genau wie ich. Deswegen wirst du mich in Zukunft auch nicht mehr Dicker oder Dickerchen nennen und mich nur noch mit meinem Vornamen ansprechen, ist das klar? Wenn nicht, dann werde ich mir andere Zulieferer suchen und du und dein komischer Kompagnon seid dann ein für alle Mal raus.« Ali riss erschrocken die Augen auf und drehte sich entgeistert zu seinem Partner, dem es glatt die Sprache verschlug.

»Zum Glück habe ich die Bestellliste schon vorbereitet, so kann ich mir wenigstens die Lächerlichkeit eines Essens mit euch beiden Vögeln ersparen.« Walther verschwand pfeilschnell in seinem kleinen Kabuff, woraufhin Ali seinen Kumpel ruckartig zu sich heranzog.

»Du willst doch nicht etwa mit diesem Rassistenschwein Geschäfte machen, oder? Am liebsten würde ich hier sofort abhauen und ihm als Abschiedsgruß Buttersäure in sein Büro kippen.«

»Ach, du nimmst das alles viel zu persönlich. Der Specki ist zwar nicht mein allerbester Freund, aber er hat sehr gute Kontakte. Wir können uns ja sein Angebot anhören und wenn es uns nicht zusagt, dann hauen wir halt ab. Achtung, er kommt zurück!«

»Na ihr beiden Kameltreiber habt ihr schön über mich abgelästert?« Ali versuchte seine Wut krampfhaft im Zaum zu halten, während seinem Partner beim Überfliegen des Papiers beinahe das Herz stehen blieb.

»Moment mal, wie zur Hölle soll ich bitteschön einen Lamborghini Countach auftreiben, den gibt es wahrscheinlich nur zweimal in ganz Europa. Die anderen Nobelkarossen sind zwar auch nicht leicht zu beschaffen, aber wir werden unser Bestes geben.« Walther war augenscheinlich enttäuscht und setzte ihn absichtlich unter Druck, weil er ganz genau wusste, dass sein Gegenüber extrem abhängig vom Verkauf seiner geklauten Autos war.

»Falls ihr beiden Mickey Mäuse keine Lust habt, dann kann ich auch gleich zum Telefonhörer greifen und ein paar Aushilfskanaken anrufen, die würden sich nämlich für so einen Großauftrag ihre pelzigen Knoblauchpfoten lecken.« Mehdi wollte gerade zusagen, als Ali sich auf einmal geistesgegenwärtig vor ihn stellte und ihm zuflüsterte.

»Verflucht, warte, denkst du das ist wirklich so eine gute Idee mit diesem miesen Hundesohn Geschäfte zu machen? Lass uns umgehend das Weite suchen, der Fiesling scheint irgendwie nicht alle Tassen im Schrank zu haben. Wir werden für unsere geklauten Fahrzeuge mit Sicherheit einen anderen Abnehmer finden, vertrau mir.«

»Schon gut, ich weiß, dass du Bedenken hast. Aber eigentlich sollte ich ja für den Verkauf zuständig sein, während du nur im Hintergrund agieren wolltest. Also ist es schlussendlich meine Entscheidung und ich sage, wir probieren es.« Walther stand unmittelbar daneben und steckte sich genervt eine Zigarette an.

»Seid ihr beiden Witzfiguren jetzt endlich fertig, denn ich habe nämlich nicht den ganzen Tag Zeit.«

»Alles klar, wir machen den Deal. Die Luxuslimousinen von Mercedes können wir dir beschaffen, aber das mit dem Sportwagen kannst du dir getrost aus dem Kopf schlagen, denn das wird nun wirklich nichts.«

»So ein verdammter Mist, den wollte ich doch so gerne für mich selbst haben.«

»Na und, dann fährst du halt einen Mercedes, du verrauchter Zwerg bekommst so oder so keine junge Frau mehr ab.« Der Griesgram ging nicht weiter auf die Retourkutsche ein und besiegelte das Geschäft mit einem kräftigen Handschlag, wobei er zusicherte, dass er alle neunundvierzig bestellten Autos auch abnehmen würde. Mehdi war merklich erfreut über den Ausgang des Treffens und war heilfroh, dass er von nun an eine sichere Geldquelle für seine gestohlenen Pkws gefunden hatte. Zu ihrer Verwunderung machte sich Walther daraufhin leise murmelnd vom Acker, bevor er hinter ein paar Containern schließlich aus ihrem Sichtfeld verschwand.

»Dieser Dreckskerl stinkt zum Himmel.« Mehdi kratzte sich fragend am Kinn und war mit seinem Freund ausnahmsweise mal einer Meinung.

»Ja, allerdings. Ich frage mich auch, woher der auf einmal die ganze Kohle hat, um so viele hochpreisige Fahrzeuge anzukaufen.«

»Keine Ahnung, aber was hältst du davon, wenn ich später in sein Büro einsteige und mich mal ein wenig umsehe? Eventuell finde ich ja dort die Antwort auf unsere Frage. Du kannst ja währenddessen solange in der Gaststätte warten und deiner blonden, vollbusigen Bedienung hinterherschmachten. Na was sagst du?«

»Klingt gut, aber lass uns erstmal von hier verschwinden, damit du am helllichten Tage nicht noch auf dumme Gedanken kommst.«

Nach langer Diskussion begab sich Ali am frühen Abend alleine auf den Weg zum Hafen, während sein Partner in der Altstadt von Danzig zurückblieb. Dort vertrieb er sich die Wartezeit und setzte sich wie zuvor besprochen draußen in ein Restaurant, vor dem ein Geiger stand, der mit einer unglaublichen Hingabe seine Lieblingsmelodie spielte. Die meisten Menschen nahmen keine Notiz von ihm und ließen die melancholischen Klänge beim Vorbeilaufen bedeutungslos an sich vorüberziehen. Mehdi war sofort zu Tränen gerührt, da ihn die Musik unweigerlich an früher und an seine Heimat erinnerte. Spürbar schwermütig holte er aus seiner Handgelenkstasche sein Tagebuch hervor, in welches er einen kurzen Eintrag machte.

Der Violinist ist mit so viel Leidenschaft in seine eigene Welt versunken, dass ich innerlich weinen muss. Ich spüre an seiner Gestik und Mimik wie er versucht, seine Würde

und seinen Stolz vor den fremden Blicken zu bewahren, die ihn erwartungsvoll anstarren. Sein gespieltes Lächeln wirkt so leer und verloren, dass ich fühle, wie es plötzlich alte Wunden in mir aufreißt. Wunden, von denen ich dachte, dass sie schon lange verheilt wären. Was ist bloß aus mir geworden? Manchmal kann ich vor Angst nicht mal mehr in den Spiegel schauen, weil ich weiß, was für eine zerrissene Seele sich hinter der Hülle verbirgt. In meinem Inneren spüre ich einen tiefen und endlosen Hass wegen all dem, was ich im Leben nicht erreicht und verloren habe. Ich schaue wehmütig auf die Vergangenheit und vermisse den ehrlichen und hoffnungsvollen jungen Mann, der ich einst gewesen bin.

Als er das Buch zuklappte, spielte der Musiker gerade seine letzte Strophe, bevor er von den Kellnern vertrieben wurde. Knapp eine Stunde später kam Ali von seiner Erkundungstour zurück und ließ sich schweißgebadet neben seinem Kumpel nieder, der ihn erwartungsvoll anstarrte.

»Los, jetzt sag schon wie ist es gelaufen?«

»Darf ich vielleicht erstmal durchatmen.«

»Ja klar, aber spann mich bitte nicht so lange auf die Folter, denn ich platzte vor Neugier.«

»So, willst du die Kurzfassung oder die lange Version?«

»Das ist mir scheiß egal, rück raus mit der Sprache.«

»Also, ich habe mich genauestens umgeschaut. Erst bin ich nicht fündig geworden, doch dann habe ich in der doppelten Schublade seines Schreibtischs mehrere Beutel mit einer weißen Substanz entdeckt. Wenn mich meine Vermutung nicht täuscht, dann handelt es sich dabei um Kokain und den Rest kannst du dir ja selbst zusammenreimen.«

»Dass der Dicke Rauschgift konsumiert, war mir anhand seines aggressiven Verhaltens sofort klar. Aber dass er damit auch noch Geschäfte machen soll, das kann ich mir beim besten Willen nicht vorstellen, denn dafür ist er einfach nicht der richtige Typ. Bist du dir sicher, dass es sich bei dem Pulver um Schnee gehandelt hat?« Ali zuckte genervt mit den Schultern.

»Ok, ich habe es nicht probiert aber was soll es denn sonst sein? Es liegt jetzt an dir ob du weiterhin mit ihm Geschäfte machen willst, oder ob wir einen Schlussstrich unter diese Angelegenheit ziehen, was mir persönlich am liebsten wäre.«

»Naja, erstens haben wir ja keinerlei Beweise dafür, ob es sich tatsächlich um Koks handelt und zweitens kann uns doch vollkommen egal sein womit der Fettklops seine Moneten verdient, solange er uns bezahlt. Schließlich wollen wir ihn ja nicht heiraten.«

»Okay, aber lass dir das Ganze auf der Rückfahrt trotzdem noch einmal durch den Kopf gehen, denn mein Bauchgefühl gibt mir äußerst eigenartige Signale. Übrigens sollten wir uns ranhalten, damit wir noch rechtzeitig rüberkommen.«

Um kurz vor Mitternacht erreichten sie als einer der letzten den Grenzübergang an der Bornholmer Straße in Richtung West-Berlin. Hinter dem Schlagbaum stand ein älterer Grenzer, der sie zur Kontrolle hinauswinkte und anschließend ans geöffnete Fenster der Beifahrertür trat.

»Heute scheint echt euer Glückstag zu sein, wir wollten nämlich gerade dichtmachen. Meine Herren, haben Sie eventuell etwas dabei, was für die Ausfuhr nach West-Berlin nicht genehmigt ist? Drogen, Waffen oder andere Schmuggelware?«

Mehdi verneinte und öffnete nach einer bestimmenden Aufforderung seinen Kofferraum. Der Uniformierte schaute oberflächlich hinein, fing leise an zu flüstern und zeigte dabei unauffällig auf die graue Baracke, die ebenfalls auf dem Grenzgelände stand.

»Mein Vorgesetzter will Sie umgehend in seinem Büro sehen.« Ohne Widerworte ging er hinüber und klopfte nichtsahnend an die Tür. Kurz darauf öffnete ihm eine Dame, die ihn lächelnd in einen Raum führte, indem ein braunhaariger Mittvierziger an einem Schreibtisch saß, welcher sich mit dem Namen Michel vorstellte.

»Herr Karbassion nehmen Sie Platz, ich komme gleich zur Sache. Die ständigen Einreisen mit Ihren gestohlenen Pkws über die verschiedenen Grenzübergänge der DDR sind uns schon länger ein Dorn im Auge und wir möchten, dass sie in Zukunft nicht mehr vorkommen. Außer aber, sie entschließen sich dazu mit uns zusammenzuarbeiten, dann könnten wir eventuell auch mal Fünfe gerade sein lassen. Sie hatten uns vor längerer Zeit zwar mal einen erheblichen Gefallen getan, das bedeutet allerdings nicht, dass sie schalten und walten können wie es ihnen beliebt.«

Mehdi zuckte innerlich zusammen, da ihm augenblicklich bewusst war, dass er den Großauftrag von Walther nur über die Bühne bringen konnte, wenn er auf das moralisch verwerfliche Angebot eingehen würde.

»Entschuldigung, eine Frage hätte ich allerdings noch. Was passiert, wenn ich ablehne?« Michel steckte sich in aller Seelenruhe eine Zigarette an und pustete den blauen Dunst in Richtung Erich Honecker, der in einem goldumrandeten Bilderrahmen an der Wand hing.

»Das ist ganz einfach zu beantworten. Wenn Sie unsere äußerst großzügige Offerte ausschlagen, dann sind Sie und

ihre Komplizen gestern das letzte Mal mit einem geklauten PKW in die Deutsche Demokratische Republik eingereist. Also, ich höre?« Er zögerte keine Sekunde und sagte Hals über Kopf zu, ohne zu wissen, was eine Zusammenarbeit mit der Stasi eigentlich bedeutete.
Im Anschluss wurde ihm im Eilverfahren ein vorgefertigter Text diktiert, den er auf Anweisung handschriftlich zu Papier brachte und zum Ende hin noch einmal laut vorlesen musste.

Ich, Mehdi Karbassion, geboren am 24.4.34 in Isfahan, Iran, erkläre mich aus freiem Willen bereit, mit dem Ministerium für Staatssicherheit der DDR zusammenzuarbeiten, um so einen Beitrag zum Erhalt des Friedens zu leisten. Mit dieser Verpflichtung verspreche ich zugleich die mir vom MFS (Ministerium für Staatssicherheit) übertragenen Aufgaben mit größter Sorgfalt zu erledigen. Ich bin dazu verpflichtet, alle Informationen, die ich während eines Auftrags erhalte, stets wahrheitsgemäß wiederzugeben. Ich verpflichte mich gleichzeitig, gegenüber jedermann über meine Zusammenarbeit mit dem MFS absolutes Stillschweigen zu bewahren. Meine Berichte und Informationen werde ich künftig unter dem Namen »Martin« abgeben. Die Gründe für meine Zusammenarbeit mit dem MFS entsprechen meiner eigenen politischen Überzeugung und bestimmen mein persönliches Handeln.

Nachdem seine Unterschrift die Zusammenarbeit mit dem MFS endgültig besiegelten, bekam er drei Vornamen genannt: Jürgen, Stefan und Michel selbst, die man intern auch als die »Mitarbeiter« bezeichnete. Diese Personen konnte er von nun an jederzeit an der Grenze kontaktieren, wenn er Probleme oder dringende Neuigkeiten zu berichten hatte. Bevor er ging, musste er sich auf die Schnelle vier Adressen von sogenannten Deckwohnungen einprägen, welche sich ein paar hundert Meter hinter dem Grenzübergang Bornholmer Straße in Ost-Berlin befanden. Dort sollte er auf seine zukünftigen Einsätze vorbereitet und mit den nötigen Utensilien ausgestattet werden.

Als er nach über einer halben Stunde endlich wieder aus dem Häuschen hinauskam, war er mit den Nerven vollkommen am Ende, denn er realisierte allmählich, dass er wahrscheinlich den größten Fehler seines Lebens begangen hatte. Ali kam ihm beunruhigt entgegengelaufen und sprach ihn vorsichtig an, während ihm die blanke Panik ins Gesicht geschrieben stand.

»Wo zur Hölle warst du? Ich habe hier draußen vor Angst Blut und Wasser geschwitzt.« Mehdi winkte locker ab und ließ sich beim Einsteigen ins Auto blitzschnell eine fadenscheinige Ausrede einfallen.

»Ach, die haben da drin nur nochmal meine Fahrzeugpapiere überprüft und sind zu dem Schluss gekommen, dass damit irgendetwas nicht in Ordnung sei. Dann mussten sie extra einen Spezialisten hinzuziehen, der sich das Ganze nochmal angesehen hat. Also, wenn du mich fragst, dann ist das mal wieder alles nur reine Schikane.« Ali wusste sofort, dass das nicht der Wahrheit entsprach, denn die Brieftasche mit den Fahrzeugpapieren steckte noch immer in der Innenablage der Fahrertür. Doch er ließ sich in diesem Moment nicht das Geringste anmerken, pflichtete ihm nickend bei und tat so, als hätte er dessen Lüge geschluckt.

Als sie zehn Minuten später drüben in West-Berlin an einer roten Ampel haltmachten, tippte Mehdi seinem Partner hektisch auf die Schulter, da er ihn aus irgendeinem Grund plötzlich loswerden wollte.

»Kannst du mir bitte einen Gefallen tun und ausnahmsweise mal mit dem Bus nach Hause fahren? Ich habe von dem langen Tag nämlich schreckliche Kopfschmerzen und muss mich schleunigst hinlegen.«

»Kein Problem, dir ist aber schon klar, dass wir nur ein paar Querstraßen von meinem Studentenheim entfernt sind oder?«

»Komm, jetzt hau schon ab, wir sehen uns die Tage.«

»Ist ja schon gut, ich verschwinde.« Im Eiltempo sauste Mehdi davon und bog um die Ecke, hinter der er hastig einparkte. Ali hatte unterdessen unauffällig die Verfolgung aufgenommen und versteckte sich völlig außer Atem hinter einer Litfasssäule, die direkt am Straßenrand stand. Dort beobachtete er, wie sich sein Freund im Licht der Leselampe mehrere Notizen auf einem kleinen Zettel machte, den er, bevor er verschwand, wieder in seiner Hosentasche verschwinden ließ.

Der alltägliche Wahnsinn

Ein paar Wochen später waren die beiden bei einem gerissenen deutschen Autohändler eingeladen, der über drei Ecken von ihren ganz besonderen Fähigkeiten Wind bekommen hatte. Inzwischen war es zwölf Uhr mittags und Mehdi war mal wieder viel zu spät dran. Ali lief vor dem Ladengeschäft unruhig hin und her und blickte mit Argwohn durch die Fensterfront hinein in den Verkaufsraum, der ihm mit seinen vielen Luxuskarossen irgendwie nicht ganz geheuer vorkam. Ein allerletztes Mal hielt er vergeblich Ausschau nach seinem Partner, bevor er sich voller Neugier zum Hintereingang des Gebäudes begab. Als er auf der Rückseite ankam, konnte er von Weitem zwei Typen sehen, die sich bei geöffneter Tür in der hauseigenen Werkstatt miteinander unterhielten. Langsam schlich er sich näher heran und versteckte sich hinter einem parkenden Auto, von wo aus er das Gespräch gespannt mitverfolgte.

»Hey Jochen, bevor ich es vergesse. Kannst du mal bitte die Araberjungs, die letztens für uns die Pkws zum Hafen von Danzig gefahren haben, anrufen, ich bräuchte die nämlich nochmal für einen unserer Spezialaufträge.« Der andere Mann im Raum trat näher an seinen Kollegen heran und klopfte ihm dabei locker auf die Schulter.

»Hat es dir denn noch keiner gesagt? Die dämlichen Kanaken haben aufgemuckt und wollten beim Verkauf bescheißen. Der Walther hat daraufhin die Russen kontaktiert und die haben mit dem Lumpenpack kurzen Prozess gemacht und sie anschließend zu Wurst verarbeitet. Aus diesem Grund kommt doch heute auch das Frischfleisch vorbei.« Ali entgleisten auf einmal alle Gesichtszüge, verängstigt machte er sich wieder auf den Weg zum Vordereingang, an dem er auf seinen Freund traf, der gerade ins Autohaus gehen wollte. In letzter Sekunde packte er ihn am Arm und hechelte ihm ein angsterfülltes »Lauf so schnell du kannst« entgegen. Mehdi schaute ihn verwundert an und reagierte anfangs nicht. Erst als sein Kumpel urplötzlich das Weite suchte, begriff er, dass irgendetwas nicht stimmte und nahm ebenfalls die Beine in die Hand.

Ein paar Straßen weiter blieb Ali völlig aus der Puste stehen und versuchte die eigenartige Situation aufzuklären. Doch er rang in diesem Moment so sehr nach Luft, dass er von jedem Satz, den er sagte, fast jedes zweite Wort verschluckte. Mehdi verstand von dem abgehackten Gestammel jedoch überhaupt nichts, weshalb er kurzerhand die Notbremse zog und einmal laut brüllte.

»Stooopp! Kannst du dich mal beruhigen und deine Schnauze halten, sonst bekommst du noch einen verdammten Herzinfarkt. Außerdem weiß ich beim besten Willen nicht was du mir sagen willst.« Sein Partner atmete mehrmals tief durch, guckte sich panisch um und startete einen erneuten Versuch.

»Ich bin so froh, dass du zu spät gekommen bist, denn wärst du pünktlich gewesen, dann hätten wir jetzt mit aller Wahrscheinlichkeit ein Riesenproblem. Als ich auf dich gewartet habe packte mich die Neugier, woraufhin ich zum Hintereingang geschlichen bin, an dem ich zwei Personen belauscht habe, die sich in der Werkstatt miteinander unterhielten. Sie erzählten davon, dass zwei Araber Autos zum Hafen von Danzig gefahren haben und beim Verkauf bescheißen wollten. Walther hat dann die Russen geholt und die haben die Männer umgebracht und anschließend zu Wurst verarbeitet. Kurz bevor ich verschwand faselten sie noch was von Frischfleisch, womit sie, glaube ich, uns meinten.« Mehdi war sichtlich verunsichert und ging einen Moment in sich, während Ali ununterbrochen an seinen Fingernägeln herumkaute.

»Bist du dir ganz sicher, dass sie unseren Walther aus Danzig meinten?«

»Natürlich meinten die unseren Walther, oder kennst du noch einen durchgeknallten Deutschen, der am Hafen von Danzig sein Unwesen treibt?«

»Hör zu, wir vergessen einfach was du gehört hast und konzentrieren uns nur noch auf die Durchführung unseres Auftrags. Den Fettklops müssen wir unbedingt im Auge behalten, denn der scheint tatsächlich ein wandelndes Pulverfass zu sein.« Ali stand noch immer unter Schock und war von der lockeren Herangehensweise seines Freundes alles andere als begeistert.

»Das ist also dein Plan? Wach doch mal auf und denk nach! Wenn der Fettwanst mit einem Fingerschnips fremde Personen einfach so verschwinden lassen kann, was denkst du was er mit uns machen wird, sobald wir ausgedient haben. Der Mann ist ein Kokser, solche Leute sind unberechenbar. In einem Moment sind die gut drauf, doch wenn ihm plötzlich irgendetwas missfällt, dann ruft er die Russen an und die machen aus uns dann persisches Hackfleisch.« Mehdi hatte tierischen Hunger und zog die Situation ein wenig ins Lächerliche.

»Das würde ich aber sofort kaufen, denn das schmeckt wenigstens noch. Bitte mach jetzt keine Panik, wir wissen doch überhaupt nicht ob die Geschichte mit dem Mord wirklich stimmt. Möglicherweise ist das alles nur ein großes Missverständnis. Außerdem muss ich erstmal was essen, danach können wir uns gerne nochmal mit dem Thema auseinandersetzen. Obwohl ich ja fest der Meinung bin, dass du mal wieder maßlos übertreibst.«

»Du machst mich echt wahnsinnig. Kannst du mal für eine Sekunde deinen Scheiß Fraß vergessen und versuchen den Ernst der Lage zu begreifen, denn es geht hier wahrscheinlich um Leben und Tod.« Doch sein Gegenüber winkte genervt ab und steuerte mit einem Riesenappetit auf die auf der anderen Straßenseite gelegene Dönerbude zu.

Am Abend saß Ali mit seinem Partner in dessen Wohnzimmer, in dem sie ausgelassen in ihrer Muttersprache herumflachsten, als das Telefon klingelte. Es war Walther, der mit merklich schlechter Laune aus Danzig anrief und sich nach seiner ersten Lieferung erkundigte. Mehdi sah angespannt hinüber zu seinem Kumpel, der sich blitzschnell an den zweiten Telefonapparat setzte, an dem er das Gespräch stillschweigend mitverfolgte.

»Walther mein Lieber, du meintest doch, dass wir uns Zeit lassen könnten, warum hast du es denn auf einmal so eilig?« Ein aufgebrachtes Stöhnen huschte durch die Leitung, welches in einen tobenden Wutausbruch überging.

»Willst du mich eigentlich verarschen, du Penner? Du wolltest doch ordentlich Zaster machen, also musst du auch nach meiner Pfeife tanzen. Übrigens bin ich derjenige, der hier die Regeln aufstellt, und nicht du. Das solltest du dir ein für alle Mal hinter deine Lauscher schreiben.« Mehdi brodelte innerlich und musste sich krampfhaft zusammenreißen, um nicht aus der Haut zu fahren.

»Warum sollte ich dich verarschen wollen, davon hätte ich doch nichts. Schließlich will ich mit dir ins Geschäft kommen.«

»Hör mir jetzt genau zu, bevor du wieder unnötige Fragen stellst. Ich will von meiner Bestellliste fünfzehn Autos innerhalb einer Woche bei mir auf dem Hafengelände sehen. Wenn du es nicht schaffst, dann wirst du und dein bärtiger Anhang die Konsequenzen tragen müssen.« Noch bevor er antworten konnte, knallte Walther den Hörer auf die Gabel und ließ sie mit der schier unlösbaren Aufgabe alleine. Ali schaute geschockt auf zu seinem Freund, der sich mit einem sprachlosen Gesichtsausdruck rückwärts ins Sofa fallen ließ.

»Ach du Scheiße, das ist eine Falle. Der Hurensohn will uns eiskalt auflaufen lassen. Du musst sofort zurückrufen und ihm absagen, denn ich habe keine Lust als russisches Schaschlik zu enden.« Mehdi überlegte einen Moment und schien schon nach kurzer Zeit die rettende Idee zu haben.

»Was hältst du davon, wenn wir einfach untertauchen und warten, bis der ganze Spuk vorbei ist.« Ali dachte er hätte sich verhört und brüllte seinen Kumpel aus voller Kehle an.

»Spinnst du jetzt völlig, du Arschloch. Das kann doch nicht dein verfluchter Ernst sein.«

»Jetzt werde doch nicht gleich so aggressiv, wir werden schon eine Lösung finden und ich glaube, mir ist da gerade was eingefallen. Araber, ich sag nur: Araber.«

»Was Araber, wo Araber? Kannst du mal ein bisschen konkreter werden, denn ich explodiere gleich erneut.« Mehdi sprang ruckartig auf und erzählte begeistert von seinem Plan, der gerade in seinem Kopf heranreifte.

»Kannst du dich noch an die Typen erinnern vor denen ich in der Tiefgarage weggerannt bin?«

»Allerdings, schließlich hat mich deine feige Flucht ja beinahe meinen Kopf gekostet.«

»Du hast es doch überlebt, also halt die Klappe. Der mit den gelockten schmalzigen Haaren, das war übrigens Mohammed.«

»Ja und was hat diese komische Gestalt jetzt mit unserem Auftrag zu tun?«

»Noch nichts. Aber er war derjenige, mit dem ich die ersten geklauten Fahrzeuge Ende der sechziger Jahre in den Libanon gefahren habe. Wir waren sehr lange Partner, doch dann haben wir uns wegen einer ganz dummen Sache zerstritten und aus den Augen verloren.« Ali schwante Böses und stellte die Frage trotzdem, obwohl er die Wahrheit eigentlich gar nicht wissen wollte.

»Warum ist es denn auseinandergegangen?« Mehdi blickte beschämt zu Boden und druckste ein wenig herum.

»Also gut, ich sage es dir, aber bitte versprich mir, dass du die Geschichte für dich behältst.«

»Ja, komm, lass hören.«

»Vor ungefähr fünf Jahren sind wir zusammen nach Jidda gefahren, um einen geklauten Mercedes auszuliefern. Der Kerl, der uns den Wagen abkaufen wollte, war ein gerissener Geschäftsmann, der in engem Kontakt zum Königshaus stand. Als wir abends zusammen auf der Terrasse saßen und um den Preis feilschten, setzte plötzlich mein Verstand aus und ich fing an, seiner Frau anzügliche Komplimente zu machen. Mohammed bekam sofort Panik und gab mir mehrmals zu verstehen, dass ich aufhören sollte, weil er keine Lust hatte in den saudi-arabischen Knast zu wandern. Ich Dummkopf habe all seine Warnungen natürlich in den Wind geschlagen und weitergemacht. Naja, und am Ende erhielten wir statt des Geldes Peitschenhiebe und sind mit leeren Händen wieder zurück nach Hause geflogen. Seitdem habe ich nie wieder etwas von ihm gehört.«

Ali schlug kopfschüttelnd die Hände vors Gesicht, in welche er mit gedämpfter Stimme hineinsprach.

»Puh, du traust dich ja was. Wieviel ist euch denn durch den geplatzten Verkauf durch die Lappen gegangen?«

»In etwa dreißigtausend Mark.«

»Krass, das ist echt ne Menge Kohle. Ich gebe dir einen freundschaftlichen Rat. An deiner Stelle würde ich die Vergangenheit ruhen lassen und mir schleunigst was anderes überlegen. Du kannst echt froh sein, dass du so glimpflich davongekommen bist, das hätte nämlich auch nach hinten losgehen können, schließlich sind Araber äußerst rachsüchtig.« Mehdi war wütend über sich selbst und schlug mit voller Wucht gegen das Polster der Couch.

»Zum Teufel nochmal, mir bleibt wahrscheinlich gar nichts anderes übrig als ihn zu fragen. Ab morgen haben wir nur noch 6 Tage Zeit, bis dahin müssen wir unbedingt was auf die Beine gestellt haben, ansonsten sind wir den Auftrag ganz schnell wieder los und das verkrafte ich nicht.« Sein Kumpel klopfte ihm ermutigend auf die Schulter und begab sich nachdenklich zur Wohnungstür, an der er notgedrungen zusagte.

»Na gut, du kannst auf mich zählen, ich bin dabei! Entweder machen wir mit dem Ding jetzt den ganz großen Reibach oder aber wir werden zu Vogelfutter verarbeitet. Ich weiß zwar nicht genau was du vorhast, aber tue mir bitte den Gefallen und sei vorsichtig.«

Mehdi verabschiedete ihn mit einer Umarmung und kramte in Windeseile sein altes Adressbuch hervor. Als er jedoch Mohammeds Namen und die dazugehörige Telefonnummer sah, verließ ihn plötzlich der Mut. Er atmete mehrmals tief durch und zögerte eine ganze Weile, bevor er mit einer gehörigen Portion Angst im Nacken die Wählscheibe des Telefons betätigte. Doch all seine Bedenken lösten sich schlagartig in Luft auf, als die automatische Ansage „Kein Anschluss unter dieser Nummer“ in die Hörmuschel trällerte. Erleichtert legte er auf und entschied sich nach einem kurzen Blick auf die Uhr bei seinem einstigen Freund vorbeizufahren. Vor dessen Wohnhaus im Bezirk Wedding überkam ihn ein eigenartiges Gefühl von Vertrautheit. Mit ordentlich Muffensausen stieg er aus dem Auto und lief durch den dunklen Hausflur, der hinaus auf den großen Hinterhof führte. Dort konnte er sehen, wie eine Handvoll ausländischer Kinder fröhlich miteinander spielten, während die Mütter auf Decken daneben saßen und sich in gebrochenem Deutsch spannende Geschichten aus ihrer Heimat erzählten. Schnurstracks steuerte er auf den Seitenflügel zu und stiefelte die endlos langen Stufen hinauf bis in den fünften Stock, wo er den Nachnamen seines ehemaligen Weggefährten am Klingelschild erblickte. Ohne zu zögern klopfte er an die Tür und lauschte mit Herzklopfen der weiblichen Stimme, die im Hintergrund zu hören war. Kurz darauf öffnete ihm die Ehefrau, welche vor Schreck einen lauten Freudenschrei ausstieß, der durchs gesamte Treppenhaus hallte. Mohammed kam daraufhin ebenfalls hinzu und schaute völlig verdattert auf den Besucher, der ihm mit einem verlegenen Grinsen begrüßte.

»Ich glaub, ich träume! Du Hundesohn, hast ja echt Nerven hier einfach so aufzukreuzen. Weißt du eigentlich wie lange ich mit dem geplatzten Deal mental zu kämpfen hatte? Wahrscheinlich nicht? Sonst würdest du nicht die Frechheit besitzen und mich Zuhause aufsuchen.« Er holte einmal tief Luft und wollte gerade zur nächsten Verbalattacke ansetzen, woraufhin die Gattin blitzschnell das Wort ergriff und Mehdi ruckartig hinein in die Wohnung zog.

»Hör bitte auf zu fluchen, und außerdem fertigt man seine Gäste nicht vor der Tür ab, das ist unhöflich.«

»Na gut, du darfst genau einen Tee lang bei uns bleiben, danach siehst du zu, dass du verschwindest, ist das klar?« Im Innern schnappte sich Mohammed einen langen Holzstock, mit dem er sich bei seinen ungehorsamen Kindern, die wie wild im Wohnzimmer herumtobten, Respekt verschaffte.

»Was willst du eigentlich hier, wolltest du mir den Rest meines Lebens auch noch versauen oder warum sitzt du dort so schweigsam herum und starrst ins Leere?«

Mehdi grübelte und verhaspelte sich vor Aufregung so sehr, dass er dummerweise gleich mit der Wahrheit rausrückte.

»Ich brauche dringend deine Hilfe.« Sein einstiger Partner war vollkommen sprachlos und tippte seinen Söhnen drohend mit dem Stock auf ihre kleinen Fingerchen, da diese gerade gemeinsam versuchten, den Tisch mit den Keksen zu entern.

Doch Mehdi untergrub kurzerhand die Autorität des Vaters und hielt der wilden Meute die Schale direkt vor die Nase. Diese verschlang den gesamten Inhalt in Rekordtempo und lächelte anschließend völlig bekrümelt vom Sofa hinüber zu dem Fremden, der noch immer nach den richtigen Worten suchte.

»Mann, es tut mir schrecklich leid, was damals passiert ist. Ich habe einen Riesenfehler begangen, kannst du mir nicht einfach verzeihen?« Mohammed plusterte sich fürchterlich auf und wurde im selben Moment von seiner Frau ausgebremst, die ihm mit einem Augenzwinkern zu verstehen gab, dass er sich zurückhalten solle.

»Eventuell könnte ich drüber hinwegsehen, aber nur, wenn du heute für mich gute Nachrichten im Gepäck hast. Ansonsten kannst du gleich wieder einen Abflug machen.« Mehdi atmete spürbar erleichtert auf und kam gleich zur Sache.

»Ich habe ein Angebot von Walther aus Danzig erhalten. Dieser hat bei mir fünfzehn Mercedes Limousinen bestellt, die ich bis zum nächsten Sonntag bei ihm am Hafen abgeliefert haben muss. Das Problem daran ist, dass mir die Zeit davonrennt und ich das mit meinen Leuten niemals alleine bewerkstelligen kann, zumal wir die Autos ja auch noch klauen müssen. Also, was sagst du?«

»Irgendwie wusste ich, dass die Sache einen Haken hat. Wo hat denn die Nazibacke auf einmal so viel Geld her? Ich dachte immer, dass er am Hungertuch nagt so wie der aussieht. Naja, auch egal. Also gut, ich werde dir unter die Arme greifen aber nur unter folgender Bedingung. Ich will von dem Auftrag meine dreißigtausend Mark zurück, die du mir noch schuldest, plus fünfzig Prozent von den Verkäufen der Fahrzeuge.« Mehdi fiel vor Schreck beinahe vom Stuhl. In Windeseile holte er seinen Taschenrechner hervor, auf dessen Tasten er wie ein Verrückter einhackte, bevor er schließlich zusagte.

»Mann, du alter Halsabschneider. Dein Angebot hätte zwar etwas großzügiger ausfallen können, aber für den Anfang kann ich damit leben.«

»Tja mein Lieber, Qualität hat halt seinen Preis. So und jetzt erzähl mal, wie du dir das Ganze vorstellst.«

»Du kannst ganz unbesorgt sein, denn ich habe alles genauestens geplant. Hier, du kannst ja schon Mal einen Blick auf die Liste mit den benötigten Fahrzeugtypen werfen. Unsere Truppe wird versuchen fünf Mercedes aufzutreiben, während ihr den Rest heranschaffen müsst, also zehn. Um die zusätzlichen Kleinigkeiten, wie das Fälschen der Dokumente, werden wir uns ebenfalls kümmern, denn aus vergangenen Tagen weiß ich ziemlich genau, dass das nicht gerade eines deiner Spezialgebiete ist.«

»Ach du Scheiße, ich glaube ich muss dich jetzt rauschmeißen, denn ich habe noch so viel zu erledigen. Schließlich muss ich für diese außergewöhnliche Unternehmung meine gesamte Familie mobilisieren. Übrigens musst du uns unbedingt noch sagen welche Grenzübergänge wir am Sonntag nach Ost-Berlin nehmen sollen, denn so viele hochpreisige Schlitten habe ich an einem Tag noch nie rübergebracht.«

»Beruhige dich! Sobald du die Pkws hast, meldest du dich bei mir, dann erfährst weitere Einzelheiten. Die Telefonnummer von meiner Werkstatt ist übrigens immer noch dieselbe, nur, dass der Laden jetzt nicht mehr auf meinen Namen läuft.«

An der Wohnungstür drehte sich Mehdi noch einmal um und redete seinem früheren Partner ins Gewissen, da er Angst hatte, dass dieser im letzten Moment doch noch einen Rückzieher machen könnte.

»Bitte lass mich nicht im Stich, denn ohne dich bin ich komplett aufgeschmissen.« Mohammed war von der Rolle des Retters sichtlich angetan und schlug ihm mit einem zuversichtlichen Grinsen die Tür vor der Nase zu.

In den frühen Morgenstunden klingelte das Telefon. Es war die Mutter seiner Freundin, die aufgeregt von der anderen Seite der Mauer anrief, um ihn über die Geburt seines ersten Sohnes zu informieren. Mehdi war komplett aus dem Häuschen und machte sich sofort auf den Weg zur Adresse seines Kumpels, da er die großartigen Neuigkeiten unbedingt mit jemandem teilen wollte. Doch als er am Studentenheim eintraf, erhielt er auf sein hektisches Klopfen keine Antwort. Unverrichteter Dinge zog er wieder ab und fuhr zur Werkstatt, in der Hoffnung, eventuell dort fündig zu werden. Aber als er hineinkam und sich umsah, konnte er nur Micha und Alex entdecken, die gemeinsam im Büro saßen und miteinander frühstückten. Eine halbe Stunde später hämmerte jemand wie verrückt gegen die Eingangstür. Es war Ali, der mit einem goldenen 500er Mercedes in der Auffahrt stand und dringend hineinwollte. Mehdi öffnete blindlings das Garagentor, sprang zur Seite und schaute erschrocken seinem Freund hinterher, der den Wagen mit quietschenden Reifen kurz vor der Hebebühne zum Stehen brachte. Dieser sprang daraufhin hastig aus der Limousine, machte das Licht aus und deckte das Diebesgut mit einer dunklen Plane ab. Alle Anwesenden schauten sich verwundert an und wurden im selben Moment mit einem angsterfüllten »Haltet die Klappe, die Bullen sind hinter mir her«, begrüßt. Pfeilschnell sanken sie nacheinander zu Boden und verkrochen sich in den dunkelsten Ecken, die sie finden konnten, als vor der Werkstatt plötzlich ein Polizeiwagen mit eingeschaltetem Blaulicht anhielt. Wie versteinert verharrten sie in ihren Verstecken, und verfolgten den hektisch zuckenden Lichtkegel, der einen Augenblick später ins Innere fiel. Ali suchte den Nervenkitzel und schlich sich in Zickzack-Bewegungen an die heruntergelassene Jalousie heran. Dort schaute er vorsichtig zwischen den Lamellen hindurch und beobachtete den blonden Polzisten, der durch die Fensterfront auffallend neugierig nach drinnen starrte und sich mit seinem

Kollegen unterhielt. Doch glücklicherweise fuhren diese schon nach kurzer Zeit wieder davon, weil sie nichts Verdächtiges entdecken konnten. Nachdem die Luft wieder rein war, gab Ali erleichtert Entwarnung, woraufhin ihn sein Kumpel wutentbrannt in sein Büro zerrte.

»Kannst du mir mal erklären was die ganze Scheiße soll und warum du uns alle in Gefahr bringst? Du bist doch sonst immer so übervorsichtig, mit deinen beschissenen Handschuhen.« Sein Gegenüber drehte sich verschämt weg und versuchte erst gar nicht zu lügen.

»Ich konnte wegen unseres Auftrags die ganze Nacht einfach kein Auge zudrücken. Dann bin ich suchend losgezogen, habe durch Zufall den Wagen entdeckt und musste ihn einfach klauen. Als die Beamten mich an einer roten Ampel kontrollieren wollten, habe ich Vollgas gegeben, da ich panische Angst davor hatte verhaftet zu werden.«
Mehdi lief grübelnd im Raum herum, rief die anderen zu sich herein und beruhigte sich schnell wieder.

»Ok, Schwamm drüber! Aber bitte tue mir den Gefallen und mache das nicht noch einmal, denn ich hatte eigentlich vor die restlichen Tage meines Lebens in Freiheit und Wohlstand zu genießen.«
Kurz darauf kamen Micha und Alex durch die Tür, denen er ohne Umschweife von Walthers Großauftrag erzählte. Die beiden waren hellauf begeistert und stießen einen lauten Jubelschrei aus, als sie jedoch von der Zusammenarbeit mit Mohammed hörten, war ihre gute Laune schlagartig verflogen. Mit Engelszungen redeten sie auf ihren Chef ein und versuchten ihm die Sache auszureden, weil sie eine Heidenangst vor dessen unberechenbarem Wesen hatten. Doch als Mehdi über die Höhe ihres Anteils sprach, sagten sie kein einziges Wort mehr dagegen und machten sich

sofort an die Arbeit. Bei Sonnenaufgang fuhren sie den frisch umfrisierten Wagen dann hinaus zu einer privat angemieteten Tiefgarage, in der alle geklauten Autos bis zur Weiterfahrt nach Danzig zwischengelagert werden sollten.

In den folgenden Tagen durchstreiften Mehdi und sein Partner erfolgreich die West-Berliner Innenstadt und gingen beim Stehlen exakt nach der Liste vor, die Walther ihnen mitgegeben hatte. Doch ein Autotyp war einfach nicht aufzutreiben, es war ein Mercedes 500SL, ein Cabrio, welches ihnen bei der verzweifelten Suche den kalten Angstschweiß auf die Stirn trieb. Am späten Freitagabend kamen die zwei völlig abgekämpft zu Hause bei Mehdi an und überlegten fieberhaft wo sie noch überall herumsuchen sollten, als wieder einmal das Telefon läutete. Ali hörte am anderen Apparat mit und zuckte erschrocken zusammen, als er auf einmal Walthers fiese Stimme hörte.

»Hey du Pappnase! Ich bin es, na wie sieht es da drüben bei euch aus? Habt ihr schon die Hosen voll oder seid ihr noch im Zeitplan?« Mehdi war vollkommen durch den Wind und musste sich erst einmal sammeln bevor antworten konnte.

»Alles wird genauso ausgeliefert wie du es bestellt hast. Wir kommen pünktlich am Sonntag bei dir an, du brauchst dir also keinerlei Sorgen zu machen.« Walther fing überheblich an zu lachen und zog dabei hektisch an seiner Zigarette.

»Hör auf mir irgendwelche Märchen zu erzählen, du Spinner. Ich weiß doch ganz genau, dass ihr beiden da drüben Blut und Wasser schwitzt, das höre ich nämlich an deinem ängstlichen Tonfall. Haltet euch bloß ran, andernfalls sieht es für euch ganz, ganz düster aus.« Das dumme Geschwätz ging Mehdi so sehr auf die Nerven, dass er kurzerhand auflegte, was seinem Partner jedoch ganz und gar nicht gefiel.

»Hallo, bist du jetzt von allen guten Geistern verlassen? Du kannst doch nicht einfach das Gespräch beenden, das macht ihn nur noch wilder. Du musst der fetten Sau bis zum Abschluss unseres Auftrags in den Arsch kriechen, danach kannst du von mir aus tun und lassen wonach dir der Sinn steht. Der Typ hat ein gehöriges Ding zu laufen, der wartet doch nur darauf, dass wir einen Fehler begehen, das merke ich an seinen zweideutigen Aussagen.« Mehdi atmete tief durch und zerrte seinen Freund hinunter zum Auto.

»Entschuldige, aber du gehst mir mit deinem Gejammer gerade gehörig auf den Sack! Lass mich nur machen, denn ich habe wahrscheinlich die Lösung für unser Problem.«

Zwanzig Minuten später standen die beiden vor der Zentralen Verwahrungsstelle der Polizei, wo alle beschlagnahmten Autos der Stadt zwischengelagert wurden. Ali freute sich wie ein Kind und schaute gespannt hinüber auf das umzäunte Gelände, welches hunderte von Fahrzeugen beherbergte.

»Du bist echt genial, auf so eine abgedrehte Idee wäre ich noch nicht mal im Traum gekommen.« Mehdi grinste frech, parkte den Wagen ein und ging anschließend hinaus an seinen Kofferraum. Dort kramte er einen Bolzenschneider hervor, den er gekonnt unter seiner dunkelbraunen Lederjacke über die Straße zum Maschendrahtzaun trug, in den er in Nullkommanichts ein Loch hineinschnitt. Mit Mühe zwängten sie sich hindurch und suchten getrennt voneinander das große Areal nach dem letzten fehlenden Auto ab. Schon unmittelbar darauf wurde Mehdi tatsächlich fündig und machte mit einem leisen Pfeifen auf sich aufmerksam. Sein Kumpel kam sofort angepest und blickte enttäuscht auf die silberne Typenbezeichnung, die am Heck des Wagens angebracht war.

»Mann, bist du blind? Hier steht eindeutig 450SL und nicht 500SL.«

»Ganz ehrlich, das ist mir scheißegal, denn wir haben eh keine Zeit mehr. Die Fahrzeuge sehen beide gleich aus und unterscheiden sich nur minimal. Wir ändern einfach das Schild am Kofferraumdeckel und gut ist. Vertrau mir, der Dicke wird gar nicht bemerken, dass es sich um eine Mogelpackung handelt. Jetzt beweg deinen Hintern, denn ich habe keine Lust hier die Nacht zu verbringen.« Obwohl Ali wegen des Etikettenschwindels ein ungutes Gefühl hatte, vermied er es, eine unnötige Diskussion anzuzetteln und machte sich daran, das Auto zu öffnen. Mehdi eilte unterdessen fluchend zum Hintereingang, an dem er sich mit seinem Bolzenschneider erneut am Zaun zu schaffen machte. Ein paar Minuten später konnte man hören, wie der Motor des Wagens aufheulte, und sehen, wie Ali in einer Mordgeschwindigkeit auf die viel zu schmale Öffnung zuraste. Mit einem lauten Angstschrei bohrte er sich hindurch und überhörte dabei das grelle Scharren der Metallspitzen, die sich in tiefen Kratzern auf der gesamten Karosserie verewigten. Unweit dahinter kam er in einer Vollbremsung zum Stehen, wobei er einen erschrockenen Blick nach hinten warf und sich fragte, wie er es nur unbeschadet durch diesen winzig kleinen Ausschnitt geschafft hatte. Die Antwort folgte prompt, als ihm sein Partner die abgerissenen Seitenspiegel durchs geöffnete Fenster der Beifahrertür feuerte und nach einer eindringlichen Ansage fluchtartig das Weite suchte. Als Mehdi nach einer halben Stunde in der Werkstatt ankam, war Ali bereits vor Ort und unterhielt sich aufgeregt mit seinen Kollegen, die kopfschüttelnd um den völlig zerschrammten Wagen herumliefen und sich bei ihrem Chef neugierig nach dem Hergang erkundigten. Gerade als dieser die kuriose Geschichte zum Besten geben wollte, klingelte das Telefon. Aufgeschreckt rannte er hinüber ins Büro, nahm den Hörer ab und war heilfroh, als ihm Mohammed schließlich die alles entscheidende Nachricht durchgab. Während der kurzen Unterhaltung notierte sich Mehdi die abgeänderten Fahrgestellnummern der gestohlenen Autos und instruierte ihn zum Ende hin noch einmal genauestens über den Ablauf am Sonntag. Nachdem er aufgelegt hatte, stürmten seine Kollegen, die das Gespräch heimlich belauscht hatten, ausgelassen zur Tür hinein. Voller Freude lagen sie sich daraufhin in den Armen, weil der enorme Druck der anstrengenden letzten Woche schlagartig von ihnen abfiel.

Die Nacht vom Samstag zu Sonntag verbrachte Ali nicht ganz ohne Hintergedanken bei seinem Freund Zuhause, da er zum einem noch immer auf der Suche nach dem ominösen Zettel war und anderseits höllische Angst davor hatte, dass dieser den morgigen Termin wieder einmal verschlafen würde. Mehdi trank an diesem Abend einen Cognac nach dem anderen und war irgendwann so sternhagelvoll, dass er sturzbetrunken ins Bett fiel, was Ali sofort zum Anlass nahm um sich ein wenig in der Wohnung umzusehen. Nach langem Suchen fand er unter einer Holzdiele das gefaltete Stück Papier, auf dem über den drei Vornamen (Jürgen, Stefan, Michel) und den Adressen, Kontakt zum Grenzübergang Bornholmer Straße geschrieben stand. Er zählte eins und eins zusammen und vermutete, dass sein Kumpel höchstwahrscheinlich vom DDR-Geheimdienst angeheuert wurde. Denn die Grenzübergangstelle, die sie häufig für ihre Ein- und Ausreisen benutzten, war mit ein paar Ausnahmen nur für deutsche Bundesbürger aus der BRD zugelassen. Ali hatte während seiner Grenzübertritte immer eine spezielle Genehmigung vom West-Berliner Senat dabei, doch sein Partner besaß weder die deutsche Staatsbürgerschaft, noch hatte dieser irgendeine Bescheinigung, was seinen Verdacht zusätzlich untermauerte. Mit einem mulmigen Gefühl steckte er den Zettel zurück und schwor sich dabei von nun an noch vorsichtiger zu sein, als ihm plötzlich das blaue Tagebuch ins Auge stach, welches auf dem Küchentisch lag. Auffallend neugierig blätterte er durch die Seiten in denen ihm ein Eintrag besonders auffiel. Mit seiner ganzen Aufmerksamkeit las er die ersten Sätze, woraufhin er unweigerlich von seiner eigenen Vergangenheit eingeholt wurde.

Liebste Mamanjun,
ich muss jeden Tag an dich denken und fühle mich so hilflos, weil ich nichts für dich tun kann. Wieder einmal hat uns die Armut handlungsunfähig gemacht und sorgt dafür, dass wir tausende Kilometer voneinander getrennt sind. Obwohl ich weiß, dass ich fernab von dir nichts machen kann, zerreißt es mir jedes Mal das Herz, wenn ich dich und deine Armut in Gedanken vor mir sehe. Das Schlimme daran ist, dass wir das alles nur durchmachen, weil andere Menschen über unser Leben und unser Schicksal entschieden haben. Die Gedanken daran machen mich unendlich wütend und rauben mir jegliche Kraft. Ich weiß, dass es dein sehnlichster Wunsch war, mich noch einmal wiederzusehen. Aber wie? Zurzeit ringe ich so sehr mit dem Schmerz der Vergangenheit, dass ich im Moment glaube diesen Kampf für immer verloren

zu haben. Warum kann ich dir nicht helfen? Warum darf ich mich nicht um dich kümmern? Was macht das Leben schon für einen Sinn, wenn man es fernab von seiner geliebten Familie alleine und isoliert leben muss? Ich dachte eigentlich, dass mich das Schreiben innerlich beruhigen würde, aber es macht mich mit jeder Zeile nur noch trauriger. Genau heute ist es zehn Jahre her, als ich dich das letzte Mal auf der Straße vor meinem Versteck umarmt habe. Ich vermisse dich so sehr.

Beim Lesen der letzten Zeilen hatte Ali sichtlich mit den Tränen zu kämpfen, da all die schmerzlichen Erinnerungen seiner eigenen Flucht mit einem Schlag wieder zum Vorschein kamen. Im Umschlag des Buches steckte ein Brief, den Mehdi von seinem älteren Bruder Reza aus dem Iran zugeschickt bekommen hatte. Diesem lag ein Foto bei, auf dem Mamanjun mit einer jüngeren Frau vor den Ruinen der Karawanserei zu sehen war. Anhand der zarten Gesichtszüge und dem fröhlichen Lächeln konnte man sofort erkennen, dass es sich um Leila, Mehdis ehemals große Liebe handelte. Beim Zurücklegen des Bildes entdeckte er eine rückseitige Notiz, die er sich, bevor er zu Bett ging, noch einmal in aller Ruhe durchlas.

»Warum?« Warum musstet ihr von mir gehen? Was muss ich tun, damit ich endlich zur Ruhe kommen kann. Hoffnung, Hoffnung, Hoffnung und die wunderschönen Erinnerungen an euch beide geben mir Kraft. Kraft um weiterzumachen, damit ich es eines Tages auf die andere Seite des Lebens schaffen werde.

Mit reichlich Verspätung trafen sie am nächsten Morgen am vereinbarten Treffpunkt ein, vor dem alle Beteiligten schon ungeduldig warteten. Mehdi stieg völlig verkatert aus dem Wagen und wurde im selben Augenblick von Mohammed angebrüllt, der ihn gehörig zur Sau machte und dabei wild mit den Händen gestikulierte.

»Ich habe es doch gewusst! Du bist tatsächlich noch immer genauso ein unzuverlässiger Mistkerl wie damals. Mit dir kann man einfach keine guten Geschäfte machen. Sobald wir mit der Sache durch sind, werde ich dich in den Wind schießen, denn bei deiner Person muss man höllisch aufpassen, dass man nicht erneut auf die Schnauze fliegt.« Noch bevor Mehdi zum verbalen Gegenschlag ausholen konnte, ergriff Ali das Wort, weil dieser befürchtete, dass der ganze Plan doch noch scheitern könnte.

»Jetzt lass doch mal gut sein, das hat doch alles keinen Sinn. Wir müssen schleunigst los, denn wir haben einen Auftrag zu erledigen oder habt ihr das etwa schon wieder vergessen?« Die beiden Streithähne blickten sich wütend in die Augen und brachen einen Moment später in heiteres Gelächter aus. Nach nur zwei Sätzen waren sie wieder die allerdicksten Freunde und gingen gemeinsam mit den anderen nach unten in die Garage. Dort verteilte Mehdi in Windeseile die Fahrzeugbriefe, auf denen jeweils der Name des Grenzübergangs draufstand, über den die Fahrer in die DDR einreisen sollten. Mohammed wechselte derweil die Nummernschilder und schickte kurz darauf einen nach dem anderen in Richtung Danzig los. Als der letzte Wagen die Ausfahrt hinauffuhr, liefen sie eilends hinüber zu den drei restlichen Fahrzeugen, wobei Ali inständig hoffte einen von den Luxuslimousinen zu ergattern. Doch seine Hoffnung währte nicht lange, denn Mohammed und sein

Partner stießen ihn unsanft zur Seite und sprangen mit einem hinterlistigen Lachen in die noch übrig gebliebenen Nobelkarossen. Völlig perplex blieb Ali vor dem zerschrammten Etwas mit vier Rädern stehen und signalisierte den beiden Spaßvögeln mit einem eindeutigen Handzeichen, dass er die Aktion ganz und gar nicht lustig fand. Bei heruntergelassenem Fenster ließ Mehdi die Katze schließlich aus dem Sack, denn beide wussten bis dato noch nicht, welche Grenzübergangstelle sie nehmen würden.

»Mohammed du kannst dich sofort auf den Weg machen. Tue mir den Gefallen und benutze bitte den Checkpoint Charlie für deine Einreise. Ali und ich werden über den Grenzübergang Bornholmer Straße nach Ost-Berlin reinfahren und dir jeweils in einem Abstand von dreißig Minuten folgen. Wir sehen uns am vereinbarten Treffpunkt, bis dann.« Mohammed verabschiedete sich mit einem entschlossenen Nicken und düste sofort los. In den darauffolgenden fünf Minuten diskutierten sie ununterbrochen über Walthers Zahlungsmoral, was Mehdi so sehr verunsicherte, dass er sich gegen seinen eigentlichen Plan entschied und umgehend aufbrach. Ali schaute seinem Freund verdutzt hinterher, denn dieser verschwand ohne jeden Kommentar und rauschte in einem affenartigen Tempo davon. Ruhelos lief er auf und ab und fasste nach fünfzehn Minuten ebenfalls den Entschluss früher loszufahren. Als er aus der Garagenausfahrt schoss, lief ihm ein Mann direkt vor die Motorhaube. Schreiend stieg er in die Eisen und schaute geschockt hinüber zu dem blonden Herrn in Zivil, der ihn erschrocken ansah. Ali wusste sofort, dass er dieses Gesicht irgendwo schon mal gesehen hatte und fuhr gleich weiter. Ein paar Straßen später fiel ihm plötzlich ein, dass es sich bei dem Typen um den Bullen handelte, der ein paar Tage zuvor mit seinem Kollegen vor der Werkstatt herumgeschnüffelt hatte. Ihm schwante nichts Gutes als er flüchtig in den Rückspiegel blickte und auf einmal sah, dass der Polizist in seinem schwarzen Wagen die Verfolgung aufgenommen hatte. Ali bekam es mit der Angst zu tun und trat wie von einer Tarantel gestochen aufs Gaspedal. Mit einigen waghalsigen Fahrmanövern überholte er die vor ihm fahrenden Fahrzeuge und hoffte dadurch seinen Verfolger irgendwie abhängen zu können. Doch dieser blieb dran und kam Stück für Stück näher. Zwei Kilometer vor dem Grenzübergang wurde der Verkehr immer dichter, bis er irgendwann ganz zum Erliegen kam. Fluchend reihte sich Ali in den Stau ein und starrte panisch blickend durch die Heckscheibe nach hinten.

Dort konnte er sehen, wie der Beamte abrupt zum Stehen kam und sich anschließend im schnellen Schritt in seine Richtung begab. Geistesgegenwärtig legte er den ersten Gang ein und raste mit der Hupe im Anschlag hinüber auf die Gegenfahrbahn. Der Ordnungshüter rannte blitzschnell zurück zu seinem Auto und heftete sich erneut an seine Fersen. Doch Ali war schneller und erreichte kurz darauf den rettenden Grenzübergang Bornholmer Straße, vor dessen Brücke der Polizist eine filmreife Vollbremsung hinlegte. Mehdi war inzwischen am vereinbarten Treffpunkt angekommen. Entspannt lehnte er am Kofferraum, an dem er sich auf einem Notizblock eifrig die Fahrzeuge abhakte, die sie für Walther bereits gestohlen hatten, während Mohammed ebenfalls auf dem verlassenen Autobahnparkplatz eintraf. Dieser stieg vollkommen verheult aus dem Wagen, was seinen ehemaligen Partner augenscheinlich beunruhigte.

»Du meine Güte, so kenne ich dich überhaupt nicht. Ist auf dem Weg hierher irgendetwas Schlimmes passiert?« Mohammed drehte sich verschämt zur Seite, weil ihm die Situation spürbar unangenehm war.

»Ach, es ist alles in bester Ordnung. Ich glaube der Stress der letzten Woche war einfach zu viel für mich. Das bin ich nicht mehr gewöhnt.«

»Komm, hör auf mich anzulügen, das sind keine Stresstränen, denn die weine ich fast täglich. Sag schon, was bedrückt dich wirklich?«

»Kannst du dich noch an meine Neffen Faris und Hakim erinnern?«

»Na klar, die beiden haben doch an dir gehangen, als wärst du ihr leiblicher Vater gewesen.«

»Ja genau! Vor einiger Zeit sind sie mit zwei geklauten Autos rüber nach Polen gefahren und seitdem nicht mehr zurückgekehrt. Ich glaube ihnen ist etwas Furchtbares zugestoßen.« Mehdi bekam schlagartig Schweißausbrüche, denn auf einmal schoss ihm Alis Erzählung von den zu Wurst verarbeiteten Arabern wieder ins Gedächtnis. Er überlegte einen Moment und entschied sich dafür, die Geschichte solange für sich zu behalten, bis er seine Schäfchen ins Trockene gebracht hatte. Innerlich hoffte er inständig, dass sein Kumpel endlich auftauchen würde, da er nicht wirklich wusste wie er sich in dieser Ausnahmesituation verhalten sollte. Doch auch nach mehreren gezielten Blicken in Richtung Autobahnausfahrt war von seinem Partner weit und breit nichts zu sehen.

»Eventuell sind die beiden ja auch nur zum Frauenaufreißen nach Polen gefahren und haben dabei die Zeit vergessen, du weißt doch wie die jungen Menschen von heute so sind.«

»Ganz ehrlich, von dir hätte ich erwartet, dass du dich ein paar Wochen nicht meldest, aber nicht von meinen Neffen. Ich kenne die beiden seit Kindesbeinen an und weiß wie sie ticken, deshalb bin ich auch der festen Überzeugung, dass ihnen etwas Grausames widerfahren ist.« Mohammed atmete tief durch und wischte sich die Tränen aus dem Gesicht.

»Hakim und Faris sind anständige Jungs und es ist meine Schuld, wenn sie nicht mehr nach Hause zurückkehren. Denn ich habe ihnen diesen Auftrag vermittelt, verstehst du? Glaub mir, demjenigen, der ihnen etwas angetan hat werde ich die Kehle durchschneiden und ihn ganz langsam verbluten lassen.«

Mehdi bekam vor Schreck kein einziges Wort heraus und war heilfroh als er sah, wie sein Kumpel endlich angefahren kam. Bei der anschließenden Begrüßung schien Mohammed auf einmal wie ausgewechselt zu sein und hörte aufmerksam Ali zu, dem die Beinahe-Festnahme noch immer tief in den Knochen steckte.

»Ihr werdet es nicht glauben, aber die Polizei hat mich auf dem Weg hierher fast verhaftet. Sie wussten von der Garage und sind kurz nach mir aufgekreuzt. Dann haben sie mich durch die halbe Stadt gejagt, doch glücklicherweise konnte ich sie dank des Grenzübergangs noch rechtzeitig abhängen.« Mohammed war fassungslos und schaute fragend hinüber zu Mehdi, der vergeblich versuchte mit seinem Freund Blickkontakt aufzunehmen.

»Na, was denkst du? Gibt es irgendjemanden in deinen Reihen, dem du nicht vertrauen kannst? Nenn mir nur einen Namen und ich werde ihn still und heimlich um die Ecke bringen. «

»Also mir fällt auf die Schnelle niemand ein, der mich verraten oder hintergehen könnte. Was hätte derjenige denn auch davon, schließlich habe ich ja nichts worauf man neidisch sein könnte, oder?«
Ali erhob sofort seine Stimme, da ihn die gegenwärtige Naivität mal wieder gehörig auf die Palme brachte.

»Die Person hätte sogar sehr viel davon, denk doch mal nach. Du hast verdammt gute Kontakte, die nach einer umfangreichen Aussage bei der Polizei alle auffliegen und in den Knast wandern würden. Außerdem stehst du finanziell kurz vor dem Durchbruch, genau das macht dich zur Zielscheibe und ruft alle möglichen Neider auf den Plan.«

»Ok, gehen wir mal davon aus, dass sich in unseren Reihen tatsächlich ein Maulwurf befindet, wie soll ich das denn bitte jemals herausfinden? Schließlich kenne ich mehrere Dutzend Personen, die praktisch alle in Frage kommen könnten.« Mohammed kam direkt auf Micha und Alex zu sprechen. Doch Mehdi nahm seine Kollegen gleich in Schutz und wies den Verdacht entschieden zurück.

»So ein Quatsch. Die beiden gehören praktisch zur Familie und für diese würde ich sogar meine Hand ins Feuer legen. Tut mir einen Gefallen und hört auf mir irgendwelche Flausen in den Kopf zu setzen, für so einen Mist haben wir jetzt echt keine Zeit.« Momo schien sich mit dem Thema nicht weiter auseinandersetzen zu wollen und ging schulterzuckend zurück zu seinem Wagen. Mehdi versuchte die Gelegenheit zu nutzen und wollte Ali gerade von der zuvor geführten Unterhaltung erzählen, als sich sein alter Partner plötzlich noch einmal umdrehte und ihnen zurief.

»Hey ihr Verräter, könnt ihr mal mit eurer Geheimniskrämerei aufhören? Wir müssen schleunigst los! Macht schon, bewegt eure Hintern.«

Ohne jeglichen Zwischenfall fuhren sie weiter in Richtung Danzig. An ihrem Ziel stießen sie auf die anderen Fahrer, die unmittelbar vor dem Eingang des Hafengeländes geparkt hatten. Mehdi sprang aus seinem Wagen und ging geradewegs hinüber zum Pförtnerhäuschen, an dem er eine ordentliche Summe Westgeld durch den Schlitz schob. Der Wachmann riss die Scheine mit einem gierigen Grinsen an sich und öffnete daraufhin die Schranke, durch welche er die geklauten Limousinen nacheinander hindurchwinkte. Unten an der Hafenmauer trafen sie auf Walther, dem es beim Anblick der vielen Nobelkarossen glatt die Sprache verschlug. Erstaunlicherweise begrüßte er seinen Auftragnehmer recht verhalten, was allerdings überhaupt nicht zu seinem sonst so aufbrausenden Wesen passte.

»Na, du Bandit! Ihr habt es also tatsächlich geschafft!« Mehdi zuckte locker mit den Schultern, als wären die Autos, die im Hintergrund herumstanden, mal eben so vom Himmel gefallen.

»Was dachtest du denn, ich erledige meine Aufträge immer genau nach dem Wunsch meiner Kunden, auch wenn der Zeitplan wirklich etwas knapp war.« Walther klopfte ihm anerkennend auf die Schulter und wurde mit einem Mal ganz unruhig, als er sah wie Mohammed aus einem der hinteren Fahrzeuge stieg und starr zu ihm hinüberschaute. Mit einer fadenscheinigen Ausrede machte er sich aus dem Staub und verschwand Hals über Kopf in seiner kleinen Baracke. Mehdi nahm umgehend die Verfolgung auf, während er Ali mit einer unauffälligen Geste zu verstehen gab, dass er ihm den Rücken freihalten solle. Vor dem Hineingehen linste er kurz durch die offenen Lamellen der Jalousie hindurch. Dort konnte er sehen, wie Walter sich aus einem kleinen Tütchen weißes Pulver durch die Nase zog, welches er bei dessen Eintreten hektisch fluchend in einer der Schreibtischschubladen verschwinden ließ.

»Zur Hölle, hast du mir einen Schrecken eingejagt. Hat euch dämlichen Kanaken eigentlich niemand beigebracht, dass man anklopft, bevor man einen Raum betritt?« Mehdi wusste, dass er im Vorteil war und ließ seine jahrelang angestaute Wut explosionsartig heraus.

»Du elender Hurensohn, was denkst du eigentlich, wer du bist? Es gibt einen bedeutenden Unterschied zwischen euch Deutschen und uns Kanaken, wie du uns Ausländer so gerne bezeichnest. Wir halten zusammen, egal was passiert, doch du kleiner Bastard bist allein und wirst dank deiner begrenzten Sichtweise auch alleine sterben. Übrigens weiß ich genau warum du so viel Angst vor Mohammed hast.« Walther schien sich seiner Sache ziemlich sicher zu sein und lachte ihm überheblich entgegen.

»Da irrst du dich aber gewaltig, mein Freund. Vor diesem komischen Halunken habe ich bestimmt keine Angst, warum sollte ich?«

»Ach nein? Warum bist du dann wie ein Angsthase vor ihm weggelaufen als du ihn gesehen hast? Glaub mir, ich weiß alles über dich! Das mit den Russen, das mit Momos verschwundenen Neffen. Du kannst mir überhaupt nichts vormachen.«

Der hochmütige Gesichtsausdruck fiel von einer auf die andere Sekunde in sich zusammen. Kreidebleich und mit zitternden Händen griff Walther nach mehreren prallgefüllten Kuverts, welche er ihm mit einem tiefen Seufzer der Verzweiflung vor die Nase legte.

»Was denkst du, wie viel ist dein Schweigen wert? Hunderttausend? Eine halbe Million?« Begierig schielte Mehdi hinunter auf die Umschläge und kam gleich darauf wieder zur Besinnung.

»Das ist ja interessant! Jetzt wo dir der Arsch auf Grundeis geht, bin ich auf einmal unverzichtbar für dich. So, bevor das Ganze in all dem Durcheinander noch in Vergessenheit gerät, will ich erstmal, dass du mir meine Lieferung bezahlst. Komm Dickerchen, rück raus mit der Kohle!« Walther überreichte ihm einen ordentlichen Geldbatzen und hoffte insgeheim sein Gegenüber, der die Scheine in aller Seelenruhe nachzählte, doch noch irgendwie bestechen zu können.

»Hier sind tausend Mark extra, mein Bester, die schenke ich dir. Du kannst noch viel, viel mehr haben, wenn du magst. Du musst mir nur hoch und heilig versprechen dicht zu halten.«

»Mach dir keine Hoffnung, ich bin nicht käuflich. Die Probleme mit Mohammed hast du dir selbst eingebrockt, also sieh zu, wie du da alleine rauskommst. Außerdem glaube ich nicht, dass ein primitiver Kameltreiber wie ich da irgendetwas ausrichten kann.« Mehdi
drehte sich mit Genugtuung um und wollte gerade zur Tür hinausgehen, als Walther ruckartig aufsprang und bettelnd vor ihm auf die Knie fiel.

»Bitte, bitte, ich flehe dich an. Du darfst kein Sterbenswörtchen über diese Angelegenheit verlieren, das wäre ansonsten mein Todesurteil.«

»Meine Güte, kannst du mal aufhören, dich wie ein gottverdammter Feigling aufzuführen. Von mir wird keiner was erfahren, darauf gebe ich dir mein Wort. Und jetzt geh zur Seite, denn meine gute Laune sinkt mit jeder weiteren Silbe, die aus deinem Mund kommt.« Walther war einigermaßen beruhigt und verbeugte sich unterwürfig, ehe Mehdi kopfschüttelnd das Büro verließ. Draußen vor der Tür kam ihm Ali entgegenlaufen, der anhand der abgekämpften Mimik sofort sah, dass sich im Innern etwas Dramatisches zugetragen haben musste.

»Um Himmels Willen, was ist da drin passiert? Na los, erzähl schon!« Mehdi lächelte gekünstelt und sprach durch die Zähne, da in diesem Moment alle Blicke auf sie gerichtet waren.

»Du hattest Recht! Das mit den Russen und dem Mord stimmt tatsächlich und das Allerschlimmste daran ist, es sind Momos Neffen.« Obwohl sein Kumpel vor Panik beinahe zu hyperventilieren drohte, spielte er das Spiel gekonnt mit und flüsterte ebenfalls.

»Heilige Scheiße, dir ist hoffentlich bewusst, dass wir so gut wie tot sind.«

»Ja! Also lass dir schleunigst was einfallen, bevor wir mit dem Rücken zur Wand stehen.«

Einen Augenblick später zog Mehdi aus seinem dicken Geldbündel ein paar hundert Mark Scheine hervor, was kurzzeitig zu tumultartigen Szenen führte, da jeder von den Fahrern als erster bezahlt werden wollte. Mohammed saß derweil etwas abseits und starrte nachdenklich hinüber zu Walthers Büro, da ihm die vorangegangene Begegnung noch immer im Kopf herumschwirrte. Ali hoffte die drohende Katastrophe noch einmal abwenden zu können und schlug vor, gemeinsam in der Stadt feiern zu gehen. Anfangs ging Momo, der unentwegt in sich hineingrübelte, nicht auf den Vorschlag ein. Doch Mehdi munterte ihn mit ein paar Witzen so sehr auf, dass er schlussendlich doch zusagte.

Falsche Freunde

Seit dem letzten Auftrag waren inzwischen mehrere Monate vergangen. Während dieser Zeit wurde nur sporadisch in der Werkstatt gearbeitet, da alle noch von dem zuvor verdienten Geld lebten. Ali war an diesem Tag bei seinem Freund zum Essen eingeladen und parkte den Wagen in der hinter dem Haus befindlichen Einbahnstraße. Beim Öffnen der Fahrertür blickte er prüfend in den Seitenspiegel, in dem er ein verdächtiges schwarzes Fahrzeug sah, das oberhalb angehalten hatte. Unauffällig schlich er sich näher heran und versteckte sich hinter einem dichten Gebüsch, von wo aus er alles genauestens beobachtete. Auf dem Beifahrersitz des dunklen Pkw saß Alex, der sich intensiv mit einer unbekannten Person unterhielt. Kurz darauf stiegen sie aus und gingen zum Kofferraum. Dabei erspähte Ali das Lautsprechermikrofon eines Funkgeräts, welches unterhalb des Armaturenbretts baumelte, was darauf schließen ließ, dass es sich bei dem Typen in Zivil mit aller Wahrscheinlichkeit um einen Polizisten handelte. Ruckartig zog er seinen Kopf aus dem Busch, wobei er sich so unglücklich in den Ästen verhakte, dass es laut raschelte. Die beiden Männer auf der anderen Straßenseite blieben regungslos stehen und schauten angespannt hinüber. Doch als sie die zwei kleinen Jungs sahen, die unmittelbar danach mit ihrem Fußball in der Hand aus dem Gestrüpp krochen, wandten sie sich wieder ab. Vorsichtig entfernte sich Ali vom Ort des Geschehens, da er Angst hatte, dass einer von ihnen spontan hinüberkommen könnte. Indes bekam Alex von dem ominösen Fremden eine große blaue Tüte überreicht, mit der er sich, nachdem dieser davon gefahren war, auf den Weg zur Wohnung seines Freundes machte. Unauffällig heftete sich Ali an die Fersen seines Kollegen und wurde urplötzlich von Mehdi überrascht, der von hinten angefahren kam und ihm aus dem geöffneten Fenster der Beifahrertür zurief.

»Hey, warte, wo willst du so schnell hin?«

Ali blieb vor Schreck fast das Herz stehen und lief aufgeregt hinüber. Dort plapperte er wild drauf los, was anfangs für ein wenig Verwirrung sorgte, weil sein Partner überhaupt nicht wusste wovon er eigentlich sprach.

»Warum in aller Herrgotts Namen musstest du ausgerechnet jetzt aufkreuzen?«

»Entschuldige, aber ich wohne hier. Außerdem frage ich mich schon wieder warum du so panisch dreinblickst? Ist irgendwas passiert?«

»Und ob! Ich habe gerade Alex verfolgt, er ist unterwegs zur dir nach Hause.« Mehdi guckte lachend hinüber und schloss dabei sein Auto ab.

»Ja stell dir vor, ich habe ihn tatsächlich zu mir eingeladen. Sag nichts, lass mich raten. Der Gute ist in deinen Augen immer noch der Hauptverdächtige und arbeitet mittlerweile mit den Bullen zusammen, stimmt's?«

Ali war von der Aussage so sehr verblüfft, dass er die Ironie überhörte, die in jedem einzelnen Wort steckte.

»Ja, zur Hölle, woher weißt du das?«

»Ich weiß es ja gar nicht. Aber in deiner Welt ist einfach jeder verdächtig, das macht es ja so einfach.«

»Hör auf mich zu verarschen und hör mir zu verdammt. Schließlich hat das mit Walther und den Russen ja auch gestimmt, oder etwa nicht? Kurz vor deinem Erscheinen habe ich gesehen, wie sich Alex mit einem Bullen in Zivil unterhielt, welcher ihm bevor er verschwand noch eine

Tüte überreichte. Wenn mich meine Vermutung nicht täuscht, ist da mit hundertprozentiger Sicherheit ein präpariertes Geschenk drin, mit dessen Hilfe dich die Kripo abhören und anschließend dingfest machen kann. Übrigens war ich ziemlich enttäuscht, als ich von Micha hörte, dass deine Lebensgefährtin mit eurem Kind mittlerweile schon bei dir in Westberlin lebt. Versteh mich nicht falsch, ich freue mich sehr für dich. Aber als dein bester Freund hätte ich es nur fair gefunden, wenn du es mir zuallererst gesagt hättest.« Mehdi grinste verlegen und stiefelte mit seinem Kumpel gemeinsam hinauf zu seiner Altbauwohnung, die im vierten Stock lag.

»Ok, ich glaube dir die Geschichte, aber ich will einen handfesten Beweis dafür haben, dass er mit den Bullen zusammenarbeitet. Obwohl ich mir das ja beim besten Willen nicht vorstellen kann, da er bei unserem letzten Ding echt gutes Geld verdient hat. Bitte sei mir nicht böse, das mit der Übersiedlung von Simone hat sich relativ spontan ergeben. Außerdem hatte ich das dringende Bedürfnis mich jemandem mitzuteilen und da du dich ja mal wieder irgendwo im Süden Deutschlands rumgetrieben hast, habe ich es halt Micha erzählt.« Ali ließ das Gesagte erst einmal unkommentiert und folgte seinem Partner gespannt in dessen Wohnung. Im Innern trafen sie auf Alex, der gemütlich in der Küche saß und sich bei der Begrüßung der beiden äußerlich nicht das Geringste anmerken ließ. Einen Augenblick später kam Simone ebenfalls hinzu und zeigte ihrem Liebsten mit überschwänglicher Freude die vielen Geschenke, die sie von seinem Arbeitskollegen erhalten hatte. Dabei fiel Alis Augenmerk sofort auf den nagelneuen, braunen Stoffbären, den der kleine Tim krampfhaft umklammert hielt. Während die anderen sich ihren Gesprächen widmeten, ließ er sich langsam auf dem Fußboden neben der Kinderdecke nieder, wo er versuchte mit ein paar spielerischen Tricks an den Teddy zu gelangen, um ihn unauffällig abtasten zu können.

Nach mehreren gescheiterten Versuchen gab er jedoch auf, weil er merkte, dass der Kleine seinem Kuscheltier bis zum Sonnenuntergang nicht mehr von der Seite weichen würde. Ali stand genervt auf und fühlte seinem zwielichtigen Kollegen ein wenig auf den Zahn, um seinem Freund zu beweisen, dass er mit seiner Vermutung mal wieder goldrichtig lag.

»Alex mein Gutster, wo hast du den Bären eigentlich gekauft? Der ist wirklich süß, vielleicht besorge ich meinem Sohn auch so einen.«

»Natürlich bei Karstadt, dort wo ich meine Geschenke immer kaufe.«

»Interessant und in welcher Filiale?« Sein Gegenüber war merklich am Grübeln und geriet bei seiner Antwort ein wenig ins Straucheln.

»Äh, das kann ich dir gar nicht mehr so genau sagen, das ist nämlich schon ne Weile her.« Mehdi unterbrach die auffällige Fragerei schließlich und gab seinem Kumpel einen beherzten Tritt gegen das Schienbein, da er etwas sehr Wichtiges zu besprechen hatte. Glücklicherweise verschwand Simone mit ihrem Söhnchen im selben Moment in einem der hinteren Zimmer, woraufhin er mit leiser Stimme zu erzählen begann. Zwischendrin linste Ali immer wieder unauffällig hinunter auf das zurückgelassene Stofftier, das direkt vor ihm lag und ihm einfach keine Ruhe zu lassen schien.

»Ihr werdet es nicht glauben, aber ich habe in der letzten Nacht einen Anruf von Walther erhalten. Er hat mit einem

Großhändler in Saudi-Arabien Kontakt aufgenommen und dieser braucht so schnell wie möglich fünfundzwanzig Mercedes Limousinen mit Top-Ausstattung. Habt ihr eventuell eine Idee wo wir die herbekommen könnten? Denn ich bin mit meinem Latein komplett am Ende.« Alex schüttelte verneinend den Kopf und scherzte locker herum.

»Am besten, wir schauen gleich bei der Fabrik vorbei, denn dank unserer letzten Aktion gibt es auf den Straßen von Westberlin eh nichts mehr zu holen. Nehmt es mir bitte nicht übel, aber ich werde mich jetzt mal langsam auf den Weg machen, ehe mich meine Frau noch als vermisst meldet.« Mehdi brachte seinen Kollegen lachend zur Wohnungstür, an der er ihn mit einer Umarmung verabschiedete. Als er anschließend zurück in die Küche kam, schaute er erschrocken hinunter auf den Fußboden. Dort wühlte sich sein Partner durch die Schaumstoffflocken des zerfledderten Teddybären hindurch, in denen er fieberhaft nach einer Wanze oder einem Abhörgerät suchte, welches seine Vermutung untermauerte.

»Ich will ja nicht stören, aber langsam zweifele ich echt an deinem gesunden Menschenverstand, du solltest dich wirklich mal untersuchen lassen.« Ali winkte enttäuscht ab und donnerte die Überbleibsel des Kuscheltiers kurz darauf wütend fluchend in den Mülleimer.

»Gottverdammte Scheiße! Mir ist zwar noch immer nicht klar warum der fremde Typ ihm die vielen Geschenke mitgegeben hat, aber er war hundertprozentig ein Bulle, denn schließlich hing ein Sprechfunk am Armaturenbrett seines Wagens. Glaub mir, ich werde dir schon noch einen handfesten Beweis dafür liefern, dass der komische Vogel mit der Polizei gemeinsame Sache macht. Im Übrigen fand ich die Idee mit der Fabrik von ihm gar nicht mal so schlecht, wir müssten uns nur ganz genau überlegen, wie wir an die nigelnagelneuen Fahrzeuge rankommen ohne viel Aufsehen zu erregen. So schwer kann das nun auch wieder nicht sein, schließlich haben wir schon schwierigere Dinge gemeistert. Die größten Kopfschmerzen bereitet mir eigentlich nur Alex, denn falls das mit der Polizei tatsächlich stimmt, haben wir ein Riesenproblem, auf das wir ganz schnell reagieren müssen.« Mehdi rieb sich aufgeregt die Hände und blendete alles andere um sich herum aus, weil er so schnell wie möglich mit der Ausarbeitung eines Plans beginnen wollte. Doch sein Kumpel durchkreuzte sein Vorhaben, da er noch ein paar wichtige Vorkehrungen zu treffen hatte.

»Ich werde mich heute Nacht in der Werkstatt einschließen und sie komplett von euren dämlichen Fingerabdrücken befreien. Den Großteil der Unterlagen sowie die Schlüsselmaschine werde ich bei mir im Studentenheim unterbringen, da ich irgendwie das Gefühl habe, dass uns die Bullen mit ziemlicher Sicherheit bald einen Besuch abstatten werden. Sobald alles erledigt ist, können wir uns gerne Gedanken um die Beschaffung der Fahrzeuge machen.«

»Ach, du bist echt ein hoffnungsloser Optimist. Glaubst du nicht, dass uns die Polizei auch ohne Fingerabdrücke in den Knast befördern könnte, wenn sie wollte? Schließlich gibt es genug Mitwisser, die bei einem umfangreichen Verhör wahrscheinlich alle einknicken und aus Angst vor dem Gefängnis gegen uns aussagen würden.« Ali verdrehte genervt die Augen und trat ganz nah an seinen Freund heran, da er unbedingt verhindern wollte, dass Simone etwas von der Unterhaltung mitbekam.

»Manchmal frage ich mich, ob du dich absichtlich so blöd stellst? Denk doch mal nach. Auch wenn jemand gegen uns aussagen würde, dann müsste derjenige erstmal handfeste Beweise vorlegen und wenn er die nicht hat, dann kann uns die Polizei nicht das Geringste anhängen, verstehst du? Deswegen muss ich alles, was uns belasten könnte, auf der Stelle verschwinden lassen. Außerdem wollte ich dich schon letztens fragen, ob du mir die Kiste mit den polnischen Süßigkeiten geben kannst? Im Laufe unserer Zusammenarbeit habe ich mir nämlich einen genialen Plan ausgedacht, den ich nun voll und ganz in die Tat umsetzen werde.« Mehdi zwinkerte ihm lächelnd zu und kam einen Moment später mit einem riesigen Karton wieder. Gespannt setzte er sich neben seinen Freund, der sich mit seinen frisch übergestülpten Chirurgenhandschuhen direkt ans Werk machte und einen Teil der Verpackungen vom Inhalt trennte.

»So, kannst du mir jetzt auch mal erzählen, was du genau vorhast? Denn ich platze gleich vor Neugier.«

»Also hör zu, du ahnungsloser Träumer. Ich werde den ganzen Kram heute Abend zu uns in die Werkstatt schaffen und ihn gezielt in unseren Räumlichkeiten verteilen. Falls es wirklich zu einer Durchsuchung kommt, will ich unsere Verfolger anhand der Süßigkeiten glauben lassen, dass wir einen polnischen Kollegen haben, der mit uns zusammenarbeitet. Bei unseren letzten Aufträgen habe ich absichtlich polnische Bonbonpapiere am Tatort zurückgelassen, um die Bullen bei einer eventuellen Spurensicherung auf eine falsche Fährte zu locken.«

»Das ist ja schön und gut, aber unser Phantom-Pole bräuchte unbedingt noch einen Namen, findest du nicht?«

»Ich habe gesagt, dass mein Plan genial ist, nicht dass er perfekt ist, du Schlauberger, also rück raus mit der Sprache.« Mehdi grinste neunmalklug und fuhr aufgeregt fort.

»Stell dir vor, wir würden durch einen dummen Zufall tatsächlich verhaftet werden. Bei einem Verhör wäre es ja wohl glaubhafter, wenn wir unseren langjährigen Geister-Mitarbeiter namentlich benennen könnten, denn schließlich schieben wir ihm ja auch wenn es hart auf hart kommt, den Löwenanteil der von uns begangenen Taten zu. Was hältst du davon, wenn wir ihn auf den Namen Bolek taufen?« Ali klopfte seinem Partner schmunzelnd auf die Schulter und ging zur Wohnungstür.

»Bolek, das klingt genau nach dir, etwas Besseres wäre mir mit Sicherheit auch nicht eingefallen. Mach dir keine Sorgen wir werden schon nicht hinter schwedischen Gardinen landen, wenn du dir endlich mal angewöhnen würdest, mehr auf deine Sicherheit zu achten. So, mein Lieber, ich werde mal abhauen, denn ich habe heute noch einiges an Arbeit vor mir.«

Mehdi war für einen kurzen Augenblick in seine Gedanken vertieft, doch als er wieder nach oben schaute war sein Kumpel schon nach unten verschwunden. Als er sich umdrehte erschrak er fürchterlich, denn Simone stand in einer dunklen Ecke des Flures, aus der sie den letzten Teil des vorangegangenen Gesprächs mitverfolgt hatte. Mit einer Mordswut im Bauch stürmte sie auf ihren Lebensgefährten zu und schrie ihn an.

»Bolek? Handschuhe? Verhaftung? Was zum Teufel ist hier los? Ich dachte du wärst Automechaniker, doch langsam zweifele ich echt an deiner Glaubwürdigkeit.« Mehdi versuchte sie zu beruhigen und schloss ruckartig die Tür, weil er befürchtete, dass die Nachbarn etwas mitbekommen könnten.

Pünktlich um Mitternacht stand Ali in der dunklen Werkstatt und schaltete seine über den Kopf gestülpte Stirnlampe ein. Ohne zu zögern machte er sich am riesigen Metallschrank zu schaffen, den er komplett ausräumte und systematisch abwischte, da er unbedingt sicherstellen musste, dass am Ende auch alle Fingerabdrücke spurlos beseitigt waren. Anschließend nahm er sich jedes einzelne Werkzeug vor, welches er nach dem Reinigen sorgfältig auf dem Fußboden ausbreitete. Von allen Oberflächen, die zu säubern waren, schien die Toilette das größte Hindernis zu sein, denn diese war komplett versifft und stank fürchterlich. Immer wieder verließ er während des Putzens den Raum, da er seinen Würgereiz einfach nicht unter Kontrolle bekam. Nachdem die gröbsten Reinigungsarbeiten nach ein paar Stunden erledigt waren, sprühte er jedes Utensil noch einmal mit Silbernitrat-Spray ein und überprüfte gleich darauf mit einer UV-Lampe, ob auch alles blitzsauber war. Unmittelbar danach räumte er die Werkzeuge wieder an ihren ursprünglichen Platz und verteilte die polnischen Süßigkeiten gezielt in den Räumlichkeiten. Als wenig später die ersten Sonnenstrahlen durch die heruntergelassenen Jalousien ins Innere fielen, wurde er hektisch, da er viel zu spät dran war. Erschrocken riss er sich die Stirnlampe vom Kopf und schnappte sich in Rekordtempo alle brisanten Unterlagen sowie die Schlüsselmaschine, mit denen er unbehelligt nach draußen zu seinem Auto verschwand. Beim Öffnen des Kofferraumdeckels stachen ihm sofort die in der Spiegelung der Heckscheibe erkennbaren tiefroten Abdrücke auf seiner Stirn ins Auge, die ihn daran erinnerten, dass er seine Lampe vergessen hatte. Genervt begab er sich wieder auf den Rückweg, bei dem er von Weitem plötzlich mehrere Männer in Zivil sah, die sich mit Alex im Schlepptau auf den Eingang der Werkstatt zubewegten und kurz darauf im Inneren verschwanden. Blitzartig ging er hinter einer Litfaßsäule in Deckung und murmelte wütend in sich hinein, ehe er sich an die Rückseite des Gebäudes heranpirschte. Dort beobachtete er durch ein kleines Fenster, wie sich die Beamten an die Arbeit machten und in kürzester Zeit die gesamte Einrichtung auf den Kopf stellten. Alex lehnte derweil mit einem siegessicheren Grinsen an der Wand und war auf einmal völlig verunsichert, als er die Stirnlampe auf dem Schreibtisch liegen sah. Vorsichtig schaute er sich um und ließ das schwarze Teil in einer unachtsamen Sekunde blitzschnell in seiner Hosentasche verschwinden. Glücklicherweise bekamen die Polizisten, die intensiv mit der Durchsuchung beschäftigt waren, von der Aktion nicht das Geringste mit, woraufhin Ali erleichtert aufatmete. Einen Augenblick danach brachten sich zwei von ihnen vor dem großen Metallschrank in Stellung, an dem sie sich mit ihren dunklen Spezialpinseln daran machten, die Oberflächen nach Fingerabdrücken abzusuchen. Als sie nach einer halben Stunde jedoch noch immer nichts gefunden hatten, wurden sie sichtbar unruhig und versuchten ihr Glück an einer anderen Stelle. Alex, der anfangs noch mit einem Ausdruck der Genugtuung in die Werkstatt gekommen war, wurde mit einem Mal leichenblass, da einer der Beamten wie wild auf ihn zustürmte und ihn gehörig zur Schecke machte. Ali grinste quer über das ganze Gesicht und war sichtlich erfreut über den schiefgegangenen Einsatz. Aus schierer Verzweiflung nahmen sie irgendwann alles mit, was sie in die Finger kriegen konnten. Darunter waren Kugelschreiber, polnische Kekspackungen, Bierdosen sowie ein Stapel unsortierter Papiere und Werkzeuge. Anhand des gesammelten Materials und der guten Spurenbeseitigung war ihm sofort klar, dass sie seiner Truppe nicht das Geringste anhängen konnten. Während sich Alex um Kopf und Kragen redete, zog er sich langsam zurück und ließ die aufgebrachten Zivilpolizisten mit ihrem kläglich gescheiterten Informanten alleine.

Am späten Nachmittag donnerte jemand ununterbrochen gegen die Wohnungstür im Studentenheim und brüllte betrunken auf dem Flur herum. Fluchend erhob sich Ali aus dem Bett und traute seinen Augen kaum, als er beim Öffnen auf einmal seinen Kollegen vor sich stehen sah.

»Bist du von allen guten Geistern verlassen? Du weißt doch, dass ich unangemeldete Besuche auf den Tod nicht ausstehen kann.« Alex torkelte rülpsend über die Türschwelle hinein ins Apartment und fing an zu fluchen.

»Du elender Saboteur. Das mit der Werkstatt das warst du, nicht wahr? Ihr seid alle am Arsch. Bald bekommt jeder von euch die gerechte Strafe, du wirst schon sehen.« Ali kochte innerlich und war kurz davor die Kontrolle zu verlieren, als Alex mit einem Mal weinend zusammenbrach und ihm mit zitternden Händen die Stirnlampe vor die Füße legte.

»Glaub mir, ich wollte das alles nicht. Die Polizei hat mich tierisch unter Druck gesetzt und mir und meiner Familie mit dem Gefängnis gedroht, da bin ich einfach eingeknickt. Ich habe kein Sterbenswörtchen über dich verloren, das musst du mir unbedingt glauben.« Wutentbrannt holte Ali aus und verpasste ihm mit voller Wucht einen krachenden Fausthieb ins Gesicht, woraufhin dieser blutend zu Boden sackte und jämmerlich um sein Leben flehte.

»Bitte, bitte töte mich nicht, ich habe Frau und Kinder.«

»Halt deine dreckige Fresse und hör zu. Wie viel hast du den Bullen über uns erzählt?« Sein Kollege war wie erstarrt und bekam vor lauter Panik kein einziges Wort heraus. Ali fühlte sich von dem ängstlichen Schweigen so sehr provoziert, dass er seinen Widersacher kurzerhand ins Badezimmer zerrte, in dem er ihn solange kopfüber ins vollgelaufene Waschbecken stuckte, bis er schließlich geständig wurde.

»Redest du jetzt mit mir du dreckiger Verräter, oder soll ich die ganze Prozedur noch einmal wiederholen?«

»Verflucht hör endlich auf, ich sage dir doch alles was du wissen willst.«

»Los, beweg deine hinterfotzige Visage zurück ins Zimmer, ehe ich dir endgültig den Garaus mache.«

Wimmernd ließ sich Alex auf dem Stuhl neben dem Tisch nieder, wobei ihm Ali einen kleinen Kassettenrekorder vor die Nase knallte.

»So mein Freund, zur Strafe wirst du mir ein umfassendes Geständnis ablegen. Ich will, dass du dich als Hauptdrahtzieher verantwortest und zugibst, dass du deine Partner während der jahrelangen Zusammenarbeit immer wieder psychisch unter Druck gesetzt und mit dem Tode bedroht hast.« Obwohl Alex noch immer stark angetrunken war, lehnte er die an ihn gestellte Forderung vehement ab und schüttelte widerwillig den Kopf.

»Das mache ich auf gar keinen Fall, dafür bekomme ich bestimmt mehr als zehn Jahre Knast und ihr macht euch dann in Freiheit ein schönes Leben oder was?« Ali war über die Reaktion nicht sonderlich erfreut und holte ein großes

Messer hervor, mit dem er während des Redens in der Luft wilde Stechbewegungen ausführte.

»Weißt du, eigentlich mochte ich dich immer, aber dein seltsamer Humor hat dazu beigetragen, dass ich eine tiefe Aversion gegen dich und deine Person entwickelt habe. All die rassistischen Kosenamen, die du mir im Laufe der Zeit gegeben hast, habe ich dir nur durchgehen lassen, weil Mehdi mich zurückgepfiffen hat. Aber er ist jetzt leider nicht hier und deshalb glaube ich auch, dass deine Glückssträhne heute ein jähes Ende finden wird.«

»Hör auf mir solch eine Scheißangst zu machen, ich wollte mit meiner lustigen Art doch nur die Stimmung etwas auflockern.«

»Stimmung ist ein außerordentlich gutes Stichwort. Du kannst meiner Laune erheblichen Auftrieb verleihen, indem du das Geständnis auf Band sprichst. Denk dran, noch kannst du deinen Hals aus der Schlinge ziehen.« Mit all seinem Mut schob Alex das Aufnahmegerät von sich weg und wartete auf eine Reaktion. Ali verlor gänzlich die Kontrolle und warf das Messer knapp vorbei an dessen Kopf, wo es im dahinterstehenden Holzschrank schließlich stecken blieb. Alles geschah so rasend schnell, dass sein Gegenspieler in seinem Rauschzustand nicht wirklich bemerkte was gerade eben geschehen war. Erst als dieser sich nach hinten umdrehte und mit der Stirn gegen den hölzernen Messergriff stieß, begriff er, dass er schleunigst handeln musste. Schwer atmend zog er den Kassettenrekorder zu sich heran und blickte zögerlich auf zu Ali, der breit grinsend die Aufnahmetasten betätigte. Nach ein paar Minuten war alles im Kasten und Alex, der jetzt ohnehin nichts mehr zu verlieren hatte, griff nun nach dem letzten Strohhalm und versuchte verzweifelt zu verhandeln.

»Zum Teufel nochmal, es muss doch irgendeine Möglichkeit geben, dass du das Band nicht an die Bullen weiterreichst?«

»Es gibt immer eine Möglichkeit, aber mach dir nicht allzu viel Hoffnung, denn ich bin heute nicht besonders verhandlungswillig.«

»Mann, die haben irgendeinen Sündenbock gesucht und da sie Mehdi ohnehin schon auf dem Schirm hatten, wollten sie ihm die noch ungelösten Fälle ebenfalls in die Schuhe schieben, um ihn endlich dingfest machen zu können. Der Kommissar, der mich angeworben hatte, meinte, dass er enormen Druck von oben bekommt und dass die Leute über ihm keine Geduld mehr haben, da die Aufklärungsquoten für größere Delikte in Westberlin viel zu schlecht seien. Da Mehdi schon des Öfteren angedeutet hatte, in Zukunft alleine arbeiten zu wollen und mir die Polizei für die Zusammenarbeit absolute Straffreiheit garantiert hatte, habe ich mich in meiner Existenz bedroht gefühlt und die Flucht nach vorne gesucht.« Grübelnd lief Ali lief auf und ab und zog dabei mit einem Ruck das Messer aus dem Schrank, mit welchem er sich hinter seinem niederträchtigen Widersacher in Stellung brachte.

»Wie viel Zeit bleibt uns noch, bevor einer von uns verhaftet wird, und wehe du lügst mich an, du hinterhältige Ratte.«

»Das weiß ich nicht, die Polizei hat nichts über den Stand Ihrer Ermittlungen preisgegeben. Aber da sie heute nicht besonders viel Erfolg bei ihrer Durchsuchung hatten, denke ich mal, dass es noch eine Weile dauert bis sie zuschlagen werden.«

»War das wirklich schon alles was du mir sagen wolltest, oder kommt da noch was? Du sprichst außerdem in

Rätseln, was mir tierisch auf den Sack geht.« Alex zitterte am ganzen Körper und wimmerte um sein Leben, da er befürchtete, dass ihm sein Partner in der nächsten Sekunde die Kehle durchschneiden würde.

»Scheiße, ich kann das einfach nicht ertragen. Du machst mich mit deinen kranken Psychospielchen vollkommen fertig.«

»Tja, das hättest du dir verdammt nochmal vorher überlegen müssen. Schließlich hat es dich einen Dreck interessiert was aus uns geworden wäre, wenn sie uns alle verhaftet hätten. Zur Strafe darfst du schön im Knast schmoren, während wir mit den Aufträgen von Walther ganz viel Geld verdienen werden.«

»Ich verspreche dir, ich werde alles wiedergutmachen, aber dafür musst du mir unbedingt zuhören. Nach der Durchsuchung in der Werkstatt hat mich der Kriminalkommissar auf der Wache ausgiebig zu einem polnischen Kollegen befragt, der angeblich mit uns zusammenarbeiten soll. Ich sagte ihm, dass es in unserer Truppe keinen Polen gibt, doch er belächelte mich nur und meinte, dass ich lüge, da ich ja selbst zum kriminellen Abschaum gehöre.« Ali grinste innerlich und war heilfroh, dass seine falschgelegte Fährte endlich Früchte getragen hatte.

»Hör zu Alex, beim nächsten Treffen mit den Bullen wirst du sie in ihrem Verdacht bestärken und ihnen sagen, dass der polnische Mitarbeiter doch existiert und sich nach den Aufträgen immer wieder in sein Heimatland absetzt, da er dort vor der West-Berliner Polizei nichts zu befürchten hat. Wenn sie nachfragen, dann sagst du ihnen, dass er Bolek heißt und aus einem kleinen Dorf in der Nähe von Krakau stammt. Aber versuche das Ganze geschickt anzustellen und denke nach bevor du redest, denn du spielst ab jetzt in beiden Lagern.«

»Bolek? Das kaufen die mir doch niemals ab. Kann ich dir nicht noch etwas anderes anbieten?«

»Ich wusste ja gar nicht, dass wir hier auf einem beschissenen Basar sind, also rede endlich, ehe ich mich vergesse.«

»Ein guter Bekannter von mir arbeitet als Sicherheitsmann in einem großen Mercedes-Autohaus. Da Mehdi ja schon wieder einen sehr lukrativen Auftrag von Walther erhalten hat, dachte ich mir, dass wir dort eventuell einen ganz großen Coup abziehen könnten? Denn auf den Straßen gibt es eh nichts mehr zu holen. Na, was sagst du?« Ali war von der außergewöhnlichen Idee sofort angetan und überlegte kurz, bevor er schließlich zusagte.

»Ok, wir ziehen das durch. Aber falls das eine Falle sein sollte, werde ich dich und deine gesamte Familie dem Erdboden gleichmachen, hast du das verstanden?« Alex schrumpfte aus Angst vor seinem Partner innerlich auf die Größe einer Rosine zusammen, denn er wusste, dass mit Alis rachehungrigem Wesen nicht zu spaßen war.

»Hör auf mir zu drohen, ich werde dich niemals enttäuschen. Ich bin außerdem sehr froh, dass du spontan zugesagt hast, denn ich habe mit meinem Bekannten im Vorfeld schon alles arrangiert. Mehdi soll sich morgen Abend mit ihm um 20 Uhr vor dem Eingang des KaDeWe treffen. Er wird sich dann zu erkennen geben.«

Nachdem sie alle weiteren Einzelheiten zum Ablauf besprochen hatten, packte Ali seinen Kollegen unsanft am Kragen und beförderte ihn vor die Tür. Anschließend ging er mit einem Gefühl des Triumphes hinüber zum Kassettenrekorder, um sich das Geständnis anzuhören. Doch als er auf einmal die verzerrte Stimme hörte, war seine gute

Laune schlagartig wieder verflogen, denn er wusste, dass die undeutliche Aufnahme bei einem eventuellen Gerichtsverfahren niemals anerkannt werden würde. Wütend über seine eigene Unachtsamkeit eilte er hinaus auf den Balkon von dem aus er sah, wie der plötzliche Glückspilz torkelnd die Straße vor seinem Haus überquerte.

Der letzte ganz große Coup

Um Mitternacht war Ali so aufgeregt, dass er sich spontan dafür entschied, bei seinem Kumpel vorbeizufahren, da er die vielen Neuigkeiten bis zum nächsten Tag einfach nicht für sich behalten konnte. Als er vor Ort eintraf, öffnete ihm Simone verwundert dreinblickend die Wohnungstür und zeigte gleich darauf hinüber auf das Schlafzimmer. Ali lief schnurstracks hinein und rüttelte ununterbrochen an der Schulter seines Freundes herum, in der Hoffnung ihn wach zu bekommen. Doch der dachte gar nicht daran aufzustehen und schlummerte munter weiter.

»Du verschwendest nur deine Zeit, er ist nämlich gerade stockbesoffen ins Bett gefallen. Komm, trink lieber einen Tee mit mir.«

Ali fluchte leise und unternahm noch einen allerletzten Weckversuch, bevor er ihr schließlich in die Küche folgte.

»Warum hast du es denn heute so schrecklich eilig? Habt ihr schon wieder irgendetwas angestellt, wovon ich nichts wissen darf? Du brauchst dir wegen mir übrigens keine Notlüge einfallen zu lassen, denn ich habe mittlerweile schon herausgefunden, dass ihr beiden keine gewöhnlichen Automechaniker seid. Erzähl mir mal lieber was in deinem Leben so passiert, denn eigentlich weiß ich ja überhaupt nichts über dich.« Die zwei führten ein nettes Gespräch, wobei Simone mittendrin zufällig rausrutschte, dass sie erneut schwanger sei. Ali war vollkommen überrascht, aber er ließ sich nicht das Geringste anmerken und plauderte munter weiter. Irgendwann taumelte der kleine Tim völlig verschlafen in die Küche und verlangte weinend nach seiner Mama. Simone ging gezwungenermaßen zurück ins Bett und übergab Ali eine Decke, mit der er es sich auf der Wohnzimmercouch gemütlich machte.

Am frühen Morgen wachte er schweißgebadet von seinen Albträumen auf und schlich sich auf leisen Sohlen über den Flur ins Schlafzimmer. Dort hüpfte er mit einem Satz ins Doppelbett und griff seinem Kumpel unsanft in den Schritt. Dieser sprang daraufhin mit einem lauten Schrei auf und rannte peinlich berührt ins Badezimmer, in dem er sich während des Frischmachens verbarrikadierte. Als er wieder hinauskam, stürmte Ali aufgeregt auf ihn zu und quasselte ohne Punkt und Komma, was Mehdi total überforderte, da er wegen seines heftigen Katers geistig noch nicht ganz auf der Höhe war.

»Na, endlich bist du wieder unter den Lebenden, ich dachte schon du wachst gar nicht mehr auf. Nachdem ich gestern in der Werkstatt ordentlich klar Schiff gemacht hatte, ist Alex mit ein paar Zivilbullen angerückt und die haben die Räumlichkeiten ordentlich auf den Kopf gestellt. Aber keine Angst, dank meiner hervorragenden Spurenbeseitigung können sie uns nicht das Geringste anhängen. Zum allem Überfluss kreuzte dieser Idiot dann noch sturzbetrunken bei mir im Studentenheim auf. Dort bekam er dann einen gehörigen Tobsuchtanfall, der in einen heftigen Nervenzusammenbruch umschlug. Im Zuge dessen habe ich ihn kräftig ausgequetscht, bis er unter Tränen schließlich zugab, dass ihn die Polizei mit einem verheißungsvollen Deal dazu bewegte, mit ihnen zusammenzuarbeiten. Bevor ich ihn rausschmiss, musste er mir ein umfangreiches Geständnis auf Band sprechen und sich selbst belasten, denn ich wollte unbedingt sicherstellen, dass er im Nachhinein nicht auf dumme Gedanken kommt. Ab jetzt arbeitet er also für beide Seiten und versorgt uns von nun an immer mit den neuesten Informationen aus dem gegnerischen Lager. Außerdem scheint mein Plan Früchte getragen zu haben, die Bullen glauben tatsächlich, dass zu unserer Truppe ein Pole gehört. Alex versprach unter Tränen, dass er alles wiedergutmachen will und hat im Vorfeld ein Treffen mit seinem Bekannten arrangiert, der angeblich in einem großen Mercedes-Autohaus als Sicherheitsmann arbeitet. Du sollst dich übrigens heute Abend um zwanzig Uhr mit dem Typen vor dem Eingang des KaDeWe treffen. Ich werde mitkommen und das Ganze aus sicherer Entfernung beobachten und dir Bescheid geben, falls uns das Schwein in eine Falle gelockt hat.« Ali schnappte zum Ende hin merklich nach Luft und war heilfroh, als er sich die vielen Neuigkeiten endlich von der Seele geredet hatte. Mehdi ließ die Informationsflut erst einmal sacken und umarmte ihn kurz darauf erleichtert, weil ihm klar war, dass ihm sein Kumpel auf den letzten Drücker den Arsch gerettet hatte.

»Ich danke dir, denn ohne dich säße ich jetzt höchstwahrscheinlich im Knast.« Ali fühlte sich zwar geschmeichelt, aber er war sauer darüber, dass sein Freund seine Freiheit so fahrlässig aufs Spiel setzte und sich nur auf ihn und sein Glück verließ. Doch er wollte es ihm an diesem Morgen auch nicht zu einfach machen und donnerte ihm zur Strafe die Nachricht mit der Schwangerschaft von Simone direkt vor den Latz. Zu seiner Verwunderung reagierte sein Partner überaus erfreut und sprühte nur so vor Energie.

»Das ist ja wunderbar. Na dann lass uns mal ordentlich ranklotzen, damit ich diesem kriminellen Leben endlich entfliehen kann. Außerdem muss ich mich bei dir entschuldigen, bei der Sache mit Alex bin ich wohl etwas zu blauäugig gewesen, aber ich wollte es scheinbar einfach nicht wahrhaben. Als Dank werde ich mich nach dem Auftrag bei dir erkenntlich zeigen, du wirst schon sehen.« Ali lachte und ging im Anschluss noch einmal akribisch jedes erdenkliche Szenario für die bevorstehende Begegnung mit dem Unbekannten durch.

Um kurz vor zwanzig Uhr parkte Mehdi seinen Wagen unmittelbar vor einem Blumenladen, der nur einige Gehminuten vom Treffpunkt entfernt lag. Ali sprang ungeduldig aus dem Auto und lief sofort los, als sein Freund ihn plötzlich zurückpfiff.

»Halt warte, wo willst du so schnell hin? Wollen wir nicht nochmal besprechen, wie wir gleich vorgehen? Denn ich habe vor Aufregung schon wieder die Hälfte vergessen.« Ali winkte ihn genervt zu sich heran und erklärte ihm auf dem Weg noch einmal alles ganz genau, da er die Befürchtung hatte, dass Mehdi im letzten Moment doch noch kalte Füße bekommen würde.

»Du machst mich echt wahnsinnig. So, hör genau zu, wir haben nämlich nicht mehr viel Zeit. Ich werde mich gleich schräg gegenüber vom KaDeWe in das weiße Gebäude begeben und die Gegend rund um den Eingang von oben in Augenschein nehmen. Du wartest hier und gehst erst nach vorne zum Treffpunkt, wenn ich dir aus dem Fenster des Treppenhauses ein Zeichen gebe. Falls mir im Nachhinein irgendetwas Verdächtiges auffallen sollte, werde ich dir zuwinken, damit du dich rechtzeitig aus dem Staub machen kannst. Aber verlass dich nicht auf mich, denn es kann ja auch sein, dass ich etwas Entscheidendes übersehen habe. Alles klar soweit?« Mehdi stand der blanke Angstschweiß auf der Stirn und bekam kein einziges Wort heraus.

»Mach dich nicht verrückt, es kann überhaupt nichts schiefgehen, solange du dich an den Plan hältst. Im Übrigen frage ich mich gerade warum du so stark schwitzt, hast du dir schon wieder ein paar von deinen Valiumtabletten eingepfiffen?«

»Rede doch keinen Unsinn, ich bin nur extrem angespannt und nicht mehr der Jüngste, das ist alles. Viele große Gelegenheiten zum Geldverdienen werden sich in meinem Leben nicht mehr ergeben, deswegen hoffe ich auch, dass dieser Auftrag der letzte sein wird, denn lange kann ich diesem psychischen Druck nicht mehr standhalten.«

»Ich kann dich durchaus verstehen, aber kommt deine Einsi…« Zeitgleich raste eine Feuerwehr mit ihren lauten Sirenen an den beiden vorbei und verschluckte den Rest der Antwort. Mehdi hakte absichtlich nicht weiter nach und schickte seinen Kumpel in Eile hinüber auf die andere Straßenseite, da es mittlerweile schon kurz nach zwanzig Uhr war. Ungeduldig blickte er nach oben und wartete sehnsüchtig auf das entscheidende Signal. Ali erklomm indes blitzschnell das Treppenhaus, bis er schließlich in der höchsten Etage angekommen war. Dort reckte er vorsichtig seinen Kopf aus dem Fenster und beobachtete die nähere Umgebung rund um das Kaufhaus, was anfänglich gar nicht so einfach war, da er die vielen Menschen, die kreuz und quer umherliefen, nur schwer zuordnen konnte. Gerade als er seinem Freund das Startzeichen zum Loslaufen gab, erschienen aus dem Nichts mehrere Polizisten in Zivil, die sich in der Nähe des Treffpunkts unauffällig in Stellung brachten. Ali befürchtete das Schlimmste und winkte seinem Partner wie verrückt zu, doch als er merkte, dass dieser nicht reagierte und einfach weiterlief, rannte er panikartig wieder nach unten. Mehdi hatte die Zivilpolizisten in der Menschenmenge ebenfalls schnell ausfindig gemacht und lief verängstigt an ihnen vorbei. Hilfesuchend drehte er sich zur Seite und suchte die Hausfassaden verzweifelt nach Alis Hand ab. Doch wegen der gesteigerten Entfernung und seiner extremen Kurzsichtigkeit konnte er nur noch schwammige Umrisse erkennen. Einen Moment später stand er mit weichen Knien vor dem Eingang und rechnete eigentlich jeden Augenblick damit, dass sie ihn verhaften würden. Die Beamten machten kurz darauf mit einem lauten Schrei auf sich aufmerksam und stürzten sich Hals über Kopf auf eine Gruppe von Taschendieben, die vor dem Kaufhaus ihr Unwesen trieb. Mehdi erlitt vor Schreck beinahe einen Herzinfarkt und lehnte sich Halt suchend an eine Wand, da ihm für den Bruchteil einer Sekunde schwarz vor Augen wurde.

Ali stand unterdessen völlig außer Atem auf dem Mittelstreifen und löste sich erleichtert aus seiner Schockstarre, als er sah, dass die Bullen es scheinbar doch nicht auf seinen Freund abgesehen hatten. Während sich im Hintergrund eine Schlägerei mit der aufgebrachten Anhängerschaft der verhafteten Diebe anbahnte, klopfte Mehdi jemand von hinten auf die Schulter. Erschrocken drehte er sich um und starrte erstaunt hinauf in das Gesicht eines Zwei-Meter-Mannes, der ihn zurückhaltend ansprach.

»Hallo, du bist der Kumpel von Alex, nicht wahr?«
Mehdi war über die Erscheinung des Fremden völlig verblüfft und stotterte sich seine Begrüßung irgendwie zusammen.

»Ja genau, das bin ich, es freut mich sehr, dich kennenzulernen.«

»Komisch, du siehst zwar exakt so aus wie er dich beschrieben hat, aber bei deiner Körpergröße hat er wohl etwas übertrieben. Komm, lass uns mal schnell von hier verschwinden, wir müssen unser Glück ja nicht unnötig herausfordern.« Mehdi folgte dem Hünen zur hundert Meter entfernten Parkbank und erspähte dabei aus dem Augenwinkel wie sich Ali auf der gegenüberliegenden Straßenseite unter die Touristen mischte und an eine Currywurstbude stellte.

»Ich will mal gleich zur Sache kommen. Also, wenn ihr das verrückte Ding mit dem Mercedes-Autohaus wirklich abziehen wollt, dann will ich für die Vermittlung des Auftrags zehntausend Mark in bar von dir haben. Schließlich gehe ich mit der ganzen Sache ja auch ein erhebliches Risiko ein und das sollte ordentlich entlohnt werden.« Mehdi blieb die Spucke im Halse stecken, doch er verzog keine Miene und tat so, als könne er die geforderte Summe mal eben locker aus seiner Portokasse bezahlen.

»Das klingt sehr fair, ich werde das Geld beim nächsten Treffen dabeihaben.« Sein Gegenüber schöpfte sofort Vertrauen und hegte nicht den geringsten Zweifel daran, dass Mehdi ihn überhaupt nicht bezahlen konnte.

»Also, ich kann dir und deinem bärtigen Kompagnon, der da drüber am Imbiss steht, nur so viel sagen: Es wird kein Spaziergang, denn das gesamte Autohaus ist videoüberwacht. Wenn ich am Freitag gegen zweiundzwanzig Uhr meine Nachtschicht beginne, werde ich von der Tagesschicht, die das Haus verlässt, bis zum frühen Morgen eingeschlossen. Das heißt, dass in dieser Zeit niemand über den normalen Weg hineinkommen kann.«

»Ja und wie sollen wir dann bitte reinkommen, wenn du uns nicht die Tür öffnen kannst?«

»Du hörst aufmerksam zu, das gefällt mir. Es gibt die Möglichkeit über den Lüftungsschacht ins Innere zu gelangen. Das Autohaus ist übers Wochenende geschlossen, wobei die Anlage komplett abgeschaltet wird und zwischen den großen Ventilatorenblättern müsste einer von euch beiden Spacken doch locker durchpassen. Sobald ihr drin seid, könnt ihr euch alles ansehen und Abdrücke von den Autoschlüsseln machen, die in einem Schrank im Büro frei zugänglich sind.« Mehdi fing wieder auffällig stark an zu schwitzen, da ihm die Nummer eindeutig zu gefährlich erschien.

»Kurze Frage! Hat so etwas jemals schon jemand gemacht?« Der Koloss brach in heiteres Gelächter aus und klopfte ihm locker auf die Schulter.

»Mensch, du scheinst ja der geborene Komiker zu sein. Woher soll ich das denn wissen? Also in meinem Bekanntenkreis gibt es mit Sicherheit niemanden, der so abgedrehte Ideen hat. Aber laut Alex soll es ja in euren Reihen einen echten Wunderknaben geben, der für jedes Problem eine Lösung parat hat. Deswegen würde ich sagen, dass eure Chancen gar nicht mal so schlecht stehen. Ach, bevor ich es vergesse: Ihr müsst zweimal einsteigen. Einmal am Freitagabend, an dem ihr die Schlüsselabdrücke macht, und am darauffolgenden Abend, an dem ihr euch dann die Fahrzeuge unter den Nagel reißt. Die Autos im Verkaufsraum und auf dem Hof haben fast alle keinen Sprit im Tank, den müsstet ihr auf alle Fälle mitbringen, damit ihr nicht schon an der nächsten Straßenecke liegen bleibt.« Mehdi grübelte wie verrückt und sagte nach kurzer Zeit schließlich zu.

»Wir sind dabei. Aber ich muss mich vorher noch dringend mit meinen Kollegen zusammensetzen, schließlich muss so etwas von Anfang bis zum Ende akribisch durchgeplant werden. Können wir uns eventuell nochmal in einer Woche treffen, dann kann ich dir Genaueres sagen.« Der große Mann biss sich wütend auf die Zähne und erhob sich langsam von der Bank.

»Du willst mich wohl verarschen, du Witzfigur. Das Ding muss an diesem Freitag steigen, denn das werden auch gleichzeitig meine letzten Arbeitstage für diese dämliche Firma sein.« Mehdi stand ebenfalls auf und lenkte schnell ein, weil er Angst hatte, dass die Situation gleich eskalieren könnte.

»Alles gut, ich werde diesen Freitag um kurz nach zweiundzwanzig Uhr mit meinem Partner vor Ort sein, du kannst dich auf mich verlassen.«

»Na, dann macht mal ordentlich Ballett, denn allzu viel Zeit bleibt euch nicht mehr. Übrigens, falls ihr ein linkes Ding abzieht und meinen Schotter nicht dabeihaben solltet, werde ich euch in zwei Hälften zerbrechen. Alle weiteren Informationen wirst du von Alex erhalten.« Ohne sich zu verabschieden drehte sich der Namenlose um und verschwand im Getümmel der vorbeilaufenden Passanten. Ali rannte sofort hinüber und bombardierte seinen Freund mit der alles entscheidenden Frage.

»Sag schon, was habt ihr besprochen?« Mehdi sprach einfach drauf los und rechnete eigentlich damit, dass ihm sein Kumpel eine Absage erteilen würde, da dieser während des Zuhörens immer wieder erschrocken zusammenzuckte, was kein sonderlich gutes Zeichen war. Das eine Mal, als er das mit den zehntausend Mark hörte, und das andere Mal, als sein Partner zum Ende hin erwähnte, dass das Ganze schon an diesem Freitag stattfinden sollte.

»Es wird bestimmt nicht einfach, aber wir ziehen das gemeinsam durch. Schließlich gibt es auf dieser beschissenen Welt nichts, wovor ich zurückschrecke. Die einzigen Bedenken, die ich habe, sind die fehlenden Fahrer, wo sollen wir die auf die Schnelle bloß alle herbekommen?« Mehdi stieß einen lauten Freudenschrei aus und gab ihm einen Kuss auf die Stirn.

»Zerbrich dir darüber mal nicht den Kopf. Wenn wir Mohammeds Sippschaft mit einbeziehen, die fast so viele Familienmitglieder hat wie Berlin Einwohner, dann dürfte das doch überhaupt kein Problem sein oder? Viel mehr Sorgen bereiten mir diese verfluchten zehntausend Mark, die wir bis zum ersten Einstieg dringend organisiert haben müssen, sonst reißt uns das Riesenvieh nämlich in Stücke.« Ali winkte locker ab und dachte sich blitzschnell eine Notlüge aus, weil er bemerkte, dass die Nerven seines Freundes schon wieder vollkommen blank lagen.

»Meine Mutter hat immer gesagt, dass neunundneunzig Prozent der Sorgen, die man sich macht, niemals Wirklichkeit werden. Deshalb frage ich mich warum du auf einmal so eine Panik schiebst? Es ist doch noch überhaupt nichts passiert. Außerdem habe ich die Kohle, weshalb all deine Bedenken mal wieder völlig umsonst waren.«

Freitag um kurz nach einundzwanzig Uhr klopfte es unverhofft an Mehdis Wohnungstür. Als er durch den kleinen Spalt nach draußen blickte, konnte er im Dunklen die Silhouette von Alex erkennen, der aufgelöst im Hausflur stand und wirre Selbstgespräche führte.

»Was machst du denn hier? Ich habe für deine seltsamen Angelegenheiten jetzt echt keine Zeit.«

»Kannst du mich bitte reinlassen, ich muss dringend mit dir sprechen.« Mehdi öffnete genervt auf und ließ seinen

Partner, der völlig zusammengeschlagen über die Türschwelle humpelte, schließlich hinein.

»Oh mein Gott, was ist denn mit dir passiert, wurdest du überfallen?« Alex weinte und japste stoßweise nach Luft.

»Diese miesen Schweine haben mir aufgelauert und ohne jede Vorwarnung auf mich eingeschlagen.«

»Jetzt mal ganz langsam, wen genau meinst du?« Alex schob die Ärmel seines Pullovers nach oben und legte die blutigen Einstiche an seinen Unterarmen frei, woraufhin Mehdi erschrocken zusammenzuckte.

»Wie lange konsumierst du diesen Dreck schon?«

»Seit knapp drei Jahren!«

»Krass und warum hast du das all die Jahre vor mir verheimlicht?«

»Ich hatte die Befürchtung, dass du mich danach fallen lassen würdest. Außerdem konnte ich es einfach nicht übers Herz bringen, weil ich weiß, wie sehr du mit dir und deinen eigenen Problemen zu kämpfen hattest.«

»So ein Schwachsinn, ich wäre immer für dich da gewesen und ich hoffe, das weißt du. Nun sag schon, wer hat dich so zugerichtet?« Man sah Alex an, dass er große Angst hatte die Täter zu nennen, weil er seinen Kollegen nicht in seinen Schlamassel mithineinziehen wollte.

»Ich habe mir in den letzten Jahren ein wenig Heroin von einem albanischen Dealer geliehen und mit der Zeit ist da ein bisschen was zusammengekommen. Aus Rache hat er mir seine Leute auf den Hals gehetzt, da ich schon seit Monaten keinen einzigen Pfennig an ihn zurückgezahlt habe.«

»Wie viel?« Alex kniff die Augen zusammen, drehte sich verschämt zur Seite und nannte die Summe, die Mehdi endgültig am klaren Verstand seines Freundes zweifeln ließ.

»Fünfzigtausend Mark, Scheiße, schau dich mal an, was ist bloß aus dir geworden? Das kannst du nie und nimmer zurückzahlen.«

»Ich dachte, dass du mir eventuell aus der Klemme helfen könntest?«

»Wie in Teufels Namen soll das gehen? Meine paar Kröten reichen gerade mal so aus, um mit meiner Familie über die Runden zu kommen. Hör zu, wir müssen das Thema ein andermal aufgreifen, denn wie du ja weißt, ist heute der erste Einstieg bei Mercedes und ich müsste eigentlich schon längst unten sein. Nebenbei hoffe ich, dass du morgen startklar bist, denn ich habe mit Mohammed schon alles vorbereitet.«

»Du kannst immer auf mich zählen, also hilfst du mir jetzt oder nicht? Denn ich habe eine Scheißangst vor den kommenden Konsequenzen.«

»Wie viel Zeit bleibt dir, um die Summe zurückzuzahlen?«

»Er meinte, dass ich bis Sonntag die Hälfte des Geldes an ihn zurückgezahlt haben muss, ansonsten wird er mir jeden einzelnen Knochen brechen.«

»Ich werde sehen was ich tun kann, aber bis dahin hältst du gefälligst die Füße still und konzentrierst dich nur auf die Durchführung unseres Auftrags, hast du verstanden?« Alex fiel seinem Partner erleichtert um den Hals, doch dieser schaute erschrocken auf seine Armbanduhr und war im null Komma nichts nach unten verschwunden. Als Mehdi kurze Zeit später in der dunklen Einbahnstraße hinter dem Haus eintraf, konnte er sehen, wie Ali in einem schwarzen Arbeitsoverall vor seinem roten Golf kniete und die Nummernschilder wechselte. Die beiden begrüßten sich mit einem kräftigen Handschlag, bei dem ihm sofort auffiel, dass sein Kumpel völlig kalte Hände hatte.

»Ist alles ok mit dir?«

»Ja, warum fragst du? Ich bin nur ein bisschen aufgedreht, da ich zuvor noch diese dämlichen Kennzeichen klauen musste und dabei bin ich fast erwischt worden. Komm steig ein, wir müssen los.« Auf dem Weg zu ihrem Ziel stieß Mehdi immer wieder gegen den im Fußraum verstauten Rucksack, den er irgendwann genervt auf seinen Schoß legte.

»Was ist denn da drin? Das Ding wiegt ja fast ne Tonne.«

Ali grinste frech und hatte immer im Hinterkopf, dass er ihm gleich die Sache mit den fehlenden zehntausend Mark beichten musste.

»Das würdest du wohl gerne wissen, oder?« Mehdi öffnete neugierig den Reißverschluss und starrte geschockt hinunter auf das beschriftete Etikett der kleinen braunen Flasche, bei der es ihm angst und bange wurde.

»Sage mir auf der Stelle was du mit dem Chloroform vorhast, bevor ich mich vergesse.« Ali fuhr vor Schreck auf einmal Schlangenlinien und legte eine sanfte Vollbremsung hin, in derer er seinem Freund blitzschnell den Rucksack entriss.

»Ok, ich sage dir was es damit auf sich hat, aber bitte versprich mir, dass du nicht ausrasten wirst.«

»Jetzt rede endlich!«

»Ich habe die zehntausend Mark gar nicht. Das Betäubungsmittel ist nur als Notlösung gedacht, falls der Gigant mich in Stücke reißen will.« Mehdi schlug mit der flachen

Hand auf das Armaturenbrett des Wagens ein und brüllte herum.

»Ich würde dich jetzt liebend gerne in Stücke reißen du Idiot, denn deine beschissenen Einfälle werden uns noch alle ins Grab bringen.«

»Beruhige dich mal wieder oder wolltest du kurz vor dem Ziel noch einen Herzinfarkt bekommen. Du kannst mir vertrauen, ich habe das alles genauestens durchgeplant. Also fünftausend Mark habe ich tastsächlich, und die werde ich ihm heute in einem Briefumschlag übergeben, in der Hoffnung, dass er mich nicht massakrieren wird. Das gleiche werde ich auch am darauffolgenden Tag machen, nur dass dieses Mal gar keine fünftausend Mark im Umschlag sein werden, sondern zurechtgeschnittene Papierfetzen. Falls er nicht nachzählt haben wir leichtes Spiel. Aber falls doch, dann werde ich ihn in einem unachtsamen Moment betäuben müssen, während ihr mit den Fahrzeugen nacheinander vom Hof rauscht. Na, was sagst du?« Mehdi wollte der verrückten Idee irgendetwas Positives abgewinnen und fing panisch an zu lachen.

»Du bist so durchgeknallt, damit kommen wir niemals durch und das weißt du.«

»Ich mag vielleicht der falsche Ansprechpartner bei Frauenangelegenheiten sein, aber für meine genialen Einfälle bist du absolut ungeeignet, da du von deinem inneren Wesen her viel zu eingefahren bist.«

»Na gut, eventuell hast du ja sogar recht. Übrigens muss ich mit dir mal über etwas Wichtiges sprechen. Alex war gerade eben bei mir und er scheint mächtig in der Bredouille zu stecken.« Ali bog um die Ecke und zeigte in der Ferne auf den großen, leuchtenden Mercedes-Stern, welchem sie immer näherkamen.

»Bitte, ich will von dieser niederträchtigen Kreatur kein Sterbenswörtchen mehr hören. Lass mich raten, er ist da zufällig in was hineingeschlittert, das er sich mal wieder selbst eingebrockt hat, hab ich recht?« Mehdi bejahte und bekam von seinem Partner postwendend ein abfälliges Kopfschütteln zurück.

»Sei nicht sauer, aber wir müssen uns jetzt voll und ganz auf unseren Auftrag konzentrieren.«

»Ja, aber hör mir doch mal zu, es ist diesmal ein bisschen anders.« Doch Ali würgte das Gespräch kurzerhand ab und parkte seinen Wagen geschickt in einer dunklen Ecke der Straße, von der aus sie einen direkten Blick auf den Eingang des Autohauses hatten. Anschließend liefen sie getrennt voneinander die Straße hinunter und begaben sich unauffällig in Stellung. Mit Unbehagen schaute Ali hinüber auf die steile Hausfassade und fragte sich gleichzeitig, wie er an die eingezogene Feuerleiter rankommen sollte, die hinauf auf das Dach und schließlich zur Lüftungsanlage führte. Mehdi stand hundert Meter entfernt von seinem Partner hinter einem Baum, von dem aus er gezielt einen der hell beleuchteten Büroräume in Augenschein nahm, in dem ein paar Leute zu sehen waren. Nach kurzer Zeit trafen sie sich wieder bei ihrem Pkw, an dem Ali seinem Freund aufgeregt auf die Schulter tippte und mit dem Finger auf das Gebäude zeigte.

»Schau dir das mal an. Denkst du ich schaffe es bis dort nach oben zur Leiter? Mein Tau mit dem Enterhaken ist glaube ich nur knapp 3 Meter lang.« Beide schlichen etwas näher heran, als sich urplötzlich die Schranke vom Parkplatz des Autohauses öffnete. Reflexartig gingen sie hinter einem Bauwagen in Deckung und beobachteten, wie nacheinander mehrere Fahrzeuge vom Hof fuhren. Als die Luft rein war, rannte Mehdi ohne zu zögern nach drüben zum Hintereingang, weil er sehen wollte, ob der Riese schon mit seiner Nachtschicht begonnen hatte. Ali war fassungslos über die spontane Eigenwilligkeit seines Freundes und rief ihm leise hinterher. Doch der reagierte nicht und war mir nichts dir nichts um die Ecke verschwunden. Auf der Rückseite angekommen sah er den Sicherheitsmann, der mit eingeschalteter Taschenlampe gerade seine erste Kontrollrunde drehte. Mit einem lauten Pfiff machte Mehdi auf sich aufmerksam, woraufhin sich der Gigant in schnellem Schritt zur verschlossenen Hintertür begab.

»Scheiße, ich dachte schon, du kommst gar nicht mehr? Hast du die Moneten dabei?« Mehdi drückte den Umschlag von außen gegen die Scheibe, was in dem Hünen derartige Glücksgefühle auslöste, dass er breit zu grinsen begann.

»Mein Kollege ist in zwanzig Minuten drin, ok?« Der Koloss nickte und verschwand gleich darauf wieder in der Dunkelheit. Auf dem Weg zurück traf Mehdi auf seinen Partner, der sein Fahrzeug inzwischen unter der Feuerleiter geparkt hatte und mit dem Seil in der Hand schon ungeduldig auf ihn wartete.

»Na, du Verrückter, wie sieht es da drin aus? Ist das Riesenvieh startklar?«

»Ja, er ist soweit fertig, wir können loslegen. Hier, vergiss bloß das Briefkuvert nicht.« Sein Kumpel zögerte keine Sekunde und warf den Enterhaken im hohen Bogen nach oben. Doch dieser verfehlte sein Ziel und knallte ungebremst auf die Motorhaube seines Wagens. Mehdi drehte sich entgeistert zur Seite und bekam einen herzlichen Lachanfall, welcher Ali so wütend werden ließ, dass er das Seil beleidigt weiterreichte.

»Ich hoffe, du kannst genauso gut lachen wie du werfen kannst, ansonsten haben wir beide nämlich ein Riesenproblem.« Mehdi ignorierte die zweideutige Aussage, holte einmal Schwung und feuerte die Kralle so präzise in den Nachthimmel, dass diese an der untersten Sprosse der Feuerleiter hängen blieb. Ali war merklich beeindruckt und lobte seinen Freund in den höchsten Tönen. Doch der war überhaupt nicht begeistert und zeigte stöhnend auf das Seil, welches knapp zwei Meter zu kurz war.

»Eigentlich dachte ich immer, dass du unser Superhirn wärst. Aber mittlerweile zweifle ich stark an deinen Qualitäten.«

»Laber nicht so viel rum und hilf mir lieber, du persischer Cowboy.« Beide stiegen in Windeseile auf das Dach des Fahrzeugs, von dem aus Ali vorsichtig auf die Schultern seines Freundes kletterte, um nach dem unteren Ende des Seils zu greifen. Nachdem er es mit viel Anstrengung endlich geschafft hatte, zog er sich mit seiner ganzen Kraft hinauf und erklomm Stufe für Stufe die lange Feuerleiter. Völlig außer Puste stand er wenig später vor der Lüftungsanlage, zu der er sich im Nullkommanichts Zugang verschaffte. Nach kurzer Sichtkontrolle zwängte er sich mit hochrotem Kopf zwischen den Ventilatorenblättern hindurch und robbte bäuchlings die weit verzweigten Lüftungsschächte entlang, bis er schließlich im Büro des Autohauses angekommen war. Dort quetschte er sich durch eine schmale Öffnung, hinter der der Koloss mit dem abmontierten Lüftungsgitter stand und ungeduldig auf ihn wartete.

»So, du Wicht! Bevor du zur Tat schreitest, schiebst du mir erstmal die Moneten rüber.« Ali griff in seine Tasche und überreichte ihm mit einem mulmigen Gefühl den Umschlag, den er sich gierig unter den Nagel riss.

»Gnade dir Gott, dass du mich nicht bescheißt, ansonsten stopfe ich dich in Einzelteilen zurück in das Loch aus dem du gerade gekommen bist. Vertrauen ist gut Kontrolle ist besser, deshalb werde ich gleich mal die Geldzählmaschine in Gang setzen.« Ali bekam innerlich eine Panikattacke und spürte auf einmal die vielen Schweißtropfen, die von seinem Rücken hinunter in seinen Hosenbund rannen. Kurz darauf verstummte das hektische Rattern, woraufhin sich der Riese wutentbrannt umdrehte und wild schniefend auf ihn zustürmte. Schutzsuchend sprang Ali hinter den Schreibtisch und versuchte den aufgebrachten Brocken irgendwie zu beruhigen. Doch der Hüne schien nicht sonderlich gesprächsbereit zu sein und holte mit voller Wucht aus. Ali tauchte geschickt unter dem Schlag hinweg und raste angsterfüllt hinüber in den dunklen Verkaufsraum, in dem er sich versteckte. Das Ungetüm nahm unmittelbar die Verfolgung auf und schaltete mit einem verstörenden Lachen das Licht an. Mehdi beobachtete das Ganze aus der Ferne und sah anhand der eingeschalteten Beleuchtung, dass irgendetwas etwas nicht stimmte. In affenartiger Geschwindigkeit stürmte er herbei und drückte sein Gesicht gegen die Fensterfront, hinter der er seinen Freund erblickte, der hinter einem der Autos hockte und sich panisch umschaute. Der Gigant hatte den Ausreißer in den Spiegelungen der Glasscheiben schnell ausfindig gemacht und pirschte sich unauffällig an ihn heran. Mit einem beherzten Griff nahm er seinen Widersacher von hinten in den Schwitzkasten und drückte wie von Sinnen zu. Mehdi trat wie ein Wahnsinniger gegen die Scheibe, was den Riesen kurzzeitig dazu veranlasste, von seinem Opfer abzulassen.

Während sein Partner am Boden lag und verzweifelt nach Luft rang, probierte Mehdi mit einem verlockenden Angebot dessen Hals aus der Schlinge zu ziehen.

»Bitte tue meinem Kollegen nichts. Das war lediglich eine Vorsichtsmaßnahme, weil wir nicht wussten ob wir dir vertrauen können. Morgen bekommst du den Rest plus zweitausend Mark extra, versprochen.« Der Hüne überlegte einen kurzen Augenblick, fuhr sich nervös durch die Haare und trat ganz nah an die Scheibe heran, an der er ihm ein Gegenangebot unterbreitete.

»Der Preis ist gestiegen! Ich will den restlichen Zaster plus fünftausend Mark extra als Entschädigung für die Scheiße, die ihr mit mir abgezogen habt.«

»Ja ok, geht klar! Ich werde das Geld morgen mitbringen, aber im Gegenzug lässt du meinen Freund in Ruhe.« Wortlos drehte sich der Riese um und half seinem Kontrahenten wieder auf die Beine.

»Steh schon auf du verängstigtes Muttersöhnchen. Du kannst echt froh sein, dass ich dir nicht die Lichter ausgeknipst habe, denn so zaghaft bin ich sonst eigentlich nicht. Zur Feier des Tages zeige ich dir jetzt die Sahnestücke, damit du schnell wieder einen Abflug machst.« Ali fasste sich schmerzverzerrt an seinen Hals und folgte dem breitschultrigen Koloss in eines der Büros, in dem er sich nach einem Fingerzeig sofort am perfekt sortierten Schlüsselschrank zu schaffen machte. Während des Vorgangs ließ sich der Namenlose auf einem Stuhl nieder, von dem aus er immer mal wieder argwöhnisch hinüberlinste, weil er dem kleinen Mann mit schwarzem Vollbart kein Stück über den Weg traute. Nach getaner Arbeit schob Ali die Knetabdrücke in Eile zurück in die Streichholzschachteln, als aus dem Hintergrund urplötzlich ein lautstarkes Klopfen erklang. Panisch hastete der Zweimetermann zum Hintereingang, an dem er auf zwei ältere Polizisten traf, die mit ihren eingeschalteten Taschenlampen neugierig ins Innere leuchteten.

»Schönen guten Tag, wir haben einen anonymen Anruf erhalten, ist bei ihnen alles ok?«

»Ja, hier drin ist alles in bester Ordnung oder glauben sie etwa ich stehe hier zum Spaß? Sie können gerne reinkommen und sich umsehen, aber dafür müsste ich meinen Chef aus dem Bett klingen, da ich hier drin bis zum Schichtwechsel eingeschlossen bin.«

Die beiden Ordnungshüter besprachen sich kurz miteinander und verabschiedeten sich daraufhin.

»Machen sie sich keine Umstände. Falls doch etwas sein sollte, zögern sie bitte nicht uns zu kontaktieren, wir wünschen noch einen angenehmen Abend.« Der Riese bedankte sich freundlich und wartete solange an der Tür, bis die Polizisten wieder vom Gelände verschwunden waren. Als der Gigant einen Augenblick später zurück ins Büro kam, stand Ali vor dem Videorekorder, an welchem er sich vor dem Löschen die Aufzeichnungen der Überwachungskamera ansah. Dabei schlug der Hüne peinlich berührt die Hände vors Gesicht, da kurzzeitig noch einmal dessen hinterhältiger Angriff über die Monitore flimmerte.

»Tja, das wäre alles nicht passiert, wenn du und dein Kompagnon mich nicht verarscht hättet. So, und jetzt mach dich mal schleunigst vom Acker, bevor uns noch jemand auf die Schliche kommt.«

»Ist ja schon gut mein Großer, wir sehen uns dann morgen zur selben Zeit.«

»Ja, aber dieses Mal mit der exakten Summe, ansonsten werde ich euch beiden Kackvögel so dermaßen zusammenfalten, dass ihr nicht mehr krauchen könnt.« Ali schluckte die nackte Angst herunter und zwängte sich erneut durch die kleine Öffnung, aus der er anfangs gekommen war. Anschließend kroch er so schnell er konnte durch den Lüftungsschacht zurück nach oben, von wo aus er die Leiter herabstieg und mit Schrecken feststellte, dass jemand das Seil abgenommen hatte. Völlig verunsichert blickte er hinab in die Dunkelheit, als aus dem Nichts auf einmal sein Freund angefahren kam. Mit einem leisen Angstschrei ließ er sich in die Tiefe fallen und schlug so hart auf dem Dach des Wagens auf, dass es sich so anhörte, als wäre er am unteren Ende wieder herausgekommen. Mehdi stieg rasch aus, zerrte ihn mit einem Ruck ins Auto und bretterte mit Vollgas davon. Ein paar Straßen weiter hatte Ali den Schrecken des waghalsigen Sprungs langsam verdaut und fing an herumzujammern.

»Warum in Gottes Namen hast du das Seil nicht einfach hängen lassen?« Mehdi schüttelte verständnislos den Kopf und erinnerte seinen verwirrten Kumpel mit einer sirenenartigen Handbewegung an die Polizei, die ein paar Minuten zuvor dem Autohaus einen Besuch abgestattet hatte.

»Du bist ja lustig, anstatt dich zu beschweren könntest du dich ruhig mal bedanken. Schließlich habe ich dir mit meinem Geistesblitz den Arsch gerettet.«

»Ich bin dir dafür auch dankbar, aber wie oft habe ich das bitte schon für dich gemacht? Also tue mir den Gefallen und hänge deine Heldentat nicht zu sehr an die große Glocke, denn schließlich habe ich mit meiner Kamikaze-Aktion mein beschissenes Leben aufs Spiel gesetzt.«

»Tut mir leid, du hast vollkommen recht! Nun sag schon, wie ist es da drin verlaufen? Hast du die Abdrücke?« Ali öffnete breit grinsend den Rucksack und ließ seinen Partner einen Blick auf die Streichholzschachteln gewähren.

»Wie du siehst hat alles super geklappt, bis auf den unkontrollierten Ausraster des Giganten, den ich morgen auf keinen Fall noch mal erleben will.« Mehdi schaute grinsend nach rechts und konnte sich sein Lachen nur schwer verkneifen.

»Du hättest mal dein Gesicht sehen sollen, als er dich von hinten gepackt hat, das sah wahnsinnig komisch aus.«

»Na wenn das so spaßig ist, dann kannst du ja mit dem ausgewachsenen Gorilla in den Käfig steigen. Glaub mir, ich lasse dir liebend gern den Vortritt.« Doch Mehdi ruderte gleich zurück, da er es sich mit seinem verärgerten Partner keinesfalls verscherzen wollte.

Als sie wenig später am Studentenheim eintrafen, klemmte sich Ali sofort hinter die Schlüsselmaschine, während sich sein Kumpel um das Ausfüllen der Blankofahrzeugbriefe kümmerte. Die beiden arbeiteten emsig bis in den späten Vormittag hinein und ließen sich nach getaner Arbeit erschöpft aufs Sofa fallen. Mehdi war trotz der bleiernen Müdigkeit in Hochstimmung und ließ seiner Träumerei freien Lauf.

»Wir haben es endlich geschafft! Heute geht es nach Danzig und morgen früh habe ich für immer ausgesorgt.«

»Kannst du nicht einfach mal deine große Klappe halten, denn ich bin todmüde. Außerdem werden wir ja sehen, ob alles so reibungslos über die Bühne geht wie du dir das vorstellst.«

»Ganz ehrlich, deine reservierte Art bringt mich echt auf die Palme. Ich frage mich, ob du jemals in deinem Leben schon einmal so richtig aus dir rausgekommen bist und abgefeiert hast?« Ali drehte sich gähnend zur Seite und säuselte leise in sich hinein.

»Die Einbrüche sind für mich schon aufregend genug. Da brauche ich nicht noch feiern zu gehen und mein hart verdientes Geld zum Fenster rauswerfen.«

»Du wirst sehen, die harte Arbeit wird sich schon bald bezahlt machen.« Allerdings bekam sein Freund nicht mehr das Geringste mit und war schnarchend in den Tiefschlaf versunken. Noch einmal sah Mehdi schwerfällig hinüber, bevor er ebenfalls Opfer seiner Müdigkeit wurde und eindöste. Als Ali aufwachte, war es bereits zwanzig Uhr abends. Erschrocken rüttelte er an seinem Partner herum, der sich völlig gerädert erhob und ihm panisch entgegenblickte.

»Was ist los zur Hölle?«

»Beweg deinen Hintern alter Mann, wir sind spät dran.«

»Ich hasse es, wenn du mich so nennst, das trifft mich immer genau in mein Herz.« Ali atmete tief durch und zog ihn mit einem Ruck von der Couch.

»Morgen bekommst du eine Ehrenrunde Mitleid von mir, aber heute müssen wir ein allerletztes Mal die Arschbacken zusammenkneifen, jetzt mach schon.« Fluchtartig verließen sie das Appartement und machten sich auf den Weg zu Mohammed, der die beiden schon sehnsüchtig erwartete. Mehdi entschuldigte sich mehrmals für die Verspätung, weil er befürchtete, dass sein alter Partner mal wieder die Beherrschung verlieren würde. Doch zu seiner Verwunderung ging dieser überhaupt nicht auf die Unpünktlichkeit ein und empfing sie mit offenen Armen, was den Zweien höchst verdächtig vorkam. Beim Hineingehen verstärkte sich das Misstrauensgefühl, da fast alle Möbel verschwunden waren. Die gesamte Wohnung war mit Malerfolie ausgelegt und nur das alte graue Stoffsofa stand noch an derselben Stelle wie zuvor. Ali schaute unauffällig hinüber zu seinem Kumpel, der verwundert an die nackten, kahlen Wände starrte und vor lauter Erstaunen nicht wusste was er sagen sollte.

»Du meine Güte, was ist denn hier los? Ziehst du etwa aus?« Mohammed grübelte zwar einige Sekunden bevor er antwortete, doch die Erklärung schien so plausibel, dass Mehdi sofort jeglichen Verdacht fallen ließ und nicht weiter nachhakte.

»Ich und ausziehen, du bist ja lustig. Meine Einrichtung habe ich vorübergehend eingelagert, damit hier mal ordentlich renoviert werden kann. Nach meiner jahrelangen Durststrecke habe ich mir das auch redlich verdient, findest du nicht? So, und jetzt will ich nur noch gute Nachrichten von euch hören und mich nicht über belanglose Themen unterhalten.« Ali holte die nachgemachten Schlüssel hervor, während Mehdi seinem ehemaligen Partner die Fahrzeugbriefe und eine kleine Notiz mit den zu benutzenden Grenzübergängen aushändigte. Im Anschluss besprachen sie das weitere Vorgehen, bei dem Mohammed zum Ende hin überraschenderweise die Reißleine zog, da die vielen Dinge die er sich merken musste, ihn komplett überforderten.

»Stopp, hör auf, du bringst mich mit deiner Informationsflut vollkommen durcheinander.«

»Ja, ist ja schon gut. Seid bitte genau um dreiundzwanzig Uhr bei der angegebenen Adresse und vergesst um Himmels Willen den Sprit nicht, ansonsten haben wir ein Riesenproblem.«

»Mach dir keine Sorgen, du kannst dich auf mich und meine Großfamilie verlassen. Seht ihr mal lieber zu, dass alles glatt läuft, schließlich sind wir ohne euch aufgeschmissen.«

»Genau deswegen zermartere ich mir ja das Hirn, also bis gleich.«

Unterwegs zum Autohaus dachte Ali fortwährend an die eigenartige Begegnung, die ihm einfach keine Ruhe ließ.

»Kannst du mir mal erklären, was da oben eigentlich vor sich geht? Das Ganze stinkt doch zum Himmel.« Mehdi zuckte mit den Schultern und schien sich so kurz vor dem Durchbruch nicht wirklich mit dem Thema auseinandersetzen zu wollen.

»Wie wäre es, wenn wir uns jetzt erstmal auf den Einstieg konzentrieren, denn im Moment fehlt mir einfach die Energie um mir über Kleinigkeiten den Kopf zu zerbrechen. Aber ich kann dich beruhigen, mir kam die Sache mit der Renovierung auch etwas merkwürdig vor, aber eventuell hat er uns ja auch die Wahrheit gesagt, wer weiß?«

»Wach auf! Der Typ führt irgendwas im Schilde, das sagt mir mein sechster Sinn.« Jedoch ging Mehdi nicht weiter auf den Verdacht ein, da sie im selben Augenblick in der Nähe ihres Zielortes ankamen. Ali runzelte verbissen die Stirn und schnappte sich seinen Rucksack, sowie das mit Papiergeld gefüllte Briefkuvert mit dem er entschlossen herumwedelte.

»Bitte tue mir den Gefallen und versuche dem Ochsen deine Monopoly-Penunzen erst ganz am Schluss zu übergeben, denn irgendwie werde ich das Gefühl nicht los, dass es da drin sehr gefährlich für dich werden wird.«

»Aus deinem Mund klingt das immer so schrecklich einfach. Glaub mir, der Typ ist sicherlich nicht an irgendwelchen Verhandlungen interessiert, das habe ich ja gestern schon schmerzlich zu spüren bekommen. Mit allerhöchster Wahrscheinlichkeit werde ich ihn betäuben müssen. Du solltest zur Sicherheit also immer in der Nähe sein, denn falls was schiefläuft, musst du dir unverzüglich einen Notfallplan einfallen lassen. Ich glaube es ist an der Zeit, dass wir loslegen, denn hier drin kriege ich allmählich Beklemmungen.« Beide stiegen daraufhin aus und begaben sich auf denselben Kontrollgang wie einen Abend zuvor. Nachdem sie nichts Verdächtiges entdecken konnten, fuhren sie den Wagen im Schutz der Dunkelheit hinüber zum Autohaus. Dort machte sich Mehdi sofort auf zur Hintertür, während Ali die nähere Umgebung im Auge behielt. Nach wenigen Minuten kam sein Kumpel hechelnd zurückgerannt und überreichte ihm mit einem breiten Grinsen das Seil.

»Können wir durchstarten? Wenn ja, dann bete zu Gott, dass alles glatt laufen wird. Übrigens bin ich mir ziemlich sicher, dass dein gestriger Volltreffer reines Anfängerglück war.«

»Meinst du? Na, das werden wir ja gleich sehen.« Mehdi fixierte für den Bruchteil einer Sekunde die Leiter und schleuderte den Enterhaken schwungvoll nach oben. Gebannt verfolgte Ali die Flugkurve und war vollkommen verblüfft, als er sah, wie sich der Wurfanker in einer der Stufen verfing.

»Unfassbar, bei dir geht aber auch jeder Schuss ins Schwarze. Falls das heute mit dem Auftrag nichts wird, rate ich dir in einem Zirkus aufzutreten, denn mit der Nummer würdest du bestimmt ne Menge Kohle verdienen.«

»Jetzt quatsch nicht so viel Mist und komm rauf aufs Dach, denn ich wollte hier nicht ewig verweilen.«

Mit zitternden Knien stieg Ali auf die Schultern seines Freundes und hangelte sich am Seil hinauf zur Feuerleiter, über die er im Nu nach oben verschwand. Mehdi verlor keine Sekunde, machte alles wieder ab und parkte fix den Wagen um, hinter dem er sich vor dem Haupteingang vorsorglich in Lauerstellung brachte. Fünf Minuten später war Ali im Innern des dunklen Autohauses angekommen und suchte fieberhaft nach dem Riesen, der entspannt auf der Toilette saß und fröhlich vor sich hin pfiff.

»Hey, ich bin es, kannst du dich da drin mal beeilen, wir haben nämlich nicht ewig Zeit.« Das Ungetüm zuckte erschrocken zusammen und betätigte laut rufend die Spülung.

»Bring Ruhe rein, der Adler ist soeben gelandet.« Ali schüttelte sich vor Ekel und holte geschwind das Betäubungsmittel sowie einen alten Stofffetzen hervor, welche er hinter einem Heizkörper versteckte. Unmittelbar danach kam der Hüne hastig aus dem Klo gestolpert und schielte ungeduldig auf den sich in Alis Hand befindlichen Briefumschlag.

»Verflixt und zugehnäht, du kannst einem aber auch einen gehörigen Schrecken einjagen. Warum bist du überhaupt so früh hier? Dein Kollege meinte, dass es wahrscheinlich etwas länger dauern wird.«

»Ach, ich wollte dich nicht so lange auf dein Geld warten lassen. Deswegen habe ich mich ein bisschen beeilt.«

»Ausgezeichnet, diese Einstellung ist ganz nach meinem Geschmack. Na dann lass mal sehen was du mir Schönes mitgebracht hast.« Freudig nahm der Gigant das Kuvert entgegen und stiefelte los in Richtung Büro, wobei Ali das Tuch unbemerkt mit Chloroform beträufelte. Just in dem Moment, als dieser den Umschlag öffnete, sprang er mit einem Satz von hinten auf ihn drauf und presste ihm mit all seiner Kraft den Lappen aufs Gesicht. Zu seiner Verwunderung setzte der Kampf ums Überleben ungeahnte Kräfte frei, wobei der Koloss verzweifelt versuchte seinen Angreifer abzuwerfen, bevor er schließlich bewusstlos zu Boden sank. Spürbar abgekämpft kontrollierte Ali den Puls und öffnete gleich darauf mit einem Knopfdruck das elektrische Haupttor, welches auf den riesigen Verkaufshof führte. Mohammed hatte mit seinen Leuten auf der gegenüberliegenden Straßenseite schon Stellung bezogen und war in kürzester Zeit mit allen benötigten Fahrzeugen in Richtung Grenze verschwunden. Mehdi stand derweil vor der großen Fensterfront an der er von außen zusah, wie sein Partner krampfhaft versuchte, die Doppeltür des Ausstellungsraums zu knacken. Nachdem er es nach mehreren Anläufen noch immer nicht geschafft hatte, zeigte er entschlossen auf den an der Wand hängenden Feuerlöscher, den Ali mit voller Wucht gegen die Scheibe warf. Zu seinem Erstaunen kam das rote Teil jedoch wie ein Gummigeschoss zurückgeflogen und verfehlte ihn nur um Haares Breite. Er probierte es an einer anderen Stelle erneut, aber auch da hatte er kein Glück. Ratlos stand er im Raum herum und überlegte, ob er nicht einfach wieder zurück durch die Lüftungsanlage nach draußen klettern sollte. Doch diese Fluchtmöglichkeit löste sich buchstäblich in Luft auf, als auf einmal der Hüne, mit einem Schlagstock bewaffnet, wild fluchend auf ihn zustürmte.

»Du kleine dreckige Ratte, du bist sowas von tot!«

In Zick-Zack-Bewegungen rannte Ali durch den Raum und versuchte seinen rachehungrigen Verfolger, der blindwütig auf die Autos einschlug, irgendwie abzuhängen.

»Dafür musst du mich aber erstmal bekommen, du wilde Bestie.«

»Wenn ich dich nicht kriegen sollte, dann werden das mit Sicherheit die Bullen tun, denn der Panikknopf ist seit zwei Minuten scharfgestellt.« Inzwischen waren Micha und Alex ebenfalls vor Ort eingetroffen und redeten ununterbrochen auf ihren panisch dreinblickenden Chef ein.

»Los unternimm schon was, du musst ihn da unbedingt rausholen, sonst sind wir alle am Arsch.« Ali schrie und versuchte seinen Kollegen mit einigen wirren Handzeichen begreiflich zu machen, dass die Polizei jederzeit vor Ort eintreffen könnte. Der Riese wusste, dass er im Vorteil war, kam immer näher und fing auf einmal an ihn auszulachen.

»Hey du feige Sau, anstatt wegzulaufen sei doch mal ein richtiger Mann und lass es drauf ankommen.« Ali beobachtete aus dem Augenwinkel wie sein Freund zurück zu seinem Auto eilte, den Motor anließ und mit Vollgas auf die große Doppeltür zusteuerte.

»Kein Problem, im Gegenzug musst du aber deinen Schlagstock fallen lassen, du mutierte Muschi.« Anschließend folgte ein Riesenknall, der die Scheibe in tausend kleine Splitter zerbersten ließ. Alex und Micha stürmten herbei und warfen sich todesmutig auf den Koloss, während Ali zurück in den Flur sprintete und den gesamten Inhalt des Chloroforms über den Stofffetzen kippte. Als er zurück in den Verkaufsraum kam, konnte er sehen, wie seine Kollegen gerade von dem Hünen am Hals gepackt und gegen eine Wand gedrückt wurden. Mit vollem Körpereinsatz sprang er auf den Rücken des Riesens, der den Lappen blitzschnell auf sich zukommen sah und nach einem kräftigen Zug leblos in sich zu zusammensackte. Mehdi befüllte indes die herumstehenden Autos mit Benzin und erinnerte seinen Partner mit einer hektischen Geste daran, sich die Videokassetten von den Überwachungskameras zu schnappen. Zwei Minuten später waren alle startklar und rauschten nacheinander mit quietschenden Reifen davon. Die Polizei, die in der letzten Nacht noch wegen eines anonymen Anrufs vorbeigekommen war, um nach dem Rechten zu sehen, ignorierte den stillen Alarm, weil sie dachten, dass es sich auch dieses Mal um einen Fehlalarm handeln würde.

An einem Park in der Nähe der Grenze holte Mehdi aus dem Kofferraum die provisorischen Nummernschilder hervor und bedankte sich bei allen Anwesenden, die daraufhin erleichtert aufjubelten.

»Ihr wart heute Abend absolute Spitze. Danke, dass ihr mir in all den Jahren immer den Rücken gestärkt habt. Jetzt lasst uns versuchen ein bisschen runterzukommen, damit wir in zwei Stunden entspannt nach Danzig aufbrechen und die Kohle einsacken können. Auf die Freiheit, meine Freunde.« Im Laufe der Zeit hatte jeder von ihnen sein eigenes Rezept entwickelt um mit der inneren Anspannung und der Wartezeit fertig zu werden. Micha und Alex spielten wie immer miteinander Karten und rauchten dabei fast zwei Schachteln Zigaretten. Ali machte es sich auf der Rückbank eines geklauten Autos gemütlich und versuchte ein wenig zu schlafen, während Mehdi allein in seinem Wagen saß und einen Eintrag in sein Tagebuch machte.

Das Leben hat mich endlich wieder. Ich weiß nicht wie lange es schon her ist, seit ich mich das letzte Mal so lebendig gefühlt habe. All der Druck und Stress der letzten Monate waren so schwer zu ertragen, dass ich mein Leben wegen dieser Lappalien beinahe beendet hätte. Aber

jetzt, kurz vor meinem Ziel, scheint sich die Angst vor der Zukunft doch noch in etwas Schönes zu verwandeln. Etwas, das mich wieder hoffen lässt, um die Trauer der Vergangenheit für immer hinter mir zu lassen.

Nachdem er fertig war, legte er sein Buch zur Seite und probierte ebenfalls zur Ruhe zu kommen, was aufgrund des lauten Gelächters seiner Kollegen jedoch nicht wirklich möglich war. Seine innere Aufgeregtheit ließ ohnehin nicht nach, weshalb er sich gegen seinen ursprünglichen Plan entschied und mit seinen Leuten schon etwas früher aufbrach. Als sie gemeinsam im Morgengrauen vor dem Eingang des Hafens eintrafen, konnte man von Weitem den aufsteigenden Dunst sehen, der langsam vom Meer hinüberzog und sich auf dem gesamten Areal in dichten Nebel verwandelte. Mehdi stieg als Einziger aus und war sichtlich verwundert darüber, dass das Pförtnerhäuschen nicht besetzt war. Glücklich über den Umstand, dass er sein Geld dieses Mal für sich behalten konnte, fuhr er mit seinen Partnern unter der geöffneten Schranke hindurch und führte sie trotz ein paar Orientierungsschwierigkeiten sicher bis nach unten an die Hafenmauer. Dort legten er und sein Kumpel die letzten paar Meter zu Fuß zurück, wobei sie kurz vor Walthers Büro hinter einer dichten Nebelwand auf einmal die Umrisse ihrer geklauten Fahrzeuge erkennen konnten.

»Hey, da hinten sind ja unsere Autos, aber wo sind die bloß alle abgeblieben?« Ali schaute sich fragend um und irgendwie kam ihm diese gespenstische Ruhe nicht ganz geheuer vor.

»Mehdi, warte mal kurz.«

»Was ist denn jetzt schon wieder los?«

»Merkst du nicht, dass auf dem gesamten Gelände nicht eine einzige Person herumläuft?«

»So ein Quatsch, ich habe schon ein paar Leute gesehen, du musst nur mal besser hingucken.« Als sie vor der Baracke standen, konnte man klar erkennen, dass die Tür aufgebrochen war. Vorsichtig traten sie hinein, als urplötzlich Micha und Alexa angestürmt kamen und angsterfüllt schrien. Doch die beiden reagierten nicht und blickten erschrocken ins Büro, welches komplett durchwühlt und auf den Kopf gestellt war. Ali und Mehdi hatten sofort den gleichen Gedanken und rannten wie von Sinnen nach draußen, wo sie auf ihre Kollegen trafen, die völlig außer Atem waren.

»Irgendein Mensch treibt da draußen regungslos im Wasser, wir müssen unbedingt etwas tun!« Als sie zurück an der Kaimauer ankamen, tobte das Meer und ließ den leblosen Körper immer wieder zwischen den Schaumkronen der Wellen verschwinden. Ali schnappte sich geistesgegenwärtig einen Rettungsring und sprang mit einem Satz in die Fluten. Kurz bevor er sich der fremden Person näherte, konnte er sehen, dass es sich bei dem Toten um Walther handelte. Er zog den Leichnam mit seiner ganzen Kraft zurück ans Ufer und drehte ihn auf den Rücken. Beim Anblick der aufgeschlitzten Kehle bestätigte sich Mehdis vorangegangene Vermutung. Ein eiskalter Schauer ergriff seinen ganzen Körper und ließ ihn in ein tiefes und endloses Loch fallen. Ali sah erschöpft hinüber und wusste sofort, dass sich sein Partner von diesem Schock wahrscheinlich niemals wieder erholen würde. Mit leerem Blick ließ dieser sich auf einem der Poller nieder und starrte regungslos hinaus aufs offene Meer.

»Das war Mohammed, nicht wahr?« Mehdi hob tief einatmend den Kopf und hatte sichtlich Probleme, die richtigen Worte zu finden.

»Ja, wer sonst? Hätte er mit seinem Rachefeldzug nicht einen Tag warten können? Nur einen Tag.« Micha und Alex waren komplett durch den Wind und kamen einen Augenblick später ebenfalls hinzu, weil sie sich Antworten auf ihre offenen Fragen erhofften.

»Kann uns mal jemand erklären was hier eigentlich los ist? Wisst ihr etwa mehr als wir?«

»Walther wurde höchstwahrscheinlich von Mohammed ermordet, aber die Hintergründe zu der Geschichte erzählen wir euch ein andermal.« Mehdi sprach wie in Trance weiter, da er das kurze angstvolle Raunen seiner Kollegen überhaupt nicht wahrnahm.

»Weißt du, ich dachte immer, dass es sowas wie Gerechtigkeit geben würde, aber langsam glaube ich, dass das alles nur eine emotionale Erfindung von uns Menschen ist. Dieser Kokain schnupfende, rassistische Fettsack hat sich immer für was Besseres gehalten und zum Schluss mochte ich ihn irgendwie.« Alex hatte nur Koks gehört und begab sich unauffällig zu Walthers Büro, wo er noch einmal alles gründlich durchsuchte. Ali wurde zusehends nervöser und zeigte beunruhigt auf den Nebel, der sich langsam wieder lichtete.

»Mehdi, wir müssen hier schleunigst verschwinden, los steig in den Wagen.«

»Sag mir, wohin soll ich gehen, all meine Träume haben sich schlagartig in Nichts aufgelöst.«

»Spinnst du jetzt völlig? Du hast eine Familie, für die es sich zu kämpfen lohnt. Jetzt beweg deinen Hintern, denn ich habe keine Lust in den polnischen Knast zu wandern.«

Auf der Suche nach Alex kamen sie an Walthers Büro vorbei. Dort saß ihr Partner mit großen Augen auf dem Chefsessel und verteilte gerade das frischentdeckte weiße Pulver paranoid grinsend auf dem Schreibtisch. Doch genau in dem Moment, in dem er voller Gier zu schniefen ansetzte, stürmte Ali herbei und ließ mit einem beherzten Pusten all seine Träume in einem Schleier aus weißem Nebel zerplatzen.

Der Schweizer Menschenhändler

Mehr als zwei Monate waren mittlerweile vergangen, als Mehdi sich endlich wieder in der Werkstatt blicken ließ. Der Schock über den geplatzten Coup und der Tod von Walther hatte ihn mental so sehr aus der Bahn geworfen, dass er alle Kontakte zu seinen Partnern kurzerhand abgebrochen hatte. Sogar Ali, der sonst immer vor Neugier fast platzte, musste das Ganze erst einmal sacken lassen und ließ seinen besten Freund in Ruhe. Doch glücklicherweise hielt Simone den Kontakt und brachte ihn mit ihren heimlichen Anrufen immer wieder auf den neuesten Stand. Als Mehdi zur Werkstatt hineinkam, war Alex komplett aus dem Häuschen und stürmte voller Freude auf seinen Chef zu. Micha hielt die überfallartige Begrüßung jedoch für keine sonderlich gute Idee und versuchte ihn in letzter Sekunde noch davon abzuhalten, doch vergeblich.

»Sag mal, wo warst du? Wir sind alle fast umgekommen vor Sorge.« Mehdi schaute sich seinen Kollegen genauer an und war erstaunt darüber, dass er äußerlich vollkommen unversehrt war.

»Ich habe mich einfach etwas zurückgezogen und versucht, die ganze Angelegenheit hinter mir zu lassen. Wie ist es dir ergangen? Es scheint mir fast so, als hätte dich dein Dealer verschont.« Alex blickte beschämt zu Boden und begann leise zu flüstern.

»Pssst, nicht so laut. Ich arbeite jetzt offiziell als Rauschgifthändler für ihn und kann Stück für Stück meine Schulden abarbeiten, ist das nicht wunderbar?«

»Oh Mann, ich wünschte, ich hätte dir helfen können, dann wärst du nicht noch tiefer in diesen fürchterlichen Schlamassel hineingerutscht.«

»Naja, irgendwie ist es auch meine Schuld. Ich hätte dir niemals diesen heiklen Auftrag vermitteln sollen, dann würde es dir jetzt nicht so mies gehen. Aber du wirst schon sehen, ich werde alles wiedergutmachen.«

»Alex, hör bitte auf solch einen Unsinn von dir zu geben. Es ist niemandes Schuld. Du musst nichts wiedergutmachen, sondern genau wie ich endlich dein Leben auf die Reihe kriegen. Nebenbei frage ich mich schon die ganze Zeit, was mit den Bullen ist, hatten die sich nochmal mit dir in Verbindung gesetzt oder haben die uns komplett abgeschrieben, was mir natürlich am liebsten wäre.«

»Das letzte Mal als ich etwas von denen gehört habe, ist schon Wochen her. Sie wollten von mir wissen, mit wem du Geschäfte machst. Da habe ich sie in ihrem Verdacht bestärkt und ihnen gesagt, dass zu unserer Truppe ein Pole Namens Bolek gehört, der aus einem kleinen Dorf bei Krakau stammt. Ich glaube, die fahnden im Moment mit Hochdruck nach ihm, deswegen lassen sie uns im Gegenzug auch ein wenig in Ruhe.«

»Das will ich stark hoffen, denn ich habe absolut keine Lust auf irgendwelche Überraschungen.« Gerade als er die Tür zum Büro öffnete, betrat Ali den Raum und verpasste ihm ohne jede Vorwarnung eine laut schallende Ohrfeige. Mehdis Brille flog im hohen Bogen von der Nase und landete direkt unter einem Auto, in der sie in einer dunklen Öllache liegen blieb. Alex und Micha schauten sich entgeistert an, während Ali in rasender Geschwindigkeit unter den Wagen kroch und seinem Freund die Sehhilfe wieder aufsetzte. Dieser verzog dabei keine einzige Miene und wischte sich in aller Seelenruhe das Öl ab, welches langsam an den Gläsern herunterlief und auf sein weißes Hemd tropfte.

»Ali, kannst du mir in Gottes Namen mal erklären, was diese ganze Scheiße zu bedeuten hat? Aber denk gut nach bevor du antwortest, denn es kann durchaus sein, dass ich jeden Augenblick die Kontrolle verliere.« Sein Partner grübelte verunsichert und ergriff gleich darauf das Wort.

»Meine Frau ist doch Psychologin und die hat mir in einer ihrer Sitzungen einen praktischen Tipp gegeben. Jemand der ein traumatisches Erlebnis hinter sich hat, sollte spontan erschreckt werden, um ihn aus seinem Schockzustand zu befreien. Das hat zur Wirkung, dass Körper und Geist auf natürliche Weise wieder in Einklang kommen.« Unter seinen Kollegen brach heiteres Gelächter aus, woraufhin Mehdi sich geschwind umdrehte und seinem Freund einen beherzten Tritt in den Allwertesten verpasste.

»Keine Ahnung was da oben in deinem Hirn so alles schiefläuft? Aber du solltest dir schleunigst Hilfe besorgen!«

»Entschuldige, es tut mir fürchterlich leid, dass ich dir eine gescheuert habe, aber ich wollte den Ratschlag so schnell wie möglich in die Tat umsetzen, auch wenn ich dabei kein sonderlich gutes Gefühl hatte, glaub mir. Naja und ehrlich gesagt scheint es doch ein bisschen was bewirkt zu haben, findest du nicht? Denn so flink und agil habe ich dich schon lange nicht mehr erlebt.« Mehdi nickte und fing dabei ein wenig an zu schmunzeln.

»Okay, vielleicht ein kleines bisschen. Außerdem bin ich auch selbst schuld, schließlich hätte ich mich in den vergangenen Monaten ja auch mal bei einem von euch melden können. Von daher nehme ich deine Entschuldigung an und hoffe, dass nichts zwischen uns steht.«

»Du verrückter Spinner, ich habe nicht im Entferntesten je daran gedacht, dass sich etwas ändern würde, sobald du wieder da bist, also komm schon her.« Die beiden umarmten sich und man konnte bei genauerem Hinsehen sogar die ein oder andere Freudenträne in den Gesichtern erkennen. Kurz darauf starrte Ali ihn ununterbrochen an, was seinem Gegenüber allerdings gehörig auf die Nerven ging, da er ganz genau wusste was er von ihm wollte.

»Los, rück schon raus mit der Sprache, ich komme ja ohnehin nicht drum herum.«

»Du kennst mich aber auch zu gut. Hast du inzwischen mit Momo über den Vorfall in Danzig gesprochen?«

»Es war so klar, dass du mir diese Frage stellst. Nein, habe ich nicht. Warum auch? Für mich war das eine der schmerzlichsten Niederlagen meines Lebens, mit der ich nie wieder konfrontiert werden will. Eigentlich hätte ich mir ja denken können, dass das alles nicht so glatt ablaufen wird, wie ich mir das vorgestellt habe. Trotzdem hätte ich es niemals für möglich gehalten, dass er mir so etwas Schreckliches antut, zumal er doch wusste, wie sehr jeder einzelne von uns auf dieses Geld angewiesen war. Aber weißt du was? Wahrscheinlich habe es auch nicht anders verdient und nur das zurückbekommen, was ich ihm damals angetan habe.«

»Hör auf so einen Mist zu erzählen, lass uns doch einfach zu ihm fahren und die Probleme aus der Welt schaffen. Ich glaube, das würde dir, oder besser gesagt uns allen, sehr gut tun.«

»Na gut, aber wenn er aus irgendeinem Grund nicht aufmachen sollte, dann hat sich das ein für alle Mal für mich erledigt, hast du verstanden?«

»Keine Panik, wir fahren nur zu ihm und klären das, mehr nicht.« Als sie wenig später vor dem Wohnhaus eintrafen, beschlich Mehdi plötzlich ein ganz ungutes Gefühl, weshalb er kurzerhand einen Rückzieher machen wollte.

»Ach weißt du was? Ich kann eigentlich gut ohne die Wahrheit leben und mich damit abfinden, dass es vorbei ist. Wollen wir nicht einfach wieder zurück zur Werkstatt fahren und einen Schlussstrich unter diese Angelegenheit setzen?« Doch Ali dachte gar nicht daran, unverrichteter Dinge wieder abzuziehen und zog ihn mit einem Ruck aus dem Wagen.

»Hör genau zu, du kannst nicht immer vor deinen Problemen weglaufen. Früher oder später musst du dich deiner Angst stellen und ich glaube heute ist der ideale Zeitpunkt dafür.«

Mehdi fing reflexartig an zu lachen und zeigte ihm postwendend einen Vogel.

»Hast du diesen Schwachsinn etwa von deiner Psychofrau? Wenn ja, dann sende ihr mal schöne Grüße, denn in meiner Welt wirkt Weglaufen tausendmal besser als eine Million ihrer beschissenen Sitzungen.«

»Tu doch nicht so, du willst doch auch wissen was Mohammed zu dem Vorfall zu sagen hat. Übrigens kannst du mir überhaupt nichts vormachen, denn ich sehe in deinen Augen schon die brennende Neugier hervorblitzen.«

»Verdammt, bist du hartnäckig. Los komm, lass uns schnell zu ihm gehen und die Sache klären, du gibst ja sonst eh keine Ruhe.« Als die beiden aus dem langen Hausflur auf den Hinterhof traten, konnte man einen randvollen

Bauschuttcontainer sehen, der unmittelbar vor dem Eingang des Seitenflügels stand. Mit einer bösen Vorahnung stiefelten sie hinauf in den fünften Stock, in dem Mehdi hastig das Kreppband vom überklebten Klingelschild abriss.

»Hier schau mal, sein Nachname steht noch dran, vermutlich renoviert er ja tatsächlich.«

Sein Kumpel hatte den Braten allerdings längst gerochen, und zeigte beunruhigt auf den dreckigen Boden, der aus der Wohnung hinaus ins Treppenhaus führte.

»Wir kommen zu spät, du Träumer. Das ist nie und nimmer eine Renovierung. Hier handelt es sich mit ziemlicher Sicherheit um eine Kernsanierung, denn schließlich ist das Ganze schon über zwei Monate her, denk doch mal nach.«

»Ach, was weiß ich schon. Ich würde vorschlagen, wir verdünnisieren uns mal langsam, denn ich habe gerade Schritte gehört.«

Doch Ali wollte unbedingt Gewissheit und machte sich ohne zu zögern daran, das Schloss der Wohnungstür zu öffnen. Gerade als er sich Zugang verschafft hatte, kamen zwei Handwerker nach oben, woraufhin sich sein Partner mir nichts dir nichts aus dem Staub machte. Völlig verdattert schaute er hinterher und schlüpfte in Sekundenschnelle in die Rolle des vermeintlichen Nachmieters, in der Hoffnung, ihnen wertvolle Informationen entlocken zu können. Mehdi wartete derweil unten am Auto und grinste seinem Kumpel bei dessen Rückkehr sichtlich verlegen entgegen.

»Hör schon auf so dumm zu lächeln und sperr deine Lauscher auf, denn ich habe Interessantes zu berichten. Laut Aussagen der Nachbarn hat sich Mohammed vor etwa mehr als zwei Monaten in einer Nacht-und-Nebel-

Aktion in sein Heimatland abgesetzt.« Ein nachdenkliches Nicken folgte und obwohl Mehdi sich innerlich wochenlang auf diesen einen Moment vorbereitet hatte, traf ihn die Wahrheit dennoch wie ein Blitzschlag.

»Ganz ehrlich, ich weiß einfach nicht was ich sagen soll. Mir war zwar bewusst, dass dieses elende Scheusal es faustdick hinter den Ohren hat, aber dass er so eiskalt kalkulierend ist, das hätte ich niemals für möglich gehalten. So wie ich ihn kenne, ist er mitsamt meiner Altersvorsorge vermutlich nach Ägypten getürmt und ihn da ausfindig zu machen gleicht einem Ding der Unmöglichkeit.« Ali versuchte der aussichtslosen Situation irgendetwas positives abzugewinnen und ließ dabei ungewollt den Therapeuten raushängen, was seinen Freund endgültig auf die Palme brachte.

»Ich schlage vor, wir atmen erstmal tief durch und beruhigen uns, denn so sehr du es auch versuchst, du kannst das Vergangene nicht ungeschehen machen. Na, wie fühlst du dich jetzt?« Ein wütender Blick flog hinüber, wobei es kurzzeitig so aussah, als würde Mehdi einen gewaltigen Satz über die Motorhaube machen.

»Du fragst allen Ernstes wie ich mich fühle? Das kann ich dir sagen. Ich würde dir jetzt liebend gern den Hals umdrehen, denn dein beschissenes Psychogelaber gibt mir gerade den letzten Rest. Versteh doch, ich brauche dringend Kohle, sonst ist es endgültig aus und vorbei, denn ich habe einfach keine Kraft mehr.« Ali hielt sich mit seinen neunmalklugen Ratschlägen gekonnt zurück und tröstete ihn, während Mehdi mit Tränen in den Augen fortfuhr.

»Ich habe ein Angebot von einem Typen aus der Schweiz erhalten, den ich in einer Kneipe kennengelernt habe.«

»Wie, Angebot? Fährst du jetzt geklaute Autos von der Schweiz rüber nach Polen?«

»Nein, du verstehst mich nicht, ich bringe Menschen, die aus der DDR fliehen wollen, rüber in den Westen und dafür werde ich bezahlt.«

»Um Himmels Willen, bist du jetzt völlig übergeschnappt? Warum mischst du dich in politische Angelegenheiten ein, das ist viel zu gefährlich.« Sein Freund spielte das Ganze jedoch herunter und wollte von möglichen Gefahren nicht das Geringste wissen.

»Du übertreibst mal wieder maßlos. Ich werde die Leute schließlich nur über die Grenze schmuggeln und keine Revolution anzetteln. Außerdem brauche ich das Geld und in dieser Phase meines Lebens bleibt mir einfach keine andere Wahl.« Ali befürchtete Schlimmes und versuchte ihn doch noch vom Gegenteil zu überzeugen, woraufhin sein Partner ungewollt zu lachen begann.

»Bitte tue mir den Gefallen und lass die Finger davon, denn ich ahne Böses. Mach doch eine Umschulung beim Arbeitsamt oder fang endlich an dein eigenes Buch zu schreiben.«

»Arbeitsamt? Du wirst deinen Humor wohl nie verlieren, oder? Mir bleibt nichts anderes übrig, ansonsten kann ich bald mit Simone und den Kindern unter der Brücke schlafen.«

»Pass auf, ich werde mich schnellstmöglich nach einer alternativen Geldeinnahmequelle umsehen, aber nur, wenn du mir versprichst, dass du bis dahin einen großen Bogen um diese Leichentreter machst.«

»Du kommst zu spät, denn ich habe meine Entscheidung längst gefällt. Wir werden morgen früh zusammen mit Simone in Richtung Schweiz am Bodensee aufbrechen.

Eventuell hast du in Zukunft ja sogar Lust mit von der Partie zu sein, dann kommen wir in diesem Leben noch einmal zu richtig viel Schotter.« Doch Ali lehnte dankend ab und machte sich beleidigt vom Acker. Nach langem Überlegen rief er am Abend bei Simone durch, um sie eindringlich vor den Gefahren ihrer Reise zu warnen. Bei dem äußerst knapp gehaltenen Gespräch verschwieg er ihr jedoch ein paar wichtige Details, da er sie nicht unnötig beunruhigen wollte. Mehdi verkaufte seiner Lebensgefährtin den zweitägigen Abstecher hinunter nach Uttwil als Kurzurlaub, in dem er einen alten Kumpel besuchen wollte. Allerdings glaubte sie ihm kein einziges Wort und durchlöcherte ihn während der Hinfahrt ununterbrochen mit unangenehmen Fragen, bei denen er mit seinen Antworten immer wieder spürbar in Erklärungsnot geriet. Als sie am späten Vormittag in den kleinen Ort einfuhren, wurden sie von den Einheimischen mit ihrem West-Berliner Kennzeichen argwöhnisch unter die Lupe genommen. Mehdis alter Mercedes pfiff aus dem letzten Loch und schaffte es gerade noch so vor die Einfahrt des elegant umzäunten Anwesens, bevor er qualmend seinen Dienst quittierte. Unmittelbar davor standen mehrere in Schwarz gekleidete Sicherheitsmänner, die die beiden Neuankömmlinge genauestens beobachteten. Während Mehdi mit seinem Kopf tief im Motorraum steckte und fieberhaft nach der Ursache des Defekts suchte, sprang Simone auf und steuerte wie hypnotisiert auf das am Gitterzaun prangende goldfarbene Löwenwappen zu, welches sie großäugig bestaunte. Dabei zog sie ungewollt die Aufmerksamkeit der Wachleute auf sich, die sich im schnellen Schritt in ihre Richtung begaben. Verängstigt rannte sie zurück zu Mehdi, der im selben Moment in einem eindringlichen Tonfall dazu aufgefordert wurde, unverzüglich die Zufahrt frei zu machen. Erschrocken schaute er hinüber zu den skeptisch dreinblickenden Herren, denen er nach einer kurzen Erklärung eine mit einer Unterschrift versehene Visitenkarte überreichte. Diese gingen daraufhin schnurstracks zur Gegensprechanlage, um sich zu vergewissern, ob es sich bei den Wildfremden tatsächlich um eingeladene Gäste handeln würde. Nach weniger als einer Minute kamen sie mit einem breiten Grinsen auf ihren Gesichtern zurück und baten sie höflich hinein, wobei sich im Hintergrund die elektrische Eingangspforte öffnete. Kurz darauf fuhr ein indisch aussehender Mann in seinem Golfwagen vor, der sie unmittelbar bis vor das Anwesen kutschierte. Dort wurden die zwei von einer älteren Dame empfangen, welche sie durchs Innere des Hauses hinaus auf die riesige Terrasse mit Pool führte. Mehdi war von der langen Autofahrt völlig gerädert und ließ sich erschöpft im roten Samtsessel nieder, woraufhin er mit einer abfälligen Handbewegung blitzschnell weggescheucht wurde. Simone guckte ihn zweifelnd an und sprach frei heraus ohne lange nachzudenken.

»Irgendetwas an der Geschichte, die du mir aufgetischt hast, ist hier nicht ganz koscher. Du darfst ja noch nicht mal auf einem Stuhl deiner Wahl Platz nehmen, alleine das, mein Freund, stinkt doch schon zum Himmel. Anstatt mich so doof anzustarren, solltest du dir lieber mal eine Scheibe von dem Kerl abschneiden, dann würden wir wenigstens nicht jeden Monat finanziell ums Überleben kämpfen müssen.«

Mehdi kratzte sich verlegen am Kopf, denn hinter ihr stand der große Unbekannte, der sich schließlich mit einem Räuspern bemerkbar machte. Simone war peinlich berührt und wurde mit einem Mal ganz kleinlaut, als ihr der Fremde plötzlich die Hand entgegenstreckte. Trotz ihres Unmutes versuchte sie sich auf das zu besinnen, was ihr Ali am Abend zuvor am Telefon gesagt hatte und achtete von nun an auf jedes noch so kleine Detail. Dabei bemerkte sie sofort, dass es sich bei dem zwielichtigen Typen nie und nimmer um einen alten Kumpel handeln konnte, da die Begrüßung zwischen den beiden spürbar distanziert ausfiel. Der Mann, der sich Lukas nannte, pfiff seine Gattin wie einen treuen Hund herbei, was diese so demütigend fand, dass sie sich kurzerhand Simone schnappte und mit ihr fluchend im Haus verschwand. Nachdem Mehdi und sein neuer Auftraggeber den üblichen Smalltalk beendet hatten, folgte der geschäftliche Teil, in dem er ein mit der Schreibmaschine abgetipptes Blatt Papier überreicht bekam, auf welchem alle relevanten Daten, einschließlich des zu benutzenden Grenzübergangs, notiert waren. Zu Mehdis Verwunderung sollte er die Schleusung mit seinem eigenen Pkw durchführen, was ihm irgendwie eigenartig vorkam. Aber nachdem er im Anschluss das prallgefüllte Kuvert mit den Fünftausend Mark entgegengenommen hatte, akzeptierte er die an ihn gestellten Bedingungen und stellte keine weiteren Fragen. Lukas sah in dem charismatischen älteren Herrn mit Brille gutes Potenzial und unterbreitete ihm ein zusätzliches Angebot, ohne dessen Fähigkeiten jemals zuvor getestet zu haben.

»Falls alles reibungslos verläuft, will ich unbedingt, dass du in Zukunft noch weitere Fluchthilfen für mich durchführst. Auf der anderen Seite der Mauer warten noch tausende von DDR- Bürgern die alle fliehen wollen, was ein großes Problem darstellt, da ich mit meinen Leuten einfach nicht mehr hinterherkomme. Eventuell fällt dir ja sogar spontan eine Person ein, die bei uns mitwirken will? Es gibt nämlich eine Menge Geld zu verdienen, und das auf lange Zeit.«

»Ich kenne durchaus jemanden, ich weiß allerdings nicht, ob er auch das Zeug zu einem Schleuser hat.« Lukas fing überheblich an zu lachen und wechselte seine freundlichen Gesichtszüge so schlagartig, dass er es ein wenig mit der Angst zu tun bekam.

»Jeder Idiot kann schleusen! Man muss dazu nur das entsprechende Auftreten haben, etwas, das Menschen unmittelbar davon überzeugt Dinge zu tun, die sie eigentlich niemals machen würden.

Ein Restrisiko bleibt natürlich immer. Aber das sollte bei der außerordentlich guten Bezahlung seine Sache doch wert sein, oder nicht?« Mehdi nickte verunsichert mit dem Kopf und pflichtete der Aussage seines Auftraggebers sicherheitshalber bei, da er nicht wusste wie dieser auf einen Widerspruch reagieren würde. Im Laufe des Tages saßen sie mit der Gattin in einer gemütlichen Runde zusammen auf der Terrasse, als urplötzlich Lukas auftauchte und ihn aufgebracht hinein ins Büro zerrte.

»Ich habe gerade die Nachricht erhalten, dass einer meiner besten Männer bei einer Schleusung aufgeflogen und verhaftet worden ist. Wir müssen also ganz schnell umdisponieren. Du musst dich deshalb schon morgen Abend mit deinem Kontakt treffen und seine persönlichen Gegenstände in Empfang nehmen, die Änderung des Plans werde ich umgehend in die Wege leiten. Für diese Aktion muss der Arbeiter-und-Bauernstaat ordentlich bluten und ich werde ihn dabei an seiner empfindlichsten Stelle treffen und von nun an nur noch studierte Fachkräfte rüberholen.« Mehdi bekam es kurzeitig mit der Angst zu tun und stellte mit

Erschrecken fest, dass ihm das alles ein wenig zu schnell ging.

»Ist dieses überstürzte Handeln denn wirklich vonnöten? Eventuell wäre es vielleicht besser abzuwarten, um zu sehen, wie sich die Dinge über Nacht entwickeln.«

»Ich glaube ich höre nicht richtig. Denkst du ich mache das hier alles nur zum Spaß? Diese geplatzte Schleusung kostet mich ein Vermögen und ich gebe einen Scheiß darauf, ob du kleiner Wurm da noch eine Nacht drüber schlafen willst.«

Kurz darauf ließ sich Lukas erschöpft in den Stuhl fallen und starrte ihn ununterbrochen an, woraufhin Mehdi blitzschnell einlenkte, da er befürchtete, dass man ihn gegen jemand anderes austauschen könnte. Am Abend war die Stimmung dank des reichlich fließenden Alkohols ausgelassen und fröhlich, doch das kippte schlagartig, als der Hausherr auf einmal Hunger bekam und seine Ehefrau in einem befehlshaberischen Ton in die Küche scheuchte. Allerdings weigerte diese sich vehement, die Bedienstete zu spielen, und erhielt daraufhin ohne jede Vorwarnung mit voller Wucht einen Fausthieb ins Gesicht verpasst. Simone erschrak fürchterlich und eilte der Dame, die regungslos am Boden lag, umgehend zu Hilfe. Mehdi wusste überhaupt nicht wie er sich verhalten sollte und sprach Lukas vorsichtig auf den Vorfall an. Glücklicherweise zeigte dieser schon nach kurzer Zeit ein wenig Reue und half seiner Ehefrau, die stark aus der Nase blutete, wieder auf die Beine. Doch die riss sich umgehend los und umklammerte verängstigt Simone, der sie weinend ins Ohr flüsterte.

»Ich kann nicht mehr. Irgendwann bringe ich dieses dreckige Schwein um.«

Um der eigenartigen Situation aus dem Weg zu gehen, verschwanden sie bald darauf in einem nahegelegenen Hotel, um sich von den Strapazen ihrer Reise zu erholen. Vor dem Einschlafen überlegte Simone, ob sie ihren Lebensgefährten auf die Ereignisse des Tages ansprechen sollte, aber als sie bemerkte, dass er schon weggenickt war, verwarf sie ihren Gedanken wieder. Mitten in der Nacht schlich sie sich unbemerkt aus dem Zimmer nach unten in die Lobby, von der aus sie Ali im Studentenheim anrief. Voller Aufregung erzählte sie von dem extremen Reichtum, in dem der vermeintliche Freund leben würde, und dass ihr das Ganze nicht ganz geheuer vorkam. Ali interessierte sich jedoch überhaupt nicht für den Wohlstand anderer Leute und fragte sie mehrmals, ob sie irgendetwas Verdächtiges gesehen oder gehört habe. Doch außer, dass der Mann Lukas heiße und seine Frau in ihrem Beisein geschlagen hatte, sei ihr nichts Ungewöhnliches aufgefallen. Er ließ sich seine Enttäuschung zum Ende des Telefonats zwar nicht anmerken, doch er hatte sich von ihrer Spürnase deutlich mehr Informationen erhofft.

Am frühen Morgen begab sich Mehdi auf direktem Wege zurück zum Anwesen, um seinen Wagen durchzuchecken, da er hoffte, dass es seine alte Rostlaube nach einer sporadischen Reparatur eventuell doch noch zurück nach Berlin schaffen würde. Vor der Tür des Hauses wartete bereits Lukas, der spürbar nervös war und es sichtbar eilig hatte.

»Na ein Glück, dass du schon so zeitig hier bist, ich muss nämlich gleich los. Dein Auto wurde von meinem Mechaniker auf Herz und Nieren geprüft und der sagte mir, dass der Motor vollkommen hinüber ist. Das Teil kannst du also getrost zurücklassen, denn die Mühle ist absoluter Schrott. Um dir die Rückreise so angenehm wie möglich zu gestalten, habe ich euch ein paar Zugfahrkarten für die erste Klasse besorgt. Aber im Gegenzug musst du mir unbedingt einen Gefallen tun. Auf dem Bahnhof von St. Gallen wartet ein großer blonder Typ auf dich, der dir ein Päckchen übergeben wird, das du dann bitte an meinen Partner in West-Berlin weiterleitest, sobald du angekommen bist. Die Adresse findest du auf der Rückseite der Sendung. So, und jetzt mach dich mal langsam auf den Weg, denn euer Zug in Richtung Heimat rollt in exakt anderthalb Stunden vom Gleis.« Mehdi hakte nicht weiter nach, doch irgendwie wurde er das Gefühl nicht los, dass sein neuer Arbeitgeber ihn mit der Kuriertätigkeit nur auf die Probe stellen wollte. Als die beiden sich kurze Zeit später voneinander verabschiedeten, stand die Gattin am Fenster hinter den Gardinen und beobachte alles ganz genau. Ein leichter Windstoß ließ die Vorhänge zur Seite schwingen und offenbarte das Bild einer gebrochenen Frau, welches er für immer in Erinnerung behalten sollte.

Der etwas andere Transport

Am frühen Sonntagabend hatte sich Mehdi so gut er konnte auf das Treffen mit seinem Flüchtling vorbereitet. Nachdenklich sah er in den im Flur hängenden Spiegel und wurde dabei unweigerlich an seine eigene Flucht vor über fünfundzwanzig Jahren erinnert. Vor seinem geistigen Auge erschien plötzlich das verzweifelte Gesicht von Maman-jun, die ihn vor seinem Versteck ein allerletztes Mal umarmt hatte. Er versuchte, die immer wieder aufflackernden Bilder zu verdrängen, und schmiss sich zur Beruhigung erstmal eine Valiumtablette ein. Anschließend schaute er sich noch einmal die Route sowie den Ort des Treffpunkts auf einer Landkarte an, da er panische Angst davor hatte, dass er sich auf dem Weg dorthin verfahren könnte. Simone, die hochschwanger auf der Couch lag und Fernsehen guckte, war von den spontanen Außer-Haus-Plänen ihres Freundes allerdings überhaupt nicht begeistert, da sie befürchtete, dass ihr Kind genau heute Nacht zur Welt kommen würde.

»Mir ist irgendwie nicht wohl dabei, wenn du gehst. Du weißt doch selbst, dass es jederzeit soweit sein kann. Außerdem schlägt der Kleine wie ein Verrückter um sich, was kein besonders gutes Zeichen ist.«

»Ach Memchen, du machst aus einer Mücke mal wieder einen Elefanten. Aber na gut, falls unser Sohn in meiner Abwesenheit geboren wird, dann werde ich dich heiraten, versprochen.« Noch bevor er weiterreden konnte, stieß sie einen lauten Freudenschrei aus und griff zum Telefon, um ihre Mutter in Ostberlin anzurufen. Mehdi schien in diesem Moment nur noch nebensächlich zu sein und machte sich nichtsahnend aus dem Staub. Als er das Treppenhaus hinunterlief, fing er an zu grübeln und war sich dabei ziemlich sicher, dass die Geburt noch ein paar Wochen entfernt sein musste. Doch in all der Zerstreutheit, die in seinem Kopf herrschte, hatte er längst vergessen, dass der ursprüngliche Entbindungstermin schon ein Weilchen überschritten war.

In Eile begab er sich zum Grenzübergang Bornholmer Straße, an dem er von einem riesigen Stau überrascht wurde. Panisch legte er den Rückwärtsgang ein und machte sich auf zu einer anderen Grenzübergangstelle, die ganz in Nähe war. Dort hatte er mehr Glück und kam ohne lange Wartezeiten problemlos durch die Kontrolle.

Nach dreißig Minuten Fahrzeit näherte er sich mit etwas Verspätung seinem Ziel, welches an einem verlassenen Waldstück außerhalb von Ostberlin lag. Mit ausgeschalteten Scheinwerfern rollte er im Schritttempo auf einen kleinen Pfad zu, wo er seinen Wagen so geschickt hinter einer dichten Baumreihe abstellte, dass er von der Straße praktisch nicht zu erkennen war. Vorsichtig stieg er aus und schaute sich um. Doch nachdem er nichts und niemanden entdecken konnte, lief er tiefer in den Wald hinein, in dem er einen nervös zuckenden Lichtkegel sah, der kurz darauf umschwenkte und direkt in seine Richtung leuchtete. Blitzschnell ging er hinter dichtem Geäst in Deckung und wartete ungeduldig ab, bis die fremde Person unmittelbar vor ihm stand. Dann schoss er blitzartig aus seinem Versteck hervor, wobei er so sehr vom dem Licht der Taschenlampe geblendet wurde, dass er für den Bruchteil einer Sekunde die Orientierung verlor. Schützend hielt er sich die Hand vor die Augen und hörte dabei auf einmal eine verunsicherte Stimme, die ihn leise ansprach.

»Es tut mir total leid, ich wollte dich nicht erschrecken, ist alles in Ordnung mit dir?«

»Ja, verdammt. Aber kannst du mal aufhören die Lampe auf mich zu richten, damit ich dich sehen kann, denn sonst stehen wir noch bis Sonnenaufgang hier rum.«

Sein Gegenüber zitterte am ganzen Körper und beleuchtete sich nun selbst, woraufhin Mehdi völlig verwundert in das Gesicht eines blutjungen Mannes starrte.

»Komisch, irgendwas muss hier schiefgelaufen sein. Eigentlich hatte ich einen Mittfünfziger erwartet, du scheinst aber erheblich jünger zu sein. Würdest du mich eventuell mal aufklären?«

»Na gut, aber nur, wenn du mir hoch und heilig versprichst, dass du kein Stasi-Spitzel bist.«

»So ein Quatsch, ich bin Schleuser oder hast du schon mal einen Stasi-Fuzzi gesehen, der nachts am Arsch der Welt spazieren geht?« Der junge Bursche amüsierte sich köstlich über den Humor des Fremden und schöpfte sofort Vertrauen.

»Das klingt logisch. Naja, ursprünglich sollten Sie eigentlich meinen Vater rüber nach Westberlin holen. Aber der hat auf den letzten Drücker kalte Füße bekommen, da er die Befürchtung hatte, dass die Staatsicherheit mich nach seiner Flucht für immer in den Knast stecken würde. Ich weiß, das war alles nicht so geplant, aber ich hoffe ich mache Ihnen deswegen keine Umstände.«

»Umstände? Ach, wie kommst du denn darauf? Mir ist es doch vollkommen egal, ob ich deinen Papa oder junges Gemüse wie dich hinüberbringe. Hauptsache, ich erledige meinen Auftrag.«

»Du bist urkomisch. Sag mal, wie heißt du eigentlich? Denn deinem Akzent nach bist du sicherlich kein Deutscher oder?«

»Mein Name ist Branko und du hast richtig gehört, ich komme nicht aus der BRD, sondern aus Jugoslawien. Aber das sollte bei deiner Schleusung ja wirklich keine Rolle spielen.« Der Knabe zuckte gleichgültig mit den Schultern und hielt ihm plötzlich die Patsche entgegen.

»In der Hymne der DDR heißt es ja: Reicht den Völkern eure Hand. Irgendwie habe ich bei dir und deinem Auftreten ein gutes Gefühl. Übrigens heiße ich Tobias, aber alle nennen mich Tobi.« Mehdi war für einen Augenblick abgelenkt, da er in nächster Nähe ein leises Rascheln wahrgenommen hatte. Mit einem kräftigen Ruck riss er seinen Schützling hinunter auf den Boden und zeigte ihm an, dass er ruhig sein sollte. Doch der dachte gar nicht daran sich zu verstecken und sprang mit einem lauten Schrei auf, wobei seinem Schleuser fast das Herz stehen blieb.

»Kannst du mal deine dämliche Klappe halten oder willst du, dass sie uns beide verhaften?«

»Wer soll uns denn bitte hier in der tiefsten Walachei festnehmen? Ich glaube du bist ein wenig paranoid.«
Mehdi war kurz davor die Fassung zu verlieren, und stampfte wütend zurück zu seinem Auto, während Tobias sich verzweifelt an seine Fersen heftete.

»Mann, bitte verzeih mir, ich wollte dir nicht auf die Füße treten. Aber manchmal brennen bei mir alle Sicherungen durch, da ich vor lauter Angst nicht mehr weiß, wie ich mich verhalten soll.«

»Hör zu! Ich bin nicht zum Spaß hier. Ich habe den Auftrag, eine männliche Person von Ostberlin nach Westberlin zu bringen. Ob du das jetzt bist oder Erich Honecker höchstpersönlich, das ist mir scheiß egal. Damit will ich einfach nur klarstellen: solange ich für dich und dein Wohl verantwortlich bin, musst du unbedingt auf mich hören und das machen, was ich von dir verlange. Ansonsten bringst du uns zwei in große Gefahr, hast du das klar und deutlich verstanden?«

»Ok, ich werde alles machen, was du mir sagst. Aber eine Frage hätte ich allerdings trotzdem noch.«

»Los, sag schon, was liegt dir auf dem Herzen?«

»Ich hab' einen Mordshunger und keine Lust mehr hier zu warten.«

»Du hast Glück, etwas zu essen habe ich dabei. Aber du musst dich schon ein bisschen gedulden bis ich dich abhole. Außerdem brauche ich dringend noch deine persönlichen Gegenstände.«

Pfeilschnell verschwand Tobi im Dickicht, während Mehdi den Kofferraum öffnete und ihm ein paar Minuten später im Austausch gegen seinen völlig verdreckten Koffer eine blauweiße Tüte überreichte, welche mit allen erdenklichen Leckereien aus dem Westen gefüllt war.

»Also, ich versuche spätestens morgen Abend um Punkt neunzehn Uhr zurück zu sein, um dich abzuholen. Alles klar soweit?« Obwohl sein Flüchtling vollkommen abgelenkt war und tief mit dem Kopf in der knisternden Plastiktüte steckte, schien er dennoch mit einem Ohr zuzuhören.

»Ja, ich hab's kapiert. Morgen um neunzehn Uhr hier am Treffpunkt.« Mehdi schmiss daraufhin erleichtert den Kofferraumdeckel zu und setzte sich ins Auto, als Tobias plötzlich wie ein Verrückter gegen die Scheibe der Fahrertür hämmerte.

»Stopp warte, aber was ist, wenn du überhaupt nicht aufkreuzt und mich hier einfach sitzen lässt?«

»Mach dir keine Sorgen! Ich werde dich schon nicht im Stich lassen. Aber falls ich am morgigen Tag bis spätestens zwanzig Uhr nicht aufgetaucht sein sollte, gehst du wieder zurück nach Hause. So, ich muss langsam los, sonst werden die Grenzer noch stutzig, wenn ich nach Mitternacht versuche auszureisen.«
Zum Abschied gaben sie sich noch einmal die Hand, bevor Tobi sich mit einem tiefen Seufzer seine Tüte schnappte und wortlos in der Dunkelheit des Waldes verschwand.

Eine halbe Stunde später stand Mehdi mit einem großen Blumenstrauß vor der Wohnungstür seiner Schwiegermutter, die ihm mit überschwänglicher Freude davon erzählte, dass ihre Tochter im Krankenhaus lag und gerade zuvor ihr zweites Kind entbunden hatte. Er war spürbar durcheinander und ließ sich mit einem verwunderten Gesichtsausdruck auf einem der Küchenstühle nieder, bei dem er unbemerkt den auf dem Tisch liegenden Kellerschlüssel an sich nahm.

»Du brauchst nichts sagen. Simone hat mir schon alles ausführlich erzählt. Ich freue mich, dass du nun offiziell zu unserer Familie gehörst. Hast du dir eigentlich schon Gedanken um die Namensgebung gemacht?«

»Ehrlich gesagt hatte ich noch nicht wirklich Zeit um mich damit auseinanderzusetzen.«

»Naja, ich will mich ja nicht einmischen, aber warum nennt ihr den kleinen nicht einfach Marty. So wirst du von uns doch auch immer genannt und einfach ist es obendrein.«

»Das ist eine super Idee, aber ich würde ihm gerne noch hintendran den Vornamen meines Vaters geben und zwar Ahmed.« Beide nickten zufrieden, ohne jemals zuvor die Mutter des Babys nach ihrer Meinung gefragt zu haben.

Bevor er sich wieder auf den Weg hinüber nach Westberlin machte, schlich er auf leisen Sohlen hinab in den Keller, in dem er den Koffer seines Flüchtlings in einer dunklen Ecke versteckte.

Als er um kurz vor Mitternacht die Tür des Krankenhauszimmers öffnete, lag Simone im Bett und döste erschöpft vor sich hin. Mit einem erleichterten Lächeln zog sie ihren Bald-Ehemann zu sich heran, während dieser seinen Namensvorschlag zum Besten gab. Zu seiner Verwunderung war sie sofort einverstanden und flüsterte ihm gleich im Anschluss die Wünsche für die versprochene Hochzeit ins Ohr. Mehdi wurde immer heißer und heißer, weil die Aufzählungen einfach kein Ende nahmen. Glücklicherweise konnte er sich dank der redseligen Krankenschwester losreißen woraufhin er schnurstracks hinüber zum Kinderbettchen seines Sohnes ging. Dort nahm er voller Begeisterung den kleinen, dicken Marty auf den Arm, für den er spontan den Spitznamen ‚Fettu' erfand. Er gab ihm einen liebevollen Kuss auf die Stirn und wünschte sich insgeheim, dass der Spuk vom ewigen Heranschaffen des Geldes bald ein Ende haben würde. Simone schien nach der Geburt relativ fit zu sein und erzählte der Schwester, dass sie das Krankenhaus morgen gegen neunzehn Uhr schon wieder verlassen wolle. Mehdi geriet durch die Aussage so sehr in Panik, dass er den Namen, der für die Geburtsurkunde bereitgestellt werden sollte, völlig unleserlich auf einen Zettel schrieb. Aus Marty Ahmed wurde, ohne dass es ihm auffiel, Marty Achmed. Seiner Lebensgefährtin fiel der kleine, aber feine Unterschied beim Überfliegen jedoch überhaupt nicht auf, da diese nur noch an die bevorstehende Traumhochzeit dachte. In den darauffolgenden fünf Minuten versuchte er ihr unterschwellig einzureden, dass sie sich erstmal ein paar Tage erholen müsse. Simone ließ sich von ihrem Vorhaben allerdings in keiner Weise abbringen und bestand partout darauf, morgen von ihm abgeholt zu werden. Mehdi respektiere schließlich ihren Wunsch und dachte sich auf dem Heimweg einen Notfallplan aus.

Als er wenig später zu Hause ankam und sich ins Bett legte, konnte er vor Aufregung kein Auge zumachen. Gedankenversunken blätterte er in seinem alten Tagebuch herum und las sich einen Eintrag durch, den er im Zuge seiner Flucht geschrieben hatte. Dabei erinnerte er sich plötzlich wieder an Schapur, seine Leidensbrüder und an Sami, der ihm aufgeregt durch die Haare wuschelte, bevor er mit einem hoffnungsvollen Lachen für immer aus seinem Leben verschwand. In ihm kam wieder das Gefühl von starker Verbundenheit hoch, welches damals jeden einzelnen Flüchtling ganz unabhängig von seiner Herkunft und seinem Glauben miteinander verband. Nachdenklich sah er hinauf in den sternenklaren Himmel und hoffte, dass er den morgigen Auftrag unbeschadet überstehen würde.

Am Nachmittag des nächsten Tages hatte er mit schweren Herzrhythmusstörungen zu kämpfen, die einfach nicht weggehen wollten. Um sich abzulenken, setzte er sich erneut an die Liste, die er von Lukas erhalten hatte, in der er nach längerem Überlegen die Route änderte. Wohlwissend darüber, dass seine eigenwillige Planänderung alle in Gefahr bringen könnte. Anstatt den vorgegebenen Grenzübergang für seine erste Schleusung zu nutzen, entschied er sich dafür, auf die Grenzübergangstelle an der Bornholmer Straße auszuweichen. Denn mit der Zeit hatte er ein gutes Gespür für die dort arbeitenden Grenzposten entwickelt und wusste ziemlich genau, wann sie ihn rausziehen und sein Auto durchsuchen würden. Bevor er losfuhr, checkte er sein Fahrzeug von oben bis unten noch mal komplett durch. Dabei lauschte er nach ungewöhnlichen Geräuschen im Motorraum, prüfte den Ölstand und schaute nach, ob noch genügend Benzin im Tank war. Zum Schluss nahm er sich den Unterboden des Kofferraums vor, in den er mehrere Luftlöcher hineinbohrte, da er unbedingt sicherstellen musste, dass sein Flüchtling während der Fahrt nicht in Panik geriet.

Um kurz vor neunzehn Uhr traf er am Treffpunkt ein, an dem von Tobias allerdings weit und breit nichts zu sehen war. Genervt stieg Mehdi aus dem Wagen und suchte solange die nähere Umgebung ab, bis er hinter einem dunklen Gebüsch endlich fündig wurde. Doch erschreckenderweise war von dem einstigen Übermut, den sein Schützling zuvor an den Tag gelegt hatte, nicht mehr viel übrig. Zähneklappernd und durchnässt kroch dieser aus seinem Versteck hervor und fiel ihm weinend um den Hals. Mehdi gelang es zwar ihn zu beruhigen, aber er war so schockiert vom äußerlichen Zustand des jungen Mannes, dass er einen Augenblick lang sogar daran dachte, den Auftrag abzublasen. Tobias war während der Rückfahrt nicht sonderlich gesprächig, was Mehdi sofort zum Anlass nahm, ihn auf seine Schleusung vorzubereiten.

»Also, ich habe alles bis ins kleinste Detail geplant. Wenn wir gleich nach Ostberlin reinfahren, steigst du erstmal in den Kofferraum um. Ab diesem Zeitpunkt schalte ich das Radio ein, erst wenn wir uns kurz vor dem Grenzübergang befinden drehe ich es wieder leise, damit du exakt Bescheid weißt, wann es genau losgeht. Sobald wir Westberliner Asphalt unter den Rädern haben und uns in sicherer Entfernung befinden, werde ich zweimal hupen.

Du musst dich die gesamte Fahrt hindurch absolut ruhig verhalten und darfst dich durch die Enge im Kofferraum nicht verrückt machen lassen, denn sonst gefährdest du die Operation. Ich hoffe du bist dir dessen bewusst.«

Tobi nickte verunsichert mit dem Kopf und brachte vor Angst kein einziges Wort heraus. Mehdi sah die Ungewissheit in seinen Augen und versuchte ihn mit seiner lockeren Art ein wenig aufzumuntern.

»Übrigens, auch ich bin schon mal geflohen. Oder denkst du etwa ich bin in einem gemütlichen Taxi nach Deutschland gekommen?«

»Na dann weißt du ja auch genau, wie ich mich jetzt fühle.«

»Natürlich weiß ich, wie du dich fühlst. Du zweifelst und haderst mit dir selbst, ob es die richtige Entscheidung war mitzukommen. Ich kann dir aus eigener Erfahrung sagen, dass Zweifeln zum Leben dazugehört. Solange du deine negativen Gedanken unter Kontrolle hast und nicht zulässt, dass sie dich innerlich auffressen, ist alles im grünen Bereich. Übrigens, dort drüben hinter dem großen Sendemast liegt Westberlin. Wir sind also ganz nah dran.«
Neugierig streckte Tobi seinem Kopf aus dem Fenster und träumte im eiskalten Fahrtwind, der ihm ins Gesicht peitschte, von einem verheißungsvollen Neuanfang. Anschließend fuhr Mehdi von der Autobahn ab und parkte seinen Wagen an einer verlassenen Raststätte, an der er seinen Schützling in einem hektischen Tonfall dazu aufforderte, in den Kofferraum zu steigen. Doch dieser geriet beim Anblick der Enge direkt in Panik und schüttelte dabei verzweifelt den Kopf.

»Verdammt, ich kann das einfach nicht. Da drin ist so wenig Platz, da ersticke ich doch sofort.«

»Rede doch keinen so einen Unsinn. Niemand wird hier ersticken. Schau mal, ich habe extra ein paar Luftlöcher in den Unterboden gebohrt. Du musst dich jetzt einfach eine Stunde lang zusammenreißen, das wirst du doch wohl gebacken bekommen, oder? Los komm, mach schon, uns läuft nämlich allmählich die Zeit davon.« Tobias sprang schließlich über seinen Schatten und drehte sich beim Hineinlegen absichtlich mit dem Gesicht von der Öffnung weg, damit er im Falle einer Verhaftung nicht gleich in die fiesen Visagen der Uniformierten schauen musste. Mehdi schmunzelte über die eigenwillige Technik und sprach ihm noch einmal Mut zu, ehe er sich auf den Weg zur Grenze machte. Während der Fahrt war er verwundert darüber, dass von hinten tatsächlich kein einziger Mucks zu hören war, weshalb er kurz vor dem Ziel noch mal einen außerplanmäßigen Zwischenstopp einlegte. Als er die Heckklappe öffnete, drehte sich sein Schützling völlig erschrocken um und starrte ihn mit zugekniffenen Augen an.

»Warum glotzt du bitte so eigenartig zu mir hinunter, sind wir etwa schon im Westen?« Mehdi lachte und schien von dem frechen Mundwerk ein wenig überrascht zu sein.

»Ich wollte nur mal sehen wie es dir da drin so geht, aber anscheinend ist bei dir alles in bester Ordnung.« Noch bevor Tobi antworten konnte, machte er den Kofferraum wieder zu und klopfte anschließend zweimal auf den Deckel, um dem Großmaul zu signalisieren, dass die Fahrt nun weitergehen würde. Um exakt neunzehn Uhr dreißig erreichten sie den Grenzübergang Bornholmer Straße, woraufhin Mehdi sofort das Radio leise stellte. Als sie nach einer gefühlten Ewigkeit endlich an der Reihe waren, versuchte er sich geschickt am wachsamen Auge eines Polizisten vorbeizuschlängeln, der ihn prompt hinaus auf den

Kontrollparklatz winkte. Angespannt hockte er hinter dem Lenkrad und beobachtete dabei, wie sich in schnellem Schritt ein Uniformierter näherte, welcher kurz darauf seinen Unterbodenspiegel ausklappte und das Fahrzeug penibelst nach Auffälligkeiten absuchte. Mit einer hektischen Geste zog dieser eine Minute später einen seiner Kollegen hinzu, dem er die eigenartigen Löcher zeigte, aus denen in regelmäßigen Abständen feucht-kalte Atemluft austrat. Mehdi versuchte die Ruhe zu bewahren und wurde im selben Moment unverzüglich dazu aufgefordert den Kofferraum zu öffnen. Beim Aussteigen schaute er hilfesuchend in den Seitenspiegel, in dem er plötzlich einen von seinen drei Kontaktpersonen erblickte, der seine Mitarbeiter mit einem eindeutigen Handzeichen zu sich zitierte. Nach kurzer Berichterstattung klappten sie enttäuscht ihre Ausrüstung zusammen und verschwanden daraufhin wieder in einer ihrer Baracken. Der Mann, den Mehdi nur unter seinem Vornamen ‚Michel' kannte, hatte ihn durch seine häufigen Ein- und Ausreisen gleich wiedererkannt und setzte ihm während des folgenden Gesprächs buchstäblich das Messer auf die Brust.

»Ich weiß, was hier vor sich geht und ich bin nicht besonders erfreut darüber, wenn du die Gutmütigkeit und die Gastfreundschaft der Deutschen Demokratischen Republik so schamlos ausnutzt. Wenn ich an die Löcher im Unterboden denke und auf deinen Kofferraum schaue, dann wird mir einiges klar. Denn mit Sicherheit transportierst du da drin kein Hausschwein von A nach B, so viel steht mal fest.« Mehdi gefror vor Angst das Blut in den Adern, was man bei seiner kleinlauten Antwort unmittelbar heraushören konnte.

»Es handelt sich nur um einen etwas anderen Transport, nichts weiter.« Michel atmete tief durch und versuchte seine innere Wut nicht nach außen durchscheinen zu lassen.

»Du wirst dich morgen früh um Punkt zehn Uhr hier bei mir melden. Dann werden wir gemeinsam zur Deckwohnung gehen, wo du deinem Führungsoffizier alles über deine kleine Überführung und die Hintermänner verraten wirst. Ansonsten werde ich höchstpersönlich dafür sorgen, dass man dich wegen Spionageverdachts verhaften lässt. Denk dran! Dem langen Arm des Staatssicherheitsdienstes kannst auch du nicht entkommen. Und jetzt sieh zu, dass du ganz schnell Land gewinnst.«

Mit zitternden Knien stieg Mehdi zurück in den Wagen und fuhr in Windeseile über die Brücke hinüber in den Westen. Ein paar Straßen dahinter parkte er sein Fahrzeug vor einer verrauchten Kneipe, aus der mehrere angetrunkene Fußballfans heraustorkelten und gemeinsam ein paar Lieder anstimmten. Als er den Kofferraum öffnete, löste sich Tobi langsam aus seiner Ich-will-den-Grenzer-nicht-sehen-Position und das erste was er neben dem Gesicht seines Schleusers sah, war der schreckliche Name der urigen Pinte im Hintergrund, welche mit ‚Ost-Berlin' für einen kurzen Schreckensmoment bei ihm sorgte. Beim Herausklettern reichte Mehdi seinem Flüchtling erleichtert die Hand und lud ihn zur Feier des Tages in seine alte Heimat auf ein Bier ein.

Im Auftrag der Stasi

Als Mehdi am nächsten Morgen gemeinsam mit seiner Familie am Frühstückstisch saß, hatte er fürchterliche Gewissensbisse, weil er wusste, dass er sich in Kürze vor seinem Führungsoffizier für seine gestrige Tat verantworten musste. Bevor er sich auf den Weg zur Grenze machte, griff er zum Hörer und rief in der Schweiz an, um über den erfolgreichen Ausgang des vorherigen Abends Bericht zu erstatten. Am Anfang des Gesprächs war Lukas nicht sonderlich gut gelaunt. Doch das änderte sich schlagartig, als Mehdi ihn über den positiven Verlauf seiner ersten Schleusung informierte. Er verkniff sich mit Absicht alle Änderungen, die er an dessen Route vorgenommen hatte, und wurde für den erfolgreichen Einsatz in den Himmel gelobt. Noch ehe er antworten konnte, unterbreitete ihm sein neuer Arbeitgeber ein weiteres Angebot für eine Schleusung von mehreren Personen, die schon in drei Tagen stattfinden sollte. Mehdi war von seinen Gefühlen hin und hergerissen, da er auf der einen Seite das Geld dringend brauchte aber andererseits wusste, dass der Preis, den er dafür zahlen müsse, die Freiheit sein könnte. Lukas spürte deutlich, dass er mit sich haderte und machte ihm so viel verheißungsvolle Versprechen, dass er schlussendlich über all seine Bedenken hinwegsah und einwilligte. Zu seiner Verwunderung bekam er alle wichtigen Informationen für seinen nächsten Auftrag gleich per Telefon, die er sich zügig auf einen Zettel schrieb, den er anschließend in seiner Hosentasche verschwinden ließ. Beim Auflegen schaute er flüchtig auf die Uhr, woraufhin er Hals über Kopf die Wohnung verließ und hinunter zu seinem Auto hastete. In der Einbahnstraße hinter dem Haus kam ihm Ali entgegengelaufen, der ohne zu zögern auf den Beifahrersitz sprang und zusah wie sein Freund den Motor startete.

»Wo willst du denn so schnell hin?«

»Ich muss schleunigst zum Grenzübergang Bornholmer Straße, du kannst gerne mitkommen oder bei Simone auf mich warten.«

»Ja, natürlich komme ich mit, aber was genau willst du da?«

»Das wüsste ich auch gerne. Wahrscheinlich haben die mal wieder irgendetwas an meinem Pass auszusetzen, du weißt doch am besten, wie die Grenzer einen schikanieren können.« Ali nickte und gab ein leises »Ach so«, von sich. Er dachte sich seinen Teil und lenkte vom Thema ab, um Mehdi in dem Glauben zu lassen, dass ihn die fadenscheinige Antwort zufriedengestellt hätte.

»Ich habe übrigens mit Alex gesprochen und ihm nochmal auf den Zahn gefühlt. Laut seiner Aussage haben die Bullen die Beweisaufnahme fast beendet, was äußerst schlecht für uns ist, da sie jetzt nun jeden Tag zuschlagen könnten.«

»Was passiert, wird passieren. Warum soll ich mir darüber den Kopf zerbrechen, in meinen Augen hat der Gute in seiner Drogensucht ohnehin jeden Bezug zur Realität verloren, weshalb man sein dummes Gequatsche auch nicht unbedingt für voll nehmen sollte.«

»Mann, deine Laune ist ja echt miserabel. Ist irgendetwas Schlimmes passiert?«

»Nein, es ist alles in bester Ordnung. Ich hatte einfach ein paar wichtige Dinge zu erledigen.«

»Komm, erzähl mir keine Märchen und sag mir was wirklich in dir vorgeht. Eventuell kann ich dir ja sogar helfen?« Doch Mehdi dachte gar nicht daran die Wahrheit zu sagen und gab keinerlei Informationen preis.

Wenig später näherten sie sich dem Grenzübergang, an dem er seinen Wagen in einer Seitenstraße parkte und sich in Eile von seinem Partner verabschiedete. Nachdem sein Freund um die Ecke verschwunden war, änderte Ali blitzschnell die Richtung und lief zurück zum Auto, an dem er sich vorsichtig daran machte den Kofferraum zu öffnen, da er vermutete, dass sein Kumpel mittlerweile seine erste Schleusung durchgeführt hatte. Als er im Inneren den losen Krempel zur Seite schob, sprangen ihm sofort die vielen Löcher im Unterboden ins Auge, die seinen Verdacht bestätigten. Zwischen alter Arbeitskleidung fand er zwei Fotos, die Tobias vor Aufregung einfach liegengelassen hatte. Ali nahm die Bilder nicht ganz ohne Hintergedanken an sich und machte sich anschließend wieder aus dem Staub. Mehdi war inzwischen über die Grenze in die DDR eingereist. Am Ausgang traf er auf Michel, der ihn zur Deckwohnung geleitete, die ganz in der Nähe war. Zwischendurch suchte dieser immer wieder das Gespräch und versuchte seinem Inoffiziellen Mitarbeiter ins Gewissen zu reden.

»Du weißt gar nicht, wie gut es dir hier drüben eigentlich geht. Deshalb verstehe ich auch nicht, warum du gestern so einen Zirkus veranstaltet hast. Wir Sozialisten müssen doch zusammenhalten im Kampf gegen den Kapitalismus und du tanzt einfach so aus der Reihe, da dreht sich sogar der Genosse Lenin noch im Grabe um, wenn der das mitbekommen würde, glaub mir.«

Mehdi tat so, als würde ihn das scheinheilige Geschwafel interessieren und spielte das kleine Psychospielchen gekonnt mit.

»Ja, auch ich bin nicht perfekt. Deshalb darf man doch als überzeugter Sozialist auch mal einen Fehler begehen, oder etwa nicht?«

»Ach, sobald dein Arsch droht auf Grundeis zu gehen, bist du also wieder ein Sozialist. Diese Wischiwaschi-Einstellung hilft dir vielleicht bei deinen zwielichtigen Gestalten drüben im Westen, aber hier, bei uns in der Deutschen Demokratischen Republik, haben wir Werte, die es mit allen verfügbaren Mitteln zu verteidigen gilt. So wie ich das sehe, steckst du in sehr großen Schwierigkeiten, oder muss ich dich etwa nochmal an deine Verpflichtung erinnern, die du uns vor einiger Zeit unterzeichnet hast.«

»Ich weiß, was ich unterschrieben habe, aber das gibt euch noch lange nicht das Recht mich einfach so zu verurteilen. Schließlich bin ich immer noch Bundesbürger der BRD.« Mittlerweile waren sie am Haus der Deckwohnung angekommen, an der Michel schlagartig stehen blieb und sich mit einem selbstsicheren Grinsen durch seinen Kommunistenschnäuzer fuhr.

»Auf dem Boden der DDR können wir mit solch krummen Halunken wie dir machen was wir wollen. Schließlich hast du uns mit deinem kleinen, aber feinen Transport einen erheblichen Schaden zugefügt und das schreit geradezu nach Gerechtigkeit.« Mehdi wusste, dass die Aussage nichts Gutes verhieß und wäre aus Angst am liebsten auf der Stelle weggelaufen. Doch die Fluchtmöglichkeiten minimierten sich schlagartig, als ihm plötzlich von hinten zwei in Zivil gekleidete Männer unter die Arme griffen und ihn in die Wohnung führten. Im Inneren forderte ihn sein Begleiter in einem befehlshaberischen Ton auf, im Flur zu warten, während dieser am anderen Ende des Ganges in einem der Zimmer verschwand. Nach weniger als einer

Minute kam er wieder heraus und beorderte ihn mit einem fiesen Gesichtsausdruck ins Büro seines Chefs.

»Du kannst jetzt reinkommen, und versuche dich mit deinen neumalklugen Antworten zurückzuhalten, denn er versteht überhaupt keinen Spaß.« Mehdi nickte beunruhigt und dachte dabei unweigerlich an die Foltermethoden im Iran zurück, die ihn beinahe das Leben gekostet hatten. Doch als er beim Reingehen den dicken unscheinbaren Mann mit Glatze sah, war er mit einem Mal so erleichtert, dass er sich sein Grinsen nur schwer verkneifen konnte. Aber das Lachen sollte ihm schnell wieder vergehen als der Führungsoffizier aufstand, sich sein steingraues Sakko zurechtrückte und ihn aus voller Kehle anschrie. Michel war sichtlich erfreut und stammelte sich ein leises und schadenfrohes »Ach, ist das herrlich« zusammen, während der Führungsoffizier die Akte seines Inoffiziellen Mitarbeiters aufschlug und sich in aller Seelenruhe den Bericht vom vorigen Abend durchlas.

»Sie denken wohl, Sie sind ein ganz Schlauer. Also, laut meinen Informationen haben Sie gestern jemanden in ihrem Kofferraum über die Grenze nach Westberlin geschmuggelt. Ist das richtig?« Mehdi würgte hastig den Rest seiner Spucke herunter und stotterte eine Antwort heraus.

»Naja, so ungefähr.«

»Ich hoffe, es hat sich wenigstens gelohnt, denn wie es aussieht, geht es für Sie direkt in den Knast. Da können Sie sich ja gerne nochmal über Ihr eigenwilliges Handeln Gedanken machen.«

»Ins Gefängnis? Ich bin ein Bürger der BRD, Sie können mir gar nichts.« Der Herr nahm ohne etwas zu sagen den dicken grauen Hörer seines Telefons in die Hand und drückte ein paar Tasten. Wenige Minuten später standen zwei uniformierte Männer im Raum und legten Mehdi ein paar Handschellen an.

»Bürger der BRD! Dass ich nicht lache. In diesem Augenblick sind Sie das Eigentum der DDR und sonst gar nichts. Eventuell kauft Sie ja der Westen frei. Aber so wie es aussieht, sind Sie für die eher uninteressant.« Michel flüsterte seinem Vorgesetzten im selben Moment etwas ins Ohr, woraufhin Mehdi von den Polizisten hinaus auf den Flur geführt wurde. Gelangweilt blickte er auf die zwei eingerahmten Bilder, die vor ihm an der Wand hingen. Auf dem einen konnte man Erich Honecker sehen, der mit seiner Hornbrille und seinen verbitterten Gesichtszügen richtig fies aussah. Das andere Bild zeigte drei Jungs, die mit ihren roten Halsbändern völlig trostlos in die Kamera starrten. Darunter war ein Spruch zu lesen. ‚Für Frieden und Sozialismus. Seid bereit!' Mehdi war so angewidert von der fadenscheinigen Propaganda, dass er einen Augenblick überlegte, ob er sich nicht einfach gleich erschießen lassen sollte. Denn schließlich wäre das wahrscheinlich besser, als ewig im Knast des Arbeiter- und Bauernstaates schmoren zu müssen, dachte er sich. Nach einer Weile wurde er dann wieder ins Zimmer geführt, in dem sich die einst mürrische Fratze seines Führungsoffiziers in ein freundliches, aber hinterhältiges Lächeln verwandelt hatte. Mehdi wusste sofort, dass etwas nicht stimmte und schaute fragend hinüber zu Michel, der ihm merkwürdig gelassen entgegennickte und auf seinen Vorgesetzten zeigte.

»Also wissen Sie, es ist ja nicht alles schlecht, was aus dem Westen kommt. Das gebe ich ja gerne zu. Zum Beispiel gibt es da eine Menge zu kaufen, zu sehen und auch zu verdienen. Aber ich weiß aus Ihrer Akte, dass Sie ein ganz armer Schlucker sind, der nicht umsonst mit einer

Frau aus dem Osten zusammen ist. Denn die jungen Dinger von der anderen Seite würden sie mit ihrem zwielichtigen Lebenswandel überhaupt nicht beeindrucken können. Aber hier bei uns sind Sie 'ne ganz große Nummer, mit ihren Perlonstrümpfen und Ihren KaDeWe-Tüten.« Mehdi wurde von Sekunde zu Sekunde wütender und hörte gezwungenermaßen zu, weil er wusste, dass er gehörig in der Bredouille steckte.

»Nun mein Lieber, sie können sich jetzt selbst einen Gefallen tun und Ihren Kopf wieder aus der Schlinge ziehen, indem Sie uns sagen, für welchen Fluchthelfer Sie arbeiten.«

»Ich werde Ihnen überhaupt nichts sagen, denn ich weiß ja gar nichts.« Beide fingen an zu lachen, bevor Michel entschlossen das Wort ergriff, um seinem Chef zu imponieren.

»So wie ich das sehe, haben Sie gar keine andere Wahl. Entweder Sie erzählen uns alles, was wir wissen wollen oder aber sie haben heute zum letzten Mal den blauen Himmel gesehen. Seien sie nicht dumm, die Macht der Entscheidung liegt in ihren Händen. Wir würden uns sogar erkenntlich zeigen und Ihnen einen kleinen Obolus als Anreiz bezahlen. Schließlich haben Sie ja auch eine Familie mit zwei wunderschönen Kindern, die Sie ernähren müssen.« Mehdi sprang wutentbrannt auf und trat mit voller Wucht gegen den Schreibtisch. Zwei Sekunden später standen erneut die zwei Männer im Raum und beförderten ihn mit einem Spezialgriff zurück auf seinen Stuhl.

»Sie Hitzkopf, ich glaube unsere Zusammenarbeit wäre durchaus von Erfolg gekrönt, wenn Sie sich endlich dazu entschließen würden, bei uns aktiv mitzuwirken.«

»Ich will aber mit euch linientreuen und gehirngewaschenen Psychopathen nichts zu tun haben. Dafür ist mir mein Leben zu schade.« Alle im Raum fingen gleichzeitig an zu lachen und fühlten sich von der hasserfüllten Aussage durchaus geschmeichelt.

»So wie ich das sehe, ist Ihr Leben gerade überhaupt nichts wert. Denn wir entscheiden, ob es weitergeht oder nicht. Sie nennen uns die Hintermänner und sagen uns alles über die nächsten geplanten Aktionen und wir lassen Sie im Gegenzug laufen. Wir wissen doch beide, dass aus der ganzen Sache nur etwas wird, wenn Sie anfangen zu plaudern, das müssen Sie doch irgendwann mal in Ihrem sturen Hirn begreifen.« Michel holte daraufhin aus einer Schublade tausend D-Mark in kleinen Scheinen hervor, die er seinem Inoffiziellen Mitarbeiter verlockend vor die Nase hielt.

»Ich gebe Ihnen noch mehr, wenn Sie mögen. Sie müssen nur zur Vernunft kommen.« Doch Mehdi blieb standhaft und zeigte keinerlei Reaktion, woraufhin der Führungsoffizier abrupt eingriff.

»Schafft mir diesen Verräter aus den Augen und am besten bringt ihr ihn gleich in unsere Haftanstalt nach Hohenschönhausen.«

Gerade als sie ihn vor die Tür befördern wollten, gab Mehdi schließlich nach und willigte ängstlich dreinblickend ein. Michel klatschte sanft in die Hände und flüsterte ihm ein leises »sehr gut« entgegen. Dann bekam er fürs Erste die Handschellen von seinen Händen entfernt und verriet nach und nach alles, was er über den in der Schweiz ansässigen Arbeitgeber wusste. Er änderte mit Absicht ein paar Details wie den genauen Wohnort und den Namen des Menschenhändlers, damit er und seine Frau in Zukunft keine Racheakte zu befürchten hatten. Zum Ende hin atmete Mehdi erleichtert auf und legte dabei vorsichtig die

Hand auf seine rechte Hosentasche. Dummerweise hatte Michel die prüfende Bewegung aus dem Augenwinkel beobachtet und ließ ihn sofort durchsuchen. Im Innern fanden sie dann den Zettel, auf dem er sich am Morgen die Daten für die nächste Schleusung notiert hatte. Während der Führungsoffizier den Papierfetzen begutachtete, ließ Mehdi sich in Eile eine fadenscheinige Ausrede einfallen, in der Hoffnung das Übel noch einmal abwenden zu können.

»Es handelt sich bei der Notiz um einen Geburtstag, nicht das, was Sie denken meine Herren.« Michel fing an zu lachen und suchte in der Miene seines Vorgesetzten immer wieder nach Bestätigung. Doch der hasste es, wenn jemand erkennbar versuchte ihm in den Hintern zu kriechen und wies ihn lautstark zurecht.

»Kannst du mal aufhören, so dämlich zu grinsen, du gehst mir mit deiner ganzen Person nämlich gerade gehörig auf den Sack.« Michel zuckte verstört zusammen und fiel auf einmal ganz tief. Wie ein zurechtgewiesener Lehrling saß er auf seinem grauen Polstersessel und gab keinen einzigen Mucks mehr von sich.

»Ein Geburtstag, dass ich nicht lache. Ich wusste ja gar nicht, dass man Geburtstage freitags um dreiundzwanzig Uhr nachts am Waldrand von Oranienburg feiert.« Mehdi wusste, dass er aus der Nummer ohnehin nicht mehr herauskommen würde und log unverdrossen weiter, da er ja ohnehin nichts mehr zu verlieren hatte.

»Ja, es handelt sich dabei wirklich um einen Geburtstag. Die Art der Feier nennt man auch Halloween. Da verkleidet man sich und zieht um die Häuser.« Kurz darauf landete die krachende Faust des Führungsoffiziers auf dem Tisch und rüttelte alle Anwesenden schlagartig wach.

»Diesen Mist können Sie vielleicht den dummen Kriegstreibern drüben im Westen erzählen, aber das, was hier steht, klingt ganz nach einer erneuten Schleusung. Drei Personen, Waldrand Oranienburg, Treffpunkt: An den Dünen, Ecke Carl-Gustav-Hempel-Straße. Anscheinend halten sie uns wohl für total bekloppt. Entweder sagen Sie uns jetzt die Wahrheit oder aber wir beenden das Verhör auf der Stelle.« Mit dicken Schweißperlen auf der Stirn schaute Mehdi hilfesuchend hinüber zu Michel, der noch immer wie ein kleiner Schuljunge auf seinem Sessel saß und sich bei jedem Versuch eines Augenkontakts wegdrehte.

»Herr Karbassion, wir können auch bis morgen hier sitzenbleiben, nur, dass Sie am Ende der Verlierer sein werden. Wenn ich will, dann kann ich sie mit einem Fingerschnips in den Knast befördern und Ihre Familie wird Sie nie wieder zu Gesicht bekommen.« Der Druck der Aussage war in diesem Moment so groß, dass Mehdi völlig verzweifelt einknickte.

»Ja, verdammt nochmal, es handelt sich um eine Schleusung. Kann ich jetzt endlich gehen?«

»Er will gehen. Dass ich nicht lache. Ein Komiker sind sie wohl auch noch. Sie bleiben schön hier sitzen, denn wir tüfteln jetzt gemeinsam aus, wie wir das Dreckspack unterwandern und die gesamte verbrecherische Schleuserszene mit Ihrer Hilfe zerschlagen. Danach werden Sie im Auftrag der Staatsicherheit einen erheblichen Beitrag zum Frieden unseres Landes leisten, ich hoffe das ist ihnen bewusst.« Michel hielt es nach der erfolgsversprechenden Aussage seines Chefs nicht mehr auf dem Sitz. Voller Genugtuung schlich er um seinen Inoffiziellen Mitarbeiter herum und kam ihm dabei bedrohlich nah.

»Wir planen jetzt langfristig mit Ihnen, denn Sie gehören jetzt endgültig uns.«

Auf dem anschließenden Fußweg zurück zur Grenze überlegte Mehdi fieberhaft, wie er die Köpfe seiner Flüchtlinge doch noch aus der Schlinge ziehen konnte ohne dabei selbst zum Opfer zu werden. Als er wieder in Westberlin eingereist war, fuhr er auf direktem Wege zur Werkstatt, in der er von Micha begrüßt wurde, der gerade am Boden saß und einen alten Autoscheinwerfer zerlegte.

»Das ist ja eine Überraschung, du lässt dich also auch mal wieder bei uns blicken. Wir haben schon die Vermutung aufgestellt, dass du eventuell untergetaucht bist.«

»Du Spinner, ich hatte eine Menge zu tun. Da kann man schon mal vergessen, dass man eigentlich noch arbeiten muss. Wie lief es denn bei euch in letzter Zeit, ist irgendetwas Spannendes passiert?«

»Ich will mich ja nicht beklagen, aber wenn es so weitergeht, dann können wir den Laden bald dichtmachen. Wir brauchen dringend ein paar richtige Aufträge, denn von Reifenwechsel und Auspuffschweißen kann doch keine Sau leben.« Mehdi zuckte ratlos mit den Schultern und schaute flüchtig aus dem Fenster, als auf dem Hinterhof auf einmal ein riesiger Abschleppwagen angefahren kam, der eine schwarze Limousine geladen hatte. Alex sprang aus dem Fahrzeug, ging schnurstracks hinein in die Werkstatt, und bat Mehdi ihm nach draußen zu folgen. Ali kam kurz darauf ebenfalls hinzu und sprach leise durch die Zähne, was seinen Partner zusätzlich beunruhigte.

»Ich habe gerade kein besonders gutes Gefühl, irgendetwas stimmt hier nicht.« Alex kletterte währenddessen auf den Hänger und ließ den schwarzen Schlitten mit Hilfe des Krans auf den Boden ab. Neugierig liefen sie um den

Wagen herum, als Mehdi durch das Fenster der Fahrerseite plötzlich den am Armaturenbrett verbauten Sprechfunk sah und beinahe einen Herzanfall bekam. Wutentbrannt stürmte er auf seinen Kollegen zu, den er aggressiv am Kragen packte um ihn auszuzuquetschen.

»Sag mir sofort, woher du diese Dreckskarre hast, bevor ich mich vergesse.«

»Bitte versprich mir, dass du nicht ausrasten wirst.«

»Jetzt rede endlich.«

»Es ist der Wagen vom Polizeichef.« Erschrocken ließ Mehdi von ihm ab, denn ihm wurde mit einem Mal so schwindelig, dass er sich erst einmal hinsetzen musste.

»Wie? Was? Warum hast du das nur getan, bist du etwa rückfällig geworden oder hat dein Drogenhändler dein Gehirn jetzt auch noch als Geisel genommen?« Alex war sich keiner Schuld bewusst und zeigte ihm voller Stolz seine unversehrten Venen am Ober- und Unterarm.

»Ich bin clean und mein Dealer ist gar nicht so schlecht, wie du immer glaubst. Mann, ich wollte dir eine Freude machen, damit mal wieder ordentlich Geld in die Kassen kommt. Was ist bitte schön verkehrt daran?« Mehdi streckte ihm wütend die Faust entgegen und konnte sich nur schwer zurückhalten.

»Allein, dass du mir diese Frage stellst zeigt mir doch, dass du nicht mehr alle Tassen im Schrank hast. Mit dieser Scheiße bringst du uns schneller in den Knast, als du bis drei zählen kannst. Ach, weißt du was, mit der ganzen Scheiße will ich nichts zu tun haben, das Ding kannst du schön alleine ausbaden.«

Gerade als er zurück ins Büro gehen wollte, sah er, wie Ali sich im Inneren des Wagens fieberhaft daran machte den Sprechfunk auszubauen, was das Fass endgültig zum Überlaufen brachte.

»Hallo, kannst du mir mal in Gottes Namen erklären, weshalb du da unten rumkrauchst?« Sein Freund schaute ertappt auf und wirkte dabei ein wenig wie ein Kind, welches mit Spielsachen spielte, die ihm nicht gehörten.

»Ich baue nur das Funkgerät aus, bevor du das Auto weiterverkaufst, das ist alles.«

»Du baust hier gar nichts aus. Alex bringt das Teil dorthin zurück, wo er es hergeholt hat. Denn ich habe keine Lust, wegen eurer Dummheiten im Kittchen zu landen.«

»Wegen unserer Dummheit? Ich glaube du verdrehst ein wenig die Tatsachen. Die meisten deiner Probleme hast du dir ja wohl selbst eingebrockt, da kann keiner von uns was dafür. Also halte dich mal lieber zurück mit deinen komischen Anschuldigungen. Die ganze Technik wollte ich übrigens nur ausbauen, damit wir mit der Polizei auf Augenhöhe sind und nicht ahnungslos ins Messer laufen, falls sie uns zu nahe kommen.«

Mehdi lenkte schließlich ein und entschuldigte sich, da er die Idee gar nicht mal so schlecht fand.

»Ok, ok, wir behalten das Funkgerät, aber die Karre schaffst du mir so schnell wie möglich vom Hof, ist das klar?« Alex stimmte ohne zu zögern zu und war heilfroh, dass sein Geschenk doch noch Anklang gefunden hatte.

Zwanzig Minuten später hatte Ali den Sprechfunk ausgebaut und in die Garage getragen, in der er ihn mit ganz viel Geschick in einen alten Mercedes einbaute. Als nach über einer Stunde die ersten Funksprüche aus den Lautsprechern hallten, versammelten sich alle andächtig vor dem Fahrzeug und lauschten gespannt den krächzenden Durchsagen. Mehdi realisierte plötzlich, dass die Polizei mit aller Wahrscheinlichkeit bald zuschlagen würde und bat seinen Freund unauffällig darum, ihm nach draußen zu folgen. Dort erzählte er ihm von seinen Fluchtplänen, was seinen Kumpel anfangs ein wenig verwirrte, da er ihn schon lange nicht mehr so energiegeladen erlebt hatte.

»Also, hör zu. Ich habe mir da etwas überlegt, denn ich werde irgendwie das Gefühl nicht los, dass ich kurz vor einer Verhaftung stehe.« Ali machte einen lockeren Scherz, worauf sein Freund aber nicht wirklich reagierte, da er sich gerade ein paar wichtige Notizen machte.

»Wir haben jetzt echt keine Zeit für deine Späßchen, wir müssen umgehend zum Baumarkt, denn ich brauche für die Vorbereitung meines Plans noch eine vier Meter hohe Leiter, ein zehn Meter langes Seil, einen Karabinerhaken sowie eine Kreissäge.« Ali stieg breit grinsend in den frisch umgerüsteten Mercedes, den sie auf ihrer kurzen Spritztour auf Herz und Nieren testeten. Als sie nach über einer Stunde vollgepackt zuhause ankamen, sprühte Mehdi nur so vor Tatendrang und zerrte seinen Freund aufgeregt hinüber zum Küchenfenster, das auf den Hinterhof ausgerichtet war. Dort zeigte er auf das am anderen Ende liegende Zimmer der Wohnung, welches einen Balkon besaß, der ein paar Meter unterhalb des Daches lag. Ali wusste sofort was sein Kumpel vorhatte und schaute nochmal genauer hin.

»Du willst mit Hilfe der Leiter nach oben auf das Flachdach klettern und abhauen nicht wahr?« Mehdi lächelte unentschlossen und fuhr fort.

»Naja, nur wenn es sein muss. Ansonsten würde ich auch gerne hierbleiben und die restlichen Tage meines Lebens zusammen mit meiner Familie verbringen. Denn von Flucht und Elend habe ich die Schnauze voll.«

»Das klingt für mich aber noch nicht sonderlich ausgereift. Was willst du eigentlich machen, wenn du es unbeschadet auf das Dach geschafft hast? Wolltest du etwa solange warten, bis die Bullen wieder abgezogen sind oder hast du schon weitergedacht?«

»Denkst du ich bin doof? Natürlich habe ich weitergedacht, du Schlaumeier. Alle Häuser sind oberhalb miteinander verbunden. Das bedeutet, dass man problemlos über die Dächer bis ans andere Ende der Straße laufen kann, wo ich mit Hilfe des Seils hinab in die Tiefe klettern werde.« Ali schien noch immer skeptisch und wollte alles ganz genau überprüfen, als ihm plötzlich die Kreissäge ins Auge stach.

»In der Theorie klingt das alles so einfach. Aber hast du dich da oben überhaupt schon einmal richtig umgeschaut? Nebenbei frage ich mich gerade, in welchem Teil deiner Flucht eigentlich die Säge zum Einsatz kommt?« Mehdi packte seinen Freund entschlossen am Arm und zeigte auf den vernagelten Eingang des ehemaligen Dienstbotenaufganges, der durch den Hinterhof mit der Küche verbunden war.

»Das ist mein Plan B. Falls ich es im Falle einer Verfolgung von der Wohnungstür nicht mehr rechtzeitig durch den langen Flur bis ins hintere Zimmer schaffen sollte, werde ich durch meine selbstgebaute Hundeklappe hinaus in den Dienstbotenaufgang kriechen. Dort werde ich dann anhand der Situation entscheiden, ob ich hinauf auf den Dachboden oder hinunter in den Hinterhof verschwinden werde. Ach übrigens, ja, ich habe schon alles überprüft, aber wie ich dich kenne, wirst du bestimmt wieder etwas finden, was ich übersehen habe.« Ali schnappte sich mit einem beherzten Griff die Leiter, mit der er wie von einer

Tarantel gestochen ins hintere Zimmer düste. Als Mehdi zwei Minuten später mit dem Seil über der Schulter den Raum betrat, war von seinem Freund keine Spur zu sehen. Verwundert trat er auf den Balkon und schaute hinauf zum Dach, von dem aus ihm sein Kumpel zurief.

»Bis jetzt war das Ganze ein Kinderspiel. Komm schon hoch, wir schauen uns hier mal genauer um.« Mit zitternden Knien stieg Mehdi auf die lange Leiter und hatte bei jedem Schritt, den er tat, sichtlich Probleme, da er unter schrecklicher Höhenangst litt. Als er nach einer gefühlten Ewigkeit endlich oben ankam, war er schweißgebadet, was Ali belustigt zur Kenntnis nahm.

»Also, wenn du bei einer Verfolgung der Polizei in diesem Schneckentempo hier hochkrauchst, dann solltest du dich lieber gleich unten in deiner Wohnung verhaften lassen, denn so wird das mit der Flucht nichts.« Sein Partner fühlte sich durch die Aussage so sehr provoziert, dass er erneut hinunterging und das Ganze solange wiederholte, bis er die Stufen mit verbundenen Augen auf- und absteigen konnte. Ali versuchte, ihn in seinem plötzlichen Übereifer zu bremsen, da es zwischendurch so aussah, als würde er im nächsten Augenblick hinab in die Tiefe stürzen. Im Anschluss führte ihn Mehdi vorsichtig über die Dächer, die an einigen Stellen völlig marode waren. Auf halber Strecke blieb er schlagartig stehen und blickte erschrocken auf eine riesengroße Lücke, die sich zwischen zwei Häusern auftat.

»Schau einer an du Genie. Ich wusste doch sofort, dass dein ach so schöner Plan einen entscheidenden Haken hat. Wenn dir jetzt die Bullen auf den Fersen gewesen wären, dann hättest du mit Sicherheit den Kürzeren gezogen, so viel steht fest.« Mehdi tastete sich behutsam an den Abgrund heran und wollte sich seine Schlampigkeit in der Vorbereitung natürlich nicht eingestehen.

»Also, meiner Meinung nach war dieser komische Zwischenraum vor ein paar Wochen noch nicht hier. Außerdem wäre ich im Fall einer drohenden Verhaftung einfach drüber hinweggesprungen.«

»Ich traue dir ja wirklich einiges zu, mein Lieber, aber ich glaube bei der Aktion würdest du dir dein Genick brechen, weil die Distanz zwischen den Häusern einfach zu groß ist.«

»Ich habe eine Idee! Warte hier, ich bin gleich zurück.« Ali schaute ihm verwundert hinterher und war noch verwunderter, als er wenig später mit der Leiter in der Hand wieder zurückkam. Beide stellten sich erneut vor den Abgrund und kippten das lange Teil vorsichtig hinüber auf die andere Seite. Mehdi war erstaunt, dass alles so perfekt passte und bekam beim Blick in die Tiefe sofort kalte Füße.

»Ich brauche noch ein paar Minuten Bedenkzeit, du musst also als Erster rüber.« Doch Ali dachte gar nicht daran das Versuchskaninchen zu spielen und überließ ihm ausnahmsweise den Vortritt.

»Das schaffst du schon, du darfst bloß nicht nach unten sehen, sonst bist du verloren.« Mehdi nahm all seinen Mut zusammen und kroch in einem Zug nach drüben. Ali tat es ihm gleich und blieb kurz vor dem Ende plötzlich wie versteinert stehen, da im selben Moment eine starke Windböe vorüberzog, die die Leiter mächtig ins Schwanken brachte. Auf dem letzten Meter streckte ihm sein Freund entschlossen die Hand entgegen und zog ihn mit einem kräftigen Ruck zu sich heran, woraufhin sie erleichtert aufatmeten. Anschließend begaben sie sich im schnellen Schritt zu ihrem eigentlichen Ziel, das ganz am anderen Ende der Straße lag. Dort angekommen standen sie vor dem nächsten Problem. Denn an der knapp zwölf Meter hohen Hausfassade, die steil nach unten führte, war einfach keine Befestigungsmöglichkeit für den großen Karabinerhaken zu finden. Mehdi lief suchend umher und wurde kurz darauf an einer alten Metallleiter, die an einem Schornstein befestigt war, fündig. Ali ließ das Seil hinunter und grinste ihm daraufhin schadenfreudig entgegen, da das Tau ganze zwei Meter zu kurz war.

»Tja, da musst du wohl durch, wenn es hart auf hart kommt. Schließlich habe ich meinen freien waghalsigen Sturz beim Mercedes-Autohaus ja auch überlebt. So schlimm wird es schon nicht werden, vorausgesetzt du landest exakt auf dem kleinen Rasenstück da unten.« Mehdi linste erschrocken hinab und fuhr sich dabei nervös durch die Haare.

»Irgendwie hoffe ich ja insgeheim, dass die Polizei mich direkt an der Haustür verhaftet, dann brauche ich wenigstens nicht dem Tod ins Auge zu blicken.«

»Kannst du mal aufhören mit deiner Schwarzmalerei. Vielleicht klappt ja auch alles reibungslos, dann musst du dir nur noch überlegen, wo du untertauchen willst. Denn wie ich dich kenne, hast du dir darüber noch gar keine Gedanken gemacht, nicht wahr?«

»Soll ich ganz ehrlich zu dir sein? Ich glaube, ich habe gar keine Kraft mehr zu fliehen. Was soll das noch für einen Sinn machen?«

»Seien wir doch mal ehrlich, wir würden heute nicht über Fluchtpläne sprechen, wenn du mehr Wert auf deine eigene Sicherheit und Spurenbeseitigung gelegt hättest.«

»Ja, das hattest du bereits mehrmals erwähnt. Aber ich kann die Umstände jetzt auch nicht mehr ändern. Ich dachte eventuell, dass ich solange bei dir im Studentenheim bleiben kann, bis die Luft wieder rein ist?«

»Du bist ja lustig, wie stellst du dir das bitte vor? Meine Familie besucht mich mehrmals im Monat. Was soll ich meiner Frau als Ausrede auftischen, wenn sie spitzkriegt, dass wir zusammen in meiner Ein-Zimmer-Wohnung leben.« Mehdi lächelte verlegen und ging nicht weiter auf das Thema ein, weil er wusste, dass sein Plan noch mal deutlich überarbeitet werden musste.

Bevor sich die zwei wieder auf den Weg hinunter zur Wohnung machten, versteckten sie das Seil unter einer Plane, welche sie ringsherum mit ein paar Dachziegeln beschwerten, damit sie nicht wegfliegen konnte. Zurück am Balkon angekommen, stellte Ali die Leiter perfekt in Position und befestigte sie mit einem Draht an der Hausfassade, während sein Freund mit der Kreissäge ein großes Rechteck in den Eingang des alten Dienstbotenaufganges schnitt. Dummerweise betrat Simone kurz darauf die Wohnung und folgte der nach Sägemehl riechenden Luft in die Küche, in der sie beim Anblick des Chaos beinahe einen Nervenzusammenbruch erlitt.

»Um Himmels Willen, kann mir einer von euch Spaßvögeln mal erklären, was das Ganze hier zu bedeuten hat?«

Mehdi fiel partout keine Ausrede ein und erzählte ihr kurzerhand die Wahrheit, da er es ohnehin leid war, sich jedes Mal aufs Neue irgendwelche haarsträubenden Lügenmärchen aus den Fingern zu saugen. Simone schien von dem unerwarteten Geständnis nicht sonderlich überrascht zu sein, da sie ja schon seit geraumer Zeit wusste, dass ihr Lebenspartner kein gewöhnlicher Automechaniker war. Ihm war sofort klar, warum sie das Ganze so locker wecksteckte, und befürchtete im Gegenzug, dass sie von nun an so lange herumnörgeln würde, bis sie ihre Traumhochzeit in Weiß endlich bekommen hatte. Dabei war es ihr scheinbar vollkommen egal, ob ihr zukünftiger Ehemann bereits mit einem Bein im Knast stand oder bis auf die Knochen pleite war. Obwohl die Zukunft völlig ungewiss schien, wollte er seiner Freundin den Wunsch unbedingt erfüllen und versprach ihr, sich schon morgen beim Standesamt wegen eines Hochzeitstermins zu erkundigen. Ali war von der hirnrissigen Idee jedoch alles andere als begeistert und verpasste seinem Kumpel in einem unachtsamen Moment einen heftigen Tritt gegen das Schienbein, in der Hoffnung, dass er dadurch eventuell wieder zur Besinnung kommen würde. Simone schwebte wegen des Versprechens auf Wolke sieben und verschwand daraufhin blitzschnell ins Wohnzimmer, in dem sie eifrig die Unterlagen für das Standesamt zusammensuchte.

»Sag mal, bist du jetzt komplett übergeschnappt? Du kannst doch nicht irgendwelche Versprechungen machen, die du wahrscheinlich niemals einhalten kannst, das ist nicht fair.«

»Rede keinen Unfug. Ich werde gleich morgen beim Standesamt vorbeifahren und einen Termin machen, das geht ganz schnell, glaub mir. Noch bevor die Polizei mir auf die Pelle rückt, bin ich verheiratet, du wirst schon sehen.« Ali verlor wegen der dümmlichen Sorglosigkeit seines Freundes plötzlich die Fassung und knallte ihm die Bilder von dessen Flüchtling vor den Latz. Mehdi entgleisten vor Schreck alle Gesichtszüge und ihm wurde schlagartig bewusst, dass er sich dieses Mal nicht so einfach aus der Affäre ziehen konnte.

»Hör zu, ich kann dir das alles erklären.« Ali schüttelte abfällig den Kopf und ging wortlos zur Wohnungstür, an der er seinem Ärger Luft machte.

»Ich hatte dir doch gesagt, dass du dich aus politischen Angelegenheiten raushalten sollst. Mann, ich bin sowas von enttäuscht von dir, dass ich es nicht mal in Worte fassen kann. Eventuell ist es besser, wenn ab jetzt jeder seinen eigenen Weg geht, denn auf meine gut gemeinten Ratschläge scheinst du ja ohnehin keinen besonderen Wert zu legen.« Die Wahrheit traf Mehdi wie ein Blitzschlag. Völlig regungslos blieb er im Flur stehen und blickte völlig deprimiert seinem besten Freund hinterher, der einen Moment später im Treppenhaus nach unten verschwunden war.

Am Freitagabend saß Mehdi alleine in der Küche und schaute nachdenklich hinunter auf seinen Notizzettel, der vor ihm auf dem Tisch lag. Immer wieder las er sich den Inhalt durch und überlegte fieberhaft wie er seine Flüchtlinge doch noch retten konnte, ohne dabei selbst ins Kreuzfeuer zu geraten. Er rief sich noch einmal die drohenden Worte von Michel und seinem Führungsoffizier ins Gedächtnis, die ihn so sehr in Angst und Schrecken versetzten, dass seine Hände unkontrolliert zu zittern begannen. Innerlich ohrfeigte er sich selbst, weil er wusste, dass er sich mit der Verpflichtung für die Staatssicherheit zu arbeiten indirekt an den Teufel verkauft hatte. Im Kopf spielte er jedes erdenkliche Szenario für das gleich anstehende Treffen durch. Aber egal wie er es zu drehen versuchte, am Ende sah er sich jedes Mal erschossen am Waldboden liegen, während die Leute der Staatsicherheit völlig gleichgültig hinab auf sein lebloses Gesicht blickten. Ohne weiter zu grübeln, begab er sich schließlich auf den Weg und stand zwanzig Minuten später am Grenzübergang der Bornholmer Straße.

Aus der Entfernung konnte er Michel sehen, der ihn schon sehnsüchtig erwartete und mit einem undurchschaubaren Gesichtsausdruck vorbei an der Schlange hinaus auf den Grenzparkplatz winkte. Zu seiner Verwunderung begrüßte er ihn wie einen gewöhnlichen Einreisenden und schien sich nicht das Geringste anmerken zu lassen. Mehdi suchte in der routinierten Arbeitsweise seines Widersachers irgendeinen Hinweis, der ihn auf das bevorstehende Szenario besser vorbereiten würde. Doch Michel ging ganz normal seiner Arbeit nach, durchsuchte den Wagen und ließ sich zu keinem Zeitpunkt in die Karten schauen. Nach fünf Minuten war er endlich fertig und steckte sein Kopf durch das geöffnete Fenster der Fahrertür. Dabei setzte er sein ekelhaft überhebliches Grinsen auf, welches ihn im hohen Maße anwiderte.

»Ich weiß zwar nicht, wie der heutige Abend für Sie verlaufen wird, aber versuchen Sie erst gar nicht irgendjemanden zu warnen, denn wir werden Sie auf Schritt und Tritt verfolgen. Die Durchführung Ihres Auftrags steht ganz im Zeichen des Friedens, bitte vergessen Sie das nicht. Sobald unsere Leute das Dreckspack eingesackt haben, haben sie ihre Pflicht erfüllt. Danach können Sie sich einen Orden anstecken und mit uns auf einen weiteren Sieg im Kampf den Kapitalismus anstoßen.« Mehdi schluckte die Panik herunter, die in ihm aufstieg, startete den Motor und rauschte ohne dessen Einwilligung davon.

Als er dreißig Minuten später in der Nähe des Treffpunkts seinen Wagen einparkte, waren die Straßen menschenleer. Beunruhigt stieg er aus und obwohl noch überhaupt nichts geschehen war, machten ihn seine aufkommenden negativen Gedanken so sehr zu schaffen, dass seine Hände abermals zu zittern begannen. Bevor er losging drehte er sich erschrocken um, da in der Ferne auf einmal ein kleiner Transporter mit ausgeschalteten Schweinwerfern zum Stehen kam. Mehdi schaute genauer hin, woraufhin mehrere in Zivil gekleidete Männer ausstiegen, die ihn mit einem eindeutigen Handzeichen aufforderten, unverzüglich in den Wald zu gehen. Vorsichtig trat er in die Dunkelheit hinein, wobei er beim Umherlaufen durch Zufall über einen der Flüchtlinge stolperte, der sich hockend hinter einem Baum versteckte. Mehdi erschrak fürchterlich und fing trotz der drohenden Gefahr an, ihn zu warnen.

»Ihr müsst sofort von hier verschwinden, das Ganze ist eine Falle.«

Doch sein Gegenüber reagierte nicht auf das was er sagte, denn er sprach vor Angst so leise, dass er ihn nicht verstehen konnte. Noch bevor er seine Aussage wiederholte, schossen die Handlanger hinter einem Gebüsch hervor und knüppelten ihre Opfer nacheinander zu Boden. Mehdi entfernte sich so schnell er konnte vom Ort des Geschehens, da er die verzweifelten Schreie einfach nicht ertragen konnte. Völlig aufgelöst ließ er sich hundert Meter weiter auf einer Parkbank nieder und weinte bittere Tränen. Aus unmittelbarer Entfernung konnte er sehen, wie die Flüchtlinge in Handschellen zum Transporter geführt wurden. Der eine von ihnen hatte ihn gleich wiedererkannt und rief ihm hasserfüllt zu.

»Du elendes Verräterschwein, warum hast du uns das nur angetan.«

Mehdi nahm all seinen Mut zusammen und brüllte mit zitternder Stimme zurück, weil er sich unbedingt von seiner bleiernen Schuld befreien wollte.

»Es tut mir so schrecklich leid, ich wurde dazu gezwungen.«
Einem Stasimitarbeiter gefiel die verbale Eigenwilligkeit seines Inoffiziellen Mitarbeiters allerdings überhaupt nicht und kam wutentbrannt auf ihn zugelaufen. Doch Mehdi schien schneller zu sein und rannte wie von Sinnen zurück zu seinem Auto. Dort angekommen versuchte er sich zu beruhigen und machte nach kurzer Zeit einen Eintrag in sein Tagebuch, um das Geschehene besser verarbeiten zu können. Seine Hände zitterten erneut und ließen die Buchstaben, die er zu Papier brachte, wie wild hin und her springen.

Das, was ich heute hier getan habe, ist unverzeihbar, weil ich mich gerade eben selbst als jungen Mann gesehen und verraten habe. Auf einen Schlag habe ich drei wunderschöne Leben zerstört und um meine Schuld zu tilgen, müsste ich eigentlich Selbstmord begehen. Wäre ich doch bloß nicht so ängstlich und zögerlich gegenüber dem Tod. Ich will in diesem Augenblick einfach kein Mensch mehr sein.

Der Winter hatte nun endgültig den Herbst abgelöst und es fing an zu schneien. Er kurbelte das Fenster herunter, schloss für ein paar Sekunden die Augen und ließ die kalte Novemberluft hoffnungsvoll in seine Lungen strömen.

Die Falle schnappt zu

Mehr als zwölf Monate waren mittlerweile vergangen und die Polizei hatte bis dahin noch immer nicht zugeschlagen. Mehdi schleuste in diesem Zeitraum etliche Menschen von der DDR rüber in den Westen und spielte dabei ein gefährliches Doppelspiel, da er weiterhin für Lukas und auf der anderen Seite mit der Staatsicherheit zusammenarbeitete. Um nicht aufzufallen, musste er auf Anweisung seines Führungsoffiziers immer mal wieder eine Schleusung auffliegen lassen, damit sein Schweizer Auftraggeber ihn nicht für unfehlbar halten würde und keinen Verdacht schöpfte. Die Stasi suchte sich dann im Vorfeld aus, auf welchen Staatsbürger ihr Land am ehesten verzichten konnte und ließ die kleinen Fische zusammen mit ihrem Inoffiziellen Mitarbeiter über die vorgegebenen Grenzübergangstellen ausreisen. Die gut ausgebildeten Fachkräfte, die ebenso unter den Flüchtlingen waren, wurden sofort nach dem Erstkontakt dingfest gemacht und durften unter bestimmten Auflagen wieder in ihre alten Berufe zurück.

Mehdi gehörte mit der Zeit zum inneren Kreis und genoss unter seinen Vorgesetzten ein gewisses Vertrauen, da sie sich auf seine Hinweise und die daraus resultierende Trefferquote stets verlassen konnten. Zu seiner Erleichterung schickte die Stasi zum Erstkontakt bald einen Doppelgänger, weil sie wussten, dass ihr Mitarbeiter zu dieser nervenaufreibenden Arbeit nicht mehr in der Lage war. Denn die ständigen Gedanken an die Opfer ließen ihm einfach keine Ruhe und mussten mit immer mehr Beruhigungstabletten und flüchtigen Affären aus seinem Gedächtnis verdrängt werden.

Er und Ali hatten in der Zwischenzeit als Freunde wieder zueinander gefunden und obwohl die beiden nie darüber sprachen, wusste sein Kumpel ganz genau, dass Mehdi aus der Geldnot heraus noch immer mit dem Menschenhändler zusammenarbeiten würde. Aber, dass sein Partner in den letzten Monaten zu einer wichtigen Schachfigur im Kampf gegen den illegalen Menschhandel in der DDR geworden war, darüber wusste er nichts.

Das alltägliche Geschäft in der Werkstatt lief zwar mit der Zeit etwas besser, trotzdem war es für alle Beteiligten nicht wie früher. Besonders deshalb nicht, weil Mehdi einfach fernblieb und sich um nichts und niemanden mehr kümmerte. Simone war mit den Kindern immer häufiger allein zu Haus und wartete wochenlang vergeblich auf ihren Ehemann, der sich mal wieder irgendwo auf der anderen Seite der Mauer herumtrieb. Die kleinen Jungs, die mittlerweile sprechen konnten, fragten immer öfter nach ihrem Papa und waren sichtlich verwundert darüber, dass der schwarzbärtige Mann mit Halbglatze in allen Bereichen die Vaterrolle übernommen hatte. Simone beichtete Ali in einem längeren Telefonat, dass sie erneut schwanger sei und erhebliche Bedenken an der Treue ihres Ehemanns hatte. Ali war von der dritten Schwangerschaft zwar nicht sonderlich begeistert, aber er hielt zu seinem Kumpel und stärkte ihm in seiner Abwesenheit den Rücken, obwohl er natürlich genau wusste, dass sein bester Freund einer der untreuesten Ehemänner aus ganz Westberlin war.

Am 25. April 1985 um 14.00 Uhr verließen beide gemeinsam die Werkstatt. Der Mercedes, den sie mit dem Polizeisprechfunk ausgestattet hatten, war am Abend zuvor liegengeblieben und musste von Micha und Alex komplett zerlegt und aufwendig repariert werden. Was zur

Folge hatte, dass sie mit Mehdis Fahrzeug durch die Gegend fuhren und nicht mithören konnten, was gerade um sie herum geschah. Ali hatte an diesem wunderschönen Frühlingstag überhaupt keine Lust auf seine kleine Studentenbude und schlug seinem Partner vor, den restlichen Tag an der Sonne zu verbringen. Dieser sagte ohne Umschweife zu und zeigte im Anschluss auf den Notizzettel, den er in der Hand hielt.

»Erstmal muss ich für die hungrige Meute einkaufen gehen, danach können wir uns gerne noch ein paar Stündchen in den Schlosspark legen.« Ali war von der spontanen Zusage spürbar überrascht und holte auf dem Weg zum Supermarkt zehn nachgemachte Autoschlüssel aus einem kleinen Lederbeutel hervor, die er seinem Kumpel verheißungsvoll vor die Nase hielt.

»Hier, riech mal, die sind noch ganz frisch. Die habe ich heute Nacht extra für dich angefertigt.« Mehdi war für den Bruchteil einer Sekunde abgelenkt und überfuhr an einer Kreuzung eine leuchtend rote Ampel, woraufhin aus dem Nichts auf einmal ein Polizeifahrzeug auftauchte, welches unmittelbar die Verfolgung des Verkehrssünders aufnahm. Als Mehdi im Rückspiegel das Blaulicht aufflackern sah, trat er mit voller Wucht in die Eisen, wobei seinem Freund die Schlüssel in hohem Bogen aus der Hand flogen und sich bei ihrer anschließenden Landung kreuz und quer in den beiden vorderen Fußräumen verteilten. In einem panischen Tonfall wurde Ali zum Handeln aufgefordert, da der Funkwagen im selben Moment hinter ihnen anhielt.

»Los, beweg deinen Hintern und räum sofort die Scheiße zusammen. Die Bullen stehen hinter uns, ich glaube wir sind über eine rote Ampel gebrettert.« Ali stürzte sich mit dem Kopf voran in seinen Fußraum und sammelte in Rekordtempo alle losen Schlüssel zusammen. Doch gerade als er sich zu seinem Freund hinüberbeugte, klopften die Gesetzeshüter an die Scheibe der Fahrertür, was ihn in eine Art Schockstarre verfallen ließ. Die Ordnungshüter schauten peinlich berührt hinunter auf die beiden Fremden und konnten sich ihr Lachen nur schwer verkneifen. Denn Ali hatte sein Gesicht krampfhaft im Schoß seines Kumpels vergraben und ließ dabei die restlichen Schlüssel blitzschnell unter dem Fahrersitz verschwinden. Die Polizisten sahen sich verschämt an, weil sie tatsächlich dachten, dass sie gerade ein schwules Pärchen in flagranti erwischt hätten.

»Schönen guten Tag meine Herren, haben wir Sie bei irgendetwas Wichtigem gestört? Denn Sie sind über eine rote Ampel gefahren.« Mehdi starrte in die erwartungsvollen Gesichter und begriff anhand des anhaltenden Dauergrinsens plötzlich, was mit der zweideutigen Aussage gemeint war. Er zeigte sofort Einsicht und lächelte ertappt zurück, da er hoffte, dass er dadurch eventuell mit einem blauen Auge davonkommen würde.

»Es tut mir schrecklich leid, aber mein Freund kommt manchmal auf ziemlich verrückte Ideen. Es wird nie wieder vorkommen, versprochen.« Die Beamten besprachen sich kurz miteinander und überreichten ihm daraufhin breitgrinsend eine Broschüre, welche Mehdi merklich erleichtert entgegennahm.

»Na gut, wir lassen Ihnen die Ordnungswidrigkeit noch einmal durchgehen. Aber wir bitten Sie eindringlich, diese Schlafzimmerpraktiken zukünftig zu unterlassen, denn damit gefährden Sie die anderen Verkehrsteilnehmer. Wir wünschen eine gute Weiterfahrt.« Mehdi bedankte sich mehrmals und wartete solange ab, bis der Streifenwagen um die Ecke verschwunden war.

»Hey du Angsthase, du kannst wieder hochkommen, die Luft ist rein.« Ali erhob sich vorsichtig und beide brachen auf der Fahrt zum Supermarkt gleichzeitig in heiteres Gelächter aus, als sie die Überschrift der Polizeibroschüre lasen.

»In jeder Lebenslage dein Freund und Helfer! Polizei Berlin« Nachdem sie den Einkauf erledigt hatten, fuhren sie auf direktem Wege zurück zu Mehdis Wohnung, bei er den Wagen in der Einbahnstraße hinter dem Haus parkte. Beim Aussteigen präsentierte Ali sein Diebesgut, welches er voller Freude aus dem weiten Schaft seiner Stiefel zog. Mehdi kramte währenddessen kopfschüttelnd eine Decke aus dem Kofferraum hervor, die er seinem Partner genervt übergab.

»Hier du Kleptomane, die kannst du tragen. Keine Ahnung warum du das immer machst? Aber ich würde meine Freiheit wegen solcher Pfennigbeträge mit Sicherheit nicht aufs Spiel setzen.« Ali dachte er hätte sich verhört und zeigte seinem Kumpel reflexartig einen Vogel.

»Du Spinner, du sollest dich mal lieber nicht allzu weit aus dem Fenster lehnen, denn vor dir steht derjenige, der dir in all den Jahren immer wieder den Hintern gerettet hat.«

»Ach, halt doch die Klappe, lass uns jetzt einfach hinüber zum Park gehen und uns ein wenig ausruhen, denn ich kann meine Augen vor Müdigkeit kaum noch offenhalten.«

Ein paar Minuten später saßen die zwei Pistazien knabbernd auf einer grünen Wiese und beobachteten die vielen umherlaufenden Touristen, die vor dem Schloss Fotos von sich und ihren Liebsten machten. Dabei dachte Ali mehrmals daran, das Thema mit Alex und der Polizei anzusprechen, doch als er sah wie sein Freund sich kurz darauf gähnend zur Seite drehte, verwarf er den Gedanken wieder.

Nach knapp zwei Stunden wachte Mehdi schweißgebadet auf und starrte erschrocken hinüber zu seinem Partner, der gelangweilt an einem Grashalm herumknabberte.

»Ach du meine Güte, wie spät ist es?«

»Es ist jetzt genau achtzehn Uhr, du Schlafmütze.« Mehdi sprang panisch auf und faltete hektisch die Decke zusammen.

»So ein verdammter Mist, hättest du mich nicht ein bisschen früher wecken können?«

»Warum?«

»Was stellst du mir eigentlich so dumme Fragen? Simone wartet zuhause auf die Einkäufe, und zur Feier des Tages darf ich mir jetzt ihr nerviges Gemeckere anhören.«

Die beiden verließen schnurstracks den Park, als Ali auf einmal auf der Schlossbrücke stehen blieb und seinem Kumpel die nachgemachten Schlüssel überreichte.

»Hier, nimm du mal die Dinger, die scheinen irgendwie Unglück zu bringen.« Mehdi nahm den kleinen Lederbeutel kommentarlos entgegen und verabschiedete sich kurzerhand von ihm.

»Du übertreibst mal wieder maßlos. Wir sehen uns die Tage, bis dann«.

In Windeseile lief er die lange Straße hinunter, wobei ihm kurz vor seinem Wohnhaus ein Mann in Lederjacke ins Auge stach, der nach kurzem Blickkontakt mir nichts dir nichts im Nachbarhaus verschwand. Mit einem eigenartigen Bauchgefühl nahm er die Verfolgung des Fremden auf, doch dieser war in null Komma nichts im weitläufigen Innenhof in einem der Aufgänge verschwunden. Beim anschließenden Aufschließen der Haustür winkte ihm von gegenüber ein älterer Herr zu, welchem er vor geraumer Zeit ein Auto verkauft hatte und der ganz genau wusste, dass seine Geschäfte nicht ganz koscher waren. Mehdi erwiderte beim Hineingehen seine Geste und begriff auf einmal, dass irgend etwas nicht stimmte, da der Pensionär unablässig auf die Seitenstraße zeigte, in der mehrere Zivilstreifen standen. Schlagartig ließ er die Einkaufstüten fallen und rannte panikentbrannt nach oben in den vierten Stock, wo er vorsichtig an der Wohnungstür lauschte. Dort nahm er neben dem leisen Kindergeschrei eine männliche Stimme wahr, die sich mit seiner Frau unterhielt und die er noch nie zuvor gehört hatte. Er klopfte zaghaft an die Tür und spitzte die Ohren erneut. Doch als urplötzlich die Unterhaltung verstummte, wurde ihm klar, dass es sich mit aller Wahrscheinlichkeit um die Polizei handelte, die im Inneren auf ihn wartete. Er grübelte wie verrückt und wusste, dass der Hinterhof mit hundertprozentiger Sicherheit von dem Zivilpolizisten gesichert war, den er zuvor vergeblich verfolgt hatte. Kurz darauf öffnete Simone die Tür, der er nichtsahnend den kleinen Lederbeutel mit den Schlüsseln in den Ausschnitt steckte, und die dabei immer wieder unauffällig auf die Küche zeigte, in der der Hauptkommissar saß und in aller Seelenruhe auf seine Beute wartete.

»Er ist allein, los hau schon ab.« Während Mehdi den Flur entlang schlich, erklang aus dem Hintergrund auf einmal ein lauter Ruf, der ihn aufschrecken ließ.

»Herr Karbassion, ich weiß zwar nicht, was sie vorhaben? Aber das gesamte Haus ist umstellt, es ist zwecklos davonzulaufen. Lassen Sie uns gemütlich zusammen einen Tee trinken und danach zum unangenehmen Teil übergehen.«

Als der Kommissar keine Antwort erhielt, rannte er Hals über Kopf aus der Küche, über den Flur ins Kinderzimmer, in dem er erstaunt auf den unteren Teil der Leiter blickte, die Mehdi nach seiner waghalsigen Kletteraktion geschwind hinauf auf das Dach zog. Panisch griff er nach seinem Funkgerät, in welches er hastig hineinsprach. Jedoch wartete er vergeblich auf eine Antwort, da seine Kollegen wegen des unmittelbar bevorstehenden Zugriffs ihre Funkgeräte leise gestellt hatten. Daraufhin nahm er wutentbrannt die Verfolgung auf, und verschaffte sich über das Treppenhaus Zugang zum Dachboden, von dem aus er ebenfalls auf das Flachdach gelangte. Von Weitem konnte er Mehdi sehen, der gerade die Leiter zwischen den beiden auseinanderstehenden Häusern positionierte. Mit einer gehörigen Portion Angst im Nacken kroch dieser hinüber auf die andere Seite, wobei ihm der Kommissar lautstark hinterherrief.

»Bleib sofort stehen oder ich schieße.« Mehdi drehte sich langsam um und stieß dabei die Leiter mit dem Fuß in die Tiefe, was seinen Verfolger so sehr ablenkte, dass er unbemerkt aus dessen Sichtfeld verschwinden konnte. Mit schlotternden Knien saß er hinter einem Schornstein und beobachtete die Situation, als der Hauptkommissar plötzlich Anlauf nahm und über den Abgrund hinwegsprang. Doch unglücklicherweise schaffte er es nicht ganz und hielt sich mit letzter Kraft an der Außenfassade des Hauses fest. Mehdi guckte erschrocken hinüber und kam mit einem Mal ins Grübeln. Denn auf der einen Seite war die dunkle Plane zu sehen, unter der das Seil lag, welches ihn mit hoher Wahrscheinlichkeit vor dem Gefängnis bewahren würde. Doch auf der anderen Seite flehte der Polizist jämmerlich um sein Leben, was er einfach nicht ignorieren konnte. Einen Augenblick später trat er vorsichtig an den Abgrund heran und schaute zum ersten Mal dem Mann in die Augen, der ihm seit etlichen Jahren dicht auf den Fersen war und der, kurz vor seinem Ziel, scheinbar doch noch zu scheitern drohte.

»Was glotzt du mich eigentlich so dumm an? Jetzt hilf mir endlich, verdammt.«

»Zu allererst wirst du mir deine Waffe übergeben, ansonsten werde ich einen Teufel tun.« Der Kommissar lehnte die an ihn gestellte Bedingung vehement ab und lachte seinen Widersacher erschöpft aus.

»Das hättest du wohl gern, du kriminelles Stück Scheiße, lieber sterbe ich.« Gleichgültig zuckte Mehdi mit den Schultern und drehte sich auf der Stelle um, als der verzweifelte Hilferuf erneut erklang.

»Hier nimm, du hast gewonnen, aber bitte mache keine Dummheiten und zieh mich rauf.« Mehdi packte ihn entschlossen am Arm und zog ihn mit Müh und Not hinauf. In einem unachtsamen Moment nahm er dem Beamten dessen Handschellen ab, mit denen er ihn, an einer aus dem Mauerwerk herausragenden Stahlstufe fixierte. Dieser schaute daraufhin schwer atmend hinüber zu seinem Gegenspieler, der gerade drauf und dran war zu türmen.

»Warte! Du hast mir das Leben gerettet, wenn du jetzt fliehst, dann wirst du dir diesen Vorteil zunichte machen.« Mehdi lief nervös umher und warf die Pistole in einen der Schornsteine.

»Sag mir, was wird von meinem jetzigen Leben noch übrigbleiben, wenn ich wieder aus dem Knast raus bin?«

»Das kann ich dir nicht sagen. Doch nachdem du deine Strafe abgesessen hast, bist du ein freier Mann und kannst tun und lassen wonach dir der Sinn steht.«

»Ein freier Mann, dass ich nicht lache. Am Ende bleibt mir nur Armut, Elend und der Tod. Vielen Dank, aber das Ganze kenne ich schon zu Genüge aus meiner Jugend, das will ich auf gar keinen Fall noch einmal erleben.« Der Kommissar griff nach dem letzten Strohhalm und probierte über dessen Familie an ihn heranzukommen.

»Denk doch mal nach, du bist bald dreifacher Vater, bedeutet dir das denn gar nichts?«

Diese Aussage versetzte Mehdi so sehr in Aufruhr, dass er blitzschnell hinüber zur Plane ging, um in aller letzter Sekunde in die Freiheit zu gelangen. Doch als er hinunterschaute, um nach dem Seil zu greifen, war weit und breit nichts mehr davon zu sehen. Lediglich der verrostete Karabinerhaken, welchen sie mehrere Monate zuvor an der alten Metallleiter befestigt hatten, war noch vorhanden. Mit Tränen in den Augen fiel er auf die Knie und stieß dabei einen verzweifelten Schrei aus. Der Polizist war mit der Ausnahmesituation restlos überfordert und versuchte fieberhaft die richtigen Worte zu finden, da es kurzzeitig so aussah, als würde Mehdi Selbstmord begehen.

»Weißt du, ich bin dir jetzt schon seit mehreren Jahren auf den Fersen und immer wieder bist du mir entwischt oder es gab keinerlei Beweise, die man hätte gegen dich verwenden können. Ich weiß nicht, wie du das all die Jahre gemacht hast, aber du scheinst einen verdammten Schutzengel an deiner Seite gehabt zu haben.« Mehdi drehte sich wortlos nach hinten um und sah, wie die anderen Polizisten nach und nach die Dächer in Beschlag nahmen. Er wusste nun endgültig, dass es vorbei war und ging ganz nah an seinen Verfolger heran, um ihm ein Geständnis zu machen. Dabei sprach er so deutlich und klar, dass das Gesagte fast schon wie eine innere Befreiung wirkte.

»Ich bin froh, dass ihr mich geschnappt habt. Endlich ist die jahrelange Flucht vorbei.« Sein Gegenüber war von der Aussage merklich überrascht, und legte verständnisvoll die Hand auf seine Schulter. Doch Mehdi reagierte überhaupt nicht und starrte wie hypnotisiert auf die dunkle Plane, während der Kommissar seinen Kollegen das entscheidende Zeichen für den Zugriff gab.

Beweise vernichten

Trotz strenger Auflagen der Polizei schlich sich Simone noch am selben Abend aus dem Haus, um Ali im Studentenheim aufzusuchen. Als sie vor Ort ankam, war sie mit den Nerven völlig am Ende und hämmerte wie eine Verrückte gegen die Tür. Ein paar Sekunden später fiel sie dem besten Freund ihres Mannes hysterisch weinend um den Hals, der sie daraufhin mit einer bösen Vorahnung in sein Apartment zog.

»Meine Güte, was ist denn mit dir passiert? Du siehst ja furchtbar aus.«

Simone rang schluchzend nach Luft und schilderte ihm im Eilverfahren, was ein paar Stunden zuvor geschehen war. Ali wurde schlagartig leichenblass und fasste sich reflexartig an sein Herz, welches vor Schreck wilde Sprünge machte. Dabei schossen ihm sofort die Blanko-Fahrzeugbriefe, die Schlüsselrohlinge und die anderen Beweisstücke ins Gedächtnis, die in der Werkstatt unter dem wuchtigen Metallschrank lagen.

»Kannst du dich jetzt mal für einen Moment beruhigen und ein bisschen konkreter werden, denn ich muss mir blitzschnell einen Plan zurechtlegen.« Simone versuchte sich krampfhaft zusammenzureißen und erzählte ihm alles was er wissen wollte. Zum Ende hin zuckte Ali jedoch noch einmal innerlich zusammen, weil er an die frisch nachgemachten Autoschlüssel dachte, die er seinem Freund beim Verabschieden auf der Schlossbrücke in die Hand gedrückt hatte.

»Also, wir haben ein Riesenproblem. Naja, eigentlich sind es mehrere Probleme. Ach verdammt, ich weiß gar nicht, wo ich zuerst anfangen soll. Sag mal, hat dir dein Mann zufälligerweise etwas übergeben bevor er verhaftet wurde?« Simone wusste sofort wovon er sprach und überreichte ihm kurz darauf den kleinen Lederbeutel, den sie aus ihrem Ausschnitt zog. Ali nahm die Schlüssel spürbar erleichtert entgegen und verriet ihr was er vorhatte.

»Hör zu, uns bleibt wahrscheinlich nicht viel Zeit. Wir müssen so schnell wie möglich in die Werkstatt, denn unter dem schweren Metallschrank liegen ein paar sehr wichtige Dinge, die wir dringend verschwinden lassen müssen.«

»Hallooo, bist du eigentlich komplett lebensmüde? Die Polizei wird mit hundertprozentiger Sicherheit den Eingang überwachen und außerdem frage ich mich, warum du mich da mit reinziehen willst, schließlich habt ihr beiden den Mist doch verbockt.«

»Kannst du mal bitte mit deinen nervigen Schuldzuweisungen aufhören und die Arschbacken zusammenkneifen, denn ohne deine Hilfe werde ich das alles niemals bewerkstelligen können. Wir sollten jetzt schleunigst handeln, bevor den Bullen die Beweisstücke in die Hände fallen, denn wenn das geschieht, brummen sie deinem Mann mindestens noch mal zusätzlich fünf Jahre auf. Ich werde mich jetzt umgehend auf den Weg machen und die Werkstatt observieren. Sobald ich weiß wie wir da reinkommen ohne verhaftet zu werden, melde ich mich bei dir, hast du verstanden?«

»Na gut, aber bitte sei vorsichtig, denn ich weiß nicht, wie ich die nächste Zeit ohne dich durchstehen soll.«

Als Ali dreißig Minuten später in der Nähe der Werkstatt einparkte, war es stockdunkel. Mit äußerster Vorsicht schlich er sich näher heran und beobachtete den Eingang, vor dem ein unauffälliger Wagen stand, in dem zwei zwielichtige Gestalten saßen, die sich miteinander unterhielten. Fieberhaft überlegte er, wie er weiter vorgehen sollte, denn er musste unbedingt herausfinden, ob es sich bei den beiden Herren in Zivil tatsächlich um die Polizei handelte. Gedankenversunken lief er um die Ecke, hinter der ihm plötzlich ein Mann ins Auge stach, welchen er locker ansprach. Dieser blickte ihm misstrauisch entgegen und wusste anfangs nicht so recht, was er von dem eigenartigen Typen mit schwarzen Vollbart halten sollte. Doch als ihm der Fremde auf einmal verheißungsvoll einen Hundert-Mark-Schein vor die Nase hielt, warf er jegliche Skepsis über Bord und hörte aufmerksam zu.

Nachdem sie alle Einzelheiten zum Ablauf besprochen hatten, begab sich der Angeworbene schnurstracks zur Werkstatt, an der er entschlossen an die Tür klopfte und mehrmals lautstark Mehdis Namen rief. Noch bevor er Luft holen konnte, sprangen die beiden Gorillas mit vorgehaltenem Dienstausweis aus ihrem Fahrzeug und stürzten sich auf den Verdächtigen, der überhaupt nicht wusste, wie ihm geschieht.

Ali nutzte den Augenblick der Ablenkung gekonnt aus und drang währenddessen klammheimlich ins gegenüberliegende Gebäude ein. Dort ging er, mit einem Notizblock bewaffnet, an einem Fenster im Treppenhaus in Lauerstellung und beobachtete bis zum Vormittag des nächsten Tages, was rund um die Werkstatt geschah. In den folgenden zwei Tagen wiederholte er die aufwendige Observierung, bis er ganz genau wusste, wann die Beamten ihren Beobachtungsposten verließen, um ihre zwanzigminütige Pause einzulegen. Trotz all seiner Bedenken holte er Simone gleich am nächsten Abend in der Nähe ihres Zuhauses ab, um mit ihr zur Werkstatt zu fahren. Mit einem schwarzen Arbeitsoverall und einer dunklen Mütze bekleidet stieg sie zu ihm ins Auto, wobei man ihr auf Anhieb ansehen konnte, dass ihre Nerven vollkommen blank lagen. Während der Fahrt redete Ali mit Bedacht auf sie ein, da er befürchtete, dass sie im letzten Moment doch noch kalte Füße bekommen würde.

»Ich weiß genau was du denkst, aber du brauchst dir keinerlei Sorgen zu machen, denn ich habe alles genauestens überprüft. Das Ganze wird ein Kinderspiel, glaub mir.« Simone schien von seinem Vortrag jedoch nicht sonderlich überzeugt zu sein und steckte sich mit zitternden Händen eine Zigarette an.

»Du kannst mir viel erzählen, wenn der Tag lang ist. Wenn alles so einfach wäre, dann würde mein Ehemann jetzt wohl nicht in Untersuchungshaft sitzen oder?« Ali stimmte ihr zu und hielt sich den Rest des Weges zurück, da er mit ihrer jugendlichen Schlagfertigkeit nicht wirklich umgehen konnte. Mit einer Höllenangst stieg Simone fünfzehn Minuten später aus dem Fahrzeug und starrte nägelkauend hinüber zur hundert Meter entfernten Werkstatt, während Ali hochkonzentriert auf seine Armbanduhr blickte.

»Also, die Bullen machen gleich Pause. Dann haben wir exakt zwanzig Minuten Zeit, um uns die Beweismittel zu schnappen, alles klar soweit?«

»Nichts ist klar. Ich habe eine Scheißangst und weiß nicht, ob ich wirklich bereit dazu bin. Was ist, wenn du bei deiner Observierung etwas Wichtiges übersehen hast und sie uns verhaften, zum Teufel? Dir ist schon klar, dass meine Kinder mich dann im Frauenknast besuchen können.«

»Gemeinsam schaffen wir das schon. Jetzt reiß dich verflucht nochmal zusammen, denn dein Gejaule klingt wie das deines Ehemanns.«

Kurz darauf verließen die Polizisten auf die Minute genau ihren Posten, um ihre Pause an der um die Ecke liegenden Currywurstbude einzulegen. Nachdem die Luft rein war, rannten die beiden im Schutze der Dunkelheit zum Eingang, in der Ali in Windeseile das kleine Toilettenfenster aufhebelte, welches in zwei Meter Höhe lag. Simone behielt unterdessen die nähere Umgebung in Augenschein und bekam auf einmal einen Riesenschreck, als er ihr von oben mit einem entschlossenen

»Los, beweg deinen Hintern hier rauf«, die Hand entgegenstreckte. Mit seiner ganzen Kraft versuchte er Simone hinauf zu ziehen, doch die rutschte immer wieder mit dem Fuß vom schmalen Fensterbrett ab und gab schließlich entrüstet auf.

»Vergiss es, das schaffe ich niemals, du musst das alleine machen.« Ali dachte, er hätte sich verhört und sprang wütend hinunter, wo er sich nach ein paar erneut gescheiterten Kletterversuchen allerdings eingestehen musste, dass vor ihm die größte Grobmotorikerin Westberlins stand. Während er sich prüfend umsah, holte Simone in Eile den Werkstattschlüssel hervor, mit dem sie sich in Nullkommanichts Zugang ins Innere verschaffte. Ali drehte sich erschrocken um und starrte fassungslos auf die blaue Polizei-Versiegelung, welche beim ruckartigen Öffnen der Tür gleichzeitig mit durchtrennt wurde.

»Oh mein Gott, bist du eigentlich völlig bescheuert, du blöde Kuh. Dank dir und deiner Unüberlegtheit werden wir wahrscheinlich alle im Knast landen.« Simone schien sich jedoch keiner Schuld bewusst und forderte ihn in einem energischen Ton zum Handeln auf.

»Entschuldige, aber wolltest du da etwa Wurzeln schlagen? Komm schon, lass uns jetzt endlich loslegen und die Angelegenheit hinter uns bringen, denn ich wollte hier nicht ewig verweilen.« Glücklicherweise fing sich Ali schnell wieder und zeigte mit dem hektisch zuckenden Lichtkegel der Taschenlampe hinüber auf den wuchtigen Metallschrank, den er mit seinem gesamten Körpergewicht nach hinten stemmte. Simone kroch daraufhin blitzschnell zu Boden und kramte alles hervor, was sie unten drunter finden konnte. Im Anschluss verschwanden die beiden unbehelligt nach draußen und beobachteten von gegenüber den Eingang, vor dem wenig später die Zivilpolizisten eintrafen, die sich nichts ahnend wieder auf ihren Posten begaben.

Auf dem Rückweg zum Auto hakte sich Simone sichtlich erleichtert bei ihm ein, doch Ali wusste überhaupt nicht, wie er mit der eigenartigen Situation umgehen sollte und plapperte nervös drauf los.

»Es tut mir schrecklich leid, was ich vorhin zu dir gesagt habe, das habe ich nicht so gemeint. Aber manchmal brennen bei mir alle Sicherungen durch. Naja, und bis auf deine grandios missglückte Kletteraktion und den Ausrutscher mit der Tür warst du echt super. Ich glaube, Peppchen wäre mächtig stolz auf dich.«

»Lustig, ich muss in diesem Moment so sehr unter Adrenalin gestanden haben, dass ich das gar nicht mitbekommen habe. Dennoch frage ich mich, wie ihr beiden Verrückten das mit euren krummen Geschäften nur mental aushaltet, da wird man doch irgendwann ein Psycho-Wrack.« Ali nickte schwer atmend und stellte mit Erschrecken fest, dass sich seine kriminelle Karriere langsam dem Ende näherte.

»Frag mal deinen Mann, der kann dir von emotionalen Krisen nämlich ein Liedchen singen. Ich für meinen Teil habe die Gefahr zwar immer ausgeblendet, aber ich glaube es ist an der Zeit, sich ein weniger aufregendes Betätigungsfeld zu suchen, denn ich befürchte, dass mich mein Glück auf kurz oder lang verlassen wird. Außerdem ist mit Mehdis Inhaftierung mein innerer Antrieb verloren gegangen, denn ohne ihn macht das Ganze einfach keinen Sinn und keinen Spaß mehr.« Simone sah die Bestürzung in seinen Augen und versuchte ihn irgendwie auf andere Gedanken zu bringen.

»Mach dich doch nicht verrückt. Du wirst schon wissen wann der richtige Zeitpunkt zum Aufhören gekommen ist. Übrigens würde ich zu gerne mal einen Blick in den Rucksack werfen, denn in all der Hektik habe ich überhaupt nicht gesehen, was ich da eigentlich hervorgeholt habe.« Ali ließ sie hineinschauen und bereitete in Gedanken einen perfiden Rachefeldzug vor, den er direkt in die Tat umsetzen wollte.

»Mir ist gerade noch was Wichtiges eingefallen. Wir müssen auf dem Heimweg unbedingt noch mal einen kleinen Zwischenstopp einlegen.« Simone schaute verwundert auf und erkannte anhand des boshaften Grinsens, dass er irgendetwas ausheckte.

Kurz darauf bestätigte sich ihre Vermutung, als sie unmittelbar gegenüber der Wohnung von Alex haltmachten, in der noch Licht brannte.

»Entschuldigung, würdest du mich bitte mal aufklären, denn ich fühle mich gerade sehr unwohl.« Ali zwinkerte ihr zu und schnappte sich in Windeseile die Blanko-

Fahrzeugbriefe, mit denen er wortlos hinaus in die Dunkelheit entschwand. Dort öffnete er in aller Seelenruhe den Kofferraum eines dunkelgrünen Wagens, in welchen er die von ihm nachgemachten Schlüssel, inklusive der Unterlagen, mir nichts, dir nichts verschwinden ließ. Im Anschluss eilte er im schnellen Schritt zum Telefonhäuschen, von wo aus er nach einem Anruf geschwind zurück zu seinem Wagen lief. Simone dämmerte allmählich, was vor sich ging und blickte ihm beim Einsteigen konsterniert entgegen, während Ali sich mit Hochspannung hinters Lenkrad klemmte.

»Du brauchst mich gar nicht so komisch anzuschauen. Diese hinterhältige Ratte trägt die Hauptschuld daran, weshalb dein Mann jetzt im Gefängnis sitzt. Er bekommt nur das zurück, was er verdient hat. Nicht mehr und nicht weniger. Also, mach dich bitte ganz klein, denn ich will mir dieses Spektakel auf keinen Fall entgehen lassen.« Noch bevor Simone antworten konnte, fuhr ein Großaufgebot der Polizei vor, welches sich mit quietschenden Reifen vor dem Wohnhaus in Stellung brachte. Wenig später wurde Alex von zwei Beamten hinaus auf die Straße geführt und aufgefordert den Kofferraum seines Wagens zu öffnen. Ali rieb sich aufgeregt die Hände und grinste sich schadenfroh ins Fäustchen, als sein ehemaliger Kollege geschockt ins Innere starrte und sich dabei verzweifelt zu erklären versuchte. Doch die Gesetzeshüter schienen ihm kein einziges Wort zu glauben und ließen im selben Moment die Handschellen klicken.

Untersuchungshaft

In den folgenden Wochen wurde Mehdi fast zweimal täglich von der Polizei verhört, da sie noch immer fieberhaft nach dem polnischen Phantommitarbeiter namens Bolek fahndeten. Die Einzelzelle, in der er saß, ließ man rund um die Uhr von einem Beamten bewachen, da man die Befürchtung hatte, dass ihr Häftling noch vor dem Abschluss der Untersuchungen Selbstmord begehen würde. Das Recht auf den Hof zu gehen, wurde ihm eine Zeitlang entzogen, da die zuständige Ermittlungsbehörde um jeden Preis verhindern wollte, dass der Inhaftierte Kontakt zu anderen Mithäftlingen aufbauen konnte.

Als Mehdi nach über drei Wochen das erste Mal hinunter an die frische Luft durfte, war er innerlich vollkommen aufgewühlt, da er ununterbrochen an die bald anstehende Gerichtsverhandlung dachte, die in den nächsten Wochen über seinen Freiheitsentzug entscheiden sollte. Nachdenklich trat er hinaus und blickte hinauf in den blauen Himmel, der ihn unweigerlich an seine Heimat erinnerte. Nachdem er ein wenig umhergelaufen war, ließ er sich auf einer Bank nieder, wo er sich seinen anhaltenden Kummer auf einem kleinen Notizblock von der Seele schrieb.

Mein Liebes, jeder Tag, den ich in diesem beschissenen Gefängnis verbringen muss, macht mich noch trauriger. Ich denke immerzu an Dich und an unsere Kinder und bemerke dabei, wie sehr mich das Gefühl euch nicht um mich zu haben innerlich auffrisst. Besonders große Sorgen mache ich mir um Dich, denn ohne deine Angehörigen hast du es bei uns drüben im Westen noch

schwerer. Nächste Woche bekomme ich hoffentlich genügend Schreibmaterial um endlich mein Buch fertigstellen zu können. Bei der vielen Zeit, die ich im Augenblick habe, ist es wahrscheinlich das Beste was ich jetzt tun kann, um mich ein wenig von der Einsamkeit abzulenken. Die Zukunft sieht düster und traurig aus, aber ich werde alles dafür tun, damit ich bald wieder bei euch sein kann.

In Liebe, dein Peppchen

Auf dem Flur vor seiner Zelle kam ihm ein älterer deutscher Mithäftling entgegen, der ihn absichtlich anrempelte und leise ansprach. Mehdi schaute sich unauffällig um und hörte sich interessiert an, was ihm der zwielichtige Kerl mit der dunklen Narbe im Gesicht zu sagen hatte.

»Mir ist zu Ohren gekommen, dass du noch ein Frischling bist, deshalb gebe ich dir einen gut gemeinten Rat. Innerhalb des Gefängnistrakts treibt ein gewiefter Rechtsanwalt sein Unwesen, vor dem du dich unbedingt in Acht nehmen solltest. Dieser verfluchte Winkeladvokat macht jedem Neuinhaftierten vollmundige Versprechungen und sichert ihnen zu, dass sie gegen die einmalige Aufwandsentschädigung von fünftausend Mark im Prozess Strafmilderung erhalten würden, was jedoch eine Lüge ist.« Mehdi atmete entsetzt aus und wollte gerade zur Gegenfrage ausholen, als ihm plötzlich der Hauptkommissar von hinten auf die Schulter tippte.

»Herr Karbassion, ich habe zwar keine Ahnung was hier vor sich geht, aber folgen sie mir unverzüglich ins Verhörzimmer, denn ich habe ihnen etwas Wichtiges mitzuteilen.« Mehdi kam der Aufforderung ohne Weiteres nach und zuckte kurz darauf völlig erschrocken zusammen, als ihm der Beamte mitteilte, dass Micha und Alex vor geraumer Zeit ebenfalls verhaftet worden seien.

»Irgendjemand da draußen scheint ihre ehemaligen Mitstreiter nicht sonderlich zu mögen, denn die beiden wurden jeweils nach einem anonymen Anruf, der in der Nacht bei der Polizei einging, dingfest gemacht. Haben sie eventuell eine Idee, wer hinter dem Rachefeldzug stecken könnte, denn es waren jede Menge Beweismaterialien dabei?« Mehdi wusste sofort, dass Ali seine Finger im Spiel hatte und antwortete mit einem gleichgültigem Schulterzucken. Der Kommissar war von der Geste spürbar verunsichert, weil er eigentlich dachte, dass sein Gegenüber endlich auf Bolek zu sprechen kommen würde.

»Nun ja, von jetzt an ist es wahrscheinlich nur noch eine Frage von wenigen Tagen, bis ihre alten Weggefährten jämmerlich zusammenbrechen und anfangen zu plaudern. Sie können ihnen allerdings ein Schnippchen schlagen und die auf sie zukommende Strafe erheblich reduzieren, wenn sie mir endlich sagen, wer in all den Jahren der Hauptinitiator in ihrer Truppe gewesen ist?« Mehdi geriet merklich ins Grübeln und sagte kein einziges Wort, weil er insgeheim wusste, dass der Kommissar ihn hinters Licht führen wollte.

»Machen wir uns doch nichts vor, im Moment sieht es eher schlecht für sie aus, weshalb ich auch davon ausgehe, dass sie locker für acht bis zehn Jahre hinter schwedische Gardinen wandern. Was mir wirklich von Herzen leidtut, da sie im Grunde genommen ein feiner Kerl sind. In dieser langen Zeitspanne werden sie die wichtigsten Jahre ihrer Kinder verpassen und zu guter Letzt wird ihnen mit aller Wahrscheinlichkeit auch noch ihre Frau davonlaufen, denn ich habe in meiner Laufbahn noch keine Ehe gesehen, die diese Zerreißprobe überstanden hat, glauben sie mir. Denken sie noch einmal ganz genau nach, sie haben ihr Schicksal nämlich selbst in der Hand.« Mehdi stürzte sich ohne groß zu überlegen in die Offensive, da er höllische Angst davor hatte, dass die unheilvollen Prophezeiungen tatsächlich Wirklichkeit werden würden.

»Verdammt nochmal, ich rede, aber sie müssen mir einige Zugeständnisse machen, schließlich haben sie mir ihr Leben zu verdanken.« Der Kommissar blickte interessiert hinüber und schüttelte ungläubig den Kopf.

»Sie Witzbold, sie sollten mir schleunigst ein paar Namen nennen, bevor ich ungemütlich werde, also, ich höre.«

»Na gut, der Hauptdrahtzieher nach dem Sie fahnden, ist Alex. Er war in all den Jahren der Anführer in unserer Truppe und hat eng mit Bolek und dessen Komplizen zusammengearbeitet, mit welchem er die gestohlenen Autos im osteuropäischen Ausland veräußert hat. Ich und Micha hingegen waren nur für das Umfrisieren der Fahrzeuge zuständig, das müssen sie mir unbedingt glauben.«

»Das klingt äußerst interessant, jetzt wird mir auch einiges klar. Wissen sie eventuell wo sich dieser Bolek gerade aufhält, denn ich würde ihm zu gerne mal ein paar Fragen stellen!«

»Das weiß ich nicht, da er ja ursprünglich aus Polen stammt und nur zu uns gestoßen ist, als mal wieder Not am Mann war. Bekomme ich nun die von ihnen versprochene Strafmilderung oder wollen Sie noch etwas von mir wissen?«

»Übertreiben sie es nicht, Karbassion. Erstmal brauchen wir das alles noch einmal schriftlich von Ihnen, danach werde ich sehen was ich für Sie tun kann.« Während Mehdi seine belastenden Aussagen zu Papier brachte, perlte ihm der blanke Angstschweiß von der Stirn, weil ihm bewusst war, dass er sich mit seinem Lügenkonstrukt in sehr große Schwierigkeiten begab.

In den folgenden Tagen schloss der Kommissar die Beweisaufnahme und verzichtete auf weitere Anhörungen, da er den Großteil der Taten den drei Hauptangeklagten zweifelsfrei zuordnen konnte. Ein wichtiges Puzzleteil fehlte ihm allerdings noch, weshalb er im Hintergrund weiterhin fieberhaft nach Bolek fahnden ließ, der jedoch wie vom Erdboden verschluckt schien. Mehdi, Alex und Micha durften bis zum Tag der Verhandlung nur zu unterschiedlichen Zeiten auf den Hof, da man unbedingt verhindern wollte, dass sich die drei untereinander absprachen.

Die Gerichtsverhandlung

Am Abend vor der Gerichtsverhandlung war Simone mit den Nerven völlig am Ende. Sichtlich beunruhigt lief sie im Wohnzimmer umher und starrte dabei ununterbrochen auf ihre beiden spielenden Söhne, an deren Unbekümmertheit sie sich zu erfreuen versuchte. Ali war mittlerweile zum Dauergast geworden, da er um jeden Preis verhindern wollte, dass die Kinder etwas vom plötzlichen Verlust ihres Papas mitbekamen. Doch nach unzähligen Ausreden, von Zwillingsbruder bis hin zur Mondlandung war auch er mit seinem Latein allmählich am Ende.

Irgendwann verschwand Simone wortlos hinaus in die Küche, in welcher er sie Stück für Stück in seinen Plan einweihte, den er einige Tage zuvor ausgearbeitet hatte.

»Erschreck' dich jetzt nicht! Ich habe einen Entschluss gefasst und werde morgen zur Gerichtsverhandlung mitkommen.« Simone blickte genervt hinüber und schüttelte ungläubig den Kopf.

»Hör auf mich zu verarschen, verflucht, du weißt doch ganz genau, dass ich im Moment nicht zum Scherzen aufgelegt bin.«

»Ich mache keinen Spaß, ich werde dem Termin tatsächlich beiwohnen. Aber die Sache hat einen entscheidenden Haken. Wir müssen nämlich getrennt voneinander hingehen, da ich mich äußerlich ein wenig verwandeln werde.«

»Oh Mann, du machst mich fix und fertig, weißt du das eigentlich? Lass mich raten, du hast da mal wieder so eine Vorahnung, hab' ich recht?«

»Ja, allerdings. Ich muss hundertprozentig sichergehen, dass meine alten Kollegen mich nicht verpfeifen, denn wenn das geschieht, bin ich geliefert. Deinem Ehemann vertraue ich zwar, aber ich befürchte, dass er unter dem enormen Druck, der beim morgigen Prozess auf seinen Schultern lastet, eventuell zusammenbrechen könnte. Deshalb glaube ich, ist es gar keine so schlechte Idee, wenn ich und mein rachsüchtiges Wesen ebenfalls im Gerichtssaal anwesend sind, nur für den Fall der Fälle. Übrigens, solltest du mich morgen aus irgendeinem Grund erkennen, darfst du mich unter keinen Umständen ansprechen, egal wie sehr es dich in den Fingern jucken sollte, hast du verstanden?«

»Natürlich, ich bin ja nicht plemplem. Glaub mir, deine komischen Spielchen sind jetzt das geringste Problem. Viel mehr Sorgen mache ich mir um die Zukunft meiner Kinder. Was soll ich Ihnen bloß erzählen, wenn ihr Vater erst nach Jahren wieder auftaucht. Ich kann sie doch nicht die ganze Zeit anlügen, das würde ich niemals übers Herz bringen.«

»Mach dich doch nicht schon vorher verrückt. Eventuell wird es ja gar nicht so schlimm und du kannst Peppchen bald wieder bei euch Zuhause begrüßen.« Simone zeigte ihm einen Vogel, weil sie ganz genau wusste, dass das, was er sagte, sie nur beruhigen sollte.

»Entschuldige, aber willst du mich eigentlich für dumm verkaufen? Mein Mann sitzt jetzt seit acht Wochen in Untersuchungshaft, der wird mit Sicherheit nicht so schnell wiederkommen, das hat mir unsere Anwältin schon längst gesteckt.« Ali schien von ihrem reizbaren Wesen merklich amüsiert und schaute dabei flüchtig auf seine Armbanduhr.

»Ach du meine Güte, ich muss schleunigst los, denn ich habe noch etliches vorzubereiten.« Simone brachte ihn schließlich zur Wohnungstür, an der sie ihn bei der Verabschiedung noch einmal innig umarmte.

»Danke, ich bin so froh das du mir den Rücken stärkst, denn ich wüsste nicht, wie ich das Ganze ohne dich durchstehen soll.«

»Ich fürchte, mir bleibt ja gar nichts anderes übrig. Außerdem ist es nur eine Gerichtsverhandlung und keine Hinrichtung. Halte dich einfach an das, was ich dir vorhin gesagt habe, dann kann auch nichts schiefgehen. Schlaft gut und bis dann.«

Pünktlich um neun Uhr am nächsten Morgen betrat Simone den Gerichtssaal. Mit reichlich Herzklopfen setzte sie sich in die erste Reihe neben die Ehefrauen von Micha und Alex, die sich augenscheinlich zusammengetan hatten und sie trotz der freundlichen Begrüßung keines Blickes würdigten. Enttäuscht über diesen Umstand, drehte sie sich nach hinten um und beobachtete voller Neugier die erwartungsvoll dreinblickenden Zuschauer, wobei ihr sofort ein grauhaariger Mann ins Auge stach, der sich mit einer Gruppe von Studenten unterhielt und ihr starr entgegenblickte. Erschrocken riss sie ihren Kopf nach vorne, als plötzlich die drei Hauptangeklagten von mehreren Polizisten in den Saal geführt wurden. Dabei stockte Simone für den Bruchteil einer Sekunde der Atem, da ihr Ehemann deutlich abgemagert war und aussah wie der Tod auf Latschen.

Nachdem der Besuchereingang von einem Justizbeamten geschlossen wurde, erschien der Richter in Begleitung seiner Schöffen und eröffnete einen Augenblick später die Verhandlung. Nicht unweit von ihm entfernt saßen die Rechtsanwälte, die hektisch in ihren dicken Aktenordnern herumblätterten und sich auf ihr Mandat vorbereiteten. Mehdis Anwältin war eine kleine zierliche Frau, die sich riesig darauf freute, nach dem Prozess endlich in den Ruhestand gehen zu können. Da sie ein äußerst freundschaftliches Verhältnis zu ihrem Klienten pflegte und die finanziellen, sowie familiären Hintergründe der Familie genauestens kannte, entschied sie sich im Vorfeld dafür, ihm für ihre Dienste keinen einzigen Pfennig zu berechnen. Nichtsdestotrotz war sie bei ihrer letzten Verhandlung hochmotiviert, um das bestmögliche Ergebnis für ihren Mandanten herauszuholen.

Zum Auftakt des Verfahrens musste sich Micha einer ausgiebigen Befragung unterziehen. Zu aller Erstaunen hielt er sich jedoch äußerst bedeckt und antwortete nur auf das, wonach er gefragt wurde, was in den Gesichtern der beiden anderen Hauptangeklagten für spürbare Erleichterung sorgte.

Als Mehdi an der Reihe war, erlitt Ali vor Schreck beinahe einen Herzinfarkt, da sein Kumpel aus Furcht ewig hinter Gittern schmoren zu müssen, über Dinge sprach, die er lieber hätte für sich behalten sollen. Glücklicherweise bekam er im Laufe des dreißig Minuten andauernden Kreuzverhörs aber doch noch die Kurve und erwähnte seinen besten Freund mit keinem einzigen Wort.

Kurz darauf ließ sich Alex siegessicher neben seinem Verteidiger nieder, wobei sein Blick unweigerlich auf die unruhige Studentengruppe fiel, in der er seinen hasserfüllten Kollegen entdeckte, den er an dessen charakteristischem Augenzwinkern erkannt hatte. Mit einem mulmigen Gefühl unterzog er sich der Befragung des Richters, der nach mehreren verweigerten Aussagen allerdings gänzlich die Geduld verlor, und ihn daraufhin so heftig in die Mangel nahm, bis er schließlich weinend zusammenbrach. Nachdem sich Alex wieder einigermaßen gefangen hatte, sah er schluchzend auf und nahm die gesamte Hauptschuld auf sich, weil er höllische Angst davor hatte das Opfer eines Vergeltungsakts zu werden. Im selben Moment ging ein erstauntes Raunen durch den Saal, da die Besucher eigentlich Mehdi als Kopf der Bande auserkoren hatten.

Einige Minuten später schloss der Richter die Hauptverhandlung und zog sich mit seinen Schöffen zur einstündigen Beratung zurück, in der sie über das Strafmaß entschieden. Bei der Urteilsverkündung hielten sich alle Ehefrauen die Ohren zu und blickten dabei angespannt hinüber zu ihren Gatten, die alle bis auf Alex äußerlich ziemlich gefasst wirkten.

Micha wurde zu einer Freiheitsstrafe von fünf Jahren verurteilt, was eine Riesenüberraschung war, da sein Verteidiger eigentlich mit einer weitaus längeren Haftstrafe gerechnet hatte. Bei Alex hingegen war die Beweislast so erdrückend, dass der Richter ihn ohne mit der Wimper zu zucken zu einer Gefängnisstrafe von acht Jahren verurteilte. Während seine Frau jammernd zusammenbrach, bekam Mehdi sein Urteil verlesen, in welchem er zu einem Freiheitsentzug von fünf Jahren und sieben Monaten verdonnert wurde. Simone und Ali schrien panisch auf und pressten reflexartig die Hand auf ihre Münder, woraufhin sich die gesamte Zuschauerschaft nach ihnen umdrehte. Mehdi kam der markante Laut irgendwie vertraut vor und schaute geschwind hinüber zum anderen Ende des Raumes, an dem er den eigenartigen Herrn mit grauen Haaren erspähte, der den Gerichtsaal im selben Augenblick Hals über Kopf verließ.

Der offene Vollzug – 10 Monate vor Haftentlassung

Zwei Jahre waren mittlerweile ins Land gezogen und auf der anderen Seite der Mauer in Ost-Berlin wartete Mehdis Führungsoffizier noch immer vergeblich auf ein Lebenszeichen seines hochgelobten Inoffiziellen Mitarbeiters »IM Martin«, der eines Tages wie von Geisterhand von der Bildfläche verschwunden war. Zwar hatte er in dieser langen Zeitspanne etliche Agenten hinüber in den Westen geschleust, um die verlorene Fährte seines Schützlings wiederaufzunehmen, aber jedes Mal aufs Neue kamen sie mit leeren Händen und ohne handfeste Beweise wieder zurück.

Simone war die damalige Verhaftung ihres Mannes furchtbar peinlich, weshalb sie sich unmittelbar nach dessen Inhaftierung mit Ali zusammensetzte und sich eine fiktive Geschichte zu seinem plötzlichen Verschwinden ausgedacht hatte. Die erfundene Legende war bitter nötig, denn eine Person aus Simones Freundeskreis wurde von einem windigen Agenten der Staatsicherheit weichgeknetet und schließlich erfolgreich angeworben. Seine Aufgabe bestand darin, das Verschwinden von »IM Martin« aufzuklären und alle gesammelten Informationen einmal die Woche handschriftlich bei einem Informanten unter dem Pseudonym »Oscar Engel« abzugeben. Doch glücklicherweise war das Netz aus Lügen, welches Simone und Ali gesponnen hatten, so dicht, dass lediglich falsche Berichte auf dem Schreibtisch des Führungsoffiziers landeten.

Mehdi hatte während des jahrelangen Freiheitsentzugs einen echten Kumpel unter den Gefängnisinsassen gefunden. Die zwei gingen täglich gemeinsam auf dem Hof spazieren und unterhielten sich dabei über die Familie und die ungewisse Zukunft, die vor ihnen lag. Bei den unzähligen Gesprächen, die sie miteinander führten, geriet er regelmäßig ins Schwärmen, wobei er seinem neuem Freund Ralf voller Begeisterung Erinnerungsstücke und Bilder von seinen drei Kindern zeigte, die ihm seine Frau mitgebracht hatte. Obwohl Simone so oft wie möglich vor Ort war um ihren Mann zu besuchen, so konnte man doch fühlen, dass die Zeit der Trennung nicht spurlos an ihrer Liebe vorübergegangen war. Denn in dessen langjähriger Abwesenheit hatte sie durch Zufall herausgefunden, dass ihr geliebter Gatte ein notorischer Fremdgänger war, was sie jedoch keinesfalls ungestraft auf sich sitzen lassen wollte. Immer öfter erzählte sie Ali davon, dass sie es ihrem Ehemann mit einer Affäre so richtig heimzahlen wolle, damit er genau wie sie mit dem tiefen Schmerz des Hintergehens zu kämpfen hatte. Ali ging natürlich nicht auf ihre kindischen Spielereien ein, weil er stets der Meinung war, dass nur dumme Menschen versuchten, Gleiches mit Gleichem zu vergelten. Nichtsdestotrotz rückte Simone kein Stück von ihrem Vorhaben ab und er sollte, ohne dass er es wusste, schon bald die Hauptrolle in ihrem Racheakt übernehmen.

Als er eines Abends mal wieder über Nacht zu Gast war, nutzte sie die Gelegenheit und gab dem besten Freund ihres Mannes ohne Vorwarnung einen leidenschaftlichen Kuss auf den Mund. Ali stieß sie völlig entsetzt von sich weg und rannte aufgeschreckt ins Badezimmer, in dem er, panisch in den Spiegel blickend, pausenlos auf sich einredete, um nicht schwach zu werden. Simone nahm schnurstracks die Verfolgung auf und wandte jeden erdenklichen Trick an, um ihren perfiden Plan endlich in die

Tat umsetzen zu können. Doch ausgerechnet in der scheinbar schwierigsten Situation seines Lebens, setzte auf einmal sein kompletter Verstand aus und er fing an, den Kuss von zuvor zu erwidern. Als beide am nächsten Tag in der Frühe gemeinsam im Ehebett aufwachten, war von der wilden Romanze des gestrigen Abends nicht mehr viel übrig. Mit fürchterlichen Gewissensbissen erhob sich Ali splitterfasernackt aus dem Bett und schaute mit einem verzweifelten Kopfschütteln auf die Ehefrau seines Kumpels, die ihm ein verschlafenes »Guten Morgen« entgegen gähnte. Beim gemeinsamen Frühstück überlegte er fieberhaft, wie er seinen kleinen Ausrutscher ins rechte Licht rücken sollte, als plötzlich das Telefon klingelte. Anhand ihres versteinerten Gesichtsausdrucks konnte er unmittelbar erkennen, dass es Mehdi war, der auf der anderen Seite der Leitung in den Hörer sprach. Während der kurzen Unterhaltung hing Ali ununterbrochen an ihren Lippen, da er höllische Angst hatte, dass sie in ihrer Unüberlegtheit irgendetwas ausplaudern könnte. Zu seiner Erleichterung wahrte sie bis zum Schluss den Schein und beendete das Telefonat mit einem gespielten »Ich freue mich auf dich«, welches ihn allerdings sofort stutzig werden ließ.

»Jetzt erzähl schon, was hat er gesagt?« Simone schien von der Nachricht alles andere als begeistert und musste sich erst einmal sammeln, bevor sie antworten konnte.

»Mehdi wird heute Abend vom Gefängnis in den offenen Vollzug verlegt. Wegen guter Führung und eines neuen Programms zur Wiedereingliederung in die Gesellschaft soll seine Haftstrafe um die Hälfte reduziert werden. Er will unbedingt, dass wir ihn morgen Vormittag mit den Kindern besuchen kommen.« Ali fiel vor Schreck beinahe vom Stuhl, weil er wusste, dass er seinem Freund, den er letzte Nacht mit dessen Frau betrogen hatte, nun nicht mehr ohne schlechtes Gewissen in die Augen schauen konnte.

»Ich weiß zwar nicht wie er das wieder hinbekommen hat, aber ich freue mich sehr für ihn. Besonders auch deshalb, weil eure Familie nach all den Jahren nun endlich wieder vereint ist.«

»Ja, für die Kinder ist das mit Sicherheit ganz schön, aber ich habe nach seinen unzähligen Eskapaden einfach keine Lust mehr, die dumme, ahnungslose Ehefrau zu spielen, verstehst du? Ich will die schönsten Jahre meines Lebens viel lieber mit dir verbringen.«

»Spinnst du jetzt völlig, wie stellst du dir das bitte vor? Ich habe selbst Frau und Kinder. Außerdem ist Mehdi ab morgen Freigänger und wird zwischendurch immer mal wieder spontan nach Hause kommen. Willst du etwa, dass er uns auf frischer Tat ertappt?« Simone zog gleichgültig die Mundwinkel nach unten, während die blanke Wut in ihr aufstieg.

»Von mir aus kann er das ruhig mitbekommen, dann weiß er wenigstens wie ich mich fühle, dieses hinterlistige Schwein. Du brauchst mich übrigens gar nicht so komisch ansehen, du Feigling, ich weiß nämlich genau was du denkst. Du willst dich doch nur ganz schnell aus der Affäre ziehen, weil du die Befürchtung hast, dass du dein Gesicht verlieren könntest, nicht wahr?«

»Allerdings, oder glaubst du, mir würde es gefallen, wenn ich herausfinden würde, dass mein bester Freund mit meiner Frau schläft. Bitte, lass uns jetzt nicht weiter diskutieren und einen klaren Schlussstrich unter diese Angelegenheit ziehen, denn ich habe fürchterliche Schuldgefühle.« Nach kurzer Überlegung ließ Simone abermals ihre Reize spielen und verdrehte ihm so heftig den Kopf, dass er auf einmal über all seine Bedenken hinwegsah und sich auf ein erneutes Schäferstündchen einließ.

Am nächsten Morgen begab sich Mehdi mit einem mulmigen Bauchgefühl zum Grenzübergang an der Bornholmer Straße, da er seinem Führungsoffizier unbedingt erklären musste, wo er all die Jahre abgeblieben war. In Schrittgeschwindigkeit rollte er mit seinem Wagen über die Brücke, als ihm von der anderen Seite des Schlagbaums plötzlich Michel entgegenblickte, der ihn völlig entgeistert hinaus auf den Grenzparkplatz winkte. Mehdi war sich bewusst, dass seine Rückkehr aus der Versenkung für ein wenig Verwirrung sorgen würde und schaute beim Einparken angespannt in den Rückspiegel, durch welchen er beobachtete, wie seine Kontaktperson blitzschnell in einem der grauen Containerhäuschen verschwand, um seinen Vorgesetzten aufzusuchen. Ein paar Minuten später kam dieser mit hochrotem Kopf wieder heraus und las ihm während des Händedrucks gehörig die Leviten.

»Grundgütiger, ich habe zwar keine Ahnung was genau hier vor sich geht und wo du all die Jahre gesteckt hast, aber ich hoffe du hast eine gute Ausrede parat, denn ansonsten hagelt es fürchterliche Konsequenzen. Der Chef will dich unverzüglich in seinem Büro sehen, also beweg deinen Hintern, bevor ich endgültig die Kontrolle verliere.« Mehdi nahm die Drohung schweigend hin und klopfte ohne groß zu überlegen an die Tür. Es folgte ein nüchternes und trockenes »Herein!«, welches ihn vollkommen verunsicherte, da sich der Führungsoffizier bei der Begrüßung äußerlich nicht das Geringste anmerken ließ. Nur der Glimmstängel, an dem er wie ein Besessener zog, verriet, dass er seine Wut krampfhaft im Zaum halten musste. Mehdi setzte sich gegenüber des Schreibtisches behutsam auf einen der Stühle und wurde dabei angestarrt, als wäre er eine Fata Morgana. Doch schon nach weniger als einer Minute ging ihm das eigenartige Psychospielchen so sehr auf die Nerven, dass er einfach drauflosplapperte.

»Meine Herren, ich kann sehen, dass mein unerwartetes Erscheinen für reichlich Verwirrung sorgt, deshalb geben sie mir bitte die Möglichkeit und lassen sie mich ein wenig Licht ins Dunkel bringen. Ich saß zwei Jahre in West-Berlin im Gefängnis und bin erst vorgestern in den offenen Vollzug verlegt worden, wo ich meine Reststrafe von zehn Monaten absitzen werde. Deshalb war es mir auch unmöglich mich bei ihnen zu melden.« Michel fing auf einmal schallend an zu lachen und hatte sichtlich Mühe, sich wieder einzukriegen.

»Im Knast? Das ist die dümmste Ausrede, die ich jemals gehört habe. Glauben sie dem kein Wort, der Typ ist mit aller Wahrscheinlichkeit hinüber zum Klassenfeind gewechselt und jetzt will uns dieses Schlitzohr aushorchen.« Mehdi verdrehte genervt die Augen und legte seinem Führungsoffizier im selben Augenblick eine offizielle Bescheinigung vor, die er bei seiner Gefängnisentlassung ausgehändigt bekommen hatte. Michel riss sich das Schriftstück ungefragt unter den Nagel und ließ sich nach einem prüfenden Blick dessen Akte bringen, in welcher er das Datum des plötzlichen Verschwindens mit der Zeit der Inhaftierung abglich. Nachdem er mit seiner Begutachtung fertig war, schritt er erhobenen Hauptes hinüber zu seinem Chef, der ihm das Dokument jedoch aggressiv aus der Hand riss und ihn anschließend ordentlich zur Schnecke machte.

»Verflucht nochmal, ich will, dass du dich auf der Stelle hinsetzt und anfängst Protokoll zu führen, denn deine beschissene Eigenwilligkeit geht mir mal wieder gehörig gegen den Strich. Habe ich mich klar und deutlich ausgedrückt?« Michel machte umgehend was von ihm verlangt wurde und ließ sich stillschweigend hinter dem Schreibtisch nieder, an dem er mit einem Kugelschreiber bewaffnet ungeduldig auf seinen Einsatz wartete.

»Kommen wir nun zu Ihnen, Herr Karbassion. Also, laut der Daten kann ich nichts Außergewöhnliches feststellen. Wir müssen daher davon ausgehen, dass ihre Angaben der Richtigkeit entsprechen, und dass die beglaubigte Bescheinigung, die sie uns vorgelegt haben, echt ist.« Mehdi fiel ein Stein vom Herzen und er hoffte insgeheim, dass er bald wieder mit der Stasi gemeinsame Sache machen konnte, um seine finanzielle Situation aufbessern zu können.

»Selbstverständlich sage ich die Wahrheit, ich würde sie doch niemals anlügen, meine Herren.« Michel räusperte während des Protokollführens absichtlich laut auf, um ihn daran zu erinnern, dass auch er kein unbeschriebenes Blatt mehr war. Kurz darauf nahm Mehdi all seinen Mut zusammen, um die alles entscheidende Frage zu stellen. Doch just in diesem Moment ergriff der Führungsoffizier erneut das Wort und fing an, ihn Stück für Stück auszuhorchen, weil er unbedingt herausfinden wollte, ob sein inoffizieller Mitarbeiter im Gefängnis irgendetwas über die Zusammenarbeit mit der Staatssicherheit preisgegeben hatte. Mehdi antwortete absolut wahrheitsgemäß und redete irgendwann hastig dazwischen, da er befürchtete, dass er sonst überhaupt nicht mehr zu Wort kommen würde.

»Entschuldigung, aber bevor wir diese eigenartige Befragung fortsetzen, habe ich eine ganz wichtige Bitte. Ich muss schleunigst Geld verdienen und wollte mich erkundigen, ob wir uns nicht wieder im Kampf gegen den illegalen Menschenhandel zusammentun könnten? Als Gegenleistung würde ich ihnen die Vaterlandsverräter genau wie früher auf dem Silbertablett servieren. Um loslegen zu können, müsste ich lediglich meinen Fluchthelfer kontaktieren? Na, wie hört sich das an?« Sein euphorischer Blick fiel nach und nach in sich zusammen, als er sah, dass von der anderen Seite keinerlei Reaktion kam. Michel kratzte sich verhalten am Kopf, während der Führungsoffizier aus der Akte seines IMs die ausgeschnittene Titelseite einer Tageszeitung heraussuchte, die er ihm einen Augenblick später hinüberschob. Mehdi schwante nichts Gutes und schlug nach dem Überfliegen der über ein Jahr alten Hauptschlagzeile bestürzt die Hand vor den Mund. »*Schweizer Menschenhändler im Schlaf mit Vorschlaghammer ermordet.*« Mit einer bösen Vorahnung ging er das Kleingedruckte durch und wurde unmittelbar in seinem Verdacht bestätigt, als er zum Ende hin las, dass die Ehefrau ihren Gatten umgebracht hatte. Er rief sich noch einmal die letzte Begegnung ins Gedächtnis und erinnerte sich plötzlich wieder an die traurigen Augen, die ihm voller Verzweiflung hinter dem Vorhang entgegengeblickt hatten. Mit Gänsehaut am ganzen Körper schob er den Zeitungsartikel von sich weg und dachte gleichzeitig darüber nach, wie es mit ihm und der Staatsicherheit in Zukunft weitergehen sollte. Der Führungsoffizier sah unbeeindruckt über dessen Bestürzung hinweg und ließ gleich im Anschluss die nächste Bombe platzen.

»Also, wie sie ja unschwer mitbekommen haben, ist der Zug mit ihrem Schweizer Arbeitgeber ein für alle Mal abgefahren. In ihrer Abwesenheit haben wir übrigens herausgefunden, dass sie durch ihren vorangegangenen kriminellen Lebenswandel vermehrt ins Blickfeld gegnerischer Nachrichtendienste geraten sind. Wir gehen deshalb davon aus, dass sie dauerhaft observiert werden und dieses unkalkulierbare Risiko hat uns dazu veranlasst, die Zusammenarbeit mit ihnen unwiderruflich einzustellen.« Mehdi wurde vor Schreck leichenblass und wusste zunächst nicht was er sagen sollte, da er eigentlich davon ausging, dass er sich auf den Geheimdienst, für den er schon so viel aufs Spiel gesetzt hatte, in der Not verlassen konnte. Michel nahm sich unmittelbar seiner an und redete mit Bedacht auf ihn ein, da er eine voreilige Kurzschlussreaktion unter allen Umständen verhindern musste.

»Das klingt anfangs alles immer viel schlimmer, als es eigentlich ist. Wie wäre es, wenn sie nach der Entlassung aus dem offenen Vollzug einfach versuchen würden einer geregelten Arbeit nachzugehen? Das wäre doch viel sicherer als ewig Pkws stehlen zu müssen.« Mehdi schaute mit Tränen in den Augen auf und brüllte mit einem Mal so laut los, dass man den Schall seines Schreies noch auf der anderen Seite der Mauer in West-Berlin hören konnte.

»Zur Hölle mit euch und eurer verlogenen Doppelmoral. Erst benutzt ihr mich all die Jahre und nun wollt ihr mich einfach so fallen lassen. Anstatt mir irgendwelche dämlichen Ratschläge zu geben, solltet ihr euch mal lieber schleunigst etwas Handfestes einfallen lassen, denn schließlich habe ich in der Vergangenheit ja wohl mehr als genug getan oder? Außerdem verspüre ich gerade aus irgendeinem Grund das dringende Bedürfnis beim Bundesnachrichtendienst vorsprechen zu wollen, die würden sich wahrscheinlich brennend für meine Person interessieren.« Dem Führungsoffizier verschlug es dermaßen die Sprache, dass er sich zur Beruhigung erstmal eine Zigarette anstecken musste. Um Schlimmeres zu verhindern, sprang Michel für seinen völlig perplexen Chef sofort in die Bresche, der im Nullkommanichts komplett hinter einer blauen Dunstwolke verschwunden war.

»Herr Karbassion, sie müssen doch nicht gleich so aus der Haut fahren. Wir können doch wie vernünftige Menschen miteinander reden. Bevor ich ihnen allerdings falsche Versprechungen mache, würde ich vorschlagen, dass sie noch einmal draußen Platz nehmen, damit ich mich mit meinem Vorgesetzten kurzschließen kann.«

»Aber machen sie schnell, ich habe nämlich nicht ewig Zeit.« Draußen auf dem Flur blickte Mehdi ungeduldig auf seine Armbanduhr, weil er zum Treffen mit seiner Frau und den Kindern keinesfalls zu spät kommen wollte. Daraufhin schlich er sich auf leisen Sohlen an die Tür heran und lauschte neugierig der gut zu verstehenden Unterhaltung, in welcher der Führungsoffizier erst einmal ordentlich Dampf abließ.

»Das ist ja ungeheuerlich, ich könnte vor Wut explodieren. So etwas Respektloses ist mir ja in meiner ganzen Laufbahn noch nicht untergekommen. Hör zu, wir müssen uns ganz schnell eine Lösung einfallen lassen, denn dieser lebensmüde Vollidiot scheint eine tickende Zeitbombe zu sein. Los, geh zu ihm und lass dir irgendeine plausible Ausrede einfallen. Wir müssen unbedingt mehr Zeit gewinnen, bevor er noch eine Dummheit anstellt.« Mehdi sprang in einem Satz weg von der Tür und bekam dabei nicht mit, dass Michel in aller letzter Sekunde von seinem Chef zurückgepfiffen wurde.

»Halt, warte mal! Mir ist da gerade noch was Wichtiges eingefallen. Wir sollten den Fall die Tage unbedingt nochmal mit einer höheren Instanz besprechen. Mal sehen, eventuell können wir diesem hinterlistigen Mistkerl ja doch irgendwie behilflich sein. Jetzt hau schon ab und halte dich an das, was ich dir zuvor gesagt habe.« Michel huschte eilig nach draußen und trat ganz nah an seinen Inoffiziellen Mitarbeiter heran, der sicherheitshalber jedoch einen Schritt zurückging.

»Ich glaube heute scheint Ihr Glückstag zu sein. Wir werden unseren Entschluss noch einmal überdenken und melden uns bei ihnen, sobald eine endgültige Entscheidung getroffen worden ist. Im Gegenzug halten sie aber gefälligst die Füße still und bewahren über die Zusammenarbeit mit dem MFS weiterhin absolutes Stillschweigen, habe ich mich klar und deutlich ausgedrückt?« Mehdi willigte etwas zögerlich ein und reiste direkt im Anschluss zurück nach West-Berlin.

Im Empfangsbereich des offenen Vollzuges wartete Simone mit Ali und den Kindern auf ihren Ehemann, der genau wie früher mal wieder glatt zu spät kam. Das Wiedersehen der Eheleute fiel kühl und distanziert aus, aber nur deshalb, weil Simone ihren Unmut einfach nicht unterdrücken wollte. Ali schwante Böses und er präsentierte seinem verwundert dreinblickenden Freund zur Ablenkung dessen dritten Sohn, welcher mehrere Monate nach seiner Inhaftierung das Licht der Welt erblickt hatte. Mehdi war beim ersten Anblick hin und weg vom kleinen Oscar und wurde im selben Augenblick von Tim und Marty begrüßt, die ihren Papa freudig umarmten. Ein paar Minuten später machte sich Ali mit einer fadenscheinigen Ausrede aus dem Staub, da er keinerlei Lust auf weitere Überraschungen hatte. Simone stand unterdessen rauchend am

Fenster und schaute ihm beim Verlassen des Raumes verliebt hinterher.

Am darauffolgenden Tag stand Mehdi pünktlich um acht Uhr morgens vor dem Eingang eines Altersheims, in dem er bis zur Beendigung seiner Haftstrafe als Putzkraft arbeiten musste. Nachdem er von seinem Vorarbeiter ausgiebig eingewiesen wurde, begab er sich an die Arbeit, wobei er unaufhörlich an die eigenartige Begegnung vom gestrigen Tag denken musste. Dabei fragte er sich immer wieder, ob Ali und seine Frau ein Verhältnis miteinander hatten. Doch nachdem er die Situation in Gedanken zum wiederholten Male durchgegangen war, kam er zu dem Schluss, dass seine Frau niemals etwas mit dem hässlichen Vogel, wie sie ihn einst genannt hatte, anfangen würde.

Beim Wischen des Flures schlichen mehrere Senioren mit ihren Rollatoren an ihm vorbei. Zwei von ihnen blieben plötzlich inmitten des Ganges stehen und erzählten sich Geschichten aus ihrem früheren Leben. Mit überschwänglicher Freude sprachen sie über ihre erste große Liebe und kamen aus dem Schwärmen gar nicht mehr heraus. Eine ältere Dame bemerkte, dass Mehdi dem Gespräch aufmerksam lauschte und trat langsam an ihn heran. Wortlos und mit einem verschmitzten Lächeln auf den Lippen griff sie nach seiner Hand und ging langsam mit ihm hinüber in ihr Zimmer. Dort stach Mehdi unmittelbar das Regal der dunkelbraunen Schrankwand ins Auge, auf der ein Bilderrahmen neben dem anderen stand. Bei einem von ihnen lächelte ein Pärchen verliebt in die Kamera und sah dabei überglücklich aus. Spürbar nachdenklich schaute er hinunter auf den goldenen Ring, der neben dem Schwarz-Weiß-Portrait eines gutaussehenden jungen Mannes lag. Kurz darauf kam die Rentnerin mit einem Teller Keksen angetrottet, nahm das Bild in die Hand und küsste es wie verrückt.

»Das ist übrigens mein Emil. Ist er nicht wunderschön?«

»Ja, das ist er tatsächlich.«

»Sagen Sie mal junger Mann? Haben Sie auch eine Frau oder eine Freundin?« Mehdi geriet merklich ins Grübeln und wusste nicht so recht was er sagen sollte, weil ihm das seltsame Wiedersehen mit Simone noch immer im Kopf herumschwirrte.

»Also wenn ich Sie mir so anschaue, mit ihren gedankenvollen Gesichtszügen, dann sieht das für mich danach aus, als hätten Sie den richtigen Menschen noch nicht gefunden. Mein Emil hätte niemals solange überlegt, denn wahre Liebe verlangt keine Antwort, sie ist nämlich immer da.« Mehdi biss nachdenklich in einen Keks, weil er plötzlich realisierte, dass die einstige Liebe nur noch in seiner Erinnerung existierte.

»Sie haben recht, ich habe keinen Partner mehr, den ich liebe oder der mich liebt. Mein jetziges Leben ist eine einzige Sackgasse und ehrlich gesagt, fühle ich mich gerade sehr einsam, denn meine Frau hat höchstwahrscheinlich eine Affäre mit einem anderen. Das Einzige was mir noch geblieben ist, sind meine Kinder, denen ich in Zukunft aber leider kein gutes Vorbild sein kann.«

»Na, dann versuchen sie doch aus der restlichen Zeit, die Ihnen noch bleibt, etwas zu machen. Leben und lieben Sie, verdammt. Aber lassen Sie nicht zu, dass die Angst vor der Zukunft den Rest davon bestimmt. Die Welt wird sich wegen Ihnen nicht rückwärts drehen, das können Sie sich schon mal abschminken. Schauen Sie sich doch nur mal in diesem gottverlassenen Haus um. Da lauert hinter jeder Tür, an der Sie mit ihrem Wischmopp vorbeigehen, der

Tod. Das weiß ich, das wissen Sie und das weiß auch die Pflegerin, die fast jeden Monat nach einem Todesfall aufgeschreckt über den Flur läuft. Dabei weiß ich eigentlich gar nicht warum die alle so viel Furcht vor dem Ende des Lebens haben? Etwas, das unausweichlich und absolut ist, muss doch nicht zwangsläufig schlecht sein oder? Liebe ist auch unvermeidbar und bei diesem Wort zucken wir auch nicht so komisch zusammen. Mir macht es persönlich nichts aus, ob ich heute oder morgen sterben werde. Denn ich habe ein Leben lang geliebt, dieses Gefühl und die Erinnerungen daran bedeuten mir mehr als alles andere auf der Welt. Eventuell sollten Sie sich auch noch einmal auf die Suche begeben, bevor Sie hier unter den Scheintoten dahinvegetieren.« Die gebrechliche grauhaarige Frau trat nun ganz nah an ihn heran und legte ihm ihre blasse und verschrumpelte Hand auf die Brust, während sein Herz wie verrückt zu schlagen begann.

»Wissen sie, am Ende eines Lebens kommt es doch nicht darauf an, wieviel man erlebt hat. Sondern nur darauf, ob man die Erlebnisse gemeinsam mit dem richtigen Menschen an seiner Seite teilen konnte.« Merklich ergriffen schob Mehdi seine Brille nach oben, wischte sich die Tränen aus dem Gesicht und sah zu, wie die alte Dame das Portrait ihres Emils zurück an seinen ursprünglichen Platz stellte.

Grenzübergang Bornholmer Straße

Ralf, der ebenfalls ein paar Wochen später hinüber zu Mehdi in den offenen Vollzug verlegt wurde, avancierte in den folgenden Monaten zum besten Freund und Ansprechpartner in allen Lebenslagen. Die beiden trafen sich fast jeden Tag und verbrachten die gemeinsame Zeit häufig in der Druckerei von Ralfs Eltern. Dort hatte der findige Sohnemann vor einigen Jahren Dollar-Noten im großen Stil gefälscht und wurde genau in dem Moment von der Polizei dingfest gemacht, als er versuchte die Blüten unters Volk zu bringen. Mehdi war beeindruckt vom kriminellen Ideenreichtum des kleinen Mannes und stellte während der unzähligen Treffen immer mal wieder ein paar interessierte Fragen zu den drucktechnischen Möglichkeiten. Ralf ahnte was er vorhatte und erklärte ihm nach und nach haargenau wie jede einzelne Anlage funktionierte.

An jenem Freitag hatte Mehdi seine Arbeit etwas früher beenden können und fuhr diesmal, ohne einen Zwischenstopp in der Druckerei einzulegen, auf direktem Wege nach Hause. Dort wollte er den Rest des Tages zusammen mit seiner Familie verbringen, bevor er sich um kurz nach zweiundzwanzig Uhr wieder auf den Weg zum offenen Vollzug begab. Simone und Ali waren sich an diesem Tag ihrer Sache ziemlich sicher und vergnügten sich ungeniert im Ehebett, als plötzlich jemand die Tür aufschloss. Geistesgegenwärtig schnappte sich Ali seine Sachen, die er bei seinen Seitensprüngen zur Sicherheit immer ans Fußende legte, um im Fall der Fälle unmittelbar startklar sein zu können. Simone streifte sich indessen einen Bademantel über und zeigte beim Verlassen des Raumes mit einer hektischen Geste auf den Kleiderschrank. Doch Ali schlug ihre Idee sofort in den Wind, da er anhand seiner Filmleidenschaft ganz genau wusste, dass der Schrank nur als gutes Versteck diente, wenn man vorhatte, in der nächsten Szene mit einem dümmlichen Gesichtsausdruck erwischt zu werden. In Windeseile öffnete er das Schlafzimmerfenster und stellte sich mit zitternden Knien auf das schmale Fensterbrett, welches unter der Last des Ehebrechers langsam nachgab. Mit einem weiten Satz sprang er hinüber auf den angrenzenden Balkon des Kinderzimmers, auf dem er sich nach seiner unsanften Landung flach auf den Boden legte. Mehdi, der von alldem nicht das Geringste mitbekam, ging nach der Begrüßung seiner Frau auf direktem Wege ins Schlafzimmer und wunderte sich ein wenig darüber, dass das Fenster sperrangelweit offen stand. Nachdem er einen flüchtigen Blick nach draußen geworfen hatte, schloss er es wieder und legte sich für ein kleines Nickerchen aufs Ohr, damit er den Rest des Tages genug Energie für seine quirlige Familie hatte. Simone lauschte unterdessen neugierig an der Tür und wartete, bis ihr Ehemann endlich eingeschlafen war. Dann erlöste sie ihren Liebhaber, indem sie ihn über die Balkontür des Kinderzimmers wieder hinein holte. Auf leisen Sohlen schlich Ali den langen Korridor bis zur Wohnungstür entlang, während im Hintergrund das sanfte Schnarchen seines Freundes zu hören war.

Ein paar Tage später schaute Mehdi vor der Arbeit im Altersheim noch einmal in der Druckerei vorbei. Obwohl der Betrieb offiziell erst in einer Stunde öffnete, war sein Kumpel längst vor Ort und ließ die riesigen Maschinen warmlaufen. Ralf war von dem spontanen Besuch seines Freundes völlig überrascht und sah anhand seines Blickes sofort, dass irgendetwas nicht stimmte. Nach einem oberflächlichen Gespräch holte Mehdi auf einmal einen weißen Umschlag hervor, welchen er ihm mit einem tiefen Seufzer hinüberschob.

»Ich muss dir was sehr Wichtiges mitteilen. Es hat sich in den letzten Wochen etwas Entscheidendes ergeben, weshalb ich mich dazu entschlossen habe, wieder zurück in meine Heimat zu gehen.« Ralf schaute verdutzt hinüber und wusste, dass das, was er sagte, niemals der Wahrheit entsprechen konnte, da die beiden im Gefängnis ein Dutzend Mal über genau diese Angelegenheit gesprochen hatten.

»Tut mir leid, ich bin gerade äußerst verwirrt. Wie zurückgehen? Aber du musst doch noch deine Reststrafe von knapp vier Monaten absitzen? Warum wartest du nicht einfach, bis der Spuk vorbei ist? Außerdem, wie kommst du jetzt plötzlich auf den Iran, hatten wir das Thema nicht schon längst abgehakt? Willst du da etwa an Teppichresten herumknabbern, um zu überleben? Und was wird aus deinen Kindern und deiner Gattin, du kannst sie doch nicht einfach so im Stich lassen.« Mehdi atmete genervt auf, weil er eigentlich dachte, dass sein Freund ihn nicht mit unnützen Fragen durchlöchern würde.

»Um dich zu beruhigen, die Reststrafe interessiert mich nicht im Geringsten und im Iran hat sich einiges getan. Glücklicherweise ist ja jetzt endlich der Krieg mit dem Irak vorbei und an Teppichresten hat da noch niemand geknabbert, glaub mir. So hart das jetzt auch klingen mag, aber seien wir doch mal ehrlich. Was erwartet mich hier denn noch? Eine Frau, die eine Affäre mit einem anderen hat, und Kinder, die ich niemals versorgen kann, da ich selber alt, arm und pleite bin. Natürlich hänge ich sehr an meiner

Familie, aber wie soll die gemeinsame Zukunft bitteschön aussehen? Tief in meinem Herzen weiß ich das, dass alles falsch ist, aber ich kann jetzt nicht mehr zurück, es geht einfach nicht.« Ralf versuchte sich einen Reim auf das Ganze zu machen und probierte ihn doch noch umzustimmen.

»Unsere Freundschaft bedeutet mir wirklich sehr viel! Du musst hier bleiben, denn schließlich hatten wir noch so viele Pläne, die wir gemeinsam verwirklichen wollten.« Mehdi schüttelte den Kopf und schien sich seiner Sache ziemlich sicher zu sein.

»Ich werde demnächst über den Flughafen Schönefeld in Richtung Türkei fliegen, von dort aus geht es dann weiter in den Iran. In dem Umschlag sind übrigens meine Tagebücher drin. Versprich mir, dass du sie solange aufbewahrst, bis einer meiner Söhne sie abholt.«

»Ich hoffe zwar, dass du deine Meinung noch änderst, aber solange ich lebe, werden die Bücher bei mir sicher sein, darauf kannst du dich verlassen.«

»Bevor ich es vergesse, du darfst sie unter keinen Umständen meiner Frau oder Ali aushändigen, denn ich traue den beiden nicht über den Weg. Bitte sage meinen Kindern, dass ich sie sehr liebe, auch wenn ich als Vater nicht immer alles richtig gemacht habe.« Mehdi holte mit einem Mal tief Luft, da ihm die Situation sichtlich zu schaffen machte.

»Wichtig ist jedenfalls, dass sie wissen, dass meine Lebensgeschichte mit all den Hoffnungen, Niederlagen und Träumen, also das, was mich als Mensch geprägt und ausgemacht hat, in diesen Tagebüchern geschrieben steht, kannst du dir das merken?« Ralf holte in Eile einen Zettel hervor, auf welchem er sich alles aufschrieb, was ihm sein Kumpel gerade gesagt hatte.

»Mach dir keine Sorgen ich werde deinen Kindern die Sachen aushändigen, sobald sie vorbeikommen. Versprochen! Weißt du eigentlich schon genau wann du aufbrechen wirst? Ich will mich nämlich noch gebührend von dir verabschieden!«

»Das weiß ich noch nicht, aber wenn es soweit ist, werde ich es dich umgehend wissen lassen.« Bei der Verabschiedung überkam Ralf ein seltsames Gefühl, weil er spürte, dass er seinen Freund vermutlich zum allerletzten Mal gesehen hatte.

Am 31. Juli 1988 fuhr Mehdi seine Familie samt Gepäck hinaus nach Wandlitz zu ihrem angemieteten Ferienbungalow. Während die Kinder mit ihrem Papa im Garten herumtollten, kramte Simone in Eile den Fotoapparat hervor, da sie diesen einzigartigen Moment unbedingt festhalten wollte. Beim Betätigen des Selbstauslösers wusste jedoch niemand außer ihrem Ehemann, dass dies das allerletzte gemeinsame Bild der Familie werden würde. Nachdem sich Simone wieder dem Auspacken des Urlaubsgepäcks widmete, verschwand Mehdi für eine Weile und schaute sich ausgiebig die nähere Umgebung mit dem angrenzenden Waldgebiet an. Als er zurückkam, aßen seine Kinder auf der Terrasse des Bungalows gerade zu Abend und lauschten gespannt dem Hörspiel ihrer Kassette. Der kleine Marty nahm sofort Reißaus und rannte aufgeregt hinüber zu seinem Vater, der gedankenversunken am Zaun stand. Mit all seiner Kraft umklammerte er den Hals seines Papas, weil er anhand seiner vorangegangenen Erfahrungen ganz genau wusste, dass es bis zum nächsten Wiedersehen wahrscheinlich sehr, sehr lange dauern würde. Simone war inzwischen am Gartentor angekommen um ihren ausgebüxten Sohn zurückzuholen, wobei ihr auffiel, dass die Augen ihres Mannes vollkommen verheult waren.

»Meine Güte, was ist denn mit dir los? So habe ich dich ja noch nie erlebt! Bist du etwa unheilbar krank?« Mehdi wischte sich in Eile die Tränen aus dem Gesicht und versuchte sich krampfhaft zusammenzureißen.

»Ach Memchen, rede doch keinen Unsinn, mir geht es blendend. Ich habe nur gerade an etwas Trauriges denken müssen, das ist alles. Ich werde mich mal langsam wieder auf den Weg nach Hause begeben, damit ich an der Grenze nicht im Stau stecken bleibe. Mal sehen, eventuell genehmigen sie mir ja demnächst endlich meinen lang ersehnten Wochenendurlaub, damit ich über Nacht bei euch bleiben kann. Falls nicht, werde ich in exakt zwei Wochen vor Ort sein, um euch abzuholen. Versprich mir, dass du gut auf unsere Kinder aufpasst solange ich weg bin.«

»Sag mal Peppchen, wirst du jetzt langsam alt? Uns wird schon nichts geschehen, außerdem sehen wir uns doch demnächst wieder. Du kannst ganz unbesorgt sein. Bis bald!« Simone verabschiedete ihn mit einem Kuss und schaute beim Wegfahren noch einmal nachdenklich der Staubwolke des Autos hinterher, da ihr sein Verhalten äußerst merkwürdig vorkam.

Spät abends rief sie Ali von der gegenüberliegenden Kneipe im Studentenheim an, um ihm von dem eigenartigen Gespräch mit ihrem Ehemann zu erzählen. Alle Vermutungen, die Simone anstellte, klangen für ihn zwar ziemlich weit hergeholt, aber er versprach ihr, noch einmal nach dem Rechten zu sehen, da sie die Befürchtung hatte, dass ihr Mann sich das Leben nehmen könnte. Ihre innere Unruhe hielt die ganze nächste Woche an, da sich Mehdi tatsächlich bei niemandem mehr meldete und wie vom

Erdboden verschluckt schien. Sogar die Schwiegermutter, mit der er seit etlichen Jahren in regem Kontakt stand, hatte schon länger nichts mehr von ihm gehört. Am späten Samstagnachmittag war das Gefühl der Ungewissheit so groß, dass Simone Ali im Minutentakt mit Anrufen bombardierte. Irgendwann nahm dann endlich am anderen Ende der Leitung jemand ab und stöhnte ein genervtes

»Wer ist da zum Teufel?« in den Hörer.

»Hallo, ich bin es. Ich mache mir furchtbare Sorgen, hast du inzwischen schon was von Peppchen gehört? Du wolltest doch vorbeifahren und nach ihm schauen.« Ali fasste sich erschrocken an die Stirn und stieß dabei den sich vor ihm gestapelten Lernstoff seines Staatsexamens vom Schreibtisch.

»Verfluchte Scheiße, das habe ich ja vollkommen vergessen. Keine Panik, ich werde mich sofort auf den Weg machen!« Ohne sich zu verabschieden donnerte er den Hörer auf die Gabel und düste los. Doch unterwegs bekam er es plötzlich mit der Angst zu tun, weil er vermutete, dass Mehdi inzwischen Wind von der Affäre bekommen hatte. Denn die eigenartige Spannung die sich jedes Mal aufbaute, sobald er ihm in die Augen schaute, war unübersehbar.

Als er kurze Zeit später gegenüber vor dessen Haus einparkte, sah er, dass nirgendwo Licht brannte. Im schnellen Schritt huschte er über die Straße und stieg hinauf in den vierten Stock, wobei er plötzlich ein paar Stimmen hörte, die vom unteren Hausflur nach oben hallten. Eine von ihnen konnte er gleich seinem Freund zuordnen, der lautstark in seiner Muttersprache fluchte und im selben Moment von einer weiblichen Person dazu aufgefordert wurde, etwas leiser zu sein. Nachdem sie oben angekommen waren, hockte Ali eine halbe Etage höher und streckte neugierig seinen Kopf zwischen dem Geländer hindurch. Dabei fielen ihm beim Hineingehen sofort die drei fremden schwarzhaarigen Personen auf, die er noch nie zuvor gesehen hatte. Ohne zu zögern ging er hinunter und klopfte an die Wohnungstür, da er das Überraschungsmoment unbedingt für sich nutzen wollte. Beim Öffnen der Tür starrte ihm Mehdi völlig erschrocken entgegen und versuchte ihn schnell wieder loszuwerden, während im Hintergrund eine Unterhaltung in Farsi zu hören war.

»Tut mir leid, ich habe jetzt echt keine Zeit. Wie wäre es, wenn du einfach die Tage nochmal vorbeischaust?« Doch Ali dachte gar nicht daran, sich abwimmeln zu lassen und stellte blitzschnell seinen Fuß in den Türrahmen.

»Was ist denn bei dir los? Hast du etwa Gäste aus dem Iran?« Mehdi kaute nervös auf seiner Unterlippe herum und stammelte sich eine fadenscheinige Ausrede zusammen.

»Äh, ja genau. Mein Cousin ist mit seiner Frau und einer Freundin angereist.«

»Das trifft sich aber gut, die würde ich ja zu gerne mal kennenlernen.« Mit einem verkrampften Lächeln lud ihn Mehdi schließlich auf einen Tee ein, da ihm klar war, dass er Ali andernfalls niemals wieder loswerden würde.

»Warte einen Augenblick, ich muss ihnen erst einmal Bescheid geben, dass jemand zu Besuch kommt. Du weißt doch genau, wie komisch die eigenen Landsleute manchmal sein können.« Ali stimmte ihm gezwungenermaßen zu und wartete geschlagene zehn Minuten vor verschlossener Tür, bevor er endlich hinein durfte. Bei der Begrüßung sprachen die vermeintlichen Familienmitglieder nur das Nötigste und schienen von dem spontanen Gast nicht besonders begeistert zu sein. Die andere Frau stellte sich mit dem Namen Fereshteh vor und ließ sich anschließend auf Mehdis Schoß nieder, was ihn augenscheinlich vollkommen durcheinander brachte.

»Kannst du mich bitte mal aufklären, denn ich verstehe absolut gar nichts mehr.«

»Ach stimmt, du weißt es ja noch gar nicht. Ferri ist die neue Frau an meiner Seite. Eigentlich wollte ich es dir schon viel früher sagen, aber ich hatte die Befürchtung, dass du es Simone erzählen könntest, da ihr ja in sehr engem Kontakt steht. Und so ganz nebenbei bin ich der festen Überzeugung, dass sie einen neuen Partner hat, denn sie verhält sich mir gegenüber äußerst merkwürdig.« Ali bekam eine innere Panikattacke und betete inständig, dass er nicht tiefer bohren würde, weshalb er sich mit seiner neugierigen Fragerei auch ein bisschen zurückhielt.

»Warum habe ich von alldem nichts mitbekommen?«

»Du kannst halt nicht alles wissen und außerdem warst du in den letzten Wochen so sehr mit deinem Studium beschäftigt, da wollte ich dich einfach nicht stören. Bitte versprich mir, dass du diese Angelegenheit vorerst für dich behältst. Ich werde mir die Tage schon noch was einfallen lassen.«

»Geht klar, ich werde absolutes Stillschweigen bewahren.«

»Übrigens, wenn du schon mal hier bist, kannst du auch gleich zum Abendessen bleiben.« Ali willigte schließlich ein und legte seine anfängliche Skepsis gegenüber den fremden Personen im Laufe des Abends nach und nach ab, da er unter dem Einfluss des reichlich fließenden Alkohols sowieso nicht mehr klar denken konnte. Bei lauter persischer Volksmusik tanzten sie gemeinsam bis in die späte

Nacht hinein, als Mehdi seinen Kumpel plötzlich völlig unerwartet zu sich heranzog.

»Hey, du musst mir unbedingt einen Gefallen tun. Kannst du uns morgen früh mit deinem Auto zum Grenzübergang Bornholmer Straße fahren?« Ali tätschelte ihm betrunken im Gesicht herum und schien nicht mehr wirklich Herr seiner Sinne zu sein.

»Das klingt lustig! Macht ihr etwa einen Ausflug?«

»Ja, genau. Ich wollte Ferri und dem Besuch mal die schönen Seiten von Ost-Berlin zeigen.«

»Na gut, ich fahre dich, mein Freund. Aber erst einmal muss ich nach Hause und mich ein wenig ausruhen, denn ich bin sternhagelvoll und todmüde.«

»Das kannst du getrost vergessen! In diesem Zustand lasse ich dich auf keinen Fall in deinen Wagen steigen. Du gehst jetzt auf der Stelle nach hinten ins Kinderzimmer und schläfst deinen Rausch aus. Gute Nacht!« Ali torkelte lallend den Flur entlang, während sein alter Partner zurück ins Wohnzimmer ging, in dem er sich vor dem Schlafengehen noch einmal seiner neuen Freundin und seinen angeblichen Familienangehörigen widmete.

Als gegen acht Uhr morgens die ersten Sonnenstrahlen ins Zimmer fielen, stand Mehdi in einem nagelneuen, dunkelgrauen Anzug im Türrahmen des Kinderzimmers und drängte zur Eile.

»Los, beweg dich, du Langschläfer, wir wollten heute noch über die Grenze.« Mit höllischen Kopfschmerzen erhob sich Ali aus dem Bett, wobei er sich plötzlich bruchstückhaft daran erinnerte, dass er seinem Freund versprochen hatte, ihn zum Grenzübergang zu fahren. Beim anschließenden Verlassen der Wohnung machte er ein paar lockere Scherze in seiner Heimatsprache, um der eigenartigen Stimmung auf die Sprünge zu helfen. Doch das einzige, was er erntete, waren missgelaunte Blicke, die ihm signalisierten, dass er gefälligst die Klappe halten sollte.

»Was ist denn mit deinem komischen Anhang los, haben die etwa schlecht geschlafen? Zudem frage ich mich gerade, warum du so aussiehst, als würdest du gleich zu einer Hochzeit gehen? Sag bloß, ich habe schon wieder was verpasst?«

»Nein, hast du nicht! Die sind vom gestrigen Abend wahrscheinlich noch völlig erledigt. Du weißt doch genau, dass es die Iraner im Gegensatz zu den Deutschen eher ruhig angehen lassen. Übrigens darf man sich ja wohl mal schick machen, ohne gleich vor den Altar treten zu müssen, oder?«

»Da gebe ich dir durchaus Recht.«

»Na, siehst du!«

»Wie lange wolltet ihr eigentlich drüben bleiben?«

»Nur bis heute Abend, denn morgen früh muss ich leider schon wieder bei der Arbeit antreten. Übrigens ist heute der letzte Tag meines Wochenendurlaubs und den wollte ich in vollen Zügen genießen, wenn du verstehst was ich meine?«

»Klar, weiß ich was du meinst, schließlich kennen wir uns nicht erst seit gestern. Gut, dann lass uns mal losfahren, damit wir nicht im Sonntagsverkehr stecken bleiben.«

Auf dem Weg zur Grenze kam Ali ins Grübeln, denn obwohl es für ihn durchaus nichts Ungewöhnliches war, dass Mehdi mal wieder hinüber nach Ost-Berlin fuhr, so war dieses Mal doch irgendwie alles ein bisschen anders. Alleine schon deshalb, weil sein Freund aufgrund seiner Haftstrafe offiziell überhaupt nicht aus West-Berlin ausreisen dürfte. Unterwegs probierte er ihn mehrmals in ein lockeres Gespräch zu verwickeln, in der Hoffnung ihm ein paar Informationen entlocken zu können. Doch jedes Mal, als er kurz davor war, etwas in Erfahrung zu bringen, sprach jemand von der hinteren Sitzbank dazwischen und machte seinem Vorhaben einen Strich durch die Rechnung. Irgendwann gab er entnervt auf, da ihm die ganze Angelegenheit ohnehin nicht allzu wichtig erschien. Zehn Minuten später erreichten sie die Brücke des Grenzübergangs, an dem Ali seinen Wagen auf der Busspur, direkt unter einem Halteverbotsschild parkte. Nachdem alle ausgestiegen waren, schickte Mehdi seinen Cousin und die anderen schon mal vor, da er mit seinem ehemaligen Partner noch was Wichtiges zu besprechen hatte.

»Wie sieht es eigentlich im Moment finanziell bei dir aus? Hättest du vielleicht wieder Lust ins Autoschiebergeschäft einzusteigen? Ich bin derzeit nämlich an einigen sehr guten Kontakten dran.« Ali kratzte sich verwundert am Kopf und war sich einen Augenblick lang nicht sicher, ob sein unruhig dreinschauender Kumpel es tatsächlich ernst meinte.

»Puh, ich weiß nicht so recht? Haben wir den Bogen in all den Jahren nicht schon genug überspannt.«

»Also dafür sind wir doch noch ziemlich glimpflich davongekommen, findest du nicht?«

»Das kannst du laut sagen! Mal sehen, eventuell würde ich mich ja wirklich auf ein erneutes Abenteuer mit dir einlassen. Allerdings nur, wenn du mir hoch und heilig schwörst, dass du in Zukunft besser auf dich und deine Sicherheit achtgibst.«

»Ok, ich gebe dir mein Ehrenwort!« Doch Ali wollte ihm nicht so recht glauben und legte zur Untermalung seiner Aussage die Hand auf dessen Schulter.

»Schlaf lieber eine Nacht drüber, bevor du Versprechungen machst, die du am Ende eh nicht halten kannst.« Mehdi fing aus ganzem Herzen an zu lachen, während ihm Ferri von Weitem per Handzeichen zu verstehen gab, dass er sich beeilen sollte. Bevor er ging, umarmte er seinen alten Partner, wohlwissend, dass dies wahrscheinlich ein Abschied ohne Wiedersehen werden würde. Auf halbem Wege blieb er jedoch unverhofft stehen und kramte aus seiner Handgelenkstasche einen dunkelblauen Reisepass hervor, mit welchem er daraufhin hastig seiner Freundin entgegenlief. Ali dachte sich nicht wirklich was dabei und sah beim Einsteigen ins Auto, wie Mehdi ihm vom anderen Ende der Brücke noch einmal zuwinkte, bevor er schließlich im immer dichten werdenden Gedränge der Reisenden aus seinem Blickfeld verschwand. Unterwegs nach Hause, überkam ihn ein ganz eigenartiges Gefühl, denn in all den Jahren hatte sich sein Kumpel noch nie mit einer Umarmung von ihm verabschiedet. In all seiner Zerstreutheit fiel ihm plötzlich wieder ein, dass der Reisepass, den er zuvor gesehen hatte, überhaupt kein iranischer Ausweis gewesen sein konnte, denn die waren eigentlich dunkelbraun. Mit einer bösen Vorahnung änderte er die Richtung und fuhr im Eiltempo zurück zu Mehdis Adresse. Dort stellte er die gesamte Wohnung auf den Kopf, in der Hoffnung, jenes Puzzleteil zu finden, welches seinen Verdacht untermauerte. Doch auch nach stundenlanger Suche entdeckte er keine einzige Spur, die darauf schließen ließ, dass sein Freund die Grenze mit einer falschen Identität überquert hatte. Spürbar ratlos blickte er durch den Raum, wobei ihm auf einmal der leicht hervorgezogene Schreibtisch ins Auge fiel. Mit all seiner Kraft schob er das massive Teil zur Seite und klappte den Teppich nach oben, unter dem er den nagelneuen, originalen iranischen Pass, sowie ein weißes, unbeschriftetes Briefkuvert fand. In diesem steckten mehrere bedruckte, durchsichtige Folien von Blanko-Aufenthaltserlaubnissen, Lichtbilder sowie einige auf Blechmünzen eingestanzte Polizeistempel, die eindeutig auf die Fälschung eines Ausweisdokumentes hindeuteten. Aufgewühlt durchblätterte er den Pass, in dem er jedoch keinen einzigen Stempel von einem Grenzübergang finden konnte. Obwohl er ganz genau wusste, dass Mehdi seit seinem Aufenthalt im offenen Vollzug mehrmals von West-Berlin in die DDR eingereist und wieder ausgereist war. Nachdenklich hockte er auf dem Fußboden und versuchte die einzelnen Puzzleteile irgendwie aneinander zu fügen. Doch auch nach intensiver Grübelei konnte er sich das plötzliche Verschwinden seines Freundes noch immer nicht erklären. Er hoffte auf ein Wunder und darauf, dass er bald ein Lebenszeichen von ihm erhalten würde. Denn schon am nächsten Sonntag sollte Simone mit den Kindern von ihrem Ehemann in Wandlitz abgeholt werden und spätestens bei dessen Nichterscheinen musste er eine plausible Erklärung parat haben, zumal er ja Mehdi samt seinem Anhang zum Grenzübergang gefahren hatte.

Noch am selben Abend rief Simone bei ihm durch und erkundigte sich besorgt nach ihrem Gatten. Im Laufe des Gesprächs versuchte sich Ali seine Beunruhigung in keiner Weise anmerken zu lassen und erzählte ihr, dass mit Mehdi alles in bester Ordnung sei, was allerdings sehr viel Einfallsreichtum erforderte, da sie eine Frage nach der anderen stellte. Glücklicherweise hatte sie aufgrund ihrer Kinder aber nicht wirklich viel Zeit, weshalb sie sich nach ein paar Minuten schon wieder von ihm verabschiedete. In den folgenden Tagen hielt er sich während der täglichen Telefonate mit ihr absichtlich kurz, denn die Ausreden, die er sich aufgrund des Verschwindens jedes Mal aufs Neue aus dem Hut zaubern musste, waren irgendwann so abstrus, dass er befürchtete, aufzufliegen.

Freitag um Mitternacht klingelte im Studentenheim das Telefon. Völlig verschlafen griff Ali nach dem Hörer und vernahm eine tränenerstickte Stimme, die Farsi sprach.

»Hallo, spreche ich mit Ali?«

»Ja, ich bin dran, wer ist da?«

»Ich bin es, Ferri!«

»Ein Glück meldet sich mal jemand. Ich dachte schon ihr wärt verschollen. Aber warum weinst du, und wo ist Mehdi?«

»Entschuldige, ich muss dir eine schreckliche Nachricht überbringen, dein Freund ist tot.« Mit einem Mal wurde er leichenblass und fiel in eine Schockstarre, weil er einfach nicht fassen konnte, was er da gerade gehört hatte.

»Wie ist das passiert? Rede mit mir, verdammt!« Weinerlich erzählte sie ihm von den dramatischen Ereignissen, während er anhaltend in den Telefonhörer schluchzte.

»Mehdi und ich haben uns fürchterlich gestritten. Irgendwann ist er dann wütend aus dem Restaurant abgehauen und betrunken in sein Auto gestiegen. Kurz darauf hörten wir einen lauten Knall und sahen, wie sein Fahrzeug hundert Meter weiter einen Abhang hinunterstürzte. Nach über einer Stunde gelang es der Feuerwehr ihn aus dem Wrack zu bergen, jedoch kam jede Hilfe zu spät.«

»Oh Gott, das kann nicht wahr sein! Wo seid ihr zum Teufel?«

»Wir sind in Çanakkale in der Westtürkei, dort wollten wir weiter n…« Ali brüllte mehrmals laut in den Hörer, weil plötzlich nur noch ein Rauschen zu hören war, welches anschließend in ein hektisches Tuten überging, bevor die Leitung zusammenbrach.

Geschlagene zwei Tage hockte er in seiner kleinen Studentenbude und starrte ununterbrochen auf das grüne Telefon, da er felsenfest davon überzeugt war, dass Ferri sich noch einmal melden würde. Doch die schier unüberwindbare Mauer der Hoffnung fiel schlagartig in sich zusammen, als am Sonntagvormittag Simone durchrief und sich nach ihrem Ehemann erkundigte.

»Na du! Ich bin es, sag mal weißt du eventuell wo Mehdi ist? Ich warte schon geschlagene zwei Stunden auf ihn. Er wollte mich und die Kinder doch abholen kommen.« Ali atmete tief durch und unterdrückte seine Trauer so gut er konnte. Doch Simone spürte sofort, dass irgendetwas nicht stimmte und fühlte ihm auf den Zahn.

»Los, sag schon, was habt ihr beiden Verrückten schon wieder angestellt?«

»Ach, gar nichts.«

»Komm, hör auf mich zu veräppeln, ich spüre, dass du mir etwas verheimlichst. Jetzt rede endlich oder muss ich dir jedes Wort einzeln aus dem Mund ziehen.«

»Hör zu, ich werde mich umgehend auf den Weg zu euch machen, denn ich kann darüber keinesfalls mit dir am Telefon sprechen. Bis gleich.«

Als er nach knapp zwei Stunden vor dem Grundstück in Wandlitz eintraf und aus dem Wagen stieg, überkam ihn ein totales Gefühl der Ohnmacht, da er höllische Angst davor hatte, die Todesnachricht zu überbringen. Beim Öffnen des Gartentores rannten ihm die Kinder aufgeregt entgegen und schienen augenscheinlich enttäuscht darüber zu sein, dass mal wieder nur der Ersatzpapa aufgetaucht war. Simone kam ungeduldig mit den Koffern aus dem Haus gelaufen und zuckte verstört zusammen, als sie auf einmal das blasse, zombieartige Wesen vor sich stehen sah.

»Um Himmels willen. Was ist denn mit dir passiert? Du siehst ja aus, als würdest du gleich aus den Latschen kippen.« Ali ließ sich völlig entkräftet auf dem Rasen nieder und versuchte verzweifelt die richtigen Worte zu finden.

»Nun erzähl schon, was konntest du mir vorhin nicht sagen?«

»Es tut mir so weh, es dir mitteilen zu müssen, aber Peppchen ist tot.« Simone fing hysterisch an zu schreien und schlug dabei unkontrolliert auf ihn ein. Mit all seiner Kraft packte er sie an den Armen und erzählte ihr unter Tränen, wie er Mehdi mit seiner neuen Partnerin und dem angeblichen Familienanhang zum Grenzübergang an der Bornholmer Straße fuhr. Dort, wo sich die beiden ein letztes Mal miteinander unterhielten und wo sich sein Freund aus der Ferne für immer von ihm verabschiedete.

Am 1. September 1988 stehe ich aufgeregt mit meiner Schultüte in der Hand vor der Schule und warte ungeduldig auf den Einlass. Vier Wochen sind mittlerweile vergangen, als ich meinen Papa das letzte Mal gesehen habe. In der wartenden Menschenmenge zwischen all den Müttern und Vätern sehe ich Ali und meine Mama, die sich aufgeregt miteinander unterhalten. Immer wieder gucken sie hinüber und lächeln mir zu, doch ihr eigenartiger Blick verrät mir, dass irgendetwas anders ist. Nach einer ewig langen Wartezeit öffnet einer der Lehrer endlich den Haupteingang. Der Pulk der wartenden Eltern und ihrer Kinder quetscht sich an mir vorbei und nimmt mir für einen kurzen Augenblick die Sicht. Beunruhigt renne ich zu meiner Mama zurück, weil ich Angst habe, dass ich sie aus den Augen verlieren könnte. Wir sind die letzten, die hineingehen. Noch einmal drehe ich mich prüfend um und schaue auf den leeren Vorplatz. Dann schnappe ich mir voller Stolz Alis Hand, in der Hoffnung, dass er mir meinen Papa zurückbringt.

Spurensuche - Ein letztes Lebenszeichen

Während der Chemotherapie meiner Mutter im Jahre 2012 saßen wir oft gemeinsam auf ihrem Bett. In den Momenten wo es ihr besser ging, sprachen wir ununterbrochen über mein Lieblingsthema, und zwar über meinen Vater. Die Geschichten von damals erzählte sie mit so viel Energie und Leidenschaft, dass ich jede Story aufsaugte, als hätte ich diese zum ersten Mal gehört. Irgendwann, mitten im Gespräch, schleppte sie sich kraftlos hinüber ins Wohnzimmer und legte mir kurz darauf einen großen, dicken Umschlag mit folgenden Worten vor die Nase.

»Hier, der Kram ist von Papa, das habe ich letztens beim Aufräumen gefunden. Da ist ein alter Ausweis drin und irgendwelche komischen Gedichte, die er mal geschrieben hat.« Ich war erstaunt, dass es nach all den Jahren überhaupt noch etwas gab, was ich nicht schon längst entdeckt hatte. Neugierig schaute ich hinein und beschäftigte mich mit dem Inhalt nur einen kurzen Augenblick, da ich mit meinen Gedanken schon wieder ganz woanders war. Zwischen den losen Seiten fand sich tatsächlich ein Gedicht, das aber nicht von ihm stammte und wegen der ausgeblichenen Schrift praktisch unlesbar war. Die anderen, unsortierten Blätter überflog ich oberflächlich, wobei mir jedoch sofort auffiel, dass mein Vater höchstwahrscheinlich seine Lebensgeschichte zu Papier gebracht hatte. Ich erinnerte mich mit einem Mal wieder an den kleinen roten Notizblock aus dem Gefängnis, in dem er von seinem Buch sprach, das er während seiner Inhaftierung fertigstellen wollte. Doch um welchen Inhalt es sich dabei handelte, wusste ich bis zu diesem Zeitpunkt nicht.

Ein paar Stunden später saß ich aufgeregt in meiner Wohnung und fing an, Ordnung in das Durcheinander zu bringen. Als ich alles fertig sortiert hatte und die ersten Zeilen las, fing ich unweigerlich an zu weinen, weil ich plötzlich den jungen Mann vor mir sah, der in bitterer Armut aufwuchs. Das Ganze ergab auf einmal Sinn und erklärte, warum sich mein Vater im Laufe seines Lebens zu dem Menschen entwickelte, der er zum Ende hin gewesen war. In dieser Zeit reifte allmählich der Gedanke in mir heran, ein Buch zu schreiben. Doch ich wartete tagein, tagaus auf diesen einen perfekten Moment, an dem endlich der Regenbogen der Erleuchtung vor mir erscheinen würde. Aber ehrlich gesagt waren das alles nur faule Ausreden. Denn ich hatte einfach nur eine Scheißangst! Angst davor, nicht gut genug zu sein und Angst davor, am Ende die Wahrheit über das Verschwinden aufzuklären, welches mir endgültig den Boden unter den Füßen wegreißen würde. Nach langem Überlegen fing ich tatsächlich an, doch die ersten Zeilen, die ich niederschrieb, waren alles andere als vorzeigbar. Aber nicht, weil ich es nicht konnte, sondern nur deswegen, weil ich befürchtete niemals hinauf auf den dunkeln Berg zu kommen, der nur aus Rückschlägen und Hoffnungslosigkeit bestand und sich im Zuge meiner Suche wie eine unüberwindbare Mauer vor mir in Stellung gebracht hatte.

Ich ließ die Idee mit dem Buch bis zum August 2015 erst einmal liegen und betrieb weiterhin Recherche. Aus den damaligen Gerichtsakten, die mir mein Anwalt besorgt hatte, suchte ich mir die Namen und Geburtsdaten alter Weggefährten heraus, von denen ich mir beim Bezirksamt die Adressen holte. Alex stand als allererstes auf meiner

Liste und war einer von den Personen, die ich bei meinen Nachforschungen am liebsten ausgelassen hätte.

Knapp eine Woche darauf stand ich mit schlotternden Knien vor seiner Tür, und ehrlich gesagt war ich heilfroh, dass ich auf mein hektisches Klingeln keine Antwort erhielt. Ich hinterließ eine kurze Nachricht mit der Bitte, dass er mich zurückrufen solle. Noch am selben Tag klingelte er durch und ich lud ihn ohne groß zu überlegen spontan in unsere alte Wohnung ein, die er vor knapp dreißig Jahren zum letzten Mal betreten hatte.

Am frühen Abend klopfte es an der Tür. Ich stand gerade im hinteren Teil des Flures und schickte sicherheitshalber erstmal meine Mutter vor, da ich überhaupt nicht einschätzen konnte, wie Alex auf mich reagieren würde. Kurze Zeit später kam ich ebenfalls hinzu und begrüßte mit einem mulmigen Gefühl den Mann, der wegen der Falschaussagen seines ehemaligen Partners volle acht Jahre hinter Gittern verbringen musste. Bevor wir ins Wohnzimmer gingen, erkundigte er sich neugierig nach meinem Vater und fragte uns, wann wir ihn zum letzten Mal gesehen hatten. Nachdem der Smalltalk schließlich vorüber war, nahm ich all meinen Mut zusammen und überreichte ihm das Cover meines Buchs. Ich wartete gespannt auf seine Reaktion, doch all die Sorgen, die ich mir anfangs gemacht hatte, waren vollkommen unbegründet, denn er erzählte mir alles was ich wissen wollte. Leider hatte er nicht wirklich viel Zeit, weshalb er mich für den nächsten Tag zu sich nach Hause einlud. Am liebsten hätte ich das Treffen abgesagt, aber da er noch alte Gerichtsakten hatte, schob ich den Gedanken schnell wieder beiseite und willigte schlussendlich ein.

Pünktlich um neun Uhr in der Frühe stand ich vor seiner Wohnungstür, an der er mich freundlich hineinbat. Wir setzten uns in die Küche und plauderten stundenlang über die Vergangenheit, wobei ich durch Zufall auf Ralf zu sprechen kam. Alex fasste sich entsetzt an die Stirn, weil er ihn ganz genau kannte und keine besonders guten Erinnerungen mit ihm verband. Die beiden lernten sich ebenfalls im Gefängnis kennen und hatten eine kurze geschäftliche Beziehung miteinander, die durch Ralfs erneute Inhaftierung jedoch vorbei war, ehe sie richtig begonnen hatte. Bei der Verabschiedung klopfte er mir kumpelhaft auf die Schulter und überreichte mir eine fünfzehn Jahre alte Adresse, die sich später als wahre Goldgrube für meine Recherche herausstellen sollte.

Zuhause angekommen, hielt ich Ralfs Anschrift wie den heiligen Gral in meinen Händen, da ich dachte, dass ich nach meiner knapp zwanzigjährigen Suche nun endlich an meinem Ziel namens „Wahrheit“ angelangt war.

Einige Tage vor Weihnachten machte ich mich schließlich auf den Weg zu ihm. Doch große Hoffnung, dass die Anschrift noch immer aktuell war, hatte ich ehrlich gesagt nicht. Mit reichlich Herzklopfen ging ich die Klingelschilder durch und war überglücklich, als ich am letzten Ende auf einmal seinen Nachnamen las. Da ich auf mein Läuten keine Antwort erhielt und nicht ins Haus kam, ging ich hinüber zum Briefkasten, in welchen ich ein zuvor verfasstes Schreiben warf. Das Ziel schien nun zum Greifen nah, doch die Warterei auf eine Antwort riss mich innerlich in zwei Hälften. Immer wieder schaute ich mir seine Adresse an und redete mir irgendwann ein, dass ich sie falsch auf das Briefkuvert geschrieben hatte.

Am zweiten Weihnachtsfeiertag vibrierte mein Handy und erlöste mich von der schier endlos langen Warterei. Ralf, der von seinem Wesen sehr hektisch wirkte, wusste anhand meiner Nachricht natürlich direkt worum es ging und erklärte mir ausführlich, was damals vor 27 Jahren geschehen war. Auch zu ihm war die dubiose Geschichte mit dem Tod meines Vaters 1988 in der Türkei durchgedrungen. Allerdings hielt er sie von Anfang an für ein Ammenmärchen, was sich ein Jahr später sogar als richtig herausstellen sollte. Denn kurz nach dem Mauerfall, im November 1989, hatte er einen Brief von ihm erhalten. Ich bekam sofort Gänsehaut am ganzen Körper und speicherte mir jedes einzelne Wort ab, das er mir durch die Telefonleitung schickte. In dem Schreiben stand drin, dass mein Vater seit mehreren Monaten in der Türkei im Gefängnis saß, weil sie ihn bei einem größeren Ding erwischt hatten. Nur durch die Hilfe eines korrupten Wärters war es ihm überhaupt gelungen, das Schriftstück nach draußen zu schmuggeln. Er beklagte sich darüber, dass es ihm gesundheitlich nicht besonders gut gehen würde, da die hygienischen Zustände in der Haftanstalt dramatisch schlecht seien. Zum Schluss sprach er davon, dass er sich jegliche Privilegien erarbeiten müsse, weshalb er Ralf eindringlich darum bat, ihm sein Mercedes-Werkzeug zuzusenden. Dann endete der Brief plötzlich. Ich war wie erstarrt und brachte vor Schreck erstmal kein einziges Wort heraus. Zwar bestätigte sich meine vorangegangene Vermutung, dass der tödliche Unfall meines Vaters in der Türkei höchstwahrscheinlich nur ein Vorwand war, um für immer untertauchen zu können. Aber wie sehr konnte ich mich auf das Schreiben vom November 1989 verlassen? Alle Theorien, die ich mir im Zuge meiner jahrelangen Suche erarbeitet hatte, flogen wild in meinem Kopf umher und brachten alles durcheinander. Nachdem ich mich wieder einigermaßen gefangen hatte, erzählte ich Ralf voller Freude von meinem Buch, welches ich schreiben wollte. Obwohl er mein Handeln durchaus nachvollziehen konnte, schien er von der Idee, an die Öffentlichkeit zu gehen, nicht sonderlich begeistert zu sein. Denn jeder Versuch, den ich anschließend unternahm um mit ihm erneut in Kontakt zu treten, wurden von seiner Seite abgeblockt. Ich blendete meine Enttäuschung über seine Reaktion einfach aus, denn ich musste mit klarem Verstand noch den anderen Spuren nachgehen. Leider verliefen davon zwei im Sande, da Micha 15 Jahre zuvor an einer Krebserkrankung verstorben war und Mohammed noch immer wie vom Erdboden verschluckt schien.

Der letzte, den ich aufsuchte, war Ali, und ihn zu finden war eigentlich gar nicht so schwer, da meine Mutter noch eine alte Email-Adresse von ihm besaß. Ali schien sehr vorsichtig zu sein und meldete sich erst nach zwei endlos langen Jahren bei mir. Allein dieses eigenartige Versteckspiel machte ihn für mich zum Hauptverdächtigen, zumal er meinen Papa ja das letzte Mal lebend gesehen hatte. Als er bei mir anrief, verstanden wir uns zwar auf Anhieb, doch ich musste meinem angestauten Ärger unbedingt Luft machen und bezichtigte ihn des Mordes an meinem Vater. Er nahm es mit Humor, weil er ganz genau verstand wie ich mich fühlte, zumal sein defensives Verhalten auch nicht sonderlich vertrauenserweckend wirkte. Wir plauderten locker drauf los, wobei ich ihn immer wieder mit derselben Frage durchlöcherte. Warum er meinen Vater am Grenzübergang Bornholmer Straße einfach hat gehen lassen. Er ging ausführlich auf die damaligen Geschehnisse ein und gab mir zwischendrin immer wieder zu verstehen, dass er nicht wusste was sein Freund vorhatte. Ebenso sprachen wir ausgiebig über den tödlichen Unfall in der Türkei und kamen letztendlich zu dem Schluss, dass er aufgrund von Ralfs Brief niemals der Wahrheit entsprechen konnte.

In den folgenden Monaten telefonierten wir beinahe täglich miteinander. In dieser Zeit legte ich mir einen dicken Block zu, auf dem ich während unserer spannenden Gespräche alles zu Papier brachte, was mir Ali erzählte. Das war der Grundstein und die Initialzündung, die ich für mein Buch unbedingt gebraucht hatte. Zwar stand ich noch immer unten im Tal, doch die Angst es nicht nach oben auf diesen verdammten dunklen Berg zu schaffen, war mit einem Mal verschwunden. Ich schrieb einfach drauf los und arbeitete mich Stück für Stück von Kapitel zu Kapitel, bis ich nach 48 Monaten schließlich fertig war. Heute vor genau 22 Jahren hat die aktive Suche nach meinem Vater begonnen. Meine Reise führte mich von einer Behörde zur nächsten, in den Iran und wieder zurück auf den harten Boden der Realität. In dieser langen Zeitspanne habe ich wirklich alles probiert und unternommen, um die Wahrheit über sein Verschwinden aufzuklären. Die Rückschläge und all die Ablehnung, die ich in den vergangenen Jahrzenten erlebt und durchlebt habe, waren anscheinend bitter nötig, denn sie machten mich zu dem Menschen, der ich heute bin und führten schlussendlich zu diesem Buch.

Danksagung

Über 20 Jahre hat mein Aufstieg zum Gipfel des dunklen Berges gedauert. Von unten sah alles immer so klein und unerreichbar aus, dass ich mit der schweren Last auf meinen Schultern am liebsten wieder zurückgegangen wäre. Glücklicherweise hatte ich während dieser langen Reise wundervolle Menschen an meiner Seite, die mich mit ihrer Unterstützung meinem Ziel immer ein Stück nähergebracht haben. Mit dem unerschütterlichen Gefühl des Rückhalts habe ich mich schließlich von einer Basis zur anderen vorgearbeitet. Jedoch hätte ich niemals gedacht, dass der letzte Anstieg mir alles abverlangen würde und ich dafür alles zurück lassen musste was mir wichtig war. Als ich am höchsten Punkt ankam, war ich erstmal so erschöpft, dass ich keinerlei Kraft dafür hatte um die Aussicht zu genießen. Nach einer kurzen Verschnaufpause taste ich mich vorsichtig an den Abgrund heran und schaue wehmütig hinunter ins grüne Tal. Doch die Sicht auf all das Schöne bereitet mir keinerlei Freude, weil ich hier oben nicht das gefunden habe, wonach ich ein Lebtag gesucht hatte. Knapp über mir fliegen mehrere Adler, die ohne jeden Flügelschlag mühelos an mir vorüberziehen. Zuversichtlich blicke ich ihnen nach und breite instinktiv meine Arme aus. Voller Ungeduld warte ich darauf, dass der Wind sich dreht, dann renne ich los und stürze mich hinab. In der **Hoffnung**, dass mich meine **Sehnsucht** nun endlich hinaus bis zur **Wahrheit** tragen wird.

Nachwort

Wenn ich meine Augen schließe und mich an die Zeit von damals zurückerinnere, dann sehe ich dich ganz klar vor mir. Ich kann mich an deinen Duft erinnern, an die tiefen Falten in deinem Nacken und ich frage mich dabei jedes Mal, wie mein Leben verlaufen wäre, wenn du an meiner Seite gewesen wärst. Genau 30 Jahre ist es her, als ich dich das letzte Mal umarmt und das Wort Papa in den Mund genommen habe. Mein Gefühl dich zu vermissen, ist in all den Jahren immer gleichstark geblieben, weil ich einfach nicht akzeptieren wollte, dass du für immer von mir gegangen bist. Ich hätte dir so viel zu erzählen, aber tief in meinem Innersten spüre ich, dass ich zu spät bin, und dass du längst nicht mehr am Leben bist. Auch wenn ich es niemals schaffen sollte die Wahrheit über dein Verschwinden aufzuklären, so bin ich trotzdem dankbar. Dankbar dafür, dass ich diese lange Reise zusammen mit dir und deinen Erinnerungen machen durfte. Mir war zwar zu jeder Zeit bewusst, dass ich die Vergangenheit niemals wieder zurückholen kann. Aber würdest du mich kennen, dann würdest du wissen, dass ich ein hoffnungsloser Optimist bin, der sich in seinem Herzen nichts sehnlicher wünschte, als seinen Papa noch einmal lebendig werden zu lassen.

Auf lautes Rufen folgt große Stille, weil deine Geschichte nun endlich für sich selbst sprechen kann.

In ewiger Liebe dein Sohn
Marty

Iran 1952

Berlin 1966

Stolzer Vater, September 1981

Mein Papa & Ich, Bulgarien 1984

Mehdi Karbassion 1952 - 1988

Die letzte Postkarte

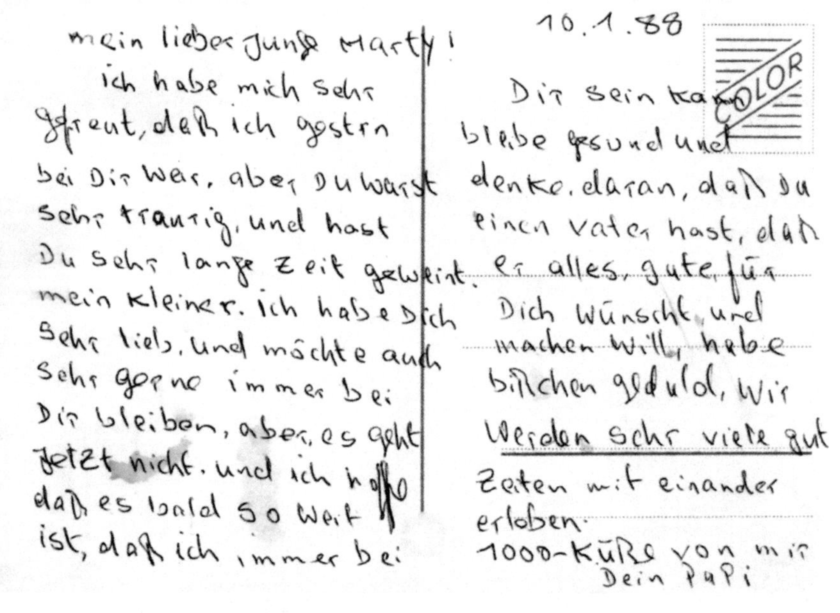

mein lieber Junge Marty!
ich habe mich sehr
gefreut, daß ich gestrn
bei Dir war, aber Du warst
sehr traurig, und hast
Du sehr lange Zeit geweint.
mein kleiner. ich habe Dich
sehr lieb, und möchte auch
sehr gerne immer bei
Dir bleiben, aber, es geht
jetzt nicht. und ich hoffe
daß es bald so weit
ist, daß ich immer bei

10.1.88

Dir sein kann
bleibe gesund und
denke daran, daß du
einen Vater hast, daß
er alles gute für
Dich wünscht, und
machen will, habe
bißchen geduld, wir
werden sehr viele gut
Zeiten mit einander
erleben.
1000-Küße von mir
Dein Papi

Grenzübergang Bornholmer Straße, 30 Jahre später
(Fotos: J.Tryniszewski)

Der lange Weg hinüber nach Ost-Berlin

Bösebrücke, August 2018 (Fotos: J.Tryniszewski)

Das letzte Bild, Juni 1988

Notizen:

Notizen:

Notizen:

Notizen:

Notizen: